JOSÉ RODRIGUES DOS SANTOS

Journaliste, reporter de guerre, présentateur vedette du journal de 20 h au Portugal, José Rodrigues dos Santos est l'un des plus grands auteurs européens de thrillers historiques, plusieurs fois primé. Cinq de ses ouvrages sont publiés en France : *La Formule de Dieu* (2012), traduit dans plus de 17 langues et en cours d'adaptation au cinéma, *L'Ultime Secret du Christ* (2013), *La Clé de Salomon* (2014) – suite de *La Formule de Dieu* –, *Codex 632* (2015) et *Furie divine* (2016), tous parus chez HC Éditions.
José Rodrigues dos Santos vit à Lisbonne.

Retrouvez toute l'actualité de l'auteur sur :
www.joserodriguesdossantos.com

D1336034

LA FORMULE
DE DIEU

JOSÉ RODRIGUES DOS SANTOS

LA FORMULE DE DIEU

Traduit du portugais
par Carlos Batista

HC ÉDITIONS

L'édition originale de cet ouvrage
a paru chez Gradiva en 2006, sous le titre :
A Fórmula de Deus

Pocket, une marque d'Univers Poche,
est un éditeur qui s'engage pour la préservation
de son environnement et qui utilise du papier fabriqué
à partir de bois provenant de forêts gérées
de manière responsable.

© José Rodrigues dos Santos/Gradiva Publicações, S.A., 2006
© 2012, Éditions Hervé Chopin, Paris
pour l'édition en langue française
ISBN : 978-2-266-23656-0

Pour Florbela, Catarina et Inês

« Je suis l'Alpha et l'Oméga,
le commencement et la fin,
dit le Seigneur, qui est, qui était
et qui est à venir,
le Tout-Puissant. »

L'Apocalypse, I, 8

AVERTISSEMENT

Toutes les données scientifiques ici présentées
sont vraies.

Toutes les théories scientifiques ici exposées
sont défendues par des physiciens
et des mathématiciens reconnus.

PROLOGUE

L'homme aux lunettes noires gratta une allumette et approcha la flamme de sa cigarette. Il aspira et un núage de fumée fantomatique s'éleva lentement. L'homme parcourut la rue du regard et apprécia la tranquillité de ce coin charmant.

Le soleil brillait, des arbustes verts égayaient les jardins entretenus, de jolies maisons en bois bordaient la rue, les feuilles frémissaient sous une brise matinale qui s'emplissait d'odeurs et de mélodies, parfumée par la fraîcheur des glycines, bercée par le chant des cigales et le doux gazouillis d'un colibri. Un rire insouciant se mêla à cet harmonieux concert, celui d'un enfant blond qui criait et sautillait de joie sur le trottoir, tirant un perroquet multicolore au bout d'une ficelle.

Le printemps à Princeton.

Au loin, le bruit d'un moteur attira l'attention de l'homme aux lunettes noires. Il se pencha et regarda au bout de la rue. Trois motos de police, à la tête d'un cortège de voitures qui s'avançaient à vive allure, surgirent du côté droit ; le bruit s'accrut et se transforma en un ronflement trépidant. L'homme écrasa sa cigarette dans le cendrier posé sur le rebord de la fenêtre.

— Ils arrivent, dit-il, en tournant la tête.

— Je commence à enregistrer ? demanda l'autre, le doigt posé sur le bouton d'un appareil à bande magnétique.

— Oui, c'est préférable.

Le cortège de voitures s'arrêta dans un tohu-bohu devant la maison située de l'autre côté de la rue, une bâtisse blanche à deux étages avec un balcon en façade de style néo-classique ; des policiers en uniforme et en civil assurèrent le contrôle du périmètre, tandis qu'un homme robuste, visiblement un garde du corps, alla ouvrir la portière de la Cadillac noire qui s'était garée devant la maison. Un homme âgé, au crâne chauve cerclé de cheveux blancs, en sortit et rajusta son costume sombre.

— J'aperçois Ben Gourion, dit l'homme aux lunettes noires, depuis la fenêtre d'en face.

— Et notre ami ? Est-il là aussi ? interrogea l'homme au magnétophone, frustré de ne pouvoir observer la scène par la fenêtre.

Le premier détourna les yeux de la limousine pour regarder vers la maison. La silhouette familière du vieil homme, légèrement voûté, avec ses cheveux coiffés en arrière et sa fière moustache grise, apparut sur le seuil de la porte et descendit l'escalier tout sourire.

— Oui, le voilà.

Les voix de ces deux hommes se rencontrant dans l'escalier du jardin résonnèrent dans les haut-parleurs du magnétophone.

— *Shalom*, monsieur le Premier ministre.
— *Shalom*, professeur.
— Soyez le bienvenu dans mon humble demeure.

C'est un plaisir d'accueillir le célèbre David Ben Gourion.

Le chef du gouvernement rit.

— Vous plaisantez sans doute. Tout le plaisir est pour moi. Ce n'est pas tous les jours qu'on rend visite au grand Albert Einstein.

L'homme aux lunettes noires regarda son collègue.

— Tu enregistres ?

L'autre vérifia les aiguilles qui oscillaient sous les cadrans de l'appareil.

— Oui. Ne t'inquiète pas.

Là-bas, en face, Einstein et Ben Gourion étaient bombardés par les flashes des reporters, devant le rideau vert et mauve de la glycine qui grimpait jusqu'au balcon. C'était une magnifique journée de printemps, le scientifique proposa de rester dehors et indiqua des chaises en bois posées sur la pelouse humide ; tous deux s'assirent là, tandis que les photographes continuaient d'immortaliser le moment. Au bout de quelques minutes, un garde du corps écarta les bras pour éloigner la presse, laissant les deux hommes seuls, tout à leur conversation dans la douceur ensoleillée du jardin.

Dans la maison d'en face, les voix continuaient à être enregistrées par le magnétophone.

— Êtes-vous satisfait de votre séjour, monsieur le Premier ministre ?

— Oui, Dieu merci, j'ai pu obtenir quelques appuis et de nombreux dons. Je dois encore me rendre à

Philadelphie, où j'espère récolter davantage d'argent. Mais ce n'est jamais assez, n'est-ce pas ? Notre jeune nation est entourée d'ennemis et elle a besoin de toute l'aide qu'on peut lui apporter.

— Israël n'existe que depuis trois ans, monsieur le Premier ministre. Comme on pouvait s'y attendre, il y a des difficultés.

— Mais il faut de l'argent pour les surmonter, professeur. La bonne volonté ne suffit pas.

Trois hommes en costume gris firent irruption dans la planque des deux observateurs, leurs revolvers braqués sur eux.

— Pas un geste ! hurlèrent les hommes armés. FBI !

L'homme aux lunettes noires et son collègue levèrent les bras, sans montrer le moindre affolement. Ceux du FBI s'approchèrent, leurs revolvers toujours pointés et menaçants.

— À terre !

— C'est inutile, répliqua tranquillement celui aux lunettes noires.

— À terre, j'ai dit ! Je ne le répèterai pas.

— Du calme, messieurs. Nous sommes de la CIA.

L'agent du FBI fronça le sourcil.

— Pouvez-vous le prouver ?

— Oui. Si vous me laissez sortir ma carte.

— D'accord. Mais doucement. Pas de geste brusque.

L'homme baissa lentement le bras droit, glissa la main sous sa veste et en tira une carte qu'il montra à l'agent du FBI. Celle-ci était frappée du tampon circulaire de la Central Intelligence Agency, Frank Bellamy, agent de première classe. L'homme du FBI fit signe à ses collègues de baisser leurs armes et regarda alentour, examinant la pièce.

— Qu'est-ce que l'OSS fait ici ?

— L'OSS n'existe plus, mon vieux. Nous sommes la CIA maintenant.

— OK. Qu'est-ce que la CIA fait ici ?

— Ça ne vous regarde pas.

L'agent du FBI posa son regard sur le magnéto-phone.

— Vous enregistrez la conversation de notre génie, c'est ça ?

— Ça ne vous regarde pas.

— La loi vous interdit d'espionner des citoyens américains. Vous le savez ?

— Le Premier ministre d'Israël n'est pas un citoyen américain.

L'homme du FBI considéra un temps la réponse. De fait, conclua-t-il, l'espion de l'agence rivale avait un bon alibi.

— Voilà des années que nous cherchons à mettre sur écoute notre ami là-bas, dit-il en regardant par la fenêtre la silhouette d'Einstein. D'après nos renseignements, lui et sa garce de secrétaire, Dukas, transmettent des informations secrètes aux Soviétiques. Mais Hoover refuse de nous laisser poser des micros, il a trop peur du scandale.

Il se gratta la tête.

— On dirait que vous avez esquivé le problème.

Bellamy tordit ses lèvres fines, ébauchant un sourire.

— Vous n'avez pas de chance d'être au FBI. (Il indiqua la porte d'un geste du menton.) Maintenant, tirez-vous. Laissez les grands travailler.

L'agent du FBI retroussa la lèvre en une moue de mépris.

— Toujours les mêmes morveux, hein ? grommela-t-il, avant de se tourner vers la porte. Sales nazis. (Il fit signe à ses deux collègues.) Allons-y, les gars.

Sitôt les agents du FBI partis, Bellamy retourna à la fenêtre observer les deux hommes qui conversaient assis dans le jardin en face.

— Tu enregistres toujours, Bob ?

— Oui, dit l'autre. La conversation prend un tour crucial. Je vais monter le son.

Bob tourna le bouton du volume et les deux voix remplirent à nouveau la pièce.

— ... défense d'Israël, dit Ben Gourion, terminant sa phrase.

— Je ne sais pas si je peux le faire, rétorqua Einstein.

— Vous ne pouvez pas ou vous ne voulez pas, professeur ?

Il y eut un court silence.

— Comme vous le savez, je suis pacifiste, reprit Einstein. Il y a déjà tant de malheurs en ce monde, ce n'est pas la peine d'en rajouter. Une telle arme procure un pouvoir redoutable et je ne sais pas si nous avons la maturité suffisante pour l'assumer.

— Pourtant, c'est vous qui avez convaincu Roosevelt de développer la bombe.

— C'était différent.

— En quoi ?

— La bombe, c'était pour combattre Hitler. Mais, vous savez, je le regrette aujourd'hui.

— Ah oui ? Et si les nazis l'avaient développée en premier ? Que serait-il arrivé ?

— Évidemment, acquiesça Einstein, hésitant. Ç'aurait été une catastrophe. Bien qu'il m'en coûte de l'avouer, la fabrication de la bombe était peut-être un mal nécessaire.

— Donc, vous me donnez raison.

— Vous croyez ?

— Bien sûr. Ce que je vous demande est un nouveau mal nécessaire pour assurer la survie de notre jeune nation. Je veux dire par là que vous avez déjà renoncé à votre pacifisme durant la Deuxième Guerre mondiale, puis une nouvelle fois pour aider Israël à naître. Je voudrais savoir si vous êtes encore prêt à le faire.

— Je ne sais pas.

Ben Gourion soupira.

— Professeur, notre jeune nation est en danger de mort. Vous savez aussi bien que moi qu'Israël est cerné d'ennemis et qu'il nous faut un moyen dissuasif efficace, quelque chose qui fasse reculer nos adversaires. Dans le cas contraire, le pays sera mort, étouffé dans l'œuf. C'est pourquoi je vous demande, je vous supplie, je vous implore instamment. S'il vous plaît, renoncez une dernière fois à votre pacifisme et aidez-nous en cette heure difficile.

— Le problème n'est pas seulement là, monsieur le Premier ministre.

— Eh bien ?

— Le problème, c'est que je suis très occupé. J'essaie de concevoir une théorie du champ unitaire, qui englobe la gravité et l'électromagnétisme. C'est un travail très important, peut-être même le plus...

— Allons, professeur, coupa Ben Gourion. Je suis sûr que vous comprenez la priorité du cas présent.

— Bien entendu, admit le scientifique. Mais il reste à savoir si votre demande est réalisable.

— Et l'est-elle ?

Einstein hésita.

— Peut-être, dit-il enfin. Je ne sais pas, il faut que j'étudie la question.

— Faites-le, professeur. Faites-le pour nous, faites-le pour Israël.

Frank Bellamy griffonna précipitamment quelques notes, avant de jeter un nouveau coup d'œil sur les cadrans. Les aiguilles rouges oscillaient au rythme du son, signe que les paroles étaient bien enregistrées.

Bob poursuivit son écoute attentive, jusqu'à ce qu'il hoche la tête.

— Je crois que nous avons l'essentiel, observa-t-il. J'arrête l'enregistrement ?

— Non, dit Bellamy. Continue.

— Mais ils ont changé de sujet.

— Ça ne fait rien. Ils peuvent y revenir dans un moment. Continue.

— ... souvent, j'ai une vision un peu abstraite de Dieu, mais j'ai peine à croire que rien n'existe au-delà de la matière, dit Ben Gourion. Je ne sais pas si je me fais bien comprendre.

— Parfaitement.

— Voyez-vous, insista le politique, notre cerveau est fait de matière, tout comme une table. Mais une table ne pense pas. Or notre cerveau n'est qu'une partie d'un organisme vivant, tout comme nos ongles, mais nos ongles ne pensent pas. Et notre cerveau, s'il est

22

séparé du corps, ne pense pas non plus. C'est l'alliance du corps et de la tête qui permet de penser. Ce qui m'amène à l'hypothèse que l'univers est, dans son entier, un corps pensant. Qu'en dites-vous ?

— C'est possible.

— J'ai toujours entendu dire que vous étiez athée, professeur, mais ne pensez-vous pas…

— Non, je ne suis pas athée.

— Vraiment ? Vous êtes religieux ?

— Oui, je le suis. On peut dire ça.

— Mais j'ai lu quelque part que vous jugiez la Torah erronée…

Einstein rit.

— Bien sûr, c'est le cas.

— Alors ça veut dire que vous ne croyez pas en Dieu.

— Ça veut dire que je ne crois pas au Dieu de la Torah.

— Quelle est la différence ?

On entendit un soupir.

— Vous savez, dans mon enfance, j'étais un garçon très religieux. Mais, à 12 ans, j'ai commencé à lire des livres scientifiques, ces bouquins de vulgarisation, je ne sais pas si vous connaissez…

— Oui…

— … et je suis arrivé à la conclusion que la plupart des histoires racontées dans la Torah n'étaient que des récits mythiques. J'ai cessé d'être croyant presque du jour au lendemain. Je me suis mis à réfléchir à la question et je me suis aperçu que l'idée d'un Dieu personnifié était quelque peu naïve, voire puérile.

— Pourquoi ?

— Parce qu'il s'agit d'un concept anthropomorphique, une chimère forgée par l'homme pour tenter d'influencer son destin et lui offrir une consolation dans les moments difficiles. Comme nous ne pouvons pas dominer la nature, nous avons inventé cette idée qu'elle était gérée par un Dieu bienveillant et paternaliste qui nous écoute et nous guide. C'est une idée très réconfortante, n'est-ce pas ? Nous avons créé l'illusion que, si nous prions beaucoup, Il contrôlera la nature et satisfera nos désirs, comme par magie. Et quand les choses tournent mal, comme nous ne comprenons pas qu'un Dieu aussi bienveillant ait pu le permettre, nous disons que cela doit obéir à quelque dessein mystérieux et nous voilà rassurés. Or ceci n'a pas de sens...

— Vous ne croyez pas que Dieu s'intéresse à nous ?

— Voyez-vous, monsieur le Premier ministre, nous sommes l'une des millions d'espèces qui occupent la troisième planète d'une étoile périphérique d'une galaxie moyenne comptant des milliards de millions d'étoiles, et cette galaxie elle-même n'est qu'une des milliards de millions de galaxies qui existent dans l'univers. Comment voulez-vous que je croies en un Dieu qui se donnerait la peine, dans toute cette immensité aux proportions inimaginables, de s'intéresser à chacun de nous ?

— Eh bien, la Torah dit qu'Il est bon et tout-puissant. S'Il est tout-puissant, Il peut donc tout faire, y compris s'intéresser à l'univers et à chacun de nous.

Einstein s'emporta.

— Il est bon et tout-puissant, dites-vous ? Mais c'est là une idée absurde ! S'Il est effectivement bon et tout-puissant, comme le prétendent les textes, pour quelle raison permet-Il au mal d'exister ? Pour quelle raison a-t-Il laissé se produire l'Holocauste, par exemple ?

En y regardant bien, les deux concepts sont contradictoires. Si Dieu est bon, Il ne peut pas être tout-puissant, puisqu'Il ne parvient pas à éliminer le mal. S'Il est tout-puissant, Il ne peut pas être bon, puisqu'Il permet au mal d'exister. Un concept exclut l'autre. Lequel préférez-vous ?

— Heu… plutôt celui d'un Dieu bon, je crois.

— Mais ce concept pose de nombreux problèmes, voyez-vous ? Si vous lisez la Torah avec attention, vous remarquerez qu'elle ne donne pas l'image d'un Dieu bienveillant, mais plutôt d'un Dieu jaloux, un Dieu qui exige une fidélité aveugle, un Dieu qui inspire la crainte, un Dieu qui punit et sacrifie, un Dieu capable de demander à Abraham de tuer son fils, juste pour avoir la preuve que le patriarche Lui sera fidèle. Mais s'Il est omniscient, Il sait donc qu'Abraham Lui sera fidèle. Alors pourquoi, puisqu'Il est bon, ce test si cruel ? Il ne peut pas être bon.

Ben Gourion se mit à rire.

— Vous marquez un point, professeur ! s'exclamat-il. Je vous l'accorde, Dieu n'est pas nécessairement bon. Mais, étant le créateur de l'univers, Il est du moins tout-puissant, non ?

— Est-ce bien certain ? S'il en est ainsi, pourquoi punit-Il Ses créatures puisque tout est Sa création ? Ne les punit-Il pas pour des choses dont Il est, au bout du compte, l'unique responsable ? En jugeant Ses créatures, n'est-ce pas au fond Lui-même qu'Il juge ? Selon moi, et pour être franc, seule Son inexistence pourrait Le disculper. (Le scientifique fit une pause.) D'ailleurs, à bien y réfléchir, même Sa toute-puissance n'est guère possible, il s'agit d'un concept rempli, lui aussi, d'insolubles contradictions.

— Comme par exemple ?

— Il y a un paradoxe qui montre l'impossibilité de la toute-puissance, qu'on peut formuler ainsi : si Dieu est tout-puissant, Il peut créer une pierre qui soit si lourde que Lui-même ne peut la soulever. (Einstein leva un sourcil interrogatif.) Vous me suivez ? C'est justement là que surgit la contradiction. Si Dieu ne peut soulever la pierre, Il n'est pas tout-puissant. S'Il réussit à la soulever, Il n'est pas non plus tout-puissant puisqu'Il n'a pas pu créer une pierre qu'Il ne réussisse pas à soulever. (Einstein sourit.) Conclusion, il n'existe pas de Dieu tout-puissant, c'est une invention de l'homme en quête de réconfort et aussi une explication pour ce qu'il ne comprend pas.

— Donc vous ne croyez pas en Dieu.

— Je ne crois pas au Dieu personnifié de la Torah, non.

— Vous pensez qu'il n'y a rien au-delà de la matière, c'est ça ?

— Non, au contraire. Il y a forcément quelque chose derrière l'énergie et la matière.

— Alors vous croyez en quoi ?

— Je crois au Dieu de Spinoza, qui se manifeste dans l'ordre harmonieux de ce qui existe. J'admire la beauté et la logique élémentaire de l'univers, je crois en un Dieu qui se révèle à travers cet univers, en un Dieu qui...

Frank Bellamy roula des yeux et agita la tête.

— Mon Dieu ! marmonna-t-il. Je n'en crois pas mes oreilles.

Bob pivota sur sa chaise, devant le magnétophone.

— Il faut voir le côté positif, dit-il. Tu te rends

compte, Frank, nous sommes en train d'écouter le plus grand génie de l'humanité divulguer ce qu'il pense de Dieu ! Combien de gens paieraient pour entendre ça ?

— Ce n'est pas du show-biz, Bob. Il s'agit de sécurité nationale et il nous faut en savoir plus sur la demande faite par Ben Gourion. Si Israël détenait la bombe atomique, combien de temps faudrait-il pour que tout le monde la possède également ?

— Tu as raison. Excuse-moi.

— Nous devons obtenir plus de détails.

— C'est vrai. Mieux vaut écouter leur discussion.

— ... de Spinoza.

Il y eut un long silence. Ben Gourion fut le premier à le rompre.

— Professeur, pensez-vous qu'il soit possible de prouver l'existence de Dieu ?

— Non, je ne le pense pas, monsieur le Premier ministre. Il est impossible de prouver l'existence de Dieu, tout comme il est impossible de prouver sa non-existence. Nous avons seulement la capacité de sentir le mystère, d'éprouver une sensation d'éblouissement face au merveilleux système qui régit l'univers.

Il y eut une nouvelle pause.

— Mais pourquoi n'essayez-vous pas de prouver l'existence ou l'inexistence de Dieu ?

— Cela ne me paraît pas possible, je viens de vous le dire.

— Mais si c'était possible, quelle en serait la voie ?

Silence.

Ce fut au tour d'Einstein de mettre un certain temps à reprendre la parole. Le vieux scientifique tourna la tête et contempla toute la verdure qui bordait Mercer

Street ; il la contempla avec des yeux de savant, avec des yeux d'enfant, avec les yeux d'un homme qui a tout son temps et qui a conservé le don de s'émer-veiller devant l'exubérance de la nature aux premiers jours du printemps.

Il respira profondément.

— *Raffiniert ist der Herrgott, aber boshaft ist er nicht*, dit-il enfin.

Ben Gourion eut l'air intrigué.

— *Was wollen Sie damit sagen* ?

— *Die Natur verbirgt ihr Geheimnis durch die Erhabenheit ihres Wesens, aber nicht durch List.*

Frank Bellamy tapa du poing sur le rebord de la fenêtre.

— Nom de Dieu ! s'exclama-t-il. Voilà qu'ils par-lent en allemand !

— Qu'est-ce qu'ils disent ? demanda Bob.

— Je n'en sais rien ! Tu trouves que j'ai une tête de Boche ?

Bob parut déconcerté.

— Je fais quoi ? Je continue d'enregistrer ?

— Bien sûr. Nous apporterons ensuite la bande à l'agence où un petit génie la traduira. (Il esquissa un rictus de mépris.) Avec tous les nazis qu'on a là-bas, ça ne devrait pas être trop difficile, non ?

L'agent appuya son front contre la fenêtre et resta là, observant les deux vieux messieurs assis en pleine conversation de l'autre côté de la rue ; ils avaient l'air de deux frères, côte à côte, sur leurs chaises de jardin, au numéro 112 de Mercer Street.

I

Dans la rue, le chaos était indescriptible. Voitures aux tôles cabossées, camions bruyants et bus fumants se pressaient sur le goudron sale, trépidant sous les ronflements et les klaxons ; l'odeur du gasoil brûlé saturait l'air chaud de cette fin de matinée, et une brume de pollution engluait les immeubles délabrés ; il y avait quelque chose de décadent dans le spectacle de cette vieille ville qui tentait de rattraper le futur en s'accrochant au pire de la modernité.

Indécis quant au chemin à prendre, l'homme aux cheveux bruns et aux yeux vert clair s'arrêta devant l'escalier du musée et considéra diverses options. Face à lui s'étendait la place Tahrir et son grand embouteillage d'épaves ambulantes. Pas question de passer par là. Son regard obliqua vers la gauche. Une alternative consistait à prendre par Qasr El-Nil pour aller au Groopi's déguster des pâtisseries et boire du thé ; mais il avait trop faim, son appétit ne se contenterait pas de menues friandises. L'autre possibilité était de prendre à droite et de suivre la corniche El-Nil, où se dressait le splendide hôtel du même nom, avec d'excellents restaurants et une vue magnifique sur le fleuve et sur les pyramides.

— C'est votre première visite au Caire ?

L'homme aux yeux verts tourna la tête, cherchant la voix féminine qui l'interpellait.

— Pardon ?

— C'est votre première visite au Caire ?

Une grande femme aux longs cheveux noirs s'approcha ; elle sortait du musée et arborait un sourire charmeur. Elle avait des yeux d'un intrigant marron doré, des lèvres rouges sensuelles, de discrets rubis aux oreilles, un tailleur gris ajusté et des talons aiguilles qui accentuaient ses courbes parfaites.

Une beauté orientale.

— Non... bredouilla l'homme. Je suis déjà venu plusieurs fois.

La femme lui tendit la main.

— Mon nom est Ariana. Ariana Pakravan, dit-elle en souriant. Enchantée.

— Moi de même.

Ils se serrèrent la main et Ariana se mit à rire doucement.

— Vous ne me dites pas votre nom ?

— Oh, pardon. Je m'appelle Tomás. Tomás Noronha.

— Bonjour, Thomas.

— Tomás, corrigea-t-il. L'accent est sur le *a*. Tomáaas.

— Tomás, répéta-t-elle en s'efforçant d'imiter l'accent.

— C'est ça. Les Arabes éprouvent toujours une certaine difficulté à bien prononcer mon nom.

— Et qui vous dit que je suis arabe ?

— Vous ne l'êtes pas ?

— Il se trouve que non. Je suis iranienne.

— Ah, gloussa-t-il. Je ne savais pas que les Iraniennes étaient aussi belles.

Un sourire éclaira le visage d'Ariana.

— Je vois que vous êtes un séducteur.

Tomás rougit.

— Excusez-moi, ça m'a échappé.

— Ne vous excusez pas. Déjà Marco Polo disait que les Iraniennes étaient les plus belles femmes du monde. (Elle battit des cils, enjôleuse.) Et puis quelle femme n'aime pas entendre un compliment ?

L'historien observa le tailleur particulièrement ajusté.

— Mais votre tenue est très moderne. Venant d'Iran, le pays des ayatollahs, c'est plutôt surprenant.

— Je suis un cas particulier.

Ariana contempla le désordre qui encombrait la place Tahrir.

— Dites, vous n'avez pas faim ?

— Si je n'ai pas faim ? Bon sang, je pourrais manger un bœuf !

— Alors suivez-moi, je vous emmène goûter quelques spécialités locales.

Le taxi se dirigea vers le Caire islamique, à l'est de la ville. Tandis que la voiture traversait la capitale égyptienne, les larges avenues de la ville basse firent place à un labyrinthe de ruelles étroites, fourmillant de vie ; on voyait des carrioles et des ânes, des passants vêtus de *galabiyya*, des vendeurs ambulants, des bicyclettes, des hommes agitant des papyrus, des étals de *taamiyya*, des échoppes offrant des articles en laiton, en cuivre, en cuir, des marchands de tapis, de tissus et d'antiquités tout juste sorties de l'usine, des terrasses où les clients fumaient des *sheeshas*, et des gargotes qui exhalaient des relents de fritures, de safran, de curcuma et de piment.

Le taxi les déposa à la porte d'un restaurant de la place Hussein, un endroit calme avec un jardin à l'ombre d'un élégant minaret.

L'Abu Hussein semblait plus occidental que la majorité des restaurants égyptiens. Toutes les tables étaient recouvertes de nappes d'une blancheur immaculée et, détail important dans cette ville, l'air conditionné fonctionnait à plein régime, emplissant le restaurant d'une fraîcheur apaisante.

Ils s'assirent près d'une fenêtre donnant sur la mosquée de Sayyidna al-Hussein, et le serveur, en uniforme blanc, s'approcha avec deux cartes, qu'il remit à chacun. Tomás parcourut le menu et agita la tête.

— Je n'y comprends rien.

Ariana le regarda par-dessus sa carte.

— Que voulez-vous manger ?

— Choisissez pour moi. Je m'en remets à vous.

— Vous êtes sûr ?

— Absolument.

L'Iranienne examina le menu et passa la commande. Une voix soudaine, au ton mélancolique, déchira l'air ; c'était le muezzin qui, du haut du grand minaret, lançait l'*adhan* pour appeler les fidèles à la prière. Le chant mélodieux du *Allah u akbar* s'étendit sur la ville et Ariana observa par la vitre la foule qui convergeait vers la mosquée.

— C'est drôle, lança Tomás. Nous voilà ensemble

pour déjeuner, sans rien savoir l'un de l'autre. Vous, par exemple, vous ne connaissez que mon nom.

Elle haussa les sourcils et prit un air malicieux.

— Vous vous trompez.

— Vraiment ? Pourtant je ne vous ai encore rien dit.

— C'est inutile. Je me suis déjà renseignée.

— Ah oui ?

— Bien sûr.

— Je ne vous crois pas.

— Vous voulez des preuves ? Je sais que vous êtes portugais et que vous êtes considéré comme l'un des grands experts mondiaux en cryptologie et en langues anciennes. Vous donnez des cours dans une université de Lisbonne et, actuellement, vous travaillez aussi comme consultant pour la fondation Gulbenkian, où vous revoyez la traduction des inscriptions en hiéroglyphes et en écriture cunéiforme du bas-relief assyrien détenu par le musée de la fondation. (Elle parlait comme si elle passait un examen.) Vous êtes venu au Caire pour participer à une conférence sur le temple de Karnak, et pour acquérir au nom du musée Calouste-Gulbenkian une stèle du roi Narmer conservée dans la cave du Musée égyptien.

— Vous en savez des choses. Je suis très impressionné…

— Je sais aussi que vous avez connu une tragédie personnelle voilà six ans et que vous avez divorcé récemment.

Tomás fronça les sourcils, cherchant à évaluer la situation. Ces dernières informations relevaient de sa vie privée et il ressentit un certain malaise à l'idée que quelqu'un avait fouillé dans son passé.

— Comment pouvez-vous savoir tout ça ?

— Mon cher professeur, croyez-vous que je sois une conquête facile ? (Ariana sourit froidement et secoua la tête.) Je suis ici en service et ce déjeuner est un repas d'affaires, vous saisissez ?

Le Portugais eut l'air déconcerté.

— Non, je ne saisis pas.

— Réfléchissez un peu, professeur. Je suis une femme musulmane et, en plus, comme vous l'avez noté tout à l'heure, je viens du pays des ayatollahs, où la morale est très stricte. Combien de femmes iraniennes, selon vous, interpellent un Européen dans la rue et l'invitent à déjeuner sans raison ?

— Ma foi, je... je n'en sais rien.

— Aucune femme ne ferait ça en Iran, cher professeur. Aucune. Si nous sommes tous les deux assis là, c'est parce que nous avons une question à traiter.

— Vraiment ?

Ariana posa ses coudes sur la table et fixa Tomás dans les yeux.

— Professeur, comme je vous l'ai dit, je sais que vous êtes venu au Caire pour donner une conférence et aussi pour acquérir une antiquité égyptienne. Mais si je vous ai amené ici, c'est avec l'idée de vous proposer une autre affaire. (Elle se pencha, ramassa son sac et le posa sur la table.) J'ai ici la copie d'un manuscrit qui pourrait être la découverte du siècle. (Elle caressa son sac du bout des doigts.) Je suis ici par ordre de mon gouvernement pour vous proposer de travailler avec nous sur la traduction de ce document.

Tomás considéra un instant l'Iranienne.

— Si je comprends bien, vous voulez m'engager ?

— Oui, c'est ça.

— Vous n'avez donc pas vos propres traducteurs ?

Ariana sourit.

— Disons que ce texte relève de votre spécialité.

— Langues anciennes ?

— Pas exactement.

— Cryptologie ?

— Oui.

Tomás se frotta le menton.

— Hum, murmura-t-il. De quel manuscrit s'agit-il ?

L'Iranienne se redressa, la mine sérieuse, presque protocolaire.

— Avant d'aborder le sujet, j'ai un préalable à poser.

— Je vous écoute.

— À partir de maintenant, tout ce que je vais vous dire est confidentiel. Vous ne devrez rien révéler du contenu de notre conversation à personne. Vous entendez ? À personne. Si nous ne parvenons pas à un accord, il vous faudra également garder le silence sur tout ce que vous aurez entendu. (Elle le fixa dans les yeux.) Ai-je été suffisamment claire ?

— Parfaitement.

— Vous êtes sûr ?

— Oui, soyez tranquille.

Ariana ouvrit son sac, sortit une feuille et une carte qu'elle montra à son interlocuteur.

— Voici ma carte de fonctionnaire du ministère de la Science.

Tomás prit la carte. Elle était rédigée uniquement en farsi et affichait une photo d'Ariana coiffée du voile islamique.

— Toujours aussi jolie…

L'Iranienne sourit.

— Et vous, toujours aussi dragueur…

35

L'historien regarda à nouveau la carte.

— Je ne comprends rien à ce qui est écrit là-dessus. (Il lui rendit le document avec un geste d'indifférence.) Ça pourrait aussi bien être une fausse carte fabriquée dans quelque imprimerie du coin.

Ariana sourit.

— Avec le temps vous verrez que tout est véridique. Voici le document du ministère de la Science qui certifie l'authenticité du manuscrit sur lequel nous souhaitons que vous travailliez.

Le Portugais examina le papier avant de le lire d'un bout à l'autre. Le document officiel, frappé du sceau iranien, dactylographié en anglais, établissait qu'Ariana Pakravan était la chef du groupe de travail nommé par le ministère de la Science, de la Recherche et de la Technologie de la République islamique d'Iran, pour procéder au déchiffrage et à l'authentification du manuscrit intitulé *Die Gottesformel*. Au bas de la feuille, une signature illisible, identifiée comme étant celle du ministre Bozorgmehr Shafaq.

Tomás pointa du doigt le titre du manuscrit.

— *Die Gottes* quoi ?

— *Die Gottesformel*. C'est de l'allemand.

— J'avais compris qu'il s'agissait de la langue de Goethe, dit-il en riant. Mais qu'est-ce que c'est ?

Ariana sortit une nouvelle feuille de son sac, pliée en quatre ; elle la déplia et la remit à Tomás. Frappée en majuscules, sur du papier à carreaux, figurait, au-dessus d'un poème et d'une signature, l'expression *DIE GOTTESFORMEL*.

— Voici la photocopie de la première page du manuscrit en question, expliqua la femme. Comme vous le voyez, il s'agit du même titre mentionné par le ministre Shafaq sur le document que je vous ai présenté.

— Oui, *Die Gottesformel*, répéta Tomás. Mais qu'est-ce que c'est ?

— C'est un manuscrit rédigé par l'une des plus grandes figures de l'humanité.

— Qui ? demanda Tomás en riant. Jésus-Christ ?

— Je vois que vous aimez plaisanter.

— Allons, dites-moi qui ?

Ariana rompit un morceau de pain, le tartina d'houmous et mordit dedans avec une lenteur délibérée, comme si elle avait voulu accentuer l'intensité dramatique de la révélation.

— Albert Einstein.

Tomás considéra à nouveau la photocopie, avec une curiosité croissante.

— Einstein, dites-vous ? Intéressant. (Il regarda Ariana.) Cette signature est vraiment celle d'Einstein ?

— Oui.

— C'est son écriture ?

— Évidemment. Nous avons effectué des tests graphologiques qui l'ont confirmé.

— Et quand ce texte a-t-il été publié ?

— Il n'a jamais été publié.

— Vous voulez dire que c'est un inédit ?

— Tout à fait.

L'historien émit un murmure appréciatif ; la curiosité le dévorait à présent. Il examina une fois encore la photocopie, les caractères du titre, le poème et la signature. Puis ses yeux obliquèrent vers le sac d'Ariana, toujours posé sur la table.

— Où est le reste du manuscrit ?

— À Téhéran.

— Pouvez-vous m'en donner une copie pour que je l'étudie ?

L'Iranienne sourit.

— Non. C'est un document hautement confidentiel. Il vous faudra venir à Téhéran pour analyser le manuscrit. (Elle pencha la tête.) Que diriez-vous de vous y rendre dès maintenant ?

Tomás se mit à rire et leva une main en l'air, comme un policier stoppant la circulation.

— Du calme, pas si vite. D'abord, je ne suis pas sûr de pouvoir faire ce travail. Après tout, je suis ici en service pour la fondation Gulbenkian. D'autre part, j'ai des obligations à Lisbonne, il y a mes cours à…

— Cent mille euros, coupa Ariana, sans sourciller. Nous sommes prêts à vous payer cent mille euros.

L'historien hésita.

— Cent mille euros ?

— Oui. Tous frais payés.

— Pour combien de temps ?

— Le temps qu'il faudra.

— C'est-à-dire ? Une semaine ?

— Un mois ou deux.

— Un ou deux mois ? (Il prit un air pensif.) Je ne sais pas si je peux.

— Pourquoi ? On vous paie plus à la Gulbenkian et à l'université, c'est ça ?

— Non, ce n'est pas ça. Le problème, c'est que j'ai des engagements… et je ne peux pas les renvoyer du jour au lendemain, vous comprenez ?

Ariana se pencha sur la table et le fixa de ses yeux couleur de miel.

— Professeur, cent mille euros, c'est beaucoup

d'argent. Et nous payons cent mille euros par mois, plus les frais.

— Par mois, dites-vous ?

— Par mois, confirma-t-elle. Si ça dure deux mois, vous recevrez deux cent mille euros, et ainsi de suite.

Tomás considéra l'offre. Cent mille euros par mois, ça faisait plus de trois mille euros par jour. Autrement dit, il gagnerait en un jour plus qu'en un mois à la faculté. Pourquoi hésiter ? L'historien sourit et allongea son bras sur la table.

— Marché conclu.

Ils se serrèrent la main pour sceller le pacte.

— Donc, nous partons immédiatement pour Téhéran, ajouta-t-elle.

— Ça… ce n'est pas possible, dit l'historien. Je dois d'abord aller à Lisbonne régler certains détails.

— Nous avons un besoin urgent de vos services, professeur. Quand on est sur le point de toucher une somme pareille, on ne s'embarrasse pas de choses accessoires.

— Écoutez, il me faut aller à la Gulbenkian présenter un rapport sur ma réunion au Musée égyptien et, d'autre part, j'ai une démarche importante à faire à la faculté. Il me reste à donner quatre cours pour terminer le semestre et je dois trouver un assistant pour les assurer. Après quoi, je serai disponible pour venir à Téhéran.

L'Iranienne soupira d'impatience.

— Dans combien de temps pourrez-vous partir ?

— Une semaine.

Ariana hocha la tête, considérant la situation.

— C'est bon. Je suppose que nous pourrons survivre jusque-là.

Tomás reprit la photocopie et examina à nouveau le titre.

— Comment ce manuscrit est-il arrivé entre vos mains ?

— Je ne peux pas vous en parler.

— Bon. Mais vous pouvez peut-être me dire quel est le sujet traité par Einstein dans cet inédit ?

Ariana soupira en balançant la tête.

— Malheureusement, là non plus, je ne peux pas vous éclairer.

— Ne me dites pas que c'est confidentiel.

— Bien sûr que ça l'est. Tout ce qui concerne ce projet est confidentiel. Toutefois, dans ce cas précis, je ne peux pas vous répondre pour la simple et bonne raison que nous-mêmes, aussi incroyable que cela puisse paraître, nous sommes incapables de déchiffrer ce texte.

— Comment ça ? (Tomás écarquilla les yeux de surprise.) Quelle est la difficulté ? Vous n'avez personne qui lise l'allemand ?

— Le problème, c'est qu'une partie du document n'est pas rédigée en allemand.

— Ah non ?

— Non.

— Eh bien ?

— Écoutez, ce que je vais vous dire exige une totale confidentialité, vous entendez ?

— Oui, vous me l'avez déjà dit, soyez tranquille.

Ariana respira profondément.

— Presque tout le document est écrit en allemand de la propre main d'Einstein. Mais, pour des raisons qui restent à éclaircir, un court passage a été codé. Nos cryptologues l'ont examiné et ont conclu qu'ils ne parviendraient pas à en trouver la clé parce que cet extrait est écrit dans une langue qui n'est ni l'allemand ni l'anglais.

— Peut-être l'hébreu ?

L'Iranienne secoua la tête.

— Non, Einstein parlait mal l'hébreu. Il en connaissait les rudiments, mais il était loin de dominer la langue.

— Alors de quelle langue s'agit-il ?

— Nous avons de fortes raisons d'en soupçonner une en particulier.

— Laquelle ?

— Le portugais.

Tomás ouvrit la bouche, incrédule.

— Le portugais ?

— Oui.

— Mais… mais Einstein parlait le portugais ?

— Bien sûr que non, sourit Ariana. Mais nous avons des raisons de croire que c'est l'un de ses collaborateurs, parlant le portugais, qui aurait rédigé et codé ce court extrait.

— Mais pourquoi ?

— Les raisons restent encore à élucider.

Tomás se frotta les yeux comme s'il cherchait à faire une pause, à gagner du temps pour mettre de l'ordre dans ses pensées, afin de donner un sens à ce qu'il venait d'entendre.

— Attendez, attendez, demanda-t-il. Il y a une chose que je ne comprends pas. Ce texte est-il oui ou non un inédit d'Einstein ?

— Bien sûr que oui.

— Est-il oui ou non rédigé par Einstein ?

— Dans sa quasi-totalité, oui, il l'est de la main

d'Einstein. Mais, pour une raison qui reste obscure, la partie essentielle du texte a été écrite dans une autre langue, qui est elle-même codée. (Ariana répéta lentement, comme pour se faire mieux comprendre.) Après avoir analysé l'extrait codé et considéré l'histoire du manuscrit, nos cryptologues sont arrivés à la conclusion que la langue originale de cet extrait était fort probablement le portugais.

Tomás hocha la tête, le regard perdu.

— Ah, murmura-t-il. D'où votre intérêt pour moi...

— Exact. (Ariana écarta les bras comme pour souligner l'évidence.) Si le texte codé est rédigé à l'origine en portugais, il va de soi que nous avons besoin d'un cryptologue portugais, non ?

L'historien prit de nouveau la photocopie de la première page du manuscrit et l'examina avec attention. Il parcourut le titre en majuscules, *DIE GOTTESFORMEL*, et considéra le poème dactylographié dessous. Il posa son doigt sur les vers et regarda Ariana.

— Qu'est-ce que c'est ?

— Un poème quelconque. (L'Iranienne leva un sourcil.) Ce sont les seules lignes écrites en anglais, hormis une curieuse référence avant le passage codé. Tout le reste est en allemand. Vous ne connaissez pas l'allemand ?

Tomás rit.

— Je connais le portugais, l'espagnol, l'anglais, le français, le latin, le grec et le copte. Je suis assez avancé dans l'apprentissage de l'hébreu et de l'araméen, mais, malheureusement, je suis loin de dominer l'allemand. J'ai à peine quelques notions.

— En effet, dit-elle. C'est ce que j'ai lu en faisant mes recherches.

— Dites-moi, vous avez beaucoup recherché ?

— Disons que je me suis renseigné sur la personne que j'avais besoin d'engager.

Le Portugais jeta un dernier coup d'œil à la photocopie, son attention toujours happée par le titre.

— *Die Gottesformel*, lut-il. Qu'est-ce que c'est ?

— C'est le titre du manuscrit.

Tomás rit.

— Merci ! s'exclama-t-il avec une lueur sarcastique dans les yeux. Jusque-là, j'avais compris. Mais je ne connais pas cette expression en allemand. Qu'est-ce que ça veut dire ?

— *Die Gottesformel* ?

— Oui.

Ariana prit son verre, aspira une gorgée de karkade et sentit le goût des feuilles d'hibiscus adoucir sa langue. Elle posa son thé noir sur la table et fixa Tomás.

— La formule de Dieu.

II

Le son polyphonique provenant de sa poche de pantalon annonça à Tomás un appel sur son portable. Il plongea la main dans sa poche et en sortit le petit appareil chromé ; l'écran affichait : « parents ».

— Allo ?

Une voix familière répondit à l'autre bout de la ligne, comme si elle se trouvait à moins d'un mètre.

— Allo ? Tomás ?

— Bonsoir, maman.

— Où es-tu, mon fils ? Tu es rentré ?

— Oui, je suis arrivé cet après-midi.

— Tout s'est bien passé ?

— Oui.

— Ah, mon Dieu ! À chaque fois que tu voyages, je me fais un sang d'encre.

— Oh, maman, arrête ! De nos jours, prendre l'avion est une chose parfaitement normale. Tiens, c'est comme prendre le bus ou le train, sauf que c'est plus rapide et plus commode.

— Malgré tout, ça m'inquiète toujours. En plus, tu étais dans un pays arabe, non ? Ils sont tous cinglés là-bas, ils passent leur temps à faire exploser des bombes et à tuer des gens, c'est horrible. Tu ne regardes pas les informations ?

— Comme tu y vas ! plaisanta le fils. Ils ne sont pas aussi méchants que ça ! Ils sont même très sympathiques et bien élevés.

— Bien sûr. Jusqu'à l'explosion de la prochaine bombe.

Tomás soupira d'impatience.

— D'accord, d'accord, dit-il, nullement disposé à poursuivre cette conversation. Le fait est que tout s'est bien passé et que je suis de retour.

— Dieu merci.

— Et papa, comment va-t-il ?

La mère hésita à l'autre bout de la ligne.

— Ton père... heu... ça peut aller.

— Tant mieux, répondit Tomás, sans noter l'hésitation. Et toi, maman ? Tu continues à surfer sur Internet ?

— Plus ou moins.

— Ne me dis pas que tu vas sur des sites coquins, plaisanta le fils.

— Oh, arrête de dire des bêtises, protesta la mère. (Elle se racla la gorge.) Écoute, Tomás, ton père et moi venons demain à Lisbonne.

— Vous venez demain ?

— Oui.

— Alors il faut qu'on déjeune ensemble.

— Bien entendu. On partira tôt d'ici, on devrait arriver vers 11 heures, midi.

— Alors venez me retrouver à la Gulbenkian. À 13 heures.

— À 13 heures à la Gulbenkian ? D'accord.

— Mais que venez-vous faire ?

La mère hésita à nouveau.

— On en parlera demain, mon fils, dit-elle pour finir. On en parlera demain.

La géométrie du bâtiment en béton, avec ses lignes horizontales, était une structure intemporelle qui émergeait de la verdure comme une construction mégalithique, un énorme dolmen dressé au sommet d'un tertre gazonné. Tandis qu'il montait la rampe, Tomás contempla l'édifice avec le même enchantement habituel, la même sensation d'être devant une acropole moderne, un monument métaphysique, un gigantesque pavé intégré dans un jardin arboré comme s'il en avait toujours fait partie.

La fondation Gulbenkian.

Il entra dans le hall d'entrée, sa serviette à la main, et gravit le large escalier. De longues baies vitrées fendaient les murs épais, insérant le bâtiment dans le jardin, la structure artificielle dans le paysage naturel, le béton dans les plantes. Il passa par le foyer du grand auditorium et, après avoir frappé à la porte, pénétra dans le bureau.

— Bonjour, Albertina, comment ça va ?

La secrétaire archivait quelques documents dans une armoire. Elle tourna la tête et sourit.

— Bonjour, professeur. Vous voilà de retour ?

— Comme vous pouvez le constater.

— Tout s'est bien passé ?

— À merveille. Le professeur Vital est-il là ?

— Non, il est en réunion avec le personnel du musée. Il ne reviendra que cet après-midi.

Tomás resta indécis.

— Bon… je venais pour lui remettre le rapport de

mon voyage au Caire. Je ne sais pas quoi faire. C'est peut-être mieux que je repasse cet après-midi ?

Albertina s'assit à son bureau.

— Laissez-le-moi, suggéra-t-elle. Quand il reviendra, je le lui donnerai. S'il a des questions, il vous contactera, d'accord ?

L'historien ouvrit sa serviette et extirpa quelques pages liées par une agrafe.

— C'est d'accord, dit-il en remettant les feuillets à la secrétaire. Je vous laisse mon rapport. Qu'il m'appelle si besoin.

Tomás se retourna pour sortir, mais la secrétaire l'arrêta.

— Ah, professeur.

— Oui ?

— Vous avez reçu un appel de Greg Sullivan, de l'ambassade américaine. Il demande que vous le rappeliez dès que possible.

L'historien repartit par le même chemin et se rendit dans son bureau au rez-de-chaussée, une petite pièce habituellement occupée par les consultants de la fondation. Il s'assit à son bureau et se mit au travail, préparant le plan des cours qu'il lui restait à donner avant la fin du semestre.

La fenêtre du bureau ouvrait sur le jardin : les feuillages et la pelouse ondulaient au rythme du vent, et les gouttes d'eau giclant des tourniquets étincelaient sous le soleil matinal. Il téléphona à un assistant et régla les détails des cours, en promettant de laisser au secrétariat de la faculté les plans qu'il venait de terminer. Après quoi, il chercha dans le répertoire de son portable le numéro de l'attaché culturel de l'ambassade américaine, et l'appela.

— Sullivan, j'écoute.

— Bonjour, Greg. C'est Tomás Noronha, de la Gulbenkian.

— Tomás ! Comment allez-vous ?

L'attaché culturel parlait portugais avec un fort accent américain, très nasal.

— Très bien. Et vous ?

— Bien aussi. Alors, c'était comment Le Caire ?

— Normal. Je pense que nous allons conclure l'affaire pour acquérir la stèle. La décision appartient maintenant à l'administration, bien entendu. Mais mon impression est positive et les conditions me semblent acceptables.

— Je ne vois pas ce que vous trouvez de particulier à ces vieilleries égyptiennes, dit l'Américain en riant. Je pense qu'il y a des choses plus intéressantes qui mériteraient que l'on dépense de l'argent.

— Vous dites ça parce que vous n'êtes pas historien.

— Peut-être. (Il changea de ton.) Tomás, j'ai cherché à vous joindre parce qu'il faudrait que vous passiez à l'ambassade.

— Ah oui ? Que se passe-t-il ?

— C'est une affaire qui… enfin… ne peut être discutée par téléphone.

— Ne me dites pas que vous avez des nouvelles concernant la proposition que nous avons faite au Getty Center. Ils ont donc fini par accepter à Los Angeles…

— Non, ce n'est pas ça, coupa Sullivan. C'est… autre chose.

— Hum, murmura Tomás, cherchant à deviner de quelle affaire il s'agissait.

Peut-être quelque nouvelle du Musée hébraïque,

pensa-t-il. Depuis qu'il s'était mis à l'hébreu et à l'araméen, l'attaché américain lui proposait souvent d'aller à New York pour voir le musée.

— Très bien. Quand voulez-vous que je vienne ?

— Cet après-midi.

— Cet après-midi ? Je ne sais pas si je pourrai. Mes parents seront ici dans un moment et je dois encore passer à la faculté.

— Tomás, il faut que ce soit cet après-midi.

— Mais pourquoi ?

— Quelqu'un est arrivé d'Amérique. Il a pris l'avion exprès pour venir vous parler.

— Pour me parler à moi ? Qui est-ce ?

— Je ne peux pas vous le dire au téléphone.

— Allons, dites-le.

— Je ne peux pas.

— C'est Angelina Jolie ?

Sullivan rit.

— Décidément, vous faites une fixation sur Angelina Jolie. C'est la deuxième fois que vous m'en parlez.

— C'est une fille dotée d'attributs... disons... appréciables, commenta Tomás avec un sourire. Mais si ce n'est pas Angelina Jolie, qui est-ce ?

— Vous verrez.

— Écoutez, Greg, j'ai autre chose à faire qu'à supporter des casse-pieds, vous comprenez ? Dites-moi qui c'est ou je ne viendrai pas.

L'attaché culturel hésita à l'autre bout de la ligne.

— OK, je vais vous donner une piste. Mais vous devez me promettre d'être là à 15 heures.

— À 16 heures.

— Très bien, 16 heures ici à l'ambassade. Je compte sur vous, d'accord ?

— Soyez tranquille, Greg.

— Parfait. À tout à l'heure, alors.

— Attendez, cria presque Tomás. Vous ne m'avez toujours pas donné de piste, bon sang.

— J'espérais que vous aviez oublié.

— Vous êtes un malin. Alors ? Cette piste ?

— C'est confidentiel, vous entendez ?

— Oui, oui, j'entends bien. Mais accouchez.

— OK, acquiesça l'Américain. (Il respira profondément.) Tomás, avez-vous déjà entendu parler de la CIA ?

L'historien crut mal entendre.

— Quoi ?

— On en parlera cet après-midi. À tout à l'heure.

L'horloge sur le mur indiquait 12 h 50 lorsque l'on frappa à la porte du bureau. La poignée tourna et Tomás vit se pencher un visage familier, une femme aux cheveux blonds bouclés, avec de grosses lunettes barrant des yeux vert clair, les mêmes yeux dont il avait hérités.

— Je peux ?

— Maman ! s'exclama l'historien en se levant. Tout va bien ?

— Mon fils chéri, dit-elle en le serrant et l'embrassant avec effusion. Comment vas-tu ?

Une toux sèche, derrière elle, annonça un second visage.

— Bonjour, papa, salua Tomás, tendant sa main avec prévenance.

— Alors, mon garçon ? Comment ça va ?

Ils se serrèrent la main, un peu embarrassés, comme toujours quand ils se rencontraient.

— Tout va bien, dit Tomás.

— Quand trouveras-tu une femme pour s'occuper de toi ? demanda sa mère. Tu as 42 ans, il faut que tu refasses ta vie, mon fils.

— Ah, mais j'y compte bien.

— Il faut que tu nous donnes des petits-enfants.

— Bien sûr, bien sûr.

— N'y a-t-il pas moyen que toi et Constança... enfin... vous...

— Non, il n'y en a pas, coupa Tomás. (Il regarda vers l'horloge, cherchant à changer de sujet.) Si on allait manger ?

La mère hésita.

— D'accord, mais... mais il vaudrait mieux, d'abord, qu'on parle un peu.

— On parlera au restaurant. (Il fit signe de la tête.) Allons-y. J'ai réservé une table et...

— Il faut que nous parlions ici, interrompit-elle.

— Ici ? s'étonna le fils. Mais pourquoi ?

— Parce que nous devons parler seuls. Sans personne autour.

Tomás prit une mine intriguée et referma doucement la porte de la pièce. Il avança deux chaises, où ses parents s'assirent, et rejoignit sa place, derrière le bureau.

— Alors ? demanda-t-il en les regardant d'un air interrogatif. Que se passe-t-il ?

Ses parents semblaient gênés. La mère regarda son mari, indécise, comme si elle attendait qu'il commence à parler. Comme il restait muet, elle le devança.

— Ton père a quelque chose à te dire. (Elle regarda de nouveau son mari.) N'est-ce pas, Manuel ?

Le père se redressa sur sa chaise et toussa.

— Je suis inquiet parce qu'un de mes collègues a disparu, dit-il, visiblement mal à l'aise. Augusto...

— Manuel, interrompit la femme. Ne commence pas à divaguer.

— Je ne divague pas. La disparition d'Augusto me préoccupe, que veux-tu !

— Nous ne sommes pas venus ici pour parler d'Augusto.

Le regard de Tomás alla de l'un à l'autre.

— Qui est Augusto ?

La mère roula des yeux, contrariée.

— C'est le professeur Augusto Siza, un collègue de ton père à l'université. Il enseigne la physique et il a disparu voilà deux semaines.

— Ah, oui ?

— Mon fils, cette histoire ne nous concerne pas. Nous sommes ici pour une autre raison. (Elle regarda son mari.) N'est-ce pas, Manuel ?

Manuel Noronha baissa la tête et inspecta ses ongles, jaunis par tant d'années de cigarettes. Assis derrière son bureau, Tomás examina son père. Il était presque chauve, seuls résistaient à la calvitie un cercle de cheveux blancs tombant sur les oreilles et la nuque ; ses sourcils, épais et rebelles, grisonnaient et son visage était creusé, ses pommettes trop saillantes cachaient presque ses petits yeux marron clair ; et de grandes rides entaillaient sa face comme des cicatrices. À y regarder de près, son père se faisait vieux ; vieux et maigre, avec un corps chétif et sec, il ne lui restait pratiquement plus que la peau et les os. Il avait 70 ans et l'âge commençait à lui peser, c'était incroyable qu'il donne encore des cours de mathématiques à l'université de Coimbra. Seuls sa lucidité et son talent le permettaient, mais il avait tout de même dû obtenir une autorisation spéciale du recteur ; dans le cas contraire, il aurait dépéri chez lui depuis longtemps.

— Manuel, insista la femme. Allez, vas-y. Je t'avertis, si tu ne dis rien, moi je lui dirai.

— Mais dire quoi ? demanda Tomás, intrigué par tout ce mystère.

— Je vais lui dire, lança le père.

Le professeur de mathématiques n'était pas une personne bavarde. Son fils s'était habitué à le voir, au fil des années, comme un être distant, un homme silencieux, une cigarette toujours à la main, enfermé dans son bureau sous les combles, cramponné à un crayon ou à une craie, coupé de la vie, une sorte d'ermite de l'abstraction ; son monde se réduisait aux théories de Cantor, à la géométrie d'Euclide, aux théorèmes de Fermat et Gödel, une fractale de Mandelbrot, aux systèmes de Lorenz, à l'empire des nombres. Il vivait dans un nuage d'équations et de tabac, plongé dans un univers irréel, loin des hommes, en une réclusion ascétique, ignorant presque sa famille ; c'était un esclave de la nicotine et des algorithmes, des formules et des fonctions, de la théorie des ensembles et des probabilités, de la symétrie, de pi et de phi, et de tout ce qui touchait à tout.

À tout. Sauf à la vie.

— Je suis allé chez le médecin, annonça Manuel Noronha, comme s'il n'avait plus rien à ajouter.

Il y eut un silence.

— Oui ? encouragea le fils.

Le vieux professeur, comprenant qu'on attendait qu'il continue de parler, se cala sur sa chaise.

— J'ai commencé à tousser voilà quelque temps

54

déjà, deux ou trois ans. (Il toussa deux fois, comme pour donner un exemple.) D'abord, j'ai cru que c'était un rhume, puis de l'allergie. Le problème, c'est que ma toux s'est aggravée, et j'ai perdu l'appétit. J'ai maigri et j'ai commencé à me sentir faible. Comme Augusto m'avait demandé, à ce moment-là, de vérifier quelques équations, j'ai attribué cette fatigue et cette perte de poids à l'excès de travail. (Il porta sa main à la poitrine.) Ensuite, j'ai commencé à siffler. (Il respira profondément, laissant entendre un sifflement montant du thorax.) Ta mère m'a demandé d'aller chez le médecin, mais je ne l'ai pas écoutée. Par la suite, j'ai été pris de violents maux de tête et de douleurs dans les os. Je m'obstinais à croire que c'était dû au travail, mais ta mère m'a tellement cassé les oreilles que j'ai enfin accepté un rendez-vous avec le docteur Gouveia.

— Ton père est un ours, comme tu le sais, observa la mère. Il a presque fallu que je le traîne jusqu'à la clinique.

Tomás resta muet. Il n'aimait pas le tour que prenait la conversation, il anticipa la conclusion logique et comprit que son père avait un vrai problème de santé.

— Le docteur Gouveia m'a demandé de faire des examens, reprit Manuel Noronha. On m'a fait une prise de sang et quelques radios. Le médecin a vu les résultats et m'a demandé d'effectuer aussi un TAC. Puis, il nous a reçus dans son cabinet, ta mère et moi, et nous a révélé qu'il avait détecté quelques taches dans mes poumons et une augmentation des ganglions lymphatiques. Il a déclaré que je devais encore faire une biopsie, pour analyser un échantillon au microscope et voir ce que c'était. J'ai pris rendez-vous pour une bronchoscopie, afin qu'on extraie un fragment de tissu pulmonaire.

— Pouah ! s'écria la mère, avec son roulement d'yeux si particulier. La bronchoscopie, c'était une boucherie.

— Comment pouvais-je réagir autrement ? demanda le père, en lui lançant un regard vexé. J'aurais aimé te voir à ma place, hein ? Ç'aurait été du joli.

Il regarda son fils comme s'il cherchait un allié.

— Ils ont introduit un petit tube dans mon nez et l'ont fait descendre par ma gorge jusqu'aux poumons. (Il indiqua avec son doigt tout le trajet de la sonde.) Je pouvais à peine respirer, c'était vraiment horrible.

— Et qu'a révélé l'examen ? questionna Tomás, impatient de connaître la conclusion de l'histoire.

— Eh bien, ils ont examiné l'échantillon prélevé sur la tache de mon poumon et sur mes ganglions lymphatiques. Passé quelques jours, le docteur Gouveia nous a appelés pour une nouvelle réunion. Après un long discours, il a fini par dire que j'avais… euh… (Il regarda sa femme.) Graça, toi qui retiens ces choses, comment a-t-il dit déjà ?

— Je n'oublierai jamais, observa Graça Noronha. Il a appelé ça une « prolifération incontrôlée des cellules du revêtement épithélial de la muqueuse des bronches et des alvéoles du poumon ».

Tomás fixa du regard sa mère, puis son père, et de nouveau sa mère.

— Qu'est-ce que ça veut dire au juste ?

Manuel Noronha soupira, laissant distinctement entendre le sifflement qui montait de sa poitrine.

— J'ai un cancer, Tomás.

Le fils écouta et tenta d'intégrer l'information dans sa conscience, mais il resta figé, sans réaction.

— Un cancer ? Comment ça, un cancer ?

— J'ai un cancer du poumon. (Il respira de nouveau profondément.) D'abord, je n'y ai pas cru. J'ai pensé qu'on avait échangé les examens, en mettant mon nom sur la fiche d'une autre personne. J'ai quitté le cabinet et je suis allé consulter un autre médecin, le docteur Assis, qui m'a fait de nouveaux tests, avant de me tenir un grand discours comme quoi j'avais un problème gênant qui exigeait d'être soigné, mais sans me dire lequel.

Sa femme remua sur sa chaise.

— Le docteur Assis m'a ensuite téléphoné pour me demander d'aller le voir, dit Graça. Quand je suis arrivée là-bas, il m'a annoncé ce que le docteur Gouveia nous avait déjà révélé. Il a déclaré que ton père avait une… enfin, cette maladie, mais il ne savait pas s'il devait le lui dire.

Le mathématicien fit un geste de résignation.

— Si bien que je me suis rendu à l'évidence et je suis retourné chez le docteur Gouveia. Il m'a expliqué que mon problème s'appelle… c'est un nom bizarre, carcinome-quelque-chose. Il s'agit d'un cancer du poumon sans petites cellules.

— C'est à cause du tabac, maugréa sa femme. Le docteur Gouveia a dit que quatre-vingt-dix pour cent des cancers du poumon sont dus à la cigarette. Or, ton père fumait comme un pompier ! (Elle leva un doigt réprobateur.) Combien de fois lui ai-je répété : Manuel, tu devrais arrêter de…

— Attends, un peu, maman, interrompit Tomás,

ébranlé par la nouvelle. (Il regarda son père.) Ça se soigne, n'est-ce pas ?

Presque en guise de réponse, Manuel Noronha toussa.

— Le docteur Gouveia dit qu'il existe plusieurs traitements pour combattre ce problème. Il y a la chirurgie, pour résoudre le carcinome, et il y a aussi la chimiothérapie et la radiothérapie.

— Et lequel vas-tu suivre ?

Il y eut un court silence.

— Dans mon cas, dit enfin le père, il y a deux complications qui, selon le docteur Gouveia, sont très courantes dans ce type de cancer.

— Lesquelles ?

— Mon cancer a été dépisté un peu tard. Il semblerait, concernant le cancer du poumon, que ça arrive dans soixante-cinq pour cent des cas. Diagnostic tardif, répondit-il en toussant. La seconde complication découle de la première. Comme la maladie n'a pas été détectée à temps, elle s'est étendue sur d'autres parties du corps. Des métastases se sont formées dans les os et le cerveau, et le docteur Gouveia affirme qu'il est normal qu'elles envahissent aussi le foie.

Tomás se sentit paralysé, les yeux fixés sur son père.

— Mon Dieu ! s'exclama-t-il. Et quel est le traitement ?

— La chirurgie est exclue. Les tumeurs se sont disséminées, si bien que mon cas est inopérable. La chimiothérapie n'est pas plus envisageable, car elle n'est efficace que dans le cas du cancer à petites cellules. Moi j'ai l'autre qui est, semble-t-il, le type de cancer du poumon le plus fréquent.

— Si tu ne peux pas être opéré ni suivre une chimiothérapie, que vas-tu faire ?

— Une radiothérapie.

— Et ça va te guérir ?

— Le docteur Gouveia dit que j'ai des chances de m'en sortir, car à mon âge l'évolution de la maladie n'est pas très rapide, et qu'il me faut vivre avec comme s'il s'agissait d'une affection chronique.

— Ah.

— Mais j'ai lu beaucoup de choses sur le sujet et je doute qu'il ait été tout à fait sincère avec moi.

Sa femme s'agita sur son siège, agacée par cette observation.

— Quelle absurdité ! protesta-t-elle. Bien sûr qu'il a été sincère !

Le mathématicien regarda sa femme.

— Graça, on ne va pas recommencer à se disputer, d'accord ?

Graça se tourna vers son fils, à présent c'était elle qui cherchait un allié.

— Tu as vu ça ? Le voilà persuadé qu'il va mourir !

— Ce n'est pas ça, argumenta le mari. J'ai lu certaines choses et j'ai compris que l'objectif de la radiothérapie n'était pas de guérir, mais seulement de retarder l'évolution de la maladie.

— Retarder ? demanda le fils. Comment ça, retarder ?

— Retarder. Rendre l'évolution plus lente.

— Combien de temps ?

— Je n'en sais rien ! Dans mon cas, ça peut être un mois, comme un an, je n'en ai aucune idée. J'espère en avoir encore pour vingt, dit-il le regard brouillé.

Mais je n'ai peut-être plus qu'un mois à vivre, je ne sais pas.

Tomás sentit le sol se dérober sous ses pieds.

— Un mois ?

— Doux Jésus, quelle manie ! protesta Graça. Voilà ton père qui recommence à tout dramatiser...

Le vieux professeur de mathématiques eut un accès de toux. Il se remit péniblement, respira profondément, et ses yeux humides fixèrent les yeux verts de son fils.

— Tomás, je vais mourir.

III

La sécurité à l'entrée du périmètre de l'ambassade des États-Unis, un bâtiment niché dans un coin verdoyant de Sete Rios, atteignait des proportions ridicules. Tomás Noronha dut passer par deux cordons de policiers et être fouillé deux fois, avant de franchir un système de détection de métaux et de mettre son œil dans un petit appareil biométrique conçu pour identifier les suspects par la reconnaissance de l'iris ; sans parler du miroir que les agents de sécurité glissèrent sous sa Volkswagen bleue, afin de repérer quelque éventuel explosif placé dans la voiture. Il savait que depuis le 11 Septembre les mesures de protection à l'entrée de l'ambassade avaient été renforcées, mais il ne s'attendait pas à ça ; voilà très longtemps qu'il n'avait pas mis les pieds dans ce lieu et jamais il n'aurait imaginé que l'accès au périmètre diplomatique se fût transformé en une telle course d'obstacles.

Le sourire radieux de Greg Sullivan l'accueillit à la porte de l'ambassade. L'attaché culturel était un homme de 30 ans, aux cheveux blonds et aux yeux bleus, tiré à quatre épingles et de belle prestance, avec des gestes calmes et une vague allure de mormon.

L'Américain le conduisit à travers les couloirs de l'ambassade et l'introduisit dans une pièce lumineuse, dont la large fenêtre donnait sur un joli jardin. Un jeune homme en chemise blanche et en cravate rouge se trouvait assis devant une longue table en acajou, son attention fixée sur un ordinateur portable ; il se leva lorsque Sullivan entra avec son invité.

— Don, annonça-t-il. Voici le professeur Tomás Noronha.

— Enchanté.

Les deux hommes se saluèrent.

— Voici Don Snyder, dit-il, toujours en anglais, en présentant le jeune homme, dont le visage particulièrement pâle contrastait avec ses cheveux noirs et lisses.

Tous les trois s'assirent, et l'attaché culturel continua à diriger les opérations comme s'il était un maître de cérémonie confirmé. Sullivan parlait fort, sans quitter Tomás des yeux, manifestant à l'évidence que ses paroles s'adressaient exclusivement au Portugais.

— Cette conversation est strictement confidentielle. Tout ce qui sera dit ici doit rester entre nous. Est-ce bien clair ?

— Oui.

Sullivan se frotta les mains.

— Très bien ! s'exclama-t-il. (Il se retourna.) Don, nous pouvons peut-être commencer ?

— OK, approuva Don en retroussant les manches de sa chemise. Monsieur Norona, comme…

— Noronha, corrigea Tomás.

— Norona ?

— Laissez tomber, sourit l'historien en se rendant compte que l'Américain ne pourrait jamais prononcer son nom correctement. Appelez-moi Tom.

— Ah, Tom ! répéta le jeune homme aux cheveux noirs, ravi d'articuler un nom plus familier. Très bien, Tom. Comme Greg vous l'a dit, je m'appelle Don Snyder. Ce qu'il ne vous a pas précisé, c'est que je travaille pour la CIA à Langley, où je suis agent de contre-terrorisme, intégré dans un service appartenant à la *Directorate of Operations*, une des quatre directions de l'agence.

— Opérations, dites-vous ? Un peu comme… James Bond ?

Snyder et Sullivan se mirent à rire.

— Oui, c'est à la *Directorate of Operations* que travaillent les 007 américains, confirma Don. Bien que je ne sois pas, à proprement parler, l'un d'eux. Mon travail, je le crains, n'est pas aussi palpitant que les aventures de mon collègue fictif du MI6. J'ai rarement de belles filles autour de moi et, la plupart du temps, mes missions se bornent à des enquêtes de routine, nullement passionnantes. La direction des opérations a pour principal objectif de collecter des informations secrètes, en recourant le plus souvent à l'HUMINT, autrement dit, *human intelligence*, sources humaines utilisant des techniques cryptées.

— Espions, vous voulez dire.

— Ce terme fait un peu… comment dirais-je ?… un peu amateur. Nous préférons les appeler *human intelligence*, ou sources humaines collectant des informations secrètes. (Il porta sa main à la poitrine.) Quoi qu'il en soit, je ne suis pas l'une de ces sources. Ma tâche se réduit à l'analyse d'informations sur des activités terroristes. (Il arqua un sourcil.) Et c'est ce qui m'amène à Lisbonne.

Tomás sourit.

— Du terrorisme ? À Lisbonne ? Voilà deux mots qui ne vont pas ensemble. Il n'y a pas de terrorisme à Lisbonne.

Sullivan intervint.

— Ce n'est pas tout à fait exact, Tomás, dit-il en riant. Vous avez déjà conduit dans les rues de cette ville ?

— Ah, bien sûr, approuva le Portugais. Il y a chez nous des gens qui, au volant, sont plus dangereux que Ben Laden, c'est indéniable.

Déconcerté par leurs plaisanteries, Don Snyder esquissa un sourire poli.

— Laissez-moi juste terminer ma présentation, demanda-t-il.

— Excusez-nous, rétorqua Tomás. Je vous en prie.

L'Américain effleura les touches de son clavier.

— J'ai été appelé la semaine dernière à Lisbonne à cause d'un événement apparemment anodin. (Il tourna vers Tomás l'écran de son ordinateur, où s'affichait le visage souriant d'un septuagénaire à la moustache et à la barbiche grises, avec des lunettes aux verres épais et des yeux noirs.) Connaissez-vous cet homme ?

Tomás examina le visage et secoua la tête.

— Non.

— Il s'appelle Augusto Siza et c'est un célèbre professeur portugais titulaire de chaire, le plus grand physicien du pays.

Tomás ouvrit la bouche en reconnaissant le nom.

— Ah ! s'exclama-t-il. C'est le collègue de mon père.

— Le collègue de votre père ? s'étonna Don.

— Oui. N'est-ce pas celui qui a disparu ?

— Effectivement. Il y a trois semaines.

— Eh bien, mon père m'en a parlé aujourd'hui même.

— Votre père le connaît ?

— Oui, ils sont collègues à l'université de Coimbra. Mon père enseigne les mathématiques et le professeur Siza est titulaire de la chaire de physique dans la même faculté.

— Je vois.

— Mais que lui est-il arrivé ?

— Le professeur Siza a disparu sans laisser de traces. Un jour, alors que ses étudiants l'attendaient pour un cours à la faculté, il ne s'est pas présenté. Le lendemain, il était attendu à une réunion de la Commission scientifique où il ne s'est pas non plus présenté. On l'a appelé plusieurs fois sur son portable mais personne n'a jamais répondu. Bien que d'un âge avancé, Siza est considéré comme un homme énergique et très lucide, ce qui lui a permis d'enseigner au-delà de l'âge limite. Comme il est veuf et qu'il vit seul, sa fille étant mariée, ses collègues ont pensé qu'il s'était absenté pour une quelconque raison. Finalement, un collaborateur du professeur s'est rendu chez lui à cause d'une réunion sans cesse différée, il est entré dans l'appartement et a constaté qu'il n'y avait personne. Mais il a découvert le bureau très en désordre, avec des papiers et des dossiers ouverts éparpillés sur le sol, si bien qu'il a appelé la police. C'est votre police d'investigation qui s'est rendue sur place, la... Ju... Jucidaria, et...

— Judiciária.

— C'est ça ! s'exclama Don, reconnaissant le nom. Cette police a relevé quelques échantillons, y compris des cheveux, et les a envoyés au laboratoire d'analyses. Quand les résultats sont arrivés, les inspecteurs de police ont rentré les données dans l'ordinateur de recherche, qui est connecté à Interpol.

Il effleura encore quelques touches sur son clavier.

— Le résultat s'avéra surprenant.

Une nouvelle tête apparut sur l'écran, celle d'un homme basané, au visage rond et à la barbe noire.

— Reconnaissez-vous cet individu ?

Tomás scruta les traits de l'homme.

— Non.

— Il s'appelle Aziz al-Mutaqi et il travaille pour une unité nommée Al-Muqawama al-Islamiyya. En avez-vous déjà entendu parler ?

— Heu… non.

— C'est la section militaire du parti de Dieu. Connaissez-vous le parti de Dieu ?

— Non plus, confessa Tomás, se sentant totalement ignorant.

— En arabe, parti de Dieu se dit *Hibz Allah*. Ça vous dit quelque chose ?

Le Portugais s'affaissa sur sa chaise et secoua la tête une fois de plus, consterné de ne rien savoir.

— Non.

— *Hibz Allah*. Évidemment, les Libanais ont un accent très particulier. Au lieu de dire *Hibz Allah*, ils disent *Hezb'llah*. La CNN dit *Hezbollah*.

— Ah ! Hezbollah ! s'exclama Tomás, soulagé. J'en ai entendu parler, bien sûr !

— Aux informations, je suppose.

— Oui, aux informations.

— Et savez-vous ce qu'est le Hezbollah ?

— Un groupe de personnes au Liban qui a été en guerre contre Israël ?

Don Snyder sourit.

— En résumant beaucoup, c'est ça, oui, acquiesça-t-il. Le Hezbollah est une organisation islamique chiite qui est née au Liban en 1982, rassemblant divers groupes formés pour résister à l'occupation israélienne au sud du pays. Elle a des liens avec le Hamas et le Jihad islamique, on soupçonne même une liaison avec al-Qaïda. (Il secoua la tête et baissa le ton, comme en aparté.) J'avoue que je n'y crois pas. Al-Qaïda est une organisation sunnite dont l'idéologie wahabite exclut ouvertement les Chiites. Les partisans de Ben Laden ne sont pas loin de considérer les Chiites comme des infidèles. Or ceci infirme l'hypothèse d'une quelconque alliance entre les deux, ne croyez-vous pas ? (À nouveau, il frôla du doigt quelques touches sur le clavier de son portable, faisant apparaître des images de destructions sur l'écran.) Quoi qu'il en soit, le Hezbollah se trouve impliqué dans plusieurs prises d'otages d'Occidentaux et des attentats en Occident, des actes plus que suffisants pour inciter les États-Unis et l'Union européenne à le déclarer organisation terroriste. Le propre Conseil de Sécurité des Nations unies a émis une résolution, la résolution 1559, exigeant la dissolution de la branche armée du Hezbollah.

Tomás se caressa le menton.

— Mais qu'est-ce que le Hezbollah a à voir avec le professeur Siza ?

L'Américain fit un signe de tête affirmatif.

— C'est précisément la question que les inspecteurs de la Ju... heu... de votre police se sont posée, dit Don. Que faisaient les cheveux d'un homme recherché par Interpol pour son lien avec le Hezbollah dans le bureau du professeur Siza, à Coimbra ?

La question resta en suspens dans la pièce.

— Quelle est la réponse ?

L'Américain haussa les épaules.

— Je l'ignore. Je sais seulement que votre police est immédiatement entrée en contact avec le service portugais de renseignements, le SIS, et celui-ci s'est adressé à Greg, qui a lui-même communiqué l'information à Langley.

Tomás regarda Greg Sullivan et, comme frappé d'une lumière soudaine, la vérité lui apparut. Son ami Greg, l'Américain paisible qui tant de fois lui téléphonait pour lui parler du Musée hébraïque et pour l'aider dans ses négociations avec le Getty Center ou le Lincoln Center, était aussi intéressé par la culture que lui, Tomás, l'était par le baseball ou par les films d'Arnold Schwarzenegger. Autrement dit, Greg n'était pas du tout un homme de culture ; c'était un agent de la CIA qui opérait à Lisbonne sous la couverture d'attaché culturel. Cette soudaine prise de conscience le porta à regarder l'Américain avec un autre regard, mais surtout elle lui fit comprendre combien les apparences étaient trompeuses, combien il était facile de duper un naïf bien intentionné comme lui.

Réalisant qu'il le fixait d'un air pantois, le Portugais tressaillit, comme s'il se réveillait, et se tourna de nouveau vers Don.

— Greg vous a parlé, c'est ça ?

— Non, nia Don. Greg a parlé avec mon sous-directeur de la *Directorate of Operations*. Mon sous-directeur a parlé avec mon chef, responsable du bureau d'analyse de contre-terrorisme, et mon chef m'a envoyé ici à Lisbonne.

Tomás eut l'air intrigué.

— Très bien, dit-il en hochant la tête comme un professeur qui approuve le travail d'un élève appliqué. Mais maintenant, dites-moi une chose, Don. Qu'est-ce que je fais ici ?

L'Américain aux cheveux noirs sourit.

— Je n'en ai aucune idée. On m'a chargé de vous exposer les paramètres de ma mission et c'est ce que je viens de faire.

Le Portugais se tourna vers Greg.

— Qu'ai-je à voir avec tout ça ?

Sullivan consulta sa montre.

— Je crois que ce n'est pas à moi de vous répondre, dit-il.

— Alors, c'est à qui ?

L'hôte hésita et lança un regard vers la porte.

— Il ne devrait pas tarder à arriver.

IV

La silhouette émergea de l'ombre par une porte latérale et s'approcha lentement de la table d'acajou. Tomás et les deux Américains furent presque effrayés en la voyant surgir du vide, comme un spectre, une figure fantomatique qui s'était inopinément matérialisée dans la pièce.

C'était un homme grand et bien bâti, au regard d'un bleu glacial, avec des cheveux poivre et sel taillés en brosse. Il portait un costume gris foncé, devait avoir dans les 60 ans, mais restait vif et musclé. Les rides qu'il avait au coin des yeux rayaient de vieillesse son visage dur et impénétrable. L'inconnu s'attarda dans la pénombre, toujours figé, ses yeux plissés, comme s'il sondait la situation, comme s'il disséquait Tomás. Après un long moment, il recula une chaise et prit place à la table, ses yeux froids et luisants braqués sur le Portugais.

— Bonsoir, monsieur Bellamy, salua Sullivan, sur un ton de respect qui n'échappa pas à Tomás.

— Salut, Greg, dit l'homme, d'une voix basse et rauque, sans quitter Tomás du regard.

Tout son corps dégageait une impression de pouvoir. Du pouvoir mais aussi une menace, une agression latente.

— Tu ne me présentes pas ton ami ?

Sullivan s'exécuta aussitôt.

— Tomás, voici monsieur Bellamy.

— Bonsoir.

— Bonsoir, Tomas, salua le dernier venu, prononçant le prénom de Tomás avec un accent inespérément correct. Merci d'être venu.

Sullivan se pencha à l'oreille du Portugais.

— C'est monsieur Bellamy qui est arrivé à Lisbonne ce matin, il est venu exprès de Langley pour...

— Merci, Greg, interrompit Bellamy. C'est à moi de jouer maintenant.

— Oui, monsieur Bellamy.

L'Américain au regard perçant resta un long moment en retrait sur sa chaise, dans la pénombre de la pièce, son attention toujours fixée sur Tomás. On entendait sa respiration profonde dans le silence pesant ; son imposante présence inspirait de la gêne, voire de la crainte. L'historien sentit des gouttes de sueur perler sur son front et s'efforça de sourire, mais le dernier venu gardait le visage fermé, il continuait de scruter le Portugais, de le jauger, cherchant à évaluer l'homme qu'il avait devant lui.

Après quelques minutes, qui parurent une éternité à ceux qui se trouvaient dans la pièce, l'homme rapprocha sa chaise, posa ses coudes sur la table et remua ses lèvres fines.

— Mon nom est Frank Bellamy et je suis responsable de l'une des quatre directions de la CIA. Don, lui, est analyste à la *Directorate of Operations*. Je suis le chef de la *Directorate of Science and Technology*.

Notre travail à la DS&T est de rechercher, concevoir et installer des technologies innovantes pour appuyer des missions de collecte d'informations. Nous avons des satellites qui sont capables de déchiffrer une plaque d'immatriculation en Afghanistan comme si elle était à 50 cm de distance. Nous avons des systèmes d'interception de messages qui nous permettent de lire les e-mails que vous avez envoyés ce matin au Musée égyptien du Caire ou de vérifier les sites porno que Don a visités hier soir dans sa chambre d'hôtel.

Le pâle visage de Don Snyder s'empourpra, au point que le jeune analyste américain baissa la tête de honte.

— En somme, il n'y a pas une grenouille sur cette planète qui puisse péter sans que nous le sachions, si tel est notre souhait, lâcha-t-il en laissant ses yeux hypnotiques subjuguer Tomás. Est-ce que vous mesurez l'étendue de notre pouvoir ?

Le Portugais hocha la tête, impressionné par cette présentation.

— Oui.

Frank Bellamy se cala sur sa chaise.

— Bien, dit-il en regardant par la fenêtre la pelouse arrosée qui scintillait dans le jardin. Lorsque la Seconde Guerre mondiale éclata, j'étais un jeune étudiant prometteur en physique à l'université de Columbia, à New York. À la fin de la guerre, je travaillais à Los Alamos, un bled perdu au sommet d'une colline aride du Nouveau Mexique.

Bellamy parlait d'une voix lente, articulant soigneusement ses mots et ménageant de longues pauses.

— Le nom de Projet Manhattan vous dit-il quelque chose ?

— N'est-ce pas là qu'on a fabriqué la première bombe atomique ?

Les fines lèvres de l'Américain se retroussèrent en ce qui pouvait ressembler à un sourire.

— Vous êtes un sacré génie ! s'exclama-t-il avec une pointe d'ironie. Nous avons fabriqué trois bombes en 1945. La première était un prototype expérimental qui explosa à Alamogordo. Suivirent *Little Boy*, larguée sur Hiroshima, et *Fat Man*, sur Nagasaki. Boum, la guerre était finie. (Il resta figé un instant, comme s'il revivait les événements du passé.) Un an après, le Projet Manhattan a été dissous. Beaucoup de scientifiques ont continué à travailler sur des projets secrets, mais pas moi. Je me suis retrouvé sans emploi. Jusqu'à ce qu'un ami scientifique me parle du *National Security Act*, signé en 1947 par le président Truman afin de créer une agence de renseignements. L'agence antérieure, la OSS, avait été supprimée à la fin de la guerre, mais les craintes inspirées par l'expansion du communisme et les activités du KGB amenèrent l'Amérique à prendre conscience qu'elle ne pouvait pas rester les bras croisés. La nouvelle agence s'appelait la CIA et j'ai été recruté pour le secteur scientifique. (Il arqua de nouveau ses lèvres en un semblant de sourire.) Vous avez donc devant vous l'un des fondateurs de l'agence.

Son visage reprit son air glacial.

— On pourrait croire que le secteur de la science présentait à cette époque un intérêt secondaire pour la CIA, mais ce fut exactement le contraire. L'Amérique vivait dans la peur que l'Union soviétique développe des armes atomiques, et la CIA s'est attaquée à ce problème sous trois formes. Premièrement, en espionnant les soviétiques. Deuxièmement, en recrutant des cerveaux étrangers, y compris des nazis. Et, troisièmement, en surveillant nos propres scientifiques. Mais, malgré nos efforts, l'Union soviétique fit exploser sa première bombe atomique en 1949, créant un climat de paranoïa entre nos deux pays. Ce fut le début d'une chasse aux sorcières, car on soupçonnait nos scientifiques d'avoir transmis le secret à Moscou.

Pour la première fois, Bellamy détourna ses yeux de Tomás et regarda Sullivan.

— Greg, pouvez-vous m'apporter un café ?

L'attaché culturel se leva d'un bond, avec l'air d'un soldat qui exécute l'ordre d'un général.

— Tout de suite, monsieur Bellamy, dit-il en quittant la pièce.

Le regard bleu de Frank Bellamy revint se poser sur Tomás.

— Au printemps 1951, le Premier ministre d'Israël, David Ben Gourion, vint en Amérique recueillir des fonds pour sa jeune nation, née à peine trois ans auparavant. Comme toujours dans ces cas-là, nous avons épluché le programme de la visite et un élément attira notre attention. Ben Gourion avait pris rendez-vous avec Albert Einstein à Princeton. Mon chef jugea que nous devions surveiller cette rencontre et nous envoya avec un technicien chargé du système d'enregistrement audio, mettre sur écoute la conversation entre les deux hommes.

Il consulta un petit calepin posé devant lui.

— La rencontre eut lieu le 15 mai 1951, au domicile d'Einstein, au 112 Mercer Street, à Princeton. Ainsi que mon chef l'avait prévu, Ben Gourion a bien demandé au physicien de concevoir une bombe atomique pour Israël. Il voulait une bombe facile à concevoir, si facile qu'un pays aux faibles ressources puisse la fabriquer rapidement et en secret.

— Et Einstein ? demanda Tomás, osant pour la première fois interrompre son intimidant interlocuteur. A-t-il accepté cette commande ?

— Notre grand génie a peu résisté. Nous savons qu'il a commencé à travailler sur le projet de Ben Gourion dès le mois suivant et qu'il s'y consacrait encore en 1954, un an avant de mourir, répondit-il en levant les yeux de son calepin. Professeur Noronha, savez-vous quel type d'énergie libère une bombe atomique ?

— L'énergie nucléaire ?

— Oui. Savez-vous en quoi consiste cette énergie ?

— Je suppose qu'elle est liée aux atomes ?

— Tout dans l'univers est lié aux atomes, cher professeur, déclara Bellamy sur un ton sec. Je vous demande si vous avez une notion de ce que représente cette énergie ?

Tomás se mit presque à rire.

— Je n'en ai pas la moindre idée.

Greg Sullivan revint dans la pièce avec un plateau et posa quatre petites tasses fumantes sur la table, et une soucoupe remplie de sachets de sucre. L'homme de la CIA prit sa tasse et, sans la sucrer, en but une gorgée.

— L'univers est constitué de particules élémentaires, dit-il après avoir reposé sa tasse. On pensait au début que ces particules étaient les atomes, si bien qu'on leur donna ce nom. « Atome » vient du grec qui signifie « indivisible ». Sauf qu'au fil du temps, les physiciens se sont aperçus qu'il était possible de diviser l'indivisible. On a découvert qu'il existait des

particules encore plus infimes, respectivement les protons et les neutrons, qui s'assemblent dans le noyau
de l'atome, et l'électron, qui gravite autour comme un
satellite, mais à une vitesse incroyable.

Il imita le mouvement de l'électron en faisant tour-
niquer son index autour de la tasse posée sur la table.

— Imaginez que Lisbonne se réduise aux dimensions d'un atome. Dans ce cas, son noyau aurait la
taille, disons, d'un de vos ballons de football, placé
au centre de la ville. Et l'électron serait une bille évoluant dans un rayon de trente kilomètres autour de ce
ballon, et capable d'en faire quarante mille fois le tour
en moins d'une seconde.

— Fichtre.

— Ceci pour vous donner une notion du vide et de
la petitesse d'un atome.

Tomás frappa trois légers coups sur la table.

— Mais si les atomes sont constitués par tant de
vide, dit le Portugais, pour quelle raison, quand je
frappe cette table, ma main la heurte-t-elle sans la
traverser ?

— Cela s'explique par les forces de répulsion entre
les électrons, et par un élément qu'on appelle le principe d'exclusion de Pauli, selon lequel deux atomes
ne peuvent avoir le même nombre quantique.

— Ah.

— Ce qui nous conduit à la question des forces présentes dans l'univers. Toutes les particules interagissent
entre elles à travers quatre forces. Quatre. La force
de gravité, la force électromagnétique, la force forte
et la force faible. La force de gravité, par exemple,
est la plus faible de toutes, mais son rayon d'action
est infini. (Il refit le mouvement orbital autour de la

tasse.) Depuis la terre, on sent l'attraction de la force de gravité du soleil et même celle du centre de la galaxie, autour de laquelle nous tournons. Ensuite, il y a la force électromagnétique, qui allie la force électrique et la force magnétique. Le propre de la force électrique est que des charges opposées s'attirent et des charges semblables se repoussent. (Il frappa du doigt sur la table.) C'est ici que réside le problème. Les physiciens se sont aperçus que les protons ont une charge positive. Mais la force électrique suppose que des charges semblables se repoussent. Or, si les protons ont des charges semblables, puisqu'elles sont toutes positives, ils doivent obligatoirement se repousser. Finalement, on a découvert que, si on amplifiait les protons jusqu'à la taille d'un ballon de football, même si on les ceinturait avec une ligature métallique la plus résistante qui soit, la force électrique répulsive serait telle que cette ligature métallique se déchirerait comme du papier de soie. Ceci pour vous donner une idée de la puissance de force électrique qui éloigne les protons les uns des autres. Et pourtant, malgré toute cette force répulsive, les protons restent unis dans le noyau. Pourquoi ? Quelle force extraordinaire pourrait dépasser la puissante force électrique ? (Il marqua une pause dramatique.) Les physiciens se sont mis à étudier le problème et ont découvert qu'il existait une force inconnue. Ils l'ont appelée la force nucléaire forte. C'est une force si grande qu'elle est capable de maintenir les protons unis dans le noyau. (Il serra le poing, comme si sa main était l'énergie qui maintenait la cohésion du noyau.) En fait, la force forte est environ cent fois plus forte que la force électromagnétique. Si les protons étaient deux trains s'éloignant l'un de l'autre à une très grande vitesse, la force forte serait suffisante pour les maintenir l'un contre l'autre, et les empêcher de s'éloigner. Voilà ce qu'est la force forte. Mais, malgré toute sa formidable puissance, la force forte a un rayon d'action très court, inférieur à la taille d'un noyau atomique. Si un proton réussit à s'échapper du noyau, alors il cesse d'être sous l'influence de la force forte et n'est plus soumis qu'à l'influence des autres forces. Vous me suivez ?

— Oui.

— Brave garçon.

Bellamy réfléchit quelques instants au moyen d'expliquer la suite. Il se tourna vers la fenêtre et observa le soleil sur le point de disparaître derrière les immeubles qui se découpaient sur l'horizon.

— Regardez le soleil. Pour quelle raison brille-t-il et dégage-t-il de la chaleur ?

— Parce qu'il y a des explosions nucléaires ?

— C'est ce qu'on pourrait croire, bien sûr. En vérité, ce ne sont pas des explosions, mais les mouvements d'un plasma dont l'origine première provient de réactions nucléaires qui se produisent dans le noyau. Savez-vous ce qu'est une réaction nucléaire ?

Tomás haussa les épaules.

— Heu… sincèrement, je l'ignore.

— Les physiciens ont continué de creuser et ont découvert que, dans des conditions déterminées, il était possible de libérer l'énergie de la force forte contenue dans le noyau des atomes. On y parvient par le biais de deux processus, la scission et la fusion du noyau. En cassant un noyau ou en fusionnant deux noyaux, la prodigieuse énergie de la force forte qui unit le noyau se libère. Sous l'action des neutrons, les autres noyaux proches vont également être cassés, dégageant encore plus de force forte et provoquant ainsi une réaction en chaîne. Or, vous avez vu combien la violence de cette force forte est extrême ? Maintenant imaginez ce qui se produit quand son énergie est libérée en grande quantité.

— Il y a une explosion ?

— Il y a une libération de l'énergie des noyaux des atomes, où réside la force forte. On l'appelle, pour cette raison, une réaction nucléaire.

Tomás ouvrit la bouche.

— Ah ! s'exclama-t-il. J'ai compris.

L'Américain se remit à contempler la sphère orangée qui se couchait sur les toits de tuiles de Lisbonne.

— C'est ce qui se passe dans le soleil. La fusion nucléaire. Les noyaux des atomes ne cessent de fusionner, libérant ainsi l'énergie de la force forte. On a longtemps pensé que cela ne pouvait se produire que dans la nature. Mais en 1934, un scientifique italien avec lequel j'ai travaillé à Los Alamos, du nom d'Enrico Fermi, a bombardé de l'uranium avec des neutrons. L'analyse de cette expérience a permis de découvrir que le bombardement avait généré des éléments plus légers que l'uranium. Mais comment était-ce possible ? La conclusion a été que le bombardement avait cassé le noyau d'uranium, ou, en d'autres termes, avait provoqué sa scission, permettant ainsi la formation d'autres éléments. On a compris alors qu'il était possible de libérer artificiellement l'énergie de la force forte, non pas par le biais de la fusion des noyaux, comme c'est le cas dans le soleil, mais par le biais de leur scission.

— C'est donc ça la bombe atomique.

— Rien d'autre. Au fond, la bombe atomique est

la libération en chaîne de l'énergie de la force forte par le biais de la scission du noyau des atomes. À Hiroshima, on a utilisé l'uranium pour obtenir cet effet, à Nagasaki on a recouru au plutonium. Ce n'est que plus tard, avec la bombe à hydrogène, qu'on a abandonné le procédé de la scission des noyaux pour adopter celui de la fusion, comme cela se produit à l'intérieur du soleil.

Frank Bellamy se tut, se recala sur sa chaise et avala le café qui restait dans sa tasse. Puis il croisa ses mains et se détendit. Il semblait avoir terminé son exposé, ce qui laissa Tomás quelque peu interloqué. Le silence se prolongea durant une trentaine de secondes, d'abord gênant, puis carrément insupportable.

— Et c'est pour me raconter ça que vous êtes venu à Lisbonne ? demanda enfin l'historien décontenancé.

— Oui, affirma l'Américain glacial, de sa voix rauque. Mais ce n'est là qu'une introduction. En tant que chef de la *Directorate of Science and Technology* de la CIA, l'une de mes préoccupations est de surveiller la non-prolifération de la technologie nucléaire. Il y a plusieurs pays du tiers-monde qui sont en train de développer cette technologie et, dans certains cas, cela nous préoccupe vraiment. L'Irak de Saddam Hussein, par exemple, a tenté de le faire, mais les Israéliens ont rasé leurs installations. En ce moment, notre attention est tournée vers un autre pays. (Il sortit une petite carte géographique de son calepin et indiqua un point.) Celui-là.

Tomás se pencha sur la table et observa le point indiqué.

— L'Iran ?

L'homme de la CIA opina.

— Le projet nucléaire iranien date de l'époque du Shah, quand Téhéran voulut installer un réacteur nucléaire à Busher, avec l'aide de scientifiques allemands. La Révolution islamique, en 1979, amena les Allemands à suspendre le projet, et les ayatollahs, après une période où ils s'opposèrent à toute forme de modernisation du pays, décidèrent de recourir à l'aide russe pour terminer la construction du réacteur. Mais, entre-temps, la Russie se rapprocha des États-Unis et l'on parvint à convaincre les Russes de ne plus fournir de lasers pouvant enrichir l'uranium à l'état naturel pour l'utiliser à des fins militaires. De même que l'on persuada la Chine de suspendre sa coopération dans ce domaine, si bien que la situation semblait sous contrôle. Mais, fin 2002, cette illusion se dissipa. On s'aperçut alors que la situation était en réalité hors de contrôle. On découvrit deux choses très troublantes, dit-il en pointant du doigt une ville sur la carte au sud de Téhéran. La première fut que les Iraniens avaient construit ici à Natanz, en secret, des installations destinées à enrichir de l'uranium au moyen de centrifugeuses à grande vitesse. Si elles venaient à être développées, ces installations pourraient produire de l'uranium enrichi en quantité suffisante pour fabriquer une bombe atomique du genre de celle d'Hiroshima. (Son doigt glissa sur la carte vers un autre point, plus à l'ouest.) La seconde découverte fut celle de la construction d'installations ici, à Arak, afin de produire de l'eau lourde, une eau chargée de deutérium destinée à des réacteurs conçus pour créer du plutonium, le matériau de la bombe de Nagasaki. Or, l'eau lourde n'est pas nécessaire aux installations nucléaires que les Russes construisent pour les Iraniens à Bushehr. Si elle n'est pas utile ici, à quoi sert-elle donc ? Ces installations à Arak laissent supposer qu'il existe d'autres installations non déclarées, ce que nous considérons comme très inquiétant.

— Mais vos inquiétudes ne sont peut-être qu'une tempête dans un verre d'eau ? demanda Tomás. En l'occurrence, un verre d'eau lourde, bien sûr, dit-il en souriant de son jeu de mots. Après tout, ces installations pourraient être destinées à l'usage pacifique de l'énergie nucléaire...

Frank Bellamy le regarda agacé, ses yeux bleus semblaient étinceler, telles des lames froides.

— À l'usage pacifique ? L'usage pacifique de l'énergie atomique, cher professeur, se résume à la construction de centrales afin de produire de l'électricité. Or, l'Iran possède la deuxième plus grande réserve mondiale de gaz naturel et la troisième plus grande réserve mondiale de pétrole. Pourquoi les Iraniens auraient-ils besoin de produire de l'électricité nucléaire s'ils peuvent le faire d'une manière beaucoup plus économique et rapide en recourant à leurs énormes réserves de combustibles fossiles ? Et, du reste, pourquoi les Iraniens construiraient-ils des centrales nucléaires en cachette ? Quel besoin ont-ils de produire de l'eau lourde, une substance qui ne sert qu'à créer du plutonium ? (Il fit une pause, laissant ses questions en suspension dans l'air.) Mon cher professeur, ne soyons pas naïfs. Le programme nucléaire pacifique de l'Iran n'est qu'une façade, une couverture qui dissimule la construction d'installations destinées à servir le véritable objectif de toute cette activité : le programme iranien d'armement nucléaire. Comprenez-vous ?

Tomás avait l'air d'un élève appliqué, presque terrorisé devant un professeur de mauvaise humeur.

— Oui, oui, je comprends.

— La question est de découvrir où l'Iran a trouvé la technologie qui lui a permis d'aller si loin. Il y a deux hypothèses. La première, c'est la Corée du Nord, qui a obtenu du Pakistan des informations sur les moyens d'enrichir l'uranium par le biais des centrifugeuses. Nous savons que la Corée du Nord a vendu des missiles *No-Dong* à l'Iran et il est possible que, dans le même paquet, ils aient livré la technologie nucléaire d'origine pakistanaise. La seconde hypothèse c'est que le Pakistan ait directement procédé à cette vente. Bien qu'il s'agisse d'un pays présumé pro-américain, beaucoup de politiques et de militaires pakistanais partagent avec les Iraniens une vision islamique fondamentaliste du monde et il n'est pas difficile d'imaginer qu'ils s'efforcent de leur donner un petit coup de main en cachette.

Tomás consulta discrètement sa montre. Elle indiquait 18 h 10. Il se trouvait là depuis plus de deux heures et commençait à fatiguer.

— Excusez-moi, mais il se fait tard, dit-il, un peu embarrassé. Pouvez-vous m'expliquer en quoi je peux vous être utile ?

L'homme de la CIA tambourina des doigts sur l'acajou poli de la table.

— Bien sûr que je le peux, dit-il, à voix basse.

Il regarda Don Snyder. Pendant tout l'exposé, l'analyste était resté silencieux, presque invisible.

— Don, as-tu parlé à notre ami ici présent d'Aziz al-Mutaqi ?

— Oui, monsieur Bellamy, répondit-il, toujours sur le même ton déférent.

— Lui as-tu expliqué qu'Aziz opère pour Al-Muqawama al-Islamiyya, la branche armée du Hezbollah ?

— Oui, monsieur Bellamy.

— Et lui as-tu dit qui était le principal commanditaire du Hezbollah ?

— Non, monsieur Bellamy.

Une lueur brilla dans le regard glacial de Bellamy, qui fixa de nouveau son attention sur Tomás.

— Vous ne savez donc pas qui finance le Hezbollah ?

— Moi ? demanda le Portugais. Non.

— Dis-lui, Don.

— C'est l'Iran, monsieur Bellamy.

Durant un instant, Tomás considéra cette nouvelle information et ses conséquences.

— L'Iran, dites-vous ? répéta le Portugais. Et qu'est-ce que cela signifie ?

Bellamy s'adressa de nouveau à Snyder, mais sans quitter des yeux l'historien.

— Don, lui as-tu parlé du professeur Siza ?

— Oui, monsieur Bellamy.

— Lui as-tu dit où a étudié le professeur Siza quand il était jeune ?

— Non, monsieur Bellamy.

— Alors, dis-lui.

— Il a fait un stage à l'*Institute for Advanced Study*, monsieur Bellamy.

Bellamy s'adressa alors à Tomás.

— Vous saisissez ?

— Euh… non.

— Don, où se situait l'institut où le professeur Siza fit son stage ?

— Princeton, monsieur Bellamy.

— Et quel est le plus grand scientifique qui y travaillait ?

— Albert Einstein, monsieur Bellamy.

L'homme de la CIA leva les sourcils vers Tomás.

— Vous saisissez maintenant ?

Le Portugais caressa son menton, mesurant les implications de toutes ces nouvelles données.

— Je vois, dit-il. Mais qu'est-ce que tout cela signifie ?

Frank Bellamy respira lourdement.

— Cela signifie qu'il y a ici un ensemble de foutues bonnes questions à poser. Première question : qu'est-ce que les cheveux d'Aziz al-Mutaqi font dans le bureau de la maison du plus grand physicien existant au Portugal ? Deuxième question : où est passé le professeur Siza, qui a fait un stage à Princeton dans le même institut où travaillait Einstein ? Troisième question : pour quelle raison une organisation comme le Hezbollah a-t-elle enlevé ce physicien en particulier ? Quatrième question : que sait le professeur Siza sur la demande faite par Ben Gourion à Einstein pour concevoir une arme nucléaire facilement et bon marché ? Cinquième question : l'Iran se servirait-il du Hezbollah pour trouver un nouveau moyen de développer des armes nucléaires ?

Tomás remua sur sa chaise.

— Je suppose que vous avez déjà les réponses à toutes ces questions.

— Vous êtes un sacré génie, rétorqua Bellamy, sans bouger un muscle du visage.

Le Portugais attendit la suite, mais rien ne vint. Frank Bellamy garda les yeux braqués sur lui, sans émettre la moindre parole, ne laissant entendre que sa respiration étouffée. Greg Sullivan avait le regard fixé sur la table en bois, l'air absorbé comme si quelque chose d'important s'y déroulait ; et Don Snyder attendait les ordres, son portable toujours ouvert.

— Bien… si vous avez déjà les réponses, bégaya Tomás, quelles qu'elles soient, qu'est-ce que… qu'est-ce que vous attendez de moi ?

L'homme au regard glacé tarda à répondre.

— Montre-lui la fille, Don, finit-il par murmurer.

Snyder pianota précipitamment sur le clavier de son ordinateur.

— La voici, monsieur Bellamy, dit-il en tournant l'écran vers l'autre bout de la table.

— Reconnaissez-vous cette dame ? demanda Bellamy à Tomás.

L'historien observa l'écran et vit une belle femme aux cheveux noirs et aux yeux dorés.

— Ariana ! s'exclama-t-il, puis il regarda Bellamy. Ne me dites pas qu'elle trempe dans tout ça…

L'homme au regard bleu se tourna vers Don.

— Explique à notre ami qui est cette dame.

Snyder consulta la fiche placée à côté de l'image sur l'écran.

— Ariana Pakravan, née en 1966 à Ispahan, Iran, fille de Sanjar Pakravan, l'un des scientifiques iraniens initialement impliqués dans le projet de Busher. Ariana faisait ses études dans un collège à Paris quand éclata la Révolution islamique. Après avoir obtenu un doctorat en physique nucléaire à la Sorbonne, elle a épousé un chimiste français, Jean-Marc Ducasse, dont elle a divorcé en 1992. Elle est sans enfant. Elle est retournée dans son pays en 1995, avant d'entrer au ministère de la Science, sous les ordres directs du ministre Bozorgmehr Shafaq.

— Exactement ce qu'elle m'a dit, s'empressa d'affirmer Tomás, ravi de ne pas avoir été trompé.

Frank Bellamy battit des paupières.

— Elle vous a raconté tout ça ?

L'historien se mit à rire.

— Non, bien sûr que non. Mais le peu qu'elle m'a raconté concorde avec ce… enfin… avec ce curriculum.

— Elle vous a dit qu'elle travaillait au ministère de la Science ?

— Oui, elle me l'a dit.

— Et vous a-t-elle dit qu'elle était une déesse au lit ?

Ce fut au tour de Tomás de battre des paupières.

— Pardon ?

— Vous a-t-elle dit qu'elle était une déesse au lit ?

— Bien… je crains que notre conversation ne soit pas allée aussi loin, bredouilla-t-il, embarrassé. Et c'est le cas ?

Le visage de Bellamy resta figé durant quelques secondes, jusqu'à ce qu'un léger spasme au coin des lèvres trahisse un semblant de sourire.

— Son ex-mari nous a dit que oui.

Tomás se mit à rire.

— En fait, elle m'a caché certaines choses.

L'homme de la CIA ne répondit pas à son rire. Ses lèvres se serrèrent et ses yeux froids se rétrécirent.

— Que vous voulait-elle ?

— Oh, rien de spécial. Elle m'a engagé pour l'aider à déchiffrer un vieux document.

— Un vieux document ? Quel vieux document ?

— Un inédit de… Einstein.

Une seconde après avoir prononcé le nom du célèbre scientifique, Tomás écarquilla les yeux. Quelle coïncidence, pensa-t-il. Un document d'Einstein. Mais, se dit-il aussitôt, est-ce vraiment une coïncidence ? Quel lien cela peut-il avoir avec le reste ?

— Et vous avez accepté ?

— Oui. Ils paient bien.

— Combien ?

— Cent mille euros par mois.

— C'est une misère.

— C'est plus que ce que je ne gagne en un an en travaillant à la faculté.

— Nous vous donnons cette somme et vous travaillez pour nous.

Tomás le regarda, interdit.

— Travailler pour qui ?

— Pour nous. La CIA.

— Pour faire quoi ?

— Pour aller à Téhéran examiner ce document.

— Rien d'autre ?

— Et aussi quelques petites choses que nous vous expliquerons par la suite.

Le Portugais sourit et secoua la tête.

— Non, ça ne fonctionne pas ainsi, dit-il. Je ne suis pas James Bond, je suis un historien expert en cryptologie et langues anciennes. Je ne vais pas accomplir des missions pour la CIA.

— Si, vous le ferez.

— Non, je ne le ferai pas.

Frank Bellamy se pencha sur la table, ses yeux fixés sur Tomás comme des dagues, les lèvres crispées de rage, la voix rauque et menaçante.

— Mon cher professeur, que les choses soient bien claires entre nous, grommela-t-il. Si vous refusez ma proposition, votre vie va devenir pour le moins compliquée. En fait, vous risquez même de ne plus en avoir, si vous voyez ce que je veux dire. (Les coins de sa bouche se retroussèrent en leur habituel semblant de sourire.) En revanche, si vous acceptez, il vous arrivera quatre choses. La première est que vous gagnerez vos misérables deux cent mille euros, cent mille payés par nous et les autres cent mille par les Iraniens. La deuxième est que vous aiderez peut-être à retrouver ce malheureux professeur Siza, dont la pauvre fille est bouleversée parce qu'elle ignore où est passé son papa chéri. La troisième est que vous contribuerez peut-être à sauver le monde du cauchemar des armes nucléaires détenues par les terroristes. Et la quatrième, sans doute la plus importante pour vous, est que votre vie aura un avenir. (Il s'appuya contre le dossier de sa chaise). Est-ce clair ?

L'historien soutint le regard de son interlocuteur. Il était furieux d'être ainsi menacé et plus furieux encore parce qu'il n'avait aucune échappatoire, cet homme disposait d'un immense pouvoir et de la volonté nécessaire pour l'exercer comme bon lui semblait.

— Est-ce clair ? interrogea de nouveau Bellamy.

Tomás hocha lentement la tête.

— Oui.

— Vous êtes un sacré génie.

— Allez vous faire foutre, riposta aussitôt le Portugais.

L'Américain se mit à rire pour la première fois. Sa poitrine fut prise de secousses, et il ne se calma qu'au bout d'une minute, lorsque son rire se transforma en une toux persistante. Il la maîtrisa et, après une pause pour reprendre son souffle, son visage encore congestionné reprit son air impassible habituel, et il regarda Tomás.

— Vous avez des couilles, professeur. Ça me plaît. (Il fit un geste de la main vers Sullivan et Snyder, qui observaient la scène dans un silence sépulcral.) Il y a peu de gens qui s'adressent à moi pour me dire d'aller me faire foutre. Pas même le président. (Il pointa son doigt sur Tomás et rugit, soudain menaçant.) Ne vous avisez plus de le faire, vous entendez ?

— …

— Vous entendez ?

— C'est bon, j'ai compris.

L'Américain se gratta la tête.

— Très bien, soupira-t-il, toujours aussi maître de lui. J'avais commencé tout à l'heure à vous raconter l'histoire de la commande faite par Ben Gourion à Einstein. Voulez-vous entendre la fin ?

— Si vous y tenez…

— Einstein s'est mis à réfléchir à la nouvelle bombe atomique un mois après sa rencontre avec Ben Gourion. Je vous rappelle que l'idée était d'élaborer une bombe qu'Israël pourrait ensuite fabriquer rapidement, avec des moyens réduits, et en secret. Nous savons aujourd'hui qu'Einstein a travaillé sur ce projet durant au moins trois ans, jusqu'en 1954, et il est possible qu'il y travaillait encore en 1955, l'année de sa mort. Mais nous ignorons presque tout des plans de notre grand génie. Selon un scientifique avec lequel il collaborait, et qui nous donnait des informations régulières, Einstein lui aurait déclaré avoir entre les mains la formule de la plus grande explosion jamais vue, quelque chose de si colossal que, d'après notre informateur, Einstein semblait… sidéré par sa découverte. (Il parut faire un effort de mémoire, comme si un doute l'avait assailli.) Oui, c'est ça, dit-il enfin. Sidéré. C'est le terme que notre informateur a employé. Sidéré.

— Et vous ne savez pas où est passé ce document ?

— Le document a disparu et Einstein a emporté le secret dans sa tombe. Mais il est possible qu'il l'ait confié à quelqu'un. On raconte qu'Einstein était devenu l'ami d'un jeune physicien qui faisait un stage à l'*Institute for Advanced Study* et que c'est avec ce jeune physicien…

— Le professeur Siza !

— Vous êtes un sacré génie, il n'y a pas à dire, confirma Bellamy. Le professeur Siza, nul autre. Le même qui a disparu voilà trois semaines. Le même chez qui on a retrouvé des cheveux d'Aziz al-Mutaqi, le dangereux agent du Hezbollah. Le même Hezbollah financé par l'Iran. Le même Iran qui tente par tous les moyens de développer en secret des armes nucléaires.

— Mon Dieu !

— Comprenez-vous maintenant pourquoi nous tenions tant à vous parler ?

— Oui.

— Il me reste à vous dire une chose qui nous a été révélée par notre informateur.

— Quel informateur ?

— Le collègue d'Einstein, l'homme à qui notre grand génie a parlé de son projet pour Ben Gourion.

— Ah, oui.

— Cet informateur nous a dit qu'Einstein avait même un nom de code pour ce projet.

Tomás sentit battre son cœur.

— Quel nom ?

Frank Bellamy respira profondément.

— *Die Gottesformel*. La formule de Dieu.

V

Au cœur d'une vieille muraille, des maisons pitto-resques aux murs blancs et aux toits de tuiles s'éta-geaient sur l'autre rive du Mondego. Les larges et superbes bâtiments de l'université dominaient la ville, le magnifique beffroi surplombait le tout, dressé comme un phare au sommet d'un promontoire, le point de référence vers lequel tous les regards se tournaient.

Le soleil brillait sur Coimbra.

La voiture longea le parc de Choupalinho, la surface du fleuve réfléchissait le vieux bourg sur le versant gauche. Au volant, Tomás contempla la ville depuis l'autre rive et ne put s'empêcher de penser que, s'il y avait un endroit où il se sentait bien, c'était ici, à Coimbra. Avec ses rues qui mêlaient l'ancien et le nouveau, la tradition et l'innovation, le fado et le rock, le romantisme et le cubisme, la foi et le savoir. Ses avenues aérées aux maisons inondées de lumière, où circulait une importante communauté estudiantine, des jeunes gens avec leurs livres sous le bras et l'illusion d'un avenir luisant dans leurs yeux, éternels clients de la principale industrie de la ville, l'université.

Tomás traversa le Mondego par le pont de Santa

Clara et déboucha sur le Largo da Portagem, avant de tourner à gauche. Il se gara sur un parking de la berge, près de la gare, et parcourut à pied le tortueux labyrinthe de la Baixinha jusqu'à atteindre la rue Ferreira Borges, la grande artère animée par d'innombrables commerces, cafés, pâtisseries, boutiques, avant de déboucher sur la pittoresque place do Comércio.

Il s'engagea dans une étroite ruelle latérale et entra dans un bâtiment à trois étages, muni d'un vieil ascenseur sentant le renfermé. Il pressa le bouton et, après une courte montée saccadée, il sortit sur le palier du deuxième.

— Tomás, dit sa mère à la porte, l'accueillant à bras ouverts. Te voilà enfin. Mon Dieu, je commençais à m'inquiéter.

Ils s'embrassèrent.

— Ah, oui ? Pourquoi ?

— Comment, pourquoi ? Mais à cause de la route, évidemment !

— Qu'est-ce qu'elle a la route ?

— Elle est pleine de cinglés, mon fils. Tu n'écoutes pas les informations ? Hier encore il y a eu un terrible accident sur l'autoroute, du côté de Santarém. Un cinglé fonçant à toute allure a heurté une voiture qui roulait tranquillement. À bord se trouvait une famille et leur pauvre bébé est mort.

— Tu sais, maman, si j'avais peur de tout, je ne sortirais plus de la maison.

— Ah, mais même rester à la maison est dangereux.

Tomás rit.

— Rester à la maison est dangereux ? Depuis quand ?

— C'est ce que j'ai entendu aux informations. Les

statistiques disent que c'est là que se produisent le plus grand nombre d'accidents.

— Pas étonnant ! C'est à la maison que les gens passent le plus clair de leur temps...

— Ah, je te le dis, mon fils chéri, soupira la mère, en joignant les mains comme pour une prière. Vivre nous met en danger de mort. En danger de mort !

Tomás ôta sa veste et l'accrocha au portemanteau.

— Bon, à part ça, dit-il, pour changer de sujet. Où est papa ?

— Il se repose, le pauvre. Ce matin, il a eu des maux de tête et il a pris quelque chose de très fort. Il devrait se réveiller dans une heure ou deux. Entre, entre, dit-elle en se dirigeant vers la cuisine. J'étais en train de préparer le déjeuner.

Tomás s'assit sur une chaise, fatigué de son voyage.

— Comment va-t-il ?

— Ton père ? (Elle secoua la tête.) Pas bien du tout, hélas. Il a des douleurs, il se sent faible, il déprime...

— Mais la radiothérapie va le soigner, n'est-ce pas ?

Graça le fixa du regard et soupira.

— Malgré sa dépression, il compte beaucoup là-dessus, tu sais ? Mais le docteur Gouveia m'a dit que la radiothérapie ne fait que retarder le processus, rien d'autre.

Tomás baissa les yeux.

— Tu crois qu'il va bientôt mourir ?

La mère retint sa respiration, réfléchissant à ce qu'elle devait ou pouvait répondre.

— Oui, finit-elle par dire dans un murmure. Bien sûr, à lui, je dis que non, qu'il doit se battre, qu'il y a toujours une solution. Mais le docteur Gouveia m'a bien dit de ne pas me faire d'illusions et de profiter au maximum du temps qui reste.

— Et lui, il le sait ?

— Disons que ton père n'est pas fou. Il sait qu'il a une maladie très grave et il en connaît l'issue. Mais on cherche toujours à garder espoir.

— Comment réagit-il ?

— Il a ses jours. D'abord, il a cru que tout ça n'était qu'un vaste malentendu, qu'on s'était trompé dans les analyses, que…

— Oui, il m'en a parlé.

— Bien, ensuite il a fini par accepter. Mais ses réactions varient d'un jour à l'autre, parfois même d'une heure à l'autre. Il a des moments de grande déprime, il dit qu'il va mourir et qu'il ne veut pas mourir. C'est là que je le console le plus. Mais ensuite il parle comme s'il n'avait qu'une grippe, contredisant tout ce qu'il disait une heure avant. Il se met alors à faire des projets de voyages, d'aller au Brésil, ou de s'offrir un safari au Mozambique, des choses dans ce genre. Le docteur Gouveia dit qu'il faut le laisser rêver éveillé, ça lui fait du bien, ça l'aide à sortir de la dépression. Et, à vrai dire, je le pense aussi.

Tomás émit un claquement de langue contrarié.

— Quelle poisse, tout ça.

— C'est horrible, soupira Graça en secouant la tête, comme pour se débarrasser de mauvaises pensées. Mais arrêtons de parler de choses tristes. (Elle décida de changer de sujet et se tourna, cherchant la valise de son fils, mais ne vit rien.) Dis-moi, tu ne dors pas ici ?

— Non, maman. Il faut que je retourne ce soir à Lisbonne.

— Si vite ? Mais pourquoi ?

— J'ai un vol à prendre demain matin.

La mère se couvrit le visage avec ses mains.

— Ah, mon Dieu ! Un vol ! Tu vas encore prendre l'avion ?

— Bien sûr. C'est mon travail.

— Sainte Vierge ! Ça m'inquiète rien que d'y penser. À chaque fois que tu voyages, je me sens toute nerveuse, comme une poule qu'on va égorger.

— Il ne faut pas, il n'y a aucune raison.

— Et où vas-tu, Tomás ?

— J'ai un vol pour Francfort, puis une correspondance jusqu'à Téhéran.

— Téhéran ? Mais c'est en Arabie ?

— C'est en Iran.

— En Iran ? Mais que vas-tu faire dans ce pays de cinglés, Dieu du ciel ? Tu ne sais pas que ce sont des fanatiques et qu'ils détestent les étrangers ?

— Tu exagères !

— Je suis sérieuse ! Encore l'autre jour ils en parlaient aux informations. Ces Arabes passent leur temps à brûler des drapeaux américains et à…

— Ce ne sont pas des Arabes, mais des Iraniens.

— Et alors ? Ce sont des Arabes, comme les Irakiens et les Algériens.

— Non, c'est différent. Ce sont des musulmans, mais pas des Arabes. Les Arabes sont sémites, les Iraniens sont aryens.

— J'ai donc encore plus raison ! Si ce sont des aryens, ce sont des nazis !

Tomás prit une mine désespérée.

— Tu mélanges tout ! s'exclama-t-il. On dit aryens pour désigner les peuples indo-européens, comme les

Hindous, les Turcs, les Iraniens et les Européens. Les Arabes, eux, sont sémites, tout comme les Juifs.

— Peu importe. Arabes ou nazis, tous sont de la même engeance, ils passent leurs journées à genoux tournés vers La Mecque ou à faire exploser des bombes partout.

— Tu exagères !

— Non, je n'exagère pas. Je sais de quoi je parle.

— Es-tu seulement allée une fois là-bas, pour parler avec autant d'autorité ?

— Je n'en ai nul besoin. Je sais très bien ce qui se passe dans ces pays.

— Ah, oui ? Et comment le sais-tu ?

Sa mère se campa devant la cuisine, le fixa du regard et posa ses mains sur les hanches.

— Eh bien, je regarde les informations.

Tomás terminait son riz au lait quand il entendit tousser son père. Quelques instants plus tard, la porte de la chambre s'ouvrit et Manuel Noronha, en robe de chambre, les cheveux en bataille, apparut dans la cuisine.

— Bonjour, Tomás. Tu vas bien ?

Son fils se leva.

— Bonjour, papa. Comment ça va ?

Le vieux professeur de mathématiques fit une moue indécise.

— Plus ou moins.

Il s'assit à table et sa femme, qui rangeait la vaisselle, le regarda affectueusement.

— Tu veux manger quelque chose, chéri ?

— Juste une petite soupe.

Graça servit une assiette de soupe et la posa devant son mari.

— Tu veux autre chose ?

— Non, ça ira, dit Manuel en ouvrant le tiroir des couverts pour en sortir une cuillère. Je n'ai pas très faim.

— Bon, mais si tu veux il y a un steak dans le frigo. Il faut juste le poêler.

Elle sortit de la cuisine et enfila une veste.

— Je vous laisse, le temps de faire un saut jusqu'à l'église de São Bartolomeu. Soyez sage !

— À tout à l'heure, maman.

Graça Noronha quitta l'appartement, laissant père et fils en tête à tête. Tomás n'était pas sûr d'apprécier l'idée, finalement il s'était toujours senti plus proche de sa mère, une femme volubile et aimante, que de son père, un homme taciturne, circonspect, qui vivait reclus dans son bureau, tout à son monde de chiffres et d'équations.

Un mutisme embarrassant s'installa dans l'appartement, rompu seulement par le tintement de la cuillère contre l'assiette. Tomás lui posa quelques questions sur son collègue disparu, Augusto Siza, mais tout ce que son père savait était déjà du domaine public. Il lui apprit seulement que l'affaire avait perturbé tout le monde à la faculté, au point que le collaborateur du professeur n'était plus sorti de chez lui durant quelque temps, sinon pour demander de petits services, comme de l'approvisionner à l'épicerie.

La conversation sur le professeur Siza fut vite épuisée et Tomás ne voyait pas quel autre sujet aborder ; en fait, il ne gardait aucun souvenir d'une vraie conversation avec son père. Mais il avait besoin de briser le silence ; il se mit alors à raconter sa visite au Caire et les détails concernant la stèle qu'il avait inspectée au Musée égyptien. Son père l'écoutait sans rien dire, murmurant à peine son approbation de temps à autre, montrant à l'évidence qu'il ne suivait pas les paroles avec attention, que son esprit était absorbé par autre chose, peut-être par le destin que la maladie lui réservait, peut-être par l'horizon d'abstraction où souvent il se perdait.

Le silence retomba.

Tomás ne savait plus quoi dire. Il resta là à observer son père, sa face pâle et ridée, ses joues creuses, son corps frêle et usé. Son père marchait à grands pas vers la mort et la triste vérité était que, malgré cela, Tomás ne parvenait pas à entretenir une conversation avec lui.

— Comment te sens-tu papa ?

Manuel Noronha se figea avec sa cuillère en l'air et regarda son fils.

— J'ai peur, dit-il simplement.

Tomás ouvrit la bouche, prêt à lui demander de quoi il avait peur, mais il se tut avant ; la réponse était si évidente. Et ce fut à cet instant, au moment même où il réprima la question qu'il avait au bord des lèvres, qu'il comprit que quelque chose de nouveau venait d'arriver. Pour la première fois, son père lui ouvrait son cœur. Comme si, à cette seconde précise, une trans-formation s'était opérée, comme si quelque chose avait fendu la muraille qui les séparait, comme si un pont s'était établi entre deux rives injoignables, comme si le fossé entre père et fils s'était finalement refermé. Le grand homme, le génie des mathématiques qui vivait entouré d'équations, de logarithmes, de formules et de théorèmes, descendait sur terre et touchait son fils.

— Je comprends, se borna à dire Tomás.

Son père secoua la tête.

— Non, mon fils. Tu ne comprends pas. Nous vivons comme si notre vie était éternelle, comme si la mort était quelque chose qui n'arrivait qu'aux autres, une menace si lointaine que ça ne vaut pas la peine d'y penser. Pour nous, la mort n'est qu'une abstraction. En attendant, je me consacre à mes cours et à mes recherches, ta mère se consacre à l'église et aux gens qu'elle voit souffrir aux informations ou dans les séries télé. Toi tu te consacres à gagner ton salaire, à perdre ta femme, aux papyrus, aux stèles et autres reliques insignifiantes. Notre vie est une perpétuelle distraction qui ne nous laisse même pas prendre conscience de ce dont elle distrait. (Il regarda par la fenêtre de la cuisine et considéra les clients assis à une terrasse, là-bas, sur la place do Comércio.) Au fond, les gens traversent la vie comme des somnambules, ils poursuivent ce qui n'est pas important, ils veulent de l'argent et de la notoriété, ils envient les autres et s'emballent pour des choses qui n'en valent pas la peine. Ils mènent des vies dépourvues de sens. Ils se bornent à dormir, à manger et à s'inventer des problèmes qui les tiennent occupés. Ils privilégient l'accessoire et oublient l'essentiel, dit-il en hochant la tête. Mais le problème est que la mort n'est pas une abstraction. En réalité, elle est juste là, au coin de la rue. Un jour surgit un médecin qui nous dit : « vous allez mourir ». Et c'est là, quand soudain le cauchemar devient insupportable, qu'on se réveille enfin.

— Tu t'es réveillé ?

Manuel se leva de table, déposa son assiette vide dans l'évier et ouvrit le robinet.

— Oui, je me suis réveillé. (Il referma le robinet et revint s'asseoir à table.) Je me suis réveillé pour vivre, peut-être, mes derniers moments, dit-il en regardant vers l'évier. Je me suis réveillé pour voir la vie s'écouler comme l'eau qui disparaît par ce trou. Parfois, je suis pris d'une rage folle contre ce qui m'arrive. Je me demande : pourquoi moi ? Il y a tellement de gens qui courent les rues, tellement de gens qui ne fichent rien, pour quelle raison faut-il que cela tombe sur moi ? Tiens, l'autre jour encore je me rendais à l'hôpital et j'ai croisé Chico la Goutte. Tu te souviens de lui ?

— Qui ?

— Chico la Goutte.

— Non, je ne vois pas...

— Mais si, tu le connais. C'est ce vieux qui passe ses journées à boire et qu'on voit parfois tituber dans la rue, complètement saoul, toujours en guenilles.

— Ah oui ! Je vois qui c'est, je me souviens de l'avoir croisé quand j'étais gamin. Il est encore vivant ?

— Vivant ? Le bonhomme se porte comme un charme ! Il est toujours rond comme une barrique, il n'a jamais rien fait dans la vie, il sent mauvais, il crache par terre et bat sa femme... Bref, c'est un vaurien, un... parasite ! Eh bien, je l'ai croisé et je me suis dit : mais pourquoi diable n'est-ce pas lui qui est malade ? Quel est donc ce Dieu qui inflige une aussi grave maladie à quelqu'un comme moi et qui laisse en paix un pareil fumiste, avec une santé de fer ? (Il écarquilla les yeux.) Quand j'y pense, ça me met en rage !

— Tu ne peux pas voir les choses comme ça, papa...

— Mais c'est injuste ! Je sais bien qu'il ne faut pas juger les choses ainsi, et qu'il est immoral de souhaiter que notre malheur frappe les autres, mais enfin, quand je considère mon état et que je vois la santé que respire un type comme Chico la Goutte, excuse-moi mais je ne peux pas m'empêcher d'être en colère !

— Je comprends.

— D'un autre côté, j'ai conscience que je ne dois pas laisser ce sentiment de révolte me dominer. Je sens désormais que mon temps est précieux, tu comprends ? Il faut que j'en profite pour revoir ma ligne de conduite et mes priorités, pour m'occuper de ce qui est vraiment important, pour écarter ce qui est insignifiant et faire la paix avec moi-même et le monde. (Il fit un geste vague.) J'ai passé trop de temps enfermé en moi-même, ignorant ta mère, t'ignorant toi, ignorant ta femme et ta fille, tournant le dos à tout, excepté aux mathématiques qui me passionnaient. Maintenant que je sais que je peux mourir, je sens que j'ai traversé la vie comme si j'avais été anesthésié, comme si j'avais dormi, comme si, en réalité, je ne l'avais pas vécue. Et cela aussi me révolte. Comment ai-je pu être aussi stupide ? (Il baissa le ton, chuchotant presque.) C'est pourquoi je veux rattraper le temps perdu. (Il baissa la tête et regarda sa poitrine.) Mais je ne sais pas si cette chose m'en laissera le temps.

Tomás resta sans voix. Jamais il n'avait entendu son père s'interroger sur la vie ni sur la manière dont il l'avait vécue, sur les erreurs qu'il avait commises, sur les personnes qu'il aurait dû aimer et auxquelles il s'était dérobé. Au fond, son père lui parlait de leur propre relation, des jeux qu'ils n'avaient pas faits ensemble, des histoires qu'il ne lui avait pas lues au lit, des passes de ballon qu'ils n'avaient pas échangées, de tout ce qu'ils n'avaient pas partagé. C'était donc sa propre attitude envers son fils que le père remettait indirectement en question. Tomás resta silencieux, sans savoir quoi répondre ; il ressentait seulement un grand et poignant désir d'avoir une seconde chance, d'être dans une prochaine vie le fils de ce père et que ce père soit un vrai père pour son fils. Oui, comme ça serait bien d'avoir une seconde chance.

— Il te reste peut-être plus de temps que tu ne penses, s'entendit-il dire. Peut-être que notre corps meurt, mais que notre âme survit et que tu peux, une fois réincarné, corriger les erreurs de cette vie. Est-ce que tu crois à ça, papa ?

— À quoi ? À la réincarnation ?

— Oui. Est-ce que tu y crois ?

Manuel Noronha esquissa un sourire triste.

— J'aimerais y croire, bien sûr. Qui n'aimerait pas, étant dans ma position, croire à une telle chose ? La survie de l'âme. La possibilité qu'elle se réincarne plus tard dans un autre corps et que l'on puisse revivre à nouveau. Quelle belle idée. (Il hocha la tête.) Seulement, je suis un homme de science et j'ai le devoir de combattre l'illusion.

— Que veux-tu dire par là ? Tu penses que l'âme ne peut pas survivre ?

— Mais qu'est-ce que l'âme au juste ?

— C'est… je ne sais pas… une force vitale, l'esprit qui nous anime.

Le vieux mathématicien regarda son fils pendant un moment.

— Écoute, Tomás. Regarde-moi. Que vois-tu ?

— Je vois mon père.

— Tu vois un corps.

— Oui.

— C'est mon corps. Je me réfère à lui comme si je disais : c'est ma télévision, c'est ma voiture, c'est mon stylo. Dans ce cas, il s'agit de mon corps. C'est une chose qui est à moi, c'est ma propriété. (Il plaqua sa main sur la poitrine.) Mais si je dis que ce corps est à moi, j'admets par là même que je suis distinct de celui-ci. Il est à moi, mais il n'est pas moi. Alors, que suis-je ? (Il toucha son front du doigt.) Je suis mes pensées, mon expérience, mes sentiments. Voilà ce qui me constitue. Je suis une conscience. Mais alors, est-ce cette conscience, ce « je » qui est moi, qu'on appelle l'âme ?

— Heu… oui, je suppose que oui.

— Le problème c'est que ce « je » qui me constitue est le produit de substances chimiques qui circulent dans mon corps, de transmissions électriques entre mes neurones, d'hérédités génétiques codifiées dans mon ADN, et d'innombrables facteurs extérieurs et intrinsèques qui déterminent ce que je suis. Mon cerveau est une complexe machine électrochimique qui fonctionne comme un ordinateur et ma conscience, cette notion que j'ai de mon existence, est une sorte de programme. Tu comprends ? D'une certaine façon, et littéralement, la cervelle est le hardware, la conscience le software. Ce qui pose naturellement quelques questions intéressantes. Est-ce qu'un ordinateur peut avoir une âme ? Et si l'être humain est un ordinateur très complexe, peut-il lui-même avoir une âme ? Quand tous les circuits sont morts, l'âme survit-elle ? Et où donc survit-elle ?

— Eh bien... elle s'élève du corps et s'en va vers... comment dire... vers...

— Elle s'en va vers le ciel ?

— Non, elle s'en va vers... vers une autre dimension.

— Mais de quoi est faite cette âme qui s'élève du corps ? D'atomes ?

— Non, je ne crois pas. Ce doit être une substance incorporelle.

— Sans atomes ?

— J'imagine que non. C'est un... esprit.

— Bien, cela m'amène à formuler une autre question, observa le mathématicien. Est-ce qu'un jour, dans un avenir lointain, mon âme se souviendra de ma vie actuelle ?

— Oui, il paraît que oui.

— Mais ça n'a pas de sens, tu ne crois pas ?

— Pourquoi ?

— Réfléchis, Tomás. Quel est le fondement de notre conscience ? Comment sais-je que je suis moi, que je suis un professeur de mathématiques, que je suis ton père et le mari de ta mère ? Que je suis né à Castelo Branco et que je suis presque chauve ? Qu'est-ce qui fait que je sais tout de moi ?

— Tu te connais à cause de ce que tu as vécu, de ce que tu as fait et de ce que tu as dit, de ce que tu as entendu, vu et appris.

— Exact. Je sais que je suis moi parce que j'ai la mémoire de moi-même, de tout ce qui m'est arrivé, jusqu'à cette dernière seconde. Je ne suis que la mémoire de moi-même. Et où est logée cette mémoire ?

— Dans le cerveau, bien sûr.

— Tout juste. Ma mémoire est logée dans mon cerveau, stockée dans des cellules. Ces cellules font partie de mon corps. Et c'est là tout le problème. Lorsque mon corps meurt, les cellules de ma mémoire cessent d'être alimentées par l'oxygène et périssent également. Ainsi s'éteint toute ma mémoire, le souvenir de ce que je suis. Si tel est le cas, comment diable l'âme peut-elle se souvenir de ma vie ? Si l'âme n'a pas d'atomes, elle ne saurait conserver aucune cellule de ma mémoire, n'est-ce pas ? De toute façon, les cellules où la mémoire de ma vie était enregistrée sont, elles aussi, déjà mortes. Dans ces conditions, comment l'âme se rappellerait-elle quoi que ce soit ? Tout ça ne te semble-t-il pas un peu absurde ?

— Mais papa, tu parles comme si nous n'étions que des machines, des ordinateurs. (Il écarta les mains comme s'il proférait une évidence.) J'ai une bonne nouvelle à t'annoncer. Nous ne sommes pas des ordinateurs, nous sommes des individus, des êtres vivants.

— Ah oui ? Et quelle est la différence entre les deux ?

— Eh bien, nous pensons, nous sentons, nous vivons. Pas les ordinateurs.

— En es-tu bien sûr ?

— Mais enfin, papa ! Les êtres vivants sont biologiques, les ordinateurs se réduisent à des circuits.

Manuel Noronha leva les yeux au plafond, comme s'il s'adressait à quelqu'un.

— Et dire que ce garçon a obtenu un doctorat à l'université…

Tomás hésita.

— Pourquoi tu dis ça ?

109

— Rassure-toi, mon fils, tu as dit ce que n'importe quel biologiste dirait. Mais, si tu demandais à un biologiste ce qu'est la vie, il te répondrait à peu près ceci : la vie est un ensemble de processus complexes fondés sur l'« atome de carbone ». Mais attention ! Même le plus lyrique des biologistes reconnaîtrait, pourtant, que l'expression-clé de cette définition n'est pas « atome de carbone », mais « processus complexes ». Il est vrai que tous les êtres vivants que nous connaissons sont constitués par des atomes de carbone, mais ce n'est pas cela qui est véritablement structurant pour la définition de la vie. Il y a des biochimistes qui admettent que les premières formes de vie sur la terre ne reposent pas sur les atomes de carbone, mais sur les cristaux. Les atomes ne sont que la matière qui rend la vie possible. Peu importe qu'il s'agisse d'un atome A ou d'un atome B. Imagine qu'il y ait un atome A dans ma tête et que, pour quelque raison, il soit remplacé par un atome B. Est-ce que je cesserais d'être moi pour autant ? Je ne crois pas, dit-il en secouant la tête. Ce qui fait que je suis moi, c'est un agencement, une structure d'informations. Autrement dit, ce ne sont pas les atomes, mais la manière dont ils sont organisés. (Il toussa avant de pouvoir reprendre.) Sais-tu d'où vient la vie ?

— Elle vient d'où ?

— Elle vient de la matière.

— Quelle grande nouvelle !

— Tu ne comprends pas où je veux en venir. (Il frappa du doigt sur la table.) Les atomes qui composent mon corps sont exactement les mêmes que les atomes qui composent cette table ou n'importe quelle galaxie lointaine. Ils sont tous pareils. La différence est dans la façon dont ils s'organisent. Selon toi, qu'est-ce qui organise les atomes de manière à former des cellules vivantes ?

— Je ne sais pas.

— Serait-ce une force vitale ? Serait-ce un esprit ? Serait-ce Dieu ?

— Peut-être...

— Non, mon fils. Ce qui organise les atomes de manière à former des cellules vivantes, ce sont les lois de la physique. Tel est le cœur du problème. Réfléchis, comment un ensemble d'atomes inanimés peut-il former un système vivant ? La réponse se trouve dans l'existence des lois de complexité. Toutes les études ont montré que les systèmes s'organisent spontanément, de manière à créer des structures toujours plus complexes, obéissant à des lois physiques et exprimées par des équations mathématiques. D'ailleurs, un physicien a remporté le Prix Nobel pour avoir démontré que les équations mathématiques qui régissent les réactions chimiques inorganiques sont semblables aux équations qui établissent les règles de comportement simple des systèmes biologiques avancés. Autrement dit, les organismes vivants sont, en réalité, le produit d'une incroyable complexification des systèmes inorganiques. Et cette complexification ne résulte pas de l'activité d'une quelconque force vitale, mais de l'organisation spontanée de la matière. Une molécule, par exemple, peut être constituée par un million d'atomes reliés entre eux d'une manière très spécifique, et dont l'activité est contrôlée par des structures chimiques aussi complexes que celles d'une ville. Tu vois où je veux en venir ?

— Heu... oui.

— Le secret de la vie n'est pas dans les atomes qui constituent la molécule, mais dans sa structure, dans son organisation complexe. Cette structure existe parce qu'elle obéit à des lois d'organisation spontanée de la matière. Et, de la même manière que la vie est le produit de la complexification de la matière inerte, la conscience est le produit de la complexification de la vie. La complexité de l'organisation, voilà la question-clé, pas la matière. (D'un tiroir, il sortit un livre de cuisine et l'ouvrit pour en montrer l'intérieur.) Tu vois ces caractères ? Ils sont imprimés en quelle couleur ?

— Noir.

— Imagine qu'au lieu d'encre noire, le typographe ait utilisé de l'encre rouge. (Il referma le livre et le brandit.) Est-ce que cela aurait modifié le message de ce livre ?

— Bien sûr que non.

— Évidemment, non. Ce qui fait l'identité de ce livre n'est pas la couleur des caractères, c'est une structure d'informations. Peu importe que l'encre soit noire ou rouge, ce qui compte c'est le contenu informatif du livre, sa structure. Je peux lire un *Guerre et Paix* imprimé en *Times New Roman* et un autre *Guerre et Paix* imprimé en *Arial* chez un autre éditeur, le livre sera toujours le même. Quelles que soient les circonstances, il s'agira de *Guerre et Paix* de Léon Tolstoï. Inversement, si j'ai un *Guerre et Paix* et un *Anna Karénine* imprimés avec la même police, par exemple *Times New Roman*, cela ne suffira pas à en faire le même livre, n'est-ce pas ? Ce qui est constitutif, donc, ce n'est ni la police ni la couleur des caractères, mais la structure du texte, sa sémantique, son organisation. La même chose se passe avec la vie. Peu importe que la vie repose sur l'atome de carbone ou sur des cristaux ou sur quoi que ce soit d'autre. Ce qui fait la vie c'est une structure d'informations, une sémantique, une organisation complexe. Je m'appelle Manuel et je suis professeur de mathématiques. Qu'on prenne dans mon corps un atome A pour mettre à la place un atome B, si cette information est préservée, si cette structure reste intacte, alors je continuerai d'être moi. Même si on remplaçait tous mes atomes par d'autres, je continuerais d'être moi. D'ailleurs, il est aujourd'hui prouvé que presque tous nos atomes changent au long de notre vie. Et pourtant, je continue d'être moi. Prenons l'équipe du Benfica et changeons tous les joueurs. Cela n'empêchera pas le Benfica d'exister, de rester toujours le Benfica, indépendamment des joueurs sélectionnés. Ce qui fait le Benfica, ce n'est pas le joueur A ou B, c'est un concept, une sémantique. La même chose se passe avec la vie. Peu importe l'atome qui, à un moment donné, remplit la structure. L'essentiel, c'est la structure en soi. Dès lors que des atomes occupent la structure d'information qui définit mon identité et les fonctions de mes organes, la vie est possible. Tu as compris ?

— Oui.

— La vie est une structure d'informations très complexe et toutes ses activités englobent un processus d'information, dit-il avant de tousser. Cette définition, toutefois, entraîne une profonde conséquence. Si la vie est constituée par un agencement, une sémantique, une structure d'information qui se développe et interagit avec le monde extérieur, nous ne sommes, en fin de compte, qu'une sorte de programme. La matière est le hardware, notre conscience le software. Nous sommes un programme d'ordinateur très complexe et avancé.

— Et quel est le programme de cet... ordinateur ?

— La survie des gènes. Certains biologistes ont défini l'être humain comme une machine de survie, une sorte de robot programmé aveuglément pour préserver ses gènes. Je sais bien que ces choses, ainsi présentées, semblent choquantes, mais c'est là ce que nous sommes. Des ordinateurs programmés pour préserver des gènes.

— Selon cette définition, un ordinateur serait un être vivant.

— Sans aucun doute. C'est un être vivant qui n'est pas constitué par des atomes de carbone.

— Mais ça n'est pas possible !

— Pourquoi pas ?

— Parce qu'un ordinateur ne fait que réagir à un programme prédéfini.

— Que font d'autre tous les êtres vivants composés d'atomes de carbone ? répliqua son père. Ce qui te pose problème est qu'un ordinateur soit une machine qui fonctionne sur la base d'un stimulus-réponse programmé, c'est ça ?

— Heu... oui.

— Et le chien de Pavlov ? Ne fonctionne-t-il pas sur la base d'un stimulus-réponse programmé ? Et la fourmi ? Et une plante ? Et une sauterelle ?

— Bien... oui, mais c'est différent.

— Ce n'est pas différent. Si on connaît le programme d'une sauterelle, si on sait ce qui l'attire et ce qui la repousse, ce qui la stimule et ce qui l'effraie, on peut prévoir tout son comportement. Les sauterelles ont des programmes relativement simples. Si X se produit, elles réagiront de manière A. Si Y se produit, elle réagiront de manière B. Exactement comme une machine élaborée par l'homme.

— Mais les sauterelles sont des machines naturelles. Les ordinateurs sont des machines artificielles.

Manuel promena le regard autour de la cuisine, à la recherche d'une idée. Son attention se fixa sur la fenêtre, attirée par un arbre sur le trottoir d'en face, où des oiseaux venaient de se poser.

— Regarde les oiseaux là-bas. Les nids qu'ils construisent sur les arbres sont-ils naturels ou artificiels ?

— Ils sont naturels, évidemment.

— Alors tout ce que fait l'homme est également naturel. Mais comme nous avons une conception anthropocentrique de la nature, nous divisons tout en choses naturelles et en choses artificielles, en présupposant que les artificielles sont faites par l'homme et les naturelles par la nature, les plantes et les animaux. Mais cela n'est qu'une convention humaine. En vérité, si l'homme est un animal, tout comme l'oiseau, alors c'est une créature naturelle, tu es d'accord ?

— Oui.

— Mais s'il est une créature naturelle, alors tout ce qu'il fait est naturel. Il s'ensuit que ses créations sont naturelles, de même que le nid construit par l'oiseau est une chose naturelle. Ce que je veux dire, c'est que tout dans la nature est naturel. Puisque l'homme est un produit de la nature, alors tout ce qu'il fait est aussi naturel. Ce n'est que par pure convention de langage qu'on a établi que les objets créés par l'homme étaient artificiels, alors qu'en réalité, ils sont tout aussi naturels que les objets créés par les oiseaux. Donc, étant

115

des créations d'un animal naturel, les ordinateurs, tout comme les nids, sont naturels.

— Mais ils n'ont pas d'intelligence.

— Ni les oiseaux, ni les sauterelles. (Il fit la moue.) Ou plutôt, les oiseaux, les sauterelles et les ordinateurs ont une intelligence. Ce qu'ils n'ont pas, c'est notre intelligence. Mais, dans le cas des ordinateurs par exemple, rien ne dit que, d'ici cent ans, ils ne seront pas dotés d'une intelligence égale ou supérieure à la nôtre. Et, s'ils atteignent notre degré d'intelligence, tu peux être sûr qu'ils développeront des émotions et des sentiments et qu'ils deviendront conscients.

— Ça, je n'y crois pas.

— Qu'ils puissent avoir des émotions et devenir conscients ?

— Oui. Je n'y crois pas.

Manuel Noronha fut pris d'une soudaine quinte de toux, une toux si violente qu'elle donnait l'impression qu'il allait cracher ses poumons. Son fils l'aida à se remettre, en lui donnant de l'eau pour le calmer. Lorsque la quinte cessa, Tomás regarda son père d'un air inquiet.

— Tu te sens mieux, papa ?

— Oui.

— Et si tu allais t'allonger un peu ? Peut-être que…

— Je me sens mieux, ne t'en fais pas, riposta le vieux mathématicien.

— Tu es sûr ?

— Je me sens mieux, je me sens mieux, insista-t-il, en reprenant son souffle. Où en étions-nous ?

— Oh, peu importe.

— Non, non. Je veux terminer mon explication, c'est important.

Tomás hésita, puis fit un effort de mémoire.

— Je te disais que je ne croyais pas que les ordinateurs puissent avoir des émotions et une conscience.

— Ah oui ! s'exclama Manuel, en retrouvant le fil de son raisonnement. Tu penses que les ordinateurs ne peuvent pas avoir d'émotions, c'est ça ?

— Oui. Ni émotions, ni conscience.

— Eh bien tu te trompes. (Il inspira profondément et recouvrit sa respiration normale.) Tu sais, les émotions et la conscience résultent d'un certain degré d'intelligence. Or, qu'est-ce que l'intelligence ?

— L'intelligence, c'est la capacité de faire des raisonnements complexes, je crois.

— Exact. Autrement dit, l'intelligence est une forme élevée de complexité. Et il n'est pas nécessaire d'atteindre le degré d'intelligence humaine pour qu'il existe une conscience. Par exemple, les chiens sont beaucoup moins intelligents que les hommes, mais, si tu demandes à un maître si son chien a des émotions et une conscience des choses, il te dira oui sans hésiter. Le chien a des émotions et une conscience. Par conséquent, les émotions et la conscience sont des mécanismes qui existent à partir d'un certain degré de complexité de l'intelligence.

— Donc, selon toi, quand les ordinateurs atteindront ce degré de complexité, ils deviendront émotifs et conscients ?

— Sans le moindre doute.

— J'ai du mal à le croire.

— Tu as du mal, tout comme la plupart des gens qui ne sont pas concernés par le problème. L'idée que les machines puissent avoir une conscience choque le commun des mortels. Et, pourtant, la plupart des scientifiques qui réfléchissent à la question admettent qu'il soit possible de rendre consciente une intelligence simulée.

— Mais tu crois vraiment, papa, qu'il est possible de rendre un ordinateur intelligent ? Qu'il puisse penser uniquement par lui-même ?

— Bien entendu. D'ailleurs, les ordinateurs sont déjà intelligents. Ils ne sont pas aussi intelligents que les humains, mais ils le sont plus qu'un ver de terre par exemple. Or, qu'est-ce qui distingue l'intelligence humaine de celle d'un ver de terre ? La complexité. Notre cerveau est beaucoup plus complexe que le sien. Tous deux obéissent aux mêmes principes, tous deux ont des synapses et des liaisons, sauf que le cerveau humain est incommensurablement plus complexe que celui du ver de terre... Sais-tu ce qu'est un cerveau ?

— C'est ce que nous avons sous le crâne ?

— Un cerveau est une masse organique qui fonctionne exactement comme un circuit électrique. Au lieu d'avoir des fils, il a des neurones, au lieu d'avoir des puces, il a de la matière grise, mais c'est absolument la même chose. Son fonctionnement est déterministe. Les cellules nerveuses déclenchent une impulsion électrique en direction du bras selon un ordre spécifique, à travers un circuit de courants prédéfinis. Un circuit différent produirait l'émission d'une impulsion différente. Exactement comme un ordinateur. Je veux dire par là que, si on parvenait à rendre le cerveau de l'ordinateur beaucoup plus complexe qu'il ne l'est actuellement, on pourrait le faire fonctionner à notre niveau.

— Mais est-il possible de le rendre aussi intelligent que celui des humains ?

— En théorie, rien ne s'y oppose. Du reste, les ordinateurs dépassent déjà les humains en termes de vitesse de calcul. Là où ils présentent de grosses déficiences, c'est dans la créativité. L'un des pères de l'ordinateur, un Anglais nommé Alan Turing, a établi que le jour où l'on parviendra à entretenir avec un ordinateur une conversation tout à fait identique à celle qu'on peut avoir avec n'importe quel être humain, alors ce sera le signe que l'ordinateur pense, la preuve qu'il a une intelligence de notre niveau.

Tomás afficha un air sceptique.

— Mais est-ce vraiment possible ?

— Bien… Il est vrai que, durant très longtemps, les scientifiques ont pensé le contraire, à cause d'un problème de mathématique très ardu. Tu sais, nous, les mathématiciens, nous croyons toujours que Dieu est un mathématicien et que l'univers est structuré selon des équations mathématiques. Ces équations, aussi complexes soient-elles, sont toutes résolubles. Si on ne parvient pas à en résoudre une, cela vient non pas du fait qu'elle est irrésoluble, mais de l'incapacité de l'intellect humain à la résoudre.

— Je ne vois pas où tu veux en venir…

— Tu vas comprendre, reprit le père. La question de savoir si les ordinateurs peuvent ou non acquérir une conscience est liée à un problème de mathématique, celui des paradoxes autoréférentiels. Par exemple, si je te déclare ceci : je ne dis que des mensonges. Ne relèves-tu pas quelque anomalie ?

— Où ça ?

— Dans cette phrase que je viens de formuler : Je ne dis que des mensonges.

Tomás se mit à rire.

— C'est une grande vérité.

Son père le regarda d'un air condescendant.

— Dans ce cas, s'il est vrai que je ne dis que des mensonges, alors, disant par là même une vérité, je ne dis pas que des mensonges. Si l'affirmation est vraie, elle contient en elle-même sa propre contradiction, dit-il en souriant, satisfait de lui. Pendant très longtemps, on a pensé qu'il s'agissait là d'un simple problème sémantique, résultant des limites du langage humain. Mais, quand cet énoncé a été transposé en formule mathématique, la contradiction s'est maintenue. Les mathématiciens ont cherché durant très longtemps à résoudre le problème, avec toujours cette conviction qu'il était soluble. Cette illusion a été dissipée en 1931 par un mathématicien du nom de Kurt Gödel, qui a formulé deux théorèmes dits de l'incomplétude. Les théorèmes de l'incomplétude sont considérés comme l'un des faits intellectuels majeurs du XXe siècle. Ils ont laissé les mathématiciens en état de choc. (Il hésita.) C'est un peu compliqué d'expliquer en quoi consistent ces théorèmes, mais il est important que tu saches…

— Essaie.

— Que j'essaie quoi ? D'expliquer les théorèmes de l'incomplétude ?

— Oui.

— Ce n'est pas facile, dit-il en hochant la tête. (Il remplit d'air sa poitrine, comme s'il cherchait à puiser du courage.) La question essentielle est que Gödel a prouvé qu'il n'existe aucun fondement général qui démontre la cohérence des mathématiques. Il y a des affirmations qui sont vraies, mais non démontrables à l'intérieur du système. Cette découverte a eu de profondes conséquences, en révélant les limites des

mathématiques, introduisant ainsi une subtilité inconnue dans l'architecture de l'univers.

— Mais quel est le rapport avec les ordinateurs ?

— C'est très simple. Les théorèmes de Gödel sug-
gèrent que les ordinateurs, aussi sophistiqués soient-ils,
seront toujours confrontés à des limites. Bien qu'il
ne puisse montrer la cohérence d'un système mathématique, l'être humain parvient à comprendre que
de nombreuses affirmations à l'intérieur du système
sont vraies. Mais l'ordinateur, placé devant une telle
contradiction irrésoluble, bloquera. Par conséquent, les
ordinateurs ne pourront jamais égaler les êtres humains.

— Ah, je comprends ! s'exclama Tomás, l'air satisfait. Finalement, tu me donnes raison, papa…

— Pas nécessairement, dit le vieux mathématicien.
La grande question est que nous pouvons présenter à
l'ordinateur une formule que nous savons être vraie,
mais que l'ordinateur, lui, ne peut pas prouver comme
étant vraie. C'est exact. Mais il est aussi exact que
l'ordinateur peut faire la même chose. La formule
n'est indémontrable que pour celui qui travaille à
l'intérieur du système, tu comprends ? Seul celui qui
se trouve hors du système peut prouver la formule.
C'est valable pour un ordinateur comme pour un être
humain. Conclusion : il est possible qu'un ordinateur
puisse être aussi intelligent que nous, sinon plus.

Tomás soupira.

— Tout ça pour prouver quoi ?

— Tout ça pour te prouver que nous ne sommes
que des ordinateurs très sophistiqués. Crois-tu que les
ordinateurs puissent avoir une âme ?

— Pas que je sache, non.

— Alors, si nous sommes des ordinateurs très

sophistiqués, nous ne pouvons pas non plus en avoir. Notre conscience, nos émotions, tout ce que nous sentons est le résultat de la sophistication de notre structure. Quand nous mourons, les puces de notre mémoire et de notre intelligence disparaissent et nous nous éteignons. (Il respira profondément et s'appuya contre le dossier de sa chaise.) L'âme, mon cher fils, n'est qu'une invention, une merveilleuse illusion créée par notre ardent désir d'échapper à la mort.

VI

Ariana Pakravan guettait Tomás près de la sortie des passagers, sous le terminal du vieil aéroport international de Mehrabad. Durant quelques instants, pourtant, le nouvel arrivant se sentit désorienté, cherchant parmi la multitude de tchadors noirs ou colorés le visage familier qui s'obstinait à ne pas apparaître ; et ce ne fut que lorsque Ariana s'approcha de lui et lui toucha le bras que l'historien se sentit rassuré. Il eut du mal à reconnaître son hôte sous le voile islamique qui l'enveloppait et ne put s'empêcher d'être troublé par la différence entre cette femme coiffée d'un foulard vert et l'Iranienne sophistiquée avec laquelle il avait déjeuné au Caire une semaine auparavant.

— *Salam*, professeur, salua la voix sensuelle en lui souhaitant la bienvenue. *Khosh amadin !*

— Bonjour, Ariana. Comment allez-vous ?

Le Portugais hésita, ignorant s'il devait se pencher pour l'embrasser sur les joues ou s'il y avait une autre forme de salut plus appropriée dans ce pays aux coutumes si radicales. L'Iranienne résolut le problème en lui tendant la main.

— Votre vol s'est bien passé ?

— Très bien, dit Tomás en roulant des yeux. J'étais au bord de l'évanouissement à chaque turbulence. Mais, à part ça, tout s'est bien passé.

Ariana rit.

— Vous avez peur en avion, c'est ça ?

— Pas vraiment peur, disons que je ressens... une appréhension. Je passe mon temps à me moquer de ma mère parce qu'elle a peur de prendre l'avion, mais en réalité je suis comme elle, voyez-vous ? J'ai hérité de son gène.

L'Iranienne l'inspecta et vérifia qu'il n'était suivi par aucun porteur.

— Vous n'avez pas d'autres bagages ?

— Non. Je voyage toujours léger.

— Très bien. Alors, allons-y.

La femme le conduisit vers une file d'attente à la sortie de l'aéroport, le long du trottoir. Le nouvel arrivant regarda devant lui et vit des voitures orange qui prenaient des passagers.

— On prend un taxi ?

— Oui.

— Vous n'avez pas de voiture ?

— Professeur, nous sommes en Iran, dit-elle, sur un ton toujours jovial. Les femmes qui conduisent ici ne sont pas vraiment bien vues.

— Fichtre.

Ils s'installèrent sur la banquette arrière du taxi, une Paykan en ruine, et Ariana se pencha vers le chauffeur.

— *Lotfan, man o bebarin be hotel Simorgh.*

— *Bale.*

Tomás ne comprit que le mot *hotel*.

— Quel est le nom de l'hôtel ?

— Le Simorgh, répondit Ariana. Le meilleur de tous.

Le chauffeur tourna la tête en arrière.

— *Darbast mikhayin ?*

— *Bale*, rétorqua la femme.

Tomás se montra curieux.

— Qu'a-t-il dit ?

— Il me demandait si nous voulions le taxi rien que pour nous.

— Le taxi rien que pour nous ? Je ne comprends pas...

— C'est une coutume iranienne. Les taxis, bien que déjà occupés par des passagers, s'arrêtent en chemin pour en prendre d'autres. Si on veut garder le taxi rien que pour soi, il faut payer la différence entre le prix de sa course et celui qu'auraient payé d'autres passagers si le chauffeur les avait pris.

— Ah. Que lui avez-vous répondu ?

— Je lui ai dit oui, affirma l'Iranienne. Nous voulions le taxi rien que pour nous.

Ariana ôta son voile et, comme un phare éclairant la nuit, la perfection des traits de son visage éblouit les yeux du Portugais. Tomás avait déjà oublié combien cette femme était belle, avec ses lèvres pulpeuses, ses yeux caramel, son teint éclatant, son charme exotique. Le professeur se força à détourner le regard vers la vitre, pour ne pas rester là, béat, devant la beauté de son visage.

Téhéran défilait sous ses yeux, ses rues encombrées de voitures, des immeubles qui s'étendaient jusqu'à l'horizon ; la ville était une forêt de ciment, laide, désordonnée, grise, recouverte d'une brume poisseuse qui flottait dans l'air comme un spectre blafard. Une crête pâle et resplendissante, comme un banc de nuages éclairé par le soleil.

— C'est l'étoile polaire de Téhéran, expliqua Ariana.

— L'étoile polaire ?

L'Iranienne sourit, enjouée.

— Oui, c'est ainsi que nous appelons les montagnes Elbourz, répondit-elle en regardant au loin la cordillère. Elles s'étendent sur tout le nord de la ville, toujours couvertes de neige, même en été. Quand on est perdu, on les cherche au-dessus des toits et, dès qu'on aperçoit les pics neigeux, on sait où se trouve le nord.

— Mais on les distingue mal...

— C'est à cause du smog. La pollution dans cette ville est terrible, vous savez ? Pire qu'au Caire. Parfois, on ne voit presque plus les montagnes, alors qu'elles sont si hautes et si proches.

— C'est vrai qu'elles paraissent hautes.

— Le pic le plus élevé est celui du mont Damavand, là-bas à droite. Il s'élève à plus de cinq mille mètres d'altitude et, à chaque fois que...

— Attention !

Une voiture blanche déboulant de la droite parut foncer sur le taxi. Alors que le choc semblait inévitable, le taxi fit une embardée vers la gauche, heurtant presque une camionnette qui freina et klaxonna furieusement, puis il se rabattit, évitant de peu la collision.

— Qu'y a-t-il ? demanda Ariana.

Le Portugais soupira de soulagement.

— Nous l'avons échappé belle.

L'Iranienne rit.

— Ne vous en faites pas. C'est normal.

— Normal ?

— Oui. Mais il est vrai que les étrangers, même les plus habitués au trafic chaotique des villes du Moyen-Orient, sont effrayés quand ils débarquent ici. On roule un peu vite, c'est sûr, et les visiteurs ont droit chaque jour à deux ou trois grandes frayeurs. Mais il n'arrive jamais rien, au dernier moment tout rentre dans l'ordre, vous verrez.

Tomás observa la circulation compacte et rapide, une lueur d'appréhension dans les yeux.

— Vous croyez ? demanda-t-il d'une voix dubitative.

— Non, je ne crois pas. J'en suis sûre. Relax, ça va aller.

Mais Tomás n'arrivait pas à se détendre et il passa le reste du trajet à surveiller d'un œil inquiet cette circulation infernale. En moins de vingt minutes, il s'aperçut que personne ne mettait son clignotant pour tourner à gauche ou à droite, rares étaient ceux qui consultaient leur rétroviseur avant de changer de direction, plus rares encore ceux qui portaient leur ceinture de sécurité ; tous roulaient à une vitesse excessive et les klaxons et les couinements des freins étaient des bruits naturels et permanents, un véritable concert sur le goudron. Le comble se produisit sur l'autoroute, la Fazl ol-Lahnuri, quand il vit une voiture s'engager brusquement sur la voie d'en face et avancer quelques centaines de mètres à contresens, avant de tourner vers un chemin de terre.

Cependant, comme Ariana l'avait prévu, ils arrivèrent sains et saufs à l'hôtel. Le Simorgh était un luxueux hôtel cinq étoiles, avec une réception de qualité. L'Iranienne l'aida à remplir le registre et le laissa devant la porte de l'ascenseur.

— Reposez-vous un peu, lui recommanda-t-elle. Je viendrai vous chercher à 18 heures pour vous emmener dîner.

La chambre était finement décorée. Après avoir posé son sac à terre, Tomás s'approcha de la fenêtre et contempla Téhéran ; la ville était dominée par des immeubles de mauvais goût et d'élégants minarets qui s'élevaient au-dessus des bâtiments incolores. Au fond, s'étendaient les montagnes protectrices Elbourz, dont les sommets enneigés scintillaient comme des joyaux.

Il s'assit sur le lit et consulta la brochure plastifiée du Simorgh, où étaient énumérés les services de luxe proposés aux clients ; principalement un jacuzzi, une salle de sport et une piscine, avec des horaires différents pour les hommes et les femmes. Il se pencha et ouvrit la porte du minibar. Il y avait des bouteilles d'eau minérale et des sodas, y compris du Coca-Cola, mais ce qui lui fit vraiment plaisir, fut de découvrir une bière Delster bien fraîche. Sans plus attendre, il ouvrit la canette et la porta à sa bouche.

— Pouah !

Il faillit cracher le liquide ; ça n'avait pas le goût de bière, mais plutôt celui d'un mauvais cidre. Probablement sans alcool.

Le téléphone sonna.

— Allo ? répondit Tomás.

— Allo ? répliqua une voix masculine à l'autre bout du fil. Professeur Tomás Noronha ?

— Oui ?

— Vous êtes content d'être en Iran ?

— Comment ?

— Vous êtes content d'être en Iran ?

— Ah, comprit Tomás. Heu... Je suis ici pour faire beaucoup d'achats.

— Très bien, répondit la voix, satisfaite d'entendre cette phrase. On se voit demain ?

— Si je peux, oui.

— J'ai de beaux tapis pour vous.

— Oui, oui.

— À un bon prix.

— Parfait.

— Je vous attendrai.

Il raccrocha.

Tomás resta un long moment, le téléphone dans la main, à regarder le combiné, à reconstituer la conversation, à se remémorer chaque mot, à interpréter l'intonation de chaque phrase. L'homme à l'autre bout du fil avait parlé en anglais avec un fort accent local, nul doute qu'il s'agissait d'un Iranien. Bien sûr, se dit l'historien, en hochant légèrement la tête. Bien sûr. Il est logique que l'homme de la CIA à Téhéran soit un Iranien.

Lorsque la porte de l'ascenseur s'ouvrit et que Tomás s'avança dans le hall de l'hôtel, Ariana l'attendait déjà, assise sur un canapé, près d'un grand vase, devant une tasse de thé vert posée sur la table. L'Iranienne portait un *hejab* différent, avec un pantalon large qui flottait autour de ses longues jambes, un *maqna'e* de couleur sur la tête et une cape en soie qui enveloppait son corps curviligne.

— On y va ?

Cette fois, ils parcoururent Téhéran dans une voiture avec chauffeur, un homme silencieux coiffé d'une casquette. Ariana expliqua que l'avenue où se situait l'hôtel, la Valiasr, se prolongeait sur vingt kilomètres, depuis le sud jusqu'au pied des Elbourz, traversant la partie nord de la ville ; la Valiasr constituait l'axe autour duquel se dressait le Téhéran moderne, avec ses cafés à la mode, ses restaurants de luxe et ses bâtiments diplomatiques.

Ils mirent longtemps à traverser la capitale avant d'atteindre le pied des montagnes. La voiture grimpa le versant rocheux et entra dans un jardin paysager, protégé par de grands arbres. Derrière se dressait la muraille escarpée des Elbourz, tout en bas s'étendait la fourmilière en béton de Téhéran, à droite le soleil prenait la teinte orangée du crépuscule.

La voiture se gara dans le jardin et Ariana conduisit Tomás vers un bâtiment aux immenses fenêtres et entouré de balcons ; c'était un restaurant turc. L'établissement jouissait d'une vue magnifique sur la ville, qu'ils apprécièrent un moment ; mais comme le jour tombait sur la vallée, une brise froide se mit à souffler et ils ne s'attardèrent pas dehors.

Une fois dans le restaurant, ils s'assirent à la fenêtre, Téhéran à leurs pieds. L'Iranienne commanda un *mirza ghasemi* végétarien pour elle et conseilla à son invité un *broke*, suggestion qui fut aussitôt acceptée. Tomás voulait goûter ce plat de viande garni de pommes de terre et de légumes.

— Ça ne vous gêne pas ce foulard sur la tête ? demanda le Portugais, en attendant qu'ils soient servis.

— Mon *hejab* ?

— Oui. Il ne vous gêne pas ?

— Non, c'est une question d'habitude.

— Mais pour quelqu'un qui a fait ses études à Paris

et qui a adopté les mœurs occidentales, ça ne doit pas être facile…

Ariana prit un air interrogatif.

— Comment savez-vous que j'ai fait mes études à Paris ?

Tomás écarquilla les yeux, horrifié. Il venait de commettre une terrible erreur. Il se rappela que cette information lui avait été communiquée par Don Snyder, ce qu'il ne pouvait évidemment pas révéler.

— Heu… je ne sais pas, bredouilla-t-il. Je crois… je crois qu'on me l'a dit à l'ambassade… à votre ambassade à Lisbonne.

— Ah oui ? s'étonna l'Iranienne. Ils sont bien bavards, nos diplomates.

Le Portugais s'efforça de sourire.

— Ils sont… sympathiques. Je leur ai parlé de vous. Et ils m'ont raconté ça.

Ariana soupira.

— Eh bien oui, j'ai fait mes études à Paris.

— Et pourquoi êtes-vous revenue ici ?

— Parce que les choses ont mal tourné. Mon mariage a échoué et, après mon divorce, je me suis sentie très seule. Et puis toute ma famille était ici. Vous n'imaginez pas à quel point la décision fut difficile. J'étais totalement européanisée, mais mon horreur de la solitude et la nostalgie de la famille ont fini par l'emporter et j'ai décidé de revenir. C'était à l'époque où les réformateurs commençaient à s'imposer, le pays se libéralisait et les choses semblaient s'améliorer pour les femmes. C'est nous, les femmes, avec les jeunes, qui avons porté Khatami à la présidence, le saviez-vous ? C'était, voyons voir… en 1997, deux ans après mon retour. Les choses, au début, ont bien évolué.

On entendait les premières voix s'élever en faveur des droits des femmes et certaines même sont entrées au *Majlis*.

— Le *Maj* quoi ?

— Le *Majlis*, notre parlement.

— Ah. Les femmes sont entrées au parlement ?

— Oui, et pas seulement, vous savez ? Grâce aux réformistes, les femmes célibataires ont obtenu le droit d'aller étudier à l'étranger et l'âge légal du mariage pour les filles est passé de 9 à 13 ans. C'est à cette époque que je suis allée travailler à Ispahan, ma ville natale. (Elle fit la moue.) Le problème est que les conservateurs ont repris le contrôle du *Majlis* aux élections de 2004 et... je ne sais pas, nous attendons de voir ce que ça va donner. Déjà, j'ai été mutée d'Ispahan au ministère de la Science, à Téhéran.

— Que faisiez-vous à Ispahan ?

— Je travaillais dans une centrale.

— Quel type de centrale ?

— Une chose expérimentale. Peu importe.

— Et on vient de vous muter à Téhéran ?

— L'année dernière.

— Pourquoi ?

Ariana se mit à rire.

— Je crois que certains hommes sont très traditionalistes et que ça les rend nerveux de travailler avec une femme.

— Votre mari a dû être déçu par votre mutation, non ?

— Je ne me suis pas remariée.

— Alors votre petit ami.

— Je n'ai pas non plus de petit ami. (Elle leva un sourcil.) Mais qu'est-ce que ça veut dire ? Vous tâtez le terrain, c'est ça ? Vous cherchez à savoir si je suis disponible ?

Le Portugais eut un éclat de rire.

— Non, bien sûr que non. (Il hésita.) Enfin... oui.

— Oui, quoi ?

— Oui, je tâte le terrain. Oui, je veux savoir si vous êtes disponible. (Il se pencha en avant, les yeux brillants.) Vous l'êtes ?

Ariana rougit.

— Professeur, nous sommes en Iran. Il y a certains comportements qui...

— Ne m'appelez pas professeur, ça me vieillit. Appelez-moi Tomás.

— Je ne peux pas. Je dois sauver les apparences.

— À ce point ?

— Je ne peux montrer aucun signe d'intimité avec vous. En fait, je devrais vous appeler *agha* professeur.

— Qu'est-ce que ça signifie ?

— Monsieur le professeur.

— Alors appelez-moi Tomás quand nous sommes seuls et *agha* professeur en présence d'un tiers. C'est d'accord ?

— Ce n'est pas possible. Je dois respecter les convenances.

L'historien écarta les mains, dans un geste de renoncement.

— Comme vous voudrez, soupira-t-il. Mais, dites-moi une chose. Comment les Iraniens voient-ils une femme comme vous, aussi belle, occidentalisée, divorcée, et vivant seule ?

— En fait, je ne vis seule que depuis ma mutation à Téhéran. À Ispahan, je vivais avec ma famille. Vous savez qu'ici, toute la famille habite ensemble.

Frères, grands-parents, petits-enfants, tous vivent sous le même toit. Même les enfants, quand ils se marient, restent encore quelque temps chez leurs parents.

— Hum, murmura Tomás. Mais vous n'avez pas répondu à ma question. Comment vos compatriotes jugent-ils votre mode de vie ?

L'Iranienne inspira profondément.

— Pas très bien, comme on pouvait s'y attendre. Vous savez, les femmes ici ont peu de droits. Quand la Révolution islamique a eu lieu, en 1979, beaucoup de choses ont changé. Le port du *hejab* est devenu obligatoire, l'âge du mariage pour les jeunes filles a été fixé à 9 ans, et les femmes ont eu l'interdiction d'apparaître en public avec un homme qui n'est pas de leur famille ou de voyager sans le consentement de leur mari ou de leur père. La femme adultère est devenue passible de lapidation jusqu'à ce que mort s'ensuive, y compris en cas de viol, et même le port incorrect du *hejab* encourt la peine de la bastonnade.

— Nom d'un chien ! s'exclama Tomás. Ils ont fait la vie dure aux femmes…

— Vous pouvez le croire. Moi, à l'époque, j'étais à Paris, j'ai échappé à toutes ces ignominies. Mais je les suivais de loin. Mes sœurs et mes cousines me tenaient au courant des derniers changements. Et je peux vous assurer que je ne serais pas revenue en 1995 s'il ne m'avait pas semblé que les choses évoluaient. À l'époque, il y avait des signes d'ouverture et je… enfin, j'ai pris le risque de revenir.

— Vous êtes musulmane ?

— Bien sûr.

— Vous n'êtes pas choquée par la façon dont l'Islam traite les femmes ?

Ariana eut l'air décontenancée.

— Le prophète Mahomet a dit que les hommes et les femmes avaient des droits et des responsabilités différentes. Attention, il n'a pas dit que les uns avaient plus de droits que les autres, il a seulement dit différents. C'est la manière dont cette phrase est interprétée qui est à l'origine de tous ces problèmes.

— Vous croyez vraiment que Dieu se soucie de savoir si les femmes portent un voile ou non, si elles peuvent se marier à 9, 13 ou 18 ans, si elles ont des relations extraconjugales ? Vous croyez que Dieu s'embarrasse de ces choses ?

— Bien sûr que non. Mais ce que je crois n'a aucune importance. Cette société fonctionne comme elle fonctionne et je ne peux rien faire pour changer les choses.

— Mais est-ce la société qui fonctionne ainsi ou bien l'Islam ?

— Je ne sais pas, je crois que c'est la société et la manière dont elle interprète l'Islam, observa Ariana, pensive. L'Islam est synonyme d'hospitalité, de générosité, de respect envers les plus âgés, de sens de la famille et de la communauté. La femme se réalise ici comme épouse et comme mère, elle a un rôle défini et tout est clair. Mais celle qui veut plus... sans doute se sent-elle frustrée ?

Il y eut un silence.

— Vous regrettez ?

— Quoi donc ?

— D'être revenue. Vous regrettez ?

Ariana haussa les épaules.

— J'aime mon pays. C'est ici que vit ma famille. Mais les gens sont ahurissants. Les Occidentaux croient que nous sommes tous une bande de fanatiques qui passent leur journée à brûler des drapeaux américains, à vitupérer contre l'Occident et à tirer en l'air à coups de kalachnikov, alors qu'en réalité ce n'est pas tout à fait ça. Nous buvons même du Coca, dit-elle en souriant.

— J'avais remarqué. Mais, une fois encore, vous n'avez pas répondu à ma question.

— Quelle question ?

— Vous savez très bien. Vous regrettez d'être revenue en Iran ?

L'Iranienne inspira profondément, quelque peu troublée par la question.

— Je ne sais pas, dit-elle enfin. Je cherche quelque chose.

— Quoi donc ?

— Je ne sais pas. Je le saurai quand je l'aurai trouvé.

— Vous cherchez quelqu'un ?

— Peut-être, répondit-elle en haussant les épaules. Je ne sais pas. Je crois que… je cherche un sens.

— Un sens ?

— Oui, un sens. Un sens à ma vie. Je me sens un peu perdue, à mi-chemin entre Paris et Ispahan, quelque part dans un pays sans nationalité, une patrie inconnue qui n'est ni française ni iranienne, qui n'est ni européenne ni orientale, mais qui, en même temps, est les deux. La vérité c'est que je n'ai toujours pas trouvé ma place.

Le serveur turc, à la peau basanée et au type légèrement mongol, apporta les plats du dîner. Il posa le *mirza ghasemi* devant Ariana, le *broke* devant Tomás et deux verres de *ab portugal*, le jus d'orange qui

avait été commandé en hommage au pays de l'invité...
Derrière la fenêtre, une mer de lumières rayonnait dans
l'obscurité, c'était Téhéran brillant dans la nuit ; la
ville scintillait jusqu'à la ligne d'horizon, semblable
à un immense arbre de Noël.

— Tomás, murmura Ariana, en sirotant son jus de
fruit. J'aime parler avec vous.

Le Portugais sourit.

— Merci, Ariana. Merci de m'appeler par mon
prénom.

VII

Le bâtiment, situé dans une ruelle discrète de Téhéran, était un bloc de ciment, un monstre caché par un mur élevé, coiffé de fil barbelé et bordé d'acacias. Le chauffeur baissa la vitre de la voiture et s'adressa au garde en farsi ; l'homme armé inspecta la banquette arrière de la voiture, regardant tour à tour Ariana et Tomás, avant de retourner dans sa guérite. La barrière se leva et la voiture se gara près de quelques arbustes.

— C'est ici que vous travaillez ? demanda Tomás, en considérant le bâtiment gris.

— Oui, dit l'Iranienne. C'est le ministère de la Science, de la Recherche et de la Technologie.

La première démarche fut d'inscrire le visiteur afin de lui attribuer une carte qui lui permettrait de fréquenter le ministère durant un mois. La formalité se révéla interminable dans le secrétariat, où le personnel, tout sourire et d'une sollicitude frisant le ridicule, l'obligea à remplir une multitude de formulaires.

Sa carte enfin en main, Tomás fut conduit au deuxième étage et présenté au directeur du département des projets spéciaux, un homme petit et maigre, aux yeux noirs et à la barbe grise taillée en pointe.

— Voici *agha* Mozaffar Jalili, dit Ariana. Il travaille avec moi sur ce… projet.

— *Sob bekheir*, salua l'Iranien en souriant.

— Bonjour, répondit Tomás. C'est vous qui êtes chargé du projet ?

L'homme fit un vague geste de la main.

— En principe, oui. (Il lança un regard à Ariana.) Mais, en pratique, c'est *khanom* Pakravan qui dirige les opérations. Elle a… des qualifications particulières et je me contente de lui apporter tout le soutien logistique. Monsieur le ministre considère que ce projet présente une grande valeur scientifique. C'est pourquoi il souhaite que les travaux progressent rapidement, sous la direction de *khanom* Pakravan.

Le Portugais les regarda tous les deux.

— Très bien. Alors mettons-nous au travail !

— Vous voulez commencer tout de suite ? demanda Ariana. Vous ne préférez pas prendre un thé d'abord ?

— Non, non, répondit-il en se frottant les mains. J'ai pris le petit-déjeuner à l'hôtel. Il est l'heure de se mettre au travail. Je suis impatient d'examiner le document.

— Très bien, dit l'Iranienne. Allons-y.

Ils montèrent au troisième étage et entrèrent dans une pièce spacieuse, au centre de laquelle se trouvaient une longue table et six chaises. Les murs étaient recouverts d'armoires avec des dossiers, et deux plantes en pot apportaient une touche de couleur au local. Tomás et Jalili prirent place autour de la table, l'Iranien entama une conversation de circonstance, tandis qu'Ariana s'absentait. Du coin de l'œil, le Portugais nota son passage dans le bureau voisin, où elle s'attarda quelques minutes. Elle réapparut avec une boîte dans les mains, qu'elle déposa sur la table.

— Voici, annonça-t-elle.

Tomás observa la boîte. Elle était en carton renforcé, déformée et usée, le couvercle retenu par un ruban rouge.

— Je peux voir ?

— Bien entendu, dit-elle en dénouant le ruban.

Elle ouvrit la boîte et en sortit un mince manuscrit jauni, qu'elle posa devant Tomás.

— Le voilà.

L'historien sentit l'odeur douceâtre du vieux papier. La première page, une feuille à carreaux dont il avait déjà vu la photocopie au Caire, présentait le titre tapé à la machine et un poème.

DIE GOTTESFORMEL

Terra if fin
De terrors tight
Sabbath fore
Christ nite

A. Einstein

En dessous, griffonné à la main, le nom d'Albert Einstein.

— Hum, murmura l'historien. Quel est ce poème ?

Ariana haussa les épaules.

— Je ne sais pas.

— Vous n'avez pas cherché ?

— Si. Nous avons consulté la faculté de lettres de l'université de Téhéran et nous avons parlé avec plusieurs professeurs de littérature anglaise, y compris des spécialistes de poésie, mais personne n'a reconnu le poème.

— Étrange.

Il tourna les pages et examina les caractères notés à l'encre noire, parfois intercalés entre des équations. Page après page, toujours les mêmes griffonnages mêlés à d'autres équations. Il y avait vingt-deux pages, toutes numérotées dans le coin supérieur droit. Après les avoir feuilletées lentement en silence, Tomás les rassembla et regarda Ariana.

— C'est tout ce qu'il y a ?

— Oui.

— Et où est le passage à déchiffrer ?

— C'est la dernière page.

Le Portugais prit la dernière feuille du manuscrit et l'étudia avec curiosité. Elle était couverte des mêmes griffonnages en allemand, mais elle se terminait par des mots énigmatiques.

See sign
!ya ovqo

— Je distingue mal la calligraphie, se plaignit Tomás. Qu'y a-t-il d'écrit ?

— D'après notre analyse calligraphique, il s'agirait de *!ya* et *ovqo*.

— Hum, murmura-t-il. Oui, on dirait que c'est ça…

— Et, au-dessus, figure l'expression *see sign*.

— Mais ça, c'est de l'anglais ?

— Sans le moindre doute.

L'historien eut l'air étonné.

— Mais qu'est-ce qui vous porte à croire qu'il s'agit d'un code en portugais ?

— La calligraphie.

— Qu'est-ce qu'elle a ?

— Elle n'est pas d'Einstein. Tenez, regardez.

Ariana indiqua du doigt les lignes en allemand et en anglais, afin qu'il les compare.

— Effectivement, acquiesça Tomás. Elles ne semblent pas rédigées par la même main. Mais je ne vois rien qui laisse supposer que ce soit de la main d'un Portugais.

— Et pourtant, c'est bien de la main d'un Portugais.

— Comment le savez-vous ?

— Einstein a travaillé sur ce document avec un physicien portugais qui faisait un stage à l'*Institute for Advanced Study*. Nous avons déjà comparé ces mots avec la calligraphie du stagiaire et la conclusion est positive. Celui qui a rédigé cette phrase énigmatique est, sans nul doute possible, le Portugais.

Tomás regarda l'Iranienne. De toute évidence, le stagiaire en question était le professeur Augusto Siza. Mais jusqu'à quel point serait-elle disposée à parler du scientifique disparu ?

— Pourquoi n'entrez-vous pas en contact avec lui ? demanda l'historien, en feignant d'ignorer le sujet. Puisqu'il était jeune à cette époque, il est probablement encore vivant.

Une rougeur d'affolement monta au visage d'Ariana.

— Malheureusement, il est… indisponible.

— Comment ça, indisponible ?

Jalili intervint pour aider Ariana. Le petit Iranien agita la main, dans un geste d'impatience.

— Peu importe, professeur. Le fait est que nous

n'avons pas accès à votre compatriote et qu'il nous faut comprendre ce que ces lignes signifient.

Il fixa la feuille du regard.

— Croyez-vous pouvoir décrypter ce charabia ?

Tomás considéra de nouveau la formule, l'air songeur.

— Il me faudrait une traduction complète du texte allemand, informa l'historien.

— La traduction complète du manuscrit ?

— Oui, tout.

— Ce n'est pas possible, dit Jalili.

— Pardon ?

— Je ne peux pas vous fournir une traduction du texte allemand. C'est hors de question.

— Pourquoi ?

— Parce que tout ça est confidentiel ! s'exclama l'Iranien, en saisissant le manuscrit pour le remettre dans la boîte. Nous vous l'avons montré uniquement pour que vous ayez une idée de l'original. Je vais noter la formule sur un papier et c'est elle qui vous servira de base pour votre travail.

— Mais pourquoi ?

— Parce que ce document est confidentiel, je viens de vous le dire.

— Mais comment puis-je déchiffrer la formule si je ne connais pas ce qui précède ? Il se peut très bien que le texte allemand renferme la clé de l'énigme ?

— Désolé, mais ce sont nos ordres, insista Jalili, qui recopiait déjà la formule sur une feuille A4 vierge. Cette feuille sera désormais votre matériel de recherche.

— Dans ces conditions, je ne sais pas si je réussirai à faire mon travail.

— Vous réussirez. D'ailleurs, vous n'avez pas

d'autre choix. Par ordre de monsieur le ministre, vous ne serez autorisé à quitter l'Iran qu'après avoir terminé le déchiffrage.

— Qu'est-ce que vous dites ?

— Je regrette, mais ce sont nos ordres. La République islamique vous paie grassement pour déchiffrer cette formule et elle vous a donné accès à un document confidentiel de la plus haute valeur. Vous comprendrez naturellement que cette confidentialité a un prix. Si vous quittiez l'Iran sans achever votre travail, cela créerait un problème de sécurité nationale, puisque la formule en question pourrait être déchiffrée ailleurs, tandis que nous, qui avons le document original, nous resterions sans comprendre cette pièce maîtresse. (Son visage crispé se détendit un peu et Jalili sourit, s'efforçant d'être aimable et de dissiper la soudaine tension.) Quoi qu'il en soit, il n'y a aucune raison que vous ne concluiez pas votre mission avec succès. Nous aurons alors la traduction complète et vous pourrez rentrer chez vous un peu plus riche.

Le Portugais échangea un regard avec Ariana. La femme fit un geste d'impuissance, rien de tout cela ne dépendait d'elle. Comprenant qu'il n'avait aucune alternative, Tomás se tourna vers Jalili et soupira, résigné.

— Très bien, dit-il. Mais quitte à faire quelque chose, autant le faire jusqu'au bout ?

L'Iranien hésita, sans comprendre.

— Où voulez-vous en venir ?

Tomás désigna le manuscrit, déjà rangé dans sa boîte en carton.

— Je veux en venir à cette première page. Pourriez-vous me la copier également, s'il vous plaît ?

— Vous copier la première page ?

— Oui. À moins qu'elle ne cache un terrible secret ?

— Non, seuls y figurent le titre du manuscrit, le poème et la signature d'Einstein.

— Alors copiez-la-moi.

— Mais pourquoi ?

— À cause du poème, bien sûr.

— Qu'est-ce qu'il a le poème ?

— Allons ! N'est-ce pas évident ?

— Non. Qu'est-ce qu'il a ?

— Le poème, mon cher, est une autre énigme.

Tomás consacra le reste de la matinée à tenter de déchiffrer les deux énigmes, mais sans succès. Il partit du principe que la seconde cachait un message en portugais et imagina que la référence *see sign*, précédant la formule codée, indiquait une piste, mais sans pouvoir découvrir laquelle. Le poème, quant à lui, semblait renvoyer à un message en anglais, bien que là encore ses efforts se heurtent à une opaque barrière d'incompréhension.

À l'heure du déjeuner, Tomás et Ariana se rendirent dans un restaurant à proximité pour manger un *makhsus kebab*, composé de viande de mouton haché.

— Je vous demande pardon pour la manière dont *agha* Jalili vous a parlé, dit-elle, après qu'un serveur eut apporté leur plat. Les Iraniens sont habituellement bien élevés, mais il s'agit d'un dossier extrêmement sensible. Ce manuscrit d'Einstein fait l'objet d'une priorité et d'une confidentialité absolues, c'est pourquoi nous ne pouvons courir le moindre risque. Votre séjour en Iran pour le déchiffrer relève d'une question de sécurité nationale.

— Ça ne me dérange pas de rester ici quelque temps, répondit Tomás, tandis qu'il mastiquait un morceau de kebab. À condition que vous soyez toujours à mes côtés, bien entendu.

Ariana baissa les yeux et esquissa un sourire.

— Vous voulez dire, bien sûr, que vous avez besoin de mon assistance scientifique.

— Exactement ! s'exclama le Portugais sur un ton péremptoire. C'est tout ce que j'attends de vous. (Il prit un air innocent.) Votre assistance scientifique, rien d'autre.

L'Iranienne pencha la tête.

— Pourquoi ai-je du mal à vous croire ?

— Je n'en ai pas la moindre idée, dit-il en riant.

— Vous vous tiendrez ?

— Oui, oui.

— N'oubliez pas qu'ici nous ne sommes pas en Occident. C'est un pays un peu spécial, où les gens ne peuvent se permettre certaines libertés. Vous n'allez pas me mettre dans l'embarras, n'est-ce pas ?

Le Portugais prit une mine résignée.

— C'est bon, j'ai compris, dit-il. Je ne ferai rien qui puisse vous importuner, soyez tranquille.

— Merci.

Tomás regarda le reste du kebab dans sa main. Le sujet de la conversation lui fournit le prétexte dont il avait besoin pour s'esquiver.

— Après le déjeuner, j'irai faire une promenade, annonça-t-il.

— Ah oui ? Où voulez-vous que je vous emmène ?

— Non, sans vous. Si on nous voit toujours ensemble, cela risque de susciter des commentaires déplaisants pour vous. Tout compte fait, et comme vous le dites, c'est un pays un peu spécial, n'est-ce pas ?

— Oui, vous avez raison, admit Ariana. Je vais immédiatement vous trouver un guide.

— Je n'ai pas besoin de guide.

— Bien sûr que si. Comment allez-vous vous orienter dans...

— Je n'ai pas besoin de guide, répéta Tomás, plus sentencieux.

— Bien... c'est-à-dire... il y a aussi un problème de sécurité, vous comprenez ? Votre sécurité relève de notre responsabilité, il est donc nécessaire que quelqu'un vous accompagne pour veiller sur vous.

— C'est absurde ! Je sais très bien veiller sur moi-même.

Ariana le regarda, déconcertée.

— Écoutez, je vais quand même vous trouver un guide.

— Je n'en veux pas, je viens de vous le dire.

Elle resta un moment silencieuse, semblant réfléchir. Puis elle baissa la tête et se pencha vers son convive.

— Je ne peux pas vous laisser tout seul, vous comprenez ? murmura-t-elle rapidement. Si vous sortez sans que je ne dise rien à personne, je peux être punie. (Sa voix se fit implorante et enjôleuse.) Laissez-moi vous trouver un guide, s'il vous plaît. Ensuite, si vous le semez, ce sera le problème du guide, pas le mien, vous saisissez ? (Elle écarquilla grand ses yeux mordorés, en quête d'assentiment.) Vous êtes d'accord ?

Tomás la fixa un instant, et finit par opiner.

— C'est bon, dit-il. Envoyez-moi votre gorille.

Le gorille était un homme petit et trapu, à la barbe dure et aux sourcils fournis, habillé tout en noir, tel un agent de sécurité.

— *Salam*, salua le guide qu'Ariana lui présenta. *Haletun chetor e ?*

— Il vous demande si tout va bien.

— Oui, dites-lui que tout va bien.

— *Khubam*, dit-elle au guide.

L'homme pointa du doigt sa poitrine.

— *Esmam Rahim e*, annonça-t-il, le regard toujours fixé sur l'historien. Rahim.

Tomás comprit.

— Rahim ? (Ce fut au tour du Portugais de pointer du doigt sa poitrine.) Moi je suis Tomás. Tomás.

— Ah, Tomás, dit le guide en souriant. *Az ash-nayitun khoshbakhtam.*

L'historien rit jaune et regarda l'Iranienne du coin de l'œil.

— Voilà qui promet, marmonna-t-il en grimaçant. Je me sens comme Tarzan parlant avec Jane. *Me* Tomás, *you* Rahim.

Ariana rit.

— Vous allez bien vous entendre, vous verrez... Où voulez-vous qu'il vous emmène ?

— Au souk. J'ai envie de marcher et de faire des achats.

Rahim reçut les instructions et tous les deux montèrent dans la Toyota noire, une voiture du ministère mise à la disposition du Portugais pour ses petites promenades personnelles. La voiture s'enfonça dans le chaotique trafic de Téhéran et se dirigea vers le sud de la ville ; à mesure qu'ils avançaient, l'état des constructions empirait, tout semblait encore plus engorgé, désordonné et délabré que dans le reste de la vaste métropole de quatorze millions d'habitants.

Le chauffeur ne cessait de jacasser en farsi, tandis que Tomás approuvait distraitement, sans rien comprendre, le regard perdu dans les méandres des rues polluées, l'esprit occupé à chercher un moyen de se débarrasser de son loquace guide-chauffeur-protecteur-vigile. À un certain moment, sur une avenue, Rahim pointa du doigt quelques commerces, en ajoutant un commentaire en farsi, où apparut l'expression *soukis*. Alerté par ce mot, comme si une sonnette d'alarme eût retenti à ses oreilles, Tomás se mit à chercher frénétiquement des indications et vit un panneau annonçant qu'il était sur l'avenue Khordad. Il la connaissait par la carte qu'il avait attentivement étudiée le soir précédent, si bien qu'il n'hésita pas. D'un geste brusque, il ouvrit la portière de la voiture et sauta en plein milieu de l'avenue, provoquant un tohu-bohu de coups de freins et de klaxons.

— Bye-bye ! dit-il, en prenant la fuite à la grande stupéfaction de Rahim, qui resta là, cramponné au volant, bouche bée, à regarder le Portugais se volatiliser.

Quand le chauffeur se réveilla de sa brève léthargie, il stoppa la voiture en pleine avenue, bondissant à son tour et criant, mais son client s'était déjà fondu dans la foule et avait disparu dans le dédale des ruelles qui marquait l'entrée du grand souk de Téhéran.

VIII

Un labyrinthe de rues étroites, d'impasses et de boutiques de toutes sortes, formait le cœur commercial de la capitale iranienne. Le souk se révélait une ville dans la ville, les ruelles débouchant parfois sur des places ou des placettes, les petites boutiques nichées entre des mosquées, des bancs, des auberges et même une caserne de pompiers. Une verrière couvrait le lacis des allées, jetant une ombre protectrice sur le vieux marché. Une marée humaine s'écoulait dans ce réseau inextricable, mais, malgré la densité, tous marchaient d'un pas lent et déterminé, dans la fraîcheur apaisante qui baignait les allées, où chaque recoin exhalait une odeur différente.

Dans une ruelle dédiée aux marchands d'épices, où les aromates et les poudres colorées étaient exposés à l'air libre, Tomás glissa la main dans sa poche et sortit le papier sur lequel il avait inscrit le nom de la personne qu'il cherchait.

— *Salam*, dit-il à un commerçant. Zamyad Shirazi ?
— Shirazi ?
— *Bale*.

Un galimatias en farsi sortit de la bouche de l'homme et le Portugais s'efforça de se concentrer sur les gestes qui lui indiquaient de continuer tout droit pour ensuite, là-bas tout au bout, tourner à gauche. Il le remercia pour ses indications et avança dans la rue des épices jusqu'à la première à gauche. Il enfila la rue des cuivres et s'informa de nouveau, n'étant pas sûr de son chemin.

Il arriva enfin dans la rue des tapis. Lorsqu'il demanda une troisième fois où trouver Zamyad Shirazi, un commerçant lui indiqua une boutique située à dix mètres de là. Il avança et s'arrêta. Tout comme les autres boutiques de la rue, sa porte était recouverte de tapis persans, dont une pile roulée près de l'entrée. Après s'être assuré que personne ne le suivait, Tomás avança d'un pas et pénétra dans le magasin.

L'intérieur était sombre, éclairé par des lampes jaunes, et dans l'air flottait une odeur sèche et pénétrante, rappelant la naphtaline mêlée à la poussière. Il sentit son nez le démanger et éternua bruyamment. Des tapis persans, de diverses couleurs et de tout genre, y compris les classiques *mian farsh*, *kellegi* et *kenareh*, remplissaient tout l'espace.

— *Khosh amadin ! Khosh amadin !* salua un homme grassouillet, qui s'approchait à grands pas, les bras écartés, avec un sourire accueillant aux lèvres. Bienvenue dans mon humble boutique. Désirez-vous un thé ?

— Non, merci.

— Oh, s'il vous plaît ! Nous avons un merveilleux thé, vous allez voir.

— Je vous remercie, mais je n'en veux pas. Je sors de table.

— Oh ! Si vous sortez de table, c'est encore mieux ! Ce thé est parfait pour la digestion. Parfait. (Il fit un large geste avec les bras, balayant toute la boutique.) Et tout en le buvant, vous pourrez apprécier mes magnifiques tapis. (Il caressa de la main les plus proches.) Regardez, j'ai ici de très beaux tapis *gul-i-bulbul*, de Qom, aux jolis dessins d'oiseaux et de fleurs. Excellent ! Excellent ! (Il se tourna vers la droite.) J'ai également ici des *sajadeh* kurdes, provenant directement de Bijar. Des pièces uniques ! (Il se pencha vers son client, avec l'air de celui qui garde au fond de sa boutique un précieux trésor.) Et si vous aimez le grand poème *Shanamah*, alors vous allez être ébloui par...

— Zamyad Shirazi ? interrompit Tomás. Vous êtes monsieur Zamyad Shirazi ?

L'homme s'inclina en un léger salut.

— Pour vous servir, votre excellence, répondit-il en écarquillant les yeux. Si vous cherchez un tapis persan, venez chez Shirazi ! En quoi puis-je vous aider ?

Tomás l'observa avec attention, cherchant à mesurer l'effet de ses paroles sur le commerçant.

— C'est un plaisir d'être en Iran, dit-il.

Le sourire s'évanouit et l'homme le regarda avec une certaine crainte.

— Comment ?

— C'est un plaisir d'être en Iran.

— Vous venez faire beaucoup d'achats ?

C'était le mot de passe. Tomás sourit et lui tendit la main.

— Je m'appelle Tomás. On m'a dit de venir ici.

L'œil inquiet, Zamyad Shirazi le salua précipitamment et se pencha dehors pour vérifier qu'il n'y avait aucun mouvement suspect dans la rue. Quelque peu rassuré, il ferma la porte de sa boutique et, avec des gestes furtifs, fit signe au visiteur de le suivre. Ils se rendirent au fond du local, où ils entrèrent dans un petit entrepôt encombré de tapis. Ils grimpèrent un escalier en colimaçon et le commerçant le fit entrer dans une pièce exiguë.

— Attendez ici, s'il vous plaît, dit-il.

Tomás s'installa sur un canapé et attendit. Il entendit Shirazi s'éloigner et, après un court silence, perçut le bruit d'un vieux téléphone sur lequel on composait un numéro. Il distingua aussitôt la voix lointaine du marchand qui s'adressait à quelqu'un en farsi, marquant de petites pauses pour écouter ce qu'on lui disait à l'autre bout du fil. La conversation ne dura que quelques instants. Après un prompt échange de paroles, le commerçant raccrocha et Tomás entendit des pas s'approcher, jusqu'à ce qu'il vît le visage bouffi de Shirazi apparaître à la porte.

— Il arrive, dit le marchand.

L'homme repartit par le même chemin qu'ils avaient emprunté. Tomás resta assis sur le canapé, les jambes croisés, attendant la suite des événements.

L'Iranien ressemblait à un boxeur. Il était grand, robuste, avec des arcades sourcilières saillantes et une moustache noire fournie, des poils abondants qui sortaient de son col ouvert et de ses petites oreilles. Il entra dans la pièce exiguë, avec l'air pressé de celui qui n'a pas de temps à perdre.

— Professeur Noronha ? demanda-t-il, en tendant son bras musclé.

— Oui, c'est moi.

Ils se serrèrent la main.

— Très heureux. Mon nom est Golbahar Bagheri. Je suis votre contact.

— Enchanté.

— Êtes-vous sûr de n'avoir été suivi par personne ?

— Oui, j'ai semé mon guide avant d'entrer dans le souk.

— Excellent, excellent, dit le colosse, en se frottant les mains. Langley me demande d'envoyer un rapport aujourd'hui même. Quelles sont les nouvelles ? Vous avez vu le document ?

— Oui, je l'ai vu ce matin.

— Est-il authentique ?

Tomás haussa les épaules.

— Ça, je ne sais pas. Ce qui est sûr, c'est qu'il a l'air ancien, les pages sont jaunies, la couverture est dactylographiée et le reste manuscrit. Un griffonnage sur la première page paraît bien être la signature d'Einstein. Il semblerait que toutes les lignes du document soient également écrites de sa main, à l'exception d'un message chiffré à la dernière page. Les Iraniens pensent que ce message a été rédigé par la main du professeur Siza.

Bagheri sortit un calepin de sa poche et se mit à écrire dessus avec frénésie.

— Tout est manuscrit, hein ?

— Oui. Excepté la première page, bien sûr.

— Hum... Il porte la signature d'Einstein ?

— On dirait, oui. Et les Iraniens affirment que cela a été confirmé par des tests de calligraphie.

— Vous ont-ils révélé où se trouvait le manuscrit pendant tout ce temps ?

— Non.

— Et le contenu ?

— Presque tout est en allemand. Sur la page de couverture figure le titre, *Die Gottesformel*, suivi d'un poème, dont l'origine et le sens échappent aux Iraniens, et, dessous, ce qui semble être la signature d'Einstein.

— Hum, murmura de nouveau Bagheri tandis qu'il écrivait, la langue pendue au coin des lèvres. Et le reste ?

— Le reste se réduit à vingt et quelques pages rédigées en allemand à l'encre noire. Il s'agit d'un texte dense, bourré d'équations étranges, comme on en voit sur le tableau d'un cours de mathématiques à l'université.

— Que dit le texte ?

— Je ne sais pas. Je ne connais pas bien l'allemand et puis c'est écrit à la main, la calligraphie rend la lecture difficile. De toute façon, ils ne m'ont pas laissé le temps de le lire, pas plus qu'ils n'ont accepté de m'en révéler le sujet, question de sécurité nationale.

Bagheri s'arrêta de griffonner et le fixa quelques instants.

— La sécurité nationale, hein ?

— Oui, c'est ce qu'ils ont dit.

L'Iranien se remit à prendre des notes, d'une main toujours aussi fébrile.

— Avez-vous eu le temps de relever quelques détails concernant le type du projet nucléaire décrit ?

— Non.

— Pas même une allusion à l'uranium ou au plutonium ?

— Rien du tout.

— Quand vous y retournerez, pourrez-vous vérifier cette information ?

— Écoutez, ils ne me laisseront pas regarder à nouveau le manuscrit. Ils me l'ont juste montré pour que je me fasse une idée générale du texte, mais ils m'ont dit que, pour des raisons de sécurité nationale, je ne pourrais plus le consulter.

— Pas même une fois ?

— Pas même une seule fois.

— Alors comment veulent-ils que vous fassiez votre travail ?

— Ils m'ont recopié le passage codé sur une feuille. Il faut que je travaille à partir de ça.

— Ils vous ont recopié le passage codé ?

— Oui. C'est une formule manuscrite sur la dernière page. Et j'ai aussi le poème de la première page. Voulez-vous les voir ?

— Oui, oui. Montrez-moi.

Tomás tira de sa poche une feuille pliée en quatre. Il la déplia et montra les lignes que Jalili avait recopiées au stylo noir à partir de l'original d'Einstein.

— Voici.

Terra if fin
De terrors tight
Sabbath fore
Christ nite

See sign
!ya ovqo

— Qu'est-ce que c'est ?

— La première partie est le poème, la seconde est le message chiffré.

L'Iranien prit la feuille et copia le texte sur son calepin.

— Rien d'autre ?

— Non, rien de plus.

— Et le professeur Siza ? Vous en avez parlé ?

— Pas vraiment. Ils ont seulement laissé entendre qu'il n'était pas accessible.

— Qu'est-ce que ça veut dire ?

— Je ne sais pas. Ils se sont montrés très réticents à ce sujet et ont refusé de m'en dire plus. Voulez-vous que je leur repose la question ?

Bagheri secoua la tête tout en écrivant.

— Non, il ne vaut mieux pas. Cela pourrait éveiller des soupçons inutiles. S'ils ne veulent pas en parler, ils ne vous diront rien, j'imagine ?

— Il me semble aussi.

Le colosse iranien finit de prendre des notes, rangea son calepin, et fixa du regard le visiteur.

— Bien, je vais transmettre tout ça à Langley. Là-bas, à cette heure, le jour se lève, dit-il en consultant sa montre. Ils ne verront le rapport que dans la matinée, quand il fera nuit ici, et il leur faudra ensuite l'analyser. Je suppose que je ne recevrai une réponse avec des instructions que demain matin. Nous allons opérer de la manière suivante. Demain, à 15 heures, adressez-vous au portier de l'hôtel et dites-lui que vous attendez le taxi de Babak. Vous avez compris ? Le taxi de Babak.

Ce fut au tour de Tomás de noter.

— Babak, c'est ça ? À 15 heures ?

— Oui. (Il se leva, l'entrevue était terminée.) Et faites attention.

— À quoi ?

— À la police secrète. Si elle vous découvre, vous êtes fichu.

Tomás rit jaune.

— Oui, je risque de finir mes jours derrière les barreaux, c'est ça ?

Bagheri ricana.

— Derrière les barreaux, vous plaisantez ? S'ils vous découvrent, vous serez torturé jusqu'à ce que vous ayez tout avoué, qu'est-ce que vous croyez ? Vous deviendrez bavard comme une pie ! Et savez-vous ce qui arrivera ensuite ?

— Non.

L'Iranien de la CIA appliqua son index sur le front.

— Bang ! Vous recevrez une balle dans la tête.

IX

La silhouette élancée d'Ariana Pakravan surgit dans le restaurant de l'hôtel Simorgh au moment où Tomás croquait dans un toast chaud. Elle dressa le cou et tourna la tête, balayant l'assistance de ses yeux de biche, jusqu'à ce que son attention fût attirée par le signe de main que l'historien lui adressa du fond de la salle. Ariana s'approcha de la table et sourit.

— Bonjour, Tomás.

— Bonjour, Ariana. (Il fit un geste vers le centre du restaurant, montrant la grande table où étaient servis les petits-déjeuners.) Vous voulez prendre quelque chose ?

— Non, merci. C'est fait. (Elle indiqua la porte d'un mouvement de la tête.) On y va ?

— On va où ?

— Eh bien… au ministère.

— Pour y faire quoi ?

L'Iranienne sembla déconcertée.

— Travailler, je suppose.

— Mais vous ne me permettez pas d'accéder au manuscrit, argumenta-t-il. Si c'est pour étudier le papier que vous m'avez remis avec les énigmes, nous n'avons pas besoin de nous y rendre.

— Effectivement, vous avez raison, reconnut-elle en prenant une chaise pour s'asseoir devant son interlocuteur. Pour déchiffrer ce texte, nous n'avons nullement besoin d'aller au ministère.

— Sans oublier que si j'allais au ministère je risquerais de tomber sur votre gorille.

— Ah, oui, Rahim. Que diable lui avez-vous fait ? lui demanda-t-elle, curieuse.

Tomás eut un éclat de rire.

— Rien ! s'exclama-t-il. Je lui ai seulement dit au revoir au milieu de la rue.

— Vous savez qu'il n'était pas du tout content. À vrai dire, il était furieux contre vous et le chef furieux contre lui.

— J'imagine.

— Pourquoi vous êtes-vous enfui ?

— J'avais envie de me promener seul dans le souk. Vous n'allez pas me dire que c'est interdit ?

— Pas que je sache, non.

— Encore heureux, conclut-il. Quoi qu'il en soit, le mieux c'est que nous restions à l'hôtel. D'ailleurs, ce sera bien plus confortable ici, vous ne croyez pas ?

Ariana leva son sourcil gauche, l'air méfiant.

— Ça dépend du point de vue, répondit-elle, circonspecte. En fait, où voulez-vous travailler au juste ?

— Mais ici, dans l'hôtel, évidemment. Où voulez-vous que ce soit ?

— Très bien, mais je vous préviens que nous n'irons pas dans votre chambre, vous entendez ?

— Et pourquoi pas ?

La femme esquissa un sourire forcé.

— Très drôle ! s'exclama-t-elle. Très spirituel, bravo. (Elle se redressa, en tournant la tête vers la salle.) Allons, sérieusement, où allons-nous travailler ?

— Pourquoi pas sur ces canapés là-bas près du bar ? suggéra-t-il en indiquant vaguement l'endroit. Ils ont l'air d'être confortables.

— Très bien. Pendant que vous terminez votre petit-déjeuner, je vais téléphoner au ministère pour leur dire que vous préférez travailler à l'hôtel. Vous allez avoir besoin de moi, je suppose ?

Tomás lui fit un grand sourire.

— Et comment ! J'ai besoin d'une muse qui m'inspire.

Ariana roula des yeux et secoua la tête.

— Allons, dites-moi. Vous avez besoin de moi oui ou non ?

— Vous connaissez l'allemand ?

— Oui.

— Alors j'ai besoin de vous, évidemment. Mon allemand est encore un peu sommaire et il me faut un petit coup de main.

— Mais vous pensez que l'allemand peut vous aider à déchiffrer les énigmes ?

Tomás haussa les épaules.

— Très franchement, je ne sais pas. Le fait est que quasiment tout le manuscrit est rédigé en allemand, il faut donc admettre la possibilité que les messages codés soient dans la même langue, non ?

— Très bien, dit-elle en se tournant pour s'éloigner. Alors je vais prévenir que je reste ici pour travailler avec vous.

— Merci.

Le bar ne dégageait pas une ambiance de bar. L'absence d'alcool sur les étagères et la lumière matinale donnaient au lieu un côté coffee-shop, d'autant que tous les deux commandèrent au serveur un thé vert. Ils s'assirent sur le large canapé, côte à côte, et Tomás disposa sur la table basse des feuilles de brouillon A4, afin de tester diverses hypothèses. Il sortit la feuille pliée de sa poche et contempla les énigmes.

> Terra if fin
> De terrors tight
> Sabbath fore
> Christ nite

> See sign
> !ya ovqo

— Voyons voir, commença Tomás en s'efforçant de prendre de l'élan pour le dur travail intellectuel qui l'attendait. Il y a là une chose qui me paraît évidente. (Il tourna la feuille vers Ariana.) Regardez si vous pouvez la repérer.

L'Iranienne examina les énigmes.

— Je ne vois absolument rien, dit-elle enfin.

— Il s'agit de la chose suivante, reprit l'historien. Commençons par la seconde énigme. À première vue, il n'y a pas de doute qu'on se trouve devant un message chiffré. (Il désigna l'ensemble des caractères.) Observez ceci. Vous voyez ? Ce n'est pas un code. C'est un chiffre.

— Quelle est la différence ?

— Le code implique une substitution des mots ou des phrases. Le chiffre renvoie à une substitution des caractères. Par exemple, s'il est convenu entre nous que vous vous appeliez Renarde, c'est un code. J'ai remplacé le nom Ariana par le nom de code Renarde, vous comprenez ?

— Oui.

— Mais s'il est convenu entre nous que je permute les *a* avec les *i,* alors, écrivant Iraini, je mentionne en fait votre nom Ariana. J'ai seulement interverti les caractères. C'est un chiffre.

— J'ai compris.

— Si l'on regarde ces énigmes, la seconde est à l'évidence un message chiffré. Ça va être difficile de le déchiffrer. Mieux vaut le laisser de côté pour l'instant.

— Alors vous préférez vous concentrer sur la première énigme ?

— Oui. Le poème sera peut-être plus facile.

— Vous pensez qu'il s'agit d'un code ?

— Je crois, répondit-il tout en se frottant le menton. D'abord, observez le ton général du poème. Qu'en dites-vous ? Quel sentiment dégage-t-il ?

Ariana se concentra sur les quatre vers.

— *Terra if fin, de terrors tight, Sabbath fore, Christ nite*, lut-elle à voix haute. Je ne sais pas. Quelque chose de… sombre, ténébreux, terrible.

— Catastrophiste ?

— Oui, un peu.

— Évidemment que c'est catastrophiste. Regardez bien le premier vers, que suggère-t-il ?

— Le sens m'échappe. Que veut dire *Terra* ?

— C'est un mot latin, également employé en portugais. Il signifie la terre, notre planète. Et *fin* est le mot français pour *end*. Ce premier vers semble évoquer l'idée de l'apocalypse, la fin des temps, la destruction de la terre… Quel est le sujet du manuscrit d'Einstein ?

— Je ne peux pas vous le dire.

— Écoutez, le sujet peut être décisif pour l'interprétation de ce poème. Y a-t-il quelque chose dans le texte manuscrit qui suggère une grande catastrophe, une grave menace pour la vie sur terre ?

— Je vous répète que je ne peux rien vous dire. Le sujet est confidentiel.

— Mais vous ne voyez donc pas que j'ai besoin de le savoir pour interpréter ce poème ?

— Je comprends, mais vous n'obtiendrez rien de moi. Tout ce que je peux faire, c'est en référer à mes supérieurs hiérarchiques, en l'occurrence le ministre. S'il est convaincu de la nécessité de vous révéler le contenu du manuscrit, alors tant mieux.

Tomás soupira, résigné.

— Très bien, alors parlez-lui et soumettez-lui le problème. (Il se concentra de nouveau sur le poème.) Observez à présent ce deuxième vers. *De terrors tight*. Une terreur affreuse. Une fois de plus, le ton catastrophiste, alarmant, sombre. Tout comme pour le premier vers, l'interprétation de celui-ci doit être directement liée au sujet du manuscrit d'Einstein.

— Sans doute. Tout ça est un peu… effrayant.

— Quel que soit le contenu de ce manuscrit, on peut être sûr qu'il s'agit de quelque chose qui a fortement impressionné Einstein. Tellement impressionné qu'on le voit même se tourner vers la religion aux troisième et quatrième vers. Vous voyez ? *Sabbath fore, Christ nite*. (Il serra les lèvres, songeur.) Le Sabbat est le jour béni par Dieu, après les six jours de la Création. Voilà pourquoi c'est le jour de repos obligatoire chez les Juifs. Einstein était juif et il revient ici au Sabbat, comme s'il se tournait vers Dieu en quête de salut. Les feux de l'enfer seront refroidis le jour du Sabbat et, quand tous les Juifs seront capables de respecter pleinement ce jour, le Messie viendra. (Ses yeux glissèrent vers la dernière ligne.) Le quatrième vers renforce cet appel au mysticisme comme une solution à l'affreuse terreur, aux feux de l'enfer qui à la fin menacent la terre. *Nite* est une forme dégradée pour dire *night*. *Christ nite*. « La nuit du Christ ». (Il regarda Ariana.) Encore une référence aux ténèbres.

— Vous pensez que ce ton sombre constitue le message ?

Tomás prit sa tasse de thé fumant et avala une gorgée.

— Peut-être pas tout le message, mais il en constitue certainement une partie. (Il reposa la tasse.) Einstein était à l'évidence effrayé par ce qu'il avait découvert ou inventé et il jugea bon de placer cet avertissement en guise d'épigraphe au manuscrit. Quoi qu'il en soit, *La Formule de Dieu*, ma chère, touche sans doute à des puissances fondamentales de la nature, à des forces qui nous dépassent. C'est pourquoi je vous dis qu'il est important qu'on me révèle le contenu du document. Sans quoi, ma capacité à décoder ce poème sera sérieusement limitée.

— Je vous ai déjà dit que je soumettrais la question au ministre, répéta l'Iranienne avant de regarder à nouveau le poème. Mais pensez-vous que ce poème puisse cacher d'autres messages ?

Tomás secoua la tête de bas en haut, en signe d'ac-quiescement.

— Je le crois. Mon impression est qu'il y a encore autre chose.

— Pourquoi dites-vous ça ?

— Je ne sais pas, c'est un… comment dire, c'est une… impression, une intuition que je ressens.

— Une intuition ?

— Oui. Vous savez, hier, au ministère, quand j'ai lu le poème avec attention, j'ai été frappé par l'étrange structure des vers. Vous avez remarqué ? demanda-t-il en posant son index sur le poème griffonné sur la feuille. C'est écrit dans un anglais un peu bizarre, vous ne trouvez pas ? Si on le lit littéralement, il y a quelque chose qui cloche. Le sens général est clair, mais le sens spécifique nous échappe. Tenez, essayons de dégager la signification littérale des vers. « Si la terre arrive à la fin, la terreur affreuse, s'éloigne le Sabbat, la nuit du Christ ». Mais qu'est-ce que ça peut bien vouloir dire ?

— Eh bien, il cherche, en premier lieu, à obtenir une rime.

— C'est vrai, approuva Tomás. *Tight* rime avec *nite*. Mais ça pourrait aussi rimer avec *night*, non ? Alors, dans ce cas, pour quelle raison a-t-il préféré employer *nite* au lieu de *night* ?

— Pour que ça fasse plus sophistiqué ?

L'historien fit une moue, en envisageant cette pos-sibilité.

— Peut-être, concéda-t-il. Il est possible que tout se réduise à un effet stylistique. Mais, à mes yeux, ces lignes restent bien étranges. Et pour quelle raison dit-il *Terra* et non *Earth* dans le premier vers ? Pourquoi le mot latin ? Et pourquoi *fin* et non *end* ? Il aurait pu écrire *Earth if end*. Mais non. Il a fallu qu'il écrive *Terra if fin*. Pourquoi ?

— Peut-être pour donner au poème un caractère mystérieux ?

— Peut-être. Mais, plus je regarde ces vers, plus je suis persuadé d'une chose. Je ne sais pas comment l'expliquer. C'est un sentiment qui me vient de l'intérieur, une sorte de sixième sens. C'est, si vous voulez, mon expérience de cryptologue qui parle. Mais de ça, j'en suis sûr.

— De quoi ?

Tomás respira profondément.

— Il y a ici un autre message dans le message.

Ils passèrent toute la matinée à examiner le poème, cherchant à découvrir le code qui leur révèlerait son sens secret. Tomás s'aperçut vite que, s'agissant d'un message crypté, la solution du problème serait d'une complexité d'autant plus grande qu'il avait besoin d'accéder aux clés, une sorte de lexique qui lui permettrait de saisir le sens de chaque mot du poème. Naturellement, celui-ci ne serait pas facile à trouver, et le cryptologue se mit à réfléchir à l'endroit où un homme comme Einstein avait pu le cacher. Dans sa maison ? À l'institut de Princeton où il menait ses recherches ? L'avait-il remis à quelqu'un ? Après tout, quand on utilise un code secret, c'est pour que la plupart des gens ne puissent pas le comprendre, mais aussi pour que certaines personnes puissent le déchiffrer. Dans le cas contraire, au lieu de coder le message, Einstein ne l'aurait tout simplement pas écrit. S'il l'a fait, c'est parce qu'il y avait certainement un destinataire, quelqu'un qui possédait les clés permettant de décrypter le poème. Mais qui ?

Qui ?

Le professeur Siza était, dans ces circonstances, un suspect évident. Avait-il le fameux lexique ? Était-il le destinataire du message ? Tomás éprouva soudain l'irrésistible envie de demander à Ariana où était passé le physicien ; la question lui vint à la bouche mais il parvint à la réprimer à temps, la refoulant vers les entrailles d'où elle avait surgi. Avouer qu'il connaissait le lien entre le professeur, le Hezbollah et l'Iran, considéra Tomás, serait catastrophique ; les Iraniens comprendraient aussitôt qu'il avait été informé par quelqu'un du milieu et ils soupçonneraient alors ses véritables intentions. Voilà ce qu'il devait à tout prix éviter.

Il y avait, bien sûr, un second suspect. David Ben Gourion en personne. Après tout, c'était l'ancien Premier ministre d'Israël qui avait commandé à Einstein la formule d'une bombe atomique facile à concevoir. Si Einstein avait inséré un message secret dans un poème, sans doute l'avait-il fait en sachant que Ben Gourion possédait les clés permettant de le déchiffrer. Dans ce cas, le Mossad israélien avait sans doute accès à ce lexique. C'était là, peut-être, l'hypothèse la plus intéressante, puisqu'elle laissait supposer que celui-ci se trouvait entre les mains de l'Occident. Or la veille, Tomás avait remis le poème à l'homme de la CIA à Téhéran, lequel l'avait sans doute déjà transmis à Langley. Il se pouvait même qu'à cette heure la CIA avait déjà décodé le message contenu dans le poème.

L'analyse de l'énigme se poursuivit jusqu'au moment où ils se levèrent pour rejoindre le restaurant de l'hôtel. Leur déjeuner fut composé de plats exclusivement iraniens, Tomás testa un *zereshk polo ba morq*, ou poule au riz, et Ariana se régala d'un *ghorme sabzi*, une viande hachée garnie de haricots. Ils discutèrent de diverses possibilités de décodage du poème entre deux coups de fourchette, et leur conversation se poursuivait quand furent servis le *paludeh*, le sorbet aux fruits et à la farine de riz commandé par le Portugais, et la pastèque pour l'Iranienne.

— Je crois que je vais aller faire une sieste, annonça Tomás après le *qhaveh*, le café noir iranien.

— Vous ne voulez plus travailler ?

— Ah, non, dit-il en levant les mains, comme s'il se déclarait vaincu. Je suis déjà très fatigué.

Ariana désigna d'un geste la tasse de *qhaveh*.

— Je ne sais pas comment vous allez pouvoir dormir, dit l'Iranienne en riant. Notre café est très fort.

— Ma chère amie, la sieste est une vieille tradition ibérique. Aucun café ne peut la vaincre.

X

Il était 14 h 55 lorsque Tomás sortit de l'ascenseur et s'avança dans le hall de l'hôtel. Il regarda autour de lui avec l'air le plus naturel possible, afin de s'assurer que personne ne l'observait. Il ne vit aucune trace d'Ariana, qu'il avait quittée une demi-heure plus tôt ; et personne ne semblait lui prêter une attention particulière. Il s'approcha de la réception, consulta discrètement le nom griffonné sur un papier et appela le portier.

— J'attends un taxi, dit-il.

— Un taxi, monsieur ?

— Oui. Le taxi de Babak.

Le garçon sortit dans la rue et fit signe à une voiture orange, qui était garée sur la droite. La voiture avança et s'arrêta devant l'entrée de l'hôtel.

— S'il vous plaît, monsieur, dit le portier en ouvrant la portière arrière.

Tomás s'arrêta près de la voiture et, avant de monter, regarda le chauffeur, un garçon d'une maigreur squelettique.

— Vous êtes Babak ?

— Hein ?

— Babak ?

L'homme fit oui d'un signe de tête.

— *Bale.*

Tomás glissa un pourboire dans la main du portier et prit place sur la banquette arrière. Le taxi se mit en route et s'enfonça dans le tumultueux trafic de Téhéran, tournant dans le dédale des rues, des avenues et des boulevards. Le passager tenta d'engager la conversation et demanda quelle était leur destination, mais Babak se borna à hocher la tête.

— *Man ingilisi balad nistam*, dit-il.

À l'évidence, le chauffeur ne parlait pas anglais. Comprenant qu'il ne pourrait rien en tirer, le Portugais se cala contre la banquette et se laissa conduire ; il savait que quelque chose finirait par arriver, l'homme de la CIA ne lui avait pas demandé de prendre ce taxi juste pour se promener dans la ville. C'était une question de patience et il attendit.

Le taxi roula dans les rues de Téhéran pendant vingt minutes, durant lesquelles Babak ne cessa de regarder dans son rétroviseur. Parfois, il tournait brusquement dans une rue transversale et c'est alors qu'il fixait son rétroviseur. Il répéta maintes fois la manœuvre jusqu'à ce qu'il se montre satisfait et s'engage sur l'avenue Taleqani. Il s'arrêta non loin de l'université Amirkabeir et un homme corpulent monta dans la voiture, prenant place à côté de Tomás.

— Comment ça va, professeur ?

C'était l'agent de la CIA qu'il avait rencontré la veille.

— Bonjour… répondit le Portugais, hésitant. Excusez-moi, mais je ne me souviens pas de votre nom.

L'homme sourit, découvrant des dents gâtées.

— Tant mieux ! s'exclama-t-il. Je m'appelle Golba-har Bagheri, mais il est peut-être préférable que vous ne mémorisiez pas mon nom.

— Alors comment dois-je vous appeler ?

— Tenez, appelez-moi Mossa.

— Mossa ? De Mossad ?

Bagheri rit.

— Non, non. Mossa, de Mossadegh. Savez-vous qui était Mossadegh ?

— Je n'en ai pas la moindre idée.

— Je vais vous le dire. (Il adressa quelques mots en farsi à Babak. La voiture se mit en route et avança le long de la même avenue.) Mohammed Mossadegh était un avocat qui fut élu démocratiquement et nommé Pre-mier ministre d'Iran. À l'époque, les puits de pétrole du pays appartenaient exclusivement à l'Anglo-Iranian Oil Company ; Mossadegh tenta d'améliorer les conditions du contrat. Les Britanniques refusèrent et il décida de nationaliser la compagnie. Cet acte eut d'énormes répercussions, à tel point que le magazine *Time* l'élut homme de l'année 1951, pour avoir encouragé les pays sous-développés à se libérer des colonisateurs. Mais les Britanniques n'acceptèrent jamais la situation et Churchill parvint à convaincre Eisenhower de renverser Mossadegh. Vous voyez ce bâtiment ? demanda-t-il en pointant son doigt vers la gauche.

Tomás tourna la tête. C'était une vaste construction, presque cachée par des murs tagués de mots d'ordre, dont le plus présent était *Down with the USA*.

— Oui, je le vois.

— Il s'agit de l'ancienne ambassade des États-Unis à Téhéran. C'est depuis un bunker de l'ambassade que la CIA élabora son plan pour renverser Mossadegh. Ils l'appelèrent « Opération Ajax ». Au prix de nombreuses subornations et diffusions de contre-informations, la CIA réussit à obtenir l'appui du Shah et de divers personnages clés du pays, y compris des leaders religieux, des chefs militaires et des directeurs de journaux, et ils renversèrent Mossadegh en 1953. (Bagheri regarda vers le bâtiment, où étaient postés des gardes armés.) C'est à cause de cet épisode que les étudiants, quand survint la Révolution islamique en 1979, envahirent l'ambassade et gardèrent une cinquantaine de diplomates en otages durant plus d'un an. Les étudiants craignaient que l'ambassade conspire contre l'ayatollah Khomeiny tout comme elle avait conspiré contre Mossadegh.

— Ah ! s'exclama Tomás. Et que pensez-vous de Mossadegh ?

— C'était un grand homme.

— Mais il a été renversé par la CIA.

— Oui.

— Alors… excusez-moi, mais je ne comprends pas. Vous travaillez pour la CIA.

— Je travaille pour la CIA maintenant, mais ce n'était pas le cas en 1953. D'ailleurs, elle n'existait pas encore à l'époque.

— Mais comment pouvez-vous travailler pour la CIA si l'agence d'avant a renversé ce grand homme ?

Bagheri fit un geste résigné.

— Les choses ont changé. Ceux qui occupent aujourd'hui le pouvoir ne sont pas des hommes éclairés, comme Mossadegh, mais une bande de fanatiques religieux qui veulent replonger mon pays dans le Moyen Âge. L'ennemi, c'est eux, dit-il en pointant du doigt les gardes armés qui patrouillaient devant l'ambassade. Et ils sont aussi l'ennemi de la CIA. Je ne sais pas si vous connaissez ce proverbe arabe : « L'ennemi de mon ennemi est mon ami ». Donc, la CIA est à présent mon amie.

Le taxi tourna et s'engagea sur l'avenue Moffateh en direction du sud. La voiture semblait circuler sans but précis à travers les rues de Téhéran, ce qui devint évident lorsqu'elle emprunta l'avenue Enqelab et qu'elle fit le tour de la place Ferdosi, avant de reprendre la même avenue, mais en sens inverse. C'était un parcours sans destination, où seul comptait le déplacement, et encore, puisque cette déambulation n'était qu'un prétexte pour se réunir à l'abri des regards indiscrets.

Après avoir quitté le secteur de l'ambassade, le colosse iranien garda un moment le silence, les yeux fixés sur les milliers de véhicules qui remplissaient les rues.

— J'ai reçu des instructions de Langley, finit par dire Bagheri, sans quitter du regard le trafic.

— Ah oui ? Et que disent-ils ?

— Ils ont été déçus d'apprendre que vous ne pourrez plus approcher le manuscrit. Ils voudraient savoir s'il n'y a vraiment aucun moyen d'y parvenir.

— D'après ce que j'ai compris, c'est exclu. Le type du ministère a été catégorique, invoquant sans cesse la sécurité nationale. Si j'insiste, je crains d'éveiller des soupçons.

Bagheri détourna les yeux du trafic et fixa Tomás, les sourcils froncés.

— Dans ce cas, nous allons devoir affronter un gros problème.

— Un gros problème ? Pourquoi ?

— Parce qu'il est inacceptable pour les Américains que ce manuscrit reste entre les mains des Iraniens.

— Mais que peuvent faire les États-Unis ?

— Il y a deux possibilités pour régler cette situation qui menace la sécurité nationale américaine. La première est de bombarder le bâtiment où le manuscrit est conservé.

— Quoi ? Bombarder Téhéran à cause... à cause de ça ?

— Ça, cher professeur, ce n'est pas quelque chose d'anodin. Il s'agit de plans pour une bombe atomique bon marché et facile à concevoir. C'est une menace pour la sécurité internationale. Si un régime comme celui de l'Iran, qui entretient des liens avec des groupes terroristes, parvient à développer des armes nucléaires faciles à fabriquer, vous pouvez être sûr que des fous comme Oussama Ben Laden et autres ne se contenteront pas d'attaquer New York à coups de Boeing. Ils auront à leur disposition des moyens bien plus... explosifs, si vous voyez ce que je veux dire.

— Je comprends.

— Dans ces circonstances, bombarder un immeuble à Téhéran est un moindre mal, vous ne croyez pas ?

— Si, si.

L'Iranien se remit, durant un instant, à observer le paysage derrière la vitre du taxi.

— Le fait que vous ayez vu hier le manuscrit au ministère de la Science confirme que votre collaboration nous est nécessaire. Mais cette option présente deux inconvénients. Le premier est qu'une action militaire de cette nature entraîne des répercussions gênantes, en particulier dans le monde islamique. Le régime iranien se poserait en victime. Mais cet obstacle pourrait être dépassé s'il n'en existait pas un second, lui, insurmontable. C'est que le bombardement n'atteindrait sans doute pas son objectif stratégique final, à savoir anéantir le document d'Einstein et la formule des armes nucléaires. Le manuscrit serait détruit, bien sûr, mais il est plus que probable que des copies existent dans d'autres coffres iraniens ; rien n'empêcherait le régime de fabriquer la bombe à partir de la formule contenue dans le texte. Autrement dit, le bombardement détruirait le manuscrit original, mais pas la formule déjà copiée.

— C'est très juste.

— C'est pourquoi Langley m'a donné, dans le cas où il ne vous serait pas possible d'approcher le manuscrit, des instructions pour mettre immédiatement en œuvre la seconde option.

L'Iranien se tut, l'air préoccupé.

— Et quelle est la seconde option ? demanda Tomás.

Bagheri respira profondément.

— Voler le manuscrit.

— Comment ?

— En allant au ministère et en prenant le manuscrit. Tout simplement.

D'abord surpris, l'historien finit par rire.

— Bon sang, vous n'y allez pas par quatre chemins ! s'exclama-t-il. Voler le manuscrit ? Mais comment allez-vous faire ça ?

— C'est simple. On se débrouille pour supprimer le garde, on entre à l'intérieur, on localise le document et on s'en empare.

— Mais pourquoi ne pas seulement le microfilmer ? Si vous l'avez sous les yeux, mieux vaudrait vous montrer discrets, non ? Après tout, le fait de voler le manuscrit ne résoudra pas le problème, dès lors qu'ils possèdent certainement, comme vous l'avez dit, des copies conservées dans d'autres endroits.

— Non, ce ne serait pas suffisant. Les États-Unis souhaitent présenter le document au Conseil de sécurité des Nations unies, mais, pour ce faire, il faut d'abord qu'il soit authentifié. Or, ils ne pourront l'authentifier que s'ils ont le manuscrit dans les mains. C'est pourquoi nous devons aller le chercher.

Tomás considéra les conséquences de cette action.

— Mais dites-moi, ce n'est pas dangereux ?

— Tout dans la vie est dangereux. Sortir dans la rue est dangereux.

— J'ai l'impression d'entendre ma mère. Ce qui me préoccupe, c'est de savoir ce qui m'arrivera quand les Iraniens s'apercevront de l'absence du document. Ils ne sont pas idiots et ils feront le lien. Un matin, ils me montrent le manuscrit et, quelques jours après... Il disparaît. Ce sera... comment dirais-je ? Pour le moins suspect.

— Oui, vous ne serez plus en sécurité.

— Alors, dites-moi. Comment allons-nous régler ça ?

— Vous devrez quitter le pays.

— Mais comment ? Ils m'ont dit que je ne serai autorisé à partir qu'après avoir déchiffré les énigmes insérées dans le document.

— Nous vous ferons quitter l'Iran la nuit même où nous volerons le manuscrit.

— Et c'est prévu pour quand ?

— Je ne sais pas encore. J'aimerais que ce soit le plus tôt possible, mais pour l'instant je ne peux pas vous donner de date, il reste plusieurs détails à régler. J'espère le savoir demain. Dès que j'aurai l'information, je passerai à l'hôtel pour vous transmettre les éléments. Ne quittez pas l'hôtel, vous entendez ? Faites tout ce que vous feriez normalement, continuez à travailler sur le déchiffrage des formules et attendez que je vous contacte.

— Hum, très bien, acquiesça Tomás. Donc, si je récapitule, votre idée est de pénétrer dans le ministère par effraction, de voler le document et, aussitôt après, de venir me chercher pour quitter le pays ?

Bagheri inspira.

— Eh bien, c'est plus ou moins ça, oui, dit-il, d'un air réticent. Mais, il y a un petit détail…

— Ah, oui ?

— Oui.

L'Iranien se tut, ce qui attisa la curiosité de l'historien.

— Et quel est ce détail ?

— Vous venez avec nous.

— Oh, mais j'avais compris. Vous allez me faire sortir d'Iran.

— Non, ce n'est pas ce que je veux dire. Vous aussi vous venez au ministère.

— Comment ça ?

— Vous faites partie de l'équipe chargée du vol.

XI

Les gradins de la grande arène étaient noirs de monde, surtout des femmes vêtues de tchadors sombres, mais tous se conduisaient comme s'il s'agissait d'un jour de spectacle. Quelqu'un poussa Tomás et l'obligea à s'agenouiller au centre, la tête penchée en avant, la nuque et le cou à découvert. Du coin de l'œil, l'historien remarqua la présence d'hommes en longues tuniques blanches islamiques ; ils s'avancèrent et firent un cercle autour de lui, comme s'ils l'assiégeaient, lui ôtant tout espoir d'échapper à ce lieu de mort. Parmi eux apparut le regard triste d'Ariana qui, n'osant pas s'approcher du condamné, lui souffla un timide baiser d'adieux. Aussitôt l'Iranienne disparut et, à sa place, surgit Rahim, les yeux flamboyant de rage, un grand sabre courbe scintillant à sa ceinture. Rahim dégaina son arme d'un geste brusque, l'empoigna à deux mains, se mit en position et la leva vers le ciel, où elle resta figée un instant, une fraction de seconde, rien qu'un bref et long moment, avant que la lame fende l'air et décapite Tomás.

Il se réveilla.

Il était en sueur. Il haletait. Il se demanda s'il était

mort, mais non, soulagé, il comprit qu'il était toujours en vie. Le silence de la chambre obscure le rassura, tout ça n'était qu'un cauchemar, mais ce silence lui confirma aussi que l'autre cauchemar, celui dans lequel l'avait plongé l'Iranien du souk la veille, était, lui, bien réel, palpable et imminent.

Il repoussa les draps, s'assit et se frotta les yeux.

— Mais dans quel pétrin me suis-je fourré ? murmura-t-il.

Il gagna la salle de bains pour faire sa toilette. Dans le miroir, il vit un homme aux yeux cernés, résultat prévisible d'une nuit d'insomnie. Il se sentait comme emporté à toute vitesse sur les rails ondulants d'un grand huit, tantôt déprimé par la perspective de commettre un acte terrible dans un pays aux châtiments atroces, tantôt exalté par l'espoir d'un soudain revirement, d'un événement providentiel qui, comme par magie, résoudrait le problème et le libérerait de l'effroyable fardeau qu'on lui avait mis sur les épaules.

Dans ces moments d'espoir, il se raccrochait de toutes ses forces à la conversation de la veille avec Ariana. Le ministre de la Science comprendrait sans doute le bien-fondé de sa demande, pensa-t-il devant le miroir, en étalant la mousse sur son visage, avant de se raser. L'argument selon lequel la clé du message chiffré était cachée quelque part dans le texte du manuscrit ne manquait pas de bon sens, c'était même une évidence qui n'échapperait certainement pas au ministre. Oui, se dit-il, tout en se brossant à présent les dents. On l'autoriserait forcément à consulter le texte. Et pendant qu'il le consulterait, peut-être trouverait-il toutes les réponses dont la CIA avait besoin, peut-être découvrirait-il des éléments qui rendraient inutile le vol du manuscrit, le délivrant ainsi d'une situation dont il ne se sentait pas à la hauteur.

Il ferma les yeux et murmura une promesse.

— Si je m'en tire, je promets de prier tous les jours de cette année. (Il ouvrit un œil et considéra la rigueur de sa promesse.) Bon, tous les jours de l'année, c'est peut-être un peu trop. Je prierai tous les jours du mois prochain.

Plein d'une confiance inattendue, insufflée par sa promesse, il ouvrit le robinet de la douche et testa la température avant de se glisser sous l'eau.

Le ravissant visage d'Ariana apparut dans le hall de l'hôtel un peu après l'heure convenue. Tomás avait déjà avalé son petit-déjeuner et l'attendait impatiemment sur le canapé du bar. Ils se saluèrent et l'Iranienne s'assit à la même place que la veille, en commandant un jus d'orange au serveur. Maîtrisant mal son anxiété, l'historien alla droit au but.

— Alors ? Le ministre ?

— Quoi le ministre ?

— Il m'autorise ?

Ariana eut l'air de comprendre enfin la question.

— Ah, oui ! s'exclama-t-elle. L'autorisation.

— Il m'autorise ?

— Eh bien… Non.

Tomás se figea.

— Non ? balbutia-t-il.

— Non, il refuse de donner l'autorisation, confirma Ariana. Je lui ai expliqué que, selon vous, le poème était un message codé dont la clé se trouvait dans le texte. Il m'a déclaré qu'il était vraiment désolé mais que, pour des raisons de sécurité nationale, vous ne pouviez pas avoir accès au contenu du document et que, si cela impliquait un retard dans le décryptage du poème, peu importait.

— Mais… cela peut même impliquer une impossibilité de déchiffrer tout le poème, insista le Portugais. Lui avez-vous expliqué ?

— Bien sûr. Mais il ne veut rien savoir. Il dit que la sécurité nationale passe avant tout et que, concernant le problème du décodage, il ne s'agit pas seulement du problème de l'Iran. C'est aussi votre problème, dit-elle en pointant du doigt son interlocuteur.

— Le mien ?

— Oui, le vôtre. Rappelez-vous, *agah* Jalili vous a dit que vous ne seriez autorisé à quitter l'Iran qu'après avoir déchiffré les formules. Le ministre m'a confirmé que c'était bien le cas. D'ailleurs, il semblerait que l'affaire ait remonté jusqu'au président. (Ariana fit un geste de résignation.) Je suis vraiment navrée, Tomás, mais vous êtes condamné à décoder ces messages secrets.

L'historien respira profondément et fixa du regard le marbre poli qui brillait par terre ; il se sentait découragé et piégé.

— Je suis fichu, commenta-t-il en guise d'aveu.

Ariana toucha son bras.

— Du calme, ne vous laissez pas abattre. J'ai vu que vous étiez un excellent cryptologue. Vous parviendrez à percer ces énigmes, j'en suis sûre.

Le Portugais semblait atterré, une expression de tristesse assombrissait son visage. En vérité, il ne doutait pas d'être capable de découvrir le code secret des messages ; sa demande de consulter le texte du manuscrit relevait finalement plus de sa volonté de mieux connaître le document que de la conviction qu'il cachait la clé du code. Le véritable problème était que la décision du ministre de ne pas en autoriser la consultation signifiait la fin de son dernier espoir de résoudre l'affaire sans avoir à commettre le vol programmé la veille.

— Je suis fichu, répéta-t-il, l'œil sombre.

— Écoutez, dit Ariana, cherchant toujours à le consoler. Vous n'avez aucune raison d'être démoralisé, vous allez solutionner le problème. En plus, c'est aussi pour nous deux une opportunité de travailler ensemble quelque temps. Ça... ne vous réjouit pas ?

Tomás parut se réveiller d'une torpeur.

— Hein ?

— Ça ne vous réjouit pas de travailler avec moi durant quelque temps ?

L'historien contempla le visage parfait de l'Iranienne.

— C'est en fait la seule chose qui me retienne de me suicider à l'instant même, dit-il, presque machinalement.

Ariana rit.

— Vous êtes drôle, il n'y a pas à dire. (Elle pencha la tête.) Alors qu'est-ce que vous attendez ? On s'y met !

— À quoi ?

— Au travail.

Tomás sortit la feuille avec les messages, la déplia et la posa sur la table basse.

— Oui, vous avez raison ! s'exclama-t-il, en tirant un stylo de sa poche. Mettons-nous au travail.

Ils passèrent trois heures à examiner les multiples

significations symboliques des divers mots clés du poème, notamment *Terra, terrors, Sabbath* et *Christ*, mais ils ne trouvèrent rien de plus que ce qu'ils avaient conclu la veille. Ce fut un travail frustrant, avec toutes les hypothèses griffonnées dans un coin et aussitôt biffées, car absurdes ou inconsistantes.

Peu avant l'heure du déjeuner, Tomás s'excusa et se dirigea vers les toilettes. Contrairement à la plupart des toilettes iraniennes, qui se réduisent à un infecte trou à même le sol, celles-ci disposaient de cuvettes et d'urinoirs, et dégageaient même une odeur parfumée ; pas de doute, il était bien dans un des meilleurs hôtels du pays.

Alors qu'il était concentré devant l'urinoir, l'historien sentit une main se poser sur son épaule et tressaillit.

— Alors professeur ?

C'était Bagheri.

— Mossa ! soupira-t-il. Vous m'avez fait une de ces peurs !

— Vous êtes bien nerveux.

— N'ai-je pas des raisons pour ça ? Vous vous rendez compte du pétrin où vous m'avez fourré ?

— Terminez ce que vous êtes en train de faire, dit Bagheri en s'éloignant vers le lavabo.

Tomás resta encore un instant devant l'urinoir ; puis il referma sa braguette et alla se laver les mains.

— Écoutez, dit-il, en regardant Bagheri dans le miroir. Je n'ai pas été formé pour ces situations. J'ai réfléchi et… j'ai décidé d'abandonner.

— Ce sont les ordres de Langley.

— Je m'en fous ! Ils ne m'ont jamais dit que je devrais participer à une opération de vol.

— Les circonstances ont changé. Le fait que vous n'ayez pas réussi à lire le manuscrit nous a obligés à changer les plans. En outre, il y a de nouvelles décisions qui dépassent Langley.

— De nouvelles décisions ?

— Oui. Des décisions prises à Washington. N'oubliez pas, professeur, qu'il s'agit d'une affaire qui menace la sécurité de l'Occident. Qu'un pays comme l'Iran puisse accéder à la formule d'une arme nucléaire facile à concevoir, soyez sûr que ça effraie tout le monde, surtout depuis le 11 Septembre. Aussi, face à un tel enjeu, sachez bien que le dernier des soucis de Washington est de savoir si vous ou moi apprécions ou pas la mission pour laquelle nous avons été recrutés.

— Mais je ne suis pas un commando, vous comprenez ? Je n'ai même pas fait l'armée. Je serais un handicap pour vous.

— Professeur, je vous ai déjà dit hier que votre participation était cruciale pour le succès de l'opération. Vous êtes le seul à avoir vu le manuscrit et vous êtes le seul à avoir vu la pièce où il est conservé. (Il pointa Tomás du doigt.) Il est donc logique que nous ayons besoin de vous pour nous guider dans la localisation et l'identification du document. Sans votre aide, comment ferions-nous ? On passerait la nuit à cavaler dans le ministère comme des rats déboussolés, en fouillant partout sans rien trouver. (Il secoua la tête.) Ce n'est pas possible.

— Mais, enfin, n'importe qui pourrait parfaitement...

— Ça suffit, coupa Bagheri en haussant légèrement le ton. La décision est prise et ni vous ni moi n'y pouvons plus rien. Les enjeux sont trop importants pour se permettre des doutes. (Il jeta un œil vers la porte.) Du reste, je voudrais savoir une chose.

— Laquelle ?

— Vous croyez vraiment, professeur, que ces gens vont vous laisser repartir dans votre pays une fois votre travail terminé ?

— C'est ce qu'ils m'ont dit.

— Et vous y croyez ? Réfléchissez bien. Vous avez vu le manuscrit d'Einstein et vous allez, en principe, décoder les messages que celui-ci a glissés dans sa formule nucléaire. Or, l'intention du régime étant de maintenir tout cela secret, n'est-ce pas étrange qu'il vous laisse repartir tranquillement chez vous, en sachant ce que vous saurez ? Ne pensez-vous pas que cela constituera un grave risque pour la confidentialité du projet nucléaire iranien ? Croyez-vous qu'après avoir conclu votre travail, et détenant une partie du secret, le régime ne vous considérera pas comme une menace pour la sécurité de l'Iran ?

Tomás écarquilla les yeux, mesurant les implications des questions soulevées par l'Iranien.

— Heu… oui, évidemment… balbutia-t-il. Vous pensez… vous pensez vraiment qu'ils pourraient me retenir ici pour… toujours ?

— De deux choses l'une. Ou bien ils vous tueront dès qu'ils n'auront plus besoin de vous, ou bien ils vous enfermeront dans une prison dorée. (Bagheri regarda de nouveau vers la porte, pour s'assurer qu'ils étaient bien seuls.) Selon moi, il est plus probable qu'ils vous retiennent pour toujours en Iran. Le régime est composé d'une bande de fanatiques fondamentalistes, ce qui présente, malgré tout, un côté positif. Bien qu'ils soient implacables dans l'application de la sharia, la loi islamique, ils partagent un profond respect pour le comportement moral. Aussi, n'ayant pas un motif moralement raisonnable pour vous tuer, il est probable qu'ils vous gardent prisonnier. Mais, d'un autre côté, il ne faut pas oublier que des secrets essentiels sont en cause pour le régime. Et les raisons morales, ils peuvent très bien les inventer. Il n'est donc pas exclu qu'ils choisissent une méthode plus radicale et plus sûre pour vous réduire au silence. Vous comprenez ? finit-il par dire en passant le doigt sur son cou.

L'historien ferma les yeux, se massa les tempes et soupira.

— Je suis vraiment fichu.

Bagheri épia de nouveau la porte des toilettes.

— Écoutez, nous n'avons pas beaucoup de temps, dit-il. Je suis seulement venu ici pour vous dire que tout est prêt.

— Qu'est-ce qui est prêt ?

— Les préparatifs pour la mission sont pratiquement achevés. Après le vol, nous vous emmènerons dans un coin perdu de la mer Caspienne, nommé Bandar-e Torkaman, situé proche des ruines du mur d'Alexandre le Grand.

— Bandar et quoi ?

— Bandar-e Torkaman. C'est un petit village portuaire turc, non loin de la frontière du Turkménistan. Dans le port de Bandar-e Torkaman vous attendra un bateau de pêche portant le nom de la capitale de l'Azerbaïdjan, *Bakou*. C'est un bateau loué par nos soins et qui vous conduira justement à Bakou. Vous avez compris ?

— Plus ou moins… (Tomás eut l'air intrigué.) Vous viendrez avec moi ?

Bagheri secoua la tête.

— Non, je vais devoir rester ici à Téhéran pour brouiller les pistes. Mais Babak vous y emmènera, soyez tranquille. Il est important, toutefois, que vous reteniez une chose.

Tomás tira un papier et un stylo de sa poche.

— Je vous écoute.

— Non, vous ne devez écrire ça nulle part. Il faut que vous le mémorisiez, vous comprenez ?

L'historien eut une expression de contrariété.

— Que je mémorise ?

— Oui, il le faut. Pour des raisons de sécurité.

— Bon, je vous écoute.

— Quand vous serez sur le *Bakou*, qui se trouvera à l'ancre dans le port de Bandar-e Torkaman, demandez à voir Mohammed. Rappelez-vous, Mohammed.

— Comme le prophète.

— C'est ça. Demandez-lui s'il a l'intention d'aller cette année à La Mecque. Il vous répondra *inch'Allah*. Tels sont les mots de passe.

— Avez-vous l'intention d'aller cette année à La Mecque ? répéta Tomás, pour mémoriser la question. C'est bien ça ?

— Oui, tout à fait.

— S'il me répond *inch'Allah*, c'est que tout va bien.

— Exact.

— Ça paraît simple.

— Ça l'est. Bien, je dois partir, dit Bagheri après avoir consulté sa montre. Je viens vous chercher à minuit.

— À minuit ? Pour aller où ?

L'Iranien le dévisagea, surpris.

— Je ne vous l'ai pas encore dit ?

— Quoi donc ?

— L'opération, professeur.

— Eh bien quoi l'opération ?

— C'est pour cette nuit.

XII

Lorsqu'il rejoignit Ariana au bar, Tomás était si perturbé qu'il ne put se concentrer à nouveau. Plus il fixait le poème, plus il songeait à l'aventure folle qui l'attendait cette nuit. Ses yeux erraient sur les caractères griffonnés sur le papier, tandis que sa tête réfléchissait aux implications des prochains événements, en s'attachant aux détails, depuis les préparatifs pour quitter l'hôtel jusqu'au moment où il rencontrerait sur le bateau le fameux Mohammed. Devait-il emporter son bagage ? Cela n'allait-il pas éveiller des soupçons qu'on le voie sortir de l'hôtel avec son grand sac de voyage ? Non, mieux valait l'abandonner pour n'emporter qu'un petit sac avec l'essentiel. Et comment quitter l'hôtel sans être vu ? Le personnel ne trouverait-il pas suspect de le voir sortir à minuit ? Donneraient-ils l'alerte ? Et, une fois dans le ministère, qu'arriverait-il ? Est-ce que…

— Tomás ? Tomás ?

Le Portugais agita la tête, s'efforçant de revenir dans le présent.

— Pardon ?

— Vous vous sentez bien ?

195

Ariana le scrutait d'un air intrigué, comme si elle cherchait des signes de fièvre dans la pâleur de son teint.

— Quoi ? Moi ? balbutia-t-il en se redressant. Oui, oui. Je me sens bien, ne vous inquiétez pas.

— Ça n'a pas l'air, vous savez ? Vous semblez ailleurs, inattentif à ce que je vous dis. (Elle pencha la tête, dans un geste bien à elle.) Vous êtes fatigué ?

— Oui, un peu.

— Vous voulez vous reposer, peut-être ?

— Non, non. Nous allons d'abord terminer ça et j'irai me reposer plus tard. D'accord ?

— Bon, très bien. Comme vous voudrez.

Tomás soupira et regarda de nouveau le poème.

— Pour tout vous dire, je ne vois pas comment je pourrais décoder ça sans avoir la moindre idée du sujet du manuscrit d'Einstein, commenta-t-il, avec un dernier espoir de convaincre l'Iranienne. Dites, vous ne pourriez pas m'en parler ne serait-ce qu'un petit peu ? Rien qu'une petite piste.

Ariana regarda autour d'elle, paniquée.

— Tomás, je ne peux pas...

— Rien qu'une idée.

— Non.

— Écoutez, si vous ne me dites rien, nous ne pourrons pas avancer. J'ai besoin que vous me donniez une direction.

L'Iranienne l'observa avec intensité, indécise quant à la marche à suivre. Pouvait-elle lui révéler quelque chose ? Si oui, que lui révéler ? Quelles en seraient les conséquences ?

Elle examina la question durant quelques secondes et prit finalement une décision.

— Je ne vais pas vous révéler le contenu du manuscrit parce que cela mettrait non seulement en danger la sécurité nationale de l'Iran, mais aussi la vôtre et la mienne, dit-elle à voix basse. La seule chose que je peux vous dire, c'est que nous sommes nous-mêmes intrigués par le document et croyons que seul le déchiffrage des messages nous permettra de tout comprendre.

— Vous êtes intrigués, c'est bien ça ?

— Oui.

— Pourquoi ?

Ariana eut un geste d'impatience.

— Je ne peux pas vous le dire. Peut-être même que je vous en ai déjà trop dit.

— Mais qu'a-t-il de si intrigant ?

— Je vous répète que je ne peux pas vous le dire. Tout ce que je peux faire, c'est vous parler du contexte dans lequel Einstein a rédigé son manuscrit. Ça vous intéresse ?

Tomás hésita.

— Eh bien… oui, pourquoi pas ? Vous pensez que ça peut m'aider ?

— Je l'ignore. Peut-être pas.

— Ou peut-être que oui, qui sait ? (L'historien se décida enfin.) Très bien, je vous écoute.

Ariana se cala dans le canapé, cherchant à rassembler ses idées.

— Dites-moi, Tomás, vous vous y connaissez en physique ?

Le Portugais rit.

— Peu, dit-il. Comme vous le savez, je suis historien et cryptologue, mon domaine de recherche n'est pas vraiment la physique. C'est mon père qui est mathématicien et qui s'intéresse à ces domaines, il a d'ailleurs consacré toute sa vie aux équations et aux théorèmes. Mais pas moi, je préfère de loin les hiéroglyphes et les écritures hébraïques et araméennes, j'aime l'odeur poussiéreuse des bibliothèques et les relents de moisi exhalés par les vieux manuscrits et les anciens papyrus. Voilà mon univers.

— Je sais tout ça. Mais ce que je voudrais savoir, c'est si vous êtes au courant de la recherche fondamentale de la physique actuelle.

— Je n'en ai pas la moindre idée.

— Vous n'avez jamais entendu parler de la théorie du tout ?

— Non.

L'Iranienne passa ses mains dans ses beaux cheveux noirs, réfléchissant au meilleur moyen de lui expliquer la chose.

— Voyons voir, savez-vous au moins ce qu'est la théorie de la relativité ?

— Bien sûr. C'est élémentaire.

— Disons que la recherche de la théorie du tout a commencé avec la théorie de la relativité. Jusqu'à Einstein, la physique reposait sur le travail de Newton, qui rendait parfaitement compte du fonctionnement mécanique de l'univers tel qu'il est perçu par les êtres humains. Mais il y avait deux problèmes liés à la lumière qu'on ne parvenait pas à résoudre. L'un était de savoir pour quelle raison un objet soumis à la chaleur émet de la lumière, et l'autre était de comprendre la valeur constante de la vitesse de la lumière.

— Je suppose que c'est Einstein qui a mis en lumière le problème de la lumière, plaisanta Tomás.

— Exactement. Einstein exposa en 1905 sa théorie de la relativité restreinte, dans laquelle il établit un lien entre l'espace et le temps, en disant qu'ils sont tous les deux relatifs. Par exemple, le temps change parce qu'il y a un mouvement dans l'espace. L'unique chose qui n'est pas relative, mais absolue, c'est la vitesse de la lumière. Il a découvert qu'à des vitesses assez proches de la lumière, le temps ralentit et les distances se contractent.

— Ça, je le sais.

— Tant mieux, ça nous fera gagner du temps. La question est que, si tout est relatif, excepté la vitesse de la lumière, alors même la masse et l'énergie sont relatives. Plus encore que relatives, la masse et l'énergie sont les deux faces d'une même médaille.

— N'est-ce pas là la fameuse équation ?

Ariana griffonna l'équation sur une feuille de brouillon.

$$\mathcal{E} = mc^2$$

— Oui. L'énergie est égale à la masse multipliée par la vitesse de la lumière au carré.

— Si ma mémoire est bonne, il s'agit de l'équation qui est à l'origine des bombes atomiques.

— Exact. Comme vous le savez, la vitesse de la lumière est énorme. Le carré de la vitesse de la lumière est un nombre si élevé qu'il implique qu'une minuscule portion de la masse contienne une terrible quantité d'énergie. Par exemple, vous, vous pesez dans les quatre-vingts kilos ?

— Plus ou moins.

— Cela signifie que votre corps contient assez de matière chargée d'énergie pour fournir en électricité une petite ville pendant toute une semaine. L'unique difficulté, c'est de transformer cette matière en énergie.

— Cela est-il lié à la force forte qui maintient en place le noyau des atomes ?

L'Iranienne pencha la tête et leva un sourcil.

— Vous en savez des choses pour un ignorant en physique…

— J'ai dû lire ça quelque part.

— Bien. Retenez donc l'idée que l'énergie et la masse sont les deux faces d'une même médaille. Cela signifie qu'une chose peut se transformer en l'autre, autrement dit, on peut convertir l'énergie en matière ou la matière en énergie.

— Vous voulez dire qu'il est possible de faire une pierre à partir de l'énergie ?

— Oui, théoriquement, c'est possible, bien que la transformation de l'énergie en masse soit quelque chose que normalement nous ne puissions observer. Mais cela arrive. Par exemple, si un objet se rapproche de la vitesse de la lumière, le temps se contracte et sa masse augmente. Dans cette situation, l'énergie du mouvement se change en masse.

— L'a-t-on déjà observé ?

— Oui. Dans l'accélérateur de particules du CERN, en Suisse. Les électrons ont été soumis à une telle vitesse d'accélération que leur masse a augmenté quarante mille fois. On a même des photos des traces laissées par les chocs des protons, c'est vous dire.

— Fichtre !

— D'ailleurs, c'est pour ça qu'aucun objet ne peut atteindre la vitesse de la lumière. S'il le faisait, sa masse augmenterait infiniment, ce qui requerrait une énergie infinie pour mettre cet objet en mouvement. Or, c'est impossible. C'est pourquoi on dit que la vitesse de la lumière est la vitesse limite de l'univers. Rien ne peut l'égaler, car, si un corps l'égalait, sa masse se multiplierait à l'infini.

— Mais de quoi est faite la lumière ?

— De particules appelées photons.

— Et ces particules n'augmentent pas leur masse en se déplaçant à la vitesse de la lumière ?

— Justement. Les photons sont des particules sans masse, ils se trouvent à l'état d'énergie pure et ne subissent pas le passage du temps. Comme ils se meuvent à la vitesse de la lumière, pour eux l'univers est intemporel. Du point de vue des photons, l'univers naît, croît et meurt dans le même instant.

— Incroyable.

Ariana but une gorgée de jus d'orange.

— Ce que vous ignorez peut-être, c'est qu'il y a non pas une, mais deux théories de la relativité.

— Deux ?

— Oui. Einstein présenta sa théorie de la relativité restreinte en 1905, où il explique une série de phénomènes physiques, mais pas la gravité. Le problème est que la relativité restreinte remettait en cause la description classique de la gravité. Newton croyait qu'une altération soudaine de la masse impliquait une altération tout aussi soudaine de la force de gravité. Mais c'est impossible, car cela supposerait qu'il existe quelque chose de plus rapide que la vitesse de la lumière. Imaginons que le soleil explose à cet instant précis. La relativité restreinte prévoit qu'un tel événement ne sera perçu sur terre que huit minutes après, c'est-à-dire le temps que la lumière franchisse la distance entre le soleil et la terre. Newton, lui, croyait que l'effet serait concomitant. Au moment précis où le soleil exploserait, la terre en subirait l'impact. Or ceci est impossible, puisque rien ne se déplace plus vite que la lumière. Pour apporter une solution à ce problème et à d'autres, Einstein a exposé en 1915 sa théorie de la relativité générale, qui a résolu la question de la gravité en établissant que l'espace était courbe. Plus un objet a de masse, plus l'espace qui l'entoure est courbe et, par conséquent, plus la force de gravité qu'il exerce est grande. Par exemple, le soleil exerce plus de force de gravité sur un objet que la terre, de par sa masse importante, vous comprenez ?

— Hum... pas très bien. L'espace se courbe ? Qu'est-ce que ça veut dire ?

Ariana écarta les bras.

— Supposons, Tomás, que l'espace soit un drap étendu dans l'air entre nous deux. Imaginez que nous posions un ballon de foot au centre. Que se passe-t-il ? Le drap se courbe autour du ballon, n'est-ce pas ? Et si je lance une bille sur le drap, elle va être attirée par le ballon de foot. La même chose se passe dans l'univers. Le soleil est si grand qu'il courbe l'espace autour de lui. Si un objet extérieur s'en approche lentement, il se heurtera au soleil. Si un objet s'en approche à une certaine vitesse, comme la terre, il se mettra à tourner autour du soleil, sans buter dessus ni s'en éloigner. Et si un objet se déplace à très grande vitesse, comme un photon de lumière, sa trajectoire à l'approche du soleil se courbera légèrement mais il réussira à s'éloigner et à poursuivre sa route. Au fond, voilà ce que dit la théorie de la relativité générale. Tous les objets distordent l'espace autour d'eux. Comme l'espace et le temps sont deux faces d'une même médaille, un peu comme l'énergie et la matière, cela signifie que les objets distordent aussi le temps. Plus un objet aura de masse, plus le temps sera lent près de lui.

— Tout cela est très étrange, observa Tomás. Mais quel est le rapport avec le manuscrit d'Einstein ?

— Aucun peut-être, je ne sais pas. Mais il est important que vous compreniez que le manuscrit a été rédigé par Einstein au moment où il tentait d'établir une théorie du tout.

— Ah, oui. C'est encore une théorie d'Einstein ?

— Oui.

— Les deux théories de la relativité n'étaient donc pas suffisantes ?

— Einstein a d'abord cru que oui, mais, soudain, il est tombé sur la théorie quantique. Savez-vous ce qu'est la théorie quantique ? demanda Ariana en penchant la tête comme elle le faisait souvent.

— Eh bien… j'en ai déjà entendu parler, oui, mais pour ce qui est des détails… ça laisse à désirer.

Ariana rit.

— Ne soyez pas complexé ! s'exclama-t-elle. Même certains scientifiques qui ont développé la théorie quantique n'ont jamais réussi à très bien la comprendre.

— Ah, bon. Me voilà plus rassuré.

— Le problème est le suivant. La physique de Newton est valable pour expliquer notre monde quotidien. Quand ils construisent des ponts ou qu'ils mettent un satellite en orbite autour de la terre, les ingénieurs recourent à la physique de Newton et de Maxwell. Les limites de cette physique classique n'apparaissent que lorsqu'on se penche sur des aspects qui ne font pas partie de notre expérience commune, comme par exemple les vitesses extrêmes ou l'univers des particules. Pour traiter du problème des grandes masses et des grandes vitesses, on se réfère aux deux théories de la relativité conçues par Einstein. Et, pour étudier le monde des particules, c'est la théorie quantique.

— Donc, la relativité c'est pour les grands objets et la quantique pour les petits.

— C'est ça. Il faut toutefois souligner que le monde des microparticules présente des manifestations macroscopiques, ça va de soi.

— Bien sûr. Mais qui a développé la quantique ?

— La théorie quantique est née en 1900, lors d'une séance de travail de Max Planck sur la lumière émise par les corps chauds. Elle a été ensuite développée par Niels Bohr, qui a conçu le modèle théorique des atomes le plus connu, celui où les électrons gravitent autour du noyau de la même façon que les planètes tournent autour du soleil.

— Tout ça est connu.

— C'est vrai. Mais ce qui l'est moins, ce sont les comportements excentriques des particules. Par exemple, certains physiciens sont arrivés à la conclusion que les particules subatomiques peuvent quitter un état d'énergie A pour un état d'énergie B, sans passer par une transition entre les deux.

— Sans passer par une transition entre les deux états ? Comment ça ?

— C'est très étrange et controversé. On appelle ça un saut quantique. C'est comme lorsqu'on monte les marches d'un escalier. On passe d'une marche à l'autre sans gravir de marche intermédiaire. Il n'y a pas de demi-marche. On saute de l'une à l'autre. D'aucuns prétendent que, dans le monde quantique, les choses se déroulent de la même façon au niveau de l'énergie.

On passe d'un état à l'autre sans traverser de stade intermédiaire.

— Mais c'est très bizarre.

— Très. Nous savons que les microparticules font des bonds. Cela est admis. Il en est même certains qui pensent que, dans le monde subatomique, l'espace cesse d'être continu et devient granuleux. On y fait donc des bonds sans passer par un état intermédiaire… Je dois dire que je n'y crois guère et que je n'ai jamais trouvé une preuve ou un indice qui le prouverait.

— Vraiment, cette idée est… étrange.

Ariana leva l'index.

— Il y a plus. On a découvert que la matière se manifeste à la fois par des particules et par des ondes. Tout comme l'espace et le temps, ou l'énergie et la masse, sont les deux faces d'une même médaille, les ondes et les particules sont les deux faces de la matière. Le problème s'est posé quand il a fallu transformer tout ceci en une mécanique.

— Une mécanique ?

— Oui, la physique a une mécanique, qui sert à prévoir les comportements de la matière. Dans les cas de la physique classique et de la relativité, la mécanique est déterministe. Si, par exemple, nous savons où se trouve la lune, dans quelle direction et à quelle vitesse elle se déplace, nous serons capables d'en déduire son évolution passée et future. Si la lune se déplace vers la gauche à mille kilomètres à l'heure, elle sera dans une heure à mille kilomètres vers la gauche. Voilà ce qu'est la mécanique. On peut prévoir l'évolution des objets, dès lors qu'on connaît leurs position et vitesse respectives. Rien de plus simple. Mais, dans le monde quantique, on a découvert que les choses fonctionnaient d'une autre manière. Lorsqu'on connaît la position précise d'une particule, on ne parvient pas à mesurer sa vitesse exacte. Et quand on connaît sa vitesse exacte, on ne parvient pas à définir sa position précise. Cela s'appelle le principe d'incertitude, une idée qui a été formulée en 1927 par Werner Heisenberg. Le principe d'incertitude établit qu'on peut déterminer avec précision la vitesse ou la position d'une particule, mais jamais les deux à la fois.

— Alors comment prévoir l'évolution d'une particule ?

— C'est là tout le problème. On ne sait pas. Je peux savoir quelles sont la position et la vitesse de la lune, et ainsi être capable d'en déduire tous ses mouvements passés et à venir. Mais je n'ai aucun moyen de déterminer avec exactitude à la fois la position et la vitesse d'un électron, si bien que je ne peux pas en déduire ses mouvements passés ni à venir. Telle est l'incertitude. Pour la résoudre, la mécanique quantique a recouru au calcul des probabilités. Si un électron doit choisir entre deux trous par lesquels passer, il y a cinquante pour cent de probabilité que l'électron passe par le trou de gauche et cinquante pour cent par celui de droite.

— Cela semble une bonne manière de résoudre le problème.

— Effectivement. Mais Niels Bohr a compliqué la chose en disant que l'électron passe par les deux trous en même temps. Il passe par celui de gauche et par celui de droite.

— Comment ça ?

— C'est comme je vous le dis. Ayant à choisir entre deux voies, l'électron passe simultanément par les deux, par le trou de gauche et par celui de droite. Autrement dit, il se retrouve à deux endroits en même temps !

— Mais ce n'est pas possible.

— Pourtant, c'est ce que la théorie quantique prévoit. Par exemple, si on met un électron dans une boîte divisée en deux compartiments, l'électron se retrouvera dans les deux en même temps, sous forme d'onde. Et si on l'observe dans la boîte, l'onde s'évanouira immédiatement et l'électron se transformera en particule dans un des compartiments. Mais si on ne l'observe pas, l'électron restera dans les deux compartiments sous forme d'onde. Et même si les deux compartiments étaient séparés et placés à des milliards d'années-lumière de distance, l'électron subsisterait dans les deux compartiments à la fois. Ce n'est qu'au moment où on l'observe dans un des compartiments que l'électron décide de quel côté il va rester.

— Ce n'est qu'au moment où on l'observe qu'il se décide ? demanda Tomás d'un air incrédule.

— Le rôle de l'observateur a été initialement établi par le principe d'incertitude. Heisenberg est arrivé à la conclusion qu'on ne pourrait jamais connaître avec précision et en même temps la position et la vitesse d'une particule à cause de la présence de l'observateur. La théorie a évolué au point que certains ont considéré que l'électron ne décide de l'endroit où il est que lorsqu'il existe un observateur.

— Ça n'a aucun sens...

— C'est aussi ce que dirent les scientifiques, y compris Einstein. Le calcul étant devenu probabiliste, Einstein déclara que Dieu ne jouait pas aux dés, autrement dit, la position d'une particule ne pouvait pas dépendre de la présence d'observateurs et, surtout, de calculs de probabilité. La particule était soit à un endroit soit à un autre, mais elle ne pouvait pas être aux deux en même temps. L'incrédulité fut telle qu'un physicien, nommé Schrödinger, conçut une situation paradoxale pour mettre l'absurdité en évidence. Il imagina de placer un chat dans une boîte avec un flacon de cyanure fermé. Selon l'hypothèse quantique, il y avait cinquante pour cent de probabilité pour qu'un marteau brise ou non le flacon. Et d'après la théorie, les deux cas, également probables, pouvaient se produire en même temps dans la boîte toujours fermée, si bien que le chat se retrouvait simultanément vivant et mort, tout comme un électron se retrouvait simultanément dans les deux compartiments de la boîte tant qu'il n'était pas observé. Or c'est absurde, n'est-ce pas ?

— Bien entendu. Ça n'a aucun sens. Comment peut-on défendre pareille théorie ?

— C'est justement ce que pensait Einstein. Le problème, c'est que cette théorie, aussi bizarre qu'elle paraisse, s'accorde avec toutes les données expérimentales. Tout scientifique sait parfaitement que les mathématiques, quand elles contredisent l'intuition, l'emportent presque toujours. C'est ce qui s'est passé, par exemple, lorsque Copernic a dit que la terre tournait autour du soleil et non l'inverse. L'intuition faisait croire que la terre était au centre, puisque tout semblait tourner autour d'elle. Face au scepticisme général, Copernic n'a trouvé d'alliés que parmi les mathématiciens, lesquels, avec leurs équations, ont constaté que seule l'hypothèse de la terre tournant autour du soleil concordait avec les mathématiques. Nous savons aujourd'hui que les mathématiques avaient raison. De même avec les théories de la relativité. Dans chacune d'elles, il y a beaucoup d'éléments qui sont contre-intuitifs, comme l'idée que le temps se dilate et autres bizarreries du même genre, mais en réalité ces concepts sont acceptés par les scientifiques parce qu'ils cadrent avec les mathématiques et les observations du réel. La même chose se passe ici. Il semble absurde de dire qu'un électron se trouve en deux endroits à la fois tant qu'il n'est pas observé, c'est contre-intuitif. Pourtant, cela s'accorde avec les mathématiques et avec toutes les expériences effectuées.

— Ah, bon.

— Mais Einstein a refusé cette idée, pour une raison très simple. La théorie quantique ne cadrait pas avec sa théorie de la relativité. Autrement dit, l'une était valable pour comprendre l'univers des grands objets et l'autre pour expliquer le monde des atomes. Mais Einstein pensait que l'univers ne pouvait pas être géré par des lois différentes, les unes déterministes pour les grands objets et les autres probabilistes pour les petits. Il ne devait y avoir qu'un seul ensemble de règles. Il se mit ainsi en quête d'une théorie unificatrice qui présenterait les forces fondamentales de la nature comme les manifestations d'une force unique. Ses théories de la relativité réduisaient à une seule formule toutes les lois qui régissent l'espace, le temps et la gravité. Avec sa nouvelle théorie, il cherchait à rassembler en une seule équation les phénomènes de la gravité et de l'électromagnétisme. Il pensait que la force qui fait tourner un électron autour du noyau était du même ordre que celle qui meut la terre autour du soleil.

— Une nouvelle théorie, c'est ça ?

— Oui. Il l'a appelée : la théorie des champs uni-fiés. C'était sa version de la théorie du tout.

— Ah.

— Voilà donc ce qu'Einstein cherchait au moment où il a rédigé son manuscrit.

— Vous pensez que *La Formule de Dieu* renvoie à cette recherche ?

— Je ne sais pas, dit Ariana. Peut-être bien, peut-être pas.

— Mais, si c'est le cas, pourquoi le gardez-vous secret ?

— Écoutez, je ne sais pas si c'est le cas. J'ai lu le document et il est étrange. En réalité, c'est Einstein lui-même qui a décidé de le garder secret. S'il l'a fait, c'est parce qu'il avait de bonnes raisons, vous ne croyez pas ?

Tomás fixa du regard l'Iranienne, attentif à l'effet qu'allait produire la question qu'il s'apprêtait à lui poser.

— Si *La Formule de Dieu* n'a aucun lien avec la recherche de la théorie du tout, avec quoi en a-t-elle ? demanda-t-il, en prenant un air interrogatif. Avec des armes nucléaires ?

Ariana le fusilla du regard.

— Je vais faire comme si je n'avais pas entendu votre question, dit-elle en prononçant chaque syllabe très lentement, avec une terrible intensité. Et ne vous avisez plus d'en parler, vous avez compris ? Votre sécurité dépend de votre intelligence.

L'historien tressaillit.

— Ma sécurité ?

— S'il vous plaît, Tomás, dit-elle, n'en parlez plus. Ne prononcez jamais ces mots devant personne. Faites seulement votre travail, vous entendez ? Rien que votre travail.

Tomás garda le silence un instant, songeur et intimidé. Il tourna la tête et avisa un groupe de Pakistanais qui entrait dans le restaurant de l'hôtel. C'était le prétexte idéal pour mettre fin à cette dangereuse conversation.

— Vous n'avez pas faim ? demanda-t-il.

XIII

Ils mangèrent un *chelo kebab*, sans doute le dixième kebab que Tomás ingurgitait depuis qu'il était arrivé en Iran. Il était déjà las de ce régime et, d'une certaine façon, c'était un soulagement de savoir que cette nuit on lui ferait quitter clandestinement le pays. Bien sûr, le problème de l'incursion dans le ministère demeurait, mais, puisque rien ne dépendait plus de lui, il relégua cette préoccupation dans un coin de son esprit, en se reposant sur l'idée que les hommes de la CIA savaient certainement ce qu'ils faisaient.

Il réalisa que c'était peut-être son dernier déjeuner avec Ariana et il la contempla avec mélancolie. C'était une femme vraiment belle et intéressante. Il fut presque tenté de tout lui raconter, pour lui demander de l'accompagner dans sa fuite, mais il comprit que ce n'était qu'un fantasme, ils étaient trop différents avec des missions antagonistes.

— Pensez-vous pouvoir décoder le message ? demanda-t-elle pour esquiver son étrange regard scrutateur.

— Il me faut la clé du code, dit Tomás, en levant

sa fourchette pleine de riz. Franchement, sans cette clé, nous sommes devant une mission impossible.

— Si c'était un chiffre, ce serait plus facile ?

— Oui, bien sûr. Mais ce n'est pas un chiffre.

— Vous en êtes sûr ?

— Tout à fait sûr. (Il déplia la feuille sur un coin de la table.) Regardez, ce poème contient des mots et des phrases. Or, un chiffre ne concerne que les lettres. S'il s'agissait d'un chiffre, on aurait des formations absurdes, du type « hwxz » et autres séries du même genre, un peu comme une seconde énigme. (Il désigna les mots griffonnés sur le papier.) Est-ce que vous voyez la différence ?

Terra if fin
De terrors tight
Sabbath fore
Christ nite

See sign
!ya ovqo

— Oui, ce *! ya* et ce *ovqo* sont évidemment des chiffres, constata l'Iranienne. (Elle regarda de nouveau le poème.) Mais n'y a-t-il pas des chiffres qui puissent ressembler à des mots ?

— Bien sûr que non, dit-il. (Il hésita un instant.) À moins… qu'il s'agisse de chiffres par transposition.

— Qu'est-ce que c'est ?

— Vous savez, il y a trois types de chiffres. Le premier est le chiffre par occultation, où le message secret est caché par un quelconque système simple. Le plus ancien exemple connu est celui du message écrit sur la tête rasée d'un esclave. On attendait que les cheveux repoussent et puis on envoyait l'esclave remettre le message. Le texte était inscrit dans le cuir chevelu, dissimulé par les cheveux.

— Ingénieux.

— Ensuite, il y a le chiffre par substitution, où les lettres sont remplacées par d'autres, selon une clé prédéfinie. C'est ce type de chiffre, utilisé habituellement par nos systèmes chiffrés modernes, qui crée des séquences du style *! ya* et *ovqo*.

— Ce sont les plus communes ?

— Oui, jusqu'à ce jour. Mais il y a aussi le chiffre par transposition, où les lettres d'un message secret sont soustraites à leur ordre original et redistribuées selon un autre critère.

— Je ne comprends pas…

— Eh bien, un chiffre par transposition peut, par exemple, être une anagramme. Savez-vous ce qu'est une anagramme ?

— J'en ai déjà entendu parler, mais, j'avoue que…

— Une anagramme est un mot obtenu par permutation des lettres d'un autre mot. Par exemple, Elvis est une anagramme de *lives*. Si vous regardez de près, les deux mots sont écrits avec les mêmes lettres. Ou encore, *elegant man* est une anagramme de *a gentleman*.

— Ah, je vois.

— Donc, tout ceci pour vous expliquer que le seul

type de chiffre qui puisse créer des mots est justement le chiffre par transposition.

Ariana regarda le poème.

— Et vous croyez que ces vers peuvent cacher un tel chiffre ?

L'historien observa attentivement le texte, en tordant sa bouche en une moue indécise.

— Une anagramme, alors ? (Il considéra l'hypothèse.) Hum… peut-être. Pourquoi pas ?

— Et comment pouvons-nous tester cette possibilité ?

— Il n'y a qu'un seul moyen, dit Tomás en prenant un stylo. Essayons d'écrire des mots différents avec les lettres de ceux-ci. Nous l'avons déjà fait avec des mots portugais et ça n'a rien donné. Peut-être que ça fonctionnera avec des mots anglais. Voyons voir. (Il se pencha sur la feuille.) Prenons le premier vers.

Terra if fin

— Quels autres mots peut-on écrire avec ces lettres ? demanda Ariana.

— Nous allons voir, dit Tomás. Rapprochons le *t* et le *a*. Joignons les deux *f* ensemble. Qu'est-ce que ça donne ?

— *Taff* ?

— Autant dire rien. Et si nous mettions un *i* à la fin ?

— *Taffi* ?

— Essayons avec le *i* devant les *f*.

— *Taiff* ? C'est le nom d'une petite ville quelconque

216

en Arabie Saoudite. Mais, que je sache, le mot n'a qu'un seul *f*.

— Vous voyez ? On a déjà quelque chose. Et si nous mettons un *r* entre le *a* et le *i*, on se retrouve avec… avec *tariff*. Encore un mot ! Reste à savoir ce qu'on peut faire des autres lettres. Voyons voir, il reste un *e*, un *r*, un *i* et un *n*.

— *Erin* ?

— Hum… *erin* ? Ou alors *nire*, ou *rine*. Et… pourquoi pas *rien* ? Et voilà. Il griffonna.

Tariff rien

— *Tariff rien* ? Qu'est-ce que ça veut dire ?

Tomás haussa les épaules.

— Rien du tout. Ce n'était qu'une tentative. Nous allons étudier d'autres options.

Durant l'heure suivante, ils testèrent diverses pistes. Avec les mêmes lettres du premier vers, ils parvinrent encore à écrire *finer rift*, *retrain fit* et *faint frier*, mais aucune de ces anagrammes ne révélait quoi que ce soit. Du deuxième vers, *De terrors tight*, ils ne purent extirper qu'une seule anagramme, *retorted rights*, sans pour autant obtenir un sens cohérent.

À force de se gratter la tête, Tomás avait ses cheveux bruns en bataille, quand lui vint une nouvelle idée.

— Avec l'anglais, on n'y arrivera pas non plus, commenta-t-il. Et si Einstein avait écrit le message en allemand ?

— En allemand ?

— Oui. C'est plausible, après tout ? S'il a rédigé tout son manuscrit en allemand, il a très bien pu chiffrer le message en allemand. Qu'en dites-vous ? Un message en allemand caché dans un poème en anglais. Brillant, non ?

— Vous croyez ?

— Ça vaut la peine d'essayer. (Il se frotta le visage.) Voyons voir… Et s'il avait placé le titre du document dans le message ?

— Quel titre ? *La Formule de Dieu* ?

— Oui, mais en allemand. *Die Gottesformel*. Voyez-vous ici un vers qui présente un g, un o et deux t ?

— *Gott* ?

— Oui, le mot « Dieu » en allemand.

Ariana analysa chaque ligne.

— Le deuxième vers ! s'exclama-t-elle. Je vais les souligner.

De terrors tight

— Effectivement. *Togt*. En transposant les lettres, on obtient *Gott*.

— Il manque *formel*.

L'historien examina les lettres qui restaient.

— En effet, ça n'y est pas.

Ariana hésita.

— Mais… regardez, c'est curieux, observa-t-elle. Il y a *Gott*, « Dieu », et aussi, *Herr*. Vous voyez ? Et si on les réunit, on obtient *Herrgott*.

— *Herrgott* ? Qu'est-ce que ça signifie ?

— Seigneur.

— Ah ! s'exclama l'historien. *Herrgott*. Et avec le

reste des autres lettres, peut-on dire quelque chose en allemand ?

L'Iranienne prit son stylo et inscrivit les lettres restantes.

De terrors tight
Hergott dersit

— Hum, murmura-t-elle. *Hergott dersit.*
— Ça signifie quelque chose ?
— *Dersit* ? Non. Mais on peut le séparer. On obtient *Der sit.* Et *sit* peut donner… *ist.* Là oui, ça signifierait quelque chose.
— Comment dit-on ? *Herrgott der ist* ?
— Non. À l'envers.

Ariana réécrivit la ligne.

Ist der Herrgott

— *Ist der Herrgott.*
— Qu'est-ce que ça veut dire ?
— « C'est le Seigneur ».

L'historien se remit à examiner le poème, une lueur particulière dans le regard. Il venait d'ouvrir la première brèche dans le mur de l'énigme.

— Bon sang ! s'exclama-t-il. Il s'agit vraiment d'une anagramme. (Il regarda l'Iranienne.) Croyez-vous pouvoir extraire d'autres mots allemands des autres lignes ?

Ariana prit la feuille et étudia les trois vers restants.

— Je l'ignore, je n'ai jamais fait ça.

— Quels sont les mots allemands les plus communs ?

— Pardon ?

— Quels sont les mots allemands les plus courants ?

— Je ne sais pas... *und*, par exemple, ou *ist*.

— Nous avons déjà un *ist*. Y aurait-il un *und* ?

L'Iranienne balaya toutes les lettres du poème.

— Non, il ne peut pas y avoir *und*. Le poème ne contient aucun *u*.

— Merde ! s'écria Tomás, quelque peu découragé. Et *ist* ? Est-ce qu'il y en a un autre ?

Ariana désigna le quatrième et dernier vers.

— Oui, ici ! s'exclama-t-elle.

Elle prit son stylo et souligna les trois lettres.

*Chr**ist** n**ite***

— Excellent, dit Tomás. Regardons maintenant les deux premières lettres de chaque mot. *Chni*. Ça signifie quelque chose ?

— Non, répondit-elle. Mais... attendez, si on intervertit les syllabes, on obtient *nich*. Le problème, c'est qu'il faudrait un autre *t*. Nous en avons déjà utilisé un dans *ist*.

— Voici un autre *t*.

— Exact. Ce qui donne *nicht*.

— Parfait ! s'exclama l'historien. Nous avons donc *ist* et *nicht* dans ce vers. Qu'est-ce qu'il reste ?

— Il reste un *r* et un *e*.

— *Re* ?

— Non, attendez ! s'exclama Ariana, très excitée. *Er*. Ça donne *er*.

— *Er* ? Qu'est-ce que ça signifie ?

— *Ist er nicht.* Vous voyez ?

— Je vois, je vois. Mais qu'est-ce que ça signifie ?

— Ça veut dire : « il n'est pas ».

Tomás prit une feuille de brouillon et nota les deux phrases sous les deuxième et quatrième vers.

Terra if fin
De terrors tight
Ist der Herrgott
Sabbath fore
Christ nite
Ist er nicht

— Et maintenant, la suite ? demanda-t-il. Nous allons prendre le premier et le troisième vers.

Les deux vers restants se révélèrent très difficiles à déchiffrer. Ils essayèrent diverses combinaisons et Ariana dut demander un dictionnaire d'allemand à la réception de l'hôtel, afin de tester de nouvelles possibilités, toujours guidée par Tomás. Ils quittèrent le restaurant et regagnèrent le bar, chacun proposant des mots, inversant des syllabes, déplaçant des lettres, hasardant diverses significations.

Au bout de deux longues heures, le chiffre laissa enfin échapper son secret. La fin de la résistance commença par la découverte du mot *aber*, au troisième vers, ce qui leur permit d'arriver enfin à la formulation finale. Avec un sourire triomphal, l'Iranienne écrivit sur une feuille de brouillon les quatre lignes cachées dans le poème chiffré.

Raffiniert
Ist der Herrgott
Aber boshaft
Ist er nicht.

— Qu'est-ce que c'est ? demanda Tomás, pour qui l'allemand recelait encore beaucoup de mystères.

— *Raffiniert ist der Herrgott, aber boshaft ist er nicht.*

— Oui, j'avais compris, dit-il, impatient. Mais qu'est-ce que ça signifie ?

Ariana se cala dans le canapé, à la fois épuisée et revigorée, brisée par l'effort et exaltée par la découverte, livrée à l'étourdissante extase de celui qui a escaladé une montagne jusqu'au sommet et, reposant sur le pic le plus élevé, contemple le monde avec une immense joie.

— « Subtil est le Seigneur », finit-elle par dire, dans un murmure fasciné. « Mais malicieux Il n'est pas. »

XIV

Dans le silence de la nuit, une voiture noire roulait lentement à travers les rues désertes de la ville, livrées au vent froid qui descendait des montagnes. Les lampadaires projetaient sur les trottoirs une lumière blafarde, fantomatique, et l'éclat des étoiles éparses dans le ciel limpide enveloppait la silhouette endormie des Elbourz d'une clarté diffuse.

Il était minuit à Téhéran.

Assis sur la banquette arrière de la voiture, sa veste boutonnée pour se protéger du froid, Tomás contemplait les magasins, les immeubles, les maisons et les mosquées qui défilaient derrière la vitre, les yeux rivés sur les façades nues et les trottoirs déserts, l'esprit absorbé par les péripéties d'une folle aventure où il était embarqué sans appel. Blotti dans son coin, il ne voyait pas comment stopper le cours des événements, il se sentait totalement impuissant, comme un naufragé livré aux eaux tourbillonnantes d'une mer démontée, entraîné par un fort courant contre lequel il ne pouvait lutter.

Je dois être fou.

Cette pensée lui revenait sans cesse, lancinante,

presque morbide, tandis que la voiture s'enfonçait dans les quartiers de la capitale, avançant inexorablement vers son destin, se rapprochant toujours un peu plus du terrible moment au-delà duquel il ne pourrait plus revenir en arrière. Le point de non-retour.

Je dois être complètement fou.

Babak se tenait silencieux au volant, scrutant du regard les recoins sombres des rues et les reflets luisants dans son rétroviseur, à l'affût du moindre mouvement suspect qui les obligerait à annuler l'opération. La silhouette replète de Bagheri se dessinait à côté de Tomás, les yeux fixés sur le plan du ministère de la Science, étudiant pour la énième fois les notes prises ces derniers jours, passant en revue les ultimes détails. L'homme de la CIA s'était habillé en noir et avait remis à Tomás, lors de leur rencontre à l'hôtel, un turban iranien gris foncé, en lui demandant de le porter pour passer inaperçu. Il lui avait également recommandé de mettre les vêtements les plus sombres dont il disposait, en alléguant que seul un fou pouvait commettre un vol affublé de couleurs claires. Seulement, Tomás se sentait déjà fou, car il n'y avait pas de fou plus fou que celui qui acceptait, sans expérience ni entraînement, de pénétrer par effraction dans un bâtiment gouvernemental avec deux inconnus, dans un pays aux châtiments drastiques, pour dérober un document secret qui impliquait de graves conséquences militaires.

— Nerveux ? demanda Bagheri, rompant le silence.

Tomás hocha la tête.

— Oui.

— C'est normal, dit l'Iranien en souriant. Mais soyez tranquille, tout va bien se passer.

— Comment pouvez-vous en être si sûr ?

Bagheri prit son portefeuille et en sortit un billet vert de cent dollars, qu'il montra à l'historien.

— Ce morceau de papier a beaucoup de pouvoir.

La voiture tourna à gauche et, après deux virages, se mit à ralentir. Babak épia de nouveau son rétroviseur, se rabattit vers le trottoir et se gara entre deux camionnettes. Le moteur fut coupé et les phares éteints.

— On est arrivé ?

— Oui.

Tomás regarda autour de lui, cherchant à reconnaître l'endroit.

— Mais ce n'est pas ici le ministère.

— Si, c'est là, dit Bagheri en désignant le coin de la rue suivante. Il nous faut y aller à pied, c'est la prochaine à droite.

Ils descendirent de voiture et sentirent la brise glacée traverser leurs vêtements. Tomás rajusta sa veste, enfila son turban gris, et les trois hommes marchèrent le long du trottoir jusqu'au croisement. Une fois là, l'historien reconnut enfin la rue et le bâtiment en face, c'était bien le ministère de la Science. Bagheri fit signe à Tomás d'attendre avec lui, tandis que Babak s'éloigna en traversant tranquillement la rue pour se diriger vers le ministère. Le chauffeur s'engouffra dans l'ombre, près du poste de garde, et demeura invisible quelques minutes. Sa silhouette mince et élancée finit par ressortir de la pénombre et fit un geste pour que les deux autres le rejoignent.

— Allons-y, ordonna Bagheri à voix basse. Surtout ne parlez pas, vous entendez ? Il ne faut pas qu'ils remarquent que vous êtes étranger.

Ils traversèrent la rue et s'approchèrent des grilles

du portail de l'entrée. Tomás avait les jambes en coton et l'estomac noué, son cœur battait à toute vitesse, ses mains tremblaient et une sueur froide perlait sur son front ; mais il se répéta que les hommes qui l'accompagnaient étaient des professionnels, qu'ils savaient ce qu'ils faisaient, et il se raccrocha à cette idée qui lui procurait un certain réconfort.

Le portail restait fermé, mais Bagheri s'engagea par une porte latérale, juste à côté du poste de garde, et pénétra dans le périmètre du ministère. L'historien lui emboîta le pas. Babak les attendait près d'un soldat iranien, sans doute la sentinelle, qui adressa à Bagheri un salut militaire. L'homme de la CIA le lui rendit, puis échangea à voix basse quelques paroles avec Babak et le chauffeur ressortit dans la rue.

Tomás et Bagheri restèrent avec le soldat qui les conduisit vers une porte dérobée, probablement une entrée de service. Le soldat ouvrit la porte, fit un nouveau salut, laissa les deux étrangers entrer dans le bâtiment et referma la porte. C'est à cet instant que Tomás eut conscience qu'il venait de franchir la terrifiante frontière invisible.

Le point de non-retour.

— Et maintenant ? chuchota-t-il d'une voix tremblante qui résonna dans l'obscurité.

— Maintenant nous montons au troisième étage, dit Bagheri. C'est bien là que se trouve le manuscrit ?

— Oui, c'est du moins ce que j'ai vu.

— Alors, allons-y.

L'Iranien alluma une lampe torche, mais l'historien hésita.

— Et le chauffeur ?

— Babak est resté dans la rue pour surveiller.

— Ah oui ? Et que se passera-t-il si quelqu'un arrive ?

— Au moindre mouvement suspect, il appuiera sur le bouton d'un émetteur. J'ai sur moi un récepteur qui vibrera aussitôt. (Il pointa sa lampe torche sur sa hanche et désigna un petit appareil métallique glissé sous sa ceinture.) Vous voyez ?

— Ah. C'est une alarme ?

— Oui.

— Et s'il la déclenche ?

Bagheri sourit.

— Nous devrons nous enfuir, évidemment.

Les deux hommes explorèrent les lieux attentivement. Bagheri, avec sa lampe torche braquée devant lui, projetait un cône de clarté dans la profondeur du bâtiment, jetant des ombres effrayantes sur les murs et le sol en marbre poli. Ils s'engagèrent dans un couloir qui les conduisit jusqu'au hall d'accueil, dominé par un imposant escalier. À côté se trouvaient des ascenseurs, mais Bagheri préféra monter les marches, ne voulant pas faire de bruit ni allumer de lumières qu'il ne pourrait pas contrôler.

Ils arrivèrent au troisième étage et l'Iranien désigna le couloir de gauche.

— C'est bien par là ? demanda-t-il.

— Oui.

Bagheri fit signe à Tomás de passer devant et l'historien suivit le commandement. Les choses dans le noir étaient bien différentes que sous la lumière du jour, mais, malgré l'étrangeté des circonstances, le Portugais parvint à reconnaître l'endroit. Sur la gauche se trouvait la salle de réunion, où on lui avait montré le manuscrit. Il ouvrit la porte et vérifia que c'était bien le cas, il avisa la longue table, les chaises, les pots de plantes et les murs recouverts d'armoires, locataires silencieux de cette salle calme et sombre. Il regarda alors vers la droite et repéra la pièce d'où Ariana était sortie en tenant dans ses mains la vieille boîte contenant le document.

— C'est là, dit-il en pointant la porte de cette pièce.

Bagheri s'approcha de la porte et fit tambouriner ses doigts dessus.

— Ici ?

— Oui.

L'Iranien tourna la poignée, mais la porte résista. Comme c'était à prévoir, elle était verrouillée. En outre, cette porte n'était pas en bois, comme les autres, mais en métal, ce qui indiquait la présence d'un dispositif de sûreté spécial.

— Et maintenant ? demanda Tomás.

Bagheri ne répondit pas immédiatement. Il se pencha et examina la serrure de près, à la lumière de sa lampe. Puis il s'accroupit et ouvrit la sacoche noire où étaient rangés ses outils.

— Il n'y a aucun problème, se borna-t-il à dire.

Il prit un instrument métallique et pointu qu'il inséra lentement dans la serrure. Puis il introduisit dans ses oreilles une sorte de stéthoscope dont les fils étaient reliés à un récepteur très sensible. Il plaqua celui-ci contre la serrure et se mit à écouter les clics émis par l'instrument pointu, la langue pendue au coin des lèvres et les yeux plissés en une expression de grande concentration. L'opération se prolongea durant d'interminables minutes. Au bout d'un moment, Bagheri sortit l'instrument de la serrure et en chercha un autre dans sa sacoche. Il en tira une sorte de fil métallique, très flexible, et le glissa dans le trou de la serrure, en répétant la manœuvre précédente.

— Alors ? chuchota Tomás, pressé de quitter les lieux. Vous n'y arrivez pas ?

— Un moment.

L'Iranien plaqua de nouveau son récepteur contre la serrure, en suivant avec une extrême attention le parcours du fil métallique. On entendit encore quelques clics, peut-être trois, puis un clac final.

La porte en métal s'ouvrit.

— Sésame, ouvre-toi, plaisanta Tomás.

Bagheri lui lança un clin d'œil.

— Je suis Ali Baba.

Ils entrèrent dans la pièce et l'Iranien y promena le faisceau de sa lampe. C'était un petit bureau, aux murs et au plafond richement décorés de boiseries exotiques. Une niche ménagée dans le mur du fond, au-dessus d'une plante verte, était occupée par un coffre gris, avec une serrure protégée par un système de combinaison.

— Le manuscrit doit être là, observa Tomás. Vous pensez pouvoir ouvrir le coffre ?

Bagheri s'approcha et examina le dispositif de fermeture avec attention.

— Il n'y a aucun problème, répondit-il.

De nouveau, il enfila son stéthoscope dans les oreilles et se mit à ausculter la serrure du coffre, mais en utilisant cette fois des petits appareils très complexes, de haute technologie ; l'un était équipé d'un ordinateur intégré, l'autre présentait des cadrans sur un petit écran plasma où brillaient des chiffres.

Bagheri appuya la mèche d'une perceuse électrique

contre la combinaison du coffre, mit celle-ci en marche et fit un trou minuscule ; il y enfila des fils reliés à l'appareil pourvu d'un écran et établit d'autres branchements avec l'ordinateur. Il tapa des lettres et des chiffres sur un petit clavier et testa diverses solutions, jusqu'à ce qu'au bout de quelques minutes, un voyant rouge s'éteigne sur l'écran plasma, remplacé par un voyant vert. La combinaison du coffre se mit en mouvement comme par enchantement, avec un bruit dentelé de rotation métallique. Suivi d'un claquement sec.

La porte du coffre céda.

Sans dire un mot, Bagheri ouvrit la porte et pointa sa lampe pour en éclairer l'intérieur. Tomás épia par-dessus l'épaule de l'Iranien et reconnut la boîte à l'aspect usé, défraîchie par le temps, qui était posée au centre du coffre-fort.

— C'est ça, dit-il.

— Cette boîte ?

— Oui.

Bagheri tendit les bras vers l'intérieur du coffre et en retira la boîte. Il la prit comme si elle renfermait une relique divine, un trésor qui pouvait se déliter au moindre geste brusque, et la posa doucement sur le sol.

— Et maintenant ? demanda l'Iranien, hésitant, les mains sur les hanches.

— Il faut vérifier, dit Tomás, en se penchant sur la boîte.

Il retira le couvercle avec précaution et fit signe à Bagheri d'approcher sa lampe. Le faisceau de lumière inonda l'intérieur de la boîte, révélant les feuilles jaunies du vieux manuscrit. Tomás se baissa et parcourut du regard le titre et le poème qui figuraient sur le papier à carreaux de la première page. Les mots estompés lui apparurent étrangement familiers, mais aussi singulièrement mystérieux ; voilà, se dit-il avec une émotion mal contenue, le texte original, les pages dactylographiées par Einstein en personne, le témoignage perdu d'une époque oubliée. Couvertes d'un voile de poussière, les feuilles piquées par les années exhalaient une odeur d'autrefois, le parfum secret d'un temps révolu.

```
        DIE GOTTESFORMEL
          Terra if fin
        De terrors tight
          Sabbath fore
          Christ nite
```

A. Einstein

— C'est ça ? demanda Bagheri.
— Oui, c'est ça.
— Vous en êtes sûr ?
— Absolument, répondit Tomás. C'est exactement celui...

Ils restèrent tous deux figés, la respiration en suspens, les yeux écarquillés, l'attention aux aguets. Leur première réaction fut la surprise, ils cherchèrent fébrilement à comprendre ce qui se passait, d'où venait le bruit.

C'était la ceinture.

Le bourdonnement provenait de la ceinture de Bagheri. Plus exactement, il provenait du récepteur accroché à la ceinture de Bagheri. Le même récepteur qui était réglé sur le signal de l'émetteur de Babak.

Le même récepteur qui leur apportait des nouvelles du monde extérieur. Le même récepteur qui ne devait bourdonner qu'en cas de grave danger.

Ils écarquillèrent les yeux encore davantage ; cette fois ce n'était plus de la surprise, mais quelque chose de bien plus effrayant, de bien plus épouvantable, d'infiniment terrifiant. Cette fois, ils venaient de comprendre.

— C'est l'alarme !

XV

Une incroyable farandole de lumières emplissait la cour du ministère, on aurait dit une fête foraine ; aux faisceaux blancs des phares des voitures et des projecteurs, s'ajoutaient les gyrophares orange des voitures de police. Des gens couraient dans tous les sens, criaient des ordres. Ces hommes venaient d'arriver en hâte et prenaient position, les uns armés de revolvers, les autres de carabines, d'autres encore de mitraillettes. Deux camions recouverts de bâches kaki débouchèrent dans la rue au même instant et des soldats en tenue de camouflage en sortirent, sans même attendre l'arrêt complet des véhicules.

Paralysés devant la fenêtre de la salle de réunion, où ils s'étaient précipités après avoir entendu l'alarme déclenchée par Babak, Tomás et Bagheri observaient la scène avec stupéfaction, d'abord incrédules, presque hypnotisés, puis terrifiés, le pire des scénarios se déroulait sous leurs yeux.

Leur présence avait été détectée.

— Et maintenant ? murmura Tomás, en sentant la panique le prendre aux tripes.

— Il faut fuir, dit Bagheri.

Sans perdre plus de temps, l'énorme Iranien fit demi-tour et quitta la salle, en traînant l'historien derrière lui. Ils avancèrent dans l'obscurité, sans oser allumer leur lampe, tâtonnant le long des murs, heurtant des meubles, butant sur des obstacles. Tomás tenait la boîte du manuscrit serrée entre ses mains, Bagheri portait sa sacoche à outils en bandoulière.

— Mossa, appela le Portugais. Par où allons-nous fuir ?

— Il y a une sortie de secours au rez-de-chaussée qui donne accès à la rue. Allons-y.

— Comment le savez-vous ?

— Je l'ai vue sur le plan.

Ils arrivèrent à l'escalier principal et le dévalèrent à toute allure, manquant de tomber à chaque marche ; il n'y avait plus un instant à perdre, il fallait atteindre cette issue de secours avant que le bâtiment ne soit complètement cerné. Arrivés sur le palier du premier étage, ils entendirent du bruit et s'arrêtèrent. Des voix venaient du rez-de-chaussée.

Les Iraniens venaient d'entrer dans le bâtiment et commençaient la fouille. Les deux hommes comprirent tout de suite que le chemin du rez-de-chaussée était coupé.

Coupé.

Il n'y avait plus d'échappatoire. Leur terreur était indescriptible. Le cercle s'était refermé plus vite qu'ils le craignaient, les Iraniens se rapprochaient rapidement.

Toutes les lumières du bâtiment s'allumèrent à cet instant et leur terreur se transforma en panique absolue. Toujours figés sur le palier, ils regardèrent fébrilement autour d'eux, cherchant une autre sortie, une porte, un trou, quelque chose. Ils écoutèrent les bruits et les voix qui venaient du rez-de-chaussée, les Iraniens resserraient le cercle et commençaient à monter les marches quatre à quatre.

Déterminé, Bagheri attrapa Tomás par le bras et ils remontèrent jusqu'au deuxième étage, à présent parfaitement éclairé. Ils s'engagèrent dans un couloir, tentant désespérément de trouver l'escalier de service, leur ultime recours.

— *Ist !*

Le cri qui les sommait de s'arrêter retentit derrière eux, quelque part au fond du couloir, c'était une voix rauque, gutturale, mais suffisamment claire pour qu'ils comprennent, à cet instant précis, que l'inévitable venait de se produire.

On les avait localisés.

— *Ist !*

Ils coururent jusqu'au bout du couloir et ouvrirent une porte coupe-feu. Il s'agissait bien de l'escalier de secours, une structure métallique en colimaçon. Bagheri attrapa la rampe et dévala les premières marches, suivi de Tomás dont les jambes flageolaient, mais ils s'arrêtèrent net, tétanisés par de nouveaux bruits. Des soldats montaient précipitamment l'escalier.

Cette issue était également coupée.

Ils firent demi-tour et remontèrent jusqu'au deuxième étage, mais sans reprendre le couloir où ils avaient été repérés. Ils choisirent de remonter jusqu'au troisième étage et de suivre le couloir qui menait à la pièce du coffre-fort. Des gardes en surgirent aussi.

— *Ist !* hurlèrent les hommes armés, les sommant une nouvelle fois de s'arrêter.

Bagheri atteignit la porte de la salle de réunion et s'y

engouffra, suivi par Tomás. L'historien, brisé par l'effort, jeta la boîte contenant le manuscrit sur la longue table et se laissa tomber sur une chaise, abattu par la fatigue et le désespoir.

— C'est fichu ! s'exclama-t-il entre deux bouffées d'air.

— C'est ce que nous allons voir, répondit Bagheri.

L'énorme Iranien ouvrit précipitamment sa sacoche et en sortit un revolver.

— Vous êtes fou ?

Bagheri épia l'entrée, avança le bras hors de la porte, pointa le bout du couloir, à droite, et tira.

Deux coups de feu retentirent.

— Un de moins, commenta l'Iranien avec un sourire de mépris.

Tomás n'en croyait pas ses yeux.

— Mossa ! cria-t-il. Vous êtes devenu fou !

Bagheri perçut un mouvement à gauche et pivota aussitôt, en visant l'autre bout du couloir, vers l'escalier de secours.

Il tira à nouveau.

— Encore deux, grogna Bagheri.

— Mossa, écoutez, implora Tomás. Maintenant ils vont aussi nous accuser d'homicide. Vous aggravez notre cas !

Bagheri le regarda.

— Vous ne connaissez pas ce pays, répliqua-t-il sèchement. Rien n'est plus grave que le vol que nous avons commis. Tuer quelques hommes n'est rien à côté.

— Peu importe, riposta l'historien. Tuer quelques hommes n'arrangera pas nos affaires.

L'Iranien épia à nouveau le couloir et, voyant que

les poursuivants avaient reculé, il reprit sa sacoche. De la main droite, il tenait son revolver, tandis que de la main gauche il fouillait dans son sac.

— Ils ne nous auront pas, insista-t-il, en grinçant des dents.

Sa main s'immobilisa dans le sac. Après une courte pause, sa grande main réapparut avec deux objets blancs. Tomás se pencha.

Des seringues.

— Qu'est-ce que c'est que ça ? demanda-t-il, l'œil méfiant.

— Potassium de chlorite.

— Pour quoi faire ?

— Pour que vous vous l'injectiez.

Tomás prit un air étonné et porta sa main à la poitrine.

— Pour que je me l'injecte ? Mais pourquoi ?

— Pour ne pas être pris vivant.

— Vous êtes fou.

— Ce qui serait fou, c'est qu'on nous attrape vivants.

— Vous êtes vraiment fou.

— Ils vont nous torturer à mort, expliqua Bagheri. Ils vont nous torturer jusqu'à ce qu'on leur avoue tout et ensuite ils nous tueront quand même. Mieux vaut prendre les devants.

— Peut-être qu'ils ne nous tueront pas.

— Je n'ai aucun doute qu'ils nous tuent, mais peu importe, rétorqua l'Iranien. (Il brandit les seringues.) Ce sont les ordres de Langley.

— Comment ça ?

— Langley m'a donné des instructions pour ne pas

nous laisser prendre vivants si nous étions détectés. Les conséquences sur la sécurité seraient incalculables.

— Je m'en fous.

— Que vous vous en foutiez ou non, ça ne m'intéresse pas. Un bon agent doit accepter, parfois, de se sacrifier pour le bien commun.

— Je ne suis l'agent de personne. Je suis…

— Vous êtes, en ce moment, un agent de la CIA, coupa Bagheri, s'efforçant de ne pas élever la voix. Que vous le vouliez ou non, vous êtes impliqué dans une mission très importante et vous détenez des informations qui, si elles tombaient aux mains des Iraniens, causeraient un grave préjudice aux États-Unis et augmenterait l'insécurité internationale. Nous ne pouvons pas permettre que cela se produise. (Il fit un geste vers le couloir.) Ils ne doivent pas nous attraper vivants.

L'historien fixa des yeux les seringues et secoua la tête.

— Je ne m'injecterai pas ça.

Bagheri tourna son revolver et, tendant toujours son autre main avec les seringues, s'avança vers Tomás.

— Si, vous allez le faire. Et tout de suite.

— Non. Je n'en suis pas capable.

L'Iranien pointa son arme vers la tête de Tomás.

— Écoutez-moi bien, dit-il. Nous avons deux options. (Il brandit une nouvelle fois les seringues.) La première est que vous vous injectiez ce produit. Je vous promets une mort indolore. Le potassium de chlorite, en circulant dans les veines, provoque aussitôt un arrêt du muscle cardiaque. C'est la solution utilisée par les médecins pour mettre fin à la vie des malades en phase terminale et à laquelle recourent certains États américains pour exécuter les condamnés à mort. Comme vous le voyez, vous ne souffrirez pas. (Il brandit à présent le revolver.) La seconde option est de recevoir deux balles dans la tête. Vous ne souffrirez guère plus, mais c'est une méthode plus brutale. Du reste, je préférerais garder ces deux balles pour liquider un autre des salopards qui nous cernent. (Il fit une pause.) Vous avez compris ?

Le regard de Tomás hésita entre les deux options. La seringue ou le revolver. La seringue ou le revolver. La seringue ou le revolver.

— Je… laissez-moi réfléchir…

Il chercha à gagner du temps, aucune des solutions ne lui convenait. D'ailleurs, il ne les considérait pas comme des solutions. Il n'était qu'un professeur d'histoire, pas un agent de la CIA ; il conservait l'espoir, presque la certitude, que les Iraniens, en leur expliquant bien, comprendraient cette évidence.

— Alors ?

— Je… je ne sais pas…

Bagheri tendit son bras, le canon du revolver fermement pointé vers les yeux de l'historien.

— Je vais donc devoir régler ça.

— Non, non, attendez, implora Tomás. Donnez-moi la seringue.

Bagheri lui jeta une seringue et mit l'autre dans sa poche, la réservant pour lui.

— Injectez-vous ça, dit-il. Vous allez voir comme c'est facile.

De ses doigts tremblotant, Tomás prit le sachet en plastique qui renfermait la seringue et tira légèrement dessus, sans le déchirer.

— C'est… c'est difficile.

— Dépêchez-vous.

Ses mains tremblantes essayèrent encore une fois de déchirer le plastique, sans conviction ni volonté, si bien que le sachet resta intact.

— Je n'y arrive pas.

Bagheri fit un geste d'impatience de la main gauche.

— Donnez-moi ça. (Tomás lui rendit la seringue. Bagheri déchira le sachet d'un coup de dents, en sortit la seringue, recracha le plastique par terre, enfila l'aiguille, leva la seringue et fit jaillir un petit jet pour évacuer l'air.) Voilà, c'est fait, dit-il. Vous préférez que je vous l'injecte ?

— Non, non. Je... je vais le faire moi-même.

Bagheri lui relança la seringue.

— Alors, dépêchez-vous.

Toujours très lentement, Tomás prit la seringue avec ses mains secouées de spasmes, la posa près de lui, retroussa la manche de sa veste pour découvrir son bras, la baissa de nouveau, répéta le geste sur son autre bras et secoua la tête.

— Je ne sais pas faire ça, dit-il.

Bagheri s'approcha.

— Je vais le faire.

— Non, non. Je le fais, laissez-moi.

— Je vois que vous n'allez rien faire du tout, maugréa-t-il. C'est moi qui...

Un bruit soudain dans le couloir le fit se retourner vers la porte, son revolver au poing. Deux silhouettes apparurent alors à l'entrée, suivies par d'autres, qui se jetèrent sur Bagheri.

Tomás se traîna sur le sol vers le fond de la salle, s'efforçant d'échapper à cette effroyable bagarre. D'autres hommes firent alors irruption dans la pièce, tous armés de AK 47, et, braillant des ordres, dirigèrent leurs armes sur l'historien.

Lentement, entre horreur et soulagement, Tomás leva les bras.

— Je me rends.

XVI

Le bandeau placé sur ses yeux empêchait Tomás de voir quoi que ce soit, sinon une frange de lumière par en dessous, il entendit de nouvelles voix dans un espace clos et il comprit qu'on le conduisait dans un bâtiment. Des bras puissants l'entraînèrent par des portes, des escaliers et des couloirs, ses poignets toujours menottés dans le dos ; pour finir, après avoir été bousculé dans l'obscurité, malmené par des mains inconnues, il fut introduit dans une pièce et jeté sur un siège en bois. Des hommes parlaient un farsi fébrile, jusqu'à ce qu'une voix lui demande en anglais :

— *Passport ?*

Sans pouvoir bouger les mains, Tomás baissa la tête et toucha du menton le côté gauche de sa poitrine.

— Il est ici.

Une main se glissa dans la poche intérieure de sa veste et prit le document. Le vacarme continuait autour de lui, mais un certain crépitement métallique, qu'il n'avait pas entendu depuis très longtemps, lui indiqua que quelqu'un tapait un formulaire sur une vieille machine à écrire.

— À quel hôtel êtes-vous descendu ? demanda la même voix.

Le silence tomba dans la pièce, tous semblaient soudain curieux d'en savoir un peu plus sur l'homme qui venait d'être arrêté.

Tomás s'étonna de la question. Si on lui demandait le nom de son hôtel, c'est parce qu'on n'avait encore ni identifié ni compris ce que lui et Bagheri faisaient réellement dans le ministère. Peut-être existait-il un moyen de les convaincre que tout cela n'était qu'un énorme malentendu.

— Je suis au Simorgh.

Une machine à écrire crépita.

— Et que faites-vous en Iran ?

— Je travaille sur un projet.

— Quel projet ?

— Un projet secret.

— Quel projet secret ?

— Un projet avec le gouvernement iranien.

La voix marqua une pause, considérant la réponse.

— Avec le gouvernement iranien, c'est ça ? Et avec qui dans ce gouvernement iranien ?

— Le ministère de la Science.

— Que faisiez-vous dans la salle K ?

— Je travaillais.

— Vous travailliez ? À une heure du matin ? Et en entrant dans la salle K sans autorisation ?

— J'avais besoin de vérifier certaines choses.

— Pourquoi n'avez-vous pas ouvert la porte avec la clé ? Si vous aviez l'autorisation, pourquoi ne pas avoir désactivé l'alarme ?

— Il y avait donc une alarme ?

— Bien sûr. La porte de la salle K est protégée par

un système d'alarme qui est relié aux forces de sécurité. Comment pensez-vous que nous avons su qu'il y avait eu une intrusion ? Si vous aviez utilisé la clé, le système se serait désactivé automatiquement.

— Il était urgent que je vérifie certaines choses. Je n'avais pas la clé sous la main.

— Dans ce cas, pour quelle raison avez-vous ouvert le feu sur nous ?

— Ce n'est pas moi qui ai tiré. C'est l'autre. Il vous a pris pour des voleurs.

— Bien, nous verrons ça, dit la voix.

On donna quelques ordres en farsi, quelqu'un souleva Tomás de sa chaise et l'emmena dans une autre pièce. On lui ôta le bandeau et les menottes et l'historien constata qu'il se trouvait dans une sorte de studio très éclairé. Il y avait devant lui un appareil photo monté sur un trépied et deux projecteurs allumés au-dessus. Un homme derrière l'appareil lui fit signe de regarder l'objectif et le prit en photo. L'opération fut ensuite répétée de profil, du côté gauche puis du côté droit. Le photographe annonça la fin de la séance et Tomás fut conduit vers un comptoir où on l'obligea à laisser ses empreintes digitales inscrites à l'encre sur un formulaire.

Après quoi, on le fit entrer dans une salle de douches attenante au studio.

— Enlevez vos vêtements, ordonna un homme.

Tomás se déshabilla et se retrouva nu, grelottant, les poils hérissés, cherchant à se réchauffer en s'enveloppant de ses bras. L'Iranien ramassa les vêtements, les déposa dans un casier et prit ce qui semblait être un vieux pyjama à rayures, taillé dans une étoffe rugueuse de mauvaise qualité.

— Mettez ça, ordonna le même homme.

Pressé de se protéger du froid, le Portugais s'exécuta aussitôt. Une fois affublé de sa tenue de prisonnier, dépouillé de sa propre individualité, il se regarda et, malgré le sentiment d'humiliation et de désespoir qui lui faisait monter les larmes aux yeux, il ne put s'empêcher de penser qu'il ressemblait à un frère Dalton.

Les premières vingt-quatre heures, il les passa dans une cellule infecte, humide, avec un pot de chambre collectif, où étaient affalés quatre autres prisonniers, tous iraniens. Trois d'entre eux ne parlaient que farsi, mais, le quatrième, un homme âgé aux lunettes rondes et d'aspect malingre, maîtrisait bien l'anglais. Il laissa Tomás pleurer seul dans son coin pendant une heure, mais ensuite, quand l'historien se fut calmé, il s'approcha et lui posa la main sur l'épaule.

— La première fois est toujours la plus difficile, dit-il, d'une voix affable cherchant à le réconforter. C'est votre première fois ?

Tomás se passa la main sur le visage et hocha piteusement la tête.

— Oui.

— Ah, c'est terrible, insista le vieux. Moi, la première fois, j'ai pleuré durant deux jours. Je ressentais une immense honte, j'avais l'impression de n'être qu'un vulgaire voleur. Moi, un professeur de littérature à l'université de Téhéran.

— Vous êtes professeur universitaire ?

— Oui. Je m'appelle Parsa Khani, j'enseigne la littérature anglaise.

— Que faites-vous ici ?

— Oh, la routine. Je suis accusé d'avoir collaboré

avec des journaux pro-réformistes, de dire du mal de cet idiot de Khamenei et d'appuyer l'ancien président Khatami.

— Et c'est un crime ?

Le vieux haussa les épaules.

— Les fanatiques jugent que oui. (Il rajusta ses lunettes.) Mais la première fois, je ne me suis pas retrouvé ici, vous savez ?

— Ici, où ?

— Dans cette prison. La première fois, ce n'était pas à Evin.

— Erin ?

— Evin, corrigea Parsa. Ici, c'est la prison d'Evin, vous ne le saviez pas ?

— Non. Cette ville s'appelle Evin ?

L'Iranien rit.

— Non, non. Ici, c'est la prison d'Evin, au nord de Téhéran. C'est une prison redoutée. Elle a été construite dans les années 1970 par le Shah et elle était sous le contrôle de sa police secrète, la SAVAK. Quand survint la Révolution islamique, en 1979, la prison fut officiellement placée sous l'autorité du Bureau national des Prisons. Mais seulement officiellement. Aujourd'hui, tout ça s'est transformé en une sorte d'ONU des divers pouvoirs en Iran. L'Autorité judiciaire contrôle la section 240 de la prison, la Garde révolutionnaire commande la section 325, et le ministère des Informations et de la Sécurité dirige la section 209. Sans compter qu'ils se font concurrence entre eux et il arrive parfois qu'ils interrogent les prisonniers des uns et des autres. C'est une pagaille sans nom.

— Dans quelle section nous trouvons-nous ?

— Nous sommes dans une section mixte. J'ai été

arrêté par les imbéciles de la Garde révolutionnaire et c'est eux qui me maintiennent ici. Et vous, qui vous a arrêté ?

— Je ne sais pas.

— Pour quelle motif vous a-t-on écroué ?

— J'ai été arrêté dans les locaux du ministère de la Science pendant la nuit. C'est un vaste malentendu, j'espère qu'ils vont me libérer très vite.

— À l'intérieur du ministère ? Ce n'était pas de l'espionnage ?

— Bien sûr que non.

Parsa fit une moue avec la bouche.

— Hum, alors ça doit relever du délit commun, considéra-t-il. Dans ce cas, je pense que vous êtes ici sous la tutelle de l'Autorité judiciaire.

Tomás s'emmitoufla dans sa chemise de détenu, en quête de chaleur.

— Croyez-vous qu'ils me laisseront contacter une ambassade de l'Union européenne ?

Le vieux se remit à rire, mais sans gaieté.

— Si vous avez de la chance, oui ! s'exclama-t-il. Mais seulement après vous avoir pressé comme un citron.

— Comment ça, me presser comme un citron ?

L'Iranien soupira, le regard las.

— Écoutez, monsieur…

— Tomás.

— Écoutez, monsieur Tomás. Vous êtes maintenant dans la prison d'Evin, un des lieux les plus déplaisants d'Iran. Avez-vous une idée de ce qui se passe ici ?

— … Non.

— Pour vous donner une idée, je peux vous dire que mon premier passage ici, à Evin, a été inauguré

248

par une séance de gifles. J'ai vite compris qu'il ne s'agissait là que d'un léger traitement préliminaire, car aussitôt après j'ai eu le droit au *chicken kebab*. Savez-vous ce qu'est un *chicken kebab* ?

— Non.

— Vous n'avez jamais mangé un kebab dans un restaurant iranien, monsieur Tomás ?

— Ah, si, reconnut l'historien. Les kebabs, j'en suis dégoûté...

— Ici aussi ils vous servent du *chicken kebab*.

— Ah, oui ?

— Oui. Sauf qu'ici, à Evin, le *chicken kebab* n'est pas un mets « gastronomique ». C'est le nom donné à une méthode d'interrogatoire.

— Ah.

— D'abord ils vous lient les mains et les pieds, puis ils vous attachent les poignets aux chevilles et passent une grosse barre de fer entre vos épaules et vos genoux, si bien qu'on se retrouve presque en position fœtale. Ils soulèvent la barre en l'air, la suspendent à un crochet et vous restez là pendu, tout tordu, comme un poulet sur la broche. Et ensuite, ils vous frappent.

Tomás eut l'air horrifié.

— On vous a fait ça ?

— Oui, j'y suis passé.

— Pour avoir critiqué le président ?

— Non, non. Pour avoir défendu le président.

— Pour avoir défendu le président ?

— Oui. Khatami était à ce moment-là le président qui voulait faire des réformes pour mettre fin aux excès de tous ces fanatiques religieux, ces fous qui nous polluent l'existence chaque jour, en glorifiant l'ignorance.

— Et le président ne peut pas vous faire libérer ?

Parsa secoua la tête.

— Ce n'est plus lui le président, maintenant c'est un radical qui est aux commandes. Mais peu importe. Car en réalité, lorsqu'il était à la tête de la présidence, Khatami n'avait aucun pouvoir sur ces imbéciles. Je sais que ça paraît insensé, mais c'est ainsi que les choses fonctionnent dans ce pays. Ce n'est pas comme en Irak, vous savez, où Saddam commandait et tout le monde filait doux. Ici c'est différent. Tenez, en 2003, par exemple, le président Khatami ordonna une inspection dans cette prison. Ses hommes de confiance sont arrivés ici et ont voulu visiter la section 209. Savez-vous ce qui s'est passé ?

— Non.

— Les sbires du ministère des Informations et de la Sécurité ne les ont pas laissés entrer.

— Ils ne les ont pas laissés entrer ?

— Non.

— Et qu'ont fait les hommes du président ?

— Eh bien ! Ils sont repartis la queue entre les jambes, naturellement. (Il fit un geste de résignation.) C'est pour que vous sachiez un peu qui commande dans ce pays.

— Incroyable !

— Il se passe ici, à Evin, les choses les plus affreuses et personne ne peut rien faire.

— Comme cette torture que vous avez subie…

— Oui, le *chicken kebab*. Mais il y a pire. Une fois, j'ai eu le droit au carrousel. Savez-vous ce qu'est le carrousel ?

— Non…

— Ils m'ont attaché sur le dos à un lit en forme de Y. Puis ils l'ont fait tourner à toute vitesse et, tout en chantant, ils me frappaient partout. (Il respira profondément.) J'ai vomi tout mon dîner.

— Mon Dieu !

Le vieux désigna un de ses compagnons de cellule, un garçon squelettique, aux yeux cernés.

— Faramarz, lui, s'est retrouvé dans une posture bien embarrassante, dit-il. On l'a pendu par les pieds au plafond d'une pièce, on lui a accroché un poids aux testicules, et on l'a laissé là suspendu pendant trois heures, la tête toujours en bas.

Tomás observa, d'un œil épouvanté, l'air maladif de Faramarz.

— Vous croyez... qu'ils peuvent me faire la même chose ?

Parsa se rassit.

— Tout dépend de ce qu'ils penseront de votre présence dans les locaux du ministère de la Science, indiqua-t-il en passant la langue sur ses lèvres fines. S'ils jugent que vous étiez en train de commettre un vol, peut-être qu'ils vous briseront les mains à coups de marteau et que vous serez ensuite condamné à quelques années de prison. S'ils pensent que vous vous livriez à de l'espionnage... Eh bien, je ne veux même pas l'imaginer.

L'historien sentit un frisson lui parcourir l'échine et commença à se demander s'il n'eût pas mieux valu utiliser la seringue que Bagheri lui tendait.

— Même en étant étranger, vous pensez...

— Surtout en étant étranger, coupa Parsa. Et je suis sûr d'une chose. (Il pointa du doigt son interlocuteur.) Vous n'échapperez pas à la pire des tortures.

Tomás sentit son cœur se serrer.

— ... Vous croyez ?

— Tout le monde y passe. C'est la plus efficace.

— Et c'est... c'est quoi ?

— Le cercueil.

— C'est-à-dire ?

— D'aucuns l'appellent le cercueil, d'autres la torture blanche. Quel que soit l'homme, il finira par céder. Tous cèdent. Certains résistent quelques jours, d'autres tiennent trois mois, mais tous finissent par avouer. Et s'ils n'avouent pas ici à Evin, on les transfère à la prison 59, qui est bien pire. Là-bas, tous les prisonniers finissent par avouer. Ils avouent ce qu'ils ont fait, ils avouent ce qu'ils auraient aimé faire et ils avouent ce qu'ils n'ont pas fait. Ils avouent tout ce qu'on leur demande.

— Et... qu'est-ce qu'on leur fait ?

— Où ?

— Dans ce cercueil.

— Dans le cercueil ? Rien.

— Pardon ?

— Rien !

— On ne leur fait rien ? Je ne comprends pas.

— Le cercueil est une cellule isolée. On dirait un cercueil. Imaginez ce que ça doit être de vivre des jours et des jours dans un compartiment très étroit, presque de la dimension d'un cercueil, sans parler à personne ni entendre le moindre bruit. Ainsi décrit ça n'a l'air de rien. Surtout comparé au carrousel ou au *chicken kebab*. Mais subir ça...

— C'est si dur que ça ?

— Ça vous rend fou. Les cercueils existent dans les sections, mais, comme je vous l'ai dit, les pires ne sont pas ceux d'Evin. Les pires sont ceux des centres de détention.

— Des centres de détention ?

— Les journaux les appellent *nahadeh movazi*, ou institutions parallèles. Ils sont tellement clandestins qu'ils ne figurent pas dans la loi, bien qu'ils soient mentionnés dans la presse et même au parlement. Ils appartiennent aux milices basiji ou au Ansar-e Hezbollah ou à divers services secrets. Ils ne sont pas répertoriés en tant que prisons, ils n'enregistrent pas les noms des prisonniers et les autorités gouvernementales n'ont pas accès aux informations concernant leur budget et leur organisation. Les députés et le président Khatami ont essayé d'en finir avec les *nahadeh movazi*, mais ils n'ont pas réussi.

— Comment est-ce possible ?

Parsa leva les yeux au ciel, comme s'il s'adressait à une entité divine.

— Seulement en Iran, mon cher ami, soupira-t-il. Seulement en Iran.

— Vous vous êtes déjà retrouvé dans l'un de ces endroits ?

— Bien sûr que oui. À vrai dire, lors de ma première arrestation, je n'ai pas été conduit ici, à Evin. On m'a envoyé directement à la prison 59.

— Ah, c'est donc finalement une prison.

— On l'appelle prison 59 ou *eshraat abad*, mais elle n'est pas répertoriée comme prison. C'est la plus célèbre des *nahadeh movazi*.

— Elle est ici à Téhéran ?

— Oui, la prison 59 se trouve dans un complexe situé sur l'avenue Valiasr et elle est contrôlée par le *Sepah*, les services d'informations de la Garde révolutionnaire. Les cercueils de ce centre de détention sont les pires de tous. À côté, ceux d'ici sont de somptueux mausolées. Vous n'imaginez pas combien c'est horrible. On devient fou en une seule nuit.

Presque malgré lui, Tomás imaginait à chaque instant chacune des situations qui lui étaient décrites.

— Ils... ils ont l'habitude d'y envoyer des étrangers ? demanda-t-il, inquiet.

— Ils y envoient qui bon leur semble. Et quand on entre dans la prison 59, on cesse d'exister. Ici, à Evin, il y a encore un registre des prisonniers. Là-bas, aucun registre n'est tenu. Un individu y entre et peut ensuite réapparaître ou disparaître pour toujours, personne n'en tiendra compte.

— Je vois.

— Je n'ai donc qu'un seul conseil à vous donner.

Il fit une pause.

— Lequel ?

— Si vous avez quelque chose à avouer, faites-le tout de suite, dit le vieux, d'une voix lasse. Vous entendez ?

— Oui.

— Vous vous épargnerez beaucoup de souffrances.

Confiné dans cette cellule immonde, respirant un mélange nauséabond de relents de moisi, d'urine et de fèces, Tomás passa toute la nuit et la matinée suivantes à réfléchir à ce qu'il allait dire ou non lorsqu'on l'interrogerait. De toute évidence, il ne pourrait jamais avouer qu'il travaillait pour la CIA, une telle révélation revenant à signer sa propre sentence de mort.

Placé ainsi devant l'impossibilité de dire la vérité, il lui restait le grand problème d'expliquer l'inexplicable : justifier l'ouverture du coffre par effraction et la présence de Bagheri à ses côtés. Il semblait à l'historien que, lors de sa capture, son compagnon iranien avait été tué, mais il ne pouvait en être sûr et courait le risque que Bagheri soit toujours vivant et qu'il présente une version des faits qui le compromettrait. Du reste, même si Bagheri était mort, sa présence serait toujours un embarras, jamais il ne pourrait donner une explication convaincante du fait d'avoir été pris avec lui. D'autre part, même si l'homme de la CIA avait succombé, la police pourrait toujours l'identifier et enquêter sur ses relations. Les Iraniens pourraient interroger sa famille et ses amis et fouiller son domicile. Il n'y avait aucun moyen de savoir ce qu'ils découvriraient, mais il était fort probable qu'ils fassent le lien entre Bagheri et l'agence secrète américaine. Et, s'ils le faisaient, la question suivante ne ferait aucun doute. Pourquoi Tomás se trouvait-il avec un agent de la CIA, à minuit, au ministère de la Science, après avoir forcé un coffre abritant un document hautement secret ? Et Babak, le chauffeur, avait-il été arrêté ? Si oui, que révélerait-il ? Si non, pouvait-il être retrouvé ?

— Qu'est-ce qui vous préoccupe ? demanda Parsa.

— Tout ! s'exclama Tomás.

— On dirait que vous vous parlez à vous-même...

— C'est l'interrogatoire. Je me concentre sur ce que je vais dire.

— Dites la vérité, conseilla le vieux une fois encore. Vous vous épargnerez d'inutiles souffrances...

Comment dire à un inconnu qu'il lui était impossible de dire la vérité. Parsa sembla le comprendre, car il détourna aussitôt la tête et fixa la lumière du jour qui filtrait par les grilles de la fenêtre.

— Mais si vous ne pouvez pas dire la vérité, ajouta-t-il immédiatement, je vais vous donner un conseil.

— Lequel ?

— Ne croyez à rien de ce qu'ils vous diront. Vous entendez ? Ne croyez à rien. (Il fixa sur Tomás ses yeux brillants.) La première fois, quand je me suis retrouvé dans la prison 59, ils m'ont annoncé que le président Khatami s'était enfui du pays et que mes filles, arrêtées et interrogées, avaient révélé des choses très graves sur mon compte. Ils m'ont dit tout ça avec l'air le plus crédible du monde et ils m'ont demandé de signer une déposition, en affirmant que c'était le mieux pour moi, l'unique façon d'obtenir le pardon. Quand plus tard j'ai été libéré, je me suis aperçu que rien de ce qu'ils m'avaient dit n'était vrai. Le président était toujours en fonctions, et mes filles n'avaient jamais été emprisonnées.

Tomás passa des heures à retourner le problème de l'interrogatoire, obsédé par les failles, les invraisemblances, les contradictions de sa version fictive. Il rumina la question durant le déjeuner, tandis qu'il avalait un mauvais bouillon de poule. Le problème continuait de le hanter quand, vaincu par la fatigue, il s'endormit en début d'après-midi, couché sur une natte étendue sur le sol froid et humide de la cellule de la section commune de la prison d'Evin.

XVII

Une brusque secousse réveilla Tomás du sommeil agité dans lequel il avait sombré durant plusieurs heures. Il ouvrit les yeux et vit un homme aux traits épais, à la barbe noire et à la calvitie menaçante, dont les grosses mains le bousculèrent sans ménagement. Il regarda autour de lui, l'esprit encore embrumé, et remarqua qu'il faisait nuit et que la cellule était chichement éclairée par la même lumière jaunâtre de la veille.

— Réveillez-vous, dit l'homme dans un anglais hésitant et marqué d'un très fort accent iranien.

— Hein ?

— Le colonel vous attend. Vite !

L'homme le tira vers le haut, l'obligeant à se mettre debout ; il sortit un foulard de sa poche et banda les yeux du prisonnier. Puis, ramenant ses bras derrière le dos, il lui passa les menottes et l'entraîna hors de la cellule. Après lui avoir fait parcourir des couloirs, monter et descendre des escaliers, l'homme introduisit le détenu, toujours les yeux bandés, dans une pièce chauffée et le força à s'asseoir sur une chaise en bois.

Tomás devina une présence dans le local. Il entendit une légère respiration et des bruits secs d'articulations qui craquaient ; de toute évidence quelqu'un se trouvait là, mais personne ne parlait. Cinq minutes de silence suivirent, où l'on n'entendit que le souffle des respirations et de légers craquements. Le détenu remua sur son siège et toucha quelque chose sur sa droite. Il comprit qu'il s'agissait d'une tablette fixée à l'accoudoir de sa chaise, comme un pupitre d'écolier. Quelques instants plus tard, il sentit qu'un corps s'asseyait devant la tablette et il se recroquevilla, intimidé.

Dix minutes de silence passèrent.

— Professeur Noronha, finit par dire la voix, sur un ton contenu, se voulant affable. Soyez le bienvenu dans notre humble palace. Êtes-vous bien installé ?

— Je veux parler avec un diplomate de l'Union européenne.

L'inconnu laissa passer encore quelques secondes.

— Mon nom est Salman Kazemi et je suis colonel du VEVAK, le ministère des Informations et de la Sécurité, dit-il en ignorant ostensiblement la demande. J'ai quelques questions à vous poser, si vous n'y voyez pas d'inconvénient.

— Je veux parler avec un diplomate de l'Union européenne.

— La première question est évidente. Que faisiez-vous dans les locaux du ministère de la Science et de la Technologie à une heure du matin ?

— Je ne parlerai qu'après m'être entretenu avec un diplomate de l'Union européenne.

— Pour quelle raison avez-vous forcé le coffre de la salle K et pris un document de la plus haute importance pour la défense et la sécurité de la République islamique ?

— Je veux parler avec un diplomate de l'Union européenne.

— Qu'aviez-vous l'intention de faire avec le document pris dans le coffre ?

— J'ai le droit de parler avec...

— Silence ! hurla le colonel, soudain hors de lui-même. Au moment où je vous parle vous n'existez pas ! Vous avez gravement abusé de notre hospitalité et vous vous êtes impliqué dans des faits susceptibles d'avoir mis en danger la sécurité de la République islamique. Vous avez commis un acte ayant occasionné des blessures par balle à quatre hommes des forces de sécurité iranienne, dont un se trouve actuellement interné dans un état grave. S'il venait à mourir, cela ferait de vous un criminel. Vous avez compris ?

Tomás garda le silence.

— Vous avez compris ? vociféra l'autre encore plus fort, la bouche collée à l'oreille droite de Tomás.

— Oui, murmura le détenu, d'une voix à peine audible.

— Très bien ! s'exclama le colonel Kazemi. Alors faites-moi le plaisir de répondre à présent à mes questions. (Il fit une pause pour reprendre haleine et continua son interrogatoire sur un ton plus calme.) Que faisiez-vous au ministère de la Science et de la Technologie à une heure du matin ?

— Je ne répondrai qu'après avoir parlé avec un...

Un violent coup sur la nuque fit presque tomber Tomás au sol.

— Mauvaise réponse ! beugla l'officier du VEVAK. Je répète ma question. Que faisiez-vous au ministère de la Science et de la Technologie à une heure du matin ?

Le détenu resta silencieux.

Un nouveau coup, cette fois sur le côté droit de la tête, un coup de poing d'une telle violence que Tomás valdingua sur la gauche dans un gémissement étouffé et s'étala de tout son long sur le sol, les poignets toujours liés derrière le dos.

— Je… vous… bredouilla-t-il, sonné, une moitié de son visage meurtrie par l'impact, l'autre moitié plaquée contre la dalle froide. Vous n'avez pas le droit de me faire ça. Je protesterai. Je porterai plainte, vous entendez ?

Le colonel éclata de rire.

— Vous allez porter plainte ? demanda-t-il, visiblement amusé. Vous allez porter plainte auprès de qui ? Hein ? De votre maman ?

— Vous n'avez pas le droit de faire ça. J'ai le droit de contacter un diplomate européen.

Des mains brutales attrapèrent Tomás et le jetèrent de nouveau sur le siège du pupitre.

— Vous n'avez aucun droit, je vous l'ai déjà dit, vociféra le colonel. Votre seul droit ici est de dire la vérité, vous comprenez ? La vérité ! La vérité vous libérera ! Le salut par la vérité. Telle est notre devise, telle est la devise du VEVAK. Dites-nous la vérité ; ce sera pris en compte à l'heure du jugement. Aidez-nous à trouver les ennemis de la République islamique et vous serez récompensé. Mieux encore, vous serez sauvé. Le salut par la vérité. Mais, si vous persistez à vous taire, vous le regretterez amèrement. (Il baissa le ton, prenant une voix presque suave, enjôleuse.) Écoutez-moi. Vous avez commis une erreur, c'est certain. Mais il est encore temps de la réparer. Je vous le garantis. Tout bien considéré, nous commettons tous des erreurs, n'est-ce pas ? Ce qui est grave, c'est de persister dans notre erreur. Voilà ce qui est grave... vous comprenez ? (Il adoucit encore davantage sa voix, devenant presque intime.) Écoutez, concluons un accord. Vous me racontez tout et je ferai un rapport très positif sur votre compte. Vous savez, nous n'avons rien contre vous. Pourquoi irions-nous vous faire du mal ? Nous voulons seulement que vous nous aidiez à détecter nos ennemis. Vous voyez comme c'est simple ? Vous nous aidez, nous vous aidons. Hein ? Qu'en dites-vous ?

— Je vous aiderais avec plaisir, dit Tomás, prêt à encaisser un autre coup à tout moment. Mais comprenez que je dois d'abord parler avec un diplomate de l'Union européenne. J'ai besoin de savoir quels sont mes droits, quelle est l'accusation retenue contre moi, et j'aimerais transmettre un message à ma famille. En outre, il me faut un avocat. Comme vous le voyez, je ne demande pas grand-chose.

Le colonel fit une pause, comme s'il considérait la demande.

— Laissez-moi récapituler, dit l'officier du VEVAK. Si nous vous permettons de contacter un diplomate européen, vous nous direz tout, c'est ça ?

Tomás hésita.

— Oui, bien sûr... je vous dirai tout en fonction... des conseils du diplomate et de ce que dira mon avocat, bien entendu.

Le colonel Kazemi garda le silence. Le détenu entendit le bruit d'une allumette qu'on grattait et sentit, l'instant d'après, l'odeur âcre de la fumée d'une cigarette.

— Vous devez nous prendre pour des idiots, commenta Kazemi entre deux bouffées de tabac. Pourquoi irions-nous informer l'Union européenne de votre situation sans avoir la garantie de recevoir quelque chose en échange ? Personne au monde ne sait où vous êtes et nous n'avons aucun intérêt à le communiquer. À moins que vous me donniez une raison valable, bien entendu.

— Quelle raison ?

— Par exemple, en me racontant tout. Tenez, vous pourriez commencer par m'ôter un doute concernant l'individu qui vous accompagnait. Qui était-ce exactement ?

Cette question porta Tomás à conclure que Bagheri était probablement mort. D'un côté, si le colonel ignorait l'identité de Bagheri, c'est parce que l'homme de la CIA s'était tu, peut-être pour toujours ; et, de l'autre, l'officier avait employé l'imparfait pour faire référence à Bagheri, ce qui lui semblait révélateur.

L'historien résolut de tester l'homme qui l'interrogeait.

— Pourquoi ne le lui demandez-vous pas directement ?

Kazemi sembla un instant déconcerté par la question, ce qui, en soi, constituait une forme de réponse.

— Heu… parce que… balbutia-t-il, avant de se reprendre. Écoutez, ici, c'est moi qui pose les questions, vous entendez ? (Il dut répéter.) Vous entendez ?

— Oui.

Le colonel aspira une nouvelle bouffée de fumée.

— Vous êtes de la CIA.

Tomás comprit que l'officier avait changé de tactique, pour le surprendre, et qu'il ne pourrait pas hésiter sur ce point crucial.

— C'est une question ou une affirmation ?

— C'est une affirmation. Vous êtes de la CIA.

— Absurde !

— Nous avons des preuves.

— Comment ça ?

— Votre ami a parlé…

— Il a parlé, dites-vous ? Et il a dit que j'étais de la CIA ?

— Oui. Il nous a tout raconté sur vous.

Tomás se força à sourire.

— S'il vous a tout raconté sur moi, alors me voilà rassuré. Je n'ai rien à voir avec la politique, je ne suis qu'un universitaire et vous le savez très bien.

— Vous êtes un espion ! Vous êtes un espion qui est venu en Iran pour nous voler le secret de la bombe atomique.

Kazemi tendait ici un nouveau piège, mais il manqua d'habileté.

— Le secret de la bombe atomique ? demanda Tomás d'un air étonné. Ma parole, ça confine au délire ! Personne ne m'a jamais parlé d'aucune bombe atomique ! Il y a là sans doute une erreur. Je ne suis pas venu ici pour voler quoi que ce soit. J'ai été invité, vous comprenez ? Je suis venu pour aider l'Iran à déchiffrer un document scientifique, rien d'autre. D'où sortez-vous cette histoire de bombe atomique ?

— Ne faites pas l'ignorant, rétorqua le colonel. Vous savez très bien de quoi je parle.

— Non, je ne sais pas. Je n'ai jamais entendu parler d'une telle chose. Mon travail se limite au décryptage d'un document scientifique, rien de plus. C'est à cette fin que j'ai été engagé. Jamais personne ne m'a parlé de bombes atomiques. D'ailleurs, si on m'en avait parlé, je n'aurais pas accepté ce travail !

— Vous êtes venu ici pour déchiffrer un document

scientifique, c'est bien ça ? Alors pour quelle raison êtes-vous allé en cachette au ministère prendre ce document dans le coffre, hein ? Pour quelle raison ?

— Ce n'est pas un document militaire, je vous l'ai dit. C'est un document scientifique. Demandez au ministre de la Science, il vous le confirmera. Vous échafaudez et voyez des conspirations là où il n'y en a pas.

— Le ministre nous a dit que, étant donné la nature du document en question, vous ne pouviez être qu'un espion.

— Moi ? Un espion ? C'est ridicule ! J'admets que j'avais la curiosité de voir ce document scientifique, c'est vrai. Mais ce n'était que de la curiosité scientifique, rien d'autre. Je suis un homme de science et il est bien naturel que je veuille voir une relique scientifique, vous ne pensez pas ?

— Le ministre n'en a pas parlé comme d'une relique.

— Et comment en a-t-il parlé ?

— Il a dit que c'était un document de la plus haute importance pour la sécurité de l'Iran. (Il s'approcha du détenu et lui chuchota à l'oreille.) Il a dit que c'était un secret d'État.

— C'est parfaitement ridicule, protesta Tomás. C'est un document scientifique. Du moins c'est ce qu'ils m'ont toujours affirmé et je n'ai jamais eu aucune raison d'en douter. (Il prit un autre ton de voix, cherchant à avoir l'air de quelqu'un de raisonnable.) Écoutez, si c'était vraiment un secret d'État, vous pensez qu'ils m'auraient engagé pour le déchiffrer ? Hein ? Vous croyez ? Comme s'ils ne pouvaient pas trouver ici des gens capables de le faire ! Pour quelle raison auraient-ils demandé à un Occidental de déchiffrer un document si sensible ?

— Ils avaient leurs raisons.

— Naturellement qu'ils en avaient ! s'exclama le détenu. Des raisons scientifiques.

— Des raisons d'État.

— Excusez-moi, mais ce que vous dites là n'a aucun sens. Réfléchissez, n'est-ce pas l'Iran qui souhaite utiliser l'énergie nucléaire à des fins pacifiques ? N'est-ce pas l'Iran qui affirme qu'il ne veut pas développer d'armes atomiques ? Alors comment aurais-je volé à l'Iran ce que le pays ne possède ni n'a l'intention de posséder ?

— Vous êtes très habile…

— Ce n'est pas une question d'habileté, mais de bon sens. Je vous rappelle que ce n'est pas moi qui ai demandé à venir en Iran. C'est vous qui m'avez invité. J'étais très bien dans mon coin, je vaquais tranquillement à mes affaires, quand vous m'avez contacté pour me demander de venir ici. Je n'ai jamais…

— Ça suffit, coupa le colonel Kazemi. Vous étiez notre invité, mais vous ne vous êtes pas conduit comme tel. Vous avez été surpris dans le ministère de la Science à minuit en train de forcer un coffre renfermant un secret d'État. Quand nous sommes entrés dans les lieux, vous avez ouvert le feu et blessé…

— Ce n'est pas moi, c'est l'autre.

— C'était vous.

— Non, je vous ai déjà dit que c'est l'autre qui a ouvert le feu.

— Qui était l'autre ?

Tomás hésita. Il était venu là, déterminé à ne rien

dire et il s'aperçut que, de fil en aiguille, il en était presque déjà à raconter l'histoire de sa vie.

— J'exige de parler d'abord avec un diplomate de l'Union européenne.

— Comment ?

— J'exige de parler d'abord...

Un pincement brutal au cou, comme une morsure féroce, lui fit tourner la tête. Il hurla de douleur et ne comprit qu'au bout d'un instant ce qui venait d'arriver.

Le colonel avait écrasé sa cigarette sur son cou.

— Puisque la manière douce ne fonctionne pas, on va passer à la manière forte, dit l'officier d'une voix neutre.

Kazemi lança quelques ordres en farsi et Tomás perçut aussitôt des mouvements autour de lui. Il se prépara au pire et se recroquevilla sur son siège, dans l'attente des coups. Plusieurs mains le saisirent par les bras et par son uniforme de prisonnier et l'obligèrent à se mettre debout.

— Qu'est-ce que... qu'est-ce que vous allez me faire ? demanda-t-il d'autant plus angoissé que le bandeau ne lui permettait pas de voir ce qui se passait autour de lui.

— Nous allons vous faire parler, fut la réponse sèche de Kazemi.

— Vous allez me torturer ?

— Non. Nous allons faire pire.

— Qu'allez-vous faire ?

— Nous allons vous envoyer à la section 209.

Un cercueil.

Lorsque Tomás, débarrassé de ses menottes, fut jeté dans la cellule et qu'il put, après avoir ôté son bandeau, observer le lieu où il se trouvait, ce fut sa première impression.

Ils m'ont mis dans un cercueil.

Le cachot était si étroit, à peine un mètre de largeur, qu'il ne pouvait écarter les bras. Une longueur de deux mètres permettait tout juste de faire trois pas, ou plutôt un pas et demi, puisque le reste était occupé par un W.-C. et un lavabo. Il leva la tête et mesura la hauteur. Environ quatre mètres. Au plafond, une petite ampoule éclairait la cellule. Tomás lui attribua une quarantaine de watts, pas plus. Le sol semblait enduit de chaux et les murs blancs, rapprochés, oppressants, lui donnaient l'impression de l'écraser de tous côtés.

Un véritable cercueil.

Jamais dans sa vie Tomás ne s'était senti aussi comprimé par des murs, si comprimé qu'il eut la nette sensation d'être enterré vivant. Il commença à respirer avec difficulté et dut fermer les yeux et dilater ses narines pour maîtriser l'angoisse qui peu à peu l'assaillait. Plutôt que de s'asseoir sur ce sol en chaux, il préféra rester debout. Il voulut faire un pas, mais c'est tout ce qu'il put faire, tant le cachot était étroit, tant l'espace était réduit.

Une heure s'écoula.

Les accès d'asphyxie et d'angoisse se succédaient, accompagnés de vertiges. Il éprouvait la claustrophobie de celui qu'on avait enfermé dans un tombeau, jeté dans une sépulture aux parois blanchies à la chaux et éclairé par une petite ampoule de quarante watts. Épuisé, il s'adossa au mur.

La deuxième heure passa.

Le silence était absolu, suffocant, sépulcral. Il lui semblait impossible qu'un silence aussi profond put exister, tellement profond qu'il entendait gronder sa respiration comme s'il s'agissait d'une tempête et que le léger grésillement de l'ampoule lui faisait l'effet d'une énorme mouche à viande bourdonnant à son oreille. Il sentit ses jambes flageoler et s'assit sur la chaux.

Des heures défilèrent. Il perdit la notion du temps. Les secondes, les minutes, les heures se succédaient sans qu'il puisse en saisir le passage ; il était comme suspendu dans le temps, perdu dans une dimension occulte, flottant dans l'oubli. Il ne voyait que les murs, l'ampoule, le W.-C., le lavabo, son corps, la porte et le sol. Il n'entendait que le silence, sa respiration et le grésillement de l'ampoule. Il se souvint du vieux dans la cellule commune lui disant qu'il y avait des cachots encore pires, que dans la prison 59 on devenait fou en une seule nuit, mais il ne put rien imaginer de pire que l'endroit où il se trouvait. Il voulut chanter, mais il ne connaissait pas les paroles de la plupart des chansons et se contenta d'ânonner quelques comptines. Il fredonna encore plusieurs mélodies, les unes derrière les autres, résolu à être le propre tourne-disque de lui-même. Il se mit à parler tout seul, davantage pour entendre une voix humaine que pour dire quelque chose, mais, au bout d'un moment, il se tut, considérant qu'il avait déjà l'air d'un fou.

— *Allaaah u akbaaar !*

La voix stridente d'un Iranien qui braillait remplit soudain la cellule. Tomás sursauta et regarda autour de lui, hébété. Il s'agissait d'un haut-parleur qui lançait l'appel à la prière. L'appel dura trois ou quatre minutes, le volume toujours à fond, presque assourdissant, puis il s'arrêta.

De nouveau le silence.

Un silence sinistre, un silence si caverneux que même la vibration de l'air bourdonnait à ses oreilles. Muré dans cet espace étroit, sans pouvoir écarter les bras ni faire deux pas dans la même direction, l'esprit de Tomás commença à divaguer sur les circonstances, sa situation désespérée, la futilité de sa résistance. À quoi bon résister puisque son sort était scellé ? Ne valait-il pas mieux anticiper le dénouement inéluctable ? Pourquoi craindre la mort puisqu'il était déjà mort là où il se trouvait ? Oui, il était déjà mort sans l'être, on l'avait enterré dans un cercueil et il n'était plus qu'une sorte de mort vivant.

Les repas lui étaient servis en silence. Le geôlier ouvrait une petite grille insérée dans la porte, lui remettait une assiette métallique avec de la nourriture, une cuillère en plastique et un verre d'eau, et revenait une demi-heure plus tard chercher les ustensiles. Ces interludes aux heures des repas et des appels à la prière braillés dans le haut-parleur constituaient les seuls moments où le monde extérieur s'insinuait dans le cercueil. Tout le reste était indéfini.

Une sorte de tache dans le temps.

Tomás mangeait quand la grille s'ouvrait et que l'assiette apparaissait, il faisait ses besoins dans la cuvette et, quand le sommeil le gagnait, il se couchait sur le sol, recroquevillé en position fœtale. L'ampoule était allumée en permanence et, muré dans ce cercueil de briques et de ciment, le détenu n'avait aucun moyen de savoir le temps qui s'était écoulé, s'il faisait jour ou nuit, s'il sortirait bientôt ou si on l'avait enseveli dans ce cercueil jusqu'à l'oubli.

Il se contentait de survivre.

XVIII

Le tintement inespéré d'une clé tournant dans la serrure tira Tomás de sa longue torpeur. Le verrou émit plusieurs cliquetis successifs avant que la porte s'entrouvre et qu'un homme à la barbe en pointe apparaisse.

— Mettez ça, dit l'Iranien en jetant un sac en plastique bleu sur le sol de la minuscule cellule.

L'historien s'accroupit et ouvrit le sac. À l'intérieur se trouvaient ses vêtements, complètement froissés. Par l'entrebâillement de la porte, il aperçut pour la première fois depuis longtemps la lumière du jour qui éclairait un angle ; il eut envie de courir et d'embrasser le soleil, de remplir ses poumons d'air et de vivre cette journée dans toute sa plénitude.

— Vite ! grommela l'homme qui avait surpris l'air songeur avec lequel Tomás contemplait la lumière naturelle qui filtrait dans le couloir. Dépêchez-vous.

— Oui, oui, j'arrive.

L'historien s'habilla et se chaussa en deux minutes, avide de saisir cette opportunité inattendue de quitter son cercueil et de respirer un peu d'air frais. Même si c'était pour subir un dur interrogatoire, même s'il

271

allait goûter au *chicken kebab* dont lui avait parlé le vieux prisonnier rencontré lors de son entrée à Evin, tout valait mieux que de rester une heure de plus dans ce trou, toute torture était préférable à cet enterrement vivant.

Tomás finit de s'habiller et se leva, presque en sautillant d'excitation à l'idée de quitter la cellule ; l'Iranien tira de sa poche un foulard et fit un geste de rotation rapide avec la main.

— Tournez-vous.

— Hein ?

— Tournez-vous.

Tomás pivota sur ses talons et l'Iranien plaça le bandeau sur ses yeux. Puis il lui ramena les bras dans le dos et lui passa les menottes.

— Allons-y, dit-il, en l'entraînant par le bras.

Le détenu trébucha et faillit tomber, mais, se heurtant à un mur, il put se redresser et se laissa guider par le geôlier.

— Où m'emmenez-vous ?

— Silence.

Le geôlier le conduisit dans un long couloir, au bout duquel ils se mirent à gravir un escalier. À l'aller, Tomás avait eu l'impression que la section 209 se trouvait sous terre, impression qui se confirmait à présent qu'il en sortait. Ils parcoururent d'autres couloirs, avant d'entrer dans une pièce où on l'obligea à s'asseoir sur un banc. Tomás remua sur son siège et toucha la petite table à couvercle, c'était le même pupitre d'école que lors du premier interrogatoire, sans doute était-ce aussi le même banc et la même pièce.

— Alors ? demanda une voix familière. Vous êtes-vous bien amusé dans l'*enferadi* ?

C'était à nouveau le colonel Salman Kazemi.

— Où ?

— Dans l'*enferadi*. Le mitard.

— J'exige qu'on me laisse parler avec un diplomate de l'Union européenne.

L'officier se mit à rire.

— Encore ? s'exclama-t-il. Vous n'avez toujours pas renoncé à cette rengaine ?

— J'ai le droit de parler à un diplomate.

— Vous n'avez que le droit de tout avouer. Au bout de trois jours d'*enferadi*, êtes-vous disposé à parler ?

— Trois jours ? Je suis resté enfermé trois jours ?

— Oui. Certains pensent que rester dans le cercueil durant trois jours, c'est suffisant. Est-ce que ça vous a suffi ?

— Je veux parler avec un diplomate européen.

Il y eut un silence et le colonel soupira de lassitude, à bout de patience.

— Je vois que ça ne vous a pas suffi, dit-il, sur le ton réservé habituellement aux enfants. Vous savez, je pense qu'ici, à Evin, nous sommes bien bons. Trop bons même. Et notre défaut, c'est d'être aussi sentimentaux et respectueux des droits de lascars comme vous, qui mériteraient seulement qu'on leur crache dessus. (Il soupira de nouveau.) Enfin. (On l'entendit griffonner quelque chose.) Je viens à l'instant de signer votre ordre de sortie, annonça le colonel. Fichez-moi le camp d'ici.

Tomás n'en croyait pas ses oreilles.

— Vous… vous allez me libérer ?

Kazemi partit d'un rire sonore.

— Bien sûr que oui. D'ailleurs, je l'ai déjà fait.

— Je peux donc sortir ?

— Vous pouvez et devez. À partir de ce moment, vous ne dépendez plus d'Evin. Dehors.

L'historien se leva, incrédule mais plein d'espoir.

— Et quand allez-vous m'enlever ce bandeau sur les yeux ?

— Ah, ça, on ne vous l'enlève pas.

— Vous ne me l'enlevez pas ? Mais pourquoi ?

— C'est simple. Je viens de signer votre ordre de sortie. Désormais, vous n'êtes plus sous la tutelle de la prison d'Evin. Vous allez quitter cet établissement et, une fois franchie cette porte là-bas, ce qui pourra vous arriver ne relève plus de notre responsabilité.

— Que voulez-vous dire par là ?

Des mains empoignèrent brutalement Tomás, le poussant hors de la pièce. Traîné violemment dans le couloir, l'historien eut encore le temps d'entendre Kazemi répondre avec dérision à sa dernière question.

— Amusez-vous bien à la prison 59.

Une main baissa la tête bandée de Tomás et l'historien fut jeté dans une voiture. D'après l'agencement de l'habitacle, il lui sembla être assis à l'arrière, mais aussitôt les inconnus l'attrapèrent et le roulèrent au pied de la banquette, avant de s'installer et de poser leurs chaussures sur Tomás dans une posture humiliante, comme des chasseurs de safari posant avec leur trophée pour une photo souvenir.

La voiture démarra et s'enfonça dans les rues de Téhéran. Tomás sentit les rayons du soleil frapper sa nuque et entendit l'orchestre des klaxons et des moteurs de la circulation chaotique de cette ville. La voiture tournait à gauche puis à droite, le secouant dans sa position aussi inconfortable que mortifiante, et l'historien dut réprimer un accès de larmes, ne voyant pas comment échapper à cet enfer.

Quel imbécile, pensait-il, tandis que son corps entravé était ballotté par les embardées de la voiture. Il ne devait pas avoir toute sa raison le jour où il avait accepté d'écouter l'Américain de l'ambassade et s'était laissé entraîner dans ce bourbier. Si c'était à refaire, pensa-t-il, je n'aurais jamais rien accepté ; les Américains n'avaient qu'à trouver un autre idiot pour sauver le monde et les Iraniens un autre nigaud pour déchiffrer les énigmes laissées par Einstein. Mais il était trop tard pour se lamenter, Tomás le savait. Du reste, lorsqu'on prend une décision, ce n'est jamais avec les données à venir, mais avec celles qui sont à notre portée sur le moment et c'est avec ça qu'il nous faut vivre. D'un autre côté, raisonna-t-il, peut-être que le plus important...

Un brusque coup de frein interrompit sa réflexion.

La voiture pila et des cris retentirent à l'avant, ceux du chauffeur vociférant des injures en farsi, tandis que les hommes qui piétinaient Tomás à l'arrière éructèrent des ordres en cascade, dans une grande confusion. Couché au pied de la banquette, l'historien entendit d'autres coups de frein et le bruit sourd de portières qui claquaient. Tout à coup, l'arrière de leur propre voiture s'ouvrit et il entendit une voix qui braillait en farsi. Les geôliers répondirent sur un ton humble, ils avaient l'air intimidés, au grand étonnement de Tomás, qui fut encore plus surpris quand, soudain, une main lui arracha le bandeau sur ses yeux, laissant la lumière du jour l'envahir.

— Vite ! ordonna une voix iranienne en anglais. Nous n'avons pas beaucoup de temps.

— Hein ? Quoi… qu'est-ce qui se passe ?

Quelqu'un se mit alors à toucher les menottes de Tomás. Il lui sembla d'abord qu'on tripotait la chaînette, mais il comprit aussitôt après qu'on glissait une clé dans la serrure, puis il sentit ses mains détachées.

— Venez, ordonna la même voix. Vite, vite !

Tomás leva la tête et vit un homme cagoulé qui le tirait hors du véhicule. L'individu était armé d'un revolver et entraîna l'historien dans une petite voiture blanche qui se trouvait garée à côté. Le trafic était complètement à l'arrêt, des coups de klaxon retentissaient de toutes parts ; les passants regardaient la scène hébétés, tandis que d'autres hommes armés et cagoulés surveillaient le périmètre de sécurité autour de la voiture. Une fois Tomás installé sur la banquette arrière, la portière se referma bruyamment et la voiture blanche se mit en route, disparaissant aussitôt dans une ruelle latérale.

Toute l'opération n'avait pas duré plus d'une centaine de secondes.

Le chauffeur avait des mâchoires proéminentes et une grosse moustache noire, avec des mains velues fermement accrochées au volant. Dès qu'il sentit son cœur se calmer et les choses revenir doucement à la normale, Tomás se pencha en avant et lui toucha l'épaule.

— Où allons-nous ? demanda-t-il.

L'homme le regarda à son tour, presque surpris que le passager s'adresse à lui.

— Hein ?

— Où allons-nous ?

L'Iranien secoua la tête.

— *Ingilisi balad nistam.*

— Vous ne parlez pas anglais. *Ingilisi ? Na ingilisi ?*

— *Na*, confirma l'homme, presque satisfait de se faire comprendre. *Ingilisi balad nistam.* (Il se frappa la poitrine.) *Esman Sabbar e.*

— Quoi ?

Il se frappa de nouveau les pectoraux.

— *Sabbar*, répéta-t-il. *Sabbar. Esman Sabbar e.*

— Ah. Tu t'appelles Sabbar ? Sabbar ?

Le chauffeur afficha un sourire édenté.

— *Bale. Sabbar.*

La voiture emprunta des rues successives, tournant à gauche ou à droite dans un rythme soutenu. Sabbar semblait attentif à tout ce qui se passait alentour, les yeux livrés à un incessant va-et-vient entre le rétroviseur et le parcours, le trottoir et la rue, les places et les carrefours, s'assurant qu'ils n'étaient ni suivis ni observés par personne.

Ils arrivèrent près d'une sorte de garage plein de voitures mais sans mécaniciens, et le chauffeur y entra. Sabbar descendit de voiture et ferma le portail pour couper tout contact avec l'extérieur et se mettre à l'abri des regards. Il fit signe à Tomás de descendre à son tour et le conduisit vers une vieille Mercedes noire garée à proximité. Il ouvrit le coffre de la grosse voiture et en sortit un grand tissu noir, qu'il tendit à l'historien.

— C'est pour moi ?

— *Bale*, rétorqua Sabbar, en lui faisant signe d'enfiler le vêtement.

Tomás déploya l'étoffe et sourit lorsqu'il s'aperçut de quoi il s'agissait. C'était un tchador. Le voile était complètement noir, sans doute l'un des plus conservateurs et laids qu'on pût trouver sur le marché, avec des rectangles de dentelle pour les yeux et la bouche.

— Très rusé, commenta-t-il. Vous voulez me faire passer pour une femme, c'est ça ?

— *Bale*, insista le chauffeur.

Tomás revêtit le tchador et se tourna vers Sabbar, les mains sur les hanches sous le voile.

— Alors ? Ça me va bien ?

L'Iranien le toisa lentement et gloussa.

— *Khandedar e*.

L'historien ne comprit pas la réponse, mais supposa, d'après l'air amusé du chauffeur, que sa tenue faisait illusion. Il se recroquevilla et s'installa sur la banquette arrière de la Mercedes noire. Sabbar enfila une casquette de chauffeur, rouvrit le portail, monta dans la voiture, sortit du garage, referma le portail et dirigea la Mercedes vers le centre de Téhéran, il avait l'air à présent du chauffeur d'une riche et conservatrice matrone iranienne.

Tandis que la voiture roulait, Tomás baissa la vitre et laissa pénétrer l'air pollué par les gaz d'échappement. Malgré l'épaisse étoffe qui le recouvrait, en ne le laissant voir le monde qu'à travers le maillage serré qui masquait son visage, il respira profondément et sentit, presque extasié, le parfum de la liberté. Ce voile obscurantiste l'aurait gêné dans d'autres circonstances, il aurait manqué d'air, suffoqué ; mais pas là, pas à ce moment précis, pas après avoir passé trois jours muré dans un cercueil en ciment et la dernière heure les yeux bandés, sans savoir s'il reverrait jamais la lumière du jour, le ciel bleu, les nuages cotonneux, la pulsation alerte d'une ville débordante de vie.

Comme c'était bon la liberté.

Il sentit un poids tomber de ses épaules, une tension se relâcher dans sa poitrine, et il savoura, enivré et exalté, la délicieuse et grisante amertume de ce moment de libération. Il était libre. Libre. Il lui semblait à présent émerger d'un cauchemar, l'aventure qu'il venait de vivre lui paraissait si incroyable et irréelle qu'il se demanda même si elle n'était pas le fruit de son imagination. Mais si c'était un cauchemar, il venait de se réveiller ; et si c'était la réalité, il en était à présent libéré. Quoi qu'il en fût, l'air de la rue lui saturait les narines d'un relent nauséabond de gasoil brûlé et jamais une odeur aussi repoussante ne lui avait fait l'effet d'un tel parfum.

La Mercedes parcourut les rues de Téhéran durant plus de vingt minutes. Elle traversa la zone du souk et longea le magnifique complexe du palais Golestan, avec ses somptueuses façades, ses superbes tours et coupoles, des structures ouvragées se dressant parmi la verdure d'un jardin soigneusement entretenu.

Après avoir dépassé le palais, la voiture contourna la place Imaù Khomeini et s'engagea sur une longue avenue, parallèle à un vaste parc arboré. Lorsqu'elle atteignit le bout du parc, la voiture tourna à droite et se gara lentement près d'un immeuble neuf. Jouant son rôle de chauffeur de luxe, Sabbar descendit de voiture et alla ouvrir la portière arrière, en s'inclinant au moment où la silhouette noire de la matrone iranienne posa le pied à terre.

Le chauffeur conduisit ensuite la silhouette en tchador jusqu'à la porte de l'immeuble et pressa un bouton sur le tableau métallique de l'interphone. Une voix électrique se fit entendre et Sabbar s'identifia. Un bourdonnement fit claquer la serrure de la porte qui s'ouvrit. L'Iranien regarda Tomás et esquissa un geste de la tête, demandant à l'historien de le suivre. Ils entrèrent dans le hall de l'immeuble, appelèrent l'ascenseur et montèrent jusqu'au deuxième étage.

Une Iranienne rondelette, vêtue d'une légère *shalwar kameez* dorée, les attendait sur le palier.

— Bienvenue, professeur, salua-t-elle. Je suis heureuse de vous voir libre.

— Pas autant que moi, soyez-en sûr.

La femme sourit.

— J'imagine.

Ils entrèrent dans un appartement et Sabbar disparut dans le couloir. L'Iranienne grassouillette fit signe à Tomás d'entrer dans le salon et de s'installer sur le canapé.

— Vous pouvez retirer le tchador, si vous voulez, dit-elle.

— Oh oui, je le veux ! s'exclama Tomás.

Il pencha son buste et remonta le long tissu noir jusqu'à ce que sa tête apparaisse, les cheveux en bataille, enfin délivrée de cette gangue.

— Vous vous sentez mieux ?

— Beaucoup mieux, soupira l'historien.

Il se laissa tomber dans le canapé et chercha à se détendre.

— Où sommes-nous ?

— Dans le centre de Téhéran. Près du parc Shahr.

Il regarda par la fenêtre. Les arbres se profilaient à quelques centaines de mètres de là, le vert apaisant des feuillages contrastant avec le gris froid de la ville.

— Pouvez-vous m'expliquer ce qui se passe ? Qui êtes-vous ?

L'Iranienne sourit avec bonhomie.

— Mon nom est Hamideh, mais je crains de n'être pas autorisée à vous expliquer quoi que ce soit. Dans un moment quelqu'un arrivera et répondra à toutes vos questions.

— Qui ?

— Soyez patient, dit-elle en baissant les yeux. Désirez-vous manger quelque chose ?

— J'en rêverais ! Je meurs de faim ! s'exclama-t-il. Que puis-je vous demander ?

— Voyons… laissez-moi réfléchir, dit-elle en hésitant. Nous avons du *bandemjun* et aussi du *ghorme sabzi*.

— Tout ! Je veux bien tout ce que vous me proposez.

Hamideh se leva et disparut dans le couloir, laissant Tomás seul dans le salon. L'historien se sentit exténué et ferma les yeux, s'efforçant de se reposer un peu.

Un bruit le réveilla aussitôt. Quelqu'un avait sonné à la porte.

Un deuxième coup de sonnette retentit.

Tomás entendit dans le couloir un pas lourd s'approcher et aperçut la plantureuse silhouette d'Hamideh se diriger vers le vestibule de l'appartement, juste en face du salon. L'Iranienne prit le combiné de l'interphone et échangea quelques paroles en farsi. Elle reposa ensuite le combiné et tourna la tête vers Tomás.

— La personne qui vous expliquera tout arrive.

Hamideh tira le verrou de sûreté, entrouvrit la porte et repartit dans le couloir en direction de la cuisine.

Tomás resta assis sur le canapé, dans l'expectative,

les yeux rivés à cette porte entrebâillée, l'attention fixée sur ce qui allait se passer. Il entendit l'ascenseur descendre, s'arrêter, puis remonter. Il vit le voyant de l'ascenseur s'allumer au moment où la cabine s'arrêta dans une secousse et que la porte s'ouvrit dans un claquement. Celui qui devait tout expliquer fut d'abord une silhouette, une ombre, puis une personne bien réelle.

Ils se regardèrent.

Ce qui surprit le plus Tomás fut de ne ressentir aucune surprise. Comme s'il avait toujours su que les choses finiraient ainsi, comme si le cauchemar s'était transformé en rêve, et que celui-ci n'était finalement que le dénouement naturel de tout ce qu'il avait vécu au cours de cette dernière et intense semaine.

Tomás vit la silhouette élancée s'arrêter sur le seuil de la porte, hésitante. Ils restèrent là, sans bouger, à se regarder, lui les yeux pleins de larmes qu'il n'arrivait plus à contenir, elle bouche bée, ses cheveux noirs tombant sur son front ivoirin et ses yeux couleur de miel le fixant avec une expression d'appréhension, d'inquiétude et de soulagement.

— Ariana.

XIX

Tandis qu'il dévorait la viande hachée, les haricots et la salade du *ghorme sabzi* servi par Hamideh, Tomás raconta à Ariana tout ce qui lui était arrivé ces quatre derniers jours. L'Iranienne l'écouta en silence, surtout attentive aux détails concernant la prison d'Evin, hochant la tête avec tristesse en l'entendant parler du traitement qu'il avait subi lors de l'interrogatoire ou des détails de sa détention dans le cachot d'isolement.

— Malheureusement il y a beaucoup de gens qui passent par là, commenta-t-elle. Et Evin n'est pas la pire.

— Oui, il y a la prison 59, là où ils allaient me transférer.

— Oh, il y en a beaucoup. La prison 59, à Valiasr, est sans doute la plus célèbre, mais il en existe bien d'autres. Par exemple, la prison 60, l'Edareh Amaken, la Towhid. Parfois, quand la contestation monte contre ces centres de détention illégaux, ils font fermer quelques-unes d'entre elles mais pour en ouvrir d'autres aussitôt après. (Elle secoua la tête.) Personne ne les contrôle.

— Et comment avez-vous su où je me trouvais ?

— J'ai des relations au Bureau national des Prisons, des personnes qui me doivent des services. Officiellement, le Bureau dirige la prison d'Evin ; officieusement, il n'en est rien. En réalité, le pouvoir est aux mains d'autres organisations. Mais, quoi qu'il en soit, le Bureau parvient quand même à savoir ce qui s'y passe. J'étais morte d'inquiétude en apprenant votre emprisonnement, alors j'ai joué de mes relations. Je savais que vous alliez passer un mauvais moment à Evin, mais vous étiez, au moins, dans une prison légale et qu'on ne pouvait rien vous faire sans que ce fût enregistré. Ma plus grande crainte était qu'on vous envoie dans un centre de détention illégal. Là j'aurais perdu votre trace et, pire, il n'y avait aucune garantie que vous puissiez réapparaître un jour. J'ai donc parlé à quelques amis liés aux mouvements réformistes pour leur demander de l'aide.

— Vous vouliez venir me chercher à Evin ?

— Non, non. Tant que vous étiez à Evin, nous ne pouvions rien faire. Evin est une prison légale, nous aurions tous été fusillés si on nous avait capturés lors de notre tentative pour vous libérer. Le transfert vers d'autres centres de détention était le point crucial, pour deux raisons précises. D'abord parce que c'était le moment où vous sortiriez, ce qui nous permettait de vous approcher plus facilement. Ensuite, parce que le problème de la légalité ne se posait plus. Comme les centres de détention sont illégaux, à votre sortie d'Evin vous n'étiez techniquement plus prisonnier. Si nous avions été arrêtés, de quoi aurions-nous été accusés ? De stopper la circulation ? D'éviter une détention illégale ? À ce moment-là, vous étiez administrativement une personne libre et cela aurait été notre argument de défense.

— Je comprends.

— Le point essentiel était d'obtenir l'information concernant votre transfert, ce qui, étant donné mes relations au Bureau national des Prisons, n'était pas une tâche trop difficile. Et effectivement j'ai appris hier que vous seriez transféré aujourd'hui à la prison 59 si vous refusiez de collaborer, si bien que nous avons eu presque vingt-quatre heures pour monter l'opération.

Tomás repoussa son assiette et allongea le bras, pressant doucement la main d'Ariana.

— Vous avez été extraordinaire, dit-il. Je vous dois la vie et je ne sais pas comment vous remercier.

L'Iranienne tressaillit, le fixant de ses grands yeux et pressant sa main en retour, mais un bruit provenant du couloir la fit brusquement regarder avec angoisse vers la porte du salon.

— Heu… Je… balbutia-t-elle. Je… n'ai fait que mon devoir. Je ne pouvais pas vous laisser vous faire tuer !

— Vous avez fait beaucoup plus que votre devoir, dit Tomás en lui caressant la main. Beaucoup plus.

Ariana regarda de nouveau vers l'entrée du salon et retira sa main, anxieuse.

— Excusez-moi, dit-elle. Je dois faire attention, vous comprenez ? Ma réputation…

L'historien sourit sans conviction.

— Oui, je comprends. Je ne veux pas vous embarrasser.

— C'est que nous sommes en Iran, et vous savez comment c'est…

— Je ne le sais que trop.

Elle regarda le tapis persan à ses pieds, troublée, de toute évidente en proie à un conflit. Il y eut un silence gêné, ce contact furtif avait attisé une flamme. Le silence était palpable, Ariana se sentait tourmentée par le feu inextinguible qui couvait entre eux.

— Tomás, dit-elle pour finir. J'ai une question délicate à vous poser.

— Tout ce que vous voudrez.

Ariana hésita, elle cherchait manifestement les mots justes pour formuler sa question.

— Que faisiez-vous au ministère de la Science à une heure du matin ?

Tomás la regarda avec intensité, mais aussi avec embarras. Il était prêt à répondre à toutes les questions, absolument à toutes, sauf celle-là. C'était l'unique question qu'il voulait éviter et, durant un instant, il se retrouva face à un terrible dilemme. Jusqu'à quel point pouvait-il dire la vérité à la femme qui, à ses risques et périls, venait de lui sauver la vie ?

— Je voulais voir le manuscrit.

— Ça, j'avais compris, dit-elle. Mais, à une heure du matin ? Et en forçant les portes de la salle K et du coffre ?

Ses questions étaient parfaitement légitimes. Tomás ressentit un désir pressant d'ouvrir son cœur et de tout avouer, mais il savait que c'était impossible ; la vérité était trop grave, trop accablante. D'une certaine façon, il l'avait trahie, abusant de sa confiance et de son amitié. En outre, Tomás avait programmé son cerveau pour nier en bloc son lien avec la CIA et pour débiter une fable inventée lors de sa réclusion solitaire ; il se sentait, à cet instant, incapable de le déprogrammer.

— J'ai... ressenti un besoin impérieux de lire le

manuscrit. Je devais le voir pour être sûr… que je ne travaillais pas pour un projet militaire.

— Un projet militaire ?

— Oui. Votre refus de me laisser lire le manuscrit ou de m'informer sur son contenu m'avait paru suspect. Avec toute cette polémique internationale autour du projet nucléaire iranien, l'ONU en alerte et les menaces américaines répétées, et en tenant compte de certaines choses que vous m'avez laissé entendre, j'avoue que j'étais très inquiet.

— Je vois.

— J'ai commencé à me poser des questions, vous comprenez ? Je me suis demandé dans quel guêpier je m'étais fourré. Il fallait que j'en aie le cœur net.

— Et l'homme qui se trouvait avec vous ? Qui était-ce ?

Le fait que Tomás ait déjà oublié son vrai nom, Bagheri, rendit sa réponse plus convaincante.

— Mossa ? Un type que j'ai rencontré au souk.

— Mossa, c'est ça ? Comme Mossadegh ?

— Exactement, confirma Tomás. Vous savez ce qui lui est arrivé ?

— Oui. Il a été blessé lors de l'arrestation et il est mort quelques heures après, à l'hôpital.

— Le pauvre.

— Vous l'aviez rencontré au souk ?

— Oui. Il m'a dit être un expert en cambriolage. Votre refus de me montrer le manuscrit ou de me révéler son contenu, ajouté aux soupçons américains concernant le programme nucléaire iranien m'ont fait craindre le pire. Je voulais savoir à tout prix dans quel projet j'étais impliqué. Si bien que j'ai fini par l'engager. (Il fit un geste vague.) La suite, vous la connaissez.

— Hum, murmura Ariana. Le moins que l'on puisse dire, c'est que vous avez été imprudent, Tomás.

— Vous avez raison, approuva-t-il, assis sur le canapé. (Puis il se pencha en avant, comme s'il venait d'avoir une idée.) Laissez-moi à mon tour vous poser une question délicate.

— Allez-y.

— De quoi traite au juste le manuscrit d'Einstein ?

— Excusez-moi, mais je ne peux rien vous dire. C'est une chose de vous sauver, c'en est une autre de trahir mon pays.

— Vous avez raison. N'en parlons plus. (D'un revers de main, il balaya le sujet.) Mais peut-être pourriez-vous m'éclairer sur un autre point ?

— Lequel ?

— Qu'est-il arrivé au professeur Siza ?

L'Iranienne haussa un sourcil.

— Comment savez-vous qu'il y a un lien entre le professeur Siza et nous ?

— Je suis peut-être distrait, mais pas stupide.

Ariana eut l'air embarrassée.

— Là non plus, je ne peux rien vous dire, désolée.

— Pourquoi ? Ça ne pousse pas à trahir votre pays, il me semble.

— Ce n'est pas ça, rétorqua-t-elle. Le problème, c'est que si mes chefs s'aperçoivent que vous en savez bien plus qu'il ne convient, leurs soupçons finiront par retomber sur moi.

— Vous avez raison, vous avez raison. N'en parlons plus.

— Mais il y a une chose que je peux vous dire.

— Laquelle ?

— Hôtel Orchard.

— Comment ?

— Il y a un lien entre le professeur Siza et l'hôtel Orchard.

— L'hôtel Orchard ? Et où se trouve-t-il ?

— Je n'en ai pas la moindre idée, répliqua Ariana. Mais le nom de cet hôtel était écrit au crayon, de la main du professeur Siza, au dos d'une page du manuscrit d'Einstein.

— Ah, oui ? s'étonna Tomás. Curieux…

Ariana tourna son visage vers la fenêtre et soupira. Le soleil se couchait derrière la crête des immeubles, rayant le ciel bleu de veines pourpres et violettes et projetant d'étranges ombres sur les nuages qui flottaient au-dessus de la ville.

— Il faut qu'on vous sorte d'ici, articula-t-elle, fixant toujours la fenêtre, d'une voix chargée d'angoisse.

— De cet appartement ?

— D'Iran. (Elle regarda Tomás.) Votre présence constitue maintenant un grand danger pour vous, pour moi et pour tous mes amis qui m'ont aidée à vous libérer.

— Je comprends.

— Le problème, c'est que ça va être difficile de vous faire quitter le pays.

L'historien plissa le front.

— Je connais un moyen.

— Qu'est-ce que vous dites ?

— Je connais un moyen.

— Lequel ?

— Mossa avait tout organisé et m'avait communiqué les éléments essentiels. Il y a un bateau de pêche qui m'attend dans une ville portuaire iranienne.

— Ah, oui ? Où ça ?

— … J'ai oublié le nom.

— C'est dans le golfe persique ?

— Non, non. C'est au nord.

— Au bord de la mer Caspienne ?

— Oui. Mais je ne me souviens pas du nom de l'endroit. (Il fit un effort de mémoire.) Merde ! J'aurais dû le noter quelque part.

— À Nur peut-être ?

— Non, ce n'est pas ça. Je me rappelle que c'était un nom assez long.

— Mahmud Abad ?

— Je ne sais pas… Peut-être, je n'en suis pas sûr… Je me souviens qu'il était question des ruines de Charlemagne ou d'Alexandre le Grand…

— La muraille d'Alexandre ?

— Oui, ce doit être ça. Est-ce que ça vous dit quelque chose ?

— Bien sûr. La muraille d'Alexandre marque les limites de la civilisation et se situe près de la frontière du Turkménistan. Elle relie la région des montagnes Golestân à la mer Caspienne.

— Elle a été construite par Alexandre le Grand, non ?

— C'est ce que prétend la légende, mais c'est faux. La muraille a été bâtie aux environs du VIe siècle, on ne sait pas bien par qui.

— Et y a-t-il une ville portuaire à proximité ?

Ariana se leva et alla ouvrir une armoire. Elle prit un atlas sur une étagère et rejoignit sa place, avant d'ouvrir l'énorme volume à la page de l'Iran. Elle suivit la ligne côtière de la mer Caspienne et s'arrêta sur le port le plus proche de la muraille.

— Bandar-e Torkaman ?

— ... Oui, je crois que c'est ça ! (Tomás alla s'asseoir près d'elle et se pencha sur la carte.) Montrez-moi.

L'Iranienne posa le doigt sur le point de la carte signalant la ville.

— C'est ici.

— C'est bien ça, répéta Tomás, avec davantage de conviction. Bandar-e Torkaman.

— Et que se passe-t-il à Bandar-e Torkaman ?

— Il y a un bateau qui m'y attend... du moins j'espère.

— Quel bateau ?

— Je crois que c'est un chalutier, mais je n'en suis pas sûr.

— Il y a beaucoup de chalutiers sur la mer Caspienne. Si vous le voyez, vous l'identifierez ?

Il fit un nouvel effort de mémoire.

— C'est un nom très court, semblable à celui de la capitale de... de l'Azerbaïdjan ou...

— Bakou ?

— Voilà ! Bakou ! C'est le nom du bateau.

Ariana examina à nouveau la carte.

— Il n'y a pas de temps à perdre, dit-elle. Nous devons vous y emmener le plus vite possible.

— Vous pensez qu'on pourrait partir demain ?

Ariana écarquilla les yeux et le fixa avec intensité.

— Demain ?

— Oui.

— Non, Tomás, ça ne peut pas être demain.

— Alors quand ? Avant la fin de la semaine ?

Ariana secoua la tête, une soudaine expression de mélancolie voilant ses yeux.

— Dans dix minutes.

Au moment des adieux, ils s'embrassèrent amicalement, observés par les yeux vigilants d'Hamideh et de Sabbar. Tomás aurait tout donné pour un moment d'intimité, rien qu'un instant ; il aurait voulu s'enfermer dans un coin et lui dire adieu sans contrainte. Mais l'historien savait qu'on était en Iran, où de tels gestes, dans de telles circonstances, seraient inadmissibles. Et s'il y avait une chose qu'il ne souhaitait pas, c'était mettre Ariana dans l'embarras. Il lui donna deux tendres baisers sur les joues et fit un effort pour ne pas la serrer dans ses bras.

— Vous m'écrirez ? demanda-t-elle à voix basse, en se mordant la lèvre inférieure.

— Oui.

— Vous me le promettez ?

— Je vous le promets.

— Vous me le jurez sur la tête d'Allah ?

— Je vous le jure sur votre tête.

— Sur la mienne ?

— Oui. Vous valez plus qu'Allah. Bien plus.

Au moment de sortir, il s'efforça de ne pas se retourner. Il suivit Sabbar jusqu'à l'ascenseur et entendit la porte de l'appartement claquer derrière lui.

Il garda le silence, pensif, triste, et il entra dans l'ascenseur sans dire un mot ; plié entre ses mains, il tenait distraitement le tissu rêche d'un tchador noir qu'Hamideh lui avait remis, quelques instants auparavant, pour le voyage.

— Ariana *ghashang*, dit l'Iranien quand l'ascenseur s'ébranla et se mit à descendre.

— Hein ?

— Ariana *ghashang*, répéta-t-il. (Il embrassa le bout de ses doigts.) *Ghashang*.

— Oui, répondit-il en souriant avec mélancolie. Elle est belle.

Sabbar pointa du doigt le tchador que le Portugais tenait entre ses mains et lui fit signe de l'enfiler sans attendre. Pendant que l'ascenseur continuait de descendre, Tomás plongea sa tête dans l'étoffe.

XX

La Mercedes traversa la ville avec une agaçante lenteur, prise dans les embouteillages inextricables de Téhéran. Ils s'engagèrent dans le bruyant réseau des avenues et contournèrent à nouveau la place Imam Khomeini, avant de s'enfoncer dans le dédale des rues qui s'étendaient à l'est. Tomás observait tout avec une vive inquiétude, ses yeux ne cessaient d'aller d'un point à un autre, attentifs aux détails les plus improbables ; chaque visage et chaque voiture renfermait une menace, chaque voix et chaque coup de klaxon donnait l'alerte, chaque arrêt et chaque mouvement faisait craindre une attaque.

Le danger semblait le guetter de toutes parts et il dut se raisonner en se répétant que son imagination lui jouait des tours. En réalité, ils avaient monté un plan et tout se déroulait comme prévu. Avant de partir, ils avaient estimé que faire le voyage en voiture jusqu'à Bandar-e Torkaman présentait certains risques, notamment à cause des barrages que les autorités pouvaient dresser sur les routes pour localiser le fugitif. Ils avaient donc opté pour les transports en commun. Tomás serait une bigote en tchador ayant fait vœu de silence, et il était convenu que tout échange avec un tiers serait mené par Sabbar, son guide.

Suivant le plan établi, ils se garèrent une demi-heure plus tard, après avoir franchi les embouteillages de fin de journée et atteint leur première destination.

— Terminal e-shargh, annonça Sabbar.

C'était la gare routière de l'est. Tomás la contempla depuis l'autre côté de la rue et ne put s'empêcher de la trouver petite, bien trop petite pour une gare qui, au bout du compte, desservait toute la province de Khorasan et la région de la mer Caspienne.

Ils traversèrent la rue, entrèrent dans l'enceinte de la gare et se frayèrent un chemin entre les voyageurs, les bagages et les bus aux moteurs ronflants. Ils arrivèrent à la billetterie, l'Iranien acheta deux tickets et fit signe à Tomás de se dépêcher, son bus était sur le point de partir. Ayant rejoint la zone des départs, ils se retrouvèrent devant un vieux tas de ferraille, bourré de paysans, de pêcheurs au teint basané et de femmes en tchador.

Ils montèrent dans le bus et l'Européen qu'était Tomás réprima une grimace de dégoût, même s'il n'avait aucune raison de s'abstenir, puisque personne ne pouvait voir son visage. Des restes de nourriture jonchaient les sièges et des volailles en cage se mêlaient aux passagers, ici des poules, là des canards, là-bas des poussins. L'air était saturé de l'odeur moite des excréments et des farines aviaires, des relents acides d'urine et de transpiration humaine, mêlés aux vapeurs nauséabondes du gasoil brûlé qui envahissaient toute la gare.

Le bus partit cinq minutes après, à 18 heures précises. Le véhicule s'engagea sur la route en bringuebalant, son pot d'échappement dégageait une épaisse fumée noire et son moteur ronflait furieusement. La circulation dans Téhéran était toujours aussi infernale, avec ses queues de poisson improbables, ses klaxons permanents et ses brusques freinages. Le bus mit presque deux heures pour sortir de la ville, mais, finalement, après maints arrêts et démarrages fumants, il dépassa la zone urbaine et longea tranquillement les montagnes.

Ce fut un voyage sans histoire, accompli de nuit dans une zone montagneuse, un parcours plein de virages, de montées et de descentes, où les phares éclairaient fugitivement la nappe de neige recouvrant les bords de la route. Pour combattre la nausée causée par les virages, les relents de gasoil et le port du tchador, Tomás ouvrit la vitre et passa une grande partie du voyage à respirer l'air froid et raréfié des Elbourz, ce qui ne fut pas du goût de quelques passagers, qui préféraient les odeurs tièdes et repoussantes aux courants d'air purs et glacés.

Tomás et Sabbar arrivèrent à Sari vers 23 heures et furent hébergés dans un petit hôtel du centre, nommé Mosaferkhuneh. Sabbar demanda que le repas soit servi dans les chambres et tous deux se retirèrent pour la nuit. Assis sur son lit, sans son tchador, Tomás digérait son kebab en contemplant la ville endormie par la fenêtre. Il fixait une curieuse tour blanche, avec une horloge, dressée au milieu de la place Sahat, juste devant lui.

Au matin, ils prirent un bus à destination de Gorgán et, pour la première fois, Tomás put apprécier à la lumière du soleil le paysage de cette région côtière.

Celui-ci différait totalement de celui de Téhéran. Là-bas s'élevaient des monts escarpés, des pics neigeux, surplombant des plaines arides ; ici, s'étendait une forêt luxuriante, dense, quasi tropicale, une véritable jungle coincée entre les montagnes et la mer.

Trois heures plus tard, ils atteignirent la gare routière de Gorgán, où ils durent encore attendre un long moment leur correspondance. Tomás était perclus de fatigue et ne supportait plus son étouffant tchador. Et puis Sabbar ne parlait pas anglais, ce qui empêchait toute communication entre eux. L'historien n'eut pas d'autre choix que de patienter en silence. En soi, ce n'était pas un inconvénient majeur, c'était même un avantage si l'on considérait que le mutisme faisait partie intégrante de son déguisement. Seulement, l'absence de toute conversation le privait d'un exutoire nécessaire pour évacuer la tension accumulée.

La chaleur régnait sur la place Enqelab, où se trouvait le terminal de Gorgán. La journée s'annonçait torride et le port du tchador aggravait considérablement les choses. Incapable de comprendre qu'on puisse vivre emmitouflé sous ce voile, Tomás dut faire appel à toutes ses forces pour se contrôler ; il était parfois pris d'une irrésistible envie d'ôter ce tissu infernal, de se débarrasser de ce vêtement obscurantiste qui l'entravait, d'offrir à son corps un peu d'air frais. Mais il résista.

En début d'après-midi, ils prirent leur dernière correspondance. Un vieux bus cahotait sur les chemins de terre et traversait la luxuriante végétation de la côte. Ils empruntèrent des pistes et des raccourcis, secoués pendant deux longues heures, avant d'apercevoir les premiers bâtiments de leur destination finale, un amas de petites maisons se découpant sur l'azur profond de la mer Caspienne.

Bandar-e Torkaman.

La ville était surtout composée de maisons basses, offrant un aspect monotone, une régularité sans charme ; mais cette fadeur urbaine était compensée par l'allure pittoresque des habitants. Aussitôt descendus du bus, les deux étrangers apprécièrent les hommes et les femmes qui déambulaient dans les rues, en costume typique ottoman, avec des airs d'oisifs nonchalants. Le marché était ouvert, mais les produits peu abondants ; le commerce se réduisait à quelques étals de poisson, quelques marchands de vêtements turcs et de chaussures bas de gamme.

Sabbar interrogea une femme qui tricotait au soleil, assise sur le seuil de sa porte. La femme rajusta le foulard sur sa tête et pointa un doigt rigide et sale vers la gauche.

— *Eskele*.

Ils longèrent une vieille ligne de chemin de fer aux traverses rongées, vers des réservoirs de combustible. Sabbar marchait devant, Tomás se traînait derrière, sous son tchador toujours plus étouffant. Ils passèrent devant les réservoirs qui dégageaient une forte odeur d'huile et d'essence, et s'arrêtèrent lorsqu'ils virent quelques piquets en bois plantés près de la mer.

Le port de Bandar-e Torkaman.

Trois bateaux de pêche se balançaient doucement sur les eaux tranquilles de la mer Caspienne, le golfe de Gorgán s'étendait derrière comme un immense tableau impressionniste. Un relent tenace de sel et de marée flottait le long de la plage et le cri mélancolique des

299

mouettes résonnait au-dessus de la mer calme. L'alliance du bruit et l'odeur faisait de ce lieu un endroit familier, Tomás n'était jamais venu ici mais il avait l'impression de le connaître depuis toujours, il lui suffisait de respirer l'air marin et d'entendre les mouettes pour se sentir chez lui.

L'historien s'approcha de l'eau, sous son pesant tchador, et, à travers le maillage asphyxiant qui lui bouchait le visage, il s'efforça de déchiffrer ce qui était écrit sur la coque de chaque embarcation. Le premier bateau affichait des caractères arabes qui le désespérèrent ; était-ce le nom qu'il cherchait, rédigé en alphabet arabe ? Sabbar le rejoignit et lut l'inscription sur le bois.

— *Anahita.*

Ce n'était pas celui-là.

Tomás fit encore une centaine de pas et s'approcha du deuxième bateau de pêche, un petit chalutier rouge et blanc, ancré près du rivage, avec ses filets étendus au soleil et des mouettes voltigeant au-dessus. Il chercha les caractères arabes, mais n'eut pas besoin de l'aide de Sabbar, car le nom sur la coque était en caractères romains.

Bakou.

C'était celui-là.

Incapable de supporter plus longtemps son tchador, Tomás l'ôta avec impatience et s'en débarrassa en le jetant à terre. Il sentit alors la brise marine caresser son visage en sueur et ses cheveux ébouriffés ; il ferma les yeux, s'abandonnant à l'étreinte du vent. Soulagé, ses narines inhalaient l'arôme salé du salut, ses poumons inspiraient la fraîcheur de la marée, ses pieds pataugeaient dans la bave blanche laissée par l'écume ; le souffle du vent lui sembla être l'haleine de Dieu, le doux murmure de la nature l'accueillant en son sein, le geste tendre d'une mère aimante, la liberté qui enfin l'enlaçait.

Passé ce moment d'extase, il rouvrit les yeux, fixa le chalutier, et plaça devant sa bouche ses mains en porte-voix.

— Ohééé ! héla-t-il.

Le cri résonna sur la surface des eaux et effraya les mouettes, qui s'envolèrent dans un même mouvement, comme un nuage sombre et bas. Elles tracèrent un vigoureux demi-cercle dans le ciel, en une élégante chorégraphie ; tournoyant avec frénésie et répondant à la voix humaine par des cris nerveux, presque hystériques.

— Ohééé ! insista-t-il.

Une tête apparut sur le pont du *Bakou*.

— *Chikar mikonin* ? demanda le pêcheur au loin.

Encouragé, Tomás gonfla ses poumons d'air.

— Mohammed ?

Le pêcheur hésita.

— *Ye lahze shabr konin*, dit-il pour finir, faisant signe au Portugais d'attendre.

La tête de l'homme disparut. Tomás resta là à observer le bateau de pêche en silence, impatient, priant presque pour que les choses se passent comme prévu. Le chalutier ondulait au rythme nonchalant des vagues, comme une balançoire, une fragile coquille entraînée dans une danse langoureuse, un lent ballet ponctué par le cri nostalgique des mouettes et le chuchotement des eaux qui léchaient le sable dans leurs va-et-vient incessants.

Le pêcheur réapparut trente secondes plus tard, suivi

d'une autre personne. Cette fois, ce fut le deuxième homme qui parla, mais en anglais.

— Je suis Mohammed. Puis-je vous aider ?

Tomás faillit bondir de joie.

— Oui, vous le pouvez ! s'exclama-t-il, en riant de soulagement. Avez-vous l'intention d'aller à La Mecque ?

Malgré la distance, l'historien vit Mohammed sourire.

— *Inch'Allah !*

XXI

La silhouette minuscule de Sabbar s'estompa au loin, réduite à un petit point sur la plage, disparaissant à mesure que le bateau de pêche cinglait les eaux sombres de la mer Caspienne vers le grand large. Les mouettes volaient bas, escortant le chalutier dans le vain espoir de recueillir encore du poisson, mais les marins restèrent concentrés sur la navigation, les heures de repos consacrées à jouer avec les oiseaux étaient définitivement terminées.

Quelqu'un s'approcha de Tomás. Le Portugais sentit cette présence et tourna la tête. C'était Mohammed. Le capitaine du bateau garda un moment le silence, observant lui aussi l'ombre de Sabbar qui s'évanouissait sur le rivage. Mohammed portait une barbe grisonnante, mais son aspect soigné, sa peau blanche et ses ongles entretenus trahissaient le fait qu'il n'était pas un pêcheur, mais plutôt un homme de la ville.

— Il s'en est fallu de peu, commenta Mohammed. Encore un jour et nous levions l'ancre. Vous avez de la chance de nous avoir trouvés.

— Je sais.

Il fit un geste en direction de la plage déserte, enfin abandonnée par Sabbar.

— Lui aussi est des nôtres ?

— Sabbar ?

— Oui. C'est un de nos hommes ?

— Non.

— Alors qui est-ce ?

— C'est un chauffeur.

— Un chauffeur ? (Il haussa un sourcil.) Comment ça ? Vous avez été contrôlé ?

Tomás soupira, harassé.

— C'est une longue histoire, dit-il. Mais Sabbar est une des personnes qui m'a sauvé la vie. Sans lui, je ne serais pas ici.

Mohammed ne fit pas d'autres commentaires, même s'il n'appréciait guère les improvisations avec des inconnus ; c'était un manque de professionnalisme. Mais il n'ajouta aucune remarque, sachant que son passager, professionnel ou pas, avait traversé bien des épreuves pour arriver jusqu'à lui, et cela forçait le respect.

Ils restèrent tous deux immobiles à la poupe, respirant à pleins poumons et admirant la côte iranienne à la lumière du couchant. L'odeur de la mer était intense. Une forte brise soufflait à présent, couvrant presque les cris des mouettes et l'incessant ronflement du moteur. Des teintes chaudes envahissaient le ciel bleu-pétrole, mais une lumière glaciale baignait la ligne côtière, la longue chaîne enneigée des Elbourz se découpait sur l'horizon à droite, tandis que le soleil au loin épousait la mer.

La nuit tombait.

Saisi par le froid de la brise du nord, le capitaine

du bateau se frotta énergiquement les bras, mais sans parvenir à se réchauffer, et s'apprêta à faire demi-tour.

— Je retourne à l'intérieur, annonça-t-il. De toute façon, il est l'heure de contacter la base.

— À Bakou, c'est ça ?

— Non, non.

— Où alors ?

— Langley.

La nuit était tombée sur la mer Caspienne comme un voile oppressant, enveloppant le bateau d'une obscurité si profonde qu'elle se confondait avec l'abîme. Seules quelques lueurs à l'horizon signalaient des chalutiers à la manœuvre ou des navires transportant des cargaisons ou des passagers d'une rive à l'autre.

Indifférent au froid, Tomás s'attarda à la proue, il avait vécu trois jours enfermé dans un cercueil en ciment et ce n'est ni un vent glacé ni une nuit noire qui allaient l'empêcher de savourer sa liberté recouvrée, de se plonger dans l'immensité du ciel et de remplir ses poumons de l'air frais apporté par le vent.

La porte du pont s'ouvrit et un des marins qui parlait anglais lui fit signe.

— Monsieur, venez s'il vous plaît, dit-il. Le capitaine vous demande.

La timonerie était chauffée et bien éclairée, mais le nuage de fumée et l'odeur de la cigarette y étaient insupportables. Le marin indiqua un escalier étroit et Tomás descendit au niveau inférieur, il entra dans une petite cabine où se trouvait Mohammed. Le capitaine, avec un casque audio sur les oreilles et un micro devant la bouche, communiquait par le biais d'un appareil électronique caché au fond d'une niche ménagée dans la paroi.

— Vous m'avez appelé ?

Mohammed l'aperçut et lui fit signe de venir s'asseoir près de lui.

— J'ai Langley en ligne.

L'historien s'installa sur le siège, tandis que le capitaine terminait sa communication. Pour finir, Mohammed ôta son casque audio et le tendit à Tomás.

— Il souhaite vous parler, dit-il.

— Il, qui ?

— Langley.

— Mais qui ?

— Bertie Sismondini.

— Qui c'est celui-là ?

— C'est le coordinateur de la *Directorate of Operations* chargé de l'Iran.

Tomás plaça le casque sur ses oreilles et ajusta le micro devant lui. Il se racla la gorge, un peu hésitant, et se pencha en avant pour être bien sûr que le micro capterait sa voix.

— Bonsoir.

— Professeur *Norona* ?

C'était une voix nasillarde, très américaine, prononçant mal son nom, comme la plupart des Anglo-Saxons.

— Oui, c'est moi.

— Je suis Bertie Sismondini, responsable des opérations en Iran. OK, avant de commencer, laissez-moi vérifier que notre ligne est sécurisée.

— Très bien, dit Tomás, indifférent au problème de la sûreté de la ligne qui semblait obséder tout le personnel de la CIA. Comment allez-vous ?

— Assez mal, professeur. Assez mal.

— Eh bien ?

— Professeur, voilà plusieurs jours que notre princi-pal agent à Téhéran a disparu. Il était supposé effectuer une opération très délicate avec vous, avant de vous sortir du pays par des moyens que, du reste, vous êtes en train d'utiliser. Le fait est que notre homme a cessé de nous donner des nouvelles. Nous avons également perdu le contact avec un autre agent et, comme si cela ne suffisait pas, nous ignorions où vous étiez passé durant tout ce temps. Il y a beaucoup de gens en alerte ici, qui me posent d'innombrables questions pour lesquelles je n'ai aucune réponse. Pourriez-vous avoir l'amabilité de m'expliquer ce qu'il s'est passé ?

— Quels sont les agents dont vous parlez ?

— Je crains, pour des raisons de sécurité, de ne pouvoir vous donner leur nom.

— Ce sont Mossa et Babak ?

— Babak, oui. Mossa, je ne connais pas.

— Ah, évidemment, se rappela Tomás. Mossa n'est pas son vrai nom. (Il réfléchit.) Dites-moi, il s'agit bien d'un type grand et baraqué ?

— Tout à fait.

— Vous n'avez plus reçu de ses nouvelles ?

— Rien.

— Écoutez, je suis désolé, mais il semble que notre colosse soit mort.

Il y eut un bref silence à l'autre bout de la ligne.

— Bagh… heu… il est mort ? Vous êtes sûr ?

— Non, pas totalement. Je l'ai seulement vu tirer dans le ministère et être assailli par les Iraniens après les coups de feu. On m'a dit qu'il avait été blessé et transporté à l'hôpital, avant d'y mourir quelques heures plus tard. Quant à Babak, ma foi, je ne sais rien.

— Mais que s'est-il passé exactement ?

Tomás donna une explication détaillée, relatant tout ce qui s'était passé dans le ministère puis à la prison d'Evin. Il parla de son évasion et raconta ce qu'Ariana lui avait appris, et aussi tout ce qu'elle avait fait pour l'aider à quitter le pays.

— Voilà une femme exceptionnelle, commenta Sismondini pour finir. Vous croyez qu'elle accepterait d'être notre agent à Téhéran ?

— Qu'est-ce que vous dites ? coupa Tomás, élevant la voix. N'y comptez pas !

— OK, OK, répliqua l'Américain à l'autre bout de la ligne, surpris par le ton péremptoire. Ce n'était qu'une idée, du calme.

— Une très mauvaise idée, insista l'historien, d'une voix un peu trop exaltée. Fichez-lui la paix, vous entendez ?

— OK, ne vous inquiétez pas, lui assura-t-il à nouveau.

Le Portugais se sentit soudain très irrité par la manière dont les responsables de l'agence américaine disposaient de la vie des autres en fonction de leurs intérêts, sans le moindre scrupule. Tomás en profita pour aborder une question qui le taraudait depuis plusieurs jours.

— Écoutez, dit-il. J'ai une question à vous poser.

— Oui ?

— Avez-vous donné l'ordre à… à votre colosse de me tuer si nous étions capturés ?

— Comment ?

— Juste avant notre arrestation dans le ministère,

Mossa a exigé que je m'injecte un poison. C'est vous qui lui en avez donné l'ordre ?

— Eh bien, nous... nous avons des consignes de sécurité, vous comprenez ?

— Mais lui avez-vous donné cet ordre ?

— Écoutez, cet ordre est le même pour toutes les opérations à caractère politique, si bien que...

— Vous le lui avez donc donné, conclut Tomás. J'aimerais à présent savoir pour quelle raison je n'ai pas été prévenu de cette éventualité en cas d'arrestation ?

— Pour la simple raison que si vous aviez été au courant de cette consigne de sécurité, vous n'auriez jamais accepté de participer à l'opération.

— Vous pouvez en être sûr.

— Malheureusement, telle est la consigne à suivre dans les cas extrêmes. Votre vie, que vous le vouliez ou non, est moins importante que la sécurité des États-Unis.

— Pas pour moi, sachez-le.

— Tout dépend du point de vue, dit Sismondini. Mais, tout bien considéré, notre homme à Téhéran a parfaitement appliqué la consigne en ne se laissant pas prendre vivant.

— Il était vivant quand on l'a capturé. Il n'est mort que plus tard.

— En l'occurrence, cela revient au même. Si les Iraniens avaient pu l'interroger, ç'aurait été une catastrophe. Ils auraient trouvé le moyen de le faire parler et notre opération à Téhéran aurait été gravement compromise. D'où notre inquiétude de ne pas avoir de nouvelles. Et soyez sûr qu'ils vous auraient, vous aussi, fait passer aux aveux.

— Mais ils ne l'ont pas fait.

— Grâce à votre amie, conclut l'Américain. Excusez-moi un instant. (Il changea de ton, semblant hésiter, comme si quelqu'un lui chuchotait quelque chose à l'oreille.) Écoutez, merci pour vos informations, elles nous aident beaucoup... À présent je vais vous passer quelqu'un qui souhaite vous parler, OK ?

— D'accord.

— Veuillez patienter un moment.

L'historien entendit de curieux bruits sur la ligne, puis une musique, à l'évidence l'appel était transféré sur un autre poste ; quelques instants après, un nouvel interlocuteur s'annonça.

— Bonsoir, Tomás.

Le Portugais reconnut la voix rauque et traînante, au ton faussement calme et menaçant.

— Monsieur Bellamy ?

— Vous êtes toujours un sacré génie.

C'était bien Frank Bellamy, le responsable de la *Directorate of Science and Technology*.

— Comment allez-vous, monsieur Bellamy ?

— Je ne suis pas content. Pas content du tout même.

— Eh bien ?

— Vous avez échoué.

— Attendez...

— Le manuscrit est-il en votre possession ?

— Non.

— Avez-vous lu le manuscrit ?

— Heu... non, mais...

— Alors vous avez échoué, répliqua Bellamy, de sa voix cinglante. Les objectifs de votre mission n'ont pas été atteints. Vous avez échoué.

— Je ne dirais pas ça.

— Alors qu'est-ce que vous diriez ?

— Premièrement, l'opération consistant à voler le manuscrit ne relevait pas de ma responsabilité. Vous l'ignorez peut-être, mais je ne suis pas un commando de votre maudite agence et je n'ai pas été entraîné pour jouer les cambrioleurs. Si l'opération a échoué c'est parce que votre homme n'a pas été suffisamment compétent pour la mener à bien.

— Très bien, admit le responsable de la CIA. Mon collègue de la *Directorate of Operations* va m'entendre.

— Deuxièmement, j'ai une piste concernant l'enlèvement du professeur Siza.

— Vraiment ?

— Oui. C'est le nom d'un hôtel.

— Quel hôtel ?

— Hôtel Orchard.

Bellamy fit une pause, comme s'il prenait note.

— Or... chard, articula-t-il lentement. Et où se trouve-t-il ?

— Je ne sais pas. J'ai seulement le nom.

— Très bien, on va vérifier ça.

— Faites-le, insista Tomás. Troisièmement, bien que n'ayant pas été autorisé à lire le manuscrit d'Einstein, je sais que les Iraniens sont incapables de le déchiffrer.

— Vous en êtes sûr ?

— Oui, c'est ce qu'ils m'ont dit.

— Qui ?

— Comment ?

— Quel est l'Iranien qui vous a dit ça ?

— Ariana Pakravan.

— Ah, la beauté d'Ispahan. (Il fit une pause.) Est-elle vraiment une déesse au lit ?

— Pardon ?

— Vous m'avez très bien entendu.

— Je ne m'abaisserai pas à répondre.

Bellamy ricana.

— Susceptible, hein ? Je vois que vous êtes amoureux…

Tomás émis un claquement de langue agacé.

— Écoutez, protesta-t-il. Vous voulez entendre ce que j'ai à vous dire ou pas ?

L'Américain changea de ton.

— Continuez.

— Heu… où en étais-je ?

— Vous disiez que les Iraniens ne parvenaient pas à déchiffrer le document.

— Ah, oui ! s'exclama Tomás, retrouvant le fil de sa pensée. Le texte du manuscrit les laisse perplexes et, visiblement, ils ne savent pas comment l'interpréter. D'après ce que j'ai compris, les Iraniens pensent que la clé pour décrypter le manuscrit est cachée dans deux messages chiffrés laissés par Einstein.

— Oui…

— Et il se trouve que j'ai eu accès à ces deux messages. Je les ai sur moi.

— Bien, bien.

— Et j'en ai déjà déchiffré un.

Il y eut un court silence.

— Qu'est-ce que je vous disais ! s'exclama Bellamy. Vous êtes un sacré génie !

Tomás rit.

— Je sais.

— Et que dit ce message déchiffré ?

— Eh bien… à vrai dire, je n'ai pas bien compris.

— Que voulez-vous dire par là ? Vous l'avez déchiffré ou pas ?

— Oui, je l'ai déchiffré, confirma-t-il.

En réalité, ce n'était pas Tomás seul qui avait déchiffré le poème, puisque Ariana avait également participé au travail, mais le cryptologue préféra omettre ce détail ; quelque chose lui disait que Bellamy sortirait de ses gonds s'il apprenait que la responsable iranienne du projet *Die Gottesformel* était au courant de tout.

— Alors ? voulut savoir l'Américain. Qu'en est-il ?

— En fait, j'ai l'impression que le message constitue, lui aussi, une énigme, expliqua le cryptologue. C'est comme une holographie, vous comprenez ? Un message chiffré en cache un autre également chiffré. On a beau les décoder, il en surgit toujours un autre derrière.

— Vous attendiez quoi ? Que ça vous tombe tout cuit dans le bec ?

— Pardon ?

— Je vous demande à quoi vous vous attendiez. Qu'on vous apporte la solution sur un plateau ? N'oubliez pas que l'auteur de ce document est l'homme le plus intelligent que la terre ait jamais porté. Il est évident que ses énigmes doivent être d'une grande complexité, non ?

— Oui, vous avez peut-être raison.

— Évidemment que j'ai raison, s'impatienta-t-il. Mais dites-moi ce que raconte le message que vous avez déchiffré.

— Un instant, je le cherche.

Tomás tâta la poche de sa veste, soudain inquiet, mais, à son grand soulagement, il sentit la feuille pliée

313

exactement à l'endroit où il l'avait laissée. Les gardiens de la prison d'Evin pouvaient être de grands sadiques, mais ils n'avaient pas touché à ses effets personnels. Ou peut-être qu'ils ne s'attendaient pas à ce qu'il s'évade avant d'avoir tout passé au peigne fin, qui sait ? Quoi qu'il en soit, la feuille où figuraient les énigmes avait survécu à la prison.

— Vous comptez me faire attendre encore longtemps ? demanda Bellamy, de plus en plus impatient.

— Non, non, voilà, dit Tomás en dépliant la feuille. J'ai le texte sous les yeux.

— Lisez-le-moi, alors.

L'historien parcourut du regard les lignes transcrites.

— Le texte que j'ai déchiffré est un poème qui figure sur la première page du manuscrit, juste en dessous du titre.

— Une sorte d'épigraphe ?

— Oui, c'est ça. Une épigraphe.

— Et que dit le poème ?

— C'est quelque chose d'assez ténébreux, observa Tomás. Je vais vous le lire. (Il se racla la gorge.) *Terra if fin, de terrors tight, Sabbath fore, Christ nite.*

— Bon Dieu ! s'exclama Bellamy. Je l'ai déjà lu ! Notre homme à Téhéran nous a envoyé ce poème voilà une ou deux semaines.

— En effet, c'est moi qui lui ai donné le texte.

— Ce sont des vers sombres, vous ne trouvez pas ? On dirait l'annonce de l'apocalypse…

— Tout à fait.

— J'ignore ce qu'Einstein a inventé, mais ça doit produire une explosion de tous les diables ! avança-t-il. Nom d'un chien, nous allons vraiment devoir intervenir militairement.

— J'ai donc déchiffré le message caché dans ces vers.

— Je vous écoute.

Les yeux de Tomás se posèrent sur les lignes transcrites en allemand.

— J'ai découvert qu'il s'agissait d'une anagramme. Derrière le poème en anglais se trouve un message en allemand.

— Ah, oui ? Voilà qui est très intéressant.

— Le message dit la chose suivante. (Il s'arrêta un instant, pour ajuster son accent.) *Raffiniert ist der Herrgott, aber boshaft ist er nicht.*

Il y eut une nouvelle pause à l'autre bout de la ligne.

— Vous pouvez répéter ? demanda Bellamy, la voix altérée.

— *Raffiniert ist der Herrgott, aber boshaft ist er nicht,* relut Tomás. Voici ce que ça veut dire. (Il chercha la traduction de la phrase.) « Subtil est le Seigneur, mais malicieux Il n'est pas. »

— C'est incroyable ! s'exclama Bellamy.

Tomás fut étonné par l'enthousiasme de son interlocuteur.

— Oui, c'est assez surprenant...

— Surprenant ? Dites plutôt que c'est carrément étrange ! Je n'arrive pas à y croire.

— En effet, c'est une phrase un peu mystérieuse. Mais vous savez, peut-être que nous...

— Vous ne comprenez pas, coupa l'homme de la CIA. J'ai déjà entendu cette phrase de la bouche même d'Einstein.

— Comment ça ?

— En 1951, à Princeton, au cours de sa rencontre avec le Premier ministre d'Israël, Einstein a prononcé exactement cette phrase. J'y étais et j'ai tout entendu. (Il fit une pause.) Laissez-moi chercher... Je dois avoir ça quelque part ici. (Il y eut quelques grésillements sur la ligne et, un instant après, la voix rauque de Bellamy se fit à nouveau entendre.) Voilà, j'ai tout sous les yeux.

— Quoi donc ?

— J'ai la transcription de la conversation d'Einstein et de Ben Gourion. À un moment donné, ils se sont mis à parler en allemand. Laissez-moi retrouver le passage... (Des pages tournèrent.) Ça doit être par ici... J'y suis ! Vous voulez entendre ?

— Oui, oui.

— Einstein a dit... (Bellamy s'éclaircit la voix.) *Raffiniert ist der Herrgott, aber boshaft ist er nicht.* (Il changea de ton.) En entendant cela, Ben Gourion a demandé... (Il fit une nouvelle pause.) « *Was wollen Sie damit sagen ?* » Et Einstein a répondu : « *Die Natur verbirgt ihr Geheimnis durch die Erhabenheit ihres Wesens, aber nicht durch List.* »

— Qu'est-ce que ça veut dire ?

— J'ai ici la traduction.

Bellamy poursuivit en imitant le scientifique :

— « Subtil est le Seigneur, mais malicieux Il n'est pas. »

— Ça, je le sais déjà.

L'agent reprit, imitant à présent l'ancien Premier ministre d'Israël.

— Patience ! En entendant cette phrase, Ben Gourion lui a demandé : « Que voulez-vous dire par là ? », ce à quoi Einstein a répondu : « *Die Natur verbirgt ihr Geheimnis durch die Erhabenheit ihres Wesens, aber nicht durch List.* »

Tomás ne tenait plus.

— Oui, j'ai compris. Mais qu'est-ce que ça signifie ?

Frank Bellamy sourit, s'amusant à faire attendre le Portugais et à attiser sa curiosité. Il posa de nouveau les yeux sur la traduction et lut enfin la phrase proférée cinquante-cinq ans auparavant par Albert Einstein :

— « La Nature cache son secret à cause de son essence majestueuse, jamais par malice. »

XXII

En voyant Coimbra apparaître sur la gauche, comme
un château dressé sur une colline de chaux, Tomás
Noronha faillit pousser un cri de soulagement. La
vieille ville resplendissait au bord du Mondego, sous
un soleil radieux et une brise légère soufflant sur le
fleuve ; les façades blanches et les tuiles couleur brique
des maisons offraient un air familier, accueillant, l'impression d'être chez soi. En réalité, il comprit que
nulle part ailleurs il ne se sentait comme ici, sa vie
était dans cette ville avec ces maisons qui lui ouvraient
les bras pour l'accueillir avec une douceur maternelle.

Le nouvel arrivant avait passé les derniers jours à
voyager. D'abord, il avait traversé la mer Caspienne
vers le nord, jusqu'au port de Bakou. Dans la capitale
de l'Azerbaïdjan, Mohammed s'était chargé de lui trouver une place dans le premier Tupolev à destination
de Moscou, où il s'était rendu aussitôt. Après avoir
passé la nuit dans un charmant hôtel du centre, près
du Kremlin, il avait quitté la capitale russe le matin
suivant. Il avait traversé toute l'Europe pour atterrir
à Lisbonne, en début d'après-midi. Dans des circonstances normales, il serait rentré directement chez lui,

il avait son compte, il était épuisé, les nerfs à bout ; mais l'état de santé de son père le préoccupait et il était hors de question de ne pas aller le voir immédiatement.

Alors qu'il était encore à l'aéroport de Lisbonne, il avait acheté une carte postale et l'avait adressée à Ariana avec un message simple. Il lui annonçait qu'il était bien arrivé, l'embrassait et signait Samot, son prénom à l'envers, une petite astuce de cryptologue au cas où son courrier serait intercepté par le VEVAK ou par quelque autre service de surveillance iranien.

En toute rigueur, il savait qu'il devrait bientôt prendre une décision concernant Ariana. L'Iranienne ne cessait d'accaparer ses pensées, surtout après ce qu'elle avait fait pour le libérer, un acte qui, Tomás s'en rendait compte, ne pouvait avoir qu'une seule signification. C'était une preuve d'amour. Depuis qu'il l'avait quittée, ses traits fins peuplaient ses songes, sa mémoire était assaillie par ses yeux caramel et ses lèvres sensuelles ; la tendresse de son visage envahissait ses sens, les formes de son corps lui inspiraient un voluptueux désir, mais ce qui lui faisait le plus cruellement défaut, c'était d'entendre le timbre velouté de sa voix. La vérité, constatait-il sans surprise, c'est qu'Ariana lui manquait, sa présence apaisante, son parfum ; avec cette femme, il se sentait capable de parler jusqu'à perdre la notion du temps.

Mais il était encore trop tôt pour envisager quoi que ce fût avec Ariana. La priorité, c'était de voir son père. Ensuite, il lui faudrait encore régler un autre problème, celui de la CIA. Tomás savait qu'il devait trouver un moyen de couper tout lien avec l'agence américaine, il en avait assez de ses petits jeux et de se voir réduit à un simple instrument entre les mains de gens sans scrupules.

Il devait redevenir maître de lui-même.

Graça Noronha poussa un cri lorsqu'elle ouvrit la porte et vit son fils lui sourire.

— Tomás ! s'écria-t-elle en lui ouvrant les bras. Tu es rentré !

Ils s'embrassèrent.

— Tout va bien, maman ?

— On fait aller, dit-elle. Entre, mon garçon, entre.

Tomás pénétra dans le salon.

— Où est papa ?

— Ton père est à l'hôpital pour son traitement. On devrait le ramener dans un moment.

Ils s'installèrent sur le canapé.

— Comment va-t-il ?

— Il est moins irritable. Durant un temps, il était vraiment insupportable. Il restait muet dans son coin et, quand il ouvrait la bouche, c'était pour pester contre tout. Il disait que le docteur Gouveia n'était qu'un bon à rien, que les infirmiers étaient des brutes, que Chico la Goutte aurait dû avoir sa maladie... bref, un supplice !

— Il va mieux ?

— Oui, heureusement. Il semble plus résigné et accepte mieux les choses.

— Et le traitement ? Est-il efficace ?

Graça haussa les épaules.

— Oh, je ne sais pas ! s'exclama-t-elle. Je préfère me taire.

— Comment ça ?

— Que veux-tu que je te dise, mon chéri ? La radio-

thérapie est un traitement très lourd, tu comprends ?
Et le pire, c'est que ça ne va pas le guérir.

— Et il le sait ?

— Oui.

— Et comment réagit-il ?

— Il garde espoir. Il garde espoir comme n'importe quel patient le ferait dans les mêmes circonstances...

— L'espoir de quoi ? D'être guéri ?

— Oui, l'espoir qu'on découvre un nouveau moyen de résoudre le problème. L'histoire de la médecine est pleine de cas semblables.

— C'est vrai, acquiesça Tomás, se sentant aussi impuissant qu'elle. Nous allons attendre qu'il se passe quelque chose.

Sa mère lui prit les mains.

— Et toi ? Tu vas bien ?

— Oui, ça va.

— Nous n'avons eu aucune nouvelle de toi ! Nous étions morts d'inquiétude, tu aurais quand même pu appeler...

— J'étais pris par mon travail, tu sais ce que c'est...

Madame Noronha recula d'un pas et toisa son fils.

— En plus, tu es tout maigre, mon garçon. Quelle cochonnerie as-tu mangée dans le désert ?

— En Iran, maman.

— C'est la même chose ! C'est bien dans le désert, là où il y a des chameaux ?

— Non, maman, expliqua-t-il en s'armant de patience devant les confusions géographiques de sa mère. L'Iran n'en est pas très loin, mais ce n'est pas dans le désert.

— Peu importe, dit-elle. Tout ce que je vois, c'est

que tu es maigre comme un clou ! Les bédouins ne t'ont donc rien donné à manger de convenable ?

— Si… j'ai bien mangé.

Sa mère le considéra d'un air incrédule.

— Alors comment se fait-il que tu sois si maigre, hein ? Mon Dieu, on dirait que tu as jeûné pendant une semaine !

— Eh bien, il y a eu certains jours où j'ai très mal mangé…

Graça leva la main droite.

— J'en étais sûre ! Tu as la manie de t'enfermer dans les bibliothèques et les musées pendant des jours et des jours, tu oublies de déjeuner… et ensuite…

Elle fit un geste en direction de Tomás, comme si elle exhibait une preuve devant un tribunal.

— Ensuite, voilà le résultat !

— Oui, tu as peut-être raison. (Il eut envie de rire.) J'ai dû oublier de déjeuner.

— Attends un peu ! Je vais t'engraisser comme une dinde avant Noël, ou je ne m'appelle pas Maria da Graça Rosendo Noronha ! s'exclama-t-elle en se levant. Je vais te faire goûter mon ragoût d'agneau, tu m'en diras des nouvelles, tu entends ? Une pure merveille, tu vas voir. (Elle lui fit signe de la suivre.) Allez, viens avec moi dans la cuisine.

L'agneau était déjà bien entamé, arrosé par un douro rouge et fruité, quand sonna le téléphone portable de Tomás.

— Monsieur *Norona* ?

L'historien roula des yeux. L'accent était incontestablement américain, la CIA ne le lâchait pas.

— Oui, c'est bien moi.

— Ici, le bureau de la *Directorate of Science and Technology* de la CIA, à Langley. Un moment, s'il vous plaît. Vous êtes sur une ligne sécurisée et monsieur le directeur souhaite vous parler.

— Très bien.

Une musique d'attente suivit.

— Bonjour, Tomás. Ici, Frank Bellamy.

Avec sa voix singulière, Bellamy n'avait nul besoin de se présenter.

— Bonjour, monsieur Bellamy.

— Les hommes de l'agence ont bien pris soin de vous ?

— Seulement à partir de la mer Caspienne, monsieur Bellamy. Seulement à partir de la mer Caspienne.

— Ah, oui ? Vous avez une plainte à formuler ?

— Trois fois rien, ironisa le Portugais. Juste le fait que votre gorille a voulu m'injecter du poison au ministère.

Bellamy rit.

— Étant donné ce qui s'est passé ensuite, encore heureux que vous ne l'ayez pas laissé faire, dit-il. Vous vous rendez compte ? S'il vous avait neutralisé, nous n'aurions jamais pu obtenir les informations que vous nous avez données. Notre recherche n'aurait jamais abouti.

— Merci de vous soucier de mon bien-être, rétorqua Tomás avec acidité. Je suis vraiment touché.

— Oui, je suis un sentimental. Je ne pense qu'à votre santé.

— J'avais remarqué.

L'Américain se racla la gorge.

— Écoutez, Tomás, la raison pour laquelle je vous appelle concerne la piste que vous m'avez donnée.

— Quelle piste ?

— Celle de l'hôtel Orchard.

— Ah, oui.

— Nous avons fait des recherches et découvert qu'il existe des centaines d'hôtels portant ce nom dans le monde entier. On en trouve à Singapour, à San Francisco, à Londres… un peu partout, en fait. Dans ces conditions, autant chercher une aiguille dans une botte de foin.

— Je comprends.

— Vous n'auriez pas un élément supplémentaire qui puisse nous aider ?

— Non, dit Tomás. Tout ce que je sais, c'est qu'il existe un lien entre l'hôtel Orchard et le professeur Siza. Je ne sais rien d'autre.

— Tout ça est bien vague, considéra l'Américain. Nous allons continuer à chercher, naturellement. Le problème, c'est que ça va nous prendre des années, vous comprenez ?

— Je comprends, mais je ne peux rien faire de plus.

— Qui vous a donné cette information ?

— Ariana Pakravan.

— Hum, murmura Bellamy, considérant le cas. Et on peut lui faire confiance ?

— Dans quel sens ?

— Dans le sens où elle vous a dit la vérité.

— C'est elle qui m'a sauvé, vous savez ? Sans elle, je ne serais pas ici en train de vous parler. Je suppose donc qu'elle m'a dit la vérité…

— Je vois. Et vous croyez que nous pourrions la contacter ?

— Qui ? Ariana ?

— Oui.

— Ne comptez pas sur elle !

— Pourquoi ? Elle vous a secouru, elle n'est pas forcément de leur côté.

— Elle m'est venue en aide parce qu'elle l'a bien voulu. Ce n'était pas un acte politique. C'était un acte… personnel.

Bellamy se tut une fraction de seconde.

— Je vois que vous avez fini par coucher avec elle.

— Ne remettez pas ça sur le tapis.

L'Américain ricana.

— Elle est si bien que ça au lit ?

— Écoutez, c'est pour me demander ça que vous m'avez appelé ?

— Je vous appelle parce qu'il me faut plus d'informations que celles que vous m'avez données.

— Je n'en ai pas d'autres.

— Mais elle, elle en a.

— Ariana est iranienne et fidèle à son pays. Si vous allez la voir, elle rapportera tout à ses supérieurs.

— Vous croyez ?

— J'en suis sûr.

— Qu'est-ce qui vous fait dire ça ?

— Le fait qu'elle ait refusé de me donner des détails concernant le programme nucléaire iranien et qu'elle n'ait pas non plus voulu me révéler le contenu du manuscrit d'Einstein…

Bellamy hésita et Tomás retint presque sa respiration, attendant la décision à l'autre bout de la ligne. L'historien venait d'avancer le seul argument qui pouvait freiner les Américains. Ou bien celui-ci les convaincrait qu'Ariana était fidèle au régime de Téhéran, ou bien la CIA irait la déranger, la mettant forcément en danger.

— Bon, très bien, acquiesça Bellamy. Dans ce cas, il ne nous reste plus qu'à fouiller tous les hôtels, hein ?

— Oui, c'est préférable.

— Et vous ? Vous avez avancé dans le déchiffrage du second message ?

— … Justement, je… voudrais ne plus avoir à m'occuper de ce problème. Vous savez, j'ai eu mon compte et je ne veux pas…

— Il ne manquerait plus que ça !

— Pardon ?

— Personne n'abandonnera ce problème tant qu'il ne sera pas résolu, vous entendez ? vociféra Bellamy, sur un ton qui n'admettait aucune discussion. Vous accomplirez votre tâche jusqu'au bout.

— Mais, écoutez, je ne…

— Il n'y a pas de *mais* qui tienne ! Vous êtes engagé dans une mission de la plus haute importance et vous la remplirez coûte que coûte. Suis-je suffisamment clair ?

— Excusez-moi, mais je…

— Suis-je suffisamment clair ?

— Oui… sauf que…

— Écoutez-moi, écoutez-moi bien, rugit l'Américain d'une voix cinglante, en martelant les mots. Vous allez jouer votre rôle jusqu'au bout. Je ne vous explique même pas ce qu'il vous arriverait si vous hésitiez un seul instant. J'exige que vous vous consacriez à ce travail à cent pour cent, vous entendez ?

— Eh bien…

— Vous entendez ?

Tomás se sentit vaincu, le ton agressif de l'homme de la CIA ne lui laissait aucune marge de manœuvre.

— Oui.

— Encore une chose, ajouta-t-il, toujours aussi féroce. Nous sommes dans une course contre la montre. Il nous faut savoir exactement ce que contient le manuscrit pour pouvoir agir. Si vous tardez trop à trouver la clé du document, nous n'aurons pas d'autre choix que d'avancer et de contacter votre amie. Le fait est qu'elle sait des choses que nous voulons savoir. La sécurité de mon pays est en cause et je suis prêt à recourir à tous les moyens pour la sauvegarder, vous saisissez ? J'utiliserai toutes les méthodes nécessaires pour lui arracher l'information dont j'ai besoin. Et quand je dis toutes les méthodes, je parle vraiment de toutes, y compris celles auxquelles vous pensez. (Il fit une pause, comme s'il n'avait plus rien à ajouter.) Je vous conseille de vous dépêcher.

Et il raccrocha.

Tomás resta un long moment à regarder le portable dans sa main, se remémorant la conversation, évaluant les options. Il parvint rapidement à la conclusion qu'il ne lui en restait aucune, et seule résonnait dans sa tête l'unique expression qui lui venait en pensant à Frank Bellamy.

Salopard.

Un infirmier ramena Manuel Noronha de l'hôpital. Le père de Tomás était fatigué par sa séance de radiothérapie et alla se coucher. Sa femme lui apporta une soupe dans sa chambre et, alors qu'il mangeait, il vit son fils s'approcher du lit.

Pour briser le silence, seulement interrompu par le bruit de Manuel avalant sa soupe, Tomás raconta une partie de ce qu'il avait vu à Téhéran, omettant naturellement de parler de sa vraie mission dans la capitale iranienne et des événements des derniers jours. Une fois son récit achevé, la conversation s'orienta inévitablement vers la maladie. Le mathématicien termina sa soupe et, après que sa femme eut quitté la chambre, il demanda à son fils de se rapprocher pour lui faire une confidence.

— J'ai fait un pacte, murmura-t-il en prenant presque un air de conspirateur.

— Un pacte ? Quel pacte ?

Manuel épia la porte et posa son index sur ses lèvres.

— Chut, souffla-t-il. Ta mère ne sait rien. Ni elle, ni personne.

— D'accord, je ne dirai rien.

— J'ai fait un pacte avec Dieu.

— Avec Dieu ? Mais tu n'as jamais cru en Dieu…

— Et je n'y crois toujours pas, confirma le mathématicien. Mais j'ai quand même fait un pacte avec Lui, au cas où Il existerait, on ne sait jamais, pas vrai ?

Tomás sourit.

— Bonne idée.

— J'ai donc promis de faire tout ce que les médecins me demanderaient. Tout. En échange, je Lui demande seulement de me laisser vivre jusqu'à ce que j'aie un nouveau petit-fils.

— Oh, papa.

— Tu entends ? Donc, au travail, trouve-toi une jolie femme et fais-lui un enfant. Je ne veux pas mourir sans voir mon petit-fils.

Tomás réprima la moue de lassitude qu'il eut envie de faire, il ne voulait pas le contrarier.

— Bon, d'accord, je vais m'en occuper.

— Tu me le promets ?

— C'est promis.

Manuel respira profondément et laissa tomber sa tête en arrière, comme si on l'avait soulagé d'un lourd fardeau.

— Alors, c'est très bien.

Il y eut un silence.

— Comment te sens-tu ?

— Comment veux-tu que je me sente ? murmura son père, la tête enfoncée dans l'oreiller. J'ai une maladie qui me ronge les entrailles et j'ignore si je vais vivre une semaine, un mois, un an ou dix ans. C'est horrible !

— Tu as raison, c'est horrible.

— Parfois, je me réveille avec l'espoir d'avoir fait un cauchemar et que finalement tout va bien. Mais, au bout de quelques secondes, je m'aperçois que ce n'était pas un cauchemar, mais la réalité. (Il hocha la tête.) Tu n'imagines pas combien c'est pénible de se réveiller avec un espoir et de le perdre aussitôt après, comme si quelqu'un jouait avec moi, comme si la vie était un jouet et moi un enfant. Il y a des matins où je me mets à pleurer...

— Il ne faut pas que tu sois triste...

— Comment veux-tu que je ne sois pas triste ? Je suis sur le point de tout perdre, de quitter les gens que j'aime, et tu voudrais que je ne sois pas triste ?

— Tu y penses tout le temps ?

— Non, parfois seulement. Il y a certains matins où je pense à la mort, mais c'est assez rare. En fait, la plupart du temps, je cherche surtout à me concentrer sur la vie. Tant que je suis en vie, j'ai toujours l'espoir de vivre, tu comprends ?

— Il faut rester positif, c'est ça ?

— Exactement. De la même façon qu'on ne peut

pas toujours regarder le soleil, on ne peut pas toujours penser à la mort.

— D'autant plus qu'une solution peut toujours se présenter.

Son père lui jeta un regard singulièrement brillant.

— Oui, il peut toujours arriver quelque chose ! s'exclama-t-il. Dans mes moments de grand désespoir, je me raccroche à cette idée. (Il fit une pause.) Sais-tu quel est mon rêve ?

— Non.

— Je suis à l'hôpital de Coimbra, le docteur Gouveia vient s'asseoir près de moi et me dit : « professeur Noronha, j'ai ici un nouveau médicament qui vient d'Amérique et qui semble donner là-bas d'étonnants résultats. Voulez-vous essayer ? » (Il se tut, le regard perdu, comme s'il vivait son rêve en cet instant.) Il me tend le médicament et, quelques jours plus tard, on me fait un TAC et le médecin surgit devant moi en s'écriant : « Elle a disparu ! Votre maladie a disparu ! Les métastases se sont évanouies ! » (Il sourit.) Voilà mon rêve.

— Il peut se réaliser.

— C'est vrai. Il peut se réaliser. D'ailleurs, le docteur Gouveia m'a dit qu'il existait beaucoup d'histoires au sujet des maladies incurables. Des gens au bord de la tombe qui testent un nouveau médicament et qui se rétablissent en un clin d'œil. (Il laissa échapper un bâillement.) C'est déjà arrivé.

Il y eut un silence.

— Tu me parlais tout à l'heure de Dieu.

— Oui.

— Mais tu es un homme de science, un mathémati-

331

cien, et tu n'as jamais cru que Dieu existait. Pourtant, aujourd'hui, tu fais un pacte avec Lui…

— Eh bien, en toute rigueur, je dirais que je ne peux pas être sûr que Dieu existe ou n'existe pas. Disons que je suis agnostique, je n'ai pas plus de certitude sur Son existence que sur Son inexistence.

— Pourquoi ?

— Parce que je ne connais aucune preuve de l'existence de Dieu, mais, sachant ce que je sais de l'univers, je n'ai pas non plus la certitude qu'Il n'existe pas. (Il toussa.) Vois-tu, une partie de moi est athée. Dieu m'a toujours semblé n'être qu'une création humaine, une merveilleuse invention qui nous rassure et qui comble facilement les lacunes de notre connaissance. Par exemple, une personne passe sur un pont et celui-ci s'écroule. Comme personne ne sait pourquoi le pont s'est écroulé, tous attribuent ce phénomène à la volonté divine. (Il haussa les épaules, d'un air résigné.) C'est Dieu qui l'a voulu. Mais aujourd'hui, avec nos connaissances scientifiques, nous savons que le pont s'est écroulé non pas à cause de la volonté de Dieu, mais par suite d'une érosion des matériaux, ou d'un glissement de terrain, ou d'un excès de poids pour une telle structure, bref, il y a une véritable explication qui n'est pas d'origine divine. Tu comprends ? C'est ce qu'on appelle le Dieu-des-Lacunes. Lorsque nous ignorons quelque chose, nous invoquons Dieu et la chose devient explicable, alors qu'il existe d'autres explications plus réelles, même si nous ne les connaissons pas.

— Tu penses qu'une intervention surnaturelle est impossible ?

— Le surnaturel, c'est ce que nous invoquons quand

nous ignorons le fait naturel. Autrefois, une personne tombait malade et on disait qu'elle était possédée par les mauvais esprits. Aujourd'hui, la personne tombe malade et on dit qu'elle est possédée par des bactéries, un virus ou autre chose. La maladie est la même, ce sont nos connaissances sur ses causes qui ont changé, tu comprends ? Quand nous ignorions les causes, nous invoquions le surnaturel. Maintenant que nous les connaissons, nous invoquons le naturel. Le surnaturel n'est rien d'autre qu'une illusion entretenue par notre méconnaissance du naturel.

— Donc, il n'y a pas de surnaturel.

— Non, il n'y a que du naturel mal connu. L'athée en moi considère que ce n'est pas Dieu qui a créé l'homme, mais l'homme qui a créé Dieu. (D'un geste, il balaya toute la chambre.) Tout ce qui nous entoure possède une explication. Je crois que les choses sont régies par des lois universelles, absolues et éternelles, omnipotentes, omniprésentes et omniscientes.

— Un peu comme Dieu...

Son père rit doucement.

— Oui, si tu veux. Il est vrai que les lois de l'univers présentent les mêmes attributs que ceux que l'on prête généralement à Dieu, mais c'est pour des raisons naturelles, non pour des raisons surnaturelles.

— Comment ça ?

— Les lois de l'univers sont dotées de ces attributs parce que telle est leur nature. Par exemple, elles sont absolues parce qu'elles ne dépendent de rien, elles affectent les états physiques, mais ne sont pas affectées par eux. Elles sont éternelles parce qu'elles ne changent pas avec le temps, elles étaient les mêmes dans le passé et continueront sans doute à être les mêmes dans l'avenir. Elles sont omnipotentes parce que rien ne leur échappe, leur force s'exerce sur tout ce qui existe. Elles sont omniprésentes parce qu'on les retrouve dans n'importe quel endroit de l'univers, il n'y a pas des lois qui s'appliquent ici et d'autres là-bas. Et elles sont omniscientes parce qu'elles exercent automatiquement leur force, sans avoir besoin que les systèmes les informent de leur existence.

— Et d'où viennent ces lois ?

Le mathématicien esquissa un sourire espiègle.

— Là tu me poses une colle.

— C'est-à-dire ?

— L'origine des lois de l'univers constitue un grand mystère. C'est vrai que ces lois sont pourvues des mêmes attributs que l'on accorde habituellement à Dieu. (Il toussa.) Mais, attention, le fait que nous ne connaissions pas leur origine n'implique pas néces-sairement qu'elles relèvent du surnaturel. Souviens-toi que nous recourons au surnaturel pour expliquer ce que nous ne connaissons pas encore, mais qui a une explication naturelle. Si nous invoquons le surnaturel à chaque fois que nous ignorons quelque chose, nous fai-sons appel au Dieu-des-Lacunes. Dans quelque temps, on découvrira la véritable cause et nous passerons pour des idiots. L'Église, par exemple, n'a cessé d'utiliser le Dieu-des-Lacunes pour expliquer des choses qui jadis n'avaient pas d'explication, mais elle a ensuite dû se renier lorsque des découvertes démentaient l'ex-plication divine. Copernic, Galilée, Newton et Darwin sont les cas les plus connus. (Il toussa.) Quoi qu'il en soit, Tomás, la question des origines des lois de l'univers reste quelque chose que nous ne pouvons pas expliquer. D'ailleurs, l'univers présente un certain nombre de propriétés qui m'empêchent d'affirmer catégoriquement que Dieu n'existe pas. La question de l'origine des lois fondamentales est l'une d'entre elles. Son existence nous rappelle qu'il se cache un grand mystère derrière l'univers.

Tomás se caressa le menton d'un air pensif. Puis il fit un geste vers la poche de sa veste.

— Dis-moi, papa, dit-il en tapotant sa poche. J'ai ici deux phrases énigmatiques que j'aimerais que tu m'expliques, si tu le peux.

— Je t'écoute.

Tomás plongea sa main dans la poche et en tira une feuille de papier qu'il déplia. Il parcourut des yeux le texte et se tourna vers son père.

— Je peux ?

— Vas-y.

— « Subtil est le Seigneur, mais malicieux Il n'est pas, lut-il. La Nature cache son secret à cause de son essence majestueuse, jamais par malice. »

Manuel Noronha, la tête enfoncée dans un grand oreiller, sourit.

— Qui a dit ça ?

— Einstein.

Le mathématicien hocha la tête.

— C'est bien vu.

— Mais qu'est-ce que ça signifie ?

Son père bâilla à nouveau.

— Je suis fatigué, dit-il simplement. Je t'expliquerai ça demain.

XXIII

Lorsque Tomás se réveilla, il entendit résonner dans la maison un tintement de couverts et de vaisselle entrechoqués. Il s'extirpa de son lit, gagna la salle de bains, fit un brin de toilette et se dirigea en peignoir vers la cuisine ; il découvrit sa mère assise à table, un verre de lait chaud dans une main et une tartine grillée dans l'autre.

— Bonjour, Tomás, salua sa mère en agitant sa tartine. Tu veux quelque chose ?

— Tu as du jus d'orange ?

La femme se leva et alla regarder dans le réfrigérateur. Elle en tira un emballage orange et vérifia la date de péremption.

— Désolée, mon garçon, celui-là est périmé. Il faut que j'en rachète.

— Et des fruits ? Tu en as ?

Graça lui désigna la corbeille posée sur l'étagère, près du réfrigérateur.

— Il y a des bananes, des pommes et des clémentines. (Elle regarda à nouveau dans le réfrigérateur.) Et j'ai aussi des litchis au sirop. Qu'est-ce que tu préfères ?

Tomás glissa deux tranches de pain de mie dans le grille-pain et prit une clémentine, qu'il se mit aussitôt à éplucher.

— Tu as raison, les clémentines sont succulentes, elles viennent de l'Algarve.

Sa clémentine épluchée, Tomás s'installa sur une chaise et croqua un quartier juteux.

— Où est papa ?

— Il dort encore. Il a pris des comprimés pour ne pas tousser pendant la nuit, mais le problème c'est qu'il finit par dormir plus qu'il ne devrait.

— Effectivement, il s'est couché tôt. À cette heure, il devrait être debout…

— Ne t'inquiète pas, il ne va pas tarder à se lever. (Sa mère ôta son tablier et jeta un regard autour d'elle, cherchant à s'organiser.) Écoute, voilà ce que nous allons faire. Tout est prêt pour son petit-déjeuner, d'accord ? Il faut que j'aille au supermarché faire des courses pour le repas de midi, et comme tu restes ici, ça ne devrait pas poser de problème ?

— Non, ne t'inquiète pas.

— Ton père va se lever avec une faim de loup. Hier, il a seulement avalé une soupe et, tel que je le connais, il va sans doute se rattraper ce matin.

— Il aura bien raison.

— Donc, quand ton père se réveillera, n'oublie pas, il faut juste que tu lui réchauffes son lait.

— Qu'est-ce qu'il prend avec son lait ?

Graça lui indiqua une boîte dorée au couvercle orné d'un grand oiseau.

— Des flocons d'avoine. Tu réchauffes son lait, tu le verses dans une assiette creuse et tu le saupoudres de flocons d'avoine, d'accord ?

Tomás prit la boîte et la posa sur la table.

— Tu peux y aller, sois tranquille.

Ce n'est qu'une bonne demi-heure plus tard que son père apparut dans la cuisine. Comme sa mère l'avait prévu, il était affamé et, comme convenu, Tomás lui prépara ses flocons d'avoine. Puis, ils s'assirent tous deux à table pour prendre le petit-déjeuner.

— Allez, montre-moi à nouveau les deux phrases d'Einstein, demanda Manuel, tandis qu'il portait sa cuillère à la bouche.

Tomás alla chercher dans sa chambre la feuille où figuraient les formules et revint dans la cuisine.

— Voilà, dit-il en reprenant sa place avec la feuille dépliée dans la main. « Subtil est le Seigneur, mais malicieux Il n'est pas », lut-il à nouveau. « La Nature cache son secret à cause de son essence majestueuse, jamais par malice. » (Il regarda son père.) Venant d'un scientifique, qu'est-ce que ça peut vouloir dire, selon toi ?

Le mathématicien avala quelques flocons.

— Einstein se réfère ici à une caractéristique inhérente à l'univers, à savoir la manière dont les mystères les plus profonds sont habilement dissimulés. On a beau s'efforcer de percer l'énigme, on se heurte toujours à une subtile barrière qui empêche de l'élucider complètement.

— Je crains de ne pas comprendre…

Son père fit tourner sa cuillère.

— Je vais te donner un exemple, dit-il. Prenons la question du déterminisme et du libre arbitre. Voilà un problème que la philosophie se pose depuis longtemps, et qui a été repris par la physique et les mathématiques.

— Tu veux parler du fait de savoir si nos décisions sont libres ou pas ?

— Oui, acquiesça-t-il. Qu'en penses-tu ?

— Je crois que nous sommes libres, non ? (Tomás fit un geste vers la fenêtre.) Par exemple, je suis venu à Coimbra parce que je l'ai décidé librement. (Il pointa son doigt vers l'assiette posée sur la table.) Si tu as mangé ces céréales, c'est parce que tu l'as voulu.

— C'est ton avis ? Tu crois vraiment que nous prenons ces décisions en toute liberté ?

— Eh bien… oui, je crois.

— N'es-tu pas venu à Coimbra parce que tu es conditionné psychologiquement par le fait que je sois malade ? N'ai-je pas mangé ces céréales parce que je suis physiologiquement conditionné ou influencé par une quelconque publicité sans en être conscient ? (Il arqua ses sourcils comme pour souligner ce qu'il venait de dire.) Jusqu'à quel point sommes-nous vraiment libres ? Si nous examinons leur origine profonde, les décisions que nous croyons prendre librement ne sont-elles pas conditionnées par un nombre incalculable de facteurs, dont l'existence nous échappe le plus souvent ? Le libre arbitre n'est-il qu'une illusion ? Et si tout était déterminé, sans que nous en ayons conscience ?

Tomás remua sur sa chaise.

— Je sens que ces questions sont piégées, observa-t-il, méfiant. Quelle réponse donne la science ? Sommes-nous libres ou pas ?

— Telle est la grande incertitude, dit son père en souriant avec malice. Si je ne m'abuse, le premier grand défenseur du déterminisme fut un Grec nommé Leucippe. Il affirmait que rien n'arrive par hasard et

340

que tout a une cause. Platon et Aristote, en revanche, pensaient autrement et laissaient une place au libre arbitre, un point de vue que l'Église adopta. Ça l'arrangeait tu penses bien ! Puisque l'homme disposait d'un libre arbitre, Dieu n'était plus responsable du mal commis dans le monde. Durant des siècles, l'idée a donc prévalu que les êtres humains étaient dotés d'un libre arbitre. C'est seulement avec Newton et le progrès des sciences que le déterminisme fut remis à l'honneur, au point que l'un des plus grands astronomes du XVIIe siècle, le marquis Pierre Simon de Laplace, en élabora une importante théorie. Il observa que l'univers obéissait à des lois fondamentales et en déduisit que si nous connaissions ces lois et savions la position, la vitesse et la direction de chaque objet et de chaque particule existant dans l'univers, nous serions en mesure de connaître tout le passé et tout l'avenir, puisque tout est déjà déterminé. On appelle cette hypothèse le démon de Laplace. Tout est déterminé.

— Hum, murmura Tomás. Et qu'en dit la science moderne ?

— Einstein admettait ce point de vue et les théories de la relativité furent conçues selon le principe que l'univers était déterministe. Mais les choses se compliquèrent quand apparut la théorie quantique, qui instaura une vision indéterministe dans le monde des atomes. La formulation de l'indéterminisme quantique est due à Heisenberg qui, en 1927, constata qu'il était impossible de déterminer en même temps, de manière rigoureuse, la vitesse et la position d'une microparticule. Ainsi naquit le principe d'incertitude, qui vint…

— J'en ai déjà entendu parler, coupa Tomás, se rappelant l'explication qu'Ariana lui avait donnée à

Téhéran. Le comportement des grands objets est déterministe, le comportement des petits est indéterministe.

Manuel regarda un instant son fils.

— Fichtre ! s'exclama-t-il. Jamais je n'aurais imaginé que tu sois au courant de ces choses.

— On m'en a parlé récemment. N'est-ce pas ce problème qui a orienté la recherche vers une théorie du tout, capable de concilier ces contradictions ?

— Exact, confirma le mathématicien. Aujourd'hui encore, c'est le grand rêve de la physique. Les scientifiques recherchent une théorie qui, entre autres choses, unirait la théorie de la relativité et la théorie quantique et résoudrait le problème du déterminisme ou de l'indéterminisme de l'univers. (Il toussa.) Mais il est essentiel de noter une chose. Le principe d'incertitude affirme qu'il est impossible de définir avec précision le comportement d'une particule à cause de la présence de l'observateur. Au fil des années, ce problème a nourri mes conversations avec le professeur Siza… Celui qui a disparu, tu sais ?

— Oui.

— Ce qui s'est passé, c'est que le principe d'incertitude, qui est vrai, a suscité ce que Siza et moi avons toujours appelé « un tissu d'absurdités », amenant certains physiciens à dire qu'une particule ne décidait de l'endroit qu'elle occupait qu'au moment où apparaissait un observateur.

— J'en ai aussi entendu parler, dit Tomás. C'est l'histoire de l'électron qui, lorsqu'on le met dans une boîte divisée en deux compartiments, se retrouve dans ces deux compartiments en même temps, et c'est seulement quand quelqu'un soulève le couvercle que l'électron décide de rester dans l'un ou dans l'autre…

— Tout à fait, confirma son père, impressionné par les connaissances de Tomás en matière de physique quantique. Cette hypothèse fut tournée en dérision par Einstein et par d'autres physiciens, bien entendu. Ils imaginèrent divers exemples pour montrer l'absurdité de cette idée, le plus célèbre étant celui du chat de Schrödinger. Donc, Schrödinger démontra que si une particule pouvait être en deux endroits à la fois, alors un chat pouvait être vivant et mort en même temps, ce qui est absurde.

— Oui, approuva Tomás. Pourtant, cette mécanique quantique, bien qu'étrange et contre-intuitive, cadre avec les mathématiques et la réalité, non ?

— Bien sûr qu'elle cadre ! s'exclama Manuel. Mais la question n'est pas de savoir si elle cadre, puisque c'est le cas. La question est de savoir si l'interprétation est correcte.

— Comment ça ? Si elle cadre, c'est parce qu'elle est correcte.

Le vieux mathématicien sourit.

— C'est là qu'entre en jeu la subtilité inhérente à l'univers, dit-il. Heisenberg a établi qu'il était impossible de déterminer avec précision à la fois la position et la vitesse d'un corpuscule à cause de l'influence exercée par l'observateur. C'est ce constat qui a conduit à affirmer que l'univers des microparticules était indéterministe. Autrement dit, on ne peut pas déterminer leur comportement. Mais cela ne signifie pas que ce comportement soit indéterministe, tu comprends ?

Tomás secoua la tête, déconcerté.

— Quel foutoir ! Je n'y comprends rien.

— Essaie, Tomás, de saisir la subtilité. Heisenberg a d'abord postulé qu'il était impossible de déterminer avec précision à la fois la position et la vitesse d'une particule à cause de la présence de l'observateur. Je répète, à cause de la présence de l'observateur. Voilà le point crucial. Le principe d'incertitude n'a jamais établi que le comportement des microparticules était indéterministe. Il affirme seulement que ce comportement ne peut être déterminé à cause de la présence de l'observateur et de son influence sur les particules observées. En d'autres termes, les microparticules ont un comportement déterministe, mais indéterminable. Tu as saisi ?

— Hum…

— Voilà la subtilité. Avec une autre en prime. Le principe d'incertitude implique également qu'on ne pourra jamais prouver que le comportement de la matière est déterministe, puisque, dès lors qu'on s'y efforce, l'influence exercée par l'observation empêche d'obtenir cette preuve.

— J'ai compris, murmura Tomás. Mais, alors, pourquoi ce débat ?

Son père rit.

— C'est la question que je me suis toujours posée, dit-il. Siza et moi avons toujours été frappés par le fait que personne ne comprenne qu'il s'agissait d'un problème de sémantique, né de la confusion entre le mot *indéterministe* et le mot *indéterminable*. (Il leva la main.) Mais l'essentiel n'est pas là. L'essentiel est que le principe d'incertitude, en niant la possibilité qu'on puisse un jour connaître tout le passé et tout l'avenir, a mis en évidence une subtilité fondamentale de l'univers. C'est comme si l'univers nous disait ceci : l'histoire est déterminée depuis l'aube des temps, mais vous ne pourrez jamais le prouver ni connaître cette histoire avec précision. Voilà la subtilité. Le principe d'incertitude nous révèle que, même si tout est déterminé, la réalité dernière reste indéterminable. L'univers cache son mystère derrière cette subtilité.

Tomás relut la phrase d'Einstein.

— « Subtil est le Seigneur, mais malicieux Il n'est pas, articula-t-il. La Nature cache son secret à cause de son essence majestueuse, jamais par malice. » (Il leva la tête.) Et pourquoi cette idée que Dieu n'est pas malicieux et n'use d'aucun stratagème ?

— C'est ce que je viens de te dire, répondit son père. L'univers cache son secret, mais il le fait à cause de son immense complexité.

— Je comprends, confirma Tomás. Pourtant, le caractère indéterminable du comportement de la matière ne s'applique qu'au monde atomique ?

Le mathématicien fit une grimace.

— En réalité, cette subtilité existe à tous les niveaux.

— Je pensais que tu ne parlais que de l'indéterminable quantique, s'étonna Tomás.

— En fait, c'est ce qu'on pensait autrefois. Mais d'autres découvertes ont été faites depuis.

— Quelles découvertes ?

Manuel Noronha contempla la ville derrière la fenêtre, d'un œil songeur, comme un oiseau enfermé observe le ciel derrière la grille de sa cage.

— Et si nous allions prendre un café sur la place ?

XXIV

La place do Comércio s'étendait dans la douce indolence du matin. Le soleil faisait resplendir les façades blanches et les balcons en fer forgé des bâtiments anciens qui entouraient la place. Seul le jaune ocre du frontispice de la vieille église romane de São Tiago ressortait. Des petites boutiques égayaient la place. La terrasse du café était conviviale, le père et son fils s'installèrent à une table, allongèrent leurs jambes et tournèrent leur visage vers le soleil, accueillant avec plaisir la chaleur qui réchauffait leur peau.

Le serveur apparut avec son calepin dans la main, les clients commandèrent deux cafés. Lorsque le garçon s'éloigna, Tomás regarda nonchalamment son père.

— Tout à l'heure, tu disais qu'il n'y avait pas que l'univers quantique qui était indéterminable…

— Oui.

— Mais, ou je me trompe, ou cela contredit toutes les hypothèses précédentes. La théorie de la relativité et la physique classique de Newton sont bien déterministes ?

— Elles le sont et le restent.

— Toutes les deux établissent que le comportement de la matière est prévisible…

— Pas exactement.

— Je ne te suis pas. D'après ce qu'on m'a dit l'autre jour, si je connais la position, la vitesse et la direction de la lune, je peux calculer avec précision tous ses mouvements passés et à venir. C'est bien là de la prévisibilité.

— Ce n'est pas aussi simple. Depuis, on a fait des découvertes qui ont tout changé.

— Quelles découvertes ?

Le serveur revint et déposa deux tasses de café sur la table. Manuel Noronha se redressa, aspira une timide gorgée et parcourut le ciel du regard, observant les nuages qui glissaient doucement dans l'azur limpide.

— Dis-moi une chose, Tomás. Pour quelle raison ne parvient-on pas à prévoir avec exactitude l'état du temps ?

— Pardon ?

Le mathématicien pointa le doigt vers le ciel.

— Pour quelle raison le bulletin météorologique annonçait pour aujourd'hui un ciel dégagé sur Coimbra, alors que je vois ces nuages passer, démentant la prévision ?

— Je ne sais pas, fit Tomás en riant. Parce que nos météorologistes sont incompétents, je suppose.

Son père allongea de nouveau les jambes, le visage tourné vers le soleil.

— Mauvaise réponse, dit-il. Le problème réside dans l'équation.

— Comment ça ?

— En 1961, un météorologiste nommé Edward Lorenz s'est assis devant son ordinateur pour tester des prévisions climatiques à long terme en fonction de trois variantes : la température, la pression de l'air et la vitesse du vent. L'expérience n'aurait rien révélé de particulier s'il n'avait pas cherché à examiner une certaine série de manière plus approfondie. Une séquence anodine, presque insignifiante. Au lieu d'introduire une certaine donnée dans le même programme, il a consulté une copie de l'expérience initiale et a reporté le nombre obtenu.

Manuel sortit un stylo de la poche de sa veste et prit une serviette en papier qu'il étala sur la table de la terrasse.

— C'était, si je ne m'abuse, voyons…

Il nota quatre chiffres.

0,506

— C'était 0,506.

— Quelle mémoire ! commenta son fils.

— Nous autres mathématiciens sommes comme ça. (Il sourit et indiqua les tasses fumantes sur la table.) Ensuite, tout comme nous le faisons à présent, Lorenz est allé prendre un café en laissant son ordinateur analyser les données. À son retour, il a examiné les résultats et n'en a pas cru ses yeux. Il a découvert que la nouvelle prévision météorologique était totalement différente de la version antérieure. Totalement. Intrigué, il a cherché à comprendre ce qui s'était passé. (Son père frappa de la pointe de son stylo les quatre chiffres qu'il avait griffonnés sur la serviette en papier.) Après avoir tout analysé, il s'est aperçu qu'en introduisant cette donnée, il n'avait reporté que quatre chiffres d'une série plus longue.

Il inscrivit la série complète.

$$0, 506127$$

— Telle était la série complète initiale. Face à ce résultat, il a pris conscience qu'une altération infinité-simale des données, une quantité infime, presque négli-geable, changeait totalement la prévision. C'était comme si une insignifiante rafale de vent imprévue avait le pou-voir de modifier l'état du temps sur toute la planète. (Il fit une pause dramatique.) Lorenz a découvert le chaos.

— Pardon ?

— La théorie du chaos est l'un des plus fascinants modèles mathématiques qui soit et permet d'expliquer de nombreux phénomènes dans l'univers. L'idée fonda-mentale des systèmes chaotiques est simple à formuler. De petites altérations dans les conditions initiales pro-voquent de profondes altérations dans le résultat final. Autrement dit, petites causes, grands effets.

— Donne-moi un exemple.

Son père indiqua de nouveau le ciel et les nuages intermittents qui, parfois, jetaient des ombres impor-tunes sur la place do Comércio.

— L'état du temps, dit-il. L'exemple le plus célèbre est celui qu'on nomme « effet papillon ». Le battement d'aile d'un papillon ici, à Coimbra, modifie impercepti-blement la pression de l'air autour de lui. Cette infime modification entraîne un effet domino sur les molécules d'air, qui va en s'amplifiant, au point de provoquer, au bout d'un certain temps, une tempête en Amérique.

Voilà ce qu'est l'effet papillon. À présent, ajoute à l'effet de ce petit papillon celui de tous les papillons, de tous les animaux, de tout ce qui bouge et respire au monde. Qu'en résulte-t-il ? (Il écarta les mains comme s'il énonçait une évidence.) L'imprévisibilité.

— Ce qui nous ramène à l'indéterminisme.

— Non ! s'exclama le mathématicien. L'imprévisibilité ne ramène pas à l'indéterminisme, mais à l'indéterminable. Le comportement de la matière continue à être déterministe. Ce qui se passe, c'est que la matière s'organise de telle manière qu'il est impossible de prévoir son comportement à long terme, bien qu'il soit déterminé à l'avance. Si tu préfères, on peut dire que le comportement des systèmes chaotiques est causal, mais semble casuel.

— Hum, murmura Tomás. Et penses-tu que ce qui est valable pour la météorologie peut également s'appliquer à d'autres domaines ?

— Tomás, la théorie du chaos est présente partout. Partout. Si dans le monde quantique nous ne pouvons pas prévoir avec précision le comportement des microparticules, c'est peut-être parce qu'il est chaotique. Leur comportement est déterminé, mais les fluctuations de leurs conditions initiales sont si infimes qu'il nous est impossible d'anticiper leur évolution. Voilà pourquoi, pour des raisons pratiques, le monde quantique nous semble indéterministe. En réalité, les microparticules ont un comportement déterministe, sans que nous puissions le déterminer. Je pense que cela est dû pour une part à l'influence de l'observation, ainsi que l'établit le principe d'incertitude, mais aussi à cette zone indéterminable inhérente aux systèmes chaotiques.

— D'accord, mais cela n'est vrai que pour les

choses minuscules, comme les atomes ou les molécules…

— Tu te trompes, insista son père. Le chaos est partout, y compris dans les grands objets. Le système solaire lui-même, qui semble avoir un comportement prévisible est, en réalité, un système chaotique. Seulement, on ne s'en aperçoit pas parce qu'il s'agit de mouvements très lents. Mais le système solaire est chaotique. Une projection faite par ordinateur établit, par exemple, que si la terre se mettait à tourner en orbite autour du soleil à seulement cent mètres de distance du point où effectivement elle a commencé à le faire, au bout de cent millions d'années elle s'éloignerait de quarante millions de kilomètres de sa trajectoire initiale. Petites causes, grands effets.

— Hum.

— Même nos vies sont gérées par le chaos. Imagine, par exemple, que tu prennes ta voiture et qu'avant de démarrer, tu t'aperçoives qu'un pan de ton manteau est resté coincé dans la portière. Que fais-tu ? Tu ouvres la portière, tu rentres le pan de ton manteau, tu refermes la portière et tu démarres. Cette opération t'a pris cinq secondes. Lorsque tu arrives au premier croisement surgit un camion qui t'emboutit. Résultat, tu te retrouves paraplégique pour le restant de tes jours. Maintenant imagine que le pan de ton manteau ne soit pas resté coincé dans la portière. Que se passe-t-il ? Tu démarres directement ta voiture et tu arrives au croisement cinq secondes plus tôt. Tu regardes à droite, tu vois le camion s'approcher, tu le laisses passer et tu poursuis ta route. Voilà ce qu'est la théorie du chaos. À cause du pan de ton manteau coincé dans la portière de ta voiture, tu as perdu cinq secondes qui vont changer le reste de ta vie. (Il fit un geste de résignation.) Petites causes, grands effets.

— Tout ça à cause d'une chose si minime ?

— Oui. Mais attention. Il était déjà déterminé que tu coincerais le pan de ton manteau dans la portière de ta voiture. C'est parce que tu avais mal enfilé ton manteau le matin. Et tu l'avais mal enfilé parce que tu étais mal réveillé. Et tu étais mal réveillé parce que tu n'avais pas assez dormi. Et tu n'avais pas assez dormi parce que tu t'étais couché tard. Et tu t'étais couché tard parce que tu avais un travail à faire pour la faculté. Et tu avais ce travail à faire pour telle ou telle raison. Tout est cause de tout et provoque des conséquences qui deviennent les causes d'autres conséquences, dans un éternel effet domino, où tout est déterminé mais reste indéterminable. Le chauffeur du camion aurait pu lui-même freiner à temps, mais il ne l'a pas fait parce qu'il a aperçu une jolie fille qui a détourné son attention. Et la fille passait là à cet instant parce qu'elle était en retard. Et elle était en retard à cause d'un appel de son fiancé. Et son fiancé l'avait appelée pour ceci ou pour cela. Tout est cause et conséquence.

Tomás passa sa main dans les cheveux, s'efforçant d'ordonner ses idées.

— Attends un peu, dit-il. Imaginons qu'il soit possible d'introduire toutes les données de l'univers dans un superordinateur. Dans ce cas, on pourrait prévoir tout le passé et tout l'avenir ?

— Oui, le démon de Laplace serait alors applicable. Tout le passé et tout l'avenir existent déjà et si l'on connaissait toutes les lois et si l'on parvenait à définir avec précision, et simultanément, la vitesse, la direction et la position de toute la matière, on pourrait voir tout le passé et tout l'avenir.

— Donc, en théorie, cela est possible...

— Non, c'est impossible en théorie.

— Excuse-moi, rectifia Tomás. En théorie, c'est possible. C'est dans la pratique que ça ne l'est pas.

Son père secoua la tête.

— Voilà encore une subtilité de l'univers, dit-il. Si nous pouvions tout savoir sur l'état présent de l'univers, nous réussirions à déterminer le passé et le futur, dès lors que tout est déterminé. Mais même du point de vue théorique, il est impossible de tout savoir sur l'état présent de l'univers.

— Ah, oui ? Et pourquoi donc ?

— À cause d'une autre subtilité inhérente à l'univers, répondit le mathématicien. L'infini.

Tomás fit une moue.

— L'infini ?

— Oui. Tu n'as jamais entendu parler du paradoxe de Zénon ?

— Si, bien sûr.

— Explique-le-moi, s'il te plaît.

— C'est un examen ?

— Allons ! Je t'écoute !

Son fils plissa les yeux et fit un effort de mémoire.

— Si mes souvenirs sont bons, il s'agit de cette histoire de course entre une tortue et un lièvre, non ? La tortue part en premier, mais le lièvre, qui est beaucoup plus rapide, la rattrape vite et la dépasse. Le problème est que, selon Zénon, le lièvre ne pourra jamais rattraper la tortue parce que l'espace qui les sépare est infiniment divisible. C'est ça, non ?

— Oui, confirma son père. Le paradoxe de Zénon

illustre le problème mathématique de l'infini. Pour avancer d'un mètre, le lièvre doit parcourir la moitié de cette distance. Et cette moitié est également divisible par une autre moitié, et cette autre moitié par encore une autre moitié, et ainsi de suite à l'infini.

— Mais qu'est-ce que tu veux montrer par là ?

— Je veux te montrer que l'infini est un problème incontournable concernant la question de la prévisibilité. (Il repointa le ciel du doigt.) Revenons à l'exemple de l'état du temps. La prévision à long terme est rendue impossible par deux types de facteurs. L'un est éminemment pratique. Même si je connaissais tous les facteurs qui influencent l'état du ciel, il me faudrait les considérer tous. La respiration de chaque animal, le mouvement de tous les êtres vivants, l'activité solaire, une éruption volcanique, la fumée rejetée par chaque voiture, chaque cheminée, chaque usine, tout. Or, je me heurte à l'impossibilité pratique de prendre en compte tous ces facteurs à la fois, n'est-ce pas ?

— Évidemment, c'est impossible.

— Le second type de facteurs est lié au problème de l'infini. Par exemple, imaginons que je doive mesurer la température globale à un moment donné afin de pouvoir effectuer des extrapolations. Supposons que je place ici, à Coimbra, un thermomètre et que j'enregistre à midi une valeur de… Je ne sais pas, donne-moi un chiffre.

— Vingt degrés ?

Son père ressortit le stylo de sa veste et griffonna la même serviette en papier où figurait le nombre qui avait permis à Lorenz de découvrir les systèmes chaotiques.

$$20°$$

— Très bien, 20 degrés, dit le mathématicien. Mais, en réalité, cette mesure reste incomplète, vois-tu ? Elle ne prend en compte que les unités. Or, nous savons que de petites altérations dans les conditions initiales entraînent de grandes altérations dans les conditions finales. Dès lors, il est essentiel de connaître les fractions décimales de cette mesure, tu ne crois pas ?

— Bon, alors ajoutes-en.

Manuel inséra trois chiffres.

$$20, 793°$$

— Mais… et les fractions suivantes ? Ne sont-elles pas aussi importantes ? La théorie du chaos affirme que oui. Donc, il me faut ajouter les fractions suivantes, aussi infimes soient-elles, vu que la moindre altération peut produire de gigantesques effets.

— Hum.

Le mathématicien aligna d'autres chiffres.

$$20, 7936791740279342887122°$$

— Mais ça n'est toujours pas suffisant, déclara-t-il. Car le chiffre qui vient après peut également être crucial. (Il sourit.) Ce que je veux dire, c'est que la mesure devrait comporter un nombre infini de chiffres. Or cela est impossible. Donc, on aura beau aligner autant de chiffres qu'on voudra, jamais on ne pourra savoir avec exactitude la température dans un lieu et à une heure déterminée, puisqu'il faudrait faire un calcul qui intégrerait une infinité de données.

— Ah, j'ai compris.

— Mais le problème est encore plus complexe que ça. (Il tapa sur la table.) Car la température observable sur cette table peut être légèrement différente de celle qu'on peut relever là, à seulement un mètre de distance. (Il pointa son doigt vers la gauche.) Il faudrait donc mesurer tous les espaces de Coimbra. Or ça n'est pas possible, n'est-ce pas ? Tout comme dans le paradoxe de Zénon, il est facile de constater que chaque mètre est infiniment divisible. Il me faudrait mesurer la température de tous les points de l'espace pour pouvoir connaître les conditions initiales. Mais comme la distance entre chaque point, aussi infime soit-elle, est toujours divisible par sa moitié, je ne pourrais jamais mesurer tout l'espace. Et la même chose s'applique au temps. La différence entre une seconde et la suivante est infiniment divisible. Or, entre les deux, il peut se produire de subtiles variations de température qu'il faudrait mesurer. Mais comme la division du temps est également infinie, selon le principe énoncé par Zénon, on ne pourra jamais obtenir cette mesure. Souviens-toi, le raisonnement qui fonde le paradoxe de Zénon nous montre qu'il existe autant d'espace dans un mètre que dans l'univers tout entier, autant de temps dans une seconde que dans toute l'éternité, et c'est là une propriété mystérieuse de l'univers.

— Je vois…

Manuel prit sa tasse et avala le reste de son café. Il inspira profondément, s'étira sur sa chaise et ferma les yeux, s'abandonnant à la chaleur du soleil.

— Tu te rappelles, la dernière fois, je t'ai parlé des théorèmes de l'incomplétude de Gödel ?

— Oui.

— Voyons si tu as mémorisé le principe, dit-il. En quoi consistent ces théorèmes ?

Tomás secoua la tête en soupirant.

— Ma foi, je ne sais plus…

Son père ouvrit un œil et lorgna son fils.

— Tu ne te souviens pas ?

— J'avoue que non !

— Allons, rappelle-toi, je t'ai dit que les théorèmes de l'incomplétude montraient qu'un système mathématique ne pouvait prouver toutes ses affirmations…

— Ah, oui.

— Cette démonstration a eu une grande importance, tu comprends ?

— Mais pourquoi ? En quoi est-elle si extraordinaire ?

— C'est très simple, dit Manuel. Les théorèmes de l'incomplétude ont dévoilé une nouvelle caractéristique de l'univers. À travers ces théorèmes, l'univers nous dit la chose suivante : vous, les êtres humains, vous savez que certaines choses sont vraies, mais vous ne pourrez jamais le prouver à cause de la manière majestueuse dont moi, l'univers, j'ai dissimulé le reste de la vérité. Vous pourrez connaître une grande partie de cette vérité, mais les choses sont conçues d'une telle façon que vous ne parviendrez jamais à l'appréhender tout entière. Tu comprends maintenant ?

— Oui.

Le mathématicien écarta les mains, dans un geste coutumier lorsqu'il terminait une démonstration.

— Voilà ! s'exclama-t-il. Le principe d'incertitude,

les systèmes chaotiques et les théorèmes de l'incomplétude ont une signification profonde, en nous révélant d'incroyables subtilités dans le fonctionnement de l'univers. (Il balaya le ciel d'un geste.) Tout le cosmos repose sur les mathématiques. Les lois fondamentales de l'univers s'expriment par des équations et des formules mathématiques, les lois de la physique sont des algorithmes nécessaires au processus de l'information et le secret de l'univers se trouve codé en langage mathématique. Tout est relié, même ce qui ne le paraît pas. Mais le langage mathématique lui-même ne peut décrypter totalement ce code. Telle est la propriété la plus énigmatique de l'univers : la manière dont celui-ci dissimule la vérité dernière. Tout est déterminé, mais tout est indéterminable. Les mathématiques sont le langage de l'univers, mais nous n'avons aucun moyen de le prouver sans qu'un doute ne subsiste. Lorsque nous allons au fond des choses, nous découvrons toujours un étrange voile qui cache les dernières facettes de l'énigme. Le Créateur a masqué sa signature. Les choses sont conçues d'une façon si subtile qu'il est impossible de déchiffrer intégralement leur secret le plus profond.

— Hum.

— Il y aura toujours du mystère au fond de l'univers.

XXV

L'amphithéâtre fourmillait d'étudiants. On cherchait des places, on sortait des livres, on échangeait des regards. Tout le rez-de-chaussée du département de physique débordait d'activité, l'ambiance était fébrile. Le cours promettait d'être remarquable et la nouveauté attirait des étudiants de toute l'université de Coimbra. Mais ce qui frappait, c'était surtout le brouhaha constant de la foule, comme le remous perpétuel des vagues sur une plage déserte.

Dans cet essaim d'étudiants, Tomás Noronha chercha le point le plus reculé de l'amphithéâtre et s'assit au dernier rang. Voilà longtemps qu'il n'avait pas vu une salle de cours sous cet angle ; d'habitude, il apercevait le visage des élèves et non pas leur nuque. Il voulait cependant rester discret et le fond de la salle lui parut l'endroit le plus approprié. D'abord gêné par sa différence d'âge avec les étudiants, ils devaient avoir une vingtaine d'années alors que lui en avait déjà 42, il s'était demandé s'il avait bien fait de venir. Mais il avait aussitôt conclu que oui, il s'agissait du premier cours de la chaire du professeur Siza qui n'était pas donné par son titulaire et, tout comme les étudiants des autres départements, il ne voulait pas manquer cet événement.

Depuis la disparition du professeur Siza, l'université avait suspendu les cours d'astrophysique, mais cela ne pouvait pas durer, étant donné l'importance de cette matière dans le cadre du cursus de physique. En attendant d'avoir des nouvelles d'Augusto Siza, on décida que, jusqu'à nouvel ordre, ce serait le principal assistant du titulaire, le professeur Luís Rocha, qui assurerait les cours.

Tomás voulait connaître le professeur Rocha. Son père lui avait dit qu'il avait été particulièrement ébranlé par la disparition de son mentor. Mais tous ces mathématiciens et autres physiciens ont parfois des comportements excentriques – pour employer une expression sympathique – et d'après ce qu'on disait, Luís Rocha ne faisait pas exception. Son père lui avait raconté que l'assistant était devenu paranoïaque après la disparition du professeur ; il s'était barricadé chez lui durant plusieurs jours et il avait fallu que ses collègues se relaient pour l'approvisionner.

L'accès de paranoïa s'était visiblement atténué, puisque Luís Rocha avait accepté de remplacer Siza. Il y avait là quelque chose de cathartique, bien entendu ; en donnant ce cours, l'assistant assumait sa position d'héritier naturel et, dans le même temps, exorcisait les démons qu'avait libérés en lui cette disparition aussi soudaine qu'inexplicable.

Pour Tomás, ce cours devait surtout servir d'introduction auprès de l'homme qu'il souhaitait rencontrer. Il espérait beaucoup de cette entrevue ; non pas que Luís Rocha pût lui apprendre quelque chose sur la disparition du maître, mais il connaissait certainement des détails concernant ses idées, ses recherches, ses projets, autant d'indices qui pourraient lui fournir une piste éventuelle. Tomás hocha la tête. Il avait bien fait de venir assister à ce cours inaugural.

Il consulta sa montre. Le nouveau professeur se faisait attendre. Visiblement, on pratiquait ici le célèbre « quart d'heure académique ». Il contempla l'estrade déserte, où se dressait le tableau blanc et le bureau vide du professeur, et il hocha à nouveau la tête. Oui, se répéta-t-il. J'ai bien fait de venir.

Dès que le professeur entra, tout le monde se tut. Seuls ses pas timides résonnaient dans la salle. Le silence ne dura que quelques secondes puis le brouhaha recommença ; cette fois les étudiants chuchotaient comme des petites vieilles commentant l'arrivée d'une nouvelle voisine. Ils détaillaient tout, à la recherche de la moindre faiblesse.

Luís Rocha était grand et donnait l'impression d'être un ancien maigre, dont l'embonpoint avait fini par prendre le dessus à force de bières et de déjeuners en ville. Ses cheveux épars étaient déjà grisonnants. Il affichait un air paisible, voire indolent, mais Tomás soupçonnait que sous ce calme apparent s'agitait un tempérament instable.

Assis derrière son bureau, le professeur consulta ses notes un instant, puis se leva et fit face à l'auditoire. Il regarda d'un côté et de l'autre, le visage contracté par un tic nerveux.

— Bonjour, salua-t-il. (Le public répondit par un « bonjour » désaccordé.) Comme vous le savez… Je remplace le professeur Siza… Qui ne peut pas être présent, bredouilla-t-il. Comme ce cours d'astrophysique est le premier du semestre, j'ai pensé que le mieux serait de vous donner un aperçu général des deux points cruciaux de cette matière... Je veux parler... de l'Alpha et de l'Oméga. Nous aborderons plus tard les équations et les calculs. Cela vous convient-il ?

Les étudiants répondirent par un silence unanime. Seules deux jeunes filles au premier rang, gênées de laisser le professeur sans réponse, hochèrent la tête, l'encourageant à poursuivre.

— Bien... Qui peut me dire ce que sont les points Alpha et Oméga ?

Luís Rocha, outre son inexpérience dans l'exercice du cours magistrale, était têtu, constata Tomás. L'auditoire se montrait passif, peut-être par respect pour la figure absente d'Augusto Siza, ou parce qu'il devinait le manque d'expérience de Luís Rocha et voulait tester ses limites, mais le professeur s'obstinait à interpeler les étudiants. C'était certes l'attitude pédagogique la plus correcte, mais cette stratégie l'exposait forcément à un risque inutile.

Quoi qu'il en soit, sa question reçut pour toute réponse un silence général.

Le cours commençait mal et un léger embarras s'installait, mais Luís Rocha ne baissa pas les bras et désigna du doigt un étudiant à barbe.

— Qu'est-ce que le point Alpha ?

L'étudiant sursauta ; jusque-là il appréciait tranquillement le spectacle et ne s'attendait pas à être interpellé.

— Je crois que... c'est la première lettre de l'alphabet grec ! s'exclama-t-il, un sourire de satisfaction sur les lèvres.

— Comment vous appelez-vous ?

— Nelson Carneiro.

— Nelson, sachez que vous n'êtes pas dans une chaire de langue ou d'histoire. Après une telle réponse, je dirais que vous êtes recalé. (Nelson rougit, mais le professeur l'ignora et se tourna vers tous les étudiants.) Écoutez bien, dit-il. Avec moi, il est primordial que tous les étudiants participent au cours et se montrent réactifs. Je veux des têtes pensantes, des esprits vifs et curieux, je ne veux pas d'éponges passives, vous entendez ? (Son doigt désigna aussitôt un étudiant de l'autre côté, un garçon potelé.) En astrophysique, qu'est-ce que le point Alpha ?

— C'est le commencement de l'univers, professeur, répondit très vite le petit gros, alerté par ce qui venait de se passer avec Nelson.

— Et le point Oméga ?

— C'est la fin de l'univers, professeur.

Luís Rocha se frotta les mains et Tomás, le regardant depuis le fond de l'amphithéâtre, ne put que réviser son jugement ; ce professeur ne manquait nullement d'expérience. Par seulement quelques phrases, en menaçant un étudiant d'être recalé et en encourageant les autres à se montrer réactifs, il avait éveillé l'attention de tout l'auditoire.

— L'Alpha et l'Oméga, le commencement et la fin, la naissance et la mort de l'univers, énonça-t-il. Tels sont les thèmes de notre débat d'aujourd'hui. (Il fit deux pas sur le côté.) Voici la question que je vous pose : pour quelle raison l'univers doit-il avoir un commencement et une fin ? Qu'est-ce qui empêche l'univers d'être éternel ? Pourrait-il être éternel ? (L'amphithéâtre resta silencieux, accusant le coup de ces nouvelles méthodes.) Vous là, quelle est votre réponse ?

Il pointa une étudiante à lunettes, qui s'empourpra aussitôt.

— Eh bien, professeur... Je ne sais pas.

— Vous ne le savez pas et personne ne le sait, répliqua le professeur. Mais c'est une hypothèse à considérer, n'est-ce pas ? Un univers d'une durée infinie, sans commencement ni fin, un univers qui a toujours existé et qui existera toujours. Maintenant répondez à cette question : comment pensez-vous que l'Église réagisse face à ce concept ?

Les étudiants affichèrent un air incrédule, certains doutant même d'avoir entendu le professeur poser cette question.

— L'Église ? s'étonna l'un d'eux. Qu'est-ce que l'Église vient faire là-dedans, professeur ?

— Tout et rien, rétorqua Luís Rocha. La question du commencement et de la fin de l'univers n'est pas une question exclusivement scientifique, c'est aussi un problème théologique. Une interrogation essentielle, qui dépasse les frontières de la physique, qui relève de la métaphysique ou de la religion. Y a-t-il eu ou non Création ? (Il laissa la question planer un instant dans l'amphithéâtre.) En s'appuyant sur les textes de la Bible, l'Église a toujours soutenu l'idée d'un commencement et d'une fin, d'une Genèse et d'une Apocalypse, d'un Alpha et d'un Oméga. Mais la science, à un moment donné, a proposé une autre réponse. Après les découvertes de Copernic, de Galilée et de Newton, les scientifiques ont considéré que l'hypothèse d'un univers éternel était plus probable. D'un côté, le problème de la Création renvoie à celui d'un Créateur, et donc, en éliminant la Création, on élimine aussi la nécessité d'un Créateur. De l'autre, l'observation de l'univers semble indiquer un mécanisme constant et régulier, étayant l'idée que ce mécanisme a toujours existé et continuera d'exister. Par conséquent, le problème est résolu, qu'en pensez-vous ? (Il se tut un instant, attendant une réponse, mais comme personne ne se manifestait le professeur regagna son bureau, ramassa ses notes et se dirigea vers la sortie.) Bon, puisque vous pensez que la question est réglée, il n'y a plus de raison de poursuivre ce cours. Si l'univers est éternel, les problèmes de l'Alpha et de l'Oméga n'ont plus lieu d'être. Comme ce cours était consacré à ces deux problèmes, qui sont à présent résolus, il ne me reste plus qu'à m'en aller. (Il agita sa main.) Alors à la semaine prochaine. (Les étudiants le regardèrent, éberlués.) Au revoir, répéta le professeur.

— Mais vous partez vraiment ? demanda une étudiante, déconcertée.

— Oui, rétorqua-t-il devant la porte. Puisque vous semblez satisfaits par la réponse d'un univers éternel...

— Mais est-il possible de démontrer le contraire ?

— Ah ! s'exclama Luís Rocha, comme s'il entendait enfin un argument valable pour continuer le cours. Voilà une question intéressante. (Il fit demi-tour et regagna son bureau, où il éparpilla de nouveau ses notes.) Le cours n'est donc pas terminé. Il reste un petit détail à régler. Est-il possible de démontrer que l'univers n'est pas éternel ? En réalité, cette question renvoie à un problème crucial : le fait que les observations contredisent la théorie. (Il se frotta les mains.) Quelqu'un sait-il de quelles contradictions il s'agit ? (Personne ne répondit.) La première contradiction apparaît dans la Bible, même si elle n'a guère de valeur au regard de la physique, bien entendu. Mais c'est une curiosité qui mérite le détour. Selon l'Ancien Testament, Dieu créa l'univers dans une explosion de lumière. Cette explication reste le modèle de référence pour les religions judaïque, chrétienne et musulmane, bien qu'elle ait été fortement remise en question par la science. Après tout, la Bible n'est pas un texte scientifique, n'est-ce pas ? La thèse de l'univers éternel devint ainsi l'explication la plus vraisemblable pour les raisons que je vous ai indiquées. (Il fit un geste théâtral.) Mais, au XIXᵉ siècle, on fit une découverte d'une haute importance, l'une des plus grandes jamais réalisées par la science, une révélation qui vint mettre en cause l'idée d'un univers d'une durée infinie. (Il balaya du regard l'auditoire.) Quelqu'un connaît-il cette découverte ?

Tous restèrent silencieux.

Le professeur prit un marqueur noir et inscrivit une équation au tableau.

$$\Delta S \ univers > 0$$

— Qui peut me dire ce que c'est ?

Les étudiants fixèrent le tableau.

— N'est-ce pas la deuxième loi de thermodynamique ? demanda l'un d'eux, un garçon maigre à lunettes et aux cheveux en bataille, l'un des plus brillants du cursus.

— Tout à fait ! s'exclama Luís Rocha. La deuxième loi de thermodynamique. (Il désigna chacun des éléments de l'équation inscrite sur le tableau.) Le triangle signifie variation, « S », entropie, « > » représente, comme vous le savez, le concept de plus grand, et « 0 », c'est bien sûr zéro. Autrement dit, cette équation postule que la variation de l'entropie de l'univers est toujours supérieure à zéro. (Il frappa le tableau de son marqueur.) La deuxième loi de thermodynamique. (Il s'adressa à l'étudiant qui avait donné la réponse.) Qui l'a formulée ?

— Clausius, professeur. En 1861, je crois.

— Rudolf Julius Emmanuel Clausius, déclama le professeur, entrant clairement dans le vif du sujet. Clausius avait auparavant formulé la loi de conservation de l'énergie, affirmant que l'énergie de l'univers est une éternelle constante, ne pouvant jamais être créée ni détruite, mais seulement transformée. Ensuite, il décida de proposer le concept d'entropie, qui englobe toutes les formes d'énergies et de température, croyant qu'elle aussi était une éternelle constante. L'univers étant éternel, l'énergie devait être éternelle et l'entropie également. Mais, après avoir effectué des mesures, il découvrit, stupéfait, que les déperditions de chaleur d'une machine excédaient toujours la transformation de la chaleur en énergie, provoquant une dégradation. Refusant d'accepter ce résultat, il se mit à mesurer les processus naturels, le corps humain inclus, et parvint à la conclusion que le phénomène se vérifiait dans tous les domaines. Après de nombreux tests, il dut se rendre à l'évidence. L'entropie n'était pas une constante, ou plutôt elle ne faisait qu'augmenter. Sans cesse. Ainsi naquit la deuxième loi de thermodynamique. Clausius détecta l'existence de cette loi dans le comportement thermique, mais le concept d'entropie s'étendit rapidement à tous les phénomènes naturels. On comprit que l'entropie existait dans tout l'univers. (Il fixa du regard les étudiants.) Quelle est la conséquence de cette découverte ?

— Les choses vieillissent, répondit l'étudiant à lunettes.

— Les choses vieillissent, confirma le professeur. La deuxième loi de thermodynamique vint prouver trois choses. (Il leva trois doigts.) La première c'est que, si les choses vieillissent, alors il y a un point dans le temps où elles mourront. Cela arrivera quand l'entropie atteindra son point maximum, au moment où la température se dispersera uniformément dans l'univers. La seconde est qu'il existe une flèche du temps. Autrement dit, l'univers et son histoire peuvent être déterminés depuis toujours, mais leur évolution s'effectuera constamment du passé vers le futur. Cette loi implique que tout a évolué avec le temps. La troisième chose prouvée par la deuxième loi de thermodynamique est que, puisque tout vieillit, il y a eu un moment où tout était jeune. Mieux encore, il y a eu un moment où l'entropie était à son minimum. Le moment de la naissance. (Il marqua une pause dramatique.) Clausius a démontré qu'il y a eu une naissance de l'univers.

— Vous voulez dire que déjà au XIXe siècle on savait que l'univers n'était pas éternel ?

— Absolument. Lorsque la deuxième loi de thermodynamique a été formulée et démontrée, les scientifiques comprirent que l'idée d'un univers éternel était incompatible avec l'existence de processus physiques irréversibles. L'univers évolue vers un état d'équilibre thermodynamique, où les zones chaudes et froides tendent à s'effacer au profit d'une température constante générale, ce qui implique une entropie totale, ou un maximum de désordre. En clair, l'univers évolue d'un ordre complet vers un désordre total. Et cette découverte entraîna l'apparition de nouveaux indices.

Quelqu'un connaît-il le paradoxe d'Olbers ? (Personne ne répondit.) Le paradoxe d'Olbers est lié à l'obscurité du ciel. Si l'univers est infini et éternel, alors il ne peut y avoir d'obscurité la nuit, puisque le ciel doit être inondé par la lumière provenant d'un nombre infini d'étoiles. Mais l'obscurité existe, ce qui est un paradoxe. Ce paradoxe ne peut être résolu que si l'on attribue un âge à l'univers, postulant ainsi que la terre reçoit uniquement la lumière qui a eu le temps de voyager jusqu'à elle depuis la naissance de l'univers. C'est la seule explication pour justifier le fait qu'il existe de l'obscurité la nuit.

— Donc, il y a vraiment eu un point Alpha ? demanda un étudiant.

— Exact. Mais il y avait un autre problème à résoudre, lié à la gravité. Les scientifiques pensaient que l'univers, étant éternel, était également statique, et c'est sur ce postulat que repose toute la physique de Newton. Newton lui-même, d'ailleurs, avait compris que sa loi de la gravité, qui établit que toute la matière attire la matière, avait pour ultime conséquence que l'univers était amalgamé en une grande masse. La matière attire la matière. Et, pourtant, quand on regarde le ciel, on s'aperçoit que ce n'est pas ainsi que les choses se passent. La matière est distribuée. Comment expliquer ce phénomène ?

— N'est-ce pas Newton qui a recouru à la notion d'infini ?

— Oui. Selon Newton, c'est le fait que l'univers soit infini qui empêche la matière de s'amalgamer complètement. Mais la vraie réponse a été donnée par Hubble.

— Le télescope ou l'astronome ?

— L'astronome, bien sûr. Dans les années vingt,

Edwin Hubble confirma l'existence de galaxies au-delà de la Voie lactée, et, après avoir mesuré le spectre de la lumière qu'elles émettaient, il s'aperçut que toutes s'éloignaient de nous. Mieux encore, il vérifia que plus une galaxie était loin, plus vite elle s'éloignait. C'est ainsi que l'on a compris la vraie raison pour laquelle, conformément à la loi de la gravité, toute la matière de l'univers ne s'amalgamait pas en une seule et unique masse. C'est parce que l'univers est en expansion. (Le professeur s'arrêta au milieu de l'estrade et regarda son auditoire.) À présent, je vous pose cette question : quelle est la conséquence de cette découverte sur le problème du point Alpha ?

— C'est simple, répondit l'étudiant à lunettes en s'agitant sur son siège. Si toute la matière de l'univers se disperse, c'est qu'elle a été rassemblée dans le passé.

— Tout à fait. La découverte de l'univers en expansion implique qu'il y a eu un moment initial où tout était concentré avant d'être projeté dans toutes les directions. Du reste, les scientifiques constatèrent que cela cadrait avec la théorie de la relativité générale, dont découlait le concept d'un univers dynamique. Or, en s'appuyant sur toutes ces découvertes, un prêtre belge, nommé Georges Lemaître, avança une nouvelle idée dans les années vingt.

Il se tourna vers le tableau et griffonna deux mots anglais.

Big Bang

— Le Big Bang. La grande explosion. (Il regarda à nouveau les étudiants.) Lemaître a suggéré que l'univers était né d'une brusque explosion initiale. L'idée était extraordinaire et résolvait d'un seul coup tous les problèmes liés au concept d'un univers éternel et statique. Le Big Bang s'accordait avec la deuxième loi de thermodynamique, solutionnait le paradoxe d'Olbers, expliquait l'actuelle configuration de l'univers soumis aux exigences de la loi de la gravité de Newton et cadrait avec les théories de la relativité d'Einstein. L'univers a commencé par une grande explosion soudaine… bien que l'expression la plus appropriée ne soit peut-être pas explosion, mais expansion.

— Et avant cette… cette expansion, qu'y avait-il alors ? demanda une étudiante avisée. Rien que le vide ?

— Il n'y avait pas d'avant. L'univers a commencé avec le Big Bang.

L'étudiante eut l'air troublée.

— Oui, mais… qu'y avait-il avant l'expansion ? Il fallait bien qu'il y ait quelque chose, non ?

— C'est ce que je viens de vous dire, insista Luís Rocha. Il n'y avait pas d'avant. Nous ne parlons pas ici d'un espace vide qui aurait commencé à se remplir. Le Big Bang implique qu'il n'y avait aucun espace antérieur. L'espace est né avec la grande expansion soudaine, vous comprenez ? Or, les théories de la relativité établissent que l'espace et le temps sont les deux faces d'une même médaille. Dès lors, la conclusion est logique. Si l'espace est né avec le Big Bang, le temps est également issu de cet événement primordial. Il n'y avait pas d'avant parce que le temps n'existait pas. Le temps commença avec l'espace, qui débuta avec le Big Bang. Demander ce qu'il y avait avant le temps, c'est comme demander ce qu'il y a au nord

373

du pôle Nord. Ça n'a pas de sens, vous comprenez ? (L'étudiante écarquilla les yeux et hocha la tête, mais il était clair que l'idée lui semblait difficile à accepter.) Ce problème du moment initial est, du reste, le plus complexe de toute la théorie, ajouta le professeur, conscient de l'étrangeté de ce qu'il venait d'expliquer. On l'appelle une singularité. On pense que tout l'univers était comprimé en un point infime d'énergie et que, soudain, il y a eu une éruption, pendant laquelle a surgi la matière, l'espace, le temps et les lois de l'univers.

— Mais qu'est-ce qui a provoqué cette éruption ? demanda l'étudiant à lunettes, très attentif aux détails.

Un nouveau tic nerveux contracta le visage de Luís Rocha. C'était le point le plus délicat de toute la théorie, le plus difficile à expliquer ; pas seulement parce que les explications étaient contre-intuitives, mais aussi parce que les scientifiques eux-mêmes restaient encore perplexes devant ce problème.

— Disons que le mécanisme causal ne s'applique pas à ce point, argumenta-t-il.

— Il ne s'applique pas ? insista l'étudiant. Insinuez-vous qu'il n'y ait pas eu de cause ?

— Plus ou moins. Écoutez, je sais que tout ça paraît étrange, mais il est important que vous suiviez mon raisonnement. Tous les événements ont des causes et leurs effets deviennent des causes d'événements à venir. D'accord ? (Quelques têtes acquiescèrent, c'était une évidence de la physique.) Seulement, le processus cause-effet-cause implique une chronologie. D'abord se produit la cause, puis l'effet. (Il leva la main, comme pour souligner ce qui allait suivre.) Maintenant réfléchissez : puisque le temps n'existait pas encore dans

374

ce point infime, comment un événement aurait pu en générer un autre ? Il n'y avait pas d'avant ni d'après. En conséquence, il n'y avait pas de causes ni d'effets, parce qu'aucun événement ne pouvait en précéder un autre.

— Ne trouvez-vous pas cette explication peu satisfaisante ? demanda l'étudiant à lunettes.

— Je n'ai pas d'avis à vous donner. J'essaie seulement de vous expliquer le Big Bang selon les données dont on dispose aujourd'hui. Le fait est qu'excepté ce problème de la singularité initiale, cette théorie résout les paradoxes posés par l'hypothèse de l'univers éternel. Mais il y a eu des scientifiques qui, comme certains d'entre vous, n'ont pas été satisfaits par le Big Bang et ont cherché une explication alternative. L'hypothèse la plus intéressante qu'on ait proposée est la théorie de l'univers en état permanent, reposant sur l'idée que la matière de faible entropie est en création constante. Au lieu que la matière surgisse en totalité d'une grande expansion initiale, elle apparaîtrait graduellement, par petites éruptions au fil du temps, compensant la part de matière qui meurt à son point maximum d'entropie. Si c'est le cas, l'univers peut être éternel. Cette possibilité a sérieusement été envisagée par la science, à tel point que, pendant longtemps, la théorie de l'univers en état permanent était présentée sur le même pied d'égalité que la théorie du Big Bang.

— Et pourquoi n'est-ce plus le cas ?

— À cause d'une prévision due à la théorie du Big Bang. En considérant cette grande expansion initiale, les scientifiques ont pensé qu'il devait exister une radiation cosmique de fond, une sorte d'écho de cette éruption primordiale de l'univers. L'existence de cet écho a été présentée en 1948 et on lui attribuait une température d'environ cinq degrés Kelvin, autrement dit, cinq degrés au-dessus du zéro absolu. Mais où diable se trouvait cet écho ? (Il écarquilla les yeux et écarta les bras, dans une expression interrogative.) On avait beau chercher, on ne trouvait rien. Jusqu'à ce qu'en 1965, deux astrophysiciens américains, qui achevaient un travail expérimental au moyen d'une grande antenne dans le New Jersey, captent soudain un bruit de fond désagréable, comme un sifflement de cocotte minute. Ce bruit agaçant semblait venir de tous les points du ciel. Les deux chercheurs avaient beau tourner l'antenne d'un côté comme de l'autre, vers une étoile ou une galaxie, vers un espace vide ou une nébuleuse lointaine, le son persistait. Durant un an, ils ont cherché à l'éliminer. Ils ont vérifié les câbles électriques, examiné les moindres possibilités de panne, ils ont tout essayé, mais impossible de localiser la source de ce bruit insupportable. En désespoir de cause, ils ont appelé les scientifiques de l'université de Princeton, pour leur demander s'ils avaient une explication. Ils en avaient une. C'était l'écho du Big Bang.

— Comment ça l'écho ? s'étonna l'étudiant à lunettes. Je croyais qu'il n'y avait pas de son dans l'espace…

— L'écho est une forme d'expression, bien entendu. Ce qu'ils ont capté, c'est la plus ancienne lumière qui soit arrivée jusqu'à nous, une lumière que le temps a transformée en micro-ondes. On les appelle des radiations cosmiques de fond et les mesures thermiques indiquent qu'elles avoisinent les trois degrés Kelvin, une valeur très proche de la prévision faite en 1948. (Il fit un geste rapide de la main.) N'avez-vous jamais allumé la télé sur une chaîne qui n'émet pas ? Que voyez-vous ?

— Un écran brouillé.

— Avec du bruit. On voit des petits points sautiller et on entend un grésillement irritant. Eh bien sachez qu'un pour cent de cet effet provient de cet écho. (Il sourit.) Donc, si un jour vous regardez la télévision et que rien ne vous intéresse, je vous suggère de chercher une chaîne sans programme et vous assisterez à la naissance de l'univers. C'est le meilleur reality-show qui soit.

— Cette éruption initiale est-elle démontrable mathématiquement ?

— Oui. D'ailleurs, Penrose et Hawking ont prouvé une série de théorèmes qui confirment que le Big Bang est inévitable, dès lors que la gravité parvient à être une force d'attraction dans les conditions extrêmes où s'est formé l'univers. (Il indiqua d'un geste le tableau.) Nous verrons ces théorèmes dans un prochain cours.

— Mais pouvez-vous, s'il vous plaît, nous expliquer un peu mieux ce qui s'est passé juste après le Big Bang ? Les étoiles se sont formées, c'est ça ?

— Tout s'est passé voilà environ dix à vingt milliards d'années, probablement quinze. L'énergie était concentrée en un point et s'est dilatée en une gigantesque éruption.

Il se tourna vers le tableau et inscrivit la célèbre équation d'Einstein.

$$\mathcal{E} = mc^2$$

— Comme, d'après cette équation, l'énergie équivaut à la masse, ce qui s'est passé, c'est que la matière a surgi de la transformation de l'énergie. Dès le premier instant, l'espace est apparu et s'est aussitôt dilaté. Or, comme l'espace est lié au temps, l'apparition de l'espace a automatiquement entraîné l'apparition du temps, qui s'est également dilaté. En ce premier instant est née une superforce, ainsi que toutes les lois qui nous gouvernent. La température était extrêmement élevée, quelques dizaines de milliards de millions de degrés. Cette superforce a commencé à se scinder en différentes forces. C'est le début des premières réactions nucléaires, qui ont créé les noyaux des éléments les plus légers, comme l'hydrogène et l'hélium, ou encore le lithium. En trois minutes est apparu quatre-vingt-dix-huit pour cent de la matière qui existe ou qui existera.

— Les atomes qui composent notre corps remontent à ce moment-là ?

— Oui. Quatre-vingt-dix-huit pour cent de la matière qui existe aujourd'hui s'est formé à partir de l'éruption d'énergie du Big Bang. Cela signifie que presque tous les atomes présents dans notre corps sont déjà passés par diverses étoiles et ont déjà occupé des milliards d'organismes différents avant d'arriver jusqu'à nous. Et nous avons tellement d'atomes que l'on peut estimer que chacun de nous en possède au moins un million ayant déjà appartenu à d'autres personnes qui ont vécu il y a très longtemps. (Il leva un sourcil.) Cela veut dire, mes chers amis, que chacun de nous est doté de nombreux atomes qui étaient présents dans les corps d'Abraham, de Moïse, de Jésus-Christ, de Bouddha ou de Mahomet. (Un murmure parcourut l'amphithéâtre.) Mais revenons au Big Bang, reprit Luís Rocha, couvrant de sa voix la rumeur étonnée qui s'élevait des rangs. Après l'éruption initiale, l'univers a commencé à s'organiser automatiquement en structures, obéissant aux lois créées dès les premiers instants. Avec le temps, les températures ont baissé jusqu'à atteindre un point critique où la superforce s'est désintégrée en quatre autres forces ; d'abord la force de gravité, puis la force forte, enfin la force électromagnétique et la force faible. La force de gravité a organisé la matière en groupes localisés. Au bout de deux cent millions d'années, les premières étoiles surgirent. Puis sont nés les systèmes planétaires, les galaxies et les groupes de galaxies. Les planètes étaient au départ des petits corps incandescents, semblables à de petites étoiles, qui gravitaient autour des étoiles. Ces corps se refroidirent jusqu'à se solidifier, comme ce fut le cas pour la terre. (Il écarta les bras et sourit.) Et nous voilà aujourd'hui ici.

— Vous venez de dire que les planètes ressemblaient à de petites étoiles qui ont fini par se solidifier. Cela veut-il dire que le soleil finira aussi par se solidifier ?

Luís Rocha esquissa une grimace.

— Voilà une sombre question qui va nous gâcher la matinée !

Un rire agita les rangs.

— Mais cela va-t-il arriver ? insista l'étudiante.

— C'est toujours agréable de parler de la naissance, vous avez remarqué ? Qui n'aime pas voir des enfants naître ? (Il agita la main.) Alors que parler de la mort... c'est autre chose. Mais pour répondre à votre question, oui, le soleil va mourir. D'ailleurs, c'est d'abord la terre qui va mourir, puis ce sera le soleil, puis la galaxie et enfin l'univers. Telle est la conséquence inévitable de la deuxième loi de thermodynamique. L'univers évolue vers l'entropie totale. (Il fit un geste théâtral.) Tout ce qui naît est voué à mourir. Ce qui nous amène directement du point Alpha au point Oméga.

— La fin de l'univers.

— Oui, la fin de l'univers. Tout indique que seules deux possibilités s'offrent à nous.

Il s'approcha du tableau et griffonna une ligne en anglais.

1-Big Freeze

— La première est appelée Big Freeze, ou grande glaciation. Il s'agit de la dernière conséquence de la deuxième loi de thermodynamique et de l'expansion éternelle de l'univers. Avec l'augmentation de l'entropie, les rayonnements s'affaiblissent graduellement jusqu'à créer une température uniforme dans toutes les régions de l'espace, transformant l'univers en un immense cimetière galactique glacé.

— Ce n'est pas pour demain, j'espère ? plaisanta un étudiant.

Des rires fusèrent dans les rangs.

— On estime que cela se produira dans quelque cent milliards d'années au minimum. (Un tic nerveux agita de nouveau son visage.) Je sais qu'un tel nombre ne vous dit pas grand-chose, c'est pourquoi je vous propose une comparaison. Imaginez que l'univers soit un homme qui mourra à 120 ans. On peut alors dire que le soleil serait apparu quand l'univers avait 10 ans et qu'aujourd'hui celui-ci aurait 15 ans. Cela signifierait donc qu'il lui resterait cent cinq ans à vivre. C'est déjà bien, non ? (L'auditoire acquiesça et Luís Rocha se tourna de nouveau vers le tableau.) Bien, voyons maintenant la seconde possibilité du point Oméga.

Il nota une nouvelle phrase au marqueur noir sur la surface lisse du tableau.

2- Big Crunch

— La seconde possibilité est celle du Big Crunch, ou grand écrasement, annonça-t-il, en regardant à nouveau les étudiants. L'expansion de l'univers diminue et arrive à un point où elle s'arrête, pour commencer ensuite à se contracter. (Il ouvrit grand ses bras, comme s'il tenait un gigantesque ballon qui grossirait, s'arrêterait et rétrécirait.) Sous l'effet de la gravité, l'espace, le temps et la matière se mettront à converger jusqu'à s'écraser en un point infini d'énergie. (Ses mains se rejoignirent.) Le Big Crunch c'est, si vous voulez, le Big Bang à l'envers.

— Comme un ballon qui gonfle et se dégonfle ?

— Exact. Sauf que la contraction n'est pas due à un dégonflement, mais à la force de gravité. (Luís Rocha plongea sa main dans la poche et en sortit une pièce de monnaie.) Comme cette pièce. (Il la lança en l'air, celle-ci s'éleva à un mètre de hauteur et retomba dans sa main.) Vous avez vu ? La pièce est montée, a stoppé son ascension, avant de redescendre, revenant à son point initial. D'abord elle a vaincu la gravité, puis elle a été vaincue par la gravité.

Un autre étudiant leva le doigt et le professeur lui fit un signe de tête pour l'inviter à parler.

— Laquelle des deux possibilités de la fin de l'univers est la plus probable ?

Luís Rocha frappa son marqueur contre le tableau.

— Considérons les observations astronomiques. Premièrement, le Big Crunch requiert beaucoup plus de matière qu'il n'en existe dans l'univers. La matière visible est insuffisante pour provoquer, sous l'effet de la gravité, la contraction de l'univers. Afin de résoudre ce problème, on a avancé l'hypothèse qu'il existait de la matière noire, autrement dit, une matière qui reste invisible à nos yeux, à cause de sa faible interaction. Cette matière noire constituerait quatre-vingt-dix pour cent ou plus de la matière existante dans l'univers. Le problème, c'est de trouver cette matière noire. D'autre part, si elle existe, y en a-t-il suffisamment pour freiner l'expansion ? Deuxièmement, il nous faut prendre en compte les dernières observations effectuées sur l'expansion de l'univers. En 1998, on a découvert que la vitesse à laquelle s'éloignent les galaxies augmente sans cesse. C'est probablement dû à une nouvelle force jusque-là inconnue, celle qu'on appelle la force obscure, déjà prédite par Einstein et qui combat la force de gravité. Or, le Big Crunch exige que la vitesse de l'expansion diminue jusqu'à s'arrêter complètement avant que commence la contraction. Mais la vitesse de l'expansion étant en augmentation, il ne reste qu'une seule conclusion. (Il balaya l'amphithéâtre du regard.) Quelqu'un peut-il me dire quelle est cette conclusion ?

L'étudiant à lunettes leva le doigt.

— L'univers évolue vers le Big Freeze.

Le professeur écarta les mains et sourit.

— Bingo.

XXVI

Les étudiants convergèrent vers la porte et quittèrent l'amphithéâtre en cascade, comprimés en un flot
tumultueux s'écoulant par un étroit goulot, tandis que
Tomás restait au fond de la salle, telle une sentinelle
en faction. Luís Rocha rangeait ses notes tout en
répondant aux questions de trois étudiants, puis quitta
l'amphithéâtre et s'engagea dans un couloir. Tomás le
suivit et interpella son collègue.

— Professeur Rocha ?

Luís se retourna et le regarda comme s'il était l'un
de ses étudiants.

— Oui ?

Tomás lui tendit la main.

— Bonjour. Je suis Tomás Noronha, professeur
d'histoire à l'université nouvelle de Lisbonne et le
fils du professeur Manuel Noronha, qui enseignait les
mathématiques ici à Coimbra.

Luís Rocha leva les sourcils, comme s'il le recon-
naissait.

— Ah ! Le professeur Manuel Noronha ! Je le
connais très bien. (Il serra la main de Tomás.)
Comment va votre père ?

— Pas très bien, malheureusement. Il a un problème de santé assez sérieux. On va voir comment évoluent les choses.

Le professeur d'astrophysique hocha affirmativement la tête, avec un air navré.

— Oui, c'est vraiment ennuyeux, dit-il. On dirait que quelqu'un a jeté un mauvais sort sur l'université de Coimbra, avez-vous remarqué ? D'abord il y a eu la disparition du professeur Siza, avec qui il travaillait. Presque aussitôt après est arrivée la nouvelle que votre père n'enseignerait plus à cause... de la maladie... qu'il a contractée. (Il fit un geste d'impuissance avec ses mains.) Vous vous rendez compte ? L'université a perdu, presque d'un seul coup, deux de ses plus grands cerveaux ! C'est... je ne sais pas comment dire... c'est un désastre.

— Oui, vraiment... c'est un problème.

— Un désastre, répéta Luís.

Ils sortirent et le professeur de physique sembla désorienté, regardant de tous côtés. Il fit demi-tour et examina le grand bâtiment rectangulaire d'où ils venaient de sortir, le bâtiment de physique. On aurait dit un hôpital, mais décoré d'énormes statues en pierre et dont le mur extérieur était recouvert par une gigantesque photo d'Einstein à bicyclette.

— Excusez-moi, balbutia le physicien. Je suis dans la lune.

Ils retournèrent dans le bâtiment et montèrent l'escalier qui menait à la salle des professeurs. Marchant à côté de Luís Rocha, Tomás se lança dans des banalités d'usage concernant l'état de l'enseignement dans le pays.

Une fois dans le petit bureau désordonné de son

collègue, Tomás profita d'une pause entre deux considérations pour aborder le sujet qui l'avait amené.

— Écoutez, professeur, je suis venu ici pour discuter d'un sujet assez délicat.

— C'est à propos de votre père ?

— Non, non. (Il pointa son doigt sur lui.) Cela concerne votre mentor.

Luís Rocha eut l'air étonné.

— Mon mentor ?

— Oui. Le professeur Siza.

— Plus encore que mon mentor, il a été... un second père pour moi. (Sa voix se fit hésitante et il baissa les yeux.) J'ai encore peine à croire qu'il ait disparu sans laisser de traces.

— C'est justement de sa disparition que je voulais vous parler.

— Que voulez-vous savoir ?

— Tout ce qui pourrait m'aider à le retrouver.

Le physicien le regarda avec surprise.

— Vous cherchez à le retrouver ?

— Oui, j'ai été contacté pour participer aux recherches.

— La police judiciaire vous a demandé d'enquêter ?

— Ce n'est pas exactement la police judiciaire.

— La PSP alors ?

— Non plus.

Luís Rocha esquissa une moue d'incompréhension.

— Alors qui ?

— Eh bien... c'est une police internationale.

— Interpol ?

— Oui, mentit Tomás. (La curiosité de son interlocuteur l'obligeait à fournir une réponse. Comme il était hors de question de mentionner la CIA, Interpol ferait l'affaire.) Ils m'ont demandé de collaborer à leurs investigations.

— Pourquoi Interpol ?

— Parce que la disparition du professeur Siza semble être liée à des intérêts internationaux.

— Ah, oui ? De quels intérêts s'agit-il ?

— Je crains de ne pouvoir rien vous dire à ce sujet. Comme vous devez le comprendre, cela pourrait compromettre nos investigations.

Luís Rocha se frotta le menton, perplexe.

— Mais vous m'avez dit que vous étiez professeur d'histoire, non ?

— Oui, c'est ça.

— Alors pour quelle raison Interpol a sollicité vos services ?

— Ils sont entrés en contact avec moi parce que je suis cryptologue et qu'ils ont découvert un message codé qui pourrait conduire au professeur Siza.

— Ah, oui ? (Luís sembla particulièrement intéressé par ces révélations.) De quel type de code s'agit-il ?

— Je ne peux pas vous le dire, rétorqua Tomás. (L'historien se sentait mal à l'aise de devoir mentir ainsi et décida d'aller droit au but.) Écoutez, pouvez-vous m'aider oui ou non ?

— Évidemment ! s'exclama le physicien. Que voulez-vous savoir ?

— Je voudrais savoir quelles recherches menait le professeur Siza.

Luís Rocha se redressa, contempla les bâtiments par la fenêtre, rangea ses notes dans un tiroir. Puis, il s'adossa au dossier de son fauteuil et regarda Tomás.

— Vous n'avez pas faim ?

Le beau restaurant de l'hôtel Astoria était presque désert, sans doute parce qu'il était encore tôt. La lumière du jour inondait les fenêtres, intense et chaude, elle égayait l'ambiance mélancolique du salon années trente, dont le plancher en bois, usé par tant de soirées, avait besoin d'être rénové. Derrière une rangée de tilleuls, le Mondego glissait, nonchalant, et la ville vivait au rythme lent de la province.

Dans l'hôtel régnait une atmosphère surannée ; l'architecture de la Belle Époque imprégnait ce lieu d'un charme singulier, donnant à Tomás l'impression de se retrouver quatre-vingts ans en arrière, au début du XXe siècle. Il adorait ça. En tant qu'historien, il avait besoin de humer les odeurs du passé, de sentir la poussière de l'histoire, de plonger dans ces bâtiments anciens qui tenaient le temps en suspens.

Ils commandèrent un magret de canard au miel et à l'orange. Une fricassée de veau aurait été plus appropriée, pensa Tomás, puisqu'il était à Coimbra, mais c'était bien trop lourd pour l'occasion.

— Eh bien, je vous écoute ! s'exclama l'historien, après les banalités d'usage. Sur quoi portaient les recherches du professeur Siza ?

Luís Rocha prit une tranche de pain et y étala une voluptueuse mousse de canard.

— Mon cher professeur Noronha, dit-il en croquant dedans. Je suis certain que vous avez lu la préface de la deuxième édition de la *Critique de la raison pure*, de Kant. L'avez-vous lue ?

Tomás écarquilla les yeux.

— La préface de la troisième édition de la *Critique de*…

— La deuxième édition, corrigea Luís. La préface de la deuxième édition.

— Ma foi, je ne sais plus… (Il avala de travers.) En fait, j'ai lu la *Critique de la raison pure*, mais j'avoue ne pas me souvenir de la préface de cette édition.

— Savez-vous en quoi cette préface est importante ?

— Je n'en ai pas la moindre idée.

Le physicien tartina de mousse une deuxième tranche de pain. Tomás l'observa et ne put s'empêcher de penser que son collègue était un goinfre, d'où son ventre bedonnant.

— C'est dans la préface de la deuxième édition de la *Critique de la raison pure* que Kant a établi les limites de la science, dit Rocha en mâchant sa nouvelle tranche. Sa conclusion est qu'il existe trois grands problèmes métaphysiques que la science ne pourra jamais résoudre : Dieu, la liberté et l'immortalité.

— Ah, oui ?

— Kant pense que les scientifiques ne seront jamais en mesure de prouver l'existence de Dieu, de déterminer si nous avons ou non notre libre arbitre, et de savoir avec certitude ce qui se passe après la mort. Ces questions, selon lui, ne sont plus du ressort de la physique, mais de la métaphysique. Elles sont au-delà de toute preuve.

Tomás hocha la tête, songeur.

— Cela semble raisonnable.

— Cela semble raisonnable pour le commun des mortels, répliqua Luís Rocha. Mais pas pour le professeur Siza.

L'historien eut l'air intrigué.

— Non ? Pourquoi ?

— Parce que, selon le professeur Siza, il est possible d'obtenir des preuves même pour les questions métaphysiques.

— Comment ?

— Le professeur Siza pensait qu'on pouvait démontrer l'existence de Dieu et résoudre les problèmes du libre arbitre et de l'immortalité. D'ailleurs, il considérait que ces questions étaient liées.

Tomás remua sur sa chaise, cherchant à intégrer ce qui venait de lui être révélé.

— Vous insinuez que le travail scientifique du professeur Siza était lié à la question de l'existence de Dieu ?

— Tout à fait.

Il y eut un silence, durant lequel Tomás mesura les conséquences de cette information.

— Excusez mon ignorance, dit l'historien. Mais est-il possible de prouver l'existence de Dieu ?

— Selon Kant, non.

— Mais selon le professeur Siza, oui ?

— En effet.

— Pourquoi ?

— Tout dépend de ce qu'on entend par Dieu.

— Que voulez-vous dire ?

Luís Rocha soupira.

— Pour vous, par exemple, qu'est-ce que Dieu ?

— Je ne sais pas, c'est... un être supérieur, c'est le Créateur.

— Voilà une définition un peu sommaire.

— C'est vrai, acquiesça Tomás en riant. Mais, alors, dites-moi ce qu'est Dieu.

— C'est la première question à poser, effectivement. Qu'est-ce que Dieu ? (Luís Rocha écarta les mains.) Si on s'attend à voir un vieux patriarche barbu qui regarde la terre d'un air soucieux, attentif à ce que chacun de nous fait, pense et demande, et qui parle avec une grosse voix… Eh bien, je crois qu'il nous faudra attendre l'éternité pour prouver l'existence d'une telle personnalité. Ce Dieu n'existe tout simplement pas, Il n'est qu'une invention anthropomorphique nous permettant de visualiser quelque chose qui est au-dessus de nous. Dans ce sens, nous avons inventé Dieu comme une figure paternelle. Nous avons besoin de quelqu'un qui nous protège et nous défende du mal, qui nous prenne sous son aile, qui nous console dans les moments difficiles, qui nous aide à accepter l'inacceptable, à comprendre l'incompréhensible, à affronter ce qui est terrible. Ce quelqu'un c'est Dieu. (Il pointa du doigt le plafond.) Imaginons qu'il existe Quelqu'un là-haut qui s'inquiète énormément de notre sort. Quelqu'un vers qui nous nous tournons aux heures de détresse en quête de réconfort. Quelqu'un qui nous observe et nous soutienne. Le voilà ! C'est Dieu !

— Mais, alors, si Dieu n'existe pas, de quoi parlons-nous au juste ?

— Je n'ai pas dit que Dieu n'existait pas, corrigea le physicien.

— Ah, non ?

— J'ai seulement dit que n'existait pas le Dieu anthropomorphique que nous imaginons habituellement et que nous a légué la tradition judéo-chrétienne.

— Vous êtes en train de me dire que le Dieu de la Bible n'existe pas ?

— Mais qui est le Dieu de la Bible ? Ce personnage qui ordonne à Abraham de tuer son fils juste pour voir s'il lui est fidèle ? Ce personnage qui voue l'humanité au malheur juste parce que Adam a mangé une pomme ? Mais quelle personne dotée de bon sens peut croire à un Dieu aussi mesquin et capricieux ? Il est évident qu'un tel Dieu n'existe pas !

— Mais qu'est-ce qui existe, alors ?

— D'après le professeur Siza, Dieu est dans tout ce qui nous entoure. Non pas comme une entité au-dessus de nous, qui nous surveille et nous protège, mais comme une intelligence créatrice, subtile et omni-présente, peut-être amorale, qu'on rencontre à chaque pas, à chaque regard, à chaque respiration, présente dans le cosmos et dans les atomes, qui intègre tout et qui donne sens à tout.

— Je vois, dit Tomás. Et selon lui, est-il possible de prouver l'existence de ce Dieu ?

— Oui.

— Depuis quand ?

— Depuis que je le connais. Je crois que cette conviction lui vient de l'époque où il était en stage à Princeton.

— Et comment peut-on prouver que Dieu existe ?

Luís Rocha sourit.

— Ça, mon cher ami, il faut le demander au pro-fesseur Siza, vous ne croyez pas ?

— Mais vous, vous pensez vraiment qu'on peut formuler la preuve de l'existence de Dieu ?

— Ça dépend.

— Ça dépend de quoi ?

— Ça dépend de ce que vous entendez par preuve.

— Que voulez-vous dire très exactement ?

Le physicien tartina une troisième tranche de pain.

— Dites-moi, professeur Noronha, qu'est-ce qu'une méthode scientifique ?

— Eh bien, c'est une manière d'observer et de recueillir des informations sur la nature, je suppose.

— C'est une définition, admit Rocha. Mais j'en ai une autre.

— Laquelle ?

— La méthode scientifique est un dialogue entre l'homme et la nature. Par le biais de cette méthode, l'homme pose des questions à la nature et obtient des réponses. Le secret est dans la manière dont il formule les questions et traduit les réponses. Ce n'est pas à la portée de tout le monde d'interroger la nature ou de comprendre ce qu'elle dit. Il faut de l'entraînement, de l'intuition et de la sagacité, il faut avoir un esprit suffisamment aiguisé pour saisir les subtilités de la plupart des réponses. Vous comprenez ?

— Oui.

— Ce que je veux dire, c'est que nous pouvons percevoir l'existence ou l'inexistence de Dieu selon notre façon de formuler les questions et selon notre capacité à comprendre les réponses. Par exemple, la deuxième loi de thermodynamique résulte de questions posées à la nature à travers des expériences sur la chaleur. La nature a répondu, montrant que l'énergie passe du chaud au froid et jamais le contraire, et que la transformation de l'énergie entre les corps implique toujours une déperdition. Il en va de même avec le problème de Dieu. Nous devons savoir quelles questions il faut formuler et comment les formuler, et ensuite être capables d'interpréter les réponses obtenues. C'est pourquoi, lorsqu'on parle d'établir la preuve de l'existence de Dieu, il faut être prudent. Si quelqu'un attend qu'on lui fournisse des images en DVD de Dieu en train d'observer l'univers, tenant dans une main les

Tables de la Loi et caressant de l'autre sa longue barbe blanche, il sera déçu. Cette image ne sera jamais captée parce que ce Dieu n'existe pas. Mais s'il s'agit de réponses déterminées de la nature à des questions spécifiques... Alors, c'est différent.

— De quelles questions parlez-vous ?

— Je ne sais pas... des questions qui concernent le raisonnement logique, par exemple.

Tomás secoua la tête.

— Je ne vous suis pas.

— Tenez, le problème du Big Bang, que j'ai évoqué aujourd'hui dans mon cours.

— Oui, et alors ?

— Et alors ? Mais c'est évident ! Si le Big Bang a eu lieu, cela implique que l'univers a été créé. Or, un tel concept entraîne de profondes conséquences, vous ne croyez pas ?

— Comme par exemple ?

— La question de la Création renvoie au problème du Créateur. Qui a créé la Création ? (Il fit un clin d'œil.) Hein ?

— Eh bien... Ne peut-il y avoir des causes naturelles ?

— Bien sûr que oui. Nous discutons d'un problème naturel. (Il posa son index sur le front.) Mettez-vous ça dans la tête professeur Noronha. Dieu est un problème naturel. L'idée du surnaturel, les miracles, la magie... tout ça est absurde. Si Dieu existe, Il fait partie de l'univers. Dieu est l'univers. Vous comprenez ? La Création de l'univers n'a pas été un acte artificiel, mais un acte naturel, obéissant aux lois spécifiques et à des constantes universelles déterminées. Mais la question revient toujours au même point. Qui a conçu les lois de l'univers ? Qui a déterminé les constantes universelles ? Qui a insufflé la vie à l'univers ? (Il tapa sur la table.) Voilà, cher professeur Noronha, quelles sont les principales questions soulevées par la logique. La Création renvoie au Créateur.

— Vous êtes en train de me dire qu'à travers la logique, on pourrait prouver l'existence de Dieu ?

Luís Rocha fit une grimace.

— Non, pas du tout. La logique n'établit aucune preuve, mais la logique nous donne des indices. (Il se pencha sur la table.) Écoutez, il vous faut comprendre que Dieu, en existant, ne laisse voir qu'une parcelle de Son existence et cache la preuve finale derrière un voile d'élégantes subtilités. Connaissez-vous les théorèmes de l'incomplétude ?

— Oui.

— Les théorèmes de l'incomplétude, en démontrant qu'un système logique ne pourra jamais prouver toutes les affirmations qu'il avance, même si ces affirmations indémontrables sont vraies, constituent un message d'une profonde signification mystique. C'est comme si Dieu, en existant, nous disait : Je M'exprime à travers les mathématiques. Les mathématiques sont Ma langue, mais Je ne vous donnerai pas la preuve qu'il en est ainsi. (Il prit une autre tranche de pain.) On a également le principe d'incertitude. Ce principe établit que nous ne pourrons jamais déterminer avec précision à la fois la position et la vitesse d'une particule. C'est comme si Dieu nous disait : les particules ont un comportement déterministe, J'ai déjà défini tout le passé et le futur, mais Je ne vous donnerai pas la preuve finale qu'il en est ainsi.

— Je vois.

— La quête de Dieu est comme la quête de la vérité des affirmations d'un système logique ou du comportement déterministe des particules. Nous ne pourrons jamais obtenir une preuve finale de l'existence de Dieu, dans le sens où nous ne pourrons jamais obtenir la preuve finale que les affirmations non démontrables d'un système logique sont vraies ou que les particules ont un comportement déterministe. Et, pourtant, nous savons que les conséquences de ces affirmations sont vraies et nous savons que les particules se comportent sur un mode déterministe. Ce qui nous est refusé, c'est la preuve finale, mais pas les indices qu'il en est effectivement ainsi.

— Mais quels sont, finalement, les indices de l'existence de Dieu ?

— Dans le champ de la logique, l'indice le plus intéressant a été présenté par Platon et Aristote, développé par saint Thomas d'Aquin et affiné par Leibniz. Il s'agit de l'argument causal. L'idée fondamentale est simple à formuler. Nous savons par la physique et par notre expérience quotidienne que tous les événements ont une cause, et que leurs conséquences deviennent des causes d'autres événements, dans un interminable effet de domino. Maintenant imaginons que nous recherchions les causes de tous les événements du passé. Mais, si l'univers a eu un commencement, alors cette chaise aussi en a eu un. En remontant de cause en cause nous arrivons au moment de la création de l'univers, ce que nous désignons aujourd'hui sous le nom de Big Bang. Quelle est la toute première cause ? Qu'est-ce qui a mis la machine en mouvement ? Quelle est la raison du Big Bang ?

Tomás eut l'air déconcerté.

— Je crois que vous avez répondu à cette question dans votre cours, non ? Puisque le temps n'existait pas, avez-vous dit, il ne pouvait y avoir de causes qui précèdent le Big Bang.

— C'est vrai, admit le physicien. Je vois que vous avez suivi mon cours avec attention, tous mes compliments. (Il sourit.) Mais c'est là un argument que nous autres, scientifiques, utilisons pour esquiver cette épineuse question. En vérité, tout indique que le Big Bang a existé. S'il a existé, quelque chose l'a fait exister. La question revient toujours au même point. Quelle est la première cause ? Et qu'est-ce qui a causé la première cause ?

— Dieu ?

Luís Rocha sourit.

— C'est une possibilité, susurra-t-il. À bien y regarder, l'hypothèse selon laquelle l'univers est éternel exclut Dieu. L'univers a toujours existé, il n'a aucune raison d'être, il est, tout simplement. Dans l'univers éternel, sans commencement ni fin, l'effet domino des causes est infini, il n'y a ni première cause ni dernière conséquence. Mais la Création, elle, renvoie à une première cause. Plus encore, la Création implique l'existence d'un Créateur. D'où la question : qui a mis la machine en marche ?

— Je vois que la réponse est Dieu.

— Une fois encore, ce n'est là qu'une possibilité. Cet argument logique ne constitue pas une preuve, seulement un indice. Tout compte fait, il existe peut-être quelque mécanisme, encore inconnu, qui résout ce problème. Il nous faut prendre garde à ne pas recourir au Dieu-des-Lacunes, pour éviter l'erreur d'invoquer Dieu dès lors qu'on ignore la réponse à un problème, alors qu'il existe une autre explication. Cela étant dit, il importe de souligner que la Création renvoie au problème du Créateur et, quel que soit l'angle envisagé, la question revient toujours à ce point crucial. (Il secoua la tête.) D'un autre côté, si nous introduisons Dieu dans l'équation, en disant que c'est lui qui a créé la Création, nous rencontrons aussitôt une multiplicité de nouveaux problèmes.

— Comme par exemple ?

— Eh bien… Le premier problème est de savoir où était Dieu avant le Big Bang, puisque ni le temps ni l'espace n'existait. Et le second problème est de déterminer ce qui a causé Dieu. Car si tout a une cause, Dieu également en a une.

— Donc, il n'y a pas de cause première…

— Ou bien il y en a une, qui sait ? Nous, les physiciens, appelons le Big Bang une singularité. Dans ce sens, nous pourrions dire que Dieu est une singularité, de la même manière que le Big Bang est une singularité.

Tomás passa une main dans ses cheveux.

— Cet argument semble intéressant, mais il n'est pas concluant.

— Non, acquiesça le physicien. Il n'est pas concluant. Mais il y a un autre argument qui semble plus probant. Les philosophes lui donnent différents noms, mais le professeur Siza l'appelait… Voyons… Ah, oui ! Il l'appelait l'argument de l'intentionnalité.

— Intentionnalité ? D'intention ?

— Exact. La question de l'intentionnalité relève, comme vous le savez, du domaine purement subjectif de l'interprétation. Autrement dit, quelqu'un peut faire quelque chose intentionnellement, mais celui qui juge de l'extérieur ne pourra jamais être absolument sûr de l'intention. On peut supposer qu'il s'agit de telle intention, mais seul l'auteur de l'acte connaît la vérité. (Il désigna Tomás d'un geste.) Si vous renversiez cette table, je pourrais interpréter cet acte comme étant intentionnel ou pas. Vous pourriez l'avoir fait intentionnellement et feindre ensuite le contraire. En fait, vous seul en auriez la certitude absolue, et je n'aurais jamais qu'une certitude subjective.

— Oui, dit Tomás. Mais où voulez-vous en venir ?

— Je veux en venir à cette question : quelle est l'intention de la Création de l'univers ?

Luís fixa Tomás d'un regard interrogatif.

— Voilà une question qui vaut beaucoup d'argent, commenta l'historien avec un sourire. Quelle est la réponse ?

— Si je la connaissais, j'aurais déjà empoché l'argent, répondit Luís en riant. Pour avoir une réponse plus complète, il faudrait demander au professeur Siza.

— Mais il n'est plus ici, hélas. Vous croyez qu'un jour quelqu'un répondra à cette question ?

Le physicien inspira profondément, choisissant avec soin ses mots.

— Je pense qu'il est difficile de répondre affirmativement à cette question, mais il existe quelques indices intéressants.

— Je vous écoute.

— Il y a un argument de poids émis par William Paley au XIXᵉ siècle. (Il pointa le plancher en bois du restaurant.) Imaginez qu'en entrant ici, je tombe sur une fleur posée là sur le sol. Je la regarderais et je penserais : comment diable cette fleur est-elle arrivée là ? Peut-être répondrais-je aussitôt après : bon, la fleur est une chose naturelle. Et je n'y penserais plus. Imaginez à présent que je tombe non pas sur une fleur, mais sur une montre. Ma réponse sera-t-elle la même ? Bien sûr que non. Après avoir examiné le mécanisme compliqué de la montre, je dirais qu'il s'agit d'une chose fabriquée par un être intelligent visant un objectif spécifique. La question est maintenant la suivante : pour quelle raison ne puis-je donner à l'existence de la fleur la même réponse que j'accorde à l'existence de la montre ?

La question plana dans l'air un moment.

— Je vois où vous voulez en venir, observa Tomás.

— En tant que membre appartenant à l'espèce intelligente ayant conçu la montre, je connais l'intention qui a présidé à la création de cette montre. Mais je n'appartiens pas à l'espèce qui a conçu la fleur, c'est pourquoi je n'ai aucune certitude objective sur l'intentionnalité de sa création. Mais je peux supposer qu'il y en a une. Au fond, quelqu'un qui n'aurait jamais vu une montre pourrait facilement conclure qu'il s'agit là de l'œuvre d'un cerveau intelligent.

— Attendez, argumenta Tomás. Il s'agit quand même là de choses différentes, non ?

— Vous croyez ?

— Bien sûr. Comment voulez-vous comparer la complexité d'une montre et la complexité d'une fleur ?

Luís secoua la tête.

— Uniquement dans le sens où une fleur est beaucoup plus complexe. (Le physicien fit un large geste circulaire.) Regardez tout ce qui nous entoure. (Son regard balaya le restaurant et se fixa sur les fenêtres donnant sur le ciel et le vert feuillage des tilleuls.) Avez-vous remarqué la complexité de tout l'univers ? Avez-vous réfléchi à la minutieuse organisation nécessaire pour qu'un système solaire fonctionne ? Ou pour relier les atomes ? Ou pour concevoir la vie ? (Il indiqua les eaux calmes du Mondego qui glissaient le long de la route.) Ou pour permettre à ce fleuve de s'écouler ainsi ? Ne pensez-vous pas que c'est infiniment plus complexe et intelligent que le mécanisme d'une petite montre ?

Tomás resta figé devant son interlocuteur.

— Effectivement...

— Mais si une chose aussi simple qu'une petite montre est conçue par un être intelligent dans une intention précise, alors que dire d'une fleur ? Que dire de tout l'univers ? Si quelqu'un n'ayant jamais vu une montre peut comprendre, en en découvrant une pour la première fois, qu'il s'agit d'une création intelligente, pour quelle raison ne pourrions-nous pas, en contemplant la grandeur et la complexité intelligente de l'univers, aboutir à la même conclusion ?

— Je vois.

— Voilà la base de l'argument de l'intentionnalité. Si tout ce que nous voyons autour de nous témoigne d'une volonté et d'une intelligence, pourquoi ne pas admettre qu'il existe une intention dans la Création ? Si les choses se révèlent intelligentes dans leur conception, pourquoi ne pas admettre qu'elles aient été conçues par quelque chose ou quelqu'un d'intelligent ? Pourquoi ne pas admettre qu'il existe une intelligence derrière ces créations intelligentes ?

— Mais où se trouve cette intelligence ?

— Et où se trouve l'auteur de la montre ? Si je trouve une montre par terre, il se peut que je ne connaisse jamais l'intelligence qui l'a fabriquée. Et, pourtant, pas un instant je ne douterai que cette montre a été conçue par un être intelligent. Il en va de même avec l'univers. Il se peut que je ne connaisse jamais l'intelligence qui l'a créé, mais il suffit de regarder autour de soi pour comprendre qu'il s'agit d'une création intelligente.

— Je comprends.

— Seulement, si c'est une création intelligente, et tout indique que c'en est une, alors se pose le problème de savoir si nous l'étudions d'une manière adéquate.

— Que voulez-vous dire ?

Luís Rocha désigna d'un geste son propre corps.

— Regardez les êtres vivants. De quoi est fait un être vivant ?

— D'une structure d'informations, répliqua Tomás, citant la formule de son père.

— Exact, une structure d'informations. Mais ce qui compose cette structure d'informations, ce sont les atomes, n'est-ce pas ? Et un grand nombre d'atomes assemblés forment une molécule. Et un grand nombre de molécules assemblées forment une cellule. Et un grand nombre de cellules assemblées forment un organe. Et tous les organes assemblés forment un corps vivant. Cela dit, il est inexact de dire qu'un être vivant se réduit à une collection d'atomes ou de molécules ou de cellules. Il est certain qu'un être vivant réunit des trillions d'atomes, des billions de molécules, des millions de cellules, mais n'importe quelle description qui se limiterait à ces données, même si elles sont vraies, pècherait par défaut, vous ne croyez pas ?

— C'est évident.

— La vie se décrit sur deux plans. Le premier est le plan réductionniste, où l'on trouve les atomes, les molécules, les cellules, toute la mécanique de la vie.

L'autre plan est sémantique. La vie est une structure d'informations qui tend vers un but, où l'ensemble est davantage que la somme des parties, où l'ensemble n'a même pas conscience de la présence et du fonctionnement de chaque partie qui le constitue. En tant qu'être vivant intelligent, je peux être sur un plan sémantique en discutant ici avec vous de l'existence de Dieu, tandis qu'une cellule de mon bras, sur un plan réductionniste, reçoit de l'oxygène d'une artère. Mon moi sémantique ne s'aperçoit même pas de ce que fait mon moi réductionniste, tous deux se situant sur des plans différents. (Il regarda Tomás.) Vous suivez · mon raisonnement ?

— Oui.

— Ce que je veux vous dire, c'est que ces deux plans se retrouvent partout. Par exemple, je peux analyser le roman *Guerre et Paix* sur un plan réductionniste. Il me suffit d'examiner l'encre utilisée dans tel exemplaire, le type de papier, la façon dont l'encre et le papier sont fabriqués, s'il existe ou non des atomes de carbone dans cet exemplaire... Bref, il y a une multiplicité d'aspects réductionnistes que je peux étudier. Mais aucun de ces aspects ne me révèlera vraiment ce qu'est *Guerre et Paix*. Pour le savoir, mon analyse ne peut être réductionniste. (Il sourit.) Elle doit être sémantique.

— Je comprends.

— Même chose pour la musique. Je peux analyser *All you need is love*, des Beatles, dans une approche réductionniste. J'étudierai le son de la batterie de Ringo Starr, les vibrations des cordes vocales de John Lennon et Paul McCartney, l'oscillation des molécules d'air dans l'émission des sons de la guitare de George Harrison, mais rien de tout ça ne révèlera vraiment ce qu'est cette chanson. Pour la comprendre, il me faut l'analyser sur un plan sémantique.

— Assurément.

— Au fond, c'est comme un ordinateur. Il y a un hardware et un software. Le plan réductionniste étudie le hardware, tandis que le plan sémantique concerne le software.

— Tout ça semble évident.

— Alors, puisque ça vous semble évident, laissez-moi vous poser une question.

— Je vous écoute.

— Lorsque j'étudie l'univers de manière à connaître sa matière fondamentale, sa composition, ses forces, ses lois, à quel type d'analyse je me livre ?

— Je ne comprends pas votre question…

— Selon vous, s'agit-il d'une analyse réductionniste ou sémantique ?

Tomás considéra un moment la question.

— Eh bien… je dirais réductionniste.

Le sourire de Luís Rocha s'élargit davantage.

— Ce qui nous conduit à l'interrogation suivante : est-il possible de faire une analyse sémantique de l'univers ?

— Une analyse sémantique de l'univers ?

— Oui, une analyse sémantique. Puisque je peux faire une analyse sémantique d'une chose aussi simple que *Guerre et Paix* ou *All you need is love*, pourquoi ne pourrais-je pas faire une analyse sémantique de quelque chose d'aussi riche et complexe et intelligent que l'univers ?

— Eh bien…

— Et si analyser l'encre ou le type de papier d'un

exemplaire de *Guerre et paix* constitue une forme très incomplète et réductrice d'étudier ce livre, pourquoi diable l'analyse des atomes et des forces existantes dans le cosmos serait-elle une façon satisfaisante d'étudier l'univers ? N'existe-t-il pas aussi un message au-delà des atomes ? Quelle est la fonction de l'univers ? Pourquoi existe-t-il ? (Il soupira.) Tel est le problème des mathématiques et de la physique aujourd'hui. Nous, les scientifiques, nous sommes très concentrés sur l'étude de l'encre et du papier dont est fait l'univers. Mais cette étude nous révèle-t-elle vraiment ce qu'est l'univers ? Ne nous faudrait-il pas l'étudier aussi sur un plan sémantique ? Ne devrions-nous pas écouter sa musique et saisir sa poésie ? Dans l'observation de l'univers, ne sommes-nous pas focalisés sur le hardware, ignorant une dimension aussi importante que celle du software ? (Il soupira.) Voilà les questions qui ont orienté le travail du professeur Siza au cours des dernières années. Il voulait comprendre la sémantique de l'univers. Il voulait connaître le software qui se trouve programmé dans le hardware du cosmos.

— Je vois, dit Tomás. Mais comment peut-on étudier le software de l'univers ?

— Ça, il faudrait le demander au professeur Siza, rétorqua Luís. Mais je pense que la réponse à cette question dépend de la réponse à une autre question, très simple à formuler : ce que nous voyons autour de nous, aussi bien dans le microcosme que dans le macrocosme, est-ce une création ou un être intelligent ?

— Comment ça ?

Le physicien montra sa main gauche.

— Lorsque vous regardez ma main, voyez-vous une création de moi ou une partie de moi ? (Il jeta un regard circulaire.) Quand nous regardons l'univers, voyons-nous une création de Dieu ou une partie de Dieu ?

— Qu'en pensez-vous ?

— Je ne pense rien. Mais selon le professeur Siza, l'univers est une partie de Dieu. S'il a raison, lorsqu'on aura conçu une théorie du tout, on pourra en principe établir une description de Dieu.

— Vous croyez ?

— C'est ce que les physiciens tentent de faire actuellement. Concevoir une théorie du tout. Même si je pense qu'ils n'y parviendront pas.

— Pourquoi ?

— À cause des théorèmes de l'incomplétude. Ces théorèmes, joints au principe d'incertitude, montrent que l'on ne pourra jamais boucler le cercle. Il y aura toujours un voile de mystère autour de l'univers.

— Alors pourquoi tentent-ils encore de formuler cette théorie ?

— Parce qu'ils ne pensent pas tous comme moi. Certains croient possible de concevoir une théorie du tout. Ils sont convaincus qu'on peut trouver une équation fondamentale.

— Une équation fondamentale ? Que voulez-vous dire ?

— C'est le Saint Graal des mathématiques et de la physique. Formuler une équation qui contienne en soi toute la structure de l'univers.

— Et c'est possible ?

— Peut-être, je ne sais pas, rétorqua Luís, en haussant les épaules. Vous savez, les scientifiques croient de plus en plus que la profusion actuelle de lois et de forces existant dans l'univers provient du fait que nous nous trouvions dans un état de basse température. Il y a de nombreux indices qui montrent que les forces se fondent les unes dans les autres quand la température s'élève au-dessus d'un certain niveau. Pendant longtemps, par exemple, dominait la conviction qu'il existait quatre forces fondamentales dans l'univers : la force de gravité, la force électromagnétique, la force forte et la force faible. Mais on a déjà découvert qu'il y a en fait trois forces, dès lors que la force électromagnétique et la force faible constituent, en réalité, la même force, qu'on désigne maintenant par le terme d'électrofaible. Il y a aussi ceux qui pensent que la force forte constitue une autre facette de la force électrofaible. Si c'est le cas, il ne reste plus qu'à unir ces trois forces à la force de gravité pour arriver à une force unique. Beaucoup de physiciens pensent qu'au moment du Big Bang, sous les très hautes températures qui régnaient alors, toutes les forces étaient unies en une seule superforce, qui pourrait être réduite à une équation mathématique simple. (Luís se pencha sur la table.) Or, quand on commence à parler de superforce, quelle image nous vient aussitôt à l'esprit ?

— Dieu ?

Le physicien sourit.

— Les scientifiques ont découvert qu'à mesure qu'augmentait la température, l'énergie s'unifiait et les structures complexes subatomiques se brisaient, révélant des structures simples. Sous une chaleur très intense, les forces se simplifient et se fondent, dégageant ainsi la superforce. Dans ces circonstances, il serait possible de concevoir une équation mathématique fondamentale. Il s'agirait d'une équation capable d'expliquer le comportement et la structure de toute la matière et capable aussi de décrire tout ce qui arrive.

(Il écarta les mains comme s'il venait d'exécuter un tour de magie.) Une telle équation serait la formule maîtresse de l'univers.

— La formule maîtresse ?

— Oui, confirma Luís Rocha. Certains l'appellent la formule de Dieu.

XXVII

La matinée s'avançait et Tomás, peut-être pour la vingtième fois en moins d'une heure, contempla la feuille de papier et imagina une nouvelle stratégie pour percer le mystère. Mais l'énigme ne bronchait pas, il eut même l'impression que ces treize lettres et ce point d'exclamation se moquaient de ses efforts.

See sign
!ya ovqo

Il remua la tête, plongé dans le problème. Il lui semblait évident que chaque ligne renvoyait à un chiffrage différent, sans être sûr que la première en soit vraiment un. Les mots anglais *See sign* signifiaient « voyez le signe ». Il s'agissait probablement d'une indication laissée par Einstein, faisant référence à quelque signe présent dans le manuscrit. Le problème est que Tomás, n'ayant pu lire le document, n'avait aucun moyen de le vérifier. Y avait-il quelque signe mystérieux caché dans le texte original ?

Le cryptologue secoua la tête.

Il lui était sans doute impossible de déterminer une telle chose sans accéder au manuscrit. Tomás avait beau tourner et retourner le problème, il aboutissait toujours à la même conclusion : il lui fallait vraiment lire le document pour y chercher les pistes cachées, creuser le texte pour y trouver le signe auquel Einstein faisait allusion. *See sign.* Voyez le signe. Mais quel signe ?

Il s'adossa à la chaise de la cuisine et posa son crayon. Avec un soupir résigné, Tomás renonça pour le moment à comprendre cette première ligne ; ne pouvant accéder au manuscrit, toute tentative d'interpréter ces deux mots semblait vouée au fiasco. Il se leva, agacé, alla prendre du jus d'orange dans le réfrigérateur et retourna sur sa chaise. Il sentait une impatience diffuse lui brûler les entrailles.

Il posa à nouveau ses yeux sur la feuille et se concentra sur la seconde ligne. À première vue, ce message était sans doute chiffré selon un système de substitution. Il semblait évident que les lettres originales avaient été remplacées par d'autres, selon un ordre prédéterminé par une clé. S'il trouvait cette clé, il découvrirait le code. Le problème était de comprendre quelle clé Einstein avait utilisée pour coder cette ligne.

Il parcourut plusieurs fois les lettres de la seconde ligne, convaincu d'être devant un système de substitution, et se mit à considérer diverses hypothèses. S'il s'agissait d'une substitution monoalphabétique, ce serait relativement simple à démêler. Mais si c'était une substitution polyalphabétique, recourant à deux ou plusieurs alphabets chiffrés, l'opération serait nettement plus compliquée. Ce pouvait être aussi une substitution polycentrique, un procédé où des groupes de lettres étaient intégralement remplacés par d'autres groupes. Ou alors, cauchemar des cauchemars, il s'agissait d'une substitution fractionnelle, où l'alphabet codé était lui-même codé.

Il pressentait les difficultés à venir. Néanmoins, l'option la plus logique restait la substitution monoalphabétique, et il décida de commencer par cette hypothèse. Face à un tel système, il était parfaitement conscient que la clé de substitution n'avait pu être choisie au hasard. Ce pouvait être, par exemple, l'alphabet de César, l'un des plus anciens alphabets chiffrés de l'histoire, utilisé par Jules César dans ses intrigues de palais et ses campagnes militaires. Si c'était le cas, il lui suffirait de modifier le point initial de l'alphabet normal et il trouverait la solution.

La sonnette de l'entrée retentit à cet instant.

Madame Noronha sortit du salon, où elle faisait du rangement, et se précipita vers la porte.

— Voilà, voilà, marmonna-t-elle. (Elle décrocha le combiné.) Qui est-ce ? Qui ? Ah, un moment. (Elle regarda son fils.) C'est le professeur Rocha. Il t'attend en bas.

— Dis-lui que j'arrive ! s'exclama Tomás.

Il ressentit presque une satisfaction de devoir interrompre l'épuisant travail qui l'avait occupé toute la matinée sans porter ses fruits. Il plia la feuille où était notée la formule et alla dans sa chambre chercher sa veste.

Ils se garèrent à l'ombre d'un chêne. En sortant de la voiture, Tomás contempla la petite maison qui était cachée derrière un mur et des arbustes, le long de la paisible avenue Dias da Silva, là où résidaient la plupart des professeurs de l'université. La maison avait un air accueillant, même s'il était manifeste qu'il lui manquait un jardinier, la verdure envahissait les zones de passages jusqu'au porche devant la porte.

— Alors c'est ici qu'habitait le professeur Siza ? demanda Tomás, promenant le regard sur la façade de la maison.

— Oui, c'est ici.

L'historien regarda son collègue.

— Ça doit être dur pour vous de revenir ici ?

Luís Rocha observa la maison et respira profondément.

— Évidemment.

— Je suis désolé de vous avoir demandé ce service, dit Tomás. Mais il me paraît important de voir le lieu où tout s'est passé.

Ils franchirent la grille et se dirigèrent vers la porte. Le physicien sortit une clé de sa poche et l'introduisit dans la serrure, jusqu'à ce que la porte s'ouvre dans un léger craquement. Il fit signe à Tomás d'entrer et lui emboîta le pas.

Un silence presque absolu les accueillit. Le petit vestibule était dallé, avec une porte à gauche donnant sur le salon et une autre à droite vers la cuisine, d'où parvenait le ronronnement d'un réfrigérateur encore branché.

— Mais tout ici paraît parfaitement en ordre.

— Attendez de voir le bureau, observa Luís Rocha en passant devant pour s'engager dans le petit couloir en face. Vous voulez voir ? Venez.

Au fond du couloir se trouvaient trois portes. Le physicien ouvrit celle de gauche, montrant l'entrée protégée par un ruban de police, et il fit signe à Tomás de regarder.

— Diable ! s'exclama l'historien.

Un amas de livres, de papiers et de chemises recouvrait le sol dans un chaos indescriptible, tandis que les étagères aux murs étaient presque vides, occupées seulement par un ou deux volumes qui avaient résisté à la tempête.

— Vous avez vu ça ? demanda le physicien.

Tomás ne parvenait pas à détourner les yeux de cet amoncellement de livres et de documents.

— C'est vous qui avez découvert cette pagaille ?

— Oui, confirma Luís. J'avais convenu avec le professeur Siza de venir ici pour vérifier des calculs qu'il avait faits sur les conséquences d'une hypothétique altération de la masse des électrons. Le professeur ne s'était pas rendu à un cours quelques jours avant, mais ça ne m'a pas inquiété car je le savais un peu distrait. Mais quand je suis arrivé devant le portail, j'ai vu que la porte était entrouverte. J'ai trouvé ça bizarre et je suis entré. J'ai appelé le professeur mais personne ne répondait. Je suis venu voir dans son bureau et j'ai découvert ce chambardement, dit-il en pointant le sol. J'ai aussitôt pensé qu'il s'agissait d'un cambriolage et j'ai appelé la police.

— Et qu'a-t-elle fait ?

— D'abord, rien de particulier. Des agents ont scellé le lieu et prélevé quelques échantillons. Ensuite, la police judiciaire est venue à plusieurs reprises et a posé beaucoup de questions, la plupart portant sur ce que le professeur conservait ici. Elle voulait savoir s'il possédait des objets de valeur. Mais ensuite les questions ont évolué et certaines m'ont paru bien étrange, je l'avoue.

— Comme par exemple ?

— La police voulait savoir si le professeur voyageait beaucoup et s'il connaissait des gens du Moyen-Orient.

— Et vous ? Qu'avez-vous répondu ?

— Qu'il était évident que le professeur voyageait. Il se rendait à des conférences et à des séminaires, contactait d'autres scientifiques… Bref, le train de vie normal pour quelqu'un qui se consacre à la recherche, j'imagine.

— Et il connaissait des gens du Moyen-Orient ?

Luís Rocha esquissa une moue.

— Il devait en connaître, je ne sais pas. Il parlait avec beaucoup de monde, vous savez.

Tomás tourna la tête et observa de nouveau les livres éparpillés. Il était évident que quelqu'un avait tout jeté à terre pour chercher on ne sait quoi. Ou plutôt Tomás le savait. Tomás Noronha le savait, Franck Bellamy le savait, et quelques rares personnes également. Les cambrioleurs étaient des hommes du Hezbollah et ils cherchaient *Die Gottesformel*, le vieux manuscrit qu'ils avaient fini par trouver quelque part dans ce bureau.

Remuant derrière Tomás, Luís pressa la poignée de la porte du milieu et l'ouvrit.

— Je vais aux toilettes, dit-il, en entrant dans l'étroite pièce ornée de carreaux en céramique blancs et bleus. Mettez-vous à l'aise.

Il referma la porte.

Momentanément seul, Tomás regarda une dernière fois le bureau vandalisé et fit demi-tour. Son attention fut attirée par la troisième porte au fond du couloir ;

il allongea le bras et l'ouvrit. Un grand lit indiquait que c'était la chambre du professeur Siza.

Poussé par la curiosité, Tomás entra dans la pénombre et observa la chambre avec attention. Une odeur de renfermé planait dans l'air, à l'évidence la pièce n'avait pas été ouverte depuis plusieurs semaines, comme suspendue dans le temps, en attendant de reprendre vie. Les stores étaient baissés, créant une atmosphère paisible dans un silence reposant, un espace calme dans une lumière tamisée. À l'opposé du chaos qu'offrait le bureau, tout ici était soigneusement rangé, chaque objet se trouvait à sa place.

Une fine couche de poussière recouvrait les meubles, on aurait presque pu mesurer le temps écoulé avec l'épaisseur de la poussière accumulée. L'historien ouvrit un tiroir et vit un paquet de lettres et de cartes postales. Il prit celles du dessus et examina leur date ; elles étaient des derniers mois. Il supposa que celles en dessous devaient être plus anciennes. Il regarda les lettres et chercha à les identifier. La plupart semblaient venir de l'université, notices de colloques, nouvelles éditoriales, demandes d'informations bibliographiques et autres références à caractère purement académique. Il aperçut, parmi les enveloppes, trois cartes postales et les examina distraitement. Deux étaient signées par des cousines, mais la troisième éveilla son attention. Il la regarda de chaque côté et sentit sa curiosité redoubler.

Le bruit métallique d'une clé tournant dans une serrure lui fit tourner la tête vers le couloir. C'était Luís qui ressortait des toilettes.

D'un geste rapide et discret, Tomás glissa cette troisième carte postale dans la poche de sa veste et prit un air innocent.

La première chose que Tomás fit en arrivant chez lui, fut de chercher un numéro dans le répertoire de son portable et de lancer l'appel.

— Greg Sullivan, j'écoute, annonça la voix nasillarde à l'autre bout de la ligne.

— Bonjour Greg. C'est Tomás Noronha.

— Ah ! Tomás. Comment ça va ?

— Très bien, merci.

— J'ai entendu dire que vous n'avez pas eu la vie facile à Téhéran.

— Oui, c'était compliqué.

— Mais vous vous en êtes sorti comme un professionnel !

— N'exagérons rien…

— Sérieusement ! Un de ces jours vous m'aborderez avec un accent très british et vous me direz : mon nom est Noronha. Tomás Noronha ! dit-il en riant. Un vrai James Bond !

— Arrêtez de vous payer ma tête.

— Pas du tout, je suis fier de vous, vous savez ? Vous êtes un sacré bonhomme !

— Allons, arrêtez les fleurs. (Tomás se racla la gorge, avant d'aller droit au sujet qui motivait son appel.) Greg, j'aurais besoin que vous me rendiez un service.

— Avec grand plaisir, je vous écoute.

— Je voudrais que vous appeliez vos amis à Langley pour qu'ils demandent à Frank Bellamy de me rappeler d'urgence.

— Pardon ?

— Il faudrait que Frank Bellamy me rappelle d'urgence.

Il y eut un court silence à l'autre bout de la ligne.

— Écoutez, Tomás, monsieur Bellamy n'est pas n'importe qui, dit Greg sur un ton soudainement respectueux. C'est l'un des quatre directeurs de la CIA, ayant directement accès au bureau ovale de la Maison Blanche. Ce n'est pas les gens qui décident de lui parler, vous comprenez ? C'est lui qui décide de leur parler.

— Oui, j'ai compris, répliqua Tomás. Mais j'ai aussi compris que si quelqu'un d'aussi important est venu une fois à Lisbonne pour me parler et m'a téléphoné deux fois par la suite, c'est parce qu'il considère que je suis engagé dans une affaire cruciale pour l'agence. Si tel est le cas, il sera certainement disposé à m'appeler dès qu'il saura que j'ai quelque chose à lui dire.

— Et vous avez quelque chose à lui dire ?

— Évidemment.

Greg soupira.

— OK, Tomás. J'espère que vous savez ce que vous faites. Monsieur Bellamy n'est pas quelqu'un avec qui on plaisante. (Il hésita, comme s'il donnait à un condamné une dernière chance de se repentir.) Vous voulez vraiment que j'appelle Langley ?

— Téléphonez.

— OK.

Il sortit de la poche de sa veste la carte postale qu'il avait dérobée dans la chambre du professeur Siza et l'examina avec attention. L'adresse de l'expéditeur n'était pas mentionnée. La carte postale présentait un court message à l'écriture soignée, aux lignes bien droites, comme si l'esthétique valait autant que le contenu.

Mon cher ami,

Quel plaisir de recevoir de vos nouvelles.

Votre découverte me remplit de curiosité.

Le grand jour serait-il enfin arrivé ?

Retrouvez-moi dans le monastère.

Affectueusement,

Tenzing Thubten

Il lut plusieurs fois les courtes lignes écrites sur la carte postale. Il n'avait pas besoin d'être très intuitif pour comprendre que ce message levait un coin du voile, tout en masquant l'essentiel sous de subtils sous-entendus. Qui était ce Tenzing Thubten ? S'il donnait du « mon cher ami » au professeur Siza, c'est sans doute qu'il le connaissait bien. Mais d'où ? Si Thubten disait « quel plaisir de recevoir de vos nouvelles », c'est parce que le professeur Siza avait pris l'initiative de le contacter. Si l'expéditeur indiquait que « votre découverte me remplit de curiosité », c'est parce que le professeur Siza lui avait communiqué le fait. Et si Thubten se demandait si « le grand jour était enfin arrivé », c'est parce que cette découverte, quelle qu'elle soit, allait probablement déclencher un événement attendu par tous deux depuis longtemps. Mais quel est le sens caché de ces phrases ? s'interrogea Tomás. Son portable sonna.

— Bonjour Tomás, murmura l'inimitable voix rauque. On m'a dit que vous vouliez me parler.

— Bonjour, monsieur Bellamy. Quel temps fait-il à Langley ?

— Je ne suis pas à Langley, répondit la voix. Je suis dans un avion qui survole un territoire dont je ne peux vous donner les coordonnées. Je vous parle sur une ligne non sécurisée, ce qui signifie que vous devez faire attention à ce que vous dites. Entendu ?

— Oui.

— Alors dites-moi pour quelle raison vous teniez tant à me parler.

Presque à son insu, Tomás se redressa sur sa chaise, telle une sentinelle se mettant au garde-à-vous devant un officier.

— Monsieur Bellamy, je pense avoir finalement compris de quoi traite le document qui nous a occupé et qui était l'objet de mon dernier voyage.

Il y eut un bref silence avec de la friture sur la ligne.

— Vraiment ?

— D'après ce que j'ai découvert, je crois pouvoir affirmer que le contenu du document ne présente aucun risque. Il s'agit, d'ailleurs, d'un sujet totalement différent de celui que nous pensions.

— Vous êtes sûr ?

— Disons que j'ai une certitude relative, qui repose sur ce que j'ai découvert, rien de plus. Pour avoir une certitude absolue, il faudrait que je puisse lire le manuscrit, ce qui en ce moment ne me paraît guère possible pour les raisons que vous connaissez.

— Mais vous pensez vraiment que le contenu du document n'est pas celui qui nous préoccupe ?

— Oui, je le pense.

— Alors comment expliquez-vous que notre grand

génie ait avoué en privé que sa découverte allait provoquer une explosion d'une violence inouïe ?

Tomás hésita.

— C'est vrai… Mais a-t-il vraiment dit ça ?

— Bien sûr que oui. Il l'a dit à un physicien qui était notre informateur. Je vous ai raconté l'histoire quand je suis venu à Lisbonne, vous vous souvenez ?

— En effet.

— Alors que décidons-nous ?

L'historien respira profondément.

— Il n'y a qu'un seul moyen d'éclaircir la question, dit-il.

— Lequel ?

— Il faut que je reparte en voyage.

— Où ça ?

— Nous sommes sur une ligne non sécurisée. Vous voulez vraiment que je vous révèle la destination ?

Frank Bellamy hésita, évaluant les risques.

— Vous avez raison, répliqua-t-il aussitôt. Écoutez, je vais contacter notre ambassade à Lisbonne et je donnerai des instructions pour que tous les moyens dont vous avez besoin soient mis à votre disposition, ça vous va ?

— Très bien.

— À bientôt, Tomás. Vous êtes un sacré génie.

Frank Bellamy raccrocha et Tomás resta un instant à regarder son téléphone. Ce diable d'homme avait le don de l'agacer. À bien y réfléchir, Bellamy semblait avoir cet effet sur tout le monde, il suffisait de considérer l'attitude presque servile que Greg Sullivan et Don Snyder avaient adoptée lors de cette mémorable rencontre à Lisbonne. Tomás imagina l'homme de la CIA en réunion dans le bureau ovale de la Maison

Blanche et un sourire se dessina sur ses lèvres. Est-ce que le président des États-Unis avait la même sensation lorsqu'il parlait avec ce sinistre personnage ?

Peut-être pour oublier les frissons que lui donnait Bellamy, Tomás songea à Ariana avec nostalgie. Il l'avait quittée depuis seulement quelques jours et elle lui manquait déjà plus que de raison. Il rêvait d'elle toutes les nuits, mais Ariana s'éloignait, entraînée par une force inconnue, comme aspirée par l'horizon. Tomás se réveillait alors en sursaut, le cœur serré et la gorge nouée.

Il soupira.

Afin de chasser ses idées noires, il baissa les yeux et examina à nouveau la carte postale qu'il tenait toujours dans la main. L'espace réservé à l'expéditeur était vide, mais Tomás n'avait pas besoin d'en savoir plus. Il avait le nom de l'expéditeur, un certain Tenzing Thubten, et si son adresse n'était pas mentionnée, l'image de la carte postale l'indiquait clairement.

Il retourna la carte et contempla le beau monastère blanc et marron qui s'élevait dans la brume, au sommet d'une colline, surplombant la ville. Il sourit. Bien sûr, pensa-t-il. Tout le monde connaissait ce palais tibétain.

Le Potala.

XXVIII

La claire lumière des montagnes filtra par la fenêtre de la chambre et réveilla Tomás. L'historien resta encore un moment blotti sous les couvertures, prolongeant le doux moment du réveil, puis se leva à contrecœur et alla à la fenêtre contempler la naissance du jour. L'aube était limpide et froide et les rayons du soleil faisaient scintiller les pics neigeux des montagnes qui entouraient la ville, balafrant de blanc l'azur profond du ciel.

Le lever du jour à Lhassa.

Voilà trois jours que Tomás se réveillait dans la capitale du Tibet. Redressant son corps et emplissant d'air ses poumons, il constata avec soulagement que ses troubles avaient disparu, il se sentait beaucoup mieux.

Peu après son arrivée à l'aéroport Gonggar, il avait été assailli par des maux de tête et des nausées, accompagnés d'une fatigue persistante. La première nuit, il avait eu beaucoup de mal à s'endormir, puis, après avoir vomi, il s'était décidé à appeler la réception pour demander un médecin. Il n'y en avait pas, mais le réceptionniste, habitué, avait aussitôt fait un diagnostic.

— *Acute Mountain Sickness*, avait-il dit en entrant dans sa chambre.

— Comment ?

— C'est le syndrome de l'altitude, avait-il expliqué, en regardant la valise sur le tapis. Vous êtes venu en avion ?

— Oui.

— Presque tous les étrangers qui arrivent en avion souffrent de ce mal. C'est dû au passage brutal entre le niveau de la mer et l'altitude, sans phases intermédiaires d'adaptation.

— Mais cela peut entraîner des complications ?

— Bien entendu. Vous savez, la pression atmosphérique est ici très inférieure à celle du niveau de la mer. Cela veut dire que la pression est insuffisante pour apporter l'oxygène jusqu'au sang, voilà pourquoi les gens se sentent mal.

Tomás avait inspiré profondément pour sentir la différence. Effectivement, l'air paraissait plus léger, plus raréfié.

— Et maintenant ? Que dois-je faire ?

— Rien.

— Rien ? Mais ce n'est pas une solution…

— Au contraire, c'est la meilleure solution. Vous ne devez rien faire. Restez ici dans votre chambre, reposez-vous le temps de vous adapter à l'altitude. Ne faites aucun effort. Essayez de respirer plus rapidement pour compenser le manque d'oxygène dans le sang. Votre cœur bat probablement plus vite, c'est pourquoi vous devez vous reposer. Dans quelques jours, vous commencerez à vous sentir mieux, vous verrez. Alors seulement vous pourrez sortir. (Il avait levé un doigt en guise d'avertissement.) Mais, attention, si votre état s'aggrave, ce sera très mauvais signe. Cela pourrait signifier que vous développez une forme maligne du syndrome, entraînant des complications pulmonaires ou cérébrales. Dans ce cas, vous devrez quitter immédiatement le Tibet.

— Mais si je reste ?

Le réceptionniste avait écarquillé ses yeux bridés.

— Vous mourrez.

Le troisième jour, il se sentit effectivement mieux et, enthousiaste, il décida de sortir prendre l'air. Il demanda des indications à la réception de l'hôtel et s'engagea lentement sur l'avenue Bei Jin Guilam, en direction du majestueux Potala. Il traversa le Shöl, situé au pied du magnifique palais du Dalaï-Lama, et fut choqué de voir toute cette zone transformée en une métropole chinoise totalement démesurée, avec sa grande avenue encombrée par la circulation.

Devant le Potala s'étendait une vaste place ornée d'une sculpture devant laquelle s'entassaient des touristes chinois, qui prenaient des photos avec le palais en arrière-plan. Après cette place, la large avenue était une succession de commerces modernes, de boutiques d'équipements sportifs, de vêtements pour enfants, de costumes de marque, de chaussures. Il y avait des restaurants, des pâtisseries, des marchands de glaces, des bureaux de tabac, des fleuristes, des pharmacies, des opticiens, le tout grouillant de monde et éclairé par des néons multicolores, si bien que le Potala donnait l'impression d'être un corps étranger, un colossal intrus tibétain planté au milieu d'une immense mer chinoise.

Un peu plus loin, Tomás tourna à droite et arriva enfin dans le quartier calme. Il s'enfonça dans un lacis de ruelles sinueuses, flanquées de vieux bâtiments blancs aux fenêtres noires, évitant les flaques de boue aux odeurs repoussantes.

— *Hello !* salua une voix féminine au-dessus de sa tête. (C'était une jeune fille tibétaine penchée à la fenêtre.) *Tashi deleh ! Hello !*

— *Tashi deleh*, dit Tomás, répondant avec un sourire.

Tout le monde ici s'empressait de saluer l'étranger avec un large sourire, un signe de main amical, une courbette discrète, un « *hello* » anglais ou un « *tashi deleh* » tibétain, parfois en tirant la langue comme si on se moquait de vous. Dans ce recoin de la ville, à l'écart de l'influence chinoise, se cachait le Tibet que l'historien avait toujours imaginé.

L'étroit labyrinthe déboucha sur une immense place animée. Une foule s'agitait d'un bout à l'autre, on voyait des nomades et leurs chèvres, des pèlerins d'Amdo, des voyageurs de Kham, des moines prosternés ou récitant des mantras, des saltimbanques exécutant des acrobaties, des étals de tapis et d'aquarelles *thangka*, de chapeaux et de vêtements, des jerrycans d'essence, des photos du Dalaï-Lama, des babioles de Katmandou, du thé du Darjeeling, des écharpes de Sichuan, des amulettes de Drepung, des rideaux de Shigatse, des foulard du Cachemire, des plantes médicinales de l'Himalaya, des vieilles pièces indiennes transformées en bijoux, des bagues en argent ornées de turquoise, tout ce qu'on pouvait imaginer était à vendre ici.

— *Hello !* salua une vendeuse.

— *Look ! Look !* cria une autre, tandis qu'une troisième proposait des bustes de personnages religieux en os de yack. *Cheap ! Cheap !*

Une foule dense se traînait sur la place, murmurant des mantras et faisant tourner des moulins à prières, certains en cuivre, d'autres en jade ou en santal ; c'était le Barkhor, le grand mouvement religieux qui tournait autour du temple dans le sens des aiguilles d'une montre. Les pèlerins observaient les acrobates, considéraient les moines, lorgnaient les étalages ou restaient simplement concentrés sur la marche rituelle autour du périmètre.

Tomás n'eut pas besoin de vérifier son plan pour comprendre qu'il se trouvait devant le marché de Tumskhan, installé autour du circuit religieux du Barkhor. Parmi les maisons tibétaines traditionnelles aux façades blanches ornées de balcons en bois, se dressait l'entrée du temple. La porte était flanquée de colonnes rouges, qui supportaient une structure ornée de peau de yack, au sommet de laquelle brillait une image sacrée, deux cerfs dorés tournés vers une harmonieuse *dharmachakra*, la Roue de la Loi.

Le temple de Jokhang.

Quelques pèlerins restaient prosternés sur le sol en pierre du Barkhor, devant le temple, entonnant en chœur un grave « *Ommm* », il s'agissait de l'invocation sacrée « *Om mani padme hum* », le mantra des six syllabes, la prière de la Création. Ce vocable profond et guttural, considéré par les bouddhistes comme le son primordial, le phonème ayant engendré l'univers, résonnait longuement sur la place, interrompu seulement par le souffle des expirations cadencées, comme si les fidèles avaient reçu un coup dans l'estomac. La marche des pèlerins était également ponctuée par le grincement métallique des *korten*, les moulins à prières dorés disposés en rangs près de la porte.

Tomás fendit la foule et franchit l'entrée du sanctuaire, découvrant une grande cour à ciel ouvert où les dévots apportaient au Jokhang des morceaux de graisse jaune pour les disperser autour de l'enceinte. Pour échapper aux odeurs nauséabondes qui s'en dégageaient, le visiteur se réfugia près des bâtons d'encens incandescents et observa la scène autour de lui. Cette cour intérieure fourmillait de pèlerins qui avaient parcouru des centaines de kilomètres pour se rassembler ici, beaucoup se tenaient à plat ventre sur le sol, le front collé à la pierre, d'autres actionnaient leurs moulins à prières, d'autres encore brûlaient de la graisse fétide sur des autels où trônait un petit Bouddha.

Un Occidental à l'air bonasse, un appareil photo en bandoulière, s'approcha de Tomás.

— Beau spectacle, hein ?

— Oui.

L'homme se présenta. Il s'appelait Carlos Ramos, il était mexicain et vivait en Espagne. Après cet échange de politesses, Carlos considéra la foule des fidèles et hocha la tête.

— Après avoir lu beaucoup de livres, j'ai fini par comprendre ce qu'est le bouddhisme, commenta-t-il. C'est un jeu de bons points.

— Comment ça, un jeu de bons points ?

— C'est simple, dit le Mexicain en souriant. Plus grand est votre mérite durant cette vie, plus vous avez de chances d'accéder à une bonne réincarnation dans votre prochaine existence. Si vous obtenez peu de bons points, vous vous réincarnerez en insecte ou en lézard, par exemple. Mais si vous vous montrez pieux et que vous cumulez un certain nombre de bons points, vous renaîtrez sous forme d'être humain. Et si vous faites preuve d'une grande bonté, alors vous vous réincarnerez en homme riche, voire en Lama. Vous comprenez ? C'est un peu comme dans un jeu vidéo. Plus vous capitalisez de points, meilleure sera votre vie dans votre prochaine réincarnation.

Tomás rit de cette approche simpliste du bouddhisme.

— Et comment obtient-on ces bons points ?

Le Mexicain désigna la foule qui remplissait le Jokhang.

— En se prosternant, pardi ! Regardez-les ! Plus ils se prosternent, plus ils gagnent de points. Certains se prosternent plus de mille fois en un seul jour. (Il esquissa une grimace.) Ça doit être éreintant, imaginez le mal de dos... La plupart des adeptes se contentent de cent huit prosternations, ils disent que c'est un nombre sacré, mais c'est surtout moins fatigant. (Il regarda une chèvre qu'un fidèle avait amenée dans le temple.) Mais il y a d'autres façons de gagner des bons points. Par exemple, sauver la vie d'un animal, c'est récompensé, qu'est-ce que vous croyez ? Ou donner l'obole à un mendiant, ça compte aussi pour accéder à une bonne réincarnation.

— Et pour celui qui mène une vie parfaite ?

— Là, c'est le gros lot du bouddhisme ! *El Gordo* ! Car le nombre maximum de bons points vous conduit au nirvana. Et le nirvana signifie que vous brisez le cercle vicieux de la vie terrestre. Là, plus rien ne se passe ! Finis les problèmes de réincarnation.

— C'est un peu comme dans le christianisme, non ? observa Tomás. Plus nous sommes bons ici-bas, plus nous cumulons de bons points dans le ciel et plus grandes sont nos chances de gagner une place au paradis.

Le Mexicain haussa les épaules.

— C'est exactement ça ! s'exclama-t-il. Le grand thème de toutes les religions se réduit, au fond, à une somme de bons points.

Après lui avoir adressé un dernier sourire, Tomás quitta le touriste et s'enfonça dans le temple.

L'intérieur du vieux bâtiment était plongé dans la pénombre, où seules luisaient les bougies en graisse de yack alignées sur les autels. Il sortit de sa poche un morceau de papier et, dans une zone éclairée, chercha à s'orienter. Il traversa l'espace sombre et se retrouva dans une galerie. Un moine chauve, vêtu d'un *tasen* orange de l'ordre Galupka, surgit à l'entrée des chapelles et le visiteur l'interpella.

— Jinpa Khadroma ?

Le moine le regarda avec attention. Après une légère hésitation, il le salua en s'inclinant et lui fit signe de le suivre.

Ils rejoignirent la première terrasse du Jokhang et s'engagèrent à droite dans une coursive discrète, à l'air libre ; le moine s'arrêta devant un rideau *kuou*. Il leva légèrement un coin du rideau, regarda à l'intérieur, et murmura quelque chose ; une voix répondit et le moine ouvrit grand le rideau, s'inclina devant Tomás, lui fit signe d'entrer, se courba à nouveau et disparut.

La chambre était petite et sombre. Seule une petite fenêtre laissait passer la lumière, éclairant la natte où était assis un moine corpulent. Collées sur une armoire, des photos du Dalaï-Lama exilé et du défunt Panchen-Lama souriaient au visiteur, et une pile de livres se dressait sur une table basse, dans un délicat équilibre. Le moine tenait un petit volume dans la main ; il le ferma doucement, leva la tête et accueillit l'étranger avec un sourire.

— *Tashi deleh.*

— *Tashi deleh.*

— Je suis Jinpa Khadroma, annonça le moine. Vous souhaitiez me parler ?

Tomás se présenta et agita le papier qu'il avait dans la main, griffonné par Greg Sullivan à l'ambassade américaine à Lisbonne.

— Votre nom m'a été donné par des amis qui m'ont dit que vous pourriez m'aider.

— Quels amis ?

— Je crains de ne pouvoir les nommer. Mais ce sont des amis.

Le moine tordit ses grosses lèvres.

— Hum, murmura-t-il, pensif. Et en quoi puis-je vous aider ?

— Je cherche une personne ici au Tibet.

Tomás sortit de sa poche la carte postale et la remit à Jinpa. Le moine observa l'image du Potala et examina le message au verso.

— Qu'est-ce que c'est ?

— C'est une carte postale envoyée du Tibet à un ami de mon père qui a disparu. L'expéditeur tibétain s'appelle... (Tomás se pencha et regarda la signature au bas de la carte postale que tenait Jinpa.) Tenzing Thubten.

Le moine le fixa dans les yeux, sans trahir la moindre émotion, et posa la carte postale tout près de quelques photos du Dalaï-Lama.

— Tenzing Thubten n'est pas accessible au premier

431

venu, dit Jinpa. Il nous faut d'abord vérifier certaines choses et en parler à certaines personnes.

— Bien sûr.

— Vous aurez demain la réponse. Si nous découvrons sur vous quelque chose de suspect, vous ne le verrez jamais. Mais si tout est en règle, votre souhait sera exaucé. (Il fit un rapide geste de la main, comme pour le congédier.) Soyez à 10 heures précises devant la chapelle d'Arya Lokeshvara.

Tomás prit note.

— Arya Lokeshara ?

— Lokeshvara.

Il corrigea.

— Et où se trouve-t-elle ?

Jinpa tourna la tête et indiqua du menton la carte postale posée près de lui.

— Au palais Potala.

XXIX

Une pluie fine et persistante tombait sur Lhassa, lorsque Tomás entama sa lente ascension vers le promontoire qui s'élevait au-dessus de la ville. Avançant d'un pas lent, sans cesser de surveiller sa respiration et les battements de son cœur, il grimpa l'escalier jusqu'à atteindre le niveau des toits du Shöl. Il s'arrêta alors, leva la tête et contempla le magnifique palais.

Le Potala reposait majestueusement sur le rocher escarpé, avec sa longue façade blanche qui tranchait sur la pierre sombre, sa tour rougeâtre dressée tel un donjon et ses étroites fenêtres regardant la ville qui se réveillait. Un palais qui évoquait un phare, une forteresse vigilante et protectrice, s'élevant au-dessus des brumes pour guider l'esprit du Tibet. Des drapeaux ornés de prières claquaient au vent. Haletant de fatigue et d'excitation, Tomás se pencha et admira la ville qui s'étalait dans la vallée ; chaque maison semblait prosternée au pied de la divinité qui l'observait depuis le Potala.

Tout ici semblait serein, transparent, élevé. Pur. Jamais Tomás n'avait éprouvé la sensation de se trouver entre ciel et terre, flottant au-dessus de la brume, l'esprit dégagé, émergeant de la masse humaine pour toucher Dieu, sentant l'éternité figée dans une seconde, l'éphémère rejoignant l'infini, le commencement de l'Oméga et la fin de l'Alpha, la lumière et les ténèbres, l'univers dans un souffle, l'impression que la vie a un sens mystique, qu'un mystère se cache au-delà du visible, une énigme gravée en un vieux code hermétique, un son millénaire que l'on devine sans l'entendre.

Le secret du monde.

Mais un vent glacial refroidit aussitôt l'appel de l'arcane qui lui brûlait la poitrine et l'obligea à presser le pas vers les portes du palais endormi. Il atteignit la grande place Deyang Shar devant le Potala, et gravit l'escalier jusqu'à pénétrer dans le palais Blanc, l'ancienne résidence du Dalaï-Lama. Il s'engouffra dans la chaleur des étages et sentit une aura de mystère l'envelopper.

Les pièces sombres, éclairées par de faibles lampes suspendues au plafond, semblaient renfermer un trésor perdu, dont une infime partie transparaissait dans les chants qui résonnaient le long des couloirs ; c'étaient les moines qui récitaient les textes sacrés. Seules les cloches qui sonnaient au loin rompaient le murmure modulé de la douce déclamation des mantras, le *Om* primordial qui se répercutait dans tout le palais comme un bourdonnement de dieux. Dans l'air, un relent nauséabond se mêlait aux senteurs capiteuses de l'encens. Dehors, le vent venait sans doute d'ouvrir une brèche dans les nuages qui voilaient le ciel, car les chauds rayons du soleil traversèrent soudainement les rideaux envahissant l'intérieur du palais.

Un moine jeune, chauve et vêtu d'un drap rouge, apparut dans le couloir et Tomás l'interpella aussitôt.

— *Tashi deleh*, salua l'étranger.

— *Tashi deleh*, répondit le moine en s'inclinant légèrement.

Tomás prit l'air interrogatif.

— Arya Lokeshvara ?

Le Tibétain fit signe à Tomás de le suivre. Ils montèrent jusqu'au palais Rouge et longèrent des couloirs peints en orange ; ils passèrent sous les arcades supérieures, supportées par des piliers drapés de pourpre et dont les balcons donnaient sur les toits dorés. Le moine pointa une petite chapelle cachée dans un coin du palais, à l'escalier éclairé par un curieux rayon de soleil venant du plafond.

— *Kale shu*, articula le jeune moine, avant de s'éclipser.

La petite chapelle Arya Lokeshvara, bien qu'étroite, était haute et ornée de statues. Une brume d'encens flottait au-dessus des bougies et seul un moine se trouvait là, assis en train de méditer, le visage tourné vers les statues placées derrière une vitrine, en face de l'entrée. Tomás jeta un regard alentour, cherchant la personne qu'il était venu voir, s'attendant à être interpellé par une voix cachée dans l'ombre qui se présenterait comme étant Tenzing Thubten. Mais personne ne se manifesta. Il resta là de longues minutes, figé, regardant la lueur vacillante des bougies, écoutant les mantras récités par des voix lointaines.

Après vingt minutes, il commença à s'inquiéter, assailli par le doute. Les moines avaient-ils considéré son enquête comme suspecte ? Avait-il commis une maladresse ayant éveillé des soupçons ? Que ferait-il

si toutes les portes se fermaient ? Comment poursui-
vrait-il ses recherches ?

— *Khyerang kusu depo yinpe ?*

Tomás tressaillit et se retourna. C'était le moine qui
était assis dans la chapelle, le dos tourné.

— Pardon ?

— Je vous demandais si votre corps se porte bien.
C'est notre manière de saluer un ami.

D'un pas hésitant, Tomás grimpa le petit escalier,
entra dans la chapelle, s'approcha du Tibétain et reconnut le moine avec lequel il avait parlé la veille au
temple de Jokhang.

— Jinpa Khadroma ?

Le moine tourna la tête, le regarda et sourit avec
bonhomie, tel un Bouddha vivant.

— Surpris de me voir ?

— Eh bien… non… bredouilla Tomás. Enfin, oui.
N'étais-je pas censé rencontrer ici Tenzing Thubten ?

Jinpa secoua la tête.

— Tenzing ne peut pas venir à vous. Nous avons
vérifié vos lettres de recommandation, et rien ne s'oppose à la possibilité d'une rencontre. Mais c'est à vous
d'aller à lui.

— Très bien, acquiesça l'historien. Dites-moi où ?

Le moine tourna la tête, ferma les yeux et inspira
profondément.

— Êtes-vous un homme religieux, professeur
Noronha ?

Tomás l'observa, un peu frustré que Jinpa ne lui
dise pas aussitôt où rencontrer l'homme qu'il cherchait.
Mais il avait conscience que les rythmes étaient différents ici et il se laissa guider par la question du moine.

— Pas vraiment.

— Vous ne croyez pas à quelque chose qui nous transcende ?

— Eh bien... peut-être, je ne sais pas. Disons que je cherche.

— Que cherchez-vous ?

— La vérité, je suppose.

— Je croyais que vous cherchiez Tenzing.

Tomás rit.

— Aussi, dit-il. Peut-être connaît-il la vérité.

À nouveau, Jinpa inspira profondément.

— Cette chapelle est la plus sacrée du Potala. Elle remonte au VIIe siècle, et c'est le dernier vestige du palais sur lequel on a bâti le Potala. (Il se tut.) Ne sentez-vous pas ici la présence de *Dharmakãya* ?

— Qui ?

Avec ses yeux clos, le moine semblait plongé dans la méditation.

— Que savez-vous sur le bouddhisme ?

— Rien.

Il y eut un nouveau silence, seulement rompu par les chants sacrés au loin.

— Voilà plus de deux mille cinq cents ans que naquit au Népal un homme appelé Siddhârta Gautama, un prince appartenant à une caste noble et qui vivait dans un palais. Mais, en constatant que derrière les murs du palais, la vie n'était faite que de souffrance, Siddhârta abandonna tout et alla vivre en Inde, dans une forêt, comme un ascète, torturé par cette question : à quoi bon vivre si tout est douleur ? Durant sept ans, il erra dans la forêt en quête de réponses. Cinq ascètes l'exhortèrent au jeûne, convaincus que le renoncement aux satisfactions du corps créerait l'énergie spirituelle qui les conduirait à l'illumination. Siddhârta jeûna jusqu'à devenir squelettique, au point que son nombril touchait sa colonne vertébrale. Enfin, il s'aperçut que ses efforts étaient vains et conclut que le corps avait besoin d'énergie pour soutenir l'esprit dans sa quête. Il décida alors d'abandonner les voies extrêmes. Pour lui, le vrai chemin n'était pas plus celui de la luxuriance du palais que celui de la mortification des ascètes, où les extrêmes se rejoignent. Il choisit donc la voie du milieu, celle de l'équilibre. Un jour, après s'être baigné dans le fleuve et nourri d'un peu de riz, il s'assit en posture de méditation sous un figuier, l'Arbre de l'Illumination que nous appelons *Bodhi*, et jura de ne plus en bouger tant qu'il n'aurait pas atteint l'illumination. Après quarante-neuf jours de méditation, arriva le soir où il parvint à la dissipation finale de tous ses doutes. Il se réveilla pleinement. Et Siddhârta devint Bouddha, l'éveillé.

— Mais de quoi s'est-il réveillé ?

— Il s'est réveillé du songe de la vie. (Jinpa ouvrit les yeux, comme si lui aussi se réveillait.) Une fois illuminé, Bouddha indiqua le chemin de l'éveil à travers les Quatre Nobles Vérités. La Première est dans la constatation que la condition humaine est souffrance. Cette souffrance est issue de la Deuxième Noble Vérité, qui est notre difficulté à intégrer un fait essentiel de la vie, celui que tout est transitoire. Toutes les choses naissent et meurent, a dit Bouddha. Nous souffrons parce que nous nous accrochons au songe de la vie, aux illusions des sens, au fantasme que tout puisse durer, au lieu d'accepter l'existence comme un fleuve qui passe. C'est là notre *karma*. Nous vivons avec la conviction que nous sommes des individualités, alors qu'en vérité nous faisons partie d'un tout indivisible.

— Et est-il possible de rompre cette illusion ?

— Oui. La Troisième Noble Vérité établit juste-ment qu'il est possible de briser le cercle de la souf-france, de nous libérer du *karma* et d'atteindre un état de libération totale, d'illumination, d'éveil. Le nirvana. C'est là que l'illusion se dissipe et que naît la conscience que tout est un et que nous faisons partie de l'un. (Il soupira.) La Quatrième Noble Vérité est l'Octuple Sentier Sacré qui mène à la suppression de la douleur, à la fusion avec l'un et à l'élévation au nirvana. C'est le chemin qui nous permet de devenir Bouddha.

— Et quel est ce chemin ? voulut savoir Tomás.

Jinpa referma les yeux, comme s'il replongeait dans la méditation.

— C'est le chemin de Shigatse, se borna-t-il à dire.

— Comment ?

— C'est le chemin de Shigatse.

— Shigatse ?

— À Shigatse, il y a un petit hôtel. Allez-y et dites que vous désirez que le Bodhisattva Tenzig Thubten vous montre le chemin.

Tomás resta figé un instant, surpris par la façon soudaine et inattendue dont le moine avait changé le cap de la conversation pour revenir au point initial. Mais il réagit aussitôt, sortant son calepin pour noter les instructions.

— Que Tenzing… me montre… le chemin, répéta-t-il tout en notant laborieusement, la langue pendue au coin des lèvres.

— N'écrivez pas. (Jinpa toucha son front du doigt.) Mémorisez.

Une fois encore, le visiteur resta un instant déconcerté par cet ordre, mais, docile, il arracha la feuille du calepin et la jeta dans une corbeille.

— Hum… murmura-t-il, s'efforçant d'enregistrer les indications. Shigatse, c'est ça ?

— Oui.

— Et que dois-je faire là-bas ?

— Aller à l'hôtel.

— Lequel ?

— Le Gang Gyal Utsi.

— Comment ? Le Gang quoi ?

— Gang Gyal Utsi. Mais les Occidentaux lui donnent un autre nom.

— Un autre nom ?

— Hôtel Orchard.

Il descendit d'interminables escaliers mal éclairés qui formaient des puits d'ombre, traversa le salon où se trouvait le trône du sixième Dalaï-Lama et, ignorant les statues et les chapelles qui ornaient le lieu, quitta précipitamment le Potala.

Tomás avait une mission. Il gardait en mémoire le point de rencontre pour s'entretenir avec le Tibétain qui, pensait-il, pourrait l'éclairer sur la mystérieuse disparition du professeur Siza et sur le secret qui entourait le vieux manuscrit d'Einstein. Il se sentait sur le point de percer l'énigme et contenait avec peine l'excitation qui bouillonnait dans son corps et lui revigorait l'âme. Il dévala imprudemment un sentier de terre jusqu'à Bei Jin Guilan, la tête penchée en avant, les yeux rivés sur le sol, l'esprit perdu dans les perspectives qui s'ouvraient devant lui, complètement étranger au monde qui l'entourait.

C'est pourquoi il ne remarqua pas qu'une camionnette noire s'était arrêtée le long du trottoir, pas plus qu'il ne vit deux hommes en sortir pour se diriger vers lui.

Un mouvement brusque le ramena aussitôt à la réalité.

— Mais qu'est-ce…

Un homme lui tordit brutalement le bras, l'obligeant à se courber en poussant un cri de douleur.

— Entrez là, ordonna une voix inconnue dans un mauvais anglais.

Étourdi, sans comprendre ce qui se passait, presque comme dans un rêve, il vit la portière de la camionnette s'ouvrir et se sentit catapulté à l'intérieur.

— Lâchez-moi ! Lâchez-moi !

Il reçut un coup sur la nuque et tout s'obscurcit. Quand il reprit conscience, le nez comprimé contre la banquette arrière du véhicule, les saccades et le bruit d'accélération du moteur lui confirmèrent qu'il était dans la camionnette, enlevé par des inconnus.

— Alors ? demanda une voix. Vous êtes calmé ?

Couché sur la banquette, ses poignets menottés derrière le dos, Tomás tourna la tête et vit un homme à moustache noire et au teint basané qui lui souriait.

— Qu'est-ce qui se passe ? Où m'emmenez-vous ?

L'homme garda le sourire.

— Du calme. Vous allez le savoir.

— Qui êtes-vous ?

L'inconnu se pencha sur Tomás.

— Vous ne vous souvenez pas de moi ?

L'historien tenta de reconnaître des traits familiers dans ce visage, mais aucun souvenir ne lui revint.

— Non.

L'homme ricana.

— C'est normal ! s'exclama-t-il. Lorsque nous nous sommes parlé, vous aviez les yeux bandés. Mais ne reconnaissez-vous pas ma voix ?

Tomás écarquilla les yeux, horrifié. Cet inconnu était l'Iranien le moins sympathique qu'il ait rencontré.

— Mon nom est Salman Kazemi et je suis colonel du VEVAK, le ministère des Informations et de la Sécurité de la République islamique de l'Iran. Rappelez-vous, nous avons eu une conversation très animée à la prison d'Evin. Vous souvenez-vous ?

Tomás se le rappelait. C'était l'interrogateur de la police secrète, celui qui l'avait giflé et qui avait écrasé une cigarette sur son cou.

— Qu'est-ce que vous faites ici ?

— Je vous cherchais.

— Mais que me voulez-vous ?

Kazemi écarta ses grosses mains.

— Toujours la même chose.

— Quoi ? Ne me dites pas que vous êtes ici pour savoir ce que je faisais au ministère de la Science en pleine nuit ?

Le colonel ricana.

— Ça, nous l'avons compris depuis longtemps, cher professeur. Vous nous prenez pour des imbéciles ?

— Alors que voulez-vous savoir ?

— Toujours la même chose, je vous l'ai dit.

— Quoi ?

— Nous voulons connaître le secret du manuscrit d'Einstein.

Refoulant sa peur, Tomás parvint à esquisser une moue de mépris.

— Vous n'avez pas l'aptitude intellectuelle pour

saisir ce secret. Ce que ce document révèle est au-delà de vos capacités.

Kazemi sourit à nouveau.

— Peut-être avez-vous raison, admit-il. Mais il y a parmi nous quelqu'un qui peut tout comprendre.

— Parmi vous ? J'en doute.

Tomás vit le colonel faire un signe vers l'avant et, pour la première fois, il s'aperçut qu'une autre personne était assise près du chauffeur. Il se concentra et reconnut les cheveux noirs, les lignes délicates du visage et les yeux mordorés qui le regardaient avec une irrépressible expression de tristesse.

— Ariana.

XXX

La chambre était sombre et froide, pourvue seulement d'une étroite fenêtre en hauteur, en verre dépoli et protégée par une grille. C'était la seule source de lumière qui éclairait cette petite pièce. Au plafond pendait une ampoule, comme une larme au bout d'un fil, mais Tomás ne l'avait pas encore vue allumée et pensa qu'elle ne le serait que le soir venu.

Baptiser « chambre » cet espace rudimentaire était sans doute abusif. Il s'agissait plutôt d'une cave, mais en l'occurrence, le terme le plus approprié était « cellule ». Tomás se trouvait enfermé dans une cellule improvisée. Il n'y avait qu'une couverture tibétaine étendue sur le sol en pierre, un seau pour les besoins et un pichet d'eau.

Rien d'autre.

Mais, à ce moment précis, le confort était loin d'être le principal souci de Tomás. La question centrale se réduisait à son nouveau statut de prisonnier. Il s'assit en tailleur sur la couverture et fit le point sur sa situation. Ses ravisseurs étaient les Iraniens ; ils cherchaient à découvrir le secret du manuscrit d'Einstein et, pour couronner le tout, Ariana était de leur côté.

Il avait peine à y croire, mais il l'avait vue. Il avait vu Ariana avec le colonel iranien, il l'avait vue dans la camionnette où il avait été séquestré. Il l'avait vue participer à tout ça. Comment était-ce possible ? Le doute le tortura. Était-elle depuis toujours contre lui ? L'avait-elle trompé dès le début ? Mais dans quel but ? Pourquoi avoir joué toute cette comédie à Téhéran ? Non, pensa-t-il. C'était impossible. Ariana ne pouvait pas être aussi perfide. Il devait y avoir une autre explication. Il chercha des alternatives, tenta une autre voie. Il s'interrogea presque timidement, agissait-elle sous la contrainte de quelqu'un ? Avait-elle été surprise en train de l'aider si bien que sa vie aussi était à présent en danger ? Mais, si elle était en danger et se trouvait sous la menace du régime, pourquoi l'aurait-on laissée venir au Tibet ?

Il resta là des heures, enfermé, seul, livré à ses questions. Le goût amer de la trahison ne le lâchait pas, c'était comme un fantôme qui assombrissait chacune de ses pensées, une tache qui maculait ses sentiments, un doute qui le taraudait au-delà du tolérable.

Le bruit des pas qui s'approchaient rompit le fil de ses sombres pensées. Il retint sa respiration et concentra son attention. Il entendit des voix qui accompagnaient ces pas, puis les pas s'arrêtèrent et il perçut le bruit métallique d'une clé qu'on introduisait dans la serrure de la porte.

La porte s'ouvrit et la silhouette corpulente du colonel Kazemi envahit la petite pièce. Il tenait un tabouret dans la main et était suivi par d'autres personnes. Tomás allongea la tête et reconnut Ariana.

— Alors comment va notre professeur ? demanda l'officier du VEVAK d'un ton jovial. Prêt à parler ?

Kazemi laissa entrer Ariana et referma la porte. Puis il posa le tabouret au sol et s'assit en regardant Tomás. Le détenu s'était redressé sur la couverture tibétaine, regardant avec méfiance les deux Iraniens.

— Que me voulez-vous ?

— Vous le savez, dit Kazemi en souriant avec condescendance.

Tomás l'ignora et lança à Ariana un regard accusateur.

— Comment pouvez-vous me faire ça ?

L'Iranienne détourna les yeux pour fixer le sol.

— Le professeur Pakravan n'a pas de comptes à vous rendre, grogna Kazemi. Venons-en à ce qui nous intéresse.

— Parlez, insista Tomás, le regard fixé sur Ariana. Que se passe-t-il ici ?

Le colonel brandit son index.

— Je vous préviens, professeur Noronha, vociféra-t-il d'une voix menaçante. Le professeur Pakravan n'a pas d'explication à vous donner. C'est vous qui devez nous en donner.

Tomás fit mine de ne pas entendre l'homme du VEVAK et garda les yeux rivés sur l'Iranienne.

— Dites-moi que tout ça n'a pas été un mensonge. Dites-moi quelque chose.

Kazemi se leva brusquement de son tabouret, empoigna Tomás par le col et leva la main droite, prêt à le gifler.

— Taisez-vous, imbécile ! hurla-t-il.

Ariana cria quelque chose en farsi et le colonel retint sa main en l'air. Il repoussa Tomás avec mépris et regagna son tabouret, une expression de dépit sur le visage.

— Alors ? insista le prisonnier, toujours sur un ton de défi. Comment expliquez-vous tout ça ?

Ariana garda un instant le silence, puis regarda le colonel et parla de nouveau avec lui en farsi. Après un échange de paroles inintelligibles, Kazemi fit un geste agacé et se tourna vers Tomás.

— Que voulez-vous savoir ?

— Je veux savoir quel rôle a joué le professeur Pakravan dans cette histoire.

L'officier du VEVAK sourit froidement.

— Mon pauvre monsieur, dit-il. Vous croyez vraiment qu'on peut s'évader d'Evin aussi facilement ?

— Que voulez-vous dire par là ?

— Je veux dire que ce n'est pas vous qui avez réussi à vous évader, vous entendez ? Nous vous avons laissé vous échapper.

— Comment ça ?

— Le transfert d'Evin vers la prison 59 n'était qu'un prétexte pour permettre votre évasion.

Tomás, incrédule, regarda Ariana.

— C'est la vérité ?

Le silence de l'Iranienne fut éloquent.

— C'est le professeur Pakravan qui a tout organisé, déclara le colonel, comme s'il parlait pour elle. Votre transfert, la mise en scène au milieu de la rue pour vous faire croire à un enlèvement, tout.

Le détenu resta le regard fixé sur Ariana, l'air hagard.

— Tout n'était donc qu'une supercherie…

— Tout, répéta Kazemi. Ou bien croyez-vous qu'un prisonnier puisse nous échapper aussi facilement, hein ? (Il sourit d'un air moqueur.) Si vous vous êtes évadé, c'est parce que nous l'avons voulu, vous comprenez ?

Tomás restait perplexe, le regard hésitant entre les deux Iraniens.

— Mais… dans quel but ? Pourquoi tout ça ?

Le colonel soupira.

— Pourquoi ? demanda-t-il avec morgue. Parce que nous étions pressés, bien sûr. Parce que nous voulions que vous nous mettiez sur la voie du secret sans perdre de temps. (Il se cala sur son tabouret.) Sachez que vous auriez tout avoué si on vous avait emmené à la prison 59.

— Alors pourquoi ne pas l'avoir fait ?

— Parce que nous ne sommes pas stupides. On vous a surpris en pleine nuit dans le ministère de la Science en train de voler un manuscrit lié à notre programme nucléaire ; à nos yeux, il était évident que vous n'aviez pas agi par intérêt personnel. Vous étiez forcément en mission pour la CIA ou pour quelque autre organisation américaine. Mais, puisque vous étiez au service de la CIA, il était clair que vous n'avoueriez jamais ce fait. (Il haussa les épaules.) Ou plutôt, vous auriez fini par avouer, c'est certain. Mais ça pouvait prendre des mois. Et nous étions pressés.

— Et alors ?

— Et alors ? Et alors le professeur Pakravan nous a proposé une solution pour régler le problème. On vous laissait prendre la fuite et, ensuite, on vous suivait à la trace. Ça y est, vous avez compris ?

Tomás regarda à nouveau Ariana.

— Donc, tout n'était qu'une mise en scène.

— Hollywood, dit Kazemi. Et du meilleur. Vous étiez sous notre surveillance et il nous a suffi de vous suivre jusqu'ici.

— Mais qu'est-ce qui vous a fait penser que je

continuerais à chercher ? Après tout, le manuscrit se trouve à Téhéran.

Le colonel ricana.

— Cher professeur, vous ne m'avez pas bien compris. Il est évident que vous ne chercheriez plus le document. Mais vous alliez sans doute chercher à en savoir plus sur les recherches du professeur Siza.

— Ah ! s'exclama Tomás. Le professeur Siza. Qu'avez-vous fait de lui ?

Kazemi toussa.

— Eh bien... il y a eu un petit accident.

— Comment ça, un petit accident ?

— Le professeur Siza a été invité à Téhéran.

— Invité ? Avez-vous pour habitude d'entrer par effraction dans la maison de vos invités et de fouiller leur bureau ?

L'officier sourit.

— Disons qu'il a fallu... convaincre le professeur Siza d'être notre invité.

— Et que lui est-il arrivé ?

— Mieux vaut peut-être commencer par le début, dit Kazemi. L'année dernière, un de nos scientifiques, un homme qui travaillait dans la centrale de Natanz, est revenu d'une conférence de physique à Paris avec une information particulièrement intéressante. Il avait entendu une conversation entre physiciens, où l'un d'eux avait prétendu posséder un manuscrit inconnu contenant la formule de la plus grande explosion jamais imaginée et qu'il était sur le point de terminer des recherches qui compléteraient les découvertes révélées dans ce document. Notre homme nota le nom du scientifique qui détenait ces secrets. Il s'agissait du professeur Siza, de l'université de Coimbra.

— C'est donc ainsi que vous avez appris l'existence de *La Formule de Dieu*.

— Oui. Disposant de ces informations, et après quelques hésitations, nous avons décidé de monter une opération pour nous emparer de ce secret. Comme vous le savez, il y a depuis un an une grosse pression internationale exercée sur notre programme nucléaire. Face à ces menaces, le gouvernement a donc décidé d'accélérer les recherches, pour rendre notre position... inexpugnable.

— Vous voulez développer des armes nucléaires.

— Bien sûr. Quand nous les aurons, plus personne n'osera nous attaquer. Prenez l'exemple de la Corée du Nord. (Il arqua ses sourcils pour souligner l'argument.) Si bien que nous avons résolu d'avancer. Avec l'aide de quelques amis libanais, nous sommes allés à Coimbra, nous avons convaincu le professeur Siza de nous indiquer où se trouvait le manuscrit et, naturellement, nous l'avons invité à nous suivre à Téhéran. Après un dialogue chaleureux, il a fini par céder en inhalant une quantité persuasive de chloroforme. (Il sourit, très satisfait de sa manière de présenter les choses.) Une fois à Téhéran, nous l'avons fait travailler sur le manuscrit d'Einstein, mais certaines choses ne semblaient pas... disons très claires. Si bien que nous avons posé quelques questions au professeur. D'abord nous nous sommes montrés très gentils, très polis, mais il s'est braqué et n'a pas soufflé mot. Une vraie tête de mule. Il nous a donc fallu employer les grands moyens.

— Que lui avez-vous fait ?

— Nous l'avons envoyé à la prison 59.

— Vous l'avez envoyé à la prison 59 ? Sous quel chef d'accusation ?

Kazemi ricana.

— Nous n'avons pas besoin d'accusation pour envoyer quelqu'un à la prison 59. N'oubliez pas qu'elle n'existe pas officiellement, d'ailleurs d'un point de vue administratif, le professeur Siza ne se trouvait même pas en Iran.

— Ah, évidemment.

— Nous l'avons donc enfermé là-bas dans une chambre cinq étoiles.

— Et ensuite ?

— Nous l'avons soumis à un interrogatoire. Nous avons commencé par la méthode douce, mais il s'obstinait à ne pas collaborer. Il nous donnait des réponses incohérentes, visiblement conçues pour nous tromper. Si bien que nous avons dû utiliser les grands moyens.

— Les grands moyens ?

— Oui. Seulement, ça s'est mal passé. Le professeur avait manifestement un problème cardiaque dont nous ignorions l'existence.

— Que s'est-il passé ?

— Il est mort.

— Comment ?

— Il est mort pendant l'interrogatoire. On l'avait pendu la tête en bas et on lui flanquait quelques coups de bâton quand soudain son corps s'est figé. Croyant qu'il s'était évanoui, nous avons tenté de le réanimer, mais il n'est pas revenu à lui. Nous l'avons examiné et avons constaté qu'il était mort.

— Bande de salauds !

— C'était assez ennuyeux, commenta Kazemi. Le vieux était mort sans avoir révélé quoi que ce soit. Ça nous compliquait la tâche, comme vous pouvez l'imaginer.

— Qu'espériez-vous qu'il vous révèle ?

— L'interprétation du manuscrit d'Einstein, bien sûr. Puisque le manuscrit contenait des énigmes et que son propriétaire était mort, comment pouvions-nous comprendre le document ? On se retrouvait devant un gros problème et des têtes ont failli tomber. (Il passa sa main le long de son cou, comme si la sienne en avait fait partie.) Heureusement, nos services du VEVAK avaient préalablement recensé toutes les personnes proches du professeur Siza. C'est ainsi que nous avons découvert qu'il était l'ami d'un mathématicien nommé... quelque chose Noronha.

Tomás ouvrit la bouche, horrifié.

— Mon père.

— Un homme avec qui le professeur Siza parlait beaucoup, paraît-il. (Kazemi se pencha en avant, un air de conspiration dans les yeux.) Il nous fallait savoir si, durant ses nombreuses conversations entre amis, le défunt physicien avait confié le secret du manuscrit d'Einstein à l'éminent mathématicien. Vous saisissez ? Donc, il nous suffisait de poser quelques questions au mathématicien. (Il haussa les épaules.) Le problème, c'est que ce mathématicien, avons-nous appris, était gravement malade. Hors de question de répéter la même opération que pour le professeur Siza. Elle aurait encore une fois mal fini, ce qui nous aurait attiré des ennuis. Mais nous avions besoin de trouver une solution à notre problème. Que faire ? (Il marqua une pause, pour prolonger le suspens.) C'est alors que nous avons découvert que ce mathématicien avait un fils qui était cryptologue. On ne pouvait pas mieux tomber. Nous faisions venir le fils et il nous aidait à déchiffrer les énigmes du manuscrit. S'il n'y parvenait pas, il était probable que, découvrant la proximité entre le professeur Siza et son père, il lui poserait quelques questions. Tout semblait parfait.

— Je vois.

— Au début les choses se sont bien passées. Vous êtes allé à Téhéran, vous avez pris connaissance des formules codées, et vous vous êtes mis au travail. Le professeur Pakravan nous a fait des rapports très élogieux sur vos compétences, en particulier concernant la première énigme, celle du poème. Nous étions tous très satisfaits. Le problème a été votre tentative de vol au ministère de la Science. C'est là que les choses ont déraillé. Lorsqu'on nous a informés des circonstances de votre arrestation, nous avons aussitôt compris que la CIA était dans le coup. Ce qui, comme vous pouvez l'imaginer, compliquait beaucoup la situation.

— Je n'en doute pas, ironisa Tomás. Cela a dû vous gâcher la nuit.

— Vous n'imaginez pas, confirma Kazemi. Un vrai casse-tête. Nous avons d'abord pensé à vous arracher l'information par la force, mais nous avons vite compris que vous ne saviez pas tout. Avec beaucoup d'à-propos, le professeur Pakravan attira notre attention sur le fait que vous n'aviez pas encore eu le temps d'interroger votre père. Donc, il nous fallait créer cette opportunité. Il nous fallait vous laisser parler avec votre père et ensuite suivre vos déplacements, pour voir où vous nous conduiriez.

— Mais vous croyez vraiment que mon père sait quelque chose ?

Le colonel haussa les épaules.

— C'est une possibilité.

— Et que pourrait-il savoir ?

— Il pourrait savoir, par exemple, où se trouve le second manuscrit.

— Quel second manuscrit ?

— Eh bien, la seconde partie de *Die Gottesformel*.

— Quelle seconde partie ? Mais de quoi parlez-vous ?

Kazemi soupira, presque comme s'il s'adressait à un enfant.

— Il existe une seconde partie du manuscrit. Le document que nous avons à Téhéran est incomplet. Où est la seconde partie ? C'est ce que nous avons demandé au professeur Siza. Où est la seconde partie ? Il ne nous a pas répondu.

— Mais comment savez-vous qu'il y a une seconde partie ?

— À cause de la formule chiffrée.

— Laquelle ?

— Celle qui figure à la fin du manuscrit. (Il se cala sur son tabouret.) Je sais que vous ne pouvez pas lire *Die Gottesformel*, mais je vais vous expliquer. À un certain point du texte, non loin de la fin, Einstein écrit qu'il a découvert la formule qui provoquera la grande explosion et que cette formule est consignée à un autre endroit. Puis il ajoute *See sign* et la phrase chiffrée. Nous pensons que c'est la clé pour découvrir la seconde partie du manuscrit.

— Mais où se trouve cette seconde partie ?

Kazemi soupira, une pointe de découragement dans sa voix agressive.

— Je ne sais pas ! s'exclama-t-il. Dites-le-moi, vous.

— Moi ? Mais que voulez-vous que je vous dise ? Je n'ai pas la moindre idée de l'endroit où se trouve cette… cette seconde partie. D'ailleurs, jusqu'à présent, j'ignorais qu'il existait une seconde partie du manuscrit.

— Ne faites pas l'idiot, grommela l'Iranien. Ce n'est pas ce que je veux savoir.

— Alors quoi ?

— Je veux savoir ce que vous a révélé votre père.

— Mon père ? Il ne m'a rien dit.

— Voulez-vous nous faire croire que vous ne lui avez pas parlé ?

— Bien sûr que je lui ai parlé, dit Tomás. Mais pas du manuscrit d'Einstein.

— Et sur les recherches du professeur Siza ?

— Non plus. Jamais je n'ai pensé qu'il pouvait savoir quelque chose d'important sur cette affaire.

Kazemi prit un air impatient.

— Écoutez, je vous conseille de ne pas jouer au plus fin avec moi, vous entendez ?

— Je ne joue pas au plus fin avec vous. Du reste, c'est vous qui avez joué au plus fin avec moi !

— Alors que faites-vous ici ?

— Moi ? Je suis ici parce que vous m'avez séquestré, pardi ! D'ailleurs, j'exige d'être immédiatement…

— Que faites-vous ici au Tibet ? rectifia l'Iranien.

— Eh bien… J'étais sur les traces du professeur Siza, bien entendu. (Il prit un air résigné.) Mais puisque vous l'avez tué, je crois que j'ai ma réponse.

— Et pour quelle raison êtes-vous venu au Tibet chercher le professeur Siza ? Pourquoi le Tibet ?

Tomás hésita, se demandant ce qu'il pouvait répondre à l'homme du VEVAK.

— Parce que… parce que j'ai découvert qu'il avait des contacts au Tibet.

— Quels contacts ?

— Heu… je ne sais pas.

— Vous mentez. Quels contacts ?

— Je vous dis que je ne sais pas. J'étais ici pour le savoir.

— Et qu'allez-vous faire ?

— Moi ? Je ne ne vais plus rien faire. Que je sache, le professeur Siza est mort.

— Oui, mais où comptiez-vous le localiser ?

— J'y suis déjà allé.

— Où ?

— Au Potala, juste avant que vous m'enleviez.

— Pourquoi le Potala ?

— Parce que… j'ai trouvé chez lui une carte postale du Tibet représentant le Potala.

— Où est cette carte postale ?

— Je l'ai laissée… à Coimbra.

C'était faux, bien entendu. Il l'avait apportée au Tibet, mais heureusement elle était restée dans la chambre de Jinpa, après sa visite au temple de Jokhang, si bien que les Iraniens ne pourraient jamais y avoir accès.

— Et qui lui a envoyé cette carte postale ?

— Je ne sais pas, mentit-il une fois encore. Elle était vierge.

Le colonel le regarda d'un air déconcerté.

— Mais, alors, qu'est-ce qui vous a fait penser que cette carte postale pouvait avoir un lien avec l'endroit où se trouvait le professeur ?

— Le fait qu'elle vienne du Tibet. J'ai trouvé ça bizarre, rien de plus. Comme je ne disposais d'aucune autre piste, je n'avais rien à perdre à explorer celle-ci.

— Hum, murmura Kazemi, en s'efforçant d'assembler les pièces de ce tortueux puzzle. Je ne suis pas convaincu par votre explication. Personne n'irait dans un pays aussi éloigné et inaccessible que le Tibet sur la simple base d'une vague intuition, non ?

Le prisonnier roula les yeux d'un air las et respira profondément, comme si sa patience était enfin à bout.

— Écoutez, ne croyez-vous pas qu'il est temps de mettre fin à cette stupide mise en scène ?

— Que voulez-vous dire ?

— Vous devriez regarder la réalité en face.

L'Iranien le regarda sans comprendre.

— Comment ça ?

— Le manuscrit d'Einstein. Vous n'avez toujours pas compris qu'il n'est pas ce que vous croyez ?

— Ah, non ? Qu'est-ce que vous racontez ?

— Le manuscrit n'a rien à voir avec les armes atomiques.

— Il porte sur quoi alors ?

Tomás s'allongea sur la couverture tibétaine et posa sa tête sur ses mains jointes, comme s'il prenait le soleil sur la plage. Il ferma les paupières, engourdi par une chaleur imaginaire, et, pour la première fois, un large sourire éclaira son visage.

— Il porte sur quelque chose de bien plus important que cela.

XXXI

La couverture laissée par les Iraniens dans la cellule ne suffisait pas pour le protéger du froid glacial qui s'était brutalement installé pendant la nuit. Tomás se pelotonna autant que possible, mais rien ne pouvait compenser le froid qui le faisait trembler malgré lui.

Comprenant qu'il ne réussirait pas à s'endormir, le prisonnier se mit à faire des flexions avec ses bras, puis avec ses jambes ; un effort désespéré pour générer plus de chaleur et qui se révéla partiellement efficace. Se sentant réchauffé, il se recoucha et, blotti sous la couverture, essaya de s'endormir. Mais, au bout de quelques minutes, le froid l'assaillit à nouveau et Tomás prit conscience qu'il ne pourrait pas trouver le sommeil ; à chaque fois que le froid le saisirait, il serait obligé de refaire des flexions, c'était le seul moyen pour tenir toute la nuit. Patience, s'intima-t-il. Il dormirait après le lever du soleil, quand la claire lumière du jour réchaufferait sa cellule. Mais les Iraniens reviendraient sans doute à ce moment-là et une nouvelle séance d'interrogatoire ne lui semblait pas la meilleure façon de récupérer une nuit blanche.

Un mouvement de clé dans la serrure surprit Tomás. Il n'avait pas entendu de bruit de pas, comme si quelqu'un s'était approché furtivement.

La porte s'ouvrit et Tomás leva la tête, cherchant à identifier le visiteur. Mais il était plongé dans l'ombre et l'inconnu n'avait pas de lampe.

— Qui est-ce ? demanda-t-il, assis sur la couverture tibétaine.

— Chut !

Un son émis dans un souffle précipité, mais sur un ton doux et familier. Il pencha la tête, écarquilla les yeux afin de discerner le moindre détail.

— Ariana ?

— Oui, chuchota la voix féminine. Ne faites pas de bruit.

— Que se passe-t-il ?

— Ne faites pas de bruit, implora-t-elle. Venez avec moi, je vais vous sortir d'ici.

Tomás ne se fit pas prier. D'un bond, il se leva et observa la silhouette avec attention.

— Et les autres ?

Il sentit le doux contact de la main d'Ariana.

— Chut. Suivez-moi en silence.

La main chaude d'Ariana serra la sienne et le conduisit vers la porte. Le prisonnier se laissa guider dans l'obscurité, tous deux marchaient à pas lents, presque à tâtons. Ils grimpèrent un escalier, traversèrent une cour, s'engagèrent dans un couloir chauffé et sortirent par une porte dérobée.

Tomás sentit l'air froid de la nuit frapper son visage et aperçut enfin de la lumière. Un lampadaire public dégageait une lumière jaunâtre qui laissait deviner les contours de la route, de la végétation alentour et d'un 4x4 sombre. Ils étaient à l'air libre. Ariana le prit par la main. Elle débloqua l'ouverture des portes et fit signe à Tomás de monter.

— Vite, murmura-t-elle. Dépêchez-vous avant qu'ils se réveillent.

Il faisait encore nuit quand ils quittèrent le secteur, roulant dans les rues poussièreuses de Lhassa, le bitume éclairé par les phares du 4x4 et les lampadaires clairsemés de la ville. Tomás se retourna et tout lui sembla calme, personne ne les suivait. Son attention fut attirée par le chargement à l'arrière du 4x4 ; il y avait des jerrycans d'essence, deux bidons d'eau et un panier apparemment rempli de provisions. La fuite semblait avoir été soigneusement planifiée.

Le 4x4 vira à droite et prit la direction de l'ouest, vers l'aéroport, s'éloignant du centre-ville.

— Où allons-nous ? s'enquit-il.

— Nous allons d'abord sortir de la ville. C'est trop dangereux de rester ici.

— Attendez ! s'exclama-t-il. Il faut que je passe à l'hôtel prendre mes affaires.

Ariana le regarda d'un air effrayé.

— Tomás, avez-vous perdu la tête ? Quand ils s'apercevront de notre disparition, c'est le premier endroit où ils iront, que croyez-vous ? (Elle fixa de nouveau la route.) D'ailleurs, l'un des réceptionnistes est payé pour nous informer de tous vos faits et gestes. Il est donc hors de question d'aller à votre hôtel.

— Alors, où allons-nous ?

Ariana pressa brusquement la pédale de frein et

le 4x4 grinça jusqu'à s'arrêter sur le bord de la route, près d'une station essence PetroChina. Ariana laissa les phares allumés et tira le frein à main, avant de se tourner vers son passager.

— C'est à vous de me le dire Tomás.

— Comment ça, c'est à moi ? C'est vous qui avez organisé cette évasion, pas moi.

L'Iranienne soupira.

— Tomás, cette évasion ne mènera nulle part si nous ne sommes pas conséquents.

— Que voulez-vous dire ?

— Je veux dire qu'il ne suffit pas de fuir. Où que nous allions, ils nous retrouveront. Aujourd'hui, demain, la semaine prochaine, dans un mois ou dans un an, peu importe. Ils nous rattraperont, vous comprenez ?

— Et alors ? Que suggérez-vous ?

— Je suggère de leur prouver qu'ils n'ont pas de raisons de nous poursuivre.

— Et comment pourrions-nous le leur prouver ?

— Hier, vous m'avez donné une idée, dit-elle, ses yeux caramel luisant dans l'obscurité. Vous avez dit que le manuscrit d'Einstein n'avait rien à voir avec les armes nucléaires ?

— Oui.

— Est-ce bien vrai ?

— Je suis convaincu que oui, mais c'est vous qui avez lu le manuscrit. De quoi parle-t-il ?

Ariana secoua la tête et fit une moue.

— C'est un texte très étrange. Nous n'avons pas vraiment compris ce qu'il voulait dire. Mais Einstein indique clairement le moyen de provoquer la grande explosion. Il a écrit « *See sign* » et ensuite la formule codée en six lettres, divisée en deux éléments et précédée d'un point d'exclamation. Il y a si peu de lettres que je les ai toutes mémorisées. « *! Ya ovqo* », récita-t-elle. Eh bien, je ne pense pas qu'une formule aussi importante puisse être aussi courte. C'est pourquoi nous pensons qu'il s'agit d'une clé qui donne accès à la seconde partie du manuscrit.

— Hmm… Je vois.

— Vraiment, insista Ariana, vous pensez que ce n'est pas la formule de la bombe atomique ?

— Écoutez, je n'en suis pas certain, dit-il prudemment. Mais je crois que non.

— Alors, il ne nous reste qu'une chose à faire.

— Quoi ?

— Il faut leur en apporter la preuve.

— La preuve ?

— Il faut leur apporter la preuve que le manuscrit ne cache pas le secret d'une bombe atomique facile à concevoir. C'est bien ce qu'ils cherchent, non ? Si nous leur prouvons que cette recherche est sans issue, ils nous laisseront en paix.

— Je comprends.

Il y eut un long silence dans la voiture.

— Alors ? demanda Ariana.

Tomás soupira.

— Alors, allons-y.

— Mais peut-on le prouver ?

— Je ne sais pas. On peut toujours essayer.

— Très bien, dit-elle. Alors, qu'est-ce qu'on fait ?

— On part.

— On part où ?

Tomás ouvrit la boîte à gants du 4x4 et trouva une carte du Tibet. Il la déplia, l'examina quelques secondes et posa son doigt sur un point à environ deux cents kilomètres à l'ouest de Lhassa.

— Shigatse.

Le soleil se leva au loin. Un éclat qui d'abord éclaira le ciel étoilé et aussitôt après, surgissant de l'horizon sombre, une lumière cristalline, annonçant l'aurore.

La clarté du matin révéla un paysage superbe, mais prévisible ; des montagnes arides, enneigées et escarpées encerclaient la route, s'ouvrant parfois en vallées verdoyantes, pittoresques, d'une sérénité contagieuse. Ils virent des troupeaux de moutons en train de paître, un nomade qui passait, un yack chargé de paquets, une tente plantée au sol, un tracteur et une charrette avançant lentement dans un champ ; pour l'essentiel, la nature était encore intacte, sauvage, évoluant au rythme millénaire de ce vaste plateau semblant dominer le monde.

Tomás était fatigué, mais aussi trop nerveux et excité pour pouvoir se reposer. Il ressentait une certaine méfiance à l'égard d'Ariana et, après un long silence, il décida de dissiper ses doutes.

— Qu'est-ce qui me dit que vous ne me menez pas en bateau ?

Ariana, qui jusque-là fixait la route, écarquilla ses grands yeux.

— Pardon ?

— Comment puis-je être sûr que vous n'êtes pas en train de me leurrer encore une fois ? Après tout, vous m'avez organisé une belle supercherie à Téhéran…

L'Iranienne ralentit et le regarda dans les yeux.

— Vous pensez vraiment que je cherche à vous tromper, Tomás ?

— Eh bien… Ce ne serait pas la première fois ! Qu'est-ce qui me dit que tout ça n'est pas encore une mise en scène montée avec la complicité du… colonel Dracula ?

Ariana fixa à nouveau la route.

— Je comprends que vous ayez des doutes, dit-elle. C'est parfaitement normal étant donné les circonstances. Mais, maintenant, vous pouvez être sûr qu'il n'y a aucune mise en scène.

— Comment puis-je en être sûr ?

— Les choses sont différentes.

— Différentes en quoi ?

— À Téhéran, j'ai tout fait pour vous protéger. La mise en scène faisait partie du processus pour assurer votre protection.

— Comment ça ? Je ne vous suis pas…

— Écoutez, Tomás, dit-elle en se pinçant les lèvres. Que pensiez-vous qu'il vous arriverait après avoir été arrêté au ministère de la Science à minuit avec un manuscrit secret dans la main et un forcené tirant des coups de feu ?

— Je pensais que j'allais passer un mauvais quart d'heure. D'ailleurs, j'en ai passé un.

— Bien sûr que vous alliez passer un mauvais quart d'heure. La prison 59 est bien pire que celle d'Evin, n'en doutez pas.

— Très bien. J'allais donc passer un TRÈS mauvais quart d'heure.

— Encore heureux que vous le compreniez. Et soyez certain que vous auriez fini par tout avouer.

— Permettez-moi d'en douter.

— Ne dites pas de bêtises ! s'exclama-t-elle. Bien sûr que vous auriez avoué. Cela aurait pris un certain temps, quelques semaines ou quelques mois, mais vous auriez fini par avouer. Tout le monde avoue.

— Bon, très bien.

— Et après vos aveux ? Que vous serait-il arrivé ?

— Je ne sais pas. J'aurais croupi longtemps en prison, je pense.

Ariana secoua la tête.

— On vous aurait tué, Tomás. (Elle le regarda furtivement.) Vous comprenez ? N'ayant plus d'utilité, on vous aurait supprimé.

— Vous croyez ?

L'Iranienne regarda à nouveau la route.

— Je ne le crois pas, dit-elle. Je le sais. J'étais désespérée quand j'ai su ce qui vous attendait. C'est alors que j'ai eu cette idée. Pourquoi ne pas vous libérer et ensuite vous suivre pour voir jusqu'où mèneraient vos investigations ? Après tout, leur ai-je dit, peut-être que son père sait quelque chose qui permettrait de percer le mystère. Pourquoi ne pas le laisser rejoindre son père, en le gardant sous une étroite et discrète surveillance ? Ne serait-ce pas plus productif que ce que vous lui réservez ? (Elle sourit froidement.) Mon idée, inspirée par mon espoir de vous sauver la vie, fut jugée très intéressante. Les caïds du régime, qui jusque-là réclamaient votre tête, se sont ravisés. Après tout, leur ai-je dit, la priorité était de développer en secret une arme nucléaire facile à concevoir, une de ces armes que ni l'Agence internationale de l'énergie atomique ni les satellites espions américains ne réussiraient jamais à localiser. Tel était le but de la manœuvre. Dans ce cas, puisque votre libération servait cet objectif, pourquoi ne pas vous libérer ? (Elle regarda à nouveau Tomás quelques instants.) Vous commencez à comprendre ? C'est comme ça que je les ai convaincus de vous faire évader. Ensuite, ce n'était plus qu'une question de mise en scène.

— Mais n'était-ce pas plus simple de me libérer de manière légale ? Pourquoi tout ce cirque en pleine rue pour me faire croire que l'on venait à mon secours ?

— Parce que la CIA aurait aussitôt eu des doutes. Imaginez, on vous arrête la nuit au ministère avec un tel document, flanqué d'un agent de la CIA tirant des coups de feu, et, quelques jours plus tard, on vous laisse partir tranquillement ? Ne pensez-vous pas qu'un tel comportement aurait éveillé les soupçons de la CIA ? (Elle secoua la tête.) Il est évident qu'on ne pouvait pas vous libérer comme si de rien n'était. Il fallait que ce soit une évasion. Ce ne pouvait être qu'une évasion. Et surtout, une évasion crédible.

— Je vois, dit Tomás. Mais pourquoi ne m'avez-vous rien dit ?

— Parce que je ne pouvais pas ! Lorsque je vous parlais, j'étais également surveillée, qu'est-ce que vous croyez ? De plus, il était important que vous agissiez de manière spontanée. En vous révélant quoi que ce soit, je risquais de tout compromettre.

L'historien passa une main dans ses cheveux.

— Je comprends, dit-il. Mais maintenant que vous m'avez sorti de ce trou à Lhassa, n'êtes-vous pas également en danger ?

— Bien entendu.

— Alors… Pourquoi l'avoir fait ?

Ariana mit un certain temps à répondre. Elle garda un long moment le silence, les yeux rivés à la route.

— Parce que je ne pouvais pas les laisser vous tuer, murmura-t-elle pour finir.

— Seulement voilà, à présent c'est vous qui pouvez aussi être tuée.

— Pas si nous leur apportons la preuve que le manuscrit n'a rien à voir avec les armes atomiques.

— Et si nous ne parvenons pas à le prouver ?

L'Iranienne le fixa avec des yeux brillants et une expression de tristesse.

— Alors nous mourrons tous les deux, j'en ai bien peur.

Il faisait une chaleur infernale dans le 4x4. Le soleil cognait si fort que la température était insupportable, ils transpiraient tellement qu'ils baissèrent les vitres pour sentir l'air frais. Le 4x4 atteignit un défilé et parcourut le chemin en cahotant, le long d'une gorge tapissée de galets, en soulevant de gros nuages de poussière.

Le visage rafraîchi par le vent, Tomás admira le spectacle serein de la nature. Le paysage tibétain, comprit-il, avait l'intensité nue de la force brute des couleurs. Ici, les rouges étaient plus vifs, les verts plus éclatants, les jaunes plus flamboyants, les couleurs dégageaient une telle luminosité qu'elles semblaient irradier des montagnes, dans une explosion chromatique si éblouissante qu'elle engourdissait les sens.

C'est alors qu'ils l'aperçurent. Une tache d'un bleu perçant qui scintillait. C'était un joyau poli, un miroir indigo posé sur la terre dorée. Sa lumière était d'un bleu d'une rare intensité, hypnotique.

Elle arrêta le 4x4. Le lac ressemblait à une vitre éclairée de l'intérieur, la gamme de bleu était infinie, bleu marine au fond, bleu cobalt à la surface, vert opale près des bords, là où les eaux léchaient une plage de sable blanc ; un atoll miraculeusement posé au milieu d'une cordillère pourpre et doré, une orgie de couleurs.

Ariana coupa le moteur, sortit du 4x4 et ouvrit la porte du coffre pour y prendre le panier. Midi approchait et c'était un endroit idéal pour déjeuner. Tomás aida Ariana et ils descendirent le talus qui conduisait au lac.

Le soleil cognait au point de brûler la peau. Ils s'installèrent d'abord près d'un rocher, sur les bords du lac, mais le soleil était trop violent et ils se déplacèrent vers une zone d'ombre, au pied de la montagne. Mais dès qu'ils franchirent la ligne d'ombre, ils furent frigorifiés. Le froid était saisissant. Ils changèrent à nouveau de place, vers un point intermédiaire, le buste à l'ombre, les jambes au soleil. Tomás n'arrivait pas à croire à une telle amplitude de température, au moins dix degrés de différence. Leurs jambes cuisaient sous la chaleur, leur buste tremblait de froid.

Ils se regardèrent et se mirent à rire.

— C'est l'air, observa Ariana, amusée.

— Qu'est-ce qu'il a, l'air ?

— Il est trop raréfié, expliqua-t-elle. Il n'absorbe pas la chaleur du soleil ni ne filtre son rayonnement. D'où ce phénomène. (Elle inspira une bouffée d'air.) Quand j'étais enfant et que je partais en promenade dans les montagnes Zargos, en Iran, je ressentais parfois cet effet, mais pas d'une manière aussi marquée. Ici, l'air est si pauvre qu'il ne retient pas la chaleur ni ne nous protège des rayons ultraviolets. (Elle regarda la zone ensoleillée et fit une moue.) Mieux vaut rester à l'ombre, c'est un moindre mal.

Tomás posa le panier sur un rocher et chacun prit

un sandwich. Ils s'assirent et se mirent à manger en contemplant le décor autour d'eux. D'une beauté à couper le souffle.

Le ciel était sombre et profond, contrastant avec le paysage nu et exubérant dans sa débauche de couleurs. On aurait dit qu'ici la lumière obéissait à des lois différentes ; comme si la clarté ne descendait pas du ciel, mais montait de la terre, comme si l'arc-en-ciel était un phénomène terrestre et non pas aérien.

— J'ai froid, se plaignit Ariana.

Presque sans réfléchir, comme s'il obéissait à un instinct de mâle protecteur, Tomás s'approcha d'elle, ôta sa veste et la posa sur ses épaules. Puis il la pressa contre son corps. Un geste tendre et innocent, destiné à la réchauffer. Un geste qui déclencha bien autre chose. Il sentit sa peau douce, sa respiration plus rapide, le parfum de lavande dans ses cheveux. Il la regarda, vit ses lèvres s'entrouvrir et se pencha lentement, le corps frémissant de plaisir.

D'abord, ils s'embrassèrent tendrement, avec une infinie douceur, puis leur baiser devint gourmandise, comme s'ils en voulaient encore et encore, le premier contact timide se mua en une étreinte fougueuse, la tendresse se changea en désir, l'amour devint volupté.

Tomás sentit le gonflement de la poitrine d'Ariana contre son torse et, sans plus se contenir, il caressa la rondeur soyeuse de ses seins. Les mains d'Ariana se mirent à le déshabiller fébrilement. Tomás retroussa sa robe et se glissa entre ses cuisses brûlantes. Ariana se cambra dans un gémissement. L'ivresse de ses sens exacerbait les sensations dégagées par le corps d'Ariana, son parfum de lavande était plus grisant, le jaune de ses yeux plus doré, sa peau plus veloutée, la chaleur de son corps plus intense, sa bouche plus douce. Les montagnes, le lac, les couleurs, le froid, la lumière, tout cela disparut, se volatilisa devant l'intensité du moment.

L'univers se réduisait à présent à deux choses et seulement deux. Tomás et Ariana, le vert et le doré, le fer et le velours, les épines et la rose, la prose et la poésie, la voix et la mélodie, le ying et le yang, deux corps fondus en un seul, dissous sur la roche, unis dans un mouvement rythmé, une danse haletante et langoureuse, aux gestes coordonnés.

Toute l'éternité s'était condensée en un bref instant sans fin et Tomás sut que sa quête était achevée, que ces yeux étaient sa perdition, que ce corps était sa maison.

Que cette femme était son destin.

XXXII

Shigatse apparut au détour d'un virage, c'était une longue enfilade de bâtiments aux fenêtres alignées et aux portails bleus. Tomás était au volant, Ariana sommeillait sur son épaule. Il ralentit, le 4x4 passa devant des rangées de *pükhang*, les maisons traditionnelles tibétaines en torchis badigeonné de chaux, avec leurs typiques fenêtres noires aux rideaux colorés et leurs drapeaux recouverts de prières fixés sur les toits, dans l'espoir d'attirer un bon karma. Ils s'engagèrent sur une grande avenue, flanquée de stations essence PetroChina et de murs rouges aux portes gardées par des sentinelles chinoises. Des arbres appelés *gadjan* jetaient de grandes ombres sur la route ; il y avait peu de voitures, mais on voyait circuler beaucoup de bicyclettes et quelques camions déchargeant leur cargaison.

Ariana se réveilla et observa à son tour la ville qui s'étendait dans la vallée. Considérant l'ampleur de l'avenue et la laideur des constructions, les deux amants conclurent qu'ils se trouvaient dans la partie chinoise de la ville. Ils s'arrêtèrent près d'un groupe d'hommes et Ariana baissa la vitre.

— Hôtel Orchard ? demanda Tomás en se penchant sur elle.

— *Uh ?* répondit l'un d'entre eux.

De toute évidence, l'homme ne comprenait pas la question.

— Hôtel ?

L'homme pointa son doigt droit devant. Tomás le remercia et redémarra. Ils finirent effectivement par croiser un hôtel, mais ce n'était pas l'Orchard. Ariana sortit de la voiture et alla se renseigner à la réception.

Ils parcoururent les larges rues de la partie chinoise de Shigatse jusqu'à ce que les rues rétrécissent, signe qu'ils entraient dans le quartier tibétain. Une colline où se dressaient des ruines entourées d'échafaudages signalait le Shigatse Dzong, le vieux fort de la ville, une structure qui ressemblait au magnifique Potala, mais plus petite et réduite à des décombres, sous les vents destructeurs de la répression chinoise.

Ils tournèrent à nouveau, longèrent une rue déserte et aperçurent une façade richement ornée, dont l'enseigne lumineuse annonçait *Tibet Gang-Gyan Shigatse Orchard Hôtel*.

Ils se garèrent devant l'hôtel et pénétrèrent dans le hall de la réception. Au centre se dressait une énorme table recouverte de dragons polychromes ; à gauche se trouvait une vitrine de souvenirs, à droite de confortables canapés noirs.

Derrière le comptoir de la réception, un jeune Tibétain, au teint hâlé, les accueillit avec un sourire.

— *Tashi deleh*, salua-t-il.

Tomás lui répondit en inclinant la tête.

— *Tashi deleh*. (Il fit un effort pour se rappeler les

instructions que Jinpa lui avait données au Potala.) Je voudrais parler avec le Bodhisattva Tenzing Thubten.

Le garçon eut l'air interloqué.

— Tenzing ?

— Oui, acquiesça Tomás. J'ai besoin que Tenzing me montre le chemin.

Le Tibétain parut hésiter un instant. Il regarda autour de lui, fixa de nouveau Tomás de ses yeux sombres, jeta un œil sur Ariana et, s'étant apparemment décidé, leur fit signe de s'installer sur les canapés du hall. Puis il s'empressa de sortir de l'hôtel et Tomás le vit traverser la rue et entrer dans le petit jardin de l'autre côté.

Un moine arriva à la porte de l'hôtel, conduit par le réceptionniste, et s'inclina devant les inconnus. Ils échangèrent les traditionnels *tashi deleh* et le Tibétain les pria de le suivre. Ils se dirigèrent vers un énorme monument religieux qui se dressait, splendide, juste en face, au pied d'une colline verdoyante ; les bâtiments blancs et rouges étaient coiffés de toits dorés, aux pointes incurvées à la manière des pagodes, avec des fenêtres noires qui regardaient la ville.

— *Gompa ?* demanda Tomás, employant le mot « monastère », qu'il avait mémorisé à Lhassa, tandis qu'il pointait l'édifice.

— *La ong*, acquiesça le moine en rajustant son drap rouge autour de son corps. *Tashilhunpo gompa*.

— Tashilhunpo, dit Ariana. C'est le monastère de Tashilhunpo.

— Tu connais ?

— Oui, j'ai déjà entendu parler de ce monastère.

475

Je crois que c'est ici qu'est enterré le premier Dalaï-Lama.

— Ah, oui ?

— Et c'est aussi le monastère où vit le Panchen-Lama.

— Qui c'est celui-là ?

— Le Panchen-Lama ? C'est le personnage le plus important du bouddhisme, après le Dalaï-Lama. Je crois que *panchen* signifie « grand maître ». Les Chinois cherchent à utiliser le Panchen-Lama pour affaiblir l'autorité du Dalaï-Lama, mais sans grand succès. On dit que le Panchen-Lama finit toujours par virer anti-chinois.

Le soleil frappait fort et l'air était sec. Un relent de déchets et d'urine flottait dans les rues, mais, à l'approche du monastère, l'odeur fétide fit place à la senteur parfumée de l'encens. Ils franchirent le portail et débouchèrent sur une grande cour intérieure donnant sur l'ensemble du monastère ; de là, on pouvait prendre la pleine mesure de la splendeur de l'édifice. Au pied de la butte où se dressait Tashilhunpo étaient groupés des bâtiments blancs, sans doute là où résidaient les moines, et au-dessus s'élevaient des pavillons rouges aux ostensibles toits dorés.

Tomás et Ariana suivirent le moine le long d'une allée qui escaladait le versant. Le Tibétain grimpa rapidement la pente, mais les deux visiteurs ne tardèrent pas à s'arrêter, épuisés, à l'ombre d'un grand arbre nommé *yonboh*. Shigatse se situait à une altitude encore plus élevée que Lhassa et l'air raréfié leur brûlait les poumons.

— Vous parlez anglais ? demanda Tomás en

476

s'adressant au moine qui les précédait de quelques mètres, le sourire aux lèvres.

Le Tibétain s'approcha.

— Un peu.

— Nous allons rencontrer le Bodhisattva, observa l'historien. (Il fit une pause pour récupérer son souffle.) Qu'est-ce qu'un Bodhisattva exactement ?

— C'est une sorte de Bouddha.

— Une sorte de Bouddha ? Que voulez-vous dire ?

— C'est quelqu'un ayant atteint l'illumination mais qui est sorti du nirvana pour aider les autres hommes. C'est un saint, un homme qui a renoncé à son propre salut pour se vouer à celui des autres.

Le moine fit demi-tour et les mena jusqu'au sommet du complexe. Ils empruntèrent un chemin qui longeait des pavillons rouges et le Tibétain tourna à gauche, grimpa un escalier en pierre noire et s'engouffra dans un bâtiment vermeil. Les visiteurs, toujours haletants, lui emboîtèrent le pas ; ils traversèrent un hall sombre et débouchèrent sur une cour tranquille, où des moines s'affairaient autour d'un tonneau de graisse jaunâtre. C'était la cour du temple de Maitreya.

Le Tibétain leur fit signe d'entrer dans une petite pièce obscure, éclairée seulement par des bougies et un filet de lumière tombant d'une petite fenêtre. Ici, tout semblait austère, quasi primitif. Aux odeurs mêlées de graisse de yack et d'encens s'ajoutait celle de fumée dégagée par le charbon qui brûlait dans un vieux poêle. La flamme jaunâtre léchait une vieille bouilloire noircie, jetant des lueurs tremblantes sur les murs du réduit.

Les deux visiteurs prirent place sur des banquettes recouvertes de tapis *thangka* rouges et virent le moine prendre la théière posée sur le poêle, et remplirent deux tasses qu'il leur tendit.

— *Cha she rognang.*

C'était du thé à la graisse de yack.

— Merci, dit Tomás en réprimant un rictus de dégoût à la perspective de devoir avaler cette gluante mixture. (Il regarda Ariana.) Comment dit-on merci en tibétain ?

— *Thu djitchi.*

— C'est ça. (Il adressa un salut au moine.) *Thu djitchi.*

Le moine sourit et les pria, d'un geste de mains, de bien vouloir patienter.

— *Gong da*, dit-il, avant de disparaître.

Moins de vingt minutes s'écoulèrent.

Le moine qui les avait accueillis réapparut dans la petite pièce. Cette fois, il était accompagné d'un autre moine, petit, très maigre et courbé par l'âge, qui marchait avec difficulté. Le premier l'aida à s'installer sur un énorme coussin. Les deux moines échangèrent quelques mots en tibétain, après quoi le plus jeune salua en s'inclinant et se retira.

Le silence tomba.

On n'entendait que le pépiement des oiseaux dans la cour, et le charbon qui crépitait doucement dans le poêle. Tomás et Ariana observèrent le nouvel arrivant, assis sur son grand coussin. Le vieux moine rajusta le drap pourpre qui le couvrait et se redressa ; ses yeux se brouillèrent et se perdirent dans le vide, comme s'il se retirait du monde qui l'entourait.

Le silence persista.

Le bouddhiste semblait ignorer la présence des deux

étrangers. Peut-être méditait-il, peut-être était-il plongé dans une transe. Quoi qu'il en soit, le vieil homme ne soufflait mot, il se bornait à rester là. Tomás et Ariana échangeaient des regards amusés et perplexes, sans savoir s'ils devaient parler, ou si le Tibétain était entré là par erreur, ou s'il s'agissait d'une coutume locale, ou s'il était aveugle. Dans le doute, ils gardèrent le silence et attendirent.

Le mutisme dura encore dix paisibles minutes.

Le vieux moine restait immobile, le regard figé, la respiration lente ; quand soudain, sans aucune justification apparente, il remua et reprit vie.

— Je suis le Bodhisattva Tenzing Thubten, annonça-t-il d'une voix affable. (Il parlait un anglais étonnamment correct, avec un net accent britannique.) J'ai entendu dire que vous me cherchiez afin que je vous montre le chemin.

Tomás soupira de soulagement. Il avait enfin devant lui Tenzing Thubten, l'expéditeur de la mystérieuse carte postale qu'il avait trouvée chez le professeur Siza. Peut-être l'homme qui pourrait répondre à ses questions, ou lui donner matière à s'en poser encore d'autres.

— Je suis Tomás Noronha, professeur d'histoire à l'université nouvelle de Lisbonne. (Il présenta Ariana d'un geste.) Voici Ariana Pakravan, chercheuse en physique nucléaire au ministère de la Science, à Téhéran. (Il inclina la tête.) Merci beaucoup de nous recevoir. Nous avons fait un long voyage pour venir jusqu'ici.

Le moine esquissa une moue dubitative.

— Vous êtes venus me voir pour que je vous éclaire ?

— Eh bien… d'une certaine façon, oui.

— « Je serai un bon médecin pour les malades et les souffrants. Je remettrai sur le droit chemin ceux qui se sont égarés. Je serai une lumière pour ceux qui sont dans la nuit obscure et j'enseignerai aux pauvres et aux indigents à découvrir des trésors cachés », récitat-il. Ainsi parle le *Avatamsaka sutra*. (Il leva la main.) Bienvenue à Shigatse, voyageurs dans la nuit obscure.

— C'est un plaisir de vous rencontrer.

Tenzing s'adressa à Tomás.

— Vous êtes de Lisbonne ?

— Oui.

— Vous êtes portugais ?

— Tout à fait.

— Hum, murmura-t-il. Les Portugais furent les premiers Occidentaux à atteindre le cœur du Tibet.

— Pardon ? s'étonna Tomás.

— Ce furent deux prêtres jésuites, dit Tenzing. Le père Andrade et le père Marques avaient entendu parler de l'existence d'une secte chrétienne dans une vallée perdue du Tibet. Ils se déguisèrent en pèlerins hindous, traversèrent l'Inde et arrivèrent à Tsaparang, une forteresse érigée au milieu du règne Guge, dans la vallée de Garuda. Ils bâtirent une église et établirent le premier contact entre l'Occident et le Tibet.

— À quelle époque ?

— En 1624. (Il fit un salut.) Bienvenue, pèlerins portugais. À défaut d'être déguisés en hindous, quelle église nous apportez-vous aujourd'hui ?

Tomás sourit.

— Nous ne vous apportons aucune église. Rien que quelques questions.

— Tu cherches le chemin ?

— Je cherche le chemin d'un homme appelé Augusto Siza.

Tenzing réagit avec bonhomie en entendant prononcer ce nom.

— Le jésuite.

— Non, non, dit Tomás en secouant la tête. Il n'était pas jésuite. Ni même religieux. Il était professeur de physique à l'université de Coimbra.

— Je l'appelais « le jésuite », dit Tenzing, sans tenir compte de cette rectification. (Il rit.) Il n'aimait pas ça, bien sûr. Mais je ne le faisais pas méchamment. Je l'appelais « le jésuite » en hommage à ses ancêtres qui voilà quatre siècles sont venus ici, au cours du règne Guge. Mais c'était aussi une plaisanterie, liée au travail que nous menions en commun.

— Quel travail ?

Le Bodhisattva baissa la tête.

— Je ne peux pas vous le dire.

— Pourquoi ?

— Parce que le jésuite et moi avons convenu qu'il en ferait l'annonce.

Tomás et Ariana échangèrent un regard. L'historien inspira profondément et regarda le vieux Tibétain.

— Je dois vous faire part d'une mauvaise nouvelle, dit-il. J'ai bien peur que le professeur Siza soit mort.

Tenzing resta impassible.

— C'était un bon ami, soupira-t-il, comme si l'information ne le troublait guère. Je lui souhaite beaucoup de bonheur pour sa nouvelle vie.

— Sa nouvelle vie ?

— Il se réincarnera sans doute en Lama. Ce sera un homme bon et sage, respecté par tous ceux qui seront amenés à le connaître. (Il rajusta le drap pourpre qui le couvrait.) Beaucoup d'entre nous sont assaillis par la *duhkha*, par la frustration et la douleur qu'apporte la vie, restant soumis aux illusions créées par la *maya*. Mais tout cela, c'est *avidya*, l'ignorance au-dessus de laquelle il faut s'élever. Si l'on y parvient, on se libère du *karma* qui nous enchaîne. (Il fit une pause.) Le jésuite et moi avons fait route ensemble durant un certain temps, comme deux compagnons de voyage qui décident de se découvrir l'un l'autre. Puis nous sommes arrivés à une bifurcation, il a choisi un chemin et moi un autre. Nos voies se sont séparées, c'est vrai, mais notre destination est restée toujours la même.

— Et quelle est cette destination ?

Le Bodhisattva respira profondément. Il ferma les yeux, adoptant la posture de la méditation. Comme s'il pesait le pour et le contre ; comme s'il élevait sa conscience jusqu'au *sunyata*, le grand vide ; comme s'il fondait son être dans l'éternelle *Dharmakâya* pour y chercher la réponse à son dilemme. Pouvait-il tout révéler ou devait-il garder le silence ? Se pouvait-il que l'esprit de son vieil ami, l'homme qu'il appelait le jésuite, vienne à son secours pour le guider ?

Sa décision prise, il ouvrit les yeux.

— Je suis né en 1930 à Lhassa, dans une famille noble. Mon premier nom était Dhargey Dolma, qui signifie « le Progrès avec la déesse Dolma aux sept yeux ». Mes parents m'ont donné ce nom parce qu'ils croyaient que le développement était l'avenir du Tibet et qu'il fallait être attentif au changement, attentif avec sept yeux. Mais, quand j'ai eu 4 ans, ils m'ont envoyé au monastère de Rongbuk, au pied du Cholangma, la grande montagne que nous nommons Déesse Mère de l'Univers. (Il regarda Tomás.) Vous, vous l'appelez l'Everest. (Il reprit sa pose précédente.) Je suis devenu profondément religieux au contact des moines de Rong-buk. La tradition bouddhiste établit que toutes les choses existent en fonction d'un nom et d'une pensée, aucune par elle-même. En conséquence, j'ai changé de nom pour devenir une autre personne. À 6 ans, je me suis appelé Tenzing Thubten, ou le « Protecteur du Dharma qui suit le chemin du Bouddha ». Vers cette époque, le Tibet commençait à s'ouvrir à l'Occident, une évolution qui réjouissait ma famille. Lorsque j'ai eu 10 ans, en 1940, mes parents m'ont fait venir à Lhassa pour assister à la cérémonie de l'intronisation du quatorzième Dalaï-Lama, Tenzing Gyatso, celui qui nous guide encore et dont je me suis inspiré pour mon nouveau nom. Aussitôt après, j'ai été envoyé dans une école anglaise à Darjeeling, comme c'était la coutume dans les familles de la haute société du Tibet.

— Vous avez fréquenté une école anglaise ?

Le Bodhisattva acquiesça de la tête.

— Pendant des années, mon ami.

— D'où votre anglais si… britannique. J'imagine que les choses ont dû vous paraître un peu différentes…

— Très différentes, confirma Tenzing. La discipline était différente et les rituels également. Mais la principale différence résidait dans la méthodologie. Quand il s'agit d'analyser une question, il y a tout un univers qui nous sépare. J'ai découvert que vous, les Occidentaux, vous aimez diviser un problème en divers petits problèmes, vous aimez séparer et isoler pour mieux analyser. C'est une méthode qui a ses vertus, c'est indéniable, mais elle comporte un terrible défaut.

— Lequel ?

— Elle crée l'impression que la réalité est fragmentée. Voilà ce que j'ai découvert à Darjeeling avec vos professeurs. Pour vous, une chose sont les mathématiques, une autre la chimie, une autre l'anglais, une autre le sport, une autre la philosophie, une autre la botanique. Dans votre manière de penser, toutes les choses sont compartimentées. (Il secoua la tête.) C'est une illusion, bien sûr. La nature des choses est dans le *sunyata*, le grand vide, et aussi dans la *Dharmakâya*, le corps de l'Être. La *Dharmakâya* se retrouve dans toutes les choses matérielles de l'univers et se reflète dans l'esprit humain comme *bodhi*, la sagesse éveillée. L'*Avatamsaka sutra*, qui est le texte fondamental du bouddhisme *mahayana*, repose sur l'idée que la *Dharmakâya* est dans tout. Toutes les choses et tous les événements sont reliés, unis par des fils invisibles. Mieux, toutes les choses et tous les événements sont des manifestations de la même unité. Tout est un.

— Vous avez donc été confronté à deux mondes totalement différents.

— Totalement différents, confirma le Bodhisattva. L'un fragmente tout, l'autre unit tout.

— Vous n'étiez pas heureux à Darjeeling ?

— Au contraire. La pensée occidentale a été une révélation. Moi qui avant pleurais d'être loin du Tibet, je découvrais à présent une nouvelle manière de penser. En outre, j'étais très bon dans deux matières, les mathématiques et la physique. Je suis devenu le meilleur élève de l'école anglaise, meilleur que n'importe quel Anglais ou Indien.

— Vous êtes resté à Darjeeling jusqu'à quel âge ?

— Jusqu'à mes 17 ans.

— Et vous êtes ensuite rentré au Tibet ?

— Oui. En 1947, précisément l'année où les Britanniques ont quitté l'Inde, je suis revenu à Lhassa. Je portais alors une cravate et j'ai eu beaucoup de mal à m'adapter à la vie au Tibet. Cette terre qui me semblait autrefois aussi accueillante que le ventre d'une mère, me paraissait à présent un lieu attardé, étriqué, provincial. La seule chose qui me fascinait, c'était la mystique, la sensation intellectuelle de léviter, l'esprit bouddhiste dans sa quête de l'essence de la vérité. (Il changea de position sur son énorme coussin.) Deux ans après mon retour au Tibet, un événement s'est produit en Chine qui allait entraîner de profondes répercussions sur nos vies. Les communistes prirent le pouvoir à Pékin. Le gouvernement tibétain expulsa tous les Chinois du pays, mais mes parents n'étaient pas dupes. C'étaient des gens informés et ils connaissaient les projets de Mao Tsé-toung concernant le Tibet. Aussi décidèrent-ils de m'envoyer à nouveau en Inde. Mais l'Inde n'était plus la même et, par l'intermédiaire de mes anciens professeurs à Darjeeling qui connaissaient mes dons pour les mathématiques et la physique, j'ai fini par être retenu pour un stage à l'université de Columbia, à New York.

— Vous êtes allé de Lhassa à New York ?

— Imaginez, dit Tenzing en souriant. De la Cité interdite à la Grande Pomme, du Potala à l'Empire State Building. (Il rit.) Cela a été un choc. La veille encore je me promenais sur le Barkhor, et le lendemain je me retrouvais en plein Times Square.

— Comment était l'université de Columbia ?

— J'y suis resté peu de temps. Seulement six mois.

— Si peu ?

— Oui. Un de mes professeurs avait participé au Projet Manhattan, le programme militaire qui réunissait les meilleurs physiciens de l'Occident pour fabriquer la bombe atomique. D'ailleurs, le projet s'appelait Manhattan parce qu'on avait justement commencé à le développer à l'université de Columbia, à Manhattan.

— Je l'ignorais.

— Donc, mon professeur, en tant que titulaire d'une chaire de physique à Columbia, avait participé à ce programme. Lorsqu'il a fait ma connaissance, mes capacités l'ont tellement impressionné qu'il a décidé de me recommander à son mentor, un homme très célèbre.

— Qui ? demanda Tomás.

— Albert Einstein, dit Tenzing à voix basse, sachant que personne n'était indifférent à ce nom. Einstein travaillait alors à l'Institute for Advanced Study, à Princeton, et c'était un grand admirateur de certains aspects de la culture orientale, comme le confusianisme. On était en 1950 et, à cette époque, des événements très graves se passaient au Tibet. Pékin avait annoncé dès janvier que notre pays serait libéré et, aussitôt, les forces chinoises ont envahi toute la région de Kham, atteignant le fleuve Yang-Tsé. C'était le début de la fin de notre indépendance. Sympathisant avec la cause tibétaine, Einstein m'a accueilli à bras ouverts. J'avais à peine 20 ans, et mon nouveau maître décida de me faire travailler avec un autre stagiaire, un garçon plus âgé que moi d'un an. (Le Bodhisattva arqua ses sourcils blancs.) Je suppose que vous devinez de qui il s'agissait.

— Du professeur Siza.

— À l'époque, il n'était pas encore professeur. C'était seulement Augusto. Nous avons vite sympathisé et, comme je savais que les premiers explorateurs

486

européens au Tibet étaient des jésuites portugais, j'ai aussitôt surnommé mon nouvel ami « le jésuite ». (Il rit de bon cœur, presque comme un enfant.) Ah, il fallait voir la tête qu'il faisait ! Il écumait ! Il a contre-attaqué en m'appelant le moine chauve, mais pour moi ce n'était pas un problème, puisque j'avais vraiment été un moine à Rongbuk.

— Et que faisiez-vous tous les deux ?

— Oh, beaucoup de choses. (Il se remit à rire.) Surtout des bêtises et des blagues. Une fois, nous avons dessiné une moustache à la Hitler sur la photo du Mahatma Gandhi qu'Einstein possédait au premier étage de sa maison, à Mercer Street. Le vieux était furieux, ses cheveux se sont dressés sur la tête ! Vous auriez vu ça…

— Mais quel était votre travail à tous les deux ?

— Nous aidions Einstein qui se consacrait à cette époque à un projet très compliqué et ambitieux. Il voulait développer une théorie du tout, une théorie qui réduirait à une seule formule l'explication de la force de gravité et de la force électromagnétique. C'était une sorte de grande théorie de l'univers.

— Oui, je sais, dit Tomás. Einstein a consacré les dernières années de sa vie à ce projet.

— Et il nous a demandé, à Augusto et à moi, de tester différentes formulations. Nous avons planché là-dessus pendant un an, jusqu'en 1951. Mais un jour, Einstein nous a appelés dans son bureau pour nous dire de ne plus nous occuper de ce projet.

— Ah, oui ? Pourquoi ?

— Il avait une autre tâche à nous confier. Une ou deux semaines auparavant, je ne sais plus exactement quand, Einstein avait reçu chez lui un visiteur de marque. C'était le Premier ministre d'Israël. Au cours de leur entretien, le Premier ministre lui avait soumis un problème très important. Au début, Einstein s'était montré réticent, mais, au bout de quelques jours, il a décidé de nous impliquer dans cette recherche. Il nous a demandé d'abandonner le projet de la théorie du tout pour travailler sur ce nouveau projet, quelque chose de très confidentiel.

Tomás et Ariana se penchèrent en avant, impatients de savoir de quoi il s'agissait.

— Quel... quel était ce projet ?

— Einstein lui donna un nom de code, révéla Tenzing. Il l'appela : « La formule de Dieu ».

Il y eut un profond silence dans la petite pièce.

— Et en quoi consistait ce projet ? demanda Ariana, parlant pour la première fois.

Le Bodhisattva remua sur son coussin, pressa la main sur ses lombaires, se contorsionna et esquissa une grimace de douleur. Il regarda autour de lui la pièce sombre, éclairée seulement par les bougies et la flamme jaunâtre du poêle, et respira profondément.

— N'en avez-vous pas assez d'être enfermés ici ?

Les deux visiteurs étaient au bord de la crise de nerfs. Brûlant d'entendre la réponse, avides de percer le mystère, ils attendaient avec angoisse la révélation. Ils avaient atteint l'étape la plus importante de leur quête, devant eux était assis l'homme qui apparemment détenait toutes les réponses, la conversation en était au moment clé, à l'instant crucial. Et que faisait Tenzing ? Il se plaignait d'être enfermé dans cette pièce depuis longtemps.

— En quoi consistait ce projet ? insista Ariana, exaspérée et impatiente.

Le Bodhisattva fit un geste d'apaisement.

— « La montagne est la montagne et le chemin est le même chemin depuis toujours », récita-t-il, posant sa main sur la poitrine. « Ce qui a réellement changé, c'est mon cœur. »

Il y eut un silence gêné.

— Que voulez-vous dire ?

— Cette pièce sombre est la même pièce sombre et la vérité est la même depuis toujours. Mais mon cœur est fatigué d'être ici. (Il indiqua la porte d'un geste majestueux.) Allons dehors.

— Où ?

— À la lumière, dit Tenzing. J'éclairerai votre chemin sur un chemin lumineux.

XXXIII

Ils sortirent de la petite pièce sombre à l'entrée du temple de Maitreya, en haut du monastère de Tashilunpo, descendirent l'escalier en pierre noire et tournèrent à gauche ; Tomás donnait le bras au Bodhisattva, l'aidant à marcher, tandis qu'Ariana les suivait avec trois coussins dans les bras. Ils parcoururent l'étroit couloir longeant les chapelles et franchirent la première porte donnant sur une discrète cour arborée, à l'ombre du grand palais du Panchen-Lama.

Plusieurs moines saluèrent Tenzing avec respect et le vieil homme s'arrêta pour leur répondre par un geste. Puis il reprit sa marche, en pointant un arbre au milieu d'un parterre, et tous les trois s'y dirigèrent.

« *Yun Men disse* », récita le Bodhisattva en s'approchant de l'arbre, concentré sur ses pas de vieillard.

— Quand tu marches, ne fais rien d'autre que marcher. Quand tu t'assois, ne fais rien d'autre que t'asseoir. Surtout, ne vacille pas.

Ariana déposa le grand coussin près du tronc, en un point indiqué par son hôte, et Tomás aida celui-ci à s'asseoir. Ils regardèrent autour d'eux et constatèrent que le coin était bien choisi. Ils étaient à l'ombre, mais les feuilles laissaient passer le soleil, si bien que l'endroit n'était ni trop froid ni trop chaud, un juste équilibre.

— Le Bouddha a dit : « assieds-toi, repose-toi, travaille, déclama-t-il à nouveau. Seul avec toi-même. À l'orée de la forêt, vis heureux, sans désir ».

Les deux visiteurs répondirent à l'invitation. Ils installèrent leur coussin par terre, devant le Bodhisattva, et s'assirent.

Il y eut un long silence.

On entendait, au loin, les chants des moines récitant en chœur les mantras, les textes sacrés, le guttural *Om* toujours présent ; c'était le son créateur, la syllabe sacrée ayant précédé l'univers, la vibration cosmique qui a tout engendré et qui unit tout. Dans les arbres, des moineaux gazouillaient amoureusement, indifférents au timbre primordial qui résonnait dans le monastère comme un murmure de fond. Tout ici était accueillant, serein, immuable, un lieu parfait pour la contemplation ; la cour paisible invitait à la méditation et à l'ascension de l'esprit vers son incessante quête de vérité.

— Vous parliez tout à l'heure du projet de *La Formule de Dieu*, commença Tomás. Pourriez-vous nous expliquer en quoi il consistait ?

— Que voulez-vous que je vous explique ?

— Eh bien… tout.

Tenzing secoua la tête.

— Les Chinois ont un proverbe, dit-il. « Les professeurs ouvrent la porte, mais tu dois entrer seul. »

Tomás et Ariana échangèrent un regard.

— Alors, ouvrez-nous la porte.

Le vieux Tibétain respira profondément.

— Lorsque j'ai commencé à étudier la physique et les mathématiques, je trouvais cela très amusant parce que je pensais qu'il s'agissait d'un grand et beau jeu. Mais, quand je suis arrivé à Columbia, j'ai eu un professeur qui m'a conduit beaucoup plus loin. Il m'a conduit si loin que l'étude a cessé d'être un jeu pour se transformer en une grande découverte.

— Qu'avez-vous découvert ?

— J'ai découvert que la science occidentale se rapprochait étrangement de la spiritualité orientale.

— Que voulez-vous dire ?

Tenzing fixa Tomás puis Ariana.

— Que savez-vous sur les expériences mystiques de l'Orient ?

— Mes connaissances se limitent à l'islam, dit l'Iranienne.

— Je connais le judaïsme et le christianisme, indiqua Tomás. Et je viens d'apprendre certaines choses sur le bouddhisme. J'aurais aimé en savoir plus, bien sûr, mais je n'ai jamais eu de maître pour me l'enseigner.

Le Bodhisattva soupira.

— Nous, les bouddhistes, avons un proverbe, proclama-t-il. « Quand l'élève est prêt, le maître apparaît. » (Il laissa un oiseau emplir la cour de son pépiement.) Pour pouvoir comprendre la nature du dernier projet d'Einstein, il faut que vous sachiez deux ou trois choses sur la pensée orientale. (Il posa sa main contre le tronc de l'arbre et resta ainsi un moment. Puis il la retira pour la replacer dans son autre main, et garda les deux croisées dans une pose contemplative.) Les plus anciennes origines du bouddhisme remontent à l'hindouisme, dont la philosophie repose sur de vieilles écritures anonymes rédigées en ancien sanskrit, les *Vedas*, les textes sacrés des Aryens. La dernière partie des *Vedas* s'appelle les *Upanishads*. L'idée fondamentale de l'hindouisme est que la diversité des choses et des événements que nous voyons et sentons autour de nous ne sont que différentes manifestations d'une même réalité. La réalité se nomme *Brahman* et elle est à l'hindouisme ce que la *Dharmakâya* est au bouddhisme. *Brahman* signifie « croissance », et c'est la réalité en soi, l'essence intérieure de toutes choses. Nous sommes *Brahman*, même si on ne le perçoit pas à cause du pouvoir magique créateur de *maya*, qui crée l'illusion de la diversité. Mais cette diversité, je le répète, n'est qu'une illusion. Il n'y a qu'un réel et le réel est *Brahman*.

— Pardon, mais je ne vous suis pas très bien, interrompit Tomás. J'ai toujours cru que l'hindouisme fourmillait de dieux.

— Cela n'est que partiellement vrai. Les hindous ont beaucoup de dieux, certes, mais les écritures sacrées affirment clairement que tous ces dieux ne sont que le reflet d'un unique dieu, d'une unique réalité. C'est comme si Dieu avait mille noms et que chaque nom était un dieu, mais tous renvoient au même, ce sont différents noms et différents visages pour une seule et unique essence. (Il écarta les bras puis les joignit.) *Brahman* est à la fois un et tous. Il est le réel et l'unique qui est réel.

— J'ai compris.

— La mythologie hindoue repose sur l'histoire de la création du monde à travers la danse de Shiva, le Maître de la Danse. La légende raconte que la matière était inerte jusqu'à ce que, dans la nuit du *Brahman*,

Shiva entame sa danse au milieu d'un anneau de feu. C'est à cet instant que la matière se mit à pulser au rythme de Shiva, dont la ronde transforma la vie en un grand cycle de création et de destruction, de naissance et de mort. La danse de Shiva est le symbole de l'unité et de l'existence, c'est à travers elle que s'accomplissent les cinq actes divins : la création de l'univers, sa durée dans l'espace, sa dissolution, l'occultation de la nature de la divinité et la révélation de la vraie connaissance. Les écritures sacrées disent que la danse provoqua d'abord une expansion, au cours de laquelle surgirent la matière et l'énergie. Le premier stade de l'univers fut formé par l'espace, dans lequel tout s'amplifia avec l'énergie de Shiva. Les textes sacrés prévoient que l'expansion ira en s'accélérant, puis tout se mélangera et, à la fin, Shiva exécutera sa terrible danse de la destruction. (Le Bodhisattva inclina la tête.) Tout ceci ne vous rappelle rien ?

— Incroyable, murmura Tomás. Le Big Bang et l'expansion de l'univers. L'équivalence entre masse et énergie. Le Big Crunch.

— Tout à fait, confirma le Tibétain. L'univers existe par la danse de Shiva et aussi par l'autosacrifice de l'être suprême.

— L'autosacrifice ? Comme dans le christianisme ?

— Non, dit Tenzing en secouant la tête. L'expression « sacrifice » est à employer ici dans son acception originale, à savoir « rendre sacré », et non dans le sens d'une souffrance. L'histoire hindoue de la création du monde est celle de l'acte divin engendrant le sacré, un acte par lequel Dieu devient le monde et le monde devient Dieu. L'univers est la gigantesque scène d'une pièce divine, dans laquelle *Brahman* joue le rôle

495

de grand magicien qui devient le monde à travers le pouvoir créateur de *maya* et de l'action du *karma*. Le *karma*, c'est la force de création, le principe actif de la pièce divine, c'est l'univers en action. L'essence de l'hindouisme vise notre libération par rapport aux illusions de *maya* et à la force du *karma*, en nous faisant prendre conscience, au moyen de la méditation et du yoga, que tous les différents phénomènes perçus par nos sens font partie de la même réalité, que tout est *Brahman*. (Le Bodhisattva plaqua sa main sur la poitrine.) Tout est *Brahman*, répéta-t-il. Tout. Y compris nous-mêmes.

— N'est-ce pas là ce que prétend également le bouddhisme ?

— Exactement, acquiesça le vieux Tibétain. Au lieu de *Brahman*, nous préférons utiliser le mot *Dharmakâya* pour décrire cette réalité unique, cette essence qui se retrouve dans les différents objets et phénomènes de l'univers. Tout est *Dharmakâya*, tout est relié par des fils invisibles, les choses ne sont que les diverses facettes d'une même réalité. Mais cette réalité n'est pas immuable, c'est plutôt une réalité marquée par *samsara*, le concept de l'impermanence. Tout change sans cesse, le mouvement et la transformation sont inhérents à la nature.

— Mais, alors, quelle est la différence entre l'hindouisme et le bouddhisme ?

— Il y a des différences dans la forme, dans les méthodes, et dans les légendes. Bouddha acceptait les dieux hindous, mais il ne leur accordait pas une grande importance. Il y a de grandes différences entre ces deux religions, malgré leur essence commune. Le réel est un, bien qu'il paraisse multiple. Les différentes apparences ne sont que différents masques d'une seule réalité, qui est elle-même changeante. Ces deux doctrines nous incitent à regarder au-delà des masques, à prendre conscience que la différence cache l'unité et à accéder à la révélation de l'un. Mais pour atteindre ce même objectif, elles suivent des chemins différents. Les hindous parviennent à l'illumination à travers le vedanta et le yoga, les bouddhistes à travers l'octuple chemin sacré du Bouddha.

— Donc, le fondement de la pensée orientale repose sur l'idée que le réel, bien qu'il apparaisse sous différentes formes, est, dans son essence, une seule et même chose.

— Oui, dit Tenzing. Puis, le taoïsme est venu souligner quelques éléments essentiels déjà contenus dans l'hindouisme et le bouddhisme.

— Lesquels ?

Le Tibétain inspira l'air pur qui soufflait dans la cour.

— Avez-vous déjà lu le *Tao Te King* ?

— Non.

— C'est le texte fondamental du *Tao*.

— Et qu'est-ce que le *Tao* ?

— Tchouang-tseu a dit : « Si quelqu'un demande ce qu'est le *Tao* et qu'un autre lui répond, aucun des deux ne sait ce qu'est le *Tao*. »

Tomás rit.

— Bon, je vois que vous ne pouvez pas m'expliquer ce qu'est le *Tao*…

— Le *Tao* est un nom pour *Brahman* et pour *Dharmakâya*, déclara le Tibétain. Le *Tao* est le réel, c'est l'essence de l'univers, c'est l'un d'où émane le multiple. La voie taoïste a été formulée par Lao Tseu, qui a résumé sa pensée en un concept fondamental.

— Lequel ?

— Le *Tao Te King* commence par des mots révélateurs, dit Tenzing. « Le *Tao* que l'on peut exprimer n'est le véritable *Tao*. Le nom que l'on peut proférer n'est le véritable Nom. »

Le bouddhiste laissa ces paroles résonner dans la cour comme des feuilles voltigeant au gré du vent.

— Qu'est-ce que ça veut dire ?

— Le *Tao* a souligné le rôle du mouvement dans la définition de l'essence des choses. L'univers oscille entre le *yin* et le *yang*, les deux faces qui marquent le rythme des cycles du mouvement et à travers lesquelles le *Tao* se manifeste. La vie, a dit Chouang Tseu, est l'harmonie du *yin* et du *yang*. Tout comme le yoga est la voie hindoue vers l'illumination que tout est *Brahman*, tout comme l'octuple chemin sacré est la voie bouddhiste vers l'illumination que tout est *Dharmakâya*, le taoïsme est la voie taoïste vers l'illumination que tout est *Tao*. Le taoïsme est une méthode qui utilise la contradiction, les paradoxes et la subtilité pour atteindre le *Tao*. (Il leva la main.) Lao Tseu a dit : « Ce que tu veux comprimer, tu dois d'abord le laisser se bien dilater. » (Il inclina la tête.) Voilà la sagesse subtile. À travers la relation dynamique entre le *yin* et le *yang*, les taoïstes expliquent les changements de la nature. Le *yin* et le *yang* sont deux pôles opposés, deux extrêmes liés l'un à l'autre par un cordon invisible, deux aspects différents du *Tao*, l'union de tous les contraires. Le réel est en perpétuel changement, mais les changements sont cycliques, ou bien ils tendent vers le *yin*, ou bien ils reviennent vers le *yang*. (Il leva de nouveau la main.) Mais, attention, les extrêmes sont des illusions de l'un, ce qui a conduit Bouddha à parler de non-dualité. Bouddha a dit : « Ombre et lumière, court et long, noir et blanc ne peuvent être connus que dans une relation de l'un à l'autre. La lumière n'est pas indépendante de l'ombre ni le noir du blanc. Il n'y a pas d'opposés, uniquement des relations et des degrés. »

— Je ne comprends pas, dit Tomás. Quelles sont donc les spécificités du taoïsme ?

— Le taoïsme n'est pas vraiment une religion, mais un système philosophique né en Chine. Cependant, certaines de ses idées fondamentales coïncident avec le bouddhisme, comme par exemple la notion selon laquelle le *Tao* est dynamique et inaccessible.

— Inaccessible, dans quel sens ?

— Rappelez-vous les paroles de Lao Tseu : « Le *Tao* que l'on peut exprimer n'est pas le vrai *Tao*. » Rappelez-vous l'aphorisme de Tchouang-tseu : « Si quelqu'un demande ce qu'est le *Tao* et qu'un autre lui répond, aucun des deux ne sait ce qu'est le *Tao*. » Le *Tao* est au-delà de notre entendement. Il est inexprimable.

— C'est curieux, dit Tomás. C'est justement ce que dit la cabale judaïque. Dieu est inexprimable.

— Le réel est inexprimable, proclama Tenzing. Déjà les *Upanishads* des hindous définissaient l'intangibilité de la réalité dernière en termes clairs : « Là où l'œil ne voit pas, où la parole ne parle pas, où l'esprit ne pense pas, nous ne pouvons ni savoir ni comprendre ni enseigner. » Bouddha lui-même, interrogé par un disciple qui lui demandait de définir l'illumination, répondit par un silence et se contenta de brandir une fleur. Ce que Bouddha voulait exprimer par ce geste, qui est évoqué dans le *Sermon de la Fleur*, c'est que les mots ne servent que pour les objets et les idées qui nous sont familiers. Bouddha a dit : « Un nom est posé sur ce qu'on pense être une chose ou un état et cela le sépare des autres choses et des autres états, mais, quand on regarde ce qui se trouve derrière ce nom, on découvre une subtilité toujours plus grande qui n'est pas divisible. » (Il soupira.) L'illumination de la réalité ultime, de la *Dharmakâya*, est au-delà des mots et des définitions. Qu'on l'appelle *Brahman*, *Dharmakâya*, *Tao* ou *Dieu*, cette vérité reste immuable. On peut sentir le réel au cours d'une extase, on peut briser les illusions de *maya* et le cycle du *karma* de manière à atteindre l'illumination et à accéder au réel. (Il fit un lent geste de la main.) Cependant, quoi qu'on fasse, quoi qu'on dise, on ne pourra jamais le décrire. Le réel est inexprimable. Il est au-delà des mots.

Tomás remua sur son coussin et regarda Ariana, qui gardait le silence.

— Excusez-moi, maître, dit-il sur un ton teinté d'impatience. Tout cela est fascinant, indéniablement, mais ne répond pas à nos questions.

— Vraiment pas ?

— Non, insista Tomás. J'aimerais que vous nous expliquiez en détail le projet sur lequel Einstein vous a fait travailler.

Le Bodhisattva soupira.

— Fei Yang a dit : « Quand tu te sens égaré et plein de doutes, mille livres ne suffisent pas. Quand tu as atteint la compréhension, un seul mot est déjà de trop. » Il regarda Tomás. Vous comprenez ?

— Heu... plus ou moins.

— Vos paroles hésitantes ressemblent à des gouttes de pluie, ce qui me rappelle un dicton zen, insista Tenzing. « Les gouttes de pluie frappent la feuille du *basho*, mais ce ne sont pas des larmes de chagrin, juste l'angoisse de celui qui les entend. »

— Vous me trouvez angoissé ?

— Je crois que vous ne m'écoutez pas. Vous m'entendez, c'est vrai, mais vous ne m'écoutez pas. Quand vous m'écouterez, vous comprendrez. Lorsque vous comprendrez, un mot sera déjà de trop. Mais tant que vous ne comprendrez pas, mille livres ne vous suffiront pas.

— Vous voulez dire que tout cela est en rapport avec le projet d'Einstein ?

— Je veux dire ce que je vous dis, répliqua le Tibétain d'une voix paisible, son doigt pointé sur Tomás, comme s'il l'interpellait. Souvenez-vous du proverbe chinois : « Les professeurs ouvrent la porte, mais tu dois entrer seul. »

— Très bien, acquiesça l'historien. Je sais que vous m'avez ouvert la porte. Est-ce pour moi le moment d'entrer ?

— Non, murmura Tenzing. C'est le moment de m'écouter. Lao Tseu a dit : « Œuvre dans l'inaction, travaille sans effort. »

— Oui, maître.

Le Bodhisattva baissa les paupières un instant. Il semblait s'être plongé dans la méditation, mais il rouvrit aussitôt les yeux.

— Tout ce que je viens de vous dire, je l'avais déjà raconté à Einstein à Princeton, il s'était montré très intéressé par la vision orientale de l'univers. La principale raison de cet intérêt reposait sur la proximité existante entre notre pensée et les questions cruciales posées par les nouvelles découvertes dans les champs de la physique et des mathématiques, ce que j'avais constaté à l'université de Columbia et dont je fis part à mon nouveau mentor.

— Excusez-moi, je ne comprends pas, interrompit Ariana, dont l'esprit scientifique se rebellait. Un rapprochement entre la spiritualité orientale et la physique ? De quoi parlez-vous concrètement ?

Tenzing rit.

— Vous réagissez exactement comme Einstein a réagi au début, quand je lui en ai parlé.

— Excusez-moi, mais cela me paraît une réaction normale chez n'importe quel scientifique, dit l'Iranienne. Mêler science et mysticisme, c'est... une opération un peu étrange, non ?

— Non, si les deux disent la même chose, rétorqua le Tibétain. Les *Upanishads* affirment : « Le corps humain est à l'image du corps cosmique. L'esprit humain est à l'image de l'esprit cosmique. Le microcosme est à l'image du macrocosme. L'atome est à l'image de l'univers. »

— Où cela est-il écrit ?

— Dans les *Upanishads*, la dernière partie des *Vedas*, les textes sacrés de l'hindouisme. (Tenzing leva un sourcil blanc.) Mais on pourrait trouver ces idées dans n'importe quel texte scientifique, vous ne croyez pas ?

— Eh bien... peut-être, d'une certaine façon.

Le Bodhisattva réajusta sa posture sur son grand coussin et respira profondément.

— Vous souvenez-vous de Lao Tseu : « Le *Tao* que l'on peut exprimer n'est le véritable *Tao*. Le nom que l'on peut proférer n'est le véritable Nom » ? Vous souvenez-vous des *Upanishads* définissant l'intangibilité de la réalité dernière comme une zone où l'œil ne voit pas, où la parole ne parle pas, où l'esprit ne pense pas, où l'on ne peut ni savoir ni comprendre ni enseigner ? Vous rappelez-vous le *Sermon de la Fleur* où le Bouddha explique que l'illumination de la *Dharmakâya* est inexprimable ?

— Oui...

— Et je vous le demande : que dit le principe de l'incertitude ? Il nous dit que nous ne pouvons pas prévoir avec précision le comportement d'une microparticule, bien que nous sachions que ce comportement est déterminé à l'avance. Et je vous le demande : que disent les théorèmes de l'incomplétude ? Ils nous disent que nous ne pouvons pas prouver la cohérence d'un système mathématique, bien que ses affirmations non démontrables soient vraies. Et je vous le demande : que dit la théorie du chaos ? Elle nous dit que la complexité du réel est si grande qu'il est impossible de prévoir l'évolution future de l'univers, bien que nous sachions que cette évolution est déjà déterminée. Le réel se cache derrière l'illusion de *maya*. Le principe de l'incertitude, les théorèmes de l'incomplétude et la théorie du chaos ont prouvé que le réel est inaccessible dans son essence. Nous pouvons tenter de l'approcher, tenter de le décrire, mais jamais nous ne le connaîtrons vraiment. Il y aura toujours un mystère au fond de l'univers. En dernière instance, l'univers est inexprimable dans sa plénitude, à cause de la subtilité de sa conception. (Il écarta les mains.) Revenons maintenant à la question essentielle. Quelle est cette matière imprévisible à laquelle se réfère le principe d'incertitude sinon *Brahman* ? Quelle est cette vérité que les théorèmes de l'incomplétude démontrent sinon *Dharmakâya* ? Et quel est ce réel infiniment complexe et inaccessible décrit par la théorie du chaos sinon le *Tao* ? Et qu'est-ce que l'univers sinon une gigantesque et inexprimable énigme ? (Les questions soulevées par Tenzing d'une voix paisible résonnèrent longuement aux oreilles des deux visiteurs. Tomás et Ariana gardèrent leurs yeux fixés sur le Tibétain assis devant eux et digérèrent tant bien que mal ces étranges parallélismes entre la science occidentale et le mysticisme oriental.) Ensuite, il y a le problème de la dualité, reprit Tenzing. Comme je vous l'ai dit, la pensée orientale définit le dynamisme de l'univers à travers la dynamique des choses. Le *Brahman* des hindous signifie « croissance ». Le *samsara* des bouddhistes désigne le « mouvement incessant ». Le *Tao* des taoïstes renvoie à la dynamique des opposés représentés par le *yin* et le *yang*. Des opposés qui se rejoignent, des extrêmes reliés par un fil invisible. *Yin* et *yang*. Vous vous en rappelez ?

— Oui, bien sûr.

— Alors, maintenant, pensez aux théories de la relativité : l'énergie et la masse sont une même chose dans des états différents. Pensez à la physique quantique : la matière est, en même temps, onde et particule. Pensez encore aux théories de la relativité : l'espace et le temps sont liés. Tout est *yin* et *yang*. L'univers se meut par le dynamisme des opposés. Les extrêmes finissent par se rejoindre dans une même unité. *Yin* et *yang*. Énergie et masse. Ondes et particules. Espace et temps. *Yin* et *yang*.

— L'univers est donc régi par la dialectique des opposés, commenta Tomás.

— L'univers est un, mais il n'est pas statique, il est dynamique, énonça Tenzing. Je vous ai parlé de la création de l'univers par la danse de Shiva, qui a insufflé à la matière le rythme de sa ronde, transformant la vie en un grand processus cyclique, vous vous souvenez ?

— Oui.

— Eh bien, regardez le rythme des électrons autour des noyaux, regardez le rythme des oscillations des atomes, regardez le rythme du mouvement des molécules, regardez le rythme de la course des planètes, regardez le rythme auquel bat le cosmos. En tout il y a rythme, en tout il y a synchronisme, en tout il y a symétrie. L'ordre émerge du chaos comme un danseur sur la piste. Avez-vous déjà remarqué le rythme du cosmos ?

— Le… rythme du cosmos ?

— Toutes les nuits, le long des fleuves de la Malaisie, des milliers de lucioles se rassemblent dans l'air et émettent une même lumière en même temps, obéissant à un synchronisme secret. À chaque instant, au fond de notre corps, les flux électriques dansent dans chaque organe au rythme de symphonies silencieuses, dont la mesure est battue par des milliers de cellules invisibles. À chaque heure, le long de nos intestins, les résidus alimentaires sont poussés par la contraction rythmée des parois du tube digestif, obéissant à une étrange cadence biologique. Tous les jours, quand un homme pénètre une femme et que son fluide vital court vers l'ovule, les spermatozoïdes remuent leur queue en même temps et dans la même direction, suivant une mystérieuse chorégraphie. Chaque mois, lorsque plusieurs femmes restent longtemps ensemble, leurs cycles menstruels se synchronisent de manière inexplicable. Qu'est-ce que tout cela sinon le rythme énigmatique de la danse cosmique de Shiva ?

— Mais la synchronie est un phénomène naturel de la vie, argumenta Tomás. Il y a de la synchronie dans notre respiration, dans notre cœur, dans la circulation de notre sang...

— Bien sûr que la synchronie est naturelle, acquiesça Tenzing. Elle est naturelle justement parce que la vie pulse au rythme des battements de la danse de Shiva. Mais pas seulement la vie, vous savez ? La matière inerte danse également au son de la même musique.

— La matière inerte ?

— Cela fut découvert au XVIIe siècle, lorsque Christiaan Huygens observa par hasard que les pendules de deux horloges placées l'une à côté de l'autre oscillaient en même temps, sans variation. Il eut beau chercher à les désynchroniser, en modifiant les oscillations des pendules, Huygens constata qu'au bout d'une demi-heure, les horloges se remettaient à battre au même rythme, comme si les pendules obéissaient à un maître invisible. Huygens découvrit que la synchronie n'était pas une cadence propre aux choses animées. La matière inerte danse au même rythme.

— Eh bien, c'est... étrange, sans aucun doute, reconnut Tomás. Mais on ne peut pas généraliser à partir d'un seul cas observé. Aussi bizarre qu'il puisse paraître, cela reste un cas isolé.

— Vous faites erreur, répliqua le Tibétain. La danse synchronisée des pendules d'horloges placées côte à côte ne fut que la première découverte parmi de nombreuses autres semblables. On a découvert que les générateurs disposés en parallèle, bien que mis en marche de manière désynchronisée, synchronisaient automatiquement leur rythme de rotation, et c'est d'ailleurs cet étrange battement de la nature qui permet aux réseaux électriques de fonctionner. On a découvert que l'atome de césium oscille comme un pendule entre deux niveaux d'énergie et que cette oscillation est rythmée avec une telle précision qu'elle a permis de créer des horloges atomiques au césium, qui ne se dérèglent que d'une seconde en vingt millions d'années. On a découvert que la lune tourne autour de son axe exactement au même rythme que la terre autour de son orbite, et c'est ce curieux synchronisme qui fait que la lune nous présente toujours la même face. On a découvert que les molécules d'eau, qui se meuvent librement, se rassemblent dans un mouvement synchronisé quand la température descend à zéro degré, et c'est ce mouvement qui permet la formation de la glace. On a découvert que certains atomes, exposés à des températures proches du zéro absolu, commençaient à se comporter comme s'ils étaient un seul et unique atome, alors qu'ils sont des milliards livrés à une immense ronde synchronisée. Cette découverte a valu aux auteurs le prix Nobel de physique en 2001. Le Comité du Nobel a dit qu'ils avaient apporté la preuve que les atomes chantaient à l'unisson. C'est l'expression employée par le Comité dans son communiqué. Que les atomes chantaient à l'unisson. Au rythme de quelle musique, je vous le demande ?

Tomás et Ariana restèrent muets. La question était rhétorique, leur sembla-t-il, mais il est vrai aussi que le Bodhisattva les avait surpris en révélant l'existence de ce rythme, de ce battement qui animait la matière.

— Au rythme de quelle musique, je vous le demande ? répéta Tenzing. Au rythme de la musique cosmique, la même musique qui inspire Shiva dans sa danse, la même musique qui fait que deux pendules oscillent en synchronie, que les générateurs coordonnent leur mouvement de rotation, que la lune organise sa ronde de manière à toujours présenter la même face à la terre, et que les atomes chantent à l'unisson. L'univers tout entier bat à un rythme mystérieux. Le rythme de la danse de Shiva.

— Et d'où vient ce rythme ? demanda Tomás.

Le Tibétain fit un geste vague de la main, balayant toute la cour du temple.

— Il vient de la *Dharmakâya*, de l'essence de l'univers, répondit-il. Avez-vous déjà entendu parler des liens entre la musique et les mathématiques ?

Les deux visiteurs firent oui de la tête.

— En effet, la musique de l'univers oscille au rythme des lois de la physique, affirma Tenzing. En 1996, on a découvert que les systèmes vivants et la matière inerte se synchronisaient selon une même formulation mathématique. Je veux dire que le tempo de la musique cosmique qui provoque les mouvements dans nos intestins est le même qui fait que les atomes chantent à l'unisson, et le battement qui pousse les spermatozoïdes à remuer leur queue en cadence est le même qui orchestre la gigantesque ronde de la lune autour de la terre. Et la formulation mathématique qui organise ce rythme cosmique procède des systèmes mathématiques sur lesquels repose l'organisation de l'univers : la théorie du chaos. On a découvert que le chaos était synchrone.

Le chaos paraît chaotique, mais il révèle, en réalité, un comportement déterministe, il obéit à des paramètres et à des règles bien définies. Bien qu'il soit synchrone, son comportement ne se répète jamais, si bien que nous pouvons dire que le chaos est déterministe mais indéterminable. Il est prévisible à court terme, selon les lois déterministes, et imprévisible à long terme, à cause de la complexité du réel. (Il écarta les mains.) Il y aura toujours un mystère au fond de l'univers.

Tomás remua sur son coussin.

— J'admets que tout cela est mystérieux, dit-il. Mais pensez-vous que les sages anonymes qui ont décrit la danse de Shiva connaissaient l'existence de ce... rythme cosmique ?

Tenzing sourit.

— Au sujet de comment nous devions penser le monde, le Bouddha a dit : « Une étoile à la nuit tombée, une bulle dans le courant, une trouée de lumière dans un nuage de printemps, une chandelle tremblante, un fantôme et un rêve. »

Les visiteurs hésitèrent, déconcertés par la réponse.

— Que voulez-vous dire par là ?

— Je veux dire que le rythme cosmique n'est pas perceptible à celui qui n'est pas illuminé. Il faut être Bouddha pour observer ce rythme animer les choses. Comment les auteurs des écritures sacrées pouvaient-ils connaître l'existence du rythme cosmique s'il n'est pas audible à ceux qui ne sont pas préparés pour l'entendre ?

— C'est peut-être une coïncidence, argumenta Tomás. Ils ont inventé l'histoire de la danse de Shiva, un beau mythe primordial, et ensuite, pure coïncidence, on a découvert qu'il existait un rythme dans l'univers.

Le Bodhisattva resta un instant silencieux, comme s'il pesait l'argument.

— Je vous ai dit que les hindous affirmaient que la réalité dernière se nomme *Brahman* et que les choses et les événements divers que nous voyons et sentons autour de nous ne sont que les différentes manifestations d'une même réalité. Je vous ai dit que nous, les bouddhistes, affirmions que la réalité dernière se nomme *Dharmakâya* et que tout est relié par des fils invisibles, puisque toutes les choses ne sont que les diverses facettes d'une même réalité. Et je vous ai dit que les taoïstes affirmaient que le *Tao* est le réel, l'essence de l'univers, l'un d'où procède le multiple. Vous vous en souvenez ?

— Oui.

— Est-ce alors une coïncidence que la science occidentale vienne dire la même chose que nos sages proféraient voilà plus de deux mille ans ?

— Je ne vous suis pas, indiqua Tomás.

Le Bodhisattva respira profondément.

— Comme vous le savez, la pensée orientale prétend que le réel est un et que les diverses choses ne sont que les manifestations d'une même réalité. Tout est en corrélation.

— Oui, vous l'avez déjà dit.

— La théorie du chaos est venue confirmer que c'était bien le cas. Le battement d'ailes d'un papillon dans cette cour influence l'état du temps à l'autre bout de la planète.

— C'est vrai.

— Mais la liaison des molécules entre elles ne se réduit pas à un simple effet de domino entre les choses, où chacune influe sur l'autre. En réalité, les molécules sont organiquement liées entre elles. Chaque objet n'est qu'une différente représentation du même objet.

— C'est ce que prétend la pensée orientale, insista Tomás.

— C'est aussi ce qu'affirme la science occidentale, argumenta Tenzing.

L'historien afficha un air incrédule.

— La science occidentale ?

— Oui.

— Où dit-elle que la matière est organiquement liée ? Où dit-elle que chaque objet n'est qu'une différente représentation du même objet ? C'est la première fois que j'entends une chose pareille...

Le Bodhisattva sourit.

— Avez-vous déjà entendu parler de l'expérience Aspect ?

Tomás secoua la tête en signe d'ignorance, mais, en regardant Ariana, il s'aperçut que la référence lui était familière.

— Qu'est-ce que c'est ? demanda-t-il en s'adressant à la fois au Tibétain et à l'Iranienne.

— Je vois que la demoiselle est au courant de cette expérience, observa Tenzing, l'œil scrutateur.

— Oui, confirma-t-elle. N'importe quel physicien connaît cette expérience.

Ariana semblait un peu absente. Il était clair que son esprit scientifique, à cet instant, tâchait de considérer les implications des propos du vieux bouddhiste, en particulier les relations inattendues entre l'expérience mentionnée par Tenzing et le concept de *Dharmakâya* qu'elle venait de découvrir.

— Quelqu'un peut-il m'expliquer de quoi il s'agit ? insista Tomás.

Tenzing rajusta le drap pourpre qui le couvrait, puis fixa Tomás des yeux.

— Alain Aspect est un physicien français qui a dirigé une équipe de l'université de Paris-Sud lors d'une expérience très importante, effectuée en 1982. Il est vrai que personne n'en a parlé à la télévision ni dans les journaux. Seuls les physiciens et quelques autres scientifiques la connaissent, mais retenez bien ce que je vais vous dire. (Il leva l'index.) Il est probable qu'un jour, l'expérience Aspect soit citée comme l'une des expériences les plus extraordinaires de la science au XXᵉ siècle. (Il regarda Ariana.) Vous êtes d'accord, mademoiselle ?

Ariana hocha la tête.

— Oui.

Le Bodhisattva garda les yeux rivés sur l'Iranienne.

— Un dicton zen dit : « Si tu rencontres sur ton chemin un homme qui sait, ne dis rien, ne reste pas silencieux. » (Il fit une pause.) « Ne reste pas silencieux », répéta-t-il. (Il regarda Ariana et pointa du doigt Tomás.) Ouvrez-lui la porte.

— Voulez-vous que je lui décrive l'expérience Aspect ?

Tenzing sourit.

— Autre dicton zen : « Lorsqu'un homme commun accède à la connaissance, c'est un sage. Lorsqu'un sage accède à la connaissance, c'est un homme commun. » (Il pointa à nouveau son doigt vers Tomás.) Faites de lui un homme commun.

Ariana les regarda l'un et l'autre, s'efforçant d'organiser son raisonnement.

— L'expérience Aspect... voyons, bredouilla-t-elle. (Elle regarda le Tibétain comme si elle en attendait des instructions.) On ne peut pas aborder l'expérience Aspect sans parler du paradoxe EPR, n'est-ce pas ?

— Nagarjuna a dit : « La sagesse est comme un lac limpide et frais, on peut y entrer par n'importe quel côté. »

— Alors, je vais y entrer par le côté du paradoxe EPR, décida Ariana. (Elle se tourna vers Tomás.) Souviens-toi, je t'ai dit que la physique quantique prévoyait un univers indéterministe, où l'observateur fait partie de l'observation, tandis que la relativité postulait un univers déterministe, où le rôle de l'observateur n'influe pas sur le comportement de la matière. Tu t'en rappelles ?

— Absolument.

— Eh bien, lorsque ce désaccord fut notoire, on se mit à chercher un moyen de concilier les deux camps. On supposait, et on continue de supposer, qu'il ne peut y avoir de lois discordantes selon la dimension de la matière, les unes pour le macrocosme et d'autres différentes pour le microcosme. Il faut des lois uniques. Mais comment expliquer ces divergences entre les deux théories ? Le problème suscita une série de débats entre le père de la relativité, Albert Einstein, et le principal théoricien de la physique quantique, Niels Bohr. Pour démontrer que l'interprétation quantique était absurde, Einstein pointa un détail très curieux de la théorie quantique : une particule ne décide de sa position que lorsqu'elle est observée. Einstein, Podolski et Rosen, dont les initiales forment EPR, formulèrent alors leur paradoxe, dont l'idée consistait à mesurer deux systèmes séparés, mais qui avait été préalablement unis, pour voir s'ils auraient des comportements semblables quand ils seraient observés. Les trois scientifiques proposèrent la chose suivante : enfermer les deux systèmes dans des boîtes, placées à des points différents d'une pièce ou même à des kilomètres de distance, ouvrir les boîtes simultanément et mesurer leurs états internes. Si leur comportement est automatiquement identique, alors cela signifie que les deux systèmes sont parvenus à communiquer l'un avec l'autre instantanément. Or ceci est un paradoxe. Einstein et ses assistants firent observer qu'il ne pouvait y avoir un transfert d'information instantané, dès lors que rien ne va plus vite que la lumière.

— Et qu'est-ce que le physicien quantique a répondu ?

— Bohr ? Bohr a répondu que, si on pouvait réaliser cette expérience, on s'apercevrait qu'il y a, de fait, communication instantanée. Si les particules subatomiques n'existent pas tant qu'elles ne sont pas observées, argumenta-t-il, alors elles ne peuvent être considérées comme des choses indépendantes. La matière, disait-il, fait partie d'un système indivisible.

— Un système indivisible, reprit Tenzing. Indivisible comme la réalité ultime de *Brahman*. Indivisible comme le réel relié par des fils invisibles de la *Dharmakâya*. Indivisible comme l'unité du *Tao* d'où émane le multiple. Indivisible comme l'essence dernière de la matière, l'un où toutes les choses et tous les événements ne sont que les manifestations du même, la réalité unique sous différents masques.

— Attendez, intervint Tomás. C'est ce que disait la physique quantique. Mais Einstein pensait autrement, non ?

— Tout à fait, confirma Ariana. Einstein pensait que

cette interprétation était absurde et considérait que le paradoxe EPR, s'il pouvait être vérifié, le démontrerait.

— Le problème, c'est que ce paradoxe ne pouvait pas être vérifié…

— À l'époque d'Einstein, ce n'était pas réalisable, dit l'Iranienne. Mais, dès 1952, un physicien de l'université de Londres nommé David Bohm indiqua qu'il y avait un moyen de vérifier ce paradoxe. En 1964, le physicien John Bell, du CERN de Genève, fut chargé de démontrer de manière systématique comment opérer cette expérience. Bell n'effectua pas l'expérience qui ne fut concrétisée qu'en 1982 par Alain Aspect et son équipe de Paris. C'est une expérience compliquée et difficile à expliquer à un profane, mais elle a bien été réalisée.

— Les Français ont vérifié le paradoxe ?

— Oui.

— Et alors ?

Ariana regarda furtivement Tenzing avant de répondre à la question de Tomás.

— Bohr avait raison.

— Je ne saisis pas, dit l'historien. Il avait raison, comment ça ? Qu'a révélé l'expérience ?

Ariana respira profondément.

— Aspect a découvert que, dans des conditions déterminées, les particules communiquent automatiquement entre elles. Ces particules subatomiques peuvent même se trouver à des points différents de l'univers, les unes à un bout du cosmos et les autres à l'autre extrémité, la communication sera pourtant instantanée.

L'historien afficha un air incrédule.

— C'est impossible, dit-il. Rien ne se déplace plus vite que la lumière.

— C'est ce que dit Einstein et sa théorie de la relativité restreinte, rétorqua l'Iranienne. Mais Aspect a prouvé que les microparticules communiquent instantanément entre elles.

— Ne pourrait-il pas y avoir une erreur dans ces expériences ?

— Aucune erreur, assura l'Iranienne. De nouvelles expériences effectuées en 1998, à Zurich et à Innsbruck, utilisant des techniques plus sophistiquées, ont tout corroboré.

Tomás se gratta la tête.

— Ça veut dire que les théories de la relativité sont erronées ?

— Non, non, elles sont justes.

— Alors comment explique-t-on ce phénomène ?

— Il n'y a qu'une seule explication, dit Ariana. Aspect a confirmé une propriété de l'univers. Il a vérifié expérimentalement que l'univers est tissé de liens invisibles, que les choses sont reliées entre elles d'une manière insoupçonnée, que la matière possède une organisation intrinsèque que personne n'imagine. Si les microparticules communiquent entre elles à distance, ce n'est nullement dû à un signal qu'elles émettraient les unes vers les autres. Cela procède simplement du fait qu'elles constituent une entité unique. Leur séparation est une illusion.

— Les microparticules sont une entité unique ? Leur séparation est une illusion ? Je ne comprends pas…

Ariana regarda autour d'elle, s'efforçant de trouver un bon moyen d'expliquer le sens de ses paroles.

— Par exemple, Tomás, dit-elle, saisissant une idée. Tu as déjà vu un match de football à la télévision ?

— Oui, évidemment.

— Dans une transmission télévisée, il y a, parfois, plusieurs caméras pointées en même temps sur le même joueur, n'est-ce pas ? Celui qui regarde les images de chaque caméra et qui ignore comment la chose fonctionne, peut penser que chaque caméra capte un joueur différent. L'une montre le joueur regardant à gauche, l'autre présente le même joueur regardant à droite. Si le téléspectateur ne connaît pas ce joueur, il peut croire qu'il s'agit de joueurs différents. Mais, en y regardant bien, on remarque qu'aussitôt que le joueur fait un mouvement vers un côté, le joueur qui est sur l'autre image fait instantanément le même mouvement, mais vers l'autre côté. Ceci résulte, bien entendu, d'une illusion. En réalité, les deux caméras montrent toujours le même joueur, mais sous des angles différents. Tu comprends ?

— Oui. Tout cela est évident.

— Eh bien, c'est une chose analogue que l'expérience d'Aspect a montré par rapport à la matière. Deux microparticules peuvent être séparées par l'univers entier, lorsque l'une se déplace, l'autre se déplace instantanément. Je pense que cela se produit parce qu'en réalité, il ne s'agit pas de deux microparticules différentes, mais de la même microparticule. L'existence des deux est une illusion, de la même manière que l'existence de deux joueurs filmés par des caméras sous des angles différents. Nous voyons toujours le même joueur, tout comme nous voyons toujours la même microparticule. À un niveau profond de la réalité, la matière n'est pas individuelle, elle n'est qu'une représentation d'une unité fondamentale.

Il y eut un silence.

Tenzing se racla la gorge.

— Les choses et les événements divers que nous voyons et sentons autour de nous ne sont que les différentes manifestations d'une même réalité, murmura le bouddhiste sur un ton contemplatif. Tout est relié par des fils invisibles. Toutes les choses et tous les événements ne sont que les différents visages d'une même essence. Le réel est l'un d'où émane le multiple. Tel est *Brahman*, telle est *Dharmakâya*, tel est *Tao*. Les textes sacrés expliquent l'univers. (Il ferma les yeux et inspira de l'air dans une posture méditative.) On trouve, dans le *Prajnaparamita*, le poème de Bouddha sur l'essence du tout…

Il commença à réciter, comme s'il entonnait un mantra sacré :

« Vide et calme et libérée de soi
Est la nature des choses.
Nul être individuel
Dans la réalité n'existe.

Il n'y a ni fin ni commencement,
Ni milieu.
Tout est illusion,
Comme une vision ou un rêve.

Tous les êtres du monde
Sont au-delà du monde des mots.
Sa nature ultime, pure et vraie,
Est comme l'espace infini. »

Tomás l'observa les yeux écarquillés, encore incrédule.

— C'est ainsi que le Bouddha a décrit l'essence des choses ? s'étonna-t-il. C'est incroyable !

Le Bodhisattva le regarda avec sérénité.

— Chuan Chuan a dit : « Le chemin n'est pas difficile, il suffit qu'il n'y ait ni vouloir ni non-vouloir. » (Il fit un geste vers son visiteur.) « Les professeurs ouvrent la porte, mais tu dois entrer seul. »

Tomás leva un sourcil.

— C'est le moment pour moi d'entrer ?

— Oui.

Il y eut un nouveau silence.

— Que dois-je faire ?

— Entrer.

L'historien regarda le bouddhiste d'un air interloqué.

— Entrer ?

— Un dicton zen dit : « Enfourche le cheval vigoureux de ton esprit. » Tenzing sourit. Toutefois, pour votre voyage, j'ai une collation à vous offrir qui réconfortera l'estomac de votre esprit.

— Une collation ?

— Oui, mais, d'abord, prenons un thé. J'ai soif.

— Attendez ! s'exclama Tomás. Quelle est cette collation ?

— C'est *La Formule de Dieu*.

— Ah ! s'exclama l'historien. Vous ne m'avez pas encore expliqué ce que c'est.

— Je n'ai pas fait autre chose que de vous l'expliquer. Vous m'avez entendu, mais vous ne m'avez pas écouté.

Tomás rougit.

— Un jour, Einstein est venu nous voir, le jésuite et moi, et nous a dit : j'ai parlé avec le Premier ministre d'Israël et il m'a fait une demande. J'ai beaucoup hésité à accepter cette demande, mais maintenant je l'ai fait et je voudrais que vous m'assistiez dans ce projet.

— Il vous a dit ça ? Il vous a demandé de collaborer à la conception d'une bombe atomique simple à concevoir ?

Le Bodhisattva contracta son visage, surpris.

— Une bombe atomique ? Quelle bombe atomique ?

— Le projet de *La Formule de Dieu* ne concerne-t-il pas la bombe atomique ?

Tenzing regarda Tomás avec perplexité.

— Bien sûr que non.

Tomás se tourna immédiatement vers Ariana et constata qu'elle partageait son soulagement.

— Tu vois ? dit-il en souriant. Qu'est-ce que je te disais ?

L'Iranienne se pencha en avant, comme pour mieux entendre ce qui allait être dit. Elle avait lu le manuscrit et brûlait d'impatience de le comprendre enfin. En outre, une autre motivation l'animait : elle savait que cette information était cruciale pour stopper les poursuites que le VEVAK allait inévitablement entreprendre pour les retrouver, elle et Tomás. Mais il ne lui suffisait pas de connaître la vérité ; il lui fallait aussi la prouver. C'est pourquoi elle regarda le Tibétain avec un visage plein d'inquiétude.

— Mais alors, expliquez-nous, implora-t-elle. Sur quoi porte le projet *La Formule de Dieu* ?

— Shunryu Suzuki a dit : « Lorsque tu comprendras totalement une chose, tu comprendras tout. »

— Comprendre ce qu'est *La Formule de Dieu* signifie donc comprendre tout ?

— Oui.

— Mais quel est le sujet de *La Formule de Dieu* ?

Tenzing Thubten leva la main, la fit lentement glisser dans l'air, esquissant un élégant mouvement de taï chi, avant de se figer à nouveau. Il huma la brise qui soufflait sur la cour du temple et sentit l'agréable chaleur des rayons du soleil filtrés par les feuilles des arbres. Il adressa un signe à un moine qui passait et le pria d'apporter du thé. Puis il reprit sa posture de recueillement et regarda les visiteurs.

— C'est la plus grande recherche jamais entreprise par l'esprit humain, le déchiffrage de la plus importante énigme de l'univers, la révélation du dessein de l'existence.

Tomás et Ariana l'observaient, en suspens, incapables de cacher leur fébrilité. Le Bodhisattva perçut l'anxiété qui les oppressait et sourit, enfin disposé à leur dévoiler le secret.

— C'est la preuve scientifique de l'existence de Dieu.

XXXIV

Un moine s'approcha avec un plateau, fit un salut et déposa trois tasses. Le Bodhisattva prit la théière et remplit chaque tasse. Tomás examina le thé et détourna la tête afin de dissimuler sa grimace.

— Du thé à la graisse de yack, dit-il en échangeant un regard découragé avec Ariana.

— Il faut faire avec, chuchota-t-elle. Un peu de patience.

Les deux visiteurs avaient du mal à garder leur calme. Ils étaient terriblement excités par les révélations qu'ils venaient d'entendre et voulaient en savoir plus sur le travail que le Tibétain avait mené avec Einstein. Au lieu de ça, ils se voyaient obligés d'ingérer cette mixture.

— Maître, insista Tomás, sans avoir encore goûté son thé. Expliquez-nous en quoi consiste *La Formule de Dieu*.

L'hôte le fit taire d'un geste majestueux.

— Shunryu Suzuki a dit : « Dans l'esprit du novice, il y a beaucoup de possibilités, mais dans l'esprit du sage il y en a peu. »

— Que voulez-vous dire ? demanda Tomás, sans comprendre le sens de cette sentence.

— Si vous étiez des sages, vous sauriez qu'il y a un moment pour tout, indiqua Tenzing. À présent, c'est le moment de boire du thé.

Le visiteur lorgna sa tasse d'un air écœuré, il ne se sentait pas la force d'avaler ce breuvage graisseux. Pouvait-il dire quelque chose ? Ou bien devait-il boire et rester muet ? Y avait-il une règle spécifique ? Comment fallait-il agir ?

— Maître, demanda-t-il finalement, n'avez-vous rien d'autre à nous offrir à part ce... thé ?

— Et que souhaiteriez-vous d'autre que ce thé ?

— Je ne sais pas... J'avoue qu'après le long voyage d'aujourd'hui, j'ai un peu faim. (Il regarda Ariana.) Tu n'as pas faim, toi ?

L'Iranienne fit oui de la tête.

Le Bodhisattva donna un ordre en tibétain et le moine disparut aussitôt. Tenzing resta silencieux, son attention fixée sur sa tasse comme si ce thé était, à cet instant, la chose la plus importante du monde. Tomás tenta à nouveau de l'interroger sur ce qui s'était passé à Princeton, mais l'hôte sembla l'ignorer et ne rompit qu'une seule fois son mutisme.

— Un dicton zen dit : « La parole autant que le silence transgressent. »

Plus personne ne parla pendant que le Tibétain buvait son thé.

Le moine qui avait apporté les tasses réapparut. Cette fois, il portait sur son plateau non pas une théière mais deux bols fumants. Il s'agenouilla près des visiteurs et en remit un à chacun.

— *Thukpa*, dit-il, avec un sourire. *Di shimpo du.*

Aucun des deux ne comprit, mais ils le remercièrent.

— *Thu djtchi.*

Le moine désigna à nouveau les bols.

— *Thukpa.*

Tomás en examina le contenu. C'était une soupe de pâtes avec de la viande et des légumes, à l'aspect étonnamment appétissant.

— *Thukpa* ?

— *Thukpa.*

L'historien regarda Ariana.

— Visiblement, cette soupe s'appelle *thukpa.*

Ils la mangèrent avec plaisir, essentiellement pour assouvir leur faim. À vrai dire, Tomás n'était pas un fervent adepte de la gastronomie tibétaine ; son court séjour lui avait suffi pour comprendre que les plats locaux n'étaient ni très variés ni très savoureux. Dans ce sens, l'invasion chinoise, avec ses innombrables restaurants du Sichouan, était une bénédiction. La seule bonne chose que l'annexion ait apportée aux Tibétains.

Après avoir avalé leur soupe, les visiteurs constatèrent que le Bodhisattva avait fini son thé et semblait plongé dans la méditation. Le moine qui les avait servis emporta les bols vides et tous les trois restèrent assis là, attendant que quelque chose se passe.

Vingt minutes plus tard, Tenzing ouvrit les yeux.

— Le poète Bashô a dit : « Ne marche pas sur les traces des anciens, cherche ce qu'ils ont cherché. »

— Pardon ?

— Votre quête est trop centrée sur les anciens. Sur moi, sur Einstein, sur Augusto. Ne cherchez pas nos chemins, cherchez ce que nous avons cherché.

— Mais si votre quête conduit au même but que

la nôtre ? demanda Tomás. N'est-il pas plus facile de parvenir à notre destination en marchant sur les pas de ceux qui y sont déjà arrivés ?

— Krishnamurti a dit : « La méditation n'est pas un moyen pour atteindre une fin, elle est autant le moyen que la fin. »

— Que voulez-vous dire ?

— La quête n'est pas seulement un moyen pour parvenir à une fin, elle est sa propre fin. Si quelqu'un veut atteindre la vérité, il lui faut parcourir le chemin.

— Je comprends, dit Tomás. Malheureusement, et pour des raisons qui nous dépassent, le chemin suivi par les anciens est également le but de notre quête. Nous voulons connaître la vérité, mais il nous faut aussi connaître le chemin que vous avez parcouru pour arriver à cette vérité.

Tenzing considéra un moment cette réponse.

— Vous avez vos raisons et je dois les respecter. Il est vrai que Tsai Ken Tan a dit : « Dans l'eau trop pure, il n'y a pas de poissons. » (Il soupira.) J'accepte qu'il y ait des raisons pour que votre eau ne soit pas complètement pure et je vais donc vous révéler tout ce que je sais sur ce projet.

Les deux visiteurs échangèrent un regard, enfin soulagés d'arriver au but de leur voyage.

— Lors de sa rencontre avec Einstein à Princeton, le Premier ministre d'Israël lui a demandé s'il pourrait prouver l'existence ou l'inexistence de Dieu. Einstein lui a répondu qu'il était impossible d'établir cette preuve. Mais, quelques jours après, sans doute pour se reposer de sa recherche de la théorie du tout, il m'a interrogé sur les réponses que donnait la mystique orientale concernant la création de l'univers.

Tout comme vous, il a été déconcerté par les similitudes entre les écritures sacrées orientales et les plus récentes découvertes dans les champs de la physique et des mathématiques. Étant lui-même juif, il s'est mis à fouiller avec enthousiasme l'Ancien Testament en quête de pistes similaires. Ces textes pouvaient-ils, eux aussi, cacher des vérités scientifiques ? L'ancienne sagesse pouvait-elle renfermer plus de science que la science elle-même ? La connaissance mystique était-elle plus rationnelle que ce que l'on pensait ?

Il se tut un instant, les yeux fixés sur ses visiteurs. Puis, il prit un livre qui se trouvait posé près de lui et le leur montra.

— Vous connaissez cette œuvre, je présume.

Tomás et Ariana observèrent l'épais volume qui était entre les mains du vieux bouddhiste. Ils ne l'avaient pas encore remarqué et ne purent en déchiffrer le titre.

— Non.

— Jangbu me l'a apporté pendant que vous mangiez votre *thukpa*. (Il ouvrit le volume, feuilleta quelques pages et trouva ce qu'il cherchait.) Le livre commence ainsi, dit-il, en s'apprêtant à lire à voix haute. « Au commencement, Dieu créa le ciel et la terre. »... « La terre était informe et vide. Les ténèbres couvraient l'abîme et le souffle de Dieu planait à la surface des eaux. Dieu dit : Que la lumière soit. Et la lumière fut. » (Il leva son visage osseux.) Vous reconnaissez ce texte ?

— C'est la Bible.

— Plus exactement le début de l'Ancien Testament, la Genèse. (Il reposa le volume.) Toute cette partie du texte a énormément intéressé Einstein, pour une raison particulière. Cet extrait fondamental coïncide, dans ses grandes lignes, avec l'idée du Big Bang. (Il s'éclaircit la voix.) Il faut comprendre qu'en 1951, le concept d'un univers ayant commencé par une grande explosion n'était pas encore vraiment admis par les scientifiques. Le Big Bang n'était qu'une hypothèse parmi d'autres, au même titre que celle de l'univers éternel. Mais Einstein avait plusieurs raisons de pencher vers l'hypothèse du Big Bang. D'un côté, la découverte de Hubble selon laquelle les galaxies s'éloignaient les unes des autres, indiquait que celles-ci devaient auparavant se trouver unies, comme si elles étaient parties d'un même point. D'un autre côté, il y avait le paradoxe d'Olber, qui n'est résoluble que si l'univers n'est pas éternel. Un troisième indice était la seconde loi de thermodynamique, qui établit que l'univers évolue vers l'entropie, laissant ainsi supposer qu'il y a eu un moment initial d'organisation et d'énergie maximum. Et, pour finir, ses propres théories de la relativité, qui reposent sur l'hypothèse que l'univers est dynamique, étant soit en expansion, soit en rétraction. Or, le Big Bang cadrait avec le scénario de l'expansion. (Il fit une moue.) Il restait, bien sûr, le problème de savoir quel était cet élément qui contrecarrait la rétraction provoquée par la gravité. Pour le résoudre, Einstein a postulé l'existence d'une énergie inconnue, qu'il a nommée « constante cosmologique ». Plus tard, il a lui-même rejeté une telle possibilité, en disant que cette idée avait été la plus grosse erreur de sa vie, mais on suppose aujourd'hui qu'Einstein avait finalement raison et qu'il y a, de fait, une énergie inconnue qui contrarie la gravité et qui provoque l'expansion accélérée de l'univers. Au lieu de l'appeler « constante cosmologique », on la nomme maintenant « énergie obscure ». (Il observa ses deux interlocuteurs.) Vous suivez mon raisonnement ?

— Oui.

— Très bien ! s'exclama-t-il, satisfait. Einstein cherchait à déterminer s'il y avait une vérité cachée dans la Bible. Il ne recherchait pas des vérités métaphoriques ni morales, mais des vérités scientifiques. Était-il possible de les trouver dans l'Ancien Testament ? (Tenzing s'arrêta, comme s'il attendait une réponse à sa question. Mais personne ne parla et le Bodhisattva poursuivit son exposé.) Naturellement, une grande difficulté se posait dès la Genèse. Les premiers versets de la Bible établissent, sans l'ombre d'un doute, que l'univers a été créé en six jours. Six jours seulement. Or, d'un point de vue scientifique, c'est absurde. Bien sûr, on pouvait dire que tout le texte était métaphorique, que Dieu parlait en vérité de six périodes, que ceci et cela, mais Einstein pensait que ce n'était là qu'une façon d'esquiver la question. Une astuce pour faire en sorte que la Bible ait toujours raison, à n'importe quel prix. Le problème demeurait. La Bible disait que l'univers avait été créé en six jours. Ce qui était une erreur évidente. (Il fit une pause.) Ou bien ne l'était-ce pas ? (Les yeux du vieux bouddhiste se tournèrent vers l'un puis vers l'autre.) Qu'en pensez-vous ?

Ariana remua sur son coussin.

— Étant musulmane, je ne voudrais pas contredire l'Ancien Testament, que l'islam reconnaît. En tant que scientifique, je ne pourrais pas le confirmer, dès lors que la création de l'univers en six jours constitue une évidente impossibilité.

Le Bodhisattva sourit.

— Je comprends votre position, dit-il. N'oubliez pas qu'Einstein, bien qu'étant juif, n'était pas un homme religieux. Il croyait que quelque chose de transcendant pouvait se trouver derrière l'univers, mais ce quelque chose n'était certainement pas le Dieu qui ordonna à Abraham de tuer son fils pour être sûr qu'il Lui était fidèle. Einstein croyait en une harmonie transcendante, pas en un pouvoir mesquin. Il croyait en une force universelle, pas en une divinité anthropomorphique. Mais était-il possible de la trouver dans la Bible ? Plus il examinait les écritures sacrées hébraïques, plus il était convaincu que la réponse se cachait quelque part dans la Genèse, et en particulier dans la question des six jours de la Création. Était-il possible de tout créer en six jours ?

— Qu'entendez-vous par « tout » ? demanda Ariana. Les calculs relatifs au Big Bang affirment que toute la matière a été créée dans les premières fractions de seconde. Avant que la première seconde se soit écoulée, l'univers s'était déjà étendu sur des millions de kilomètres et la superforce s'était fragmentée en force de gravité, en force forte et en force électrofaible.

— Par le mot « tout », j'entends la lumière, les étoiles, la terre, les plantes, les animaux et l'homme. La Bible dit que l'homme fut créé le sixième jour.

— Et ça n'est pas possible.

— C'est ce qu'Einstein a pensé. La création de « tout » en six jours n'était pas possible. Mais, en dépit de cette conclusion préliminaire, il nous a réunis, le jésuite et moi, et nous a demandé de nous vider l'esprit et de partir du principe que c'était possible. Comment résoudre le problème ? Il allait de soi que le nœud de la question résidait dans la définition des six jours. Qu'étaient ces six jours ? Cette interrogation a mis Einstein sur une piste. Il s'est penché sur le sujet et nous a entraînés dans une recherche hors du commun. (Tenzing secoua la tête.) Quel dommage que je ne dispose pas ici d'un exemplaire du manuscrit qu'il a rédigé. C'est quelque chose qui me semble...

— Je l'ai lu, interrompit l'Iranienne.

Le vieux Tibétain s'arrêta de parler et fronça le sourcil.

— Vous l'avez lu ?

— Oui. Je l'ai lu.

— Vous avez lu le manuscrit intitulé *Die Gottes-formel* ?

— Oui.

— Mais comment ?

— C'est une longue histoire, répondit-elle. Mais je l'ai lu. C'est le professeur Siza qui détenait le document.

— Augusto vous a permis de le lire ?

— Oui... Il me l'a permis. Comme je vous le disais, c'est une longue histoire.

Tenzing garda son œil fixé sur elle, inquisiteur.

— Et qu'en avez-vous pensé ?

— Eh bien, comment dire... C'est un document surprenant. On s'attendait à ce qu'il renferme la formule de fabrication d'une bombe atomique facile à concevoir, mais le contenu du texte nous a laissés... disons, perplexes. Il y avait des équations et des calculs, comme on pouvait s'y attendre, mais tout semblait brouillé, sans signification claire ni direction définie.

Le Bodhisattva sourit.

— C'est normal qu'il vous ait donné cette impression. Ce manuscrit a été conçu pour n'être compris que par des initiés.

— Ah, bon ! s'exclama Ariana. Vous savez, on s'est demandé s'il n'y avait pas un second manuscrit...

— Quel second manuscrit ?

— Il n'existe pas de second manuscrit ?

— Bien sûr que non. (Il sourit.) J'admets que ce document, par sa forme tortueuse, puisse créer cette illusion. Mais c'est qu'en réalité, le texte a subi un subtil cryptage. Le message a été dissimulé de telle manière que personne ne puisse en soupçonner l'existence.

— Voilà qui explique beaucoup de choses ! s'exclama Ariana. Mais pourquoi a-t-il fait ça ?

— Parce qu'il voulait que ses découvertes soient confirmées avant d'être divulguées.

— Comment ça ?

— Nous allons y venir, dit Tenzing en faisant un geste de la main. Mais, d'abord, il conviendrait peut-être de comprendre ce qu'Einstein a finalement découvert.

— Tout à fait.

— En étudiant *les Psaumes*, un texte hébraïque de plus de trois mille ans, Einstein est tombé sur un verset, dans le psaume 90, qui disait plus ou moins ceci. (Tenzing se concentra pour retrouver le texte dans sa mémoire.) « Mille ans, à Tes yeux, sont comme un jour qui passe. » (Le bouddhiste fixa des yeux les deux visiteurs.) Mille ans sont comme un jour qui passe ? Mais que signifie cette observation ? N'est-ce qu'une métaphore ? Einstein a conclu qu'il s'agissait d'une métaphore, mais en fait le psaume 90 renvoya aussitôt Einstein à ses propres théories de la relativité. « Mille ans, à Tes yeux » représente le temps dans une perspective, « un jour qui passe » représente la même période de temps sous une autre perspective.

— Je ne vous suis pas, dit Tomás.

— C'est simple, avança Ariana, les yeux écarquillés par l'excitation de la compréhension. Le temps est relatif.

— Comment ?

— Le temps est relatif, répéta-t-elle.

— La demoiselle est intelligente, dit Tenzing. C'est exactement ce qu'Einstein a pensé en lisant le psaume 90. Le temps est relatif. C'est ce que disent les théories de la relativité.

— Excusez-moi, mais ça me paraît un peu tiré par les cheveux, argumenta Tomás.

Le Bodhisattva respira profondément.

— Que savez-vous sur la conception du temps dans les théories de la relativité ?

— Je sais ce que tout le monde sait, dit Tomás. Je connais le paradoxe des jumeaux, par exemple.

— Pouvez-vous l'énoncer ?

— Eh bien… Autant que je sache, Einstein disait que le temps passait à des vitesses différentes selon la vitesse du mouvement dans l'espace. Pour mieux l'expliquer, il a donné l'exemple de la séparation de deux jumeaux. Le premier s'en va à bord d'une navette spatiale très rapide et l'autre reste sur terre. Celui qui est dans la navette spatiale revient au bout d'un mois sur terre et découvre que son frère est maintenant un vieil homme. Pendant qu'un mois s'écoulait dans la navette spatiale, cinquante ans s'écoulaient sur terre.

— Oui, c'est ça, acquiesça Tenzing. Le temps est lié à l'espace comme le *yin* est lié au *yang*. En termes techniques, les deux choses se distinguent si peu l'une de l'autre que l'on a même créé le concept d'espace-temps. Le facteur clé est la vitesse, dont la référence est celle de la lumière, qu'Einstein a établie comme étant constante. Ce que les théories de la relativité nous révèlent, c'est que le temps, à cause de la constante de la vitesse de la lumière, n'est pas universel. On pensait autrefois qu'il y avait un temps unique global, une sorte d'horloge invisible commune à tout l'univers et qui mesurait le temps de la même manière en tous lieux, mais Einstein a prouvé qu'il n'en était pas ainsi. Il n'y a pas un temps unique global. Le cours du temps dépend de la position et de la vitesse de l'observateur. (Il plaça ses deux index côte à côte.) Supposons que se produisent deux événements, le A et le B. Pour un observateur qui se trouve à équidistance, ces événements ont lieu simultanément, mais un autre observateur qui se trouve plus près de l'événement A va considérer que celui-ci s'est produit avant l'événement B, tandis que celui qui se trouve plus près de B va considérer le contraire. En fait, les trois observateurs ont raison. Mieux, ils ont raison selon leur point de référence, dès lors que le temps est relatif à la position de l'observateur. Il n'y a pas de temps unique. Est-ce clair ?

— Oui.

— Tout cela signifie donc qu'il n'y a pas un présent universel. Ce qui est présent pour un observateur est passé pour un autre et futur pour un troisième. Comprenez-vous ce que cela veut dire ? Une chose n'est pas encore arrivée et elle est déjà arrivée. *Yin* et *yang*. Tel événement est inévitable parce qu'il s'est déjà produit à un point et qu'il va se reproduire à un autre, même si on ne le voit pas.

— Voilà qui est étrange, non ?

— Très étrange, concéda le Bodhisattva. Et, pourtant, c'est ce que disent les théories de la relativité. En outre, cela cadre avec l'affirmation de Laplace selon laquelle le futur, tout comme le passé, se trouve déjà déterminé. (Il se tourna vers Tomás.) Pour en revenir au paradoxe des jumeaux, il est important d'établir que la perception temporelle de l'observateur dépend de la vitesse à laquelle il se déplace. Plus son déplacement se rapproche de la vitesse de la lumière, plus son horloge tourne lentement. Mais pour cet observateur le temps reste normal, une minute continue d'être une minute. Ce n'est que pour celui qui se déplace à une vitesse moindre que l'horloge du premier observateur semble plus lente. De même, l'observateur qui circule à une vitesse proche de celle de la lumière verra la terre tourner autour du soleil à une très grande vitesse. Et il lui semblera que le temps de la terre s'accélère, qu'une année passe en une seconde, mais, sur terre, un an continuera à être un an.

— Mais ça n'est que de la théorie ?

— En fait, cela a déjà été prouvé, répondit Tenzing. En 1972, on a placé une horloge de haute précision à bord d'un jet très rapide, pour ensuite comparer sa mesure du temps avec celle d'une autre horloge de haute précision restée à terre. Quand l'appareil volait vers l'est, l'horloge qui se trouvait à bord a perdu soixante nanosecondes par rapport à celle qui était au sol. Lorsque l'avion s'est dirigé vers l'ouest, l'horloge volante a gagné plus de deux cent soixante-dix nanosecondes. Cette différence procède, évidemment, de l'association de la vitesse du jet avec celle de la rotation de la terre. Quoi qu'il en soit, tout cela a été confirmé par les astronautes du *Space Shuttle*.

— Hum…

— Bien, venons-en à présent au point crucial, celui

de la gravité. (Le vieux Tibétain se redressa.) L'une des choses qu'Einstein a découvertes est que l'espace-temps était courbe. Quand une chose s'approche d'un objet très grand, comme le soleil, elle est attirée par cette énorme masse, comme si, soudain, elle arrivait au bord d'un gouffre. C'est ce qui explique la gravité. L'espace se courbe et, comme l'espace et le temps sont liés, le temps se courbe également. Ce que la théorie de la relativité générale a révélé, c'est que le passage du temps est plus lent en des lieux de forte gravité et plus rapide en des lieux de faible gravité. Ceci entraîne diverses conséquences, toutes liées entre elles. La première est que chaque objet existant dans le cosmos possède sa propre gravité, résultant de ses caractéristiques, ce qui signifie que le temps passe d'une manière différente en chaque point de l'univers. La deuxième conséquence est que le temps sur la lune est plus rapide que le temps sur la terre et le temps sur terre est plus rapide que le temps sur le soleil. Plus un objet a de masse, plus le temps est lent à sa surface. Les objets connus les plus chargés en gravité sont les trous noirs, ce qui signifie que si une navette s'approchait d'un trou noir, l'équipage verrait défiler sous ses yeux l'histoire de l'univers en accéléré, jusqu'à sa fin.

— C'est extraordinaire, commenta Tomás. Mais quel est le rapport avec notre question ?

— Ceci pour vous expliquer qu'Einstein a décidé de partir du principe que les six jours de la Création, tels qu'ils sont décrits par la Bible, devaient être regardés à la lumière de la relation entre le temps sur la terre et l'espace-temps dans l'univers. Quand il parle d'un jour, l'Ancien Testament fait évidemment référence à un jour terrestre. Mais, selon les théories de la relativité, plus un objet a de masse, plus le passage du temps est lent à sa surface. Et la question qu'Einstein s'est posée est la suivante : combien de temps, à l'échelle temporelle de l'univers, correspond à un jour sur terre ?

La question resta un instant en suspens.

— Je commence maintenant à comprendre les calculs et les équations que j'ai lus dans le manuscrit, murmura Ariana. Einstein cherchait à mesurer le passage du temps à l'échelle de l'univers.

— Exactement, dit Tenzing en souriant. La Bible elle-même établit que la terre n'a été créée que le troisième jour. Donc, bien que la mesure soit donnée en jours terrestres, l'Ancien Testament se réfère à l'évidence au troisième jour à l'échelle de l'univers, puisque, les deux premiers jours, la terre n'existait pas.

— Mais quel est le point de référence pour la mesure ? s'enquit l'Iranienne.

— Einstein s'est fondé sur une prévision faite en 1948 concernant la théorie du Big Bang : l'existence de la lumière rémanente du grand acte de la Création de l'univers. Chaque onde de lumière fonctionnerait comme un « tic » d'un grand « tictac » universel. Les ondes qui atteignent la terre se prolongent de 2,12 fractions d'un million, comparées aux ondes gérées par la lumière sur terre. Cela signifie, par exemple, qu'à chaque million de secondes, le soleil perd 2,12 secondes. La question est la suivante : si le soleil perd plus de deux secondes par rapport à la terre, combien de temps perd tout l'univers, dont la masse est bien plus élevée ?

— Attendez, réagit Ariana. Que je sache, la gravité de l'univers varie au fil du temps. Au début, quand toute la matière était concentrée, la gravité était plus élevée que par la suite. Est-ce qu'Einstein a considéré ce fait ?

— Bien sûr qu'il l'a considéré. (Le bouddhiste joignit ses deux mains, comme s'il pressait un objet.) Lorsque l'univers commença, toute la matière était concentrée. Ce qui signifie que la force de gravité initiale était énorme et, par conséquent, le passage du temps très lent. (Ses mains s'écartèrent lentement.) À mesure que la matière se dilatait, le passage du temps s'accélérait, car la gravité diminuait.

— Et dans quelle mesure le temps initial était-il plus lent ?

— Un million de million de fois, dit Tenzing. Ce calcul est confirmé par la mesure des ondes de lumière primordiales.

— Mais, ensuite, il s'est accéléré.

— Bien sûr.

— Dans quelle proportion ?

— Chaque duplication de la taille de l'univers a accéléré le temps par un facteur de deux.

— Et qu'ont révélé ces calculs ?

Le Bodhisattva écarta les bras.

— Une chose extraordinaire ! s'exclama-t-il. Le premier jour biblique dura 8 milliards d'années. Le deuxième jour dura 4 milliards, le troisième dura 2 milliards, le quatrième dura 1 milliard, le cinquième dura 500 millions d'années et le sixième jour dura 250 millions d'années.

— La somme de tout ça donne combien ?

— 15 milliards d'années.

Ariana resta un long moment le regard rivé sur Tenzing.

— 15 milliards d'années ?

— Oui.

— Mais c'est une coïncidence stupéfiante !

Tomás remua sur son coussin.

— Excusez-moi. Pourriez-vous m'expliquer ? Qu'est-ce que 15 milliards d'années ont-ils de si particulier ?

Ariana le regarda.

— La Bible dit que l'univers a commencé il y a 15 milliards d'années.

— Et alors ?

— Et alors ? Connais-tu les calculs actuels sur l'âge de l'univers ?

— Heu… non.

— Les données scientifiques établissent l'âge de l'univers entre 10 et 20 milliards d'années. Or, 15 milliards d'années est exactement le point intermédiaire. Les derniers calculs les plus précis, du reste, approchent les 15 milliards d'années. Par exemple, une vérification récente de la NASA a estimé l'âge de l'univers autour de 14 milliards d'années.

— Hmm, considéra Tomás, songeur. C'est une curieuse coïncidence.

Tenzing inclina la tête.

— C'est précisément ce qu'a pensé Einstein. Une curieuse coïncidence. Si curieuse, qu'elle l'a encouragé à poursuivre ses calculs. Il décida alors de comparer chaque jour biblique avec les événements qui se sont produits simultanément dans l'univers.

— Et qu'est-ce que ça a donné ? demanda Ariana.

— Oh, des choses très intéressantes. (Le bouddhiste leva son pouce.) Le premier jour biblique a duré 8 milliards d'années. Il a commencé voilà 15,7 milliards d'années et s'est terminé il y a 7,7 milliards d'années. La Bible dit que c'est à cette époque que se fit la lumière et que furent créés le ciel et la terre. Or, durant cette période, nous savons que s'est produit le Big Bang et que la matière s'est créée. Puis les étoiles et les galaxies se sont formées.

— Très bien, acquiesça Ariana. Et ensuite ?

— Le deuxième jour biblique dura 4 milliards d'années et s'acheva voilà 3,7 milliards d'années. La Bible dit que Dieu créa le firmament au cours de ce deuxième jour. Nous savons aujourd'hui que c'est durant cette période que s'est formée notre galaxie, la Voie lactée et le soleil. Autrement dit, tout ce qui se trouve aux environs de la terre a été créé à cette époque.

— Intéressant. Et le troisième jour ?

— Le troisième jour biblique, correspondant à 2 milliards d'années qui prirent fin voilà 1,7 milliard d'années, parle de la formation de la terre et de la mer et de l'apparition des plantes. Les données scientifiques indiquent que la terre s'est refroidie au cours de cette période et que l'eau est apparue à l'état liquide, aussitôt suivie par l'apparition de bactéries et de végétation marine, à savoir des algues. Le quatrième jour biblique dura 1 milliard d'années et se termina voilà 750 millions d'années. La Bible dit que sont apparues pendant ce quatrième jour les lumières du firmament, à savoir le soleil, la lune et les étoiles.

— Attendez, interrompit Tomás. Le soleil et les astres qui nous entourent ne sont-ils pas déjà apparus le deuxième jour ?

— Oui, acquiesça Tenzing. Mais ils n'étaient pas encore visibles.

— Comment ça, ils n'étaient pas encore visibles ?
Je ne comprends pas…

— Le soleil et les étoiles de la Voie lactée sont
apparus durant le deuxième jour biblique, il y a
environ 7 milliards d'années, mais elles n'étaient pas
visibles depuis la terre. La Bible dit qu'ils ne sont
devenus visibles que le quatrième jour. Hors, le quatrième jour correspond justement à la période où l'atmosphère de la terre est devenue transparente laissant
voir le ciel. Il correspond aussi à la période où la
photosynthèse a commencé à émettre de l'oxygène
dans l'atmosphère.

— Ha, j'ai compris.

Tenzing prit le gros volume posé près de lui et en
consulta les premières pages.

— Le cinquième jour biblique dura 500 millions
d'années et s'acheva il y a 150 millions d'années.
(Il posa un doigt sur une ligne du texte.) Il est ici
écrit que le cinquième jour, Dieu dit : « Que les eaux
grouillent d'un grouillement d'êtres vivants et que des
oiseaux volent au-dessus de la terre contre le firmament du ciel. » (Il regarda les deux visiteurs.) Comme
on peut le voir, les études géologiques et biologiques
indiquent pour cette période l'apparition des animaux
multicellulaires et de toute la vie marine, ainsi que les
premiers animaux volants.

— Incroyable.

— Et nous arrivons au sixième jour biblique, qui
commença voilà 250 millions d'années. (Le Tibétain
parcourut du doigt quelques lignes plus bas.) Selon
la Bible, Dieu dit : « Que la Terre produise des êtres
vivants selon leur espèce : bestiaux, bestioles, bêtes
sauvages selon leur espèce. » Et, plus loin, Dieu

ajoute : « Faisons l'Homme. » (Il leva la tête.) Intéressant, non ?

— Mais les animaux existent depuis plus de 250 millions d'années, argumenta Ariana.

— Bien sûr qu'ils existent, concéda Tenzing. Mais pas ces animaux.

— Que voulez-vous dire ?

Le Bodhisattva fixa Ariana des yeux.

— Dites-moi, mademoiselle, en termes biologiques, savez-vous ce qui s'est produit il y a exactement 250 millions d'années ?

— Eh bien… Il y a eu une grande extinction, c'est ça ?

— Tout à fait. Il y a 250 millions d'années, s'est produite la plus grande extinction d'espèce connue. Pour une raison qui reste indéterminée, mais que certains supposent liée à un impact d'un grand corps céleste dans l'Antarctique, environ quatre-vingt-cinq pour cent des espèces existantes se sont éteintes du jour au lendemain. Même un tiers des insectes a disparu, la seule extinction massive d'insectes connue. Cette extinction a failli éradiquer toute vie sur terre. Ce grand cataclysme s'est produit précisément il y a 250 millions d'années. Curieusement, au moment où commence le sixième jour biblique. (Il fit une pause.) Après cette monumentale extinction massive, la terre a été repeuplée. (Il regarda de nouveau le livre ouvert dans ses mains.) Avez-vous déjà remarqué cette référence explicite de la Bible aux reptiles selon leur espèce ?

— Seraient-ce les dinosaures ?

— On en a l'impression. Du reste, cela coïncide avec la période. Et, remarquez également que l'homme surgit à la fin. C'est-à-dire à la fin de la chaîne de l'évolution.

— C'est... surprenant, commenta Ariana. Mais pensez-vous que cela signifie qu'il y a eu création et non évolution ?

— Bêtise ! rétorqua Tenzing. Bien sûr qu'il y a eu évolution. Mais ce qui est intéressant dans le travail d'Einstein, c'est que l'histoire biblique de l'univers, quand le temps est mesuré d'après les fréquences de la lumière prévue par la théorie du Big Bang, cadre avec l'histoire scientifique de l'univers.

Tomás s'éclaircit la voix.

— Tel est donc le contenu du manuscrit d'Einstein ?

— Oui.

— Cela signifie alors qu'il estimait que la Bible est vraie...

Le Bodhisattva secoua la tête.

— Pas exactement.

— Non ? C'est-à-dire...

— Einstein ne croyait pas au Dieu de la Bible, il ne croyait pas en un Dieu mesquin, jaloux et vaniteux qui exige adoration et fidélité. Il considérait que le Dieu de la Bible était une construction humaine. Mais, en même temps, il est arrivé à la conclusion que la sagesse antique renfermait des vérités profondes et il se prit à croire que l'Ancien Testament cachait un grand secret.

— Un grand secret ? Quel secret ?

— La preuve de l'existence de Dieu.

— Quel Dieu ? Le Dieu mesquin, jaloux et vaniteux ?

— Non. Le véritable Dieu. La force intelligente qui est derrière tout. Le *Brahman*, la *Dharmakâya*, le *Tao*. L'un qui se révèle multiple. Le passé et le futur, l'Alpha et l'Oméga, le *yin* et le *yang*. Celui qui se présente sous mille noms qui n'en sont qu'un. Celui qui revêt les habits de Shiva et qui exécute la danse cosmique. Celui qui est immuable et impermanent, grand et petit, éternel et éphémère, la vie et la mort, tout et rien. (D'un geste, il balaya tout ce qui les entourait.) Dieu.

— Einstein croyait que l'Ancien Testament dissimulait la preuve de Dieu ?

— Non.

Tomás regarda Tenzing, interloqué.

— Excusez-moi, je ne comprends plus. Il me semblait que vous aviez dit qu'Einstein pensait que la Bible cachait ce secret.

— Il a commencé à y croire, oui.

— Et ensuite il a cessé d'y croire ?

— Non.

— Alors ? Je ne comprends pas…

— En fait, le sujet a cessé d'être pour lui matière à créance.

— C'est-à-dire ?

— Einstein a découvert cette preuve.

Il y eut un bref silence, durant lequel Tomás s'efforça de mesurer l'implication de cette révélation.

— Il a découvert la preuve ?

— Oui.

— La preuve de l'existence de Dieu ?

— Oui.

— Vous êtes sûr ?

— Absolument. Il a trouvé la formule sur laquelle tout repose. La formule qui génère l'univers, qui explique l'existence, qui fait de Dieu ce qu'Il est.

Tomás et Ariana se regardèrent. L'Iranienne avait l'air perplexe, mais ne fit aucun commentaire. L'historien fixa de nouveau le vieux Tibétain.

— Et où se trouve cette formule ?

— Dans le manuscrit.

— Dans *Die Gottesformel* ?

— Oui.

Tomás se tourna encore une fois vers Ariana. La jeune femme haussa les épaules, comme pour indiquer qu'elle n'avait rien remarqué en lisant le document.

— À quel endroit du texte ?

— Elle est cachée.

L'historien se frotta le menton, songeur.

— Mais pour quelle raison Einstein l'a-t-il cachée ? Ne pensez-vous pas que, s'il avait vraiment découvert la preuve de l'existence de Dieu, il l'aurait naturellement divulguée au monde entier ? Pour quelle raison aurait-il caché une découverte si... extraordinaire ?

— Parce qu'il lui fallait encore vérifier certaines choses.

— Vérifier quoi ?

Tenzing respira profondément.

— Tout ce travail a été mené entre 1951 et 1955, année de la mort d'Einstein. Le problème, c'est que ces fameuses fréquences de lumière générées par le Big Bang n'étaient à cette époque qu'une simple prévision théorique émise peu de temps auparavant, en 1948. Comment l'auteur des théories de la relativité aurait-il pu affirmer catégoriquement que les six jours de la Création correspondaient aux 15 milliards d'années de l'existence de l'univers, dès lors que ses calculs se fondaient sur la prévision de certaines fréquences dont l'existence se réduisait à une simple hypothèse académique ? En outre, à cette époque, il n'existait pas encore de calculs sur l'âge de l'univers aussi rigoureux que ceux dont on dispose aujourd'hui. N'oubliez pas, d'autre part, que la communauté scientifique de l'époque plaçait la théorie du Big Bang sur le même pied d'égalité que la théorie de l'univers éternel. Dans ces conditions, comment Einstein aurait-il pu risquer sa réputation ?

Tomás hocha affirmativement la tête.

— Ça se tient…

— Einstein estima qu'il ne pouvait pas s'exposer au ridicule et c'est pourquoi il prit deux précautions. La première fut de laisser toutes ses découvertes consignées dans un manuscrit qu'il intitula *Die Gottesformel*. Mais, craignant que le document tombe entre de mauvaises mains, il prit soin de crypter subtilement le texte, afin d'empêcher toute personne, excepté Augusto et moi, de comprendre le document. Enfin, par mesure de sécurité, il a codé explicitement la preuve de l'existence de Dieu, en utilisant un système de double chiffrage.

— Un double chiffrage ?

— Oui.

— Et quelle en est la clé ?

— Je l'ignore. Je sais seulement que la première clé est en rapport avec son nom.

— Avec le nom d'Einstein ?

— Oui.

— Hum, murmura Tomás, réfléchissant à cette information. Il faudra que je voies ça avec attention. Il fixa à nouveau ses yeux sur le vieil homme. Et où se trouve ce message chiffré ? S'agit-il de cette formule qui figure presque à la fin du manuscrit ?

— Oui.

— Celle qui dit « *See sign* », suivie de quelques autres lettres ?

— Tout à fait.

— Il s'agit de six lettres en deux groupes, précédées d'un point d'exclamation, rappela Ariana, qui gardait la séquence en mémoire : « ! *ya ovqo* ».

— Ce doit être ça, admit Tenzing. Je ne m'en souviens plus très bien, vous savez. Ça remonte à tant d'années.

— Je comprends, dit Tomás. Telles sont donc les précautions prises par Einstein ?

— Non, répondit le Tibétain. Le cryptage du secret n'était que la première précaution. Einstein ne voulait courir aucun risque et, quand il nous a remis le manuscrit, il nous a imposé une seconde contrition. Le document ne pourrait être divulgué que si la théorie du Big Bang était confirmée et les fréquences de la lumière primordiale découvertes. Par ailleurs, il exigeait que nous poursuivions nos recherches pour trouver une autre voie confirmant l'existence de Dieu.

— Une autre voie ? Quelle voie ?

— C'était à nous de la découvrir, rétorqua Tenzing. Lao Tseu a dit : « Lorsqu'un chemin arrive à son terme, change de direction puis, continue droit devant toi. »

— Qu'est que ça signifie ?

— Augusto et moi avons suivi des chemins différents pour arriver au même but. Après la mort d'Einstein, je suis rentré au Tibet pour venir ici, dans ce monastère de Tashilhunpo, où j'ai exploré ma voie qui confirmerait l'existence de Dieu. Après une vie de méditation, j'ai atteint la lumière. Je me suis fondu dans la *Dharmakâya* et je suis devenu Bodhisattva.

— Et le professeur Siza ?

— Augusto a suivi son chemin. Il a gardé le manuscrit et a exploré sa propre voie pour confirmer l'existence de Dieu.

— Quelle était cette voie ?

— La voie d'Augusto était celle de la science occidentale, naturellement. La voie de la physique et des mathématiques.

— Et que s'est-il passé ensuite ?

Tenzing sourit.

— Les conditions requises par Einstein pour la divulgation de son manuscrit ont finalement été remplies.

— Ah, oui ? Que voulez-vous dire ?

— Le premier pas fut fait dix ans après la mort d'Einstein. En 1965, deux astrophysiciens américains testaient une antenne de communication dans le New Jersey, lorsqu'ils ont découvert par hasard la lumière primordiale prévue par la théorie du Big Bang et utilisée par Einstein pour son calcul de l'âge de l'univers. Ce phénomène s'appelle aujourd'hui « radiation cosmique de fond » et correspond aux micro-ondes de la première lumière émise par l'univers et parvenue jusqu'à nous. C'est une sorte d'écho du Big Bang, mais qui peut aussi servir d'horloge cosmique.

— J'en ai déjà entendu parler, dit Tomás, reconnaissant l'histoire. N'est-ce pas ce bruit de fond qui apparaît sur l'écran d'une télévision quand elle ne capte aucune chaîne ?

— Oui, confirma le Tibétain. Un pour cent de ce bruit provient de la radiation cosmique de fond.

— Donc, cette découverte de la lumière primordiale remplissait les conditions pour divulguer le manuscrit...

— Non. Cela ne remplissait que la première condition. Il manquait la seconde.

— La découverte d'une deuxième voie qui prouverait l'existence de Dieu ?

— Oui. (Tenzing porta sa main à la poitrine.) À travers l'Octuple Chemin sacré du Bouddha, j'ai suivi ma voie et j'ai rempli cette condition.

— Et le professeur Siza ?

— Il a suivi sa voie à l'université de Coimbra.

— Et il a rempli la seconde condition ?

Le Bodhisattva mit un temps à répondre.

— Oui, dit-il enfin.

Tomás et Ariana se penchèrent en avant, très attentifs.

— Mais… comment ?

Tenzing soupira.

— Au début de cette année, j'ai reçu une carte postale de mon ami Augusto qui m'informait de la nouvelle. Il me disait avoir enfin rempli les deux conditions imposées en 1955 par notre maître. Comme vous pouvez l'imaginer, j'étais ravi et lui ai répondu aussitôt, en l'invitant à venir partager avec moi cette grande nouvelle.

— J'ai vu cette carte postale, observa Tomás. Il est venu ici ?

Le vieux Tibétain allongea un bras et caressa l'arbre de sa main.

— Oui. Il est venu à Tashilhunpo et nous nous sommes assis ici même, sous cet arbre.

— Et alors ?

— Concernant la première précaution, des données supplémentaires étaient apparues. Un satellite nommé COBE, lancé par la NASA pour mesurer la radiation cosmique de fond hors de l'atmosphère terrestre, a détecté en 1989 d'infimes variations de température dans cette radiation, correspondant à des fluctuations dans la densité de la matière qui explique la naissance des étoiles et des galaxies. Un autre satellite encore plus sophistiqué, le WMAP, envoie depuis 2003 de nouvelles données concernant la radiation cosmique de fond, avec des révélations encore plus précises sur la naissance de l'univers. Ces récentes informations confirment que l'univers a émergé d'une brutale inflation survenue voilà environ 14 milliards d'années.

— Et la seconde condition ?

— Augusto m'a dit qu'il avait terminé ses études concernant l'autre voie. Il y a maintenant une deuxième façon de prouver scientifiquement l'existence de Dieu.

— Laquelle ?

Le Bodhisattva écarta les bras dans un geste d'impuissance.

— Il ne m'en a pas parlé. Il m'a seulement dit qu'il s'apprêtait à faire une annonce publique et qu'il souhaitait, quand je serais interpellé par la communauté scientifique, que je confirme avoir été témoin du travail d'Einstein.

— Et qu'avez-vous répondu ?

— J'ai bien sûr accepté. Si tout ce qu'il me demandait, c'était de dire la vérité, alors j'étais prêt à le faire.

Il y eut un silence.

— Mais quelle est cette seconde preuve ?

— Je l'ignore.

Tomás et Ariana échangèrent un nouveau regard, se sentant si près du but.

— Y aurait-il un moyen de le savoir ?

— Oui.

— Pardon ?

— Oui, il existe un moyen de le savoir.

— Lequel ?

— Nâgârjuna a dit : « La dépendance mutuelle est la source de l'être et de la nature des choses, lesquelles ne sont rien en elles-mêmes. »

— Que voulez-vous dire ?

Le Bodhisattva sourit.

— Augusto avait un professeur assistant dont il dépendait.

— Le professeur Luís Rocha, identifia Tomás. Je le connais. Qu'a-t-il de particulier ?

— Il sait tout.

XXXV

La file d'attente des visiteurs hors Communauté européenne était longue et lente, mais Tomás avait l'espoir de contourner l'obstacle. Il laissa Ariana dans la queue et s'approcha des guichets de la police douanière, pour savoir si ses démarches effectuées avant de quitter Lhassa avaient porté leur fruit. Il ne vit pas la personne qu'il attendait et, contrarié, prit son téléphone portable et chercha un numéro ; il dut attendre que l'appareil capte le réseau et quand il se mit enfin à composer le numéro, il aperçut le visage familier qu'il espérait.

— Bonjour, Tomás, salua Greg Sullivan, toujours avec cette allure singulière qui le faisait ressembler à un mormon. Me voilà.

Le cryptologue soupira presque de soulagement.

— Salut, Greg ! s'exclama-t-il, avec un large sourire. Tout est arrangé ?

L'attaché américain fit signe à un homme de petite taille, à la moustache noire et au ventre rond ; tous deux franchirent la zone douanière pour rejoindre Tomás.

— Voici monsieur Moreira, directeur des Services

553

étrangers et frontières de l'aéroport, dit Greg en présentant l'inconnu.

Ils se saluèrent et Moreira alla droit au sujet.

— Où est la dame en question ? s'enquit-il en parcourant la file des passagers non européens.

Tomás fit un mouvement de la tête et Ariana quitta la queue pour rejoindre les trois hommes. Les présentations faites, Moreira les conduisit vers la zone douanière et se dirigea vers un petit bureau, laissant l'Iranienne entrer la première. Tomás allait lui emboîter le pas, mais l'homme lui barra le passage.

— Je vais seulement régler la paperasse avec la dame, dit-il, courtois mais ferme. Vous pouvez attendre ici.

Contrarié, Tomás resta derrière la vitre, regardant Ariana remplir les innombrables formulaires que Moreira lui remettait.

— Tout est arrangé, dit Greg. Relax !

— Je l'espère.

L'Américain rajusta sa cravate rouge.

— Tomás, expliquez-moi un peu mieux ce qui se passe. Quand vous m'avez appelé de Lhassa, j'avoue n'avoir pas bien saisi tous les détails.

— Vous n'avez pas saisi les détails parce que je ne vous les ai pas donnés. C'était délicat par téléphone.

— Bien sûr. Mais alors que se passe-t-il ?

— Il se passe que nous avons tous cherché quelque chose qui n'existe pas.

— Ah, oui ? Quoi donc ?

— La formule d'une bombe atomique simple et bon marché. Cette formule n'existe pas.

— Elle n'existe pas ? Comment ça ?

— Elle n'a jamais existé.

— Alors de quoi traite ce manuscrit qui préoccupe tant monsieur Bellamy ?

— C'est un document scientifique crypté dans lequel Einstein démontre que la Bible a consigné l'histoire de l'univers et dans lequel il donne la formule censée prouver l'existence de Dieu.

Greg afficha une mine incrédule.

— Mais de quoi me parlez-vous ?

— Je parle de *La Formule de Dieu*. Le manuscrit d'Einstein détenu par les Iraniens n'est pas un document sur les armes nucléaires, comme on le pensait, mais un texte concernant la question de Dieu et la preuve donnée par la Bible de Son existence.

L'Américain secoua la tête, comme pour réveiller ses neurones assoupis.

— Désolé, Tomás, mais ça n'a aucun sens. Vous imaginez Einstein rédiger un texte pour nous dire que la Bible prouve l'existence de Dieu ? N'importe quel écolier pourrait vous le dire...

— Greg, vous ne comprenez pas, insista Tomás, agacé et fatigué. Einstein a découvert que la Bible décrivait la Création de l'univers avec des informations que la science n'a pu vérifier que récemment, en s'appuyant sur la physique avancée. Par exemple, la Bible établit que le Big Bang s'est produit il y a 15 milliards d'années, chose que les satellites qui analysent la radiation cosmique de fond viennent de confirmer. La question est la suivante : comment les auteurs de l'Ancien Testament pouvaient-ils savoir cela il y a des milliers d'années ?

Greg garda son air sceptique.

— La Bible dit que Big Bang s'est produit voilà 15 milliards d'années ? s'étonna-t-il. Je n'ai jamais entendu parler d'une telle chose. (Il fit la moue.) Je ne me souviens que des six jours de la Création...

Tomás soupira, exaspéré.

— Laissez tomber. Je vous expliquerai tout ça en détail plus tard...

— D'accord. Ce qui m'intéresse ici, c'est la question de la bombe atomique. Vous êtes sûr que le manuscrit d'Einstein ne contient pas la formule d'une bombe atomique ?

— J'en suis certain.

— Mais avez-vous lu le manuscrit ?

— Bien sûr que je l'ai vu. Je suis allé à Téhéran.

— Ça, je le sais. Mais je voudrais savoir si vous, vous l'avez lu ?

— Non, je ne l'ai pas lu.

— Alors comment pouvez-vous être sûr de ce que vous dites ?

— Parce que j'ai parlé avec un ancien physicien tibétain qui a travaillé avec Einstein et le professeur Siza à Princeton.

— Et il vous a dit que le manuscrit ne portait pas sur la bombe atomique ?

— C'est ce qu'il m'a dit.

— Et vous avez vérifié cette information ?

— Je l'ai vérifiée.

— Comment ?

Tomás indiqua de la tête le bureau du directeur du SEF.

— Ariana a lu le manuscrit original et m'a confirmé que tout cadrait.

Greg tourna la tête et regarda l'Iranienne qui remplissait les documents de la douane.

— Elle a donc lu le manuscrit ?

— Oui.

L'attaché garda un long moment les yeux fixés sur Ariana, puis prit une décision.

— Excusez-moi, dit-il à Tomás. Il faut que je règle quelques détails.

Il sortit son portable de la poche et s'éloigna, avant de disparaître dans un couloir de l'aéroport de Lisbonne.

L'escale bureaucratique dura une éternité. Entretemps, Greg revint, appelé dans le bureau du directeur du SEF. Tomás les vit en train de parler derrière la vitre, jusqu'à ce que Sullivan et l'Iranienne prennent congé de Moreira.

— Elle va maintenant rester sous notre protection, annonça Greg en sortant du bureau.

— Comment ça, sous votre protection ? s'étonna Tomás.

— Je veux dire sous la protection de l'ambassade américaine.

L'historien regarda l'attaché d'un air intrigué.

— Je ne comprends pas ! s'exclama-t-il. Les papiers ne sont pas régularisés ?

— Bien sûr qu'ils le sont. Mais elle reste sous notre protection. On l'emmène maintenant à l'ambassade.

Tomás regarda Ariana, qui semblait effrayée, puis à nouveau Greg, sans vraiment saisir ce qui se passait.

— Vous l'emmenez à l'ambassade ? Pour quelle raison ?

L'attaché haussa les épaules.

— Nous devons l'interroger.

— L'interroger ? Mais… l'interroger sur quoi ?

Greg posa une main sur son épaule, presque paternel.

— Écoutez, Tomás. Le professeur Ariana Pakravan est une personne qui a des responsabilités au sein du programme nucléaire iranien. Nous devons l'interroger, point.

— Mais qu'entendez-vous par interroger ? Vous allez vous entretenir avec elle pendant une heure ?

— Non. Nous allons l'interroger pendant plusieurs jours.

Tomás ouvrit la bouche, perplexe.

— L'interroger plusieurs jours ? N'y comptez même pas ! (Il allongea le bras et prit la main d'Ariana.) Viens, nous partons.

Il l'entraîna, avec l'intention de poursuivre son chemin, mais Greg les stoppa.

— Tomás, ne compliquez pas les choses, s'il vous plaît.

L'historien le regarda d'un air irrité.

— Excusez-moi, Greg, mais vous faites erreur. C'est vous qui compliquez ce qui est très simple.

— Écoutez, Tomás…

— Non, vous, vous écoutez. (Il pointa son index sur la poitrine de l'attaché.) Au téléphone, nous avions convenu qu'Ariana pouvait venir au Portugal et que vous arrangeriez tout ; nous avons convenu qu'elle serait libre et que vous ne la protégeriez qu'en cas de menace des Iraniens. Faites-moi le plaisir de tenir votre promesse.

— Tomás, dit Greg, plein de patience. Cet accord avait pour condition que vous nous rapportiez le secret du manuscrit d'Einstein.

— C'est ce que j'ai fait.

— Dans ce cas, quelle est la formule de Dieu ?

Tomás se figea, cherchant une réponse sans en trouver aucune.

— Eh bien… Je ne l'ai pas encore déchiffrée.

Le visage de Greg s'éclaira d'un sourire triomphal.

— Vous voyez ? Vous n'avez pas rempli votre part du contrat.

— Mais je vais le faire.

— Je vous crois sur parole. Seulement, ça n'est pas encore fait. Et tant que vous n'aurez pas rempli votre part du contrat, vous ne pourrez rien exiger de nous.

Tomás ne lâcha pas la main d'Ariana, dont les yeux l'imploraient de l'aider.

— Écoutez, Greg. À cause de cette histoire, j'ai passé plusieurs jours dans une prison de Téhéran et j'ai été séquestré par des gorilles iraniens à Lhassa. D'ailleurs, j'ai encore ces énergumènes à mes trousses, aussi je vous prie de croire que personne n'est plus motivé que moi pour élucider ce mystère et mettre fin à cette situation de fous. Après avoir enduré tout ça, la seule chose que je vous demande, c'est de laisser Ariana venir avec moi à Coimbra. Est-ce trop vous demander ?

Deux hommes robustes arrivèrent à ce moment et adressèrent à Greg un salut militaire. Visiblement, il s'agissait de deux agents de sécurité américains, probablement des soldats en civil de l'ambassade des États-Unis à Lisbonne, appelés à l'aéroport pour escorter Ariana.

Tomás cacha aussitôt Ariana derrière lui, serrant son poignet, comme pour signifier sa volonté solennelle de la protéger. L'attaché culturel regarda le couple et secoua la tête.

— Je comprends très bien, vraiment, dit-il. Mais

j'ai des ordres et je dois les exécuter. J'ai informé Langley de tout ce que vous m'avez dit, ils ont contacté les autorités portugaises et m'ont donné de nouvelles instructions. Le professeur Pakravan est notre invitée et devra nous suivre à l'ambassade.

— N'y comptez pas.

— Elle va venir avec nous. De gré ou de force.

Tomás serra le poignet d'Ariana encore plus fort.

— Non.

L'Américain respira profondément.

— Tomás, ne rendez pas les choses plus difficiles.

Greg fit un geste de la tête et les agents de sécurité s'emparèrent de Tomás, en lui tordant le bras. L'historien se contorsionna dans un effort désespéré pour libérer son bras, mais il reçut un coup dans la nuque et tomba au sol. Il entendit Ariana crier et, bien qu'étourdi, tenta de se relever, mais un bras dur comme de l'acier le maintint à terre.

— Laisse, Tomás, l'entendit-il dire, d'une voix étrangement calme, presque maternelle. Ça va aller, ne t'inquiète pas. (Puis, sur un ton sévère :) Et vous, laissez-le tranquille, vous entendez ? Ne lui faites aucun mal.

— Ne vous en faites pas, professeur. Il va s'en remettre. Venez avec moi.

— Ôtez vos sales pattes de là. Je sais marcher toute seule.

Les voix s'éloignèrent jusqu'à ne plus être audibles. Alors seulement l'agent de sécurité qui maintenait Tomás au sol, le visage contre les dalles en granit, le relâcha, le laissant enfin lever la tête et regarder autour de lui. Il eut un étourdissement et chercha à s'orienter. Il vit des passagers avec des chariots et des valises qui le regardaient d'un air réprobateur. Il aperçut l'agent de sécurité américain qui s'éloignait calmement le long du couloir, vers la zone de retrait des bagages. Il regarda dans toutes les directions, cherchant la silhouette familière d'Ariana, mais il ne distingua aucun signe d'elle. Il se releva péniblement, luttant contre un nouvel étourdissement, parcourut des yeux le terminal, et dut se rendre à l'évidence. Elle avait disparu.

L'heure suivante, Tomás la passa au téléphone. Il reparla au directeur du SEF et appela l'ambassade des États-Unis. Il chercha à persuader l'administration de la fondation Gulbenkian et du rectorat de l'Université nouvelle de Lisbonne d'user de leur influence. Il appela même Langley pour essayer de parler à Frank Bellamy.

Tout échoua. En réalité, Ariana venait de lui être enlevée. Comme si une muraille s'était soudain dressée autour de la femme qu'il aimait. Une muraille qui n'était rien d'autre que l'ambassade américaine à Lisbonne.

Il s'assit sur un banc dans la zone des arrivées et frotta son visage avec ses mains. Il se sentait désespéré, impuissant. Que pouvait-il faire maintenant ? Comment se sentait Ariana ? Trahie ? Une seule solution s'imposait. Il devait élucider le mystère du manuscrit d'Einstein. Il ne disposait d'aucune autre option.

Mais comment faire ? D'une part, il devait trouver la seconde voie découverte par le professeur Siza. D'autre part, il y avait la question toujours non élucidée du message codé, celui qui était censé cacher la formule de Dieu. C'était la formule sur laquelle, selon Tenzing, tout reposait. La formule qui générait l'univers, qui expliquait l'existence, qui faisait de Dieu ce qu'Il est.

Il plongea sa main dans la poche et en sortit la feuille de papier avec le poème déjà déchiffré. Juste en dessous, toujours aussi agaçante, se trouvait la dernière énigme, cachant encore son impénétrable secret.

See sign
!ya ovqo

Comment diable puis-je déchiffrer cette charade ? s'interrogea-t-il. Il fit un effort pour se remémorer les informations du Bodhisattva concernant la façon dont Einstein avait crypté ce message. Tenzing avait parlé d'un système à double chiffrage et aussi du recours à…

Son portable sonna. Tremblant d'anxiété, il le sortit de sa poche et décrocha.

— Allo, oui ?

— Allo ? Tomás ?

C'était sa mère.

— Oui, maman, murmura-t-il, en cachant mal sa déception. C'est moi.

— Ah, mon garçon. Enfin ! J'étais terriblement inquiète, tu n'imagines pas…

— Oui, je suis rentré. Qu'y a-t-il ?

— Je n'ai pas cessé de t'appeler mais tu ne répondais jamais. Aucune nouvelle, c'est incroyable !

— Mais maman, tu savais très bien que j'étais au Tibet.

— Tu aurais pu nous donner de tes nouvelles, non ?

— Mais je l'ai fait.

— Seulement le jour de ton arrivée. Après, plus aucun signe de vie.

— Écoute, maman, tu n'imagines pas les ennuis que j'ai eus là-bas, et oui c'est vrai, je n'ai pas eu le temps d'appeler. Mais je suis là maintenant, non ?

— Grâce à Dieu, mon garçon. Grâce à Dieu.

Madame Noronha commença à sangloter à l'autre bout de la ligne et Tomás changea de ton, se montrant aussitôt préoccupé.

— Allons, maman, que se passe-t-il ?

— C'est ton père…

— Que lui arrive-t-il ?

— Ton père…

— Oui ?

— Ton père a été hospitalisé.

— Papa a été hospitalisé ?

— Oui. Hier.

— Où ?

— Au centre hospitalier de l'université.

Sa mère pleurait à présent ouvertement à l'autre bout de la ligne.

— Maman, calme-toi.

— Ils m'ont dit de me préparer.

— À quoi ?

— Ils m'ont dit qu'il allait mourir.

XXXVI

L'odeur caractéristique des hôpitaux, ce léger relent aseptique qui semble suinter des murs blancs, mit Tomás mal à l'aise. Il regarda sur le côté et, dans un geste tendre, caressa les cheveux bouclés de sa mère. Madame Noronha serrait un mouchoir dans sa main. Ses yeux étaient rouges, mais elle essayait de se maîtriser ; elle savait qu'au moment où elle reverrait son mari, il lui faudrait se montrer confiante, positive, pleine d'énergie, et ce devoir lui donnait la force de dompter l'angoisse qui l'assaillait.

Ils virent la porte s'ouvrir. Un homme chauve, en blouse blanche et aux épaisses lunettes, entra dans la petite salle d'attente et s'approcha. Il embrassa madame Noronha sur les deux joues et tendit la main à Tomás.

— Ricardo Gouveia, se présenta-t-il. Comment allez-vous ?

C'était le médecin de son père.

— Bonjour, docteur. Je suis le fils du professeur Noronha.

— Ah, l'aventurier ! dit le médecin en souriant. Vos parents m'ont beaucoup parlé de vous.

— Ah, oui ? Et qu'ont-ils dit ?

Gouveia lui adressa un clin d'œil.

— Vous n'avez jamais entendu parler du secret médical ?

Le médecin leur fit signe de le suivre et les emmena dans une petite pièce, où trônait un squelette humain grandeur nature. Il les invita à s'asseoir devant son bureau et feuilleta des dossiers, laissant passer quelques minutes avant d'affronter les regards anxieux qui l'observaient. Il semblait chercher à gagner du temps, mais il finit par lever la tête.

— Je regrette, mais il n'y a pas de grand changement concernant l'état de santé de votre mari, dit Gouveia en se tournant vers madame Noronha. Il est toujours aussi mal en point qu'hier. La seule chose que l'on puisse dire c'est que son état semble se stabiliser.

— Et c'est bon signe ? demanda-t-elle, très nerveuse.

— Eh bien… disons que ce n'est pas mauvais signe.

— Manuel respire comment, docteur ?

— Avec difficulté. Nous lui avons donné de l'oxygène et des médicaments qui dilatent les voies respiratoires, de manière à le soulager, mais les difficultés persistent.

— Ah, mon Dieu. Souffre-t-il beaucoup ?

— Non.

— Dites-moi la vérité, s'il vous plaît.

— Il ne souffre pas, rassurez-vous. Il est arrivé hier avec d'affreuses douleurs, si bien que nous lui avons administré un puissant narcotique et ça le soulage beaucoup.

Madame Noronha se mordit la lèvre inférieure.

— Pensez-vous qu'il a encore une chance ?

Gouveia soupira.

— Votre mari a une maladie très grave. Il ne faut pas l'oublier. À votre place, comme je vous l'ai dit hier, je me préparerais au pire. (Il fit une moue.) Dans tous les cas, il n'est pas impossible que son état s'améliore. Il y a beaucoup d'exemples de situations dramatiques qui, au dernier moment, s'inversent. Peut-être que ce sera aussi le cas. Mais, quoi qu'il en soit, je crois qu'il faut regarder la situation avec calme et lucidité. (Il prit un air résigné.) La vie est ainsi faite. Parfois, il faut prendre les choses comme elles viennent, même si c'est très difficile.

Tomás, qui jusque-là avait gardé le silence, s'agita sur sa chaise.

— S'il vous plaît, docteur, pourriez-vous m'expliquer de quoi souffre exactement mon père ?

— Votre père a un carcinome des cellules squameuses en phase quatre, répondit le médecin, visiblement soulagé de pouvoir entrer dans les explications techniques, terrain où il se sentait plus à l'aise.

— Il s'agit d'un cancer du poumon, c'est bien ça ?

— C'est un cancer du poumon qui s'est déjà étendu dans tout le corps. Il a des métastases dans le cerveau, dans les os, et maintenant dans le foie.

— Et c'est incurable ?

Le médecin hocha la tête.

— Je le crains, oui.

— Et le traitement ?

— Dans l'état où se trouve votre père, il n'y a plus de traitement efficace. Normalement, ce type de cancer doit être traité par la chirurgie, mais pas en phase quatre, où il s'est déjà disséminé partout. Lorsque le cas est inopérable, on a recours à la radiothérapie, comme on l'a fait avec votre père ces derniers temps.

— Mais quel est l'objectif de la radiothérapie ? Le soigner ?

— Non. Comme je vous l'ai dit, je ne vois aucune possibilité de guérison. (Il fit un geste vague vers le plafond.) À moins d'une intervention divine, bien entendu. Parfois, il se produit des miracles...

— Alors à quoi sert la radiothérapie ? Juste à gagner du temps ?

— Oui, elle ne sert qu'à retarder l'évolution de la maladie. Par ailleurs, elle sert aussi à limiter la douleur dans les os. (Il se leva et indiqua deux points sur le squelette en plastique.) Elle soulage le syndrome de la veine cave supérieure ici et la compression de la substance médullaire. (Il se rassit.) La radiothérapie a évidemment ses inconvénients. L'un d'eux est de causer une inflammation des poumons, ce qui provoque toux, fièvre et dyspnée.

— Dys... quoi ?

— Dyspnée. Difficulté de la respiration.

— Ah, oui ? Et comment traitez-vous ces effets ?

— Nous administrons des corticostéroïdes, qui soulagent les symptômes.

— Et combien de temps peut-on prolonger la vie d'un homme dans cette situation ?

Le médecin prit un air indécis.

— Eh bien... cela dépend des cas. Certains tiennent plus longtemps, d'autres résistent moins. C'est difficile à dire...

— Mais quelle est la moyenne ?

Gouveia pinça les lèvres, semblant réfléchir.

— Je dirais que les chances de vivre plus de cinq ans est inférieure à dix pour cent. Peut-être même autour des cinq pour cent.

— Mon Dieu, murmura Tomás, ébranlé. Si peu ?

— Oui. (Le médecin se frotta le menton.) Le cancer du poumon est un néoplasme très fréquent. C'est la principale cause de mort par le cancer. Sur trois personnes qui meurent du cancer, une meurt du cancer du poumon.

— Ah, oui ? Mais quelle en est la cause ?

Gouveia haussa les épaules.

— Que voulez-vous que ce soit ? C'est le tabac, évidemment.

— C'est vrai que mon père fumait beaucoup, dit Tomás, plongeant dans les souvenirs de son enfance. Je le revois dans son bureau, penché sur ses équations, dans un nuage de fumée. Je ne sais pas comment il pouvait respirer.

— Cela se paie, observa le médecin. Peu de gens le savent, mais les fumeurs ont un risque de contracter ce cancer quatorze fois supérieur aux non-fumeurs. Quatorze fois.

Tomás soupira.

— Bon, d'accord, dit-il d'un ton légèrement agacé. Mais la dernière chose dont nous avons besoin à présent, c'est d'une leçon de morale sur les méfaits du tabac. Ce qui est fait est fait.

— Excusez-moi, dit le médecin, craignant d'être allé trop loin. Je ne faisais que répondre à vos questions.

— Bien sûr.

Nerveuse, madame Noronha remua sur sa chaise.

— Docteur Gouveia, pensez-vous qu'il nous soit possible de voir mon mari ?

Le médecin se leva de sa chaise, comme pour signifier que l'entretien était terminé.

— Bien sûr que oui, madame Noronha, dit-il avec empressement. L'infirmière viendra vous chercher lorsque ce sera le moment, d'accord ?

— Dans combien de temps ?

— Quand il se réveillera.

L'infirmière entra brusquement dans la petite salle d'attente. Sur sa blouse blanche, elle arborait une petite plaque annonçant qu'elle s'appelait Berta, elle avait un air énergique et compétent.

— Bonjour, dit-elle. Votre mari est réveillé.

— Pouvons-nous le voir ?

— Bien sûr. Suivez-moi, s'il vous plaît.

Ils s'engagèrent dans le couloir, s'efforçant de calquer leurs pas sur ceux de l'infirmière. Tomás accéléra un peu et réussit à marcher à côté d'elle.

— Comment va-t-il ?

— Il vient de se réveiller. Il est conscient.

— Oui, mais je voudrais savoir comment il se sent…

L'infirmière le regarda furtivement.

— Disons… qu'il n'est pas très bien. Mais il n'a pas de douleurs.

— C'est déjà ça.

Berta fit encore quelques pas rapides puis elle regarda à nouveau Tomás.

— Écoutez, il est très faible et fatigué, dit-elle, d'une voix plus détendue. Il ne faut pas que vous en abusiez, vous comprenez ?

— Oui.

— Il semble être entré dans une phase d'acceptation.

— D'acceptation ?

— Oui, d'acceptation de la mort. En général, seuls les patients les plus âgés atteignent cette phase lorsqu'ils se trouvent au stade terminal. Les plus jeunes ont beaucoup de difficultés à accepter la mort, c'est une chose terrible. Alors que les plus vieux, quand il s'agit de personnes émotionnellement mûres et qui ont la sensation que leur vie a eu un sens, semblent mieux accepter les choses.

— Vous voulez dire que mon père a déjà accepté l'idée de mourir ?

— Oui, même s'il continue de s'accrocher à la vie, bien sûr. Il n'est pas dans la nature humaine d'accepter tranquillement la mort. Il garde l'espoir que quelque chose se produise, quelque chose qui améliorerait son état et lui permettrait de vivre. Mais, d'un autre côté, c'est quelqu'un qui pense avoir accompli sa mission, sa vie a eu un sens, et ça l'aide à affronter la situation. De plus, il est conscient que chaque chose ne dure qu'un temps et il accepte le fait que le sien tire à sa fin.

— Rien n'est éternel, tout est transitoire.

— Exact. Mais c'est plus facile à dire quand on est en bonne santé que de le ressentir quand on est malade. Lorsqu'on se porte bien, on peut tout dire, même les pires horreurs. Mais il faut être là où il se trouve, au seuil même de la mort, pour comprendre vraiment ces choses.

— J'imagine.

— Non, vous n'imaginez pas, dit-elle en souriant froidement. Mais un jour, quand vous en serez là aussi, dans bien des années, quand la mort cessera d'être une abstraction pour devenir une réalité tangible, ce jour-là, vous comprendrez.

Un léger brouhaha résonnait dans l'infirmerie. Ils longèrent le couloir en silence, s'efforçant de respecter l'intimité des patients, et atteignirent la zone des chambres individuelles. Berta les conduisit jusqu'à une porte et, sans rien dire, l'ouvrit doucement, faisant signe aux deux visiteurs d'entrer. Tomás laissa d'abord passer sa mère et lui emboîta le pas, presque sans respirer.

En voyant son père, il eut envie de pleurer.

Manuel Noronha était méconnaissable. Il était très maigre, les joues creuses, la peau ridée, extrêmement pâle ; ses cheveux blancs traînaient sur l'oreiller et ses yeux étaient ternes, même s'ils avaient brillé un instant lorsqu'il avait reconnu sa femme et son fils.

Son épouse l'embrassa et lui sourit, un sourire si confiant que Tomás ne put s'empêcher d'admirer la force intérieure de sa mère. Il l'avait vue abattue hors de cette chambre, mais à présent devant son mari, elle respirait l'assurance et la tranquillité. Elle lui posa quelques questions sur son état et ses besoins, auxquelles il répondit d'une voix faible. Puis, avec la dextérité d'un Père Noël d'hôpital, elle ouvrit un panier en osier, qu'elle portait discrètement sous son châle, et en sortit un fromage rond, dont l'aspect donnait l'eau à la bouche, et un pain de campagne aux amandes. Tomás reconnut les péchés mignons de son père. Madame Noronha commença à nourrir son mari avec une tendresse protectrice, en lui murmurant des paroles affectueuses.

La collation du professeur terminée, sa femme lui essuya la bouche, lissa ses cheveux, tira ses couvertures et rajusta le col de son pyjama, avec des gestes toujours maternels, comme une mère bordant un nouveau-né.

En les voyant ainsi, son père allongé et démuni, sa mère penchée sur lui en train de s'en occuper, Tomás comprit le lien invisible qui les unissait.

Ils avaient vécu ensemble durant cinquante ans, partageant le meilleur et le pire ; il était douloureusement évident qu'ils passaient maintenant leurs derniers moments de couple, leurs chemins allaient bientôt se séparer comme l'horizon divise le ciel de la terre. Ils partageaient un amour mature, fait ni de passion ni de froideur, mais de tendre affection, de sentiments partagés au fil d'une relation profonde. Elle était l'arbre et lui la feuille ; ils étaient la lumière et la couleur, la terre et le ciel, l'étang et le nénuphar, la mer et le sable. Le fils ne pouvait les imaginer séparés, et pourtant, l'inimaginable allait arriver.

Les sentant enfin apaisés, Tomás s'approcha du lit, prit la main frêle de son père et s'efforça de sourire.

— Te voilà dans de beaux draps...

Le vieillard esquissa un léger sourire.

— Me voilà comme un bébé.

— Pourquoi un bébé ?

Son père fit un geste lent, désignant son lit.

— Tu ne vois pas ? Je ne peux plus rien faire.

— Ne dis pas de bêtises.

— On me donne à manger. On m'habille. On me torche.

— C'est temporaire. Quand tu iras mieux, tu pourras à nouveau te débrouiller seul.

Son père fit un geste d'impuissance.

— Quand j'irai mieux ? Mais je ne vais plus aller mieux...

— Mais si, bien sûr que si.

— Je suis comme un bébé, répéta-t-il, d'une voix

toujours très faible, à peine articulée. Je dors même comme un bébé.

— C'est pour retrouver des forces.

— Je ne fais que dormir. C'est comme si j'étais retombé en enfance. Une enfance à l'envers.

— Alors, il ne faut pas que tu oublies de prendre ton biberon, plaisanta Tomás.

Le vieux mathématicien sourit légèrement. Mais aussitôt après, ses yeux prirent une expression interrogative.

— À quoi ressemble la mort ?

— Manuel, ne parle pas de ça, voyons ! coupa immédiatement sa femme, sur un ton réprobateur. Qu'est-ce qui te prend ?

— Sérieusement. Je m'interroge sur ce qui m'attend.

— Allons, change de sujet de conversation. À t'entendre, on dirait que… que…

— Ma petite Graça, laisse-moi en parler, je t'en prie. C'est important pour moi, tu comprends ?

Sa femme prit un air résigné et Manuel Noronha regarda son fils.

— Ces derniers mois, j'ai eu beaucoup de mal à m'endormir, murmura le vieux professeur, sa voix réduite à un filet. Je me retournais dans mon lit en pensant à ce que pouvait être la mort, à ce que pouvait être la non-existence. Une chose horrible. Et nous y passons tous… (Il fit une pause, le regard perdu au plafond.) Tôt ou tard, tel est notre destin.

— Rien n'est plus vrai, hélas, observa Tomás.

— C'est pourquoi je me demande ce qu'est la mort. (Il respira profondément.) Est-ce semblable à la non-existence avant la naissance ? La vie commencet-elle avec le Big Bang et s'achève-t-elle avec le Big Crunch ? (Il serra les lèvres.) Nous naissons, grandissons, atteignons l'apogée, déclinons et mourons. (Il fixa son fils avec intensité.) Est-ce seulement cela ? La vie ne se résume-t-elle qu'à cela ?

— Tu penses beaucoup à la mort ?

Le vieillard courba les lèvres.

— J'y pense un peu, oui. Qui, dans mon état, n'y penserait pas ? Mais, plus qu'à la mort peut-être, je pense à la vie.

— Dans quel sens ?

— Parfois, je pense que la vie n'a aucune valeur, que c'est une chose insignifiante. Je vais mourir et l'humanité ne sentira pas la différence. L'humanité va mourir et l'univers ne sentira pas la différence. L'univers va mourir et l'éternité ne sentira pas la différence. Nous ne sommes que des ombres, de vaines poussières se perdant dans le temps. (Il pencha la tête.) Mais, d'autres fois, je pense que nous naissons tous avec une mission, que nous jouons tous un rôle, que nous faisons tous partie d'un système. Cela peut être un rôle minuscule, une mission dérisoire, cela peut même nous paraître une vie perdue, mais, après tout, qui peut savoir si une chose aussi infime n'est pas une part essentielle dans la conception du grand gâteau cosmique ? (Il haleta, fatigué.) Nous sommes de minuscules papillons dont le fragile battement d'ailes a peut-être l'étrange pouvoir de générer de lointaines tempêtes dans l'univers.

Tomás considéra un instant ces paroles. Puis il allongea son bras et serra la main froide de son père.

— Crois-tu qu'un jour nous pourrons élucider le mystère de tout ?

— De tout, quoi ?

— De la vie, de l'existence, de l'univers, de Dieu. De tout.

Manuel soupira, le visage marqué par la fatigue, les paupières lourdes.

— Augusto avait une réponse à cette question.

— Quel Augusto ? Le professeur Siza ?

— Oui.

— Et quelle était sa réponse ?

— C'était un aphorisme de Lao Tseu. (Il fit une pause, pour retrouver son souffle.) C'est un ami tibétain qui le lui a appris, voilà très longtemps. (Il fit un effort pour se concentrer.) Voyons voir…

L'infirmière Berta entra dans la chambre.

— C'est fini, dit-elle en agitant les bras. Arrêtez vos bavardages. Il faut maintenant laisser votre père se reposer.

— Un moment, demanda Tomás. Quel est cet aphorisme ?

Son père s'éclaircit la voix, plissa les yeux et se rappela.

— « À la fin du silence se trouve la réponse. À la fin de nos jours se trouve la mort. À la fin de notre vie, un nouveau commencement. »

Le portable de l'historien sonna au moment où il sortait de l'hôpital, suivi de sa mère qui essuyait des larmes intarissables.

— Bonjour, Tomás, salua la voix à l'autre bout de la ligne.

C'était Greg.

— Alors ? dit Tomás, sans saluer l'Américain.

Avez-vous fini de tabasser Ariana ? Vous a-t-elle dit ce que vous vouliez savoir ?

— Allons, Tomás. Ne réagissez pas ainsi.

— Vous avez fait ça à coups de gifles ou d'électrochocs ?

— Tomás, vous n'y êtes pas du tout. Nous ne sommes pas des sauvages.

— Ah, non ? Alors qu'avez-vous fait dans les prisons iraqiennes ?

— C'était… différent.

— Et à Guantanamo ?

— C'était différent.

— Différent en quoi ? demanda-t-il, la voix chargée de ressentiment. Les uns sont iraqiens, les autres afghans, elle iranienne. Tout ça n'est pas la même chose pour vous ?

— Allons, ne réagissez pas comme ça…

— Je ne réagis pas comme ça. C'est vous qui réagissez comme ça.

— Vous êtes injuste.

— Ah, oui ? Alors que fait Ariana dans votre ambassade ?

— Écoutez, nous devions l'interroger, se justifia Greg. Ne comprenez-vous pas combien c'est important ? Elle est liée au projet nucléaire iranien et, qu'on le veuille ou non, elle détient de précieuses informations. Nous ne pouvions pas laisser passer cette occasion. Après tout, la sécurité nationale est en cause ! Il est évident que nous devions l'interroger.

— L'interrogatoire a-t-il laissé des marques sur son corps ?

— C'était un interrogatoire civilisé, soyez tranquille.

— Civilisé ? Ça dépend de votre critère…

— Vous ne me croyez pas ? Eh bien, je peux vous assurer qu'elle ne nous a rien dit que nous ne savions déjà.

— Bien fait.

— Les gens de Langley sont très en colère contre elle.

— Tant mieux, je suis bien content de l'apprendre.

Greg émit un claquement de langue agacé.

— Écoutez, Tomás, ceci n'est pas un jeu, vous entendez ? Je viens de recevoir des ordres de Langley la concernant et c'est pour ça que je vous appelle.

— Des ordres ? Quels ordres ?

— Ils nous ordonne de la rapatrier.

— Quoi ?

— Langley dit que, puisqu'elle refuse de coopérer, il vaut mieux la renvoyer chez les Iraniens.

— Vous êtes fous ?

— Pardon ?

— Vous ne pouvez pas faire ça, vous entendez ?

— Ah, non ? Pourquoi ?

— Parce que... ils vont la tuer.

— Les Iraniens vont la tuer ?

— Bien sûr. Oubliez-vous qu'elle m'a aidé ?

— En quoi cela nous concerne-t-il ?

— Ils pensent à présent qu'elle est du côté de la CIA. Ces gens sont paranoïaques, qu'est-ce que vous croyez ?

— Je vous répète ma question. En quoi cela nous concerne-t-il ?

— Mais si vous la renvoyez là-bas, vous l'envoyez à la mort.

— Et après ? Nous ne lui devons rien. Après tout, elle ne nous a pas aidés. Pourquoi devrions-nous nous soucier de ce qui se passe entre elle et le régime qu'elle cherche stupidement à protéger ?

— Elle ne cherche à protéger aucun régime. Elle cherche seulement à ne pas trahir son pays. Rien n'est plus normal, vous ne trouvez pas ?

— Très bien. Alors, il est également normal que nous la rapatriions, puisqu'elle refuse de nous aider. Vous ne pensez pas ?

— Non, je ne pense pas ! vociféra Tomás, élevant la voix pour la première fois. Je pense que c'est un crime. Si vous faites ça, vous ne serez que des bandits. Des gangsters de la pire espèce.

— Allons, Tomás. Arrêtez d'exagérer.

— Moi ? J'exagère ? N'oubliez pas que vous vous étiez engagés à la protéger des Iraniens et quel est le résultat ? Non seulement vous l'avez séquestrée à notre arrivée à Lisbonne, mais vous voulez maintenant la renvoyer chez ces mêmes Iraniens dont vous étiez censés la mettre à l'abri. Comment appelez-vous ce genre de saloperie ?

— Écoutez, Tomás. Nous nous sommes engagés à la protéger en échange du secret caché dans le manuscrit d'Einstein. Vous ne nous avez pas révélé ce secret, que je sache ?

— Mais je vous en ai révélé l'essentiel.

— Alors, quelle est la formule de Dieu ?

— C'est la seule chose que je n'ai pas encore élucidée. Mais je vous ai déjà dit que j'étais sur le point de le faire.

— Ce ne sont là que des paroles. Le fait est que vous ne nous avez rien révélé et que le temps qui vous était imparti touche à sa fin.

— Donnez-moi encore quelques jours.

Il y eut un bref silence embarrassé.

— C'est impossible, dit enfin Greg. Un avion de la CIA va partir cette nuit de la base aérienne de Kelly, au Texas, à destination de Lisbonne. Il arrivera demain à l'aube. À 8 heures, il s'envolera vers Islamabad, au Pakistan, où votre amie sera livrée aux Iraniens.

— Vous ne pouvez pas faire ça ! rugit Tomás, hors de lui.

— Tomás, ce n'est pas moi qui ai pris cette décision. C'est un ordre de Langley et il est déjà en voie d'exécution. J'ai ici un message qui indique que les instructions ont été envoyées au *Joint Command and Control Warface Center*, à Kelly AFB.

— C'est un crime.

— C'est de la politique, rétorqua Greg sur un ton calme. Écoutez-moi bien, Tomás, car il y a encore un moyen d'arrêter ça. Vous avez jusqu'à demain matin huit heures pour me remettre le secret du manuscrit. Si vous ne me donnez pas le secret dans ce délai, je ne pourrai pas arrêter le rapatriement de votre amie. Vous avez compris ?

— Demain, à 8 heures du matin ? Mais comment voulez-vous que j'élucide tout en si peu de temps ? C'est impossible !

— C'est vous le professionnel.

— Écoutez, Greg, il faut me laisser plus de temps.

— Vous n'avez toujours pas compris, Tomás. Cette décision n'est pas la mienne. Elle a été prise à Langley et elle est irréversible. Je ne fais que vous informer du moyen de stopper le processus, rien d'autre. Si vous nous révélez le secret, nous serons automatiquement dans l'obligation de respecter les termes de l'accord que nous avons passé au téléphone quand vous étiez à Lhassa. Tant que vous n'aurez pas rempli intégralement votre part du contrat, nous estimerons que nous ne sommes pas obligés de remplir intégralement la nôtre.

— Vous ne pouvez pas faire ça.

— Tomás, il est inutile de discuter avec moi. Cela ne changera rien car ça n'est pas moi qui décide.

— Mais vous pourriez convaincre vos supérieurs à Langley de me donner plus de temps.

— Tomás…

— Il est déjà 17 heures et il ne me reste que quinze heures.

— Tomás…

— C'est trop peu pour que je puisse tout élucider.

— Bon sang, Tomás ! cria Greg, dont la patience était à bout. Vous êtes bouché ou quoi ?

Tomás resta figé au téléphone, surpris par la soudaine colère de l'Américain.

— Je viens de vous dire que tout ça n'était pas de mon ressort ! hurla l'Américain, s'emportant pour la première fois. Ce n'est pas moi qui prends les décisions. Rien ne dépend de moi. Rien. Il n'y a qu'une seule chose qui puisse arrêter le rapatriement de votre amie. Une seule et rien qu'une. Déchiffrer ce fichu secret. (Le cryptologue resta silencieux.) Vous avez jusqu'à demain, 8 heures.

Et Greg Sullivan raccrocha.

XXXVII

Le Pátio das Escolas était calme à cette heure tardive du jour, on voyait seulement un groupe d'étudiants qui montait le large escalier menant à la rue Latina et deux fonctionnaires qui bavardaient au pied de l'élégant beffroi. Après avoir franchi la vieille porte Férrea, Tomás ralentit et, malgré l'angoisse, il ne put s'empêcher d'admirer ce mélange de façades à la fois sobres et exubérantes, où se concentraient plus de sept cents ans d'enseignement. À l'origine, c'était le palais royal, lieu où naquirent et vécurent de nombreux rois de la première dynastie, mais, depuis des siècles, l'endroit était devenu le cœur de l'académie où son père enseignait, l'université de Coimbra.

L'ensemble était disposé en U, autour d'une cour recouverte de gravillons. Tomás la traversa et se dirigea vers le bâtiment du fond, s'arrêtant devant la magnifique entrée ; la porte était insérée dans un spectaculaire arc de triomphe, au sommet couronné des armes du Portugal. Ce bloc rectangulaire était l'une des plus belles bibliothèques du monde. La bibliothèque Joanina.

En pénétrant dans ce monument trois fois séculaire, le cryptologue sentit s'exhaler des murs richement décorés l'odeur du cuir qui reliait les manuscrits, mêlée au relent douçâtre du vieux papier. Devant lui se profilaient trois salles, séparées par des arcades ornées dans le même style imposant que le portail de l'entrée. La bibliothèque sommeillait sous une lumière tamisée, où régnait l'ombre et le silence. Tout l'intérieur du bâtiment était recouvert d'étagères, on voyait des rangées de livres sur deux niveaux ; les plafonds peints s'alliaient harmonieusement aux teintes rouge et or de la décoration, ici le baroque atteignait incontestablement toute sa splendeur.

— Professeur Noronha.

Tomás regarda vers la gauche, d'où provenait la voix, et vit Luís Rocha surgir d'un recoin et s'avancer vers lui, un sourire aux lèvres. Il fit un effort pour y répondre, mais ses lèvres se courbèrent et son regard resta triste et terne, chargé d'inquiétude.

— Comment allez-vous, professeur Rocha ? salua Tomás en allongeant son bras.

Ils se serrèrent la main.

— Bienvenue dans mon refuge favori ! s'exclama Luís. (Il balaya d'un geste toute la bibliothèque, y compris les innombrables œuvres somptueusement reliées sur les rayons.) Cent mille livres nous entourent.

— Ah, très bien, dit l'historien d'un air absent, incapable d'apprécier quoi que ce soit. D'abord, je vous remercie d'avoir accepté de me rencontrer aussi vite.

— Allons, vous n'avez pas à me remercier, répondit le physicien avec un geste décontracté. Mais quelle est donc cette histoire de vie ou de mort dont vous m'avez parlé au téléphone ? J'avoue que vous m'avez semblé très inquiet…

Tomás soupira.

— Ne m'en parlez pas, murmura-t-il en roulant des yeux. Il n'y a que vous qui puissiez m'aider...

Luís Rocha eut l'air intrigué.

— Eh bien ? Que se passe-t-il ?

— Écoutez, je suis impliqué dans une sombre affaire qui a commencé ici, à Coimbra, voilà quelques mois et qui, d'une certaine manière, vous concerne également.

— Vous êtes sûr ?

— Oui, oui, affirma Tomás. C'est une longue histoire, qui nous ferait perdre du temps si je vous la racontais maintenant. L'important, c'est que tout a commencé par un incident dont vous avez été témoin.

— Moi ?

— La disparition du professeur Siza.

En entendant le nom de son maître, le jeune physicien sembla tressaillir.

— Ah ! s'exclama-t-il, hésitant. Je comprends. (Il hocha la tête et prit soudain un air grave.) Suivez-moi.

Luís entraîna Tomás dans la deuxième salle et le conduisit jusqu'à une immense table en bois sombre installée dans un coin. Peu de gens fréquentaient la bibliothèque à cette heure-là, si bien que les deux professeurs se sentirent à l'aise ; seuls deux visiteurs admiraient les rayons de la troisième salle, tandis qu'un fonctionnaire époussetait le dos des livres au premier étage de la deuxième salle.

Luís s'installa sur son siège et croisa les jambes.

— Alors, dites-moi, professeur. Que se passe-t-il ?

— Je viens de rentrer du Tibet, où j'ai rencontré un moine bouddhiste nommé Tenzing Thubten. (Il leva un sourcil, inquisiteur.) Vous connaissez ce nom, je présume...

Le physicien chercha à feindre, mais fut très vite trahi. Il était évident qu'il connaissait Tenzing.

— Eh bien… oui, bredouilla-t-il en réalisant qu'il était tombé dans le piège. Et alors ?

Tomás se redressa sur sa chaise.

— Écoutez, professeur Rocha, le mieux serait peut-être de ne plus tourner autour du pot, dit-il en baissant la voix et en parlant très vite. J'ai été contacté il y a quelque temps pour déchiffrer un texte énigmatique signé de la main d'Albert Einstein. Le texte s'intitule *La Formule de Dieu* et, comme vous devez très bien le savoir, il était en la possession du professeur Siza et a été dérobé au moment où le professeur a disparu. Ce que vous ignorez sans doute, c'est que j'ai fini par le localiser à Téhéran.

Luís écarquilla les yeux.

— À Téhéran ?

— Oui.

— Mais… Comment ?

— Peu importe. Ce qui compte, c'est de l'avoir retrouvé.

— Mais, c'est fantastique ! Vous rendez-vous compte ? Ce manuscrit a disparu avec le professeur Siza. Or, si ce document a été retrouvé à Téhéran, il est possible que le professeur Siza y soit également…

— Laissez-moi terminer, s'il vous plaît, demanda Tomás, d'une voix patiente.

— Excusez-moi.

Tomás remit de l'ordre dans ses pensées.

— Toute cette enquête a fini par me conduire au Tibet, où j'ai rencontré Tenzing Thubten, un moine que vous connaissez bien d'après ce que vous venez de me dire.

— Seulement de réputation, précisa le physicien. Seulement de réputation. Le professeur Siza parlait beaucoup de lui. Il l'appelait le « Petit Bouddha ».

Tomás sourit légèrement.

— Le Petit Bouddha ? C'est bien vu, oui. (Son sourire s'effaça et il reprit son récit.) Donc, Tenzing m'a raconté une histoire très intéressante, ayant eu lieu en 1951, à Princeton, concernant Einstein, le professeur Siza et lui-même. Le Petit Bouddha, comme vous l'appelez, m'a révélé le contenu secret de *La Formule de Dieu*, mais pas la formule elle-même, qui est codée. Ensuite, il m'a dit que le professeur Siza l'avait contacté en début d'année pour l'informer qu'il avait découvert une seconde voie pour démontrer l'existence de Dieu. Il paraît que c'était là une condition imposée par Einstein pour pouvoir divulguer son manuscrit. Et il semble que le professeur Siza projetait de faire une annonce publique, destinée à révéler l'existence de ce manuscrit et à rendre publique la seconde voie qu'il venait de découvrir.

Tomás fit une pause et pencha la tête, le regard inquisiteur, ce qui sembla affoler son interlocuteur.

— Hmm, murmura Luís, résolu à ne rien dévoiler.

— Alors ? Cette histoire est-elle vraie ?

— Je ne peux rien vous dire.

— Vous ne pouvez rien me dire ?

— Non, je ne peux pas.

— Mais vous étiez un proche collaborateur du professeur Siza. Vous savez forcément ce qui se passait.

Luís Rocha fit un geste d'agacement.

— Écoutez, les recherches du professeur Siza appartiennent au professeur Siza. Lui seul peut parler de ce qu'il a découvert.

— D'après mes informations, il avait l'intention de le faire, n'est-ce pas ?

— Je ne peux rien vous dire.

— Il avait l'intention de le faire, jusqu'à ce qu'il soit enlevé par des agents du Hezbollah commandités par l'Iran.

Le physicien hésita.

— Des agents du quoi ?

— C'est une histoire très compliquée, professeur Rocha. Il semblerait que votre mentor ait fait des déclarations ambiguës et imprudentes lors d'un colloque international, des déclarations qui ont été entendues et mal comprises par des oreilles indiscrètes. Les paroles du professeur Siza ont été interprétées comme une allusion à une formule d'Einstein permettant la production d'une arme nucléaire bon marché et facile à concevoir ; et c'est ce malentendu qui a conduit à son enlèvement.

Luís Rocha le regarda d'un air dubitatif.

— Mais comment savez-vous tout ça ?

— Disons… qu'il m'a fallu participer aux efforts pour localiser le professeur Siza. Je vous en avais déjà parlé lors de notre première rencontre, vous vous rappelez ?

— En effet, mais j'ignorais qu'on avait découvert tant de choses concernant la disparition du professeur. Il a été enlevé et emmené en Iran à cause du manuscrit d'Einstein, dites-vous ?

— Oui.

— Vous en êtes sûr ?

— Absolument.

— Mais c'est complètement… délirant ! (Il secoua

la tête, comme s'il cherchait à se réveiller.) Jamais je n'aurais imaginé une chose pareille !

— Peut-être, mais c'est bien ce qui est arrivé.

— C'est incroyable !

Tomás se pencha en avant, brûlant d'obtenir l'information dont il avait désespérément besoin.

— Dites-moi, professeur. Quelle était la seconde voie découverte par le professeur Siza ?

Le physicien digérait encore la révélation que venait de lui faire l'historien et le regarda d'un air embarrassé.

— Excusez-moi, mais il faudra attendre que... le professeur Siza soit libéré pour pouvoir en parler. Comme vous pouvez le comprendre, il s'agit d'une recherche conduite par lui et je... ne peux rien divulguer. J'ai un devoir de loyauté et de confidentialité. Quoi qu'il en soit, il me paraît important...

— Professeur Rocha.

— ... d'entrer en contact avec les ravisseurs du professeur Siza pour...

— Professeur Rocha.

— ... dissiper ce stupide malentendu.

Tomás fixa du regard son intarissable interlocuteur.

— Professeur Rocha, j'ai une mauvaise nouvelle à vous annoncer.

— Oui ?

— Le professeur Siza est mort.

Il y eut un bref silence d'ahurissement.

— Comment ?

— Le professeur Siza est décédé dans sa geôle. Les Iraniens étaient en train de l'interroger lorsqu'il est mort. (Il baissa la tête, navré d'être le porteur de la nouvelle.) Je suis désolé.

Luís Rocha entrouvrit les lèvres, consterné. Il mit sa

main devant la bouche et, les yeux grands ouverts, il considéra les conséquences de la révélation que l'historien venait de lui faire.

— Quelle... atroce nouvelle, balbutia-t-il. Comment cela s'est-il passé ?

— Il est mort pendant l'interrogatoire.

— Quelle horreur ! Et... quand annoncera-t-on cette nouvelle ?

— Il n'y aura aucune annonce, dit Tomás. Cette information, bien que vraie, n'est pas officielle. Les Iraniens ne reconnaîtront jamais qu'ils ont enlevé le professeur Siza et encore moins qu'il soit mort entre leurs mains. Ils ne diront rien. Le professeur Siza ne réapparaîtra jamais plus, c'est tout. Vous comprenez ?

Le physicien hocha la tête, cherchant encore à intégrer l'information.

— Mais dans quel monde vivons-nous !

Tomás le laissa digérer encore une minute la nouvelle de la mort de son maître.

— Écoutez, professeur, reprit-il. La vie d'une deuxième personne est en danger en ce moment à cause du même manuscrit et du même malentendu. Pour la sauver, j'ai besoin d'une information cruciale. Vous seul pouvez m'aider.

Luís Rocha, un peu moins ébranlé à présent, répondit.

— Je vous écoute.

— J'ai besoin de savoir quelle est la seconde voie découverte par le professeur Siza. Vous la connaissez ?

— Bien sûr que je la connais, répliqua aussitôt le physicien. Le professeur Siza et moi n'avons rien fait d'autre ces dernières années que travailler dessus.

— Alors, pourriez-vous me l'expliquer ?

— C'est que... il s'agit d'une recherche menée par le professeur Siza et...

— Le professeur Siza est mort, vous entendez ? coupa Tomás, avec impatience. Et il me faut connaître cette seconde voie pour empêcher qu'une autre personne meure pour les mêmes raisons.

Luís Rocha hésita à nouveau.

— Mais ne pensez-vous pas qu'il serait indécent que je divulgue maintenant ses recherches ?

— Écoutez, Siza est mort, insista Tomás en faisant preuve de toute la patience dont il était encore capable. Plus rien de tout ça ne compte à présent. Rien ne vous empêche de publier un article dans une revue scientifique ou même un livre donnant tous les détails de la découverte de la seconde voie, ainsi que toutes les précisions concernant le manuscrit d'Einstein. Le professeur Siza n'est plus là pour faire cette annonce publique, annonce que lui-même, si j'ai bonne mémoire, projetait de publier.

— Alors vous pensez que je devrais la divulguer ?

— Bien entendu ! Une découverte aussi... sensationnelle, ne doit pas rester éternellement secrète. Bien sûr que vous devez la divulguer. D'autant plus que c'était l'intention du professeur Siza, il est donc de votre devoir d'exécuter sa volonté.

Le physicien considéra l'argument.

— En effet, dit-il enfin. Vous avez peut-être raison.

— C'est évident. En fin de compte, ce serait un juste hommage rendu à votre maître. Vous pourriez signer le texte en tant que coauteur, pár exemple. Ce qui, par ailleurs, serait approprié, non ?

— Oui, vous avez raison, dit Luís Rocha, d'une voix plus assurée. Je vais tout divulguer.

Tomás soupira, soulagé par cette petite victoire, mais ne lâcha pas son interlocuteur.

— Mais, avant de faire quoi que ce soit, il faudrait d'abord que vous m'expliquiez cette seconde voie. Comme je vous l'ai dit, la vie d'une autre personne dépend de cette information.

Luís Rocha se leva brusquement de sa chaise.

— Très bien ! s'exclama-t-il. Allons-y !

Tomás le regarda, surpris de le voir debout.

— Où allez-vous ?

Le physicien fit demi-tour et s'éloigna, en jetant un dernier regard derrière lui.

— Je vais chercher deux cafés, dit-il. Je reviens.

XXXVIII

L'arôme chaud et parfumé envahit la bibliothèque dès que Luís Rocha apparut avec un plateau. Il invita Tomás à le rejoindre dans la petite pièce cachée à gauche, juste après l'entrée, où il pénétra avec l'air de celui qui prépare un mauvais coup. Il posa le plateau sur une table basse et, sitôt le visiteur installé, il prit une tasse fumante, nappée d'une mousse crémeuse, couleur noisette, et sourit.

— J'ai fait un expresso, dit-il en offrant la tasse à Tomás. Vous prenez du sucre ?

— Oui.

Tomás prit un sachet et le versa dans la tasse chaude.

— Si le directeur de la bibliothèque nous attrape, nous sommes morts, commenta le physicien en riant, après avoir jeté un regard à l'extérieur pour s'assurer que personne ne les avait vus.

Tomás examina le cagibi en désordre.

— C'est donc pour ça que nous sommes venus ici ?

— Oui, confirma Luís, avec un air de conspiration. Dans ce recoin, on sera plus tranquilles.

— Ne vaudrait-il pas mieux aller dehors à la terrasse d'un café ?

— Non, ici cachés nous sommes bien. Personne ne viendra nous déranger. (Il huma l'arôme qui se dégageait de sa tasse.) Vous savez, je ne peux pas me passer d'un café dans ce genre d'occasion. Il n'y a rien de tel qu'un petit expresso avant une conversation complexe. Ça m'aide à me concentrer.

— Notre conversation va être « complexe » ?

— Comprendre ce que j'ai à dire n'est pas « complexe », dit Luís. Ce qui est complexe, c'est de faire en sorte que ça ne le paraisse pas, vous comprenez ? (Il fit un clin d'œil.) Voilà ce qui est complexe !

— La simplicité est complexe.

— Bien plus que les gens l'imaginent. Durant toute la recherche avec mon mentor, j'ai tourné à la caféine, qu'est-ce que vous croyez ? Moi, je prenais mes expressos et le professeur Siza son café froid qu'il avait appris à faire en Italie, une boisson glacée recouverte de crème. Il l'appelait *granita di caffé*.

— C'est un café frappé, non ?

— Oui, il avait la manie de boire cette cochonnerie. (Il tressaillit.) En hiver, ce café glacé me donnait des frissons… Enfin, les goûts et les couleurs ne se discutent pas.

— En effet.

Ils avalèrent une gorgée de café. Il avait un goût fort, très corsé, et sa mousse laissait une agréable saveur dans la bouche.

Luís Rocha posa sa tasse sur le plateau et se concentra sur ce qu'il avait à dire.

— Bien, allons-y ! s'exclama-t-il, s'apprêtant à commencer. Si j'ai bien compris, l'ami tibétain du professeur Siza vous a expliqué ce qui s'est passé à Princeton en 1951.

— Oui, il m'a tout raconté.

— Donc, vous connaissez déjà l'histoire du Premier ministre d'Israël, le défi qu'il a lancé à Einstein, l'élaboration de *La Formule de Dieu* et la clause exigeant la découverte d'une seconde voie scientifique pour pouvoir rendre public le manuscrit. Rien de tout cela n'est pour vous une nouveauté, n'est-ce pas ?

— Non. Je connais déjà tout ça.

— Très bien, soupira-t-il. Ce qui s'est passé, c'est que le professeur Siza a pris très à cœur le projet d'Einstein et qu'il a décidé de consacrer sa vie à résoudre ce mystère. Était-il possible de trouver une seconde voie qui prouverait scientifiquement l'existence de Dieu ? Tel était le défi qu'il devait relever.

— Et comment s'y est-il pris ?

— La première chose qu'il devait faire, c'était de définir l'objet de son étude. Qu'est-ce que Dieu ? Quand nous parlons de Dieu, de quoi parlons-nous exactement ? Du Dieu décrit par la Bible ?

— Je suppose que oui…

— Mais le Dieu décrit par la Bible, comme je vous l'ai expliqué il y a deux semaines, est absurde. (Il se leva et quitta le cagibi. Il se dirigea vers une étagère proche, prit un énorme volume magnifiquement relié et regagna la niche, où il se rassit en ouvrant le livre sur ses genoux.) Voyons voir, dit-il en feuilletant les premières pages jusqu'à trouver le passage en question. Voilà, c'est ici. Dès le début de l'Ancien Testament, il est écrit que Dieu voulut faire à l'homme une aide qui lui soit assortie. Il fit alors ceci : « Il modela encore du sol toutes les bêtes sauvages et tous les oiseaux du ciel, et il les amena à l'homme pour voir comment celui-ci les appellerait : chacun devait porter le nom

que l'homme lui aurait donné. » Puis la Bible ajoute :
« Mais, pour un homme, il ne trouva pas l'aide qui
lui fût assortie. Alors le Seigneur Dieu fit tomber une
torpeur sur l'homme, qui s'endormit. Il prit une de
ses côtes et referma la chair à sa place. Puis, de la
côte qu'il avait tirée de l'homme, le Seigneur Dieu
façonna une femme. » (Luís leva les yeux.) Rien ne
vous frappe dans ce récit ?

Tomás haussa les épaules.

— Eh bien… c'est un récit biblique.

— Mais Dieu n'est-Il pas censé être omniscient ?
Ne devait-Il pas savoir par avance qu'aucun des animaux ne ferait une aide adéquate ? Pour quelle raison
Dieu attend-Il de voir quel nom l'homme donnera aux
animaux ? Étant omniscient, ne pouvait-Il pas déjà
le savoir ? (Le physicien feuilleta encore quelques
pages.) Et maintenant, écoutez ce qui arriva quand
Dieu décida de provoquer le déluge : « Le Seigneur
se repentit d'avoir fait l'homme sur la terre. » (Luís
fixa à nouveau Tomás.) Le Seigneur s'est repenti ?
Une fois encore, Il n'était donc pas omniscient ? Ne
pouvait-Il pas présager que l'homme se corromprait ?
Étant parfait et tout-puissant, Dieu n'aurait-Il pas dû
tout prévoir en temps utile ? Quel est donc ce Dieu qui
se met à réparer Ses fautes ? Dieu, en fin de compte,
commet aussi des fautes ?

— En effet…

— Sans parler, bien sûr, du vieux paradoxe d'un
Dieu omnipotent et bon, mais qui laisse le mal se
répandre sur toute la terre. Puisqu'Il est bon et qu'Il a
le pouvoir d'imposer le bien, pourquoi laisse-t-Il le mal
exister ? Et s'Il est parfait, pourquoi a-t-Il fait l'homme
si imparfait ? (Le physicien referma le volume et le

posa à terre.) Tout cela conduisit Einstein à penser que le vrai Dieu n'était pas le Dieu de la Bible. C'est une entité omnisciente et intelligente, la force derrière l'univers, le grand architecte de tout, et non la figure anthropomorphique, paternelle et morale de la Bible. Cette conviction d'Einstein, le professeur Siza l'avait assimilée.

— Donc, cela veut dire que le professeur n'a pas recherché le Dieu de la Bible...

— Non, effectivement. D'ailleurs, il a toujours pensé que la grande résistance des théologiens à démontrer scientifiquement l'existence de Dieu venait du fait qu'ils exigent de cette démonstration qu'elle englobe le Dieu de la Bible. Or, le Dieu de la Bible présente trop d'incohérences. Il ne peut pas exister. Dieu n'est pas un personnage protecteur qui passe sa vie à se soucier de ce que font les hommes. Ce Dieu-là est une création humaine.

— Mais... vous oubliez la preuve de la Création de l'univers en six jours, consignée dans le manuscrit d'Einstein ? Ne pensez-vous pas que cela confirme les Écritures ?

— C'est un élément très important, reconnut Luís Rocha. Comme je vous l'ai dit, Einstein était convaincu que le Dieu de la Bible n'existait pas. Mais, en même temps, il a conclu qu'il y avait des vérités profondes mystérieusement cachées dans l'Ancien Testament.

— Comment expliquez-vous cela ?

— Il n'y a pas d'explication. C'est un fait que, pour des raisons inconnues, les textes anciens renferment des secrets cachés. Par exemple, on vient de découvrir qu'il existe une étrange corrélation entre les vérités cabalistiques, liées à l'interprétation de l'Ancien Testament, et les théories de physique les plus avancées.

— C'est-à-dire ?

— Par exemple, l'une des grandes rivales de la théorie du tout est la théorie des cordes. C'est un peu compliqué à expliquer, mais ses équations prévoient que la matière élémentaire est formée par des cordes qui vibrent, se déployant dans un espace à vingt-six dimensions pour les microparticules d'énergie, appelées bosons, et à dix dimensions pour les autres microparticules, les fermions. Tout comme la force forte et la force faible restent circonscrites au microcosme après le Big Bang, les physiciens pensent que vingt et une dimensions restent également circonscrites au microcosme après la création de l'univers. Pour x raison, seules la gravité et la force électromagnétique ont exercé une influence visible sur le macrocosme, en y introduisant seulement quatre dimensions spatio-temporelles. C'est pour cette raison que l'univers nous semble avoir trois dimensions spatiales et une temporelle. Ce sont elles qui affectent notre monde visible, mais il y en a vingt-deux autres invisibles dans le microcosme, capables d'influencer seulement les microparticules.

— Est-ce vraiment possible ?

— Les mathématiques indiquent que oui, répondit le physicien. Mais, à présent, dites-moi une chose. Connaissez-vous la Cabale ?

— Oui, bien sûr. Je suis historien, spécialiste en langues anciennes et cryptologue. Il est de mon devoir de connaître la Cabale. De plus, j'ai passé des années à apprendre l'hébreu et l'araméen, si bien que je suis en terrain connu.

— Tant mieux, vous allez donc pouvoir parfaitement comprendre la relation entre l'une des théories de physique les plus avancées, la théorie des cordes, et la Cabale.

Tomás prit un air intrigué.

— La relation entre la physique et la Cabale ? De quoi parlez-vous ?

Le physicien sourit.

— Professeur, je suppose que vous savez ce qu'est l'Arbre de Vie…

— Bien sûr, répliqua l'historien. L'Arbre de Vie est une structure cabalistique qui explique l'acte de naissance de l'univers, l'unité élémentaire de la Création, dont la moindre particule indivisible contient les éléments du tout. Il est constitué par dix *sephirot*, c'est-à-dire dix émanations manifestées par Dieu lors de la Création. Chacun des dix *sephirot* correspond à un attribut divin.

— Redites-moi, combien de *sephirot* contient l'Arbre de Vie ?

— Dix.

— Très bien ! s'exclama-t-il, satisfait. J'imagine que vous savez aussi ce qu'est la guématria ?

— En effet, dit Tomás, toujours à l'aise dans ce domaine. C'est une technique cabalistique qui interprète les paroles de la Bible à travers un jeu de correspondance numérique entre les lettres de l'alphabet hébreu. Selon les cabalistes, Dieu a créé l'univers avec des nombres et des mots, et chaque nombre et chaque mot contient un mystère et une révélation. Par exemple, le premier mot de la Genèse est *berechyt*, qui signifie « au commencement ». Or, si nous divisons *berechyt* en deux termes, on obtient *bere*, ou « créer », et *chyt*, « six ». La Création dura six jours. Vous voyez ? C'est une forme de guématria. La première parole de l'Ancien Testament contient en elle les six jours de la Création. Une autre forme de guématria consiste à simplement compter les lettres. Il est dit dans la Genèse qu'Abraham emmena 318 serviteurs lors d'une campagne militaire. Or la valeur numérique du nom de son serviteur Eliezer, selon les cabalistes, est 318, ce qui veut dire qu'Abraham n'a emmené avec lui que ce seul serviteur.

— Je vois que vous êtes calé sur le sujet, observa Luís Rocha. Alors, dites-moi maintenant quelle est la guématria du plus grand nom de Dieu ?

— Eh bien... le plus grand nom de Dieu est... *Wodhey Vavhey*. Mais j'avoue que j'ignore la guématria qui correspond à ce nom. Il me faudrait faire le calcul...

— La guématria du plus grand nom de Dieu est vingt-six. (Il pencha la tête.) Combien de lettres renferme l'alphabet hébraïque ?

— Vingt-deux.

— Et maintenant, une dernière question, dit le physicien. Selon les cabalistes, combien de chemins de sagesse Dieu a-t-Il parcourus pour créer l'univers ?

— Trente-six. Les chemins parcourus par Dieu pour créer l'univers correspondent à la combinaison des dix *sephirot* de l'Arbre de Vie avec les vingt-deux lettres de l'alphabet hébraïque, auxquels s'ajoutent quatre chemins.

Luís Rocha sourit.

— Avez-vous remarqué toutes ces coïncidences ?

— Quelles coïncidences ?

— Dix *sephirot* cabalistiques pour créer l'univers,

dix dimensions dans les cordes des fermions pour créer la matière, dit-il. Vingt-six est la guématria du plus grand nom de Dieu, vingt-six sont les dimensions dans les cordes des bosons pour créer la matière. Vingt-deux lettres dans l'alphabet hébraïque, et vingt-deux dimensions qui restent cachées dans le microcosme. Trente-six chemins parcourus par Dieu pour créer l'univers, et trente-six est la somme des dimensions où vibrent les bosons et les fermions. (Il fit un clin d'œil, comme un enfant qui a découvert la clé du coffre à jouets.) Est-ce une coïncidence ?

— En tout cas, c'est vraiment… surprenant.

— Ce qu'Einstein a constaté, c'est que les textes sacrés contiennent des vérités scientifiques profondes, qu'on ne pouvait pas connaître à leur époque. Et pas seulement la Bible. Les textes hindous, les textes bouddhistes, les textes taoïstes, tous renferment des vérités éternelles, un type de vérités que la science commence à découvrir seulement aujourd'hui. La question est : comment les sages de l'Antiquité ont pu accéder à ces connaissances ?

Il fit une pause.

— Et quelle est la réponse ? demanda Tomás.

— Je ne sais pas. Personne ne le sait. Ce n'est peut-être qu'une coïncidence. Après tout, l'être humain est porté à voir des similitudes dans tout. Mais, tout comme les microparticules de l'expérience Aspect ne sont que les rémanences d'un unique réel, il est aussi possible que les vérités scientifiques contenues dans les écritures sacrées constituent des rémanences de ce même et unique réel. C'est comme si les sages anciens avaient été inspirés par quelque chose de profond, éternel, omniprésent mais invisible.

— Je vois...

— Tout ça pour vous dire que, même si Einstein et le professeur Siza ne croyaient pas au Dieu de la Bible, ils pensaient tous les deux que par certains aspects et sous certaines formes, les écritures sacrées dissimulaient des vérités profondes.

Ils burent une autre gorgée de café.

— Quoi qu'il en soit, et malgré ces étranges coïncidences, le Dieu recherché par le professeur Siza n'était pas celui de la Bible, reprit Tomás.

— En effet. Ce n'était pas le Dieu de la Bible. C'était quelque chose de différent. Le professeur Siza recherchait une force créatrice, intelligente et consciente, mais pas nécessairement morale, ni bonne, ni mauvaise. (Il soupira.) Après avoir ainsi délimité le champ de la recherche et redéfini l'objet de l'étude, il fallait considérer une autre question : qu'est-ce que signifie prouver l'existence de Dieu ?

Le physicien semblait attendre une réponse.

— C'est à moi que vous posez la question ? s'enquit Tomás, hésitant, sans savoir si la question était purement rhétorique ou si elle appelait une réponse.

— Oui, bien entendu. Qu'est-ce que signifie prouver l'existence de Dieu ?

— Eh bien... je ne sais pas, je l'avoue.

— S'agit-il de concevoir un télescope assez puissant pour nous permettre de voir Dieu, avec sa grande barbe, jouant avec les étoiles ? S'agit-il de développer une équation mathématique contenant l'ADN de Dieu ? Mais que signifie donc prouver l'existence de Dieu ?

— C'est une bonne question, sans aucun doute, considéra Tomás. Quelle est la réponse ?

Luís Rocha leva trois doigts.

— La réponse repose sur trois points. Premier point, Dieu est subtil. À travers la théorie du chaos, des théorèmes de l'incomplétude et du principe d'incertitude, on s'aperçoit que le Créateur a masqué Sa signature, qu'Il s'est caché sous un voile ingénieusement conçu pour Le rendre invisible. Ce qui, bien entendu, complique sérieusement la tâche pour prouver Son existence. (Il replia un deuxième doigt.) Deuxième point, Dieu n'est pas intelligible à travers l'observation. Autrement dit, on ne peut pas prouver Son existence par le biais d'un télescope ou d'un microscope.

— Et pourquoi pas ? interrompit Tomás.

— Pour diverses raisons, rétorqua le physicien. Supposons que l'univers soit Dieu, comme le soutenait Einstein. Comment L'observer dans sa totalité ? Le professeur Siza était arrivé à la conclusion que les physiciens et les mathématiciens observaient l'univers un peu comme un ingénieur regarde une télévision. Imaginez que l'on demande à un ingénieur ce qu'est une télévision. L'ingénieur va observer l'appareil, le démonter entièrement et dira qu'une télévision est un ensemble de fils et de circuits électriques structurés d'une certaine manière. (Il pointa Tomás du doigt.) Mais, je vous le demande : pensez-vous que cela apporte une réponse complète et adaptée à la question de savoir ce qu'est une télévision ?

— Je pense qu'il donne une réponse d'ingénieur.

— Exactement, il donne une réponse d'ingénieur. Car naturellement une télévision est bien davantage que des fils et des circuits électriques. Une télévision diffuse des programmes d'informations et de divertissements, elle produit un impact psychologique sur chaque individu, elle permet de transmettre des messages, elle engendre d'importants effets sociologiques, elle a une dimension politique et culturelle, bref... C'est quelque chose de bien plus vaste qu'une simple description de ses composants technologiques.

— Vous faites allusion à ce problème dont vous m'avez déjà parlé, le hardware et le software ?

— Tout à fait. La perspective réductionniste, centrée sur le hardware, et la perspective sémantique, insérée dans le programme. Les physiciens et les mathématiciens regardent l'univers comme un ingénieur regarde une télévision ou un ordinateur. Ils ne voient que la matière et les atomes, les forces et les lois qui les régissent, mais tout cela, en y regardant bien, n'est que le hardware. Car quel est le message de cette énorme télévision ? Quel est le software de ce gigantesque ordinateur ? Le professeur Siza en a conclu que l'univers dispose d'un programme et possède une dimension qui dépasse de loin la somme de ses composants. Autrement dit, l'univers est bien plus que le hardware qui le constitue. C'est un immense programme.

— Comme un être humain, remarqua Tomás.

— Absolument. Un être humain est fait de cellules, de tissus, d'organes, de sang et de nerfs. C'est son hardware. Mais un être humain est bien davantage que cela. C'est une structure complexe qui possède une conscience, qui rit, qui pleure, qui pense, qui souffre, qui chante, qui rêve et désire. En réalité, nous sommes plus, beaucoup plus que la simple somme des parties qui nous composent. Notre corps est le hardware par où passe le programme de notre conscience. (Il fit un large geste des bras.) Il en va de même pour la réalité la plus profonde de l'existence. L'univers est le hardware par lequel passe le programme de Dieu.

— C'est une idée audacieuse, observa Tomás. Mais elle a sa logique.

— Ce qui nous renvoie au problème de l'infini ! s'exclama le physicien. Car si l'univers est le hardware de Dieu, cela soulève de curieuses questions. Par exemple, si nous autres, êtres humains, faisons partie de l'univers, cela signifie que nous faisons partie du hardware, n'est-ce pas ? Mais est-ce que nous sommes, nous-mêmes, l'univers ? Est-ce que l'univers est quelqu'un de si immensément grand que nous ne le voyons pas, si grand qu'il en devient invisible ? Quelqu'un d'aussi grand à nos yeux que nous le sommes pour nos cellules ? Sommes-nous pour l'univers ce que nos neurones sont pour nous ? Sommes-nous les neurones d'un être beaucoup plus grand ? L'univers est-il une entité organique dont nous ne sommes que les minuscules cellules ? Sommes-nous le Dieu de nos cellules et nous les cellules de Dieu ?

Ils restèrent un long moment à considérer ces interrogations.

— Qu'en pensez-vous ? s'enquit Tomás.

— Je pense que le problème de l'infini est redoutable, répondit Luís Rocha. Vous savez, nous, les physiciens, nous recherchons les particules fondamentales, mais dès que nous en trouvons une, nous finissons par nous apercevoir que celle-ci est elle-même composée de particules encore plus petites. Au début, on croyait que l'atome était la particule fondamentale. Puis on a découvert que l'atome était constitué de particules plus petites, les protons, les neutrons et les électrons. On a cru alors qu'il s'agissait là des particules fondamentales. Mais on a finalement découvert que les protons et les neutrons sont formés par d'autres particules encore plus petites, les quarks. Et d'aucuns pensent que ces quarks sont eux-mêmes formés par des particules encore plus infimes qui, à leur tour, en contiennent d'autres encore plus petites. Le microcosme est infiniment petit.

— Comme dans le paradoxe de Zénon, commenta Tomás, avec un sourire. Tout peut se diviser par deux.

— Exact, confirma le physicien. Et, pour la même raison, tout peut se multiplier par deux. Par exemple, notre univers est immense. Pourtant, les dernières théories cosmologiques admettent la possibilité qu'il en existe des millions d'autres. Notre univers est né, il grandit et, comme le démontre la deuxième loi de thermodynamique, il mourra. Mais, autour, il continuera d'en exister beaucoup d'autres tout aussi semblables. C'est comme si notre univers n'était qu'une bulle d'écume, entourée par d'autres bulles similaires, au milieu d'un immense océan. (Il marqua une pause.) On l'appelle le méta-univers.

— Donc, l'univers est bien infini.

— C'est une possibilité. Mais ce n'est pas la seule.

— Il y en a donc une autre ?

— Il se peut également que l'univers soit fini.

— Qu'il soit fini ? Vous croyez que c'est possible ?

— Eh bien, c'est une autre possibilité.

— Mais comment est-ce possible ? Si l'univers est fini, qu'y a-t-il au-delà de sa limite ?

— Il serait fini, sans avoir de limite.

— Comment ça ? Je ne comprends pas…

— C'est simple. Le navigateur portugais, Fernand de Magellan, a commencé à naviguer vers l'ouest. Il a navigué, navigué, navigué et, surprise, il est revenu à son point de départ. (Luís Rocha leva ses mains et les fit tourner comme s'il tenait un ballon.) Autrement dit, il a prouvé que la terre est finie, sans avoir de limite. Il se peut qu'il en soit de même pour l'univers. Fini, mais sans limite.

— Je comprends.

Ils finirent de boire leur café.

— Tout ceci pour vous dire que la réponse au problème de la preuve de l'existence de Dieu repose sur trois points essentiels. Le premier est le constat que Dieu est subtil et le deuxième est le fait qu'on ne puisse pas L'observer à travers un télescope ou un microscope. Mais, malgré toutes ces difficultés, il y a un moyen indirect de parvenir à la preuve de l'existence de Dieu.

— Lequel ?

— En s'appuyant sur deux caractéristiques fonda-mentales : l'intelligence et l'intention. Pour savoir si l'univers a été créé par une intelligence consciente, le professeur Siza devait répondre à une question essen-tielle : y a-t-il ou non une intelligence et une intention dans la création de l'univers ? (Il pencha la tête.) Il ne suffisait pas que la réponse soit affirmative par rapport à l'un de ces points. Il fallait qu'elle soit affirmative par rapport aux deux, vous comprenez ?

Tomás fit une moue dubitative.

— Pas très bien. Il ne suffit donc pas de prouver qu'il y a une intelligence ?

— Bien sûr que non. Si l'on observe la rotation de la terre autour du soleil, il semble évident qu'il y a une intelligence dans le mouvement. Mais cette intelligence est-elle intentionnelle ou fortuite ? Car, après tout, il pourrait s'agir d'un pur hasard, non ? Si l'univers est infiniment grand, il est inévitable que, parmi un nombre infini de situations différentes, certaines présentent les mêmes caractéristiques que la nôtre. Mais si l'intelligence cosmique est fortuite, il devient impossible d'y voir la main de Dieu. Il faut donc déterminer également s'il y a intention.

— Je comprends.

— Le problème, c'est que le concept d'intention est très difficile à concrétiser. N'importe quel professeur de droit vous le dira. Lors d'un procès au tribunal, l'une des grandes difficultés est justement de déterminer l'intention de l'inculpé ayant commis un certain acte. L'inculpé a tué une personne, mais l'a-t-il fait parce qu'il l'a voulu ou par accident ? L'inculpé sait bien que tuer volontairement est plus grave et, en général, il prétend l'avoir fait sans intention, tout n'était qu'un concours de circonstances, un terrible hasard. La difficulté revient donc à déterminer l'intention de l'acte. (Il écarta les bras.) Il en va de même pour l'univers. En regardant tout ce qui nous entoure, on constate qu'il existe une grande intelligence dans la conception des choses. Mais cette intelligence est-elle fortuite ou existe-t-il une intention derrière tout cela ? Et s'il y en a une, quelle est-elle ? Enfin, point crucial, existe-t-il un moyen, s'il y a intention, d'en démontrer l'existence ?

— La réponse ne se trouve-t-elle pas dans cette métaphore de la montre dont vous m'avez parlé l'autre jour ?

— Oui, la montre de William Paley est un puissant argument. Si l'on découvre une montre par terre et qu'on l'examine, on s'aperçoit aussitôt qu'elle a été conçue par un être intelligent ayant une intention. Or, si cela est vrai pour un objet aussi simple qu'une petite montre, pourquoi ne le serait-ce pas pour quelque chose de bien plus intelligent et complexe comme l'est l'univers ?

— Justement. N'est-ce pas là une preuve ?

— C'est un puissant indice d'intelligence et d'intention, mais ce n'est pas une preuve.

— Alors, comment établir cette preuve ?

Luís Rocha se redressa sur sa chaise.

— C'est Einstein qui l'a mis sur la piste.

— Quelle piste ?

Le physicien se leva.

— Suivez-moi, dit-il. Je vais vous montrer la seconde voie.

XXXIX

Ils parcoururent le long tapis rouge et traversèrent toute la bibliothèque. Luís Rocha ressemblait à un Cicéron, conduisant Tomás jusqu'à un grand tableau recouvrant le mur du fond. Il s'agissait d'un portrait de D. João V, le monarque à qui la bibliothèque Joanina devait son nom. Le physicien posa ses affaires sur un élégant piano à queue noir qui se dressait au pied du tableau et il fit signe à Tomás de le suivre.

— Venez, dit-il.

Il se dirigea vers l'arcade donnant sur la dernière salle, ouvrit sans prévenir une porte dérobée derrière une colonne et s'engouffra dans l'ombre. Malgré sa surprise, Tomás lui emboîta le pas. Ils grimpèrent un petit escalier plongé dans l'obscurité débouchant au premier étage, sur une étroite passerelle en bois, qu'ils longèrent jusqu'à se retrouver près de la partie haute du tableau. Luís examina la troisième étagère de gauche, prit un volume blanc, glissa la main dans l'intervalle laissé par celui-ci, en extirpa une chemise en carton bleu, remit le volume à sa place et fit signe à son invité de rebrousser chemin.

— Qu'est-ce que c'est ? demanda Tomás, intrigué, une fois revenu au rez-de-chaussée.

— C'est la seconde voie, révéla Luís Rocha en s'affalant sur une chaise près du piano, sous le regard figé de D. João V. La preuve scientifique de l'existence de Dieu établie par le professeur Siza.

Tomás observa la chemise fermée par un élastique. Elle était usée et portait le logo de l'université de Coimbra.

— Mais qu'est-ce qu'un manuscrit aussi important fait ici ? s'étonna l'historien. Le professeur Siza conservait ses affaires dans cette bibliothèque ?

— Non, bien sûr que non. Mais, après l'enlèvement du professeur, j'étais très inquiet. J'ai passé en revue ce qu'on avait volé chez lui, et j'ai constaté que le vieux manuscrit d'Einstein avait disparu. C'est ce qui m'a fait craindre pour ses autres travaux. J'ai donc décidé d'emporter tous les documents liés à sa recherche. Je les ai gardés un temps chez moi, mais ça m'a rendu très nerveux et j'ai pensé qu'ils n'étaient pas en lieu sûr. Si on avait cambriolé l'appartement du professeur, on pouvait très bien cambrioler le mien. J'ai alors résolu de remettre les documents les moins cruciaux à différents collègues du professeur, comme votre père par exemple. (Il caressa la chemise cartonnée.) Mais le problème était le contenu de cette chemise, la seconde voie, le document de loin le plus important. Je ne voulais confier à personne cette chemise, mais je ne pouvais pas non plus la garder chez moi. (Il indiqua du doigt le rayon d'où il l'avait extirpée.) C'est alors que m'est venue l'idée de cacher cette chemise dans le trou que j'avais repéré là-haut, juste à côté du portrait du roi, derrière une rangée de livres.

— Vous étiez inquiet à ce point ?

— Comment ne pas l'être ? Non seulement le professeur avait été enlevé, mais les ravisseurs avaient également volé *La Formule de Dieu*, il y avait forcément une relation entre l'enlèvement et ses recherches. Comme j'étais moi-même impliqué dans ses travaux, je me suis très vite inquiété. Les ravisseurs pouvaient aussi venir frapper à ma porte...

— Bien sûr.

Luís Rocha se tut et jeta un regard circulaire. Il leva les mains et balaya d'un geste toute la bibliothèque Joanina.

— Vous savez, le professeur Siza avait l'habitude de dire que cette bibliothèque était une métaphore de la signature divine dans l'univers.

— La signature divine dans l'univers ? Je ne comprends pas...

— C'est une image inspirée de ses conversations avec Einstein. (Il désigna du doigt les rayons chargés de livres.) Imaginez qu'un enfant entre dans cette bibliothèque et découvre tous ces livres, rédigés en une langue inconnue, la plupart en latin. Bien entendu, l'enfant sait que quelqu'un a écrit ces livres et qu'ils révèlent des choses, même s'il ignore qui les a écrits et ce qu'ils racontent. D'autant que l'enfant ne connaît pas le latin. Il soupçonne que toute cette bibliothèque est régie par un ordre, mais cet ordre lui paraît mystérieux. (Il posa la main sur sa poitrine.) Nous sommes semblables à cet enfant et l'univers est comme cette bibliothèque. L'univers contient des lois, des forces et des constantes créées par quelqu'un, dans un dessein mystérieux et selon un ordre incompréhensible pour nous. Nous comprenons vaguement les lois, saisissons les grandes lignes de l'ordre qui régit tout, observons superficiellement que les constellations et les atomes se meuvent d'une certaine façon. Tout comme l'enfant, nous ignorons les détails et n'avons qu'une pâle idée du sens global. Mais il y a une chose dont nous sommes sûrs : toute cette bibliothèque est organisée avec une intention. Même si nous ne pouvons pas lire les livres, même si nous n'en connaîtrons jamais les auteurs, le fait est que ces œuvres renferment des messages et que cette bibliothèque est agencée selon un principe intelligent. Il en va de même pour l'univers.

— Est-ce la piste indiquée par Einstein au professeur Siza pour trouver la seconde voie ?

— Non. C'est la métaphore qu'employait le professeur Siza pour expliquer l'intelligence intentionnelle de l'univers, une métaphore inspirée de ses échanges avec Einstein.

Tomás prit un air interrogatif.

— Alors, quelle était la piste indiquée par Einstein ?

Luís Rocha retira l'élastique autour de la chemise et l'ouvrit. Elle débordait de documents et de notes, la plupart remplies d'équations étranges, incompréhensibles pour le profane. Le physicien feuilleta les pages jusqu'à en retrouver une en particulier.

— Voilà, dit-il. C'est celle-là.

Tomás se pencha sur la note.

— Qu'est-ce que c'est ?

— C'est une phrase très célèbre d'Einstein. Elle dit : « Ce qui m'intéresse réellement, c'est de savoir si Dieu aurait pu faire le monde d'une autre manière, autrement dit, si la nécessité d'une simplicité logique laisse quelque liberté. »

— Et c'est une piste ?

— Oui. Le professeur Siza a toujours considéré cette phrase comme la piste vers une seconde voie et, en y regardant bien, il est facile de comprendre pourquoi. Ce qu'Einstein pose ici, c'est la question de l'inévitabilité de l'univers tel qu'il existe et le problème du déterminisme. À savoir, et c'est la question essentielle : si les conditions de départ avaient été autres, dans quelle mesure l'univers aurait-il été différent ?

— …

— Bien sûr, à l'époque, c'était une question incroyablement difficile à résoudre. Par exemple, il manquait encore les modèles mathématiques pour la traiter. Mais, une décennie après, tout a changé avec l'apparition de la théorie du chaos. Celle-ci a fourni des instruments mathématiques très précis pour aborder le problème de l'altération des conditions initiales d'un système.

— Je ne comprends pas, dit Tomás. Qu'entendez-vous par conditions initiales ?

— L'expression « conditions initiales » renvoie à ce qui s'est passé aux premiers instants de la création de l'univers, avec la dispersion de l'énergie et de la matière. Mais il faut aussi considérer les lois de l'univers, l'organisation des diverses forces, les valeurs des constantes de la nature… Tout, absolument tout. Prenez, par exemple, le cas des constantes de la nature. Ne pensez-vous pas qu'elles soient un élément crucial dans ce calcul ?

— Les constantes de la nature ?

— Oui. (Il fronça le sourcil.) Je suppose que vous savez de quoi il s'agit ?

— Non.

— Ah, pardon, j'oublie que je parle à un profane !

s'exclama le physicien, levant sa main en signe d'excuse. Les constantes de la nature sont des quantités qui jouent un rôle fondamental dans le comportement de la matière et qui, en principe, présentent la même valeur partout dans l'univers, à tous moments de son histoire. Par exemple, un atome d'hydrogène est semblable sur terre ou dans une lointaine galaxie. Mais, plus encore, les constantes de la nature sont une série de valeurs mystérieuses qui se trouvent au cœur de l'univers et qui lui confèrent nombre de ses caractéristiques actuelles, en constituant une sorte de code qui renferme les secrets de l'existence.

Tomás eut l'air intrigué.

— Ah oui ? Je n'en avais jamais entendu parler...

— Je vous crois. Il y a beaucoup de choses que les scientifiques découvrent et que la plupart des gens ignorent purement et simplement. Et pourtant, ces constantes sont une donnée fondamentale, elles constituent une étrange propriété de l'univers et conditionnent tout ce qui nous entoure. On a découvert que la taille et la structure des atomes, des molécules, des corps, des planètes et des étoiles n'étaient ni l'effet du hasard ni d'un processus de sélection, mais résultaient des valeurs de ces constantes. Cela étant, la question posée par le professeur Siza est très simple : et si les valeurs des constantes de la nature étaient légèrement différentes ?

— Comment ça, différentes ?

— Eh bien, si la force de gravité était légèrement plus faible ou plus forte qu'elle ne l'est, si la lumière se déplaçait dans le vide à une vitesse un peu inférieure ou un peu supérieure à celle qui est la sienne, si la constante de Planck qui définit la plus petite unité d'énergie présentait une valeur un peu différente... Bref, ce type de choses. Que se passerait-il si ces valeurs subissaient de légères altérations ?

Il y eut un silence.

— Qu'a-t-il découvert ? demanda Tomás, plein de curiosité.

Luís Rocha pencha la tête.

— Lorsque vous avez assisté à mon premier cours, voilà quelques semaines, j'ai parlé du problème de l'Oméga. Vous en souvenez-vous ?

— Bien sûr.

— Qu'en avez-vous retenu ?

— Eh bien... Vous avez dit qu'il y avait deux fins possibles pour l'univers. Ou bien l'univers cessait son expansion pour se mettre à se rétracter, jusqu'à s'écraser sur lui-même...

— Le Big Crunch...

— ... ou bien il poursuivait son expansion à l'infini jusqu'à l'épuisement de toute son énergie, pour se transformer en cimetière glacé.

— Le Big Freeze. Vous rappelez-vous quelle en est la cause ?

— Je crois que... c'est la gravité, non ?

— Exact ! s'exclama le physicien en hochant la tête d'un air approbateur. Je vois que vous avez compris ce que j'ai expliqué dans mon cours. Si la vitesse d'expansion parvient à vaincre la force de gravité, l'univers se dilatera éternellement. S'il n'y parvient pas, il reviendra à son point de départ, un peu comme une pièce de monnaie qu'on lance en l'air et qui finit par retomber. Tant qu'elle monte, la pièce l'emporte sur la gravité. Mais, ensuite, la gravité finit par la vaincre.

— C'est ça, je me souviens de cet exemple.

Luís Rocha leva un doigt.

— Seulement, je n'ai pas tout dit. Il existe une troisième hypothèse, celle où la force d'expansion est exactement la même que la force de gravité de toute la matière existante. La possibilité que cela se produise est infime, bien entendu, car ce serait une extraordinaire coïncidence que l'expansion de l'univers, étant donné les grandeurs mises en cause, soit exactement contrebalancée par la gravité exercée par toute la matière, vous ne croyez pas ?

— Eh bien… oui, je crois que oui.

— Et pourtant, c'est ce que nous dit l'observation. L'univers se dilate à une vitesse singulièrement proche de la ligne critique qui sépare l'univers du Big Freeze de l'univers du Big Crunch. On a déjà découvert que l'expansion était en accélération, ce qui suggère un futur Big Freeze, mais c'est loin d'être certain. En réalité, aussi incroyable que cela puisse paraître, nous nous trouvons sur la ligne qui sépare les deux possibilités.

— Ah oui ?

— C'est étrange, n'est-ce pas ? Et cela signifie, mon cher, que nous avons décroché le gros lot.

— Comment ça ?

— C'est très simple. Imaginez seulement l'incommensurable énergie libérée au moment de la création de l'univers. Pensez-vous qu'on puisse maîtriser cette gigantesque irruption ?

— Bien sûr que non.

— Évidemment que non. Étant donné la force brute du Big Bang, l'expansion ne peut pas être maîtrisée. Cette expansion devrait ou non vaincre la force de

gravité de toute la matière. Il est infiniment improbable que l'expansion et la gravité s'équilibrent. Et
pourtant, toutes deux paraissent très proches d'un point
d'équilibre. Ceci, mon cher, est le jackpot de la loterie.
Car si le Big Bang est un événement accidentel et
incontrôlable, la probabilité que l'univers se maintienne
pour toujours dans un état chaotique, d'entropie maxi-
male, serait écrasante. Le fait qu'il existe des structures
de basse entropie est un grand mystère, si grand que
certains physiciens parlent d'un incroyable hasard. Si
toute l'énergie libérée par le Big Bang était plus faible
d'une infime fraction, la matière retournerait en arrière
et s'effondrerait en un gigantesque trou noir. Si elle
était légèrement plus forte, la matière se disperserait
si rapidement que les galaxies ne pourraient même
pas se former.

— Quand vous évoquez une fraction plus faible ou
plus forte, de quoi voulez-vous parler ? D'une différence de cinq pour cent, de dix pour cent ?

Luís Rocha rit.

— Non, dit-il. Je vous parle de fractions incroyablement infimes. (Luís Rocha prit un stylo.) Le professeur
Siza a fait les calculs et a découvert que cette énergie, pour que l'univers puisse se dilater d'une manière
ordonnée, devait être d'une précision de un pour 10^{120}.
C'est-à-dire…

Il inscrivit le résultat, une lueur intense dans les
yeux.

1 0000000000000000000000000000000000000000
0000000000000000000000000000000000000000000
0000000000000000000000000000000000000000000

Le physicien mordilla son stylo, en considérant ce nombre immense.

— Ce qui veut dire qu'à une infinie fraction près, l'univers n'aurait pas eu la possibilité d'abriter la vie. Il aurait reculé vers un monumental trou noir ou se serait dispersé sans former de galaxie.

Tomás contempla cette immense extension de zéros, cherchant à intégrer leur signification.

— Incroyable ! (Ses yeux parcoururent à nouveau cette succession de chiffres ronds.) Cela équivaut à quoi ? Est-il possible que je gagne aujourd'hui à la loterie ?

Luís Rocha rit à nouveau.

— Beaucoup moins que ça, dit-il. Cela équivaut à la probabilité que vous lanciez une flèche au hasard dans l'espace et qu'elle traverse tout le cosmos pour aller atteindre une cible d'un millimètre de diamètre située dans la galaxie la plus proche.

— Fichtre ! s'exclama Tomás en mettant la main devant sa bouche. Ce serait un coup de chance inouï…

— En effet, concéda le physicien. Et pourtant l'énergie du Big Bang avait cette valeur incroyablement précise, concentrée dans cet intervalle extrêmement réduit. Le plus extraordinaire, c'est que seule l'énergie rigoureusement nécessaire à l'organisation de l'univers a été libérée. C'est-à-dire l'énergie strictement indispensable pour qu'il puisse exister. (Il feuilleta encore quelques pages.) Cette surprenante découverte a conduit le professeur Siza à l'étude des conditions initiales de l'univers.

— Le Big Bang ?

— Oui, le Big Bang et ce qui l'a suivi. (Il continua de feuilleter les notes jusqu'à s'arrêter sur une page.) Par exemple, la question de la création de la matière. Lorsque s'est produite la grande expansion créatrice, il n'y avait pas de matière. La température était infiniment élevée, si élevée que même les atomes ne pouvaient se former. L'univers était alors une soupe bouillante de particules et d'antiparticules issues de l'énergie, qui s'anéantissaient sans cesse les unes les autres. Ces particules, les quarks et les antiquarks, sont identiques, mais de charges opposées, si bien qu'au moindre contact elles explosent et redeviennent de l'énergie. À mesure que l'univers se dilatait, la température a baissé, permettant aux quarks et aux antiquarks de former de plus grandes particules, appelées hadrons, mais qui continuaient à s'anéantir entre elles. Ainsi se sont créées la matière et l'antimatière. Comme les quantités de matière et d'antimatière étaient identiques et qu'elles s'annihilaient mutuellement, l'univers se réduisait à cette énergie et à ces particules éphémères, sans la possibilité que se forme une matière durable. Vous me suivez ?

— Oui.

— Et pourtant, pour une raison très mystérieuse, la production de matière a commencé à être légèrement supérieure à celle de l'antimatière. Pour dix mille millions d'antiparticules, dix mille millions et une particules étaient produites.

Il nota les quantités avec son stylo.

10 000 000 000 antiparticules
10 000 000 001 particules

— Vous voyez ? dit-il en montrant les chiffres. Une différence minime, presque insignifiante. Pourtant cela a suffi pour produire la matière. Dix mille millions de particules étaient détruites par dix mille millions d'antiparticules, mais il en restait toujours une qui n'était pas détruite. C'est précisément cette particule rescapée, en s'assemblant avec les autres rescapées dans les mêmes circonstances, qui a formé la matière. (Il frappa la page du doigt.) Autrement dit, le professeur Siza s'est aperçu que la création de l'univers résultait une fois encore d'un extraordinaire hasard. Si le nombre de particules et d'antiparticules était resté le même, ce qui semble naturel, il n'y aurait pas eu de matière. (Il sourit.) Et sans la matière, nous ne serions pas ici.

— Je comprends, murmura Tomás, ébahi. C'est… prodigieux.

— Tout cela grâce à une particule supplémentaire. (Il repéra une nouvelle page.) Un autre domaine où l'univers fait preuve d'une incroyable précision, c'est celui de son homogénéité. Lorsque s'est produit le Big Bang, les différences de densité étaient infimes, puis elles s'amplifièrent au fil du temps sous l'instabilité gravitationnelle de la matière. Le professeur Siza a donc découvert que cette précision relevait encore d'un coup de chance inouï. Le degré d'uniformité est infiniment faible, de l'ordre d'un pour cent mille, exactement la valeur nécessaire pour permettre à l'univers de se structurer. Ni plus ni moins. Si cette valeur avait été légèrement supérieure, les galaxies se seraient vite transformées en denses agglomérats et des trous noirs se seraient formés avant que ne soient réunies les conditions pour créer la vie. D'un autre côté, si le degré de non-uniformité avait été un peu moindre, la densité de la matière aurait été trop faible et les étoiles ne se seraient pas formées. Autrement dit, il fallait que l'homogénéité soit exactement ce qu'elle est pour que la vie soit possible. Les possibilités pour qu'il en fût ainsi étaient infimes, mais elles se sont réalisées.

— Je vois.

— L'existence même des étoiles dotées d'une structure semblable à celle du soleil, permettant la vie, résulte d'un nouveau coup de chance. (Il dessina une étoile sur une page vierge.) Regardez, la structure d'une étoile repose sur un délicat équilibre intérieur. Si l'irradiation de chaleur est trop forte, l'astre se transformera en une étoile bleue géante, et si elle trop faible, celui-ci se réduira à une minuscule étoile rouge. L'une sera excessivement chaude et l'autre excessivement froide, et aucune d'elles n'aura probablement de planètes. Mais la majorité des étoiles, y compris le soleil, se situent entre ces deux extrêmes, et le plus extraordinaire, c'est que les valeurs correspondant à ces extrêmes sont hautement probables, mais ne se sont pas concrétisées. Au lieu de ça, la relation des forces et la relation des masses des particules présentent une valeur qui semble calculée pour que la plupart des étoiles se situent dans cet étroit espace entre les deux extrêmes, permettant ainsi qu'existent et que prédominent des étoiles comme le soleil. Il suffirait que la valeur de la gravité, de la force électromagnétique ou de la relation de masses entre l'électron et le proton soit légèrement modifiée pour que l'univers qui nous entoure devienne impossible.

— C'est incroyable, commenta Tomás en secouant la tête. Je n'avais aucune idée de tout cela.

Luís Rocha feuilleta à nouveau les pages de notes.

— Après avoir analysé les conditions initiales de l'univers, le professeur Siza a consacré son attention aux microparticules. (Il s'arrêta sur une autre page pleine d'équations.) Par exemple, il s'est mis à étudier deux importantes constantes de la nature, en particulier cette fameuse proportion des masses des électrons et des protons, appelée « constante bêta », et la force d'interaction électromagnétique, appelée « constante de la structure fine », ou « alpha ». Il a donc modifié leurs valeurs puis a calculé les conséquences de cette modification. Savez-vous ce qu'il a découvert ?

— Je vous écoute.

— S'il se produisait une augmentation imperceptible de bêta, les structures moléculaires ordonnées cesseraient aussitôt d'être possibles, étant donné que c'est la valeur actuelle de bêta qui détermine les positions bien définies et stables des noyaux des atomes et qui oblige les électrons à se mouvoir selon des trajectoires bien précises autour de ces noyaux. Si la valeur de bêta changeait légèrement, les électrons seraient pris d'une telle agitation qu'ils empêcheraient la réalisation de processus très précis, comme la reproduction de l'ADN. D'autre part, c'est l'actuelle valeur de bêta qui, en corrélation avec alpha, produit au centre des étoiles suffisamment de chaleur pour générer des réactions nucléaires. Si bêta excédait de 0,005 la valeur du carré d'alpha, il n'y aurait pas d'étoiles. Et sans étoiles, pas de soleil. Et sans soleil, pas de terre ni de vie.

— Mais les marges sont donc si étroites ?

— Infiniment étroites. Et ce n'est pas tout.

— Dites-moi.

— Eh bien, si alpha augmentait d'à peine quatre pour cent, le carbone ne pourrait plus être produit dans les étoiles. S'il n'augmentait que de 0,1 %, il n'y aurait plus de fusion dans les étoiles. Et sans carbone ni fusion stellaire, il n'y aurait plus de vie. Autrement dit, pour que l'univers puisse créer la vie, il est indispensable que la valeur de la constante de la structure fine soit exactement ce qu'elle est. Ni plus, ni moins.

Le physicien repéra une autre page de notes.

— Le professeur Siza a également analysé la force nucléaire forte, celle qui provoque les fusions nucléaires dans les étoiles et dans les bombes à hydrogène. Il a fait les calculs et a découvert que si la force forte n'avait augmenté que de quatre pour cent, lors des phases initiales après le Big Bang, l'hydrogène de tout l'univers aurait brûlé trop rapidement, pour se convertir en hélium 2. Cela aurait été un désastre, car les étoiles auraient vite épuisé leur combustible et certaines se seraient transformées en trous noirs avant même que n'existent les conditions pour créer la vie. D'un autre côté, si la force forte se réduisait de dix pour cent, cela affecterait à tel point les atomes qu'ils empêcheraient la formation d'éléments plus lourds que l'hydrogène. Or, sans ces éléments plus lourds, dont le carbone, il n'y a plus de vie. (Il tapota du doigt ces calculs.) Autrement dit, le professeur Siza a établi que la valeur de la force forte ne disposait que d'une infime marge pour créer les conditions propres à la vie et, comme par miracle, c'est précisément dans cette infime marge que se situe la force forte.

— C'est incroyable, murmura Tomás en se frottant distraitement le menton. Incroyable.

Luís Rocha tourna d'autres pages bourrées d'insondables équations.

— Du reste, la conversion de l'hydrogène en hélium,

cruciale pour la vie, est un processus qui requiert une extrême précision. La transformation doit obéir à un taux exact de sept millièmes de sa masse par rapport à l'énergie. Si celui-ci baissait d'une seule fraction, la transformation ne se produirait plus et l'univers se réduirait à de l'hydrogène. Si le taux augmentait d'une seule fraction, l'hydrogène s'épuiserait rapidement dans tout l'univers.

Il nota les valeurs :

0,006 % – *seulement de l'hydrogène*
0,008 % – *hydrogène épuisé*

— Autrement dit, pour que la vie existe, il est nécessaire que le taux de conversion de l'hydrogène en hélium se situe exactement dans cet intervalle. Or, quelle coïncidence : c'est justement là qu'il se situe !
— Encore un coup de chance...
— Un coup de chance ? dit en riant le physicien. C'est plus qu'un coup de chance. C'est le jackpot des jackpots ! (Il feuilleta les notes de son maître.) Prenons maintenant le carbone. Pour diverses raisons, le carbone est l'élément sur lequel repose la vie. Sans lui, l'élaboration de la vie spontanée est impossible, étant donné que seul cet élément est suffisamment flexible pour former les longues et complexes chaînes nécessaires aux processus vitaux. Aucun autre élément ne peut le faire. Le problème, c'est que la formation du carbone n'est possible que par un concours de circonstances extraordinaires. (Il se frotta le menton, réfléchissant au moyen d'expliquer le processus.) Pour former le carbone, il faut que le béryl radioactif absorbe un

noyau d'hélium. Cela semble simple. Le problème est que le temps de vie du béryl radioactif se réduit à une insignifiante fraction de seconde.

Il griffonna la valeur :

0,0000000000000001 *seconde*

— Vous voyez ? Le béryl radioactif ne dure que cet instant.

Tomás tenta de se représenter la durée de ce micro-millième de seconde.

— Mais ce n'est rien, observa-t-il. Rien de rien.

— Effectivement. Et pourtant, c'est au cours de cet instant infiniment court que le noyau du béryl radioactif doit localiser, heurter et absorber un noyau d'hélium, créant ainsi le carbone. Mais, pour que cela puisse se faire en un temps aussi bref, il faut que les énergies de ces noyaux soient exactement identiques au moment de leur collision. Or, nouvelle surprise, elles le sont précisément ! (Il fit un clin d'œil.) Encore le gros lot ! S'il y avait eu la moindre différence, même la plus infime, le carbone n'aurait jamais pu se former. Mais, aussi stupéfiant que cela puisse paraître, il n'y a aucune différence. Grâce à un coup du sort inespéré, l'énergie des constituants nucléaires des étoiles se situe au point précis qui permet leur fusion.

— C'est incroyable, commenta Tomás.

— Sans compter qu'il y a encore un autre coup de chance, ajouta Luís Rocha. Car le temps de collision de l'hélium est encore plus bref que le temps de vie infiniment court du béryl radioactif, et c'est cela qui permet la réaction nucléaire produisant le carbone.

D'autre part, il y a le problème du carbone qui sub-siste après l'activité nucléaire dans l'étoile, ce qui n'est possible que dans des conditions très particulières. Eh bien ! Grâce à une nouvelle et extraordinaire coïnci-dence, ces conditions ont été réunies et le carbone ne se transforme pas en oxygène. (Il sourit.) J'admets que cela soit du chinois pour un profane. Mais je vous assure qu'un physicien verra dans tout ceci une chance incroyable. Ce sont quatre jackpots en une seule mise !

— Mon Dieu ! s'exclama Tomás en riant. Nous allons devenir millionnaires !

Luís Rocha prit le paquet de pages remplies de notes et de calculs et les montra à son interlocuteur.

— Vous voyez ? C'est bourré de découvertes du même genre. Le professeur Siza et moi avons passé les dernières années à rechercher et à inventorier des coïncidences improbables qui sont absolument indis-pensables pour créer la vie. L'incroyable précision présente dans les diverses forces, dans la température de l'univers primordial, dans son taux d'expansion, mais aussi les extraordinaires coïncidences nécessaires à notre propre planète. Par exemple, le problème de l'inclinaison de l'axe d'une planète. Du fait des réso-nances entre la rotation des planètes et l'ensemble des corps du système solaire, la terre devrait suivre une évolution chaotique dans l'inclinaison de son axe de rotation ce qui, évidemment, empêcherait l'existence de la vie. Un hémisphère pourrait passer six mois exposé au soleil, sans aucune nuit, et six autres mois à la lumière des étoiles. Mais notre planète a eu une chance incroyable. Savez-vous laquelle ?

— Non.

— L'apparition de la lune. La lune est un objet si

grand que ses effets gravitationnels réduisent l'angle d'inclinaison de notre planète, permettant ainsi la vie.

— Même la lune !

— C'est vrai, accorda le physicien. Vous savez, tous les détails semblent conspirer pour permettre la vie sur terre. Par exemple, le fait que la terre possède du nickel et du fer liquide en quantité suffisante dans son noyau pour générer un champ magnétique indispensable propre à protéger l'atmosphère des particules létales émises par le soleil. C'est une chance. Une autre coïncidence extraordinaire est le fait que le carbone soit l'élément solide le plus abondant dans l'espace thermique où l'eau est liquide. Même l'orbite de la terre est cruciale. Cinq pour cent plus proche du soleil ou quinze pour cent plus éloigné suffirait pour empêcher le développement de forme complexe de vie. (Il remit le paquet de pages dans la chemise.) Bref, la liste des coïncidences et des improbabilités est apparemment infinie.

Tomás remua sur sa chaise.

— Je comprends, dit-il, s'efforçant de tirer un sens de toutes ces informations. Mais que signifie tout cela ?

— N'est-ce pas évident ? s'étonna le physicien. Cela veut dire que ce n'est pas seulement la vie qui s'est adaptée à l'univers. L'univers lui-même s'est préparé à la vie. D'une certaine façon, c'est comme si l'univers avait toujours su que nous apparaîtrions sur terre. Notre chétive existence semble dépendre d'une extraordinaire et mystérieuse chaîne de coïncidences et d'improbabilités. Les propriétés de l'univers, telles qu'elles se trouvent configurées sont des conditions indispensables pour permettre la vie. Ces propriétés pourraient être infiniment différentes. Toutes les autres alternatives conduiraient à un univers sans vie. Pour qu'il y ait vie, un grand nombre de paramètres doivent être réglés sur des valeurs bien spécifiques et très rigoureuses. Et que découvrons-nous ? Ce réglage existe. (Il referma la chemise.) On appelle cela le principe anthropique.

— Comment ?

— Le principe anthropique, répéta le physicien. Le principe anthropique signifie que l'univers a été créé pour que l'homme puisse y vivre.

— Je comprends.

— C'est la seule explication de cette incroyable série de coïncidences et d'improbabilités qui nous permettent d'être ici.

L'historien se frotta le visage, songeur.

— C'est vraiment prodigieux, admit-il. Mais tout peut n'être que le fruit du hasard, non ? Je veux dire qu'il est hautement improbable que je gagne à la loterie, bien sûr. Mais, après tout, la loterie n'a-t-elle pas nécessairement son gagnant ? La loi des probabilités affirme que oui. Il est évident que, du point de vue de la personne qui gagne à la loterie, tout cela semble hautement improbable. Et pourtant, il faut bien que quelqu'un décroche le gros lot.

— C'est vrai, concéda Luís Rocha. Sauf que, dans ce cas, il s'agit de multiples loteries. Regardez, nous avons décroché le gros lot concernant la précision de l'expansion de l'univers, concernant la précision de la température primordiale, concernant la précision de l'homogénéité de la matière, concernant la légère prédominance de la matière sur l'antimatière, concernant la précision de la constante de la structure fine, concernant la précision des valeurs des forces fortes, et électrofaibles et de la gravité, concernant la précision du taux de conversion de l'hydrogène en hélium, concernant le délicat processus de formation du carbone, concernant l'existence dans le noyau de la terre de métaux qui créent le champ magnétique, concernant l'orbite de la planète... Bref concernant tout ; il aurait suffi que les valeurs soient légèrement différentes pour un seul de ces facteurs et... Il n'y aurait pas eu de vie. Mais non, ils coïncident tous. C'est extraordinaire, vous ne trouvez pas ? (Il fit un vague geste de la main.) C'est un peu comme si je faisais le tour du monde et que j'achetais un billet de loterie dans chaque pays visité. En arrivant chez moi, je découvrirais que tous les billets achetés seraient gagnants. Tous ! (Il rit.) Il est évident que grâce à une chance fantastique je pourrais gagner à la loterie dans un de ces pays. Mais ce serait déjà absolument extraordinaire que je gagne à la loterie dans deux pays. Mais si je gagnais à la loterie dans tous les pays, attention ! Je me méfierais aussitôt. Il n'est pas besoin d'être un grand génie pour comprendre qu'il y aurait là quelque chose d'anormal... Une plaisanterie, par exemple. Il y aurait sans doute eu une magouille quelconque. Eh bien, c'est exactement ce qui est arrivé avec la vie. Elle a décroché le gros lot sur tous les tableaux. Tous ! (Il leva un doigt.) Donc il n'y a qu'une conclusion à tirer : il y a une entourloupe. Il y a anguille sous roche.

— Oui, effectivement... toute cette chance paraît quelque peu inexplicable. Quand l'aumône est trop importante, le mendiant se méfie...

Luís Rocha se pencha.

— Ce que je veux dire, professeur Noronha, c'est que plus nous observons et analysons l'univers, plus nous en concluons qu'il révèle les deux caractéristiques fondamentales inhérentes à l'action d'une force intelligente et consciente. La première c'est l'intelligence avec laquelle tout est conçu. L'autre est l'intention de planifier les choses pour créer la vie. Le principe anthropique nous révèle qu'il y a intention dans la conception de la vie. La vie n'est pas un accident, elle n'est pas le fruit du hasard, elle n'est pas le produit fortuit de circonstances anormales. Elle est le résultat inévitable de la plus simple application de la physique et des mystérieuses valeurs de ces constantes. (Il fit une pause, renforçant l'effet dramatique de ces paroles.) L'univers est conçu pour créer la vie.

Les paroles résonnèrent dans la bibliothèque Joanina, s'évanouissant dans le silence comme un nuage dans le ciel.

— Je vois, murmura Tomás. C'est inouï, ce que cette seconde voie révèle est... prodigieux.

— Oui, concéda Luís Rocha. La découverte du principe anthropique constitue la seconde voie qui confirme l'existence de Dieu. (Il reprit le paquet de feuilles, repérant une page déjà consultée.) Vous souvenez-vous de la piste indiquée par Einstein ?

— Oui.

Le physicien lut les notes sur cette page.

— Einstein disait : « Ce qui m'intéresse réellement, c'est de savoir si Dieu aurait pu faire le monde d'une autre manière, autrement dit, si la nécessité d'une simplicité logique laisse quelque liberté. » (Il regarda Tomás.) Connaissez-vous la réponse à cette question ?

— À la lumière de ce que vous venez de me dire, la réponse ne peut être que négative.

— Vous avez tout à fait raison. La réponse est bel

et bien négative. (Luís Rocha secoua la tête.) Non, Dieu n'aurait pas pu faire le monde d'une manière différente. (Il fronça le sourcil et esquissa un sourire presque malicieux.) Mais il y a une chose que vous ignorez encore.

— Encore une ? Laquelle ?

— Évidemment, le principe anthropique constitue un indice très important de l'existence de Dieu. Puisque tout est aussi méticuleusement réglé pour rendre la vie possible, c'est parce que l'univers a été, de fait, conçu pour la créer. Mais un léger doute demeure. Il est infime, mais il existe, comme une écharde plantée dans le pied, un pénible obstacle qui nous empêche d'en avoir la certitude absolue. (Il baissa la voix, chuchotant presque.) Et si tout n'était qu'un monumental hasard ? Et si toutes ces circonstances résultaient d'un incroyable concours d'étonnantes coïncidences ? Nous avons gagné à plusieurs loteries cosmiques, c'est certain et incontestable, mais aussi improbable que cela puisse paraître, il reste toujours la minuscule possibilité que tout n'ait été qu'un gigantesque accident.

— Oui, bien sûr, acquiesça Tomás. Cette possibilité existe.

— Et tant que cette vague possibilité demeure, on ne peut pas dire avec certitude que le principe anthropique soit la preuve finale. C'est un puissant indice, c'est vrai, mais ce n'est pas encore la preuve.

— En effet, ce n'est pas encore la preuve.

— Cette lointaine possibilité que tout soit un monumental accident préoccupa longtemps le professeur Siza. Il pensait que cette situation inconfortable, cette ennuyeuse incertitude périphérique, faisait partie des habituelles subtilités de Dieu, déjà évoquées par Einstein. Ainsi, de même que les théorèmes de l'incomplétude montrent qu'on ne peut prouver la cohérence d'un système mathématique bien que ces affirmations non démontrables soient vraies, cette lointaine possibilité empêche de prouver, sans le moindre doute possible, l'existence d'une force intelligente et consciente derrière l'architecture de l'univers. Il semblait au professeur Siza que Dieu continuait de se cacher derrière un jeu de miroirs d'une extrême subtilité, en dérobant la preuve de son existence au moment précis où nous allions l'atteindre.

— Je comprends.

— Jusqu'à ce que le professeur Siza, au début de cette année, connaisse une épiphanie.

— Pardon ?

— Il a eu une illumination.

— Comment ça une illumination ?

— Le professeur Siza se trouvait un jour dans son bureau où il calculait le comportement chaotique des électrons dans un champ magnétique quand, soudain, il a eu l'intuition qu'il pourrait lever la dernière incertitude et transformer le principe anthropique non pas seulement en un puissant indice de l'existence de Dieu, mais aussi en preuve finale.

Tomás remua de nouveau sur sa chaise. Il se pencha et plissa les yeux.

— La preuve finale ? Il est parvenu à la preuve finale ?

Luís Rocha garda son doux sourire.

— La preuve finale repose sur le problème du déterminisme.

— Je ne comprends pas.

— Comme je vous l'ai déjà dit, Kant a écrit un jour

qu'il y a trois questions qui ne seront jamais résolues : l'existence de Dieu, l'immortalité et le libre arbitre. Cependant, le professeur Siza pensait que ces questions étaient non seulement résolubles, mais également liées entre elles. (Il s'éclaircit la voix.) Le problème du libre arbitre est celui de savoir jusqu'à quel point nous sommes libre dans nos décisions. Durant longtemps on a pensé que nous l'étions, mais les découvertes scientifiques ont graduellement limité les champs de notre liberté. On a découvert que nos décisions, bien qu'elles nous paraissent libres, sont en réalité conditionnées par d'innombrables facteurs. Par exemple, quand je décide de manger, cette décision est-elle vraiment prise par ma conscience ou par une nécessité biologique de mon corps ? Peu à peu, on s'est aperçu que nos décisions n'étaient pas vraiment les nôtres. Tout ce que nous faisons correspond à ce que nous imposent nos caractéristiques intrinsèques, comme l'ADN, la biologie et la chimie de notre corps, sans compter les autres facteurs en interaction dynamique et complexe avec le monde extérieur, comme la culture, l'idéologie et tous les divers événements qui jalonnent notre vie. Par exemple, on a découvert qu'il y a des gens tristes, non pas parce que leur vie est triste, mais pour la simple raison que leur corps ne produit pas de sérotonine, une substance qui régule l'humeur. Si bien que la plupart des actions de ces gens déprimés sont déterminées par cette insuffisance chimique et non par leur libre arbitre. Vous comprenez ?

— Oui, je comprends, dit Tomás, hésitant. Mon père m'en a déjà parlé et j'avoue que cela continue à me gêner.

— Quoi donc ?

— Cette idée que nous ne disposons d'aucun libre arbitre, que la libre volonté n'est qu'une illusion. On dirait que nous ne sommes que de simples robots...

— Peut-être, j'admets que oui, concéda Luís Rocha. Mais c'est pourtant ce que la science conclut d'une certaine manière. Les mathématiques, par exemple, sont déterministes. 2 et 2 font toujours 4. La physique est l'application des mathématiques à l'univers, dont la matière et l'énergie obéissent à des lois et à des forces universelles. Quand une planète tourne autour du soleil ou qu'un électron gravite autour du noyau d'un atome, cela ne se produit pas parce qu'ils le veulent, mais parce que ce sont les lois de la physique qui les y obligent. Suis-je suffisamment clair ?

— Oui, tout ça me semble évident.

— Donc, la matière tente de s'organiser spontanément, en obéissant aux lois de l'univers. Cette organisation implique une complexification. Or, à partir d'un certain point où les atomes s'organisent en éléments, son étude cesse de relever du domaine de la physique pour rejoindre celui de la chimie. Autrement dit, la chimie est la physique complexifiée. Quand les éléments chimiques se complexifient à leur tour, naissent les êtres vivants qui se caractérisent par leur capacité à se reproduire et par leur comportement téléologique, à savoir qu'ils agissent en fonction d'un objectif : la survie. Ce que je veux dire, c'est que la biologie est la chimie complexifiée. Quand la biologie devient elle-même complexe, émerge alors l'intelligence et la conscience dont les comportements, parfois, semblent étranges, n'obéissant apparemment à aucune loi. Mais les psychologues et les psychiatres ont déjà démontré que tous les comportements ont une raison d'être, ils ne se produisent ni spontanément ni par la grâce du Saint-Esprit. Leurs causes peuvent nous échapper, mais elles existent. Il y a même des expériences documentées qui montrent que le cerveau prend la décision d'agir avant que la conscience ne s'en aperçoive. Le cerveau prend la décision et en informe ensuite la conscience, mais cela s'effectue avec une telle subtilité que la conscience croit que la décision vient d'elle. Cela signifie que la psychologie est la biologie complexifiée. Vous suivez mon raisonnement ?

— Oui.

— Très bien. Je veux dire par là que l'on s'aperçoit, quand on cherche l'essence la plus simple des choses, que la conscience a pour fondement la biologie qui a pour fondement la chimie, qui a pour fondement la physique, qui a pour fondement les mathématiques. Or, je vous rappelle une fois encore que l'électron ne tourne pas vers la gauche ou vers la droite parce qu'il le veut, mais parce que les lois de la physique l'y contraignent. Le comportement de l'électron peut être indéterminable, en raison de son extrême complexité chaotique, mais il reste déterminé. (Il posa sa main sur la poitrine.) Comme nous sommes tous faits d'atomes, organisés d'une façon extraordinairement complexe par les lois de la physique, notre comportement est également déterminé. Mais, tout comme l'électron, notre comportement est aussi indéterminable, puisqu'il résulte d'une complexité chaotique inhérente. Un peu comme l'état du temps. La météorologie est déterminée, mais reste indéterminable, en raison des facteurs et du problème de l'infini, où les plus légères modifications des conditions initiales provoquent des résultats imprévisibles à long terme. C'est la vieille histoire du battement d'ailes d'un papillon qui peut provoquer une tempête à l'autre bout de la planète quelque temps après. De même, les psychiatres disent qu'un événement dans l'enfance peut conditionner le comportement d'un individu à l'âge adulte. Et qu'est-ce que cela sinon l'effet papillon appliqué à l'échelle humaine ?

— Je comprends.

— Même si nos décisions nous paraissent libres, elles ne le sont pas en réalité. Bien au contraire, elles sont toutes conditionnées par des facteurs dont l'influence, la plupart du temps, nous échappe.

— Mais c'est terrible, observa Tomás. Cela signifie que nous ne sommes pas maîtres de nous-mêmes. Si tout est déterminé, à quoi bon faire attention... Je ne sais pas, par exemple, pourquoi regarder des deux côtés de la rue quand nous traversons ?

— Vous êtes en train de confondre déterminisme et fatalisme.

— Mais, en fin de compte, n'est-ce pas la même chose ?

— Non, ce n'est pas la même chose. D'un point de vue macrocosmique, tout est déterminé. Mais, du point de vue du microcosme de chaque individu, rien ne semble déterminé car personne ne sait ce qui va se passer. Il y a beaucoup de facteurs externes qui nous obligent à prendre des décisions. Par exemple, s'il commence à pleuvoir, nous décidons de prendre un parapluie. Cette décision est la nôtre, bien qu'elle soit « déterminée par » car, sans qu'on le sache, les lois de la physique ont concouru au fait qu'il se mette à pleuvoir à cet instant et le programme incorporé dans notre cerveau a déterminé que le parapluie était la réponse adéquate à cette situation extérieure. Vous comprenez ? Le libre arbitre est un concept du présent. Mais nous ne pouvons pas changer ce que nous avons fait par le passé. Cela signifie donc que le passé se trouve déterminé. Hors, si le passé et le futur existent ensemble, bien que sur des plans différents, le futur est également déterminé.

— Le problème demeure, insista Tomás. Nous ne sommes que des marionnettes.

— Il ne faut pas voir les choses ainsi, dit le physicien. Imaginez un match de football.

— Un match de football ?

— Imaginez que vous ayez enregistré le match France-Italie de la finale du mondial 2006. Au cours du match, les joueurs prennent de libres décisions. Ils prennent le ballon et le lancent d'un côté ou de l'autre. Seulement, en regardant l'enregistrement, on s'aperçoit que tout est déterminé. Le match se termine sur un score de 1-1 et l'Italie gagnera aux tirs au but. Quoi que les joueurs fassent dans cet enregistrement, le résultat est déterminé, jamais ils ne pourront le changer. À la fin du DVD, l'Italie l'emporte. Plus encore, toutes les actions des joueurs, qui étaient libres à ce moment-là, sont déjà déterminées. Jusqu'au coup de tête de Zidane sur Materazzi. (Il sourit.) Eh bien, la vie est comme un match enregistré. Nous prenons des décisions libres, mais elles sont déjà déterminées.

— Je comprends, mais ça ne me console pas, insista Tomás. En fin de compte, cela signifie encore que nous ne sommes pas maîtres de nous-mêmes.

Luís Rocha garda les yeux fixés sur son interlocuteur.

— Cela signifie quelque chose de beaucoup plus important, mon cher, déclara-t-il.

— Beaucoup plus important ? s'étonna l'historien. Dans quel sens ?

Le physicien marqua une pause, réfléchissant au meilleur moyen de poursuivre son explication.

— Vous souvenez-vous du Démon de Laplace ?

— Plus ou moins.

— Comme vous le savez, la science a découvert que tous les événements avaient des causes et des effets, étant donné que les causes sont déjà les effets d'un événement antérieur et que les effets deviennent les causes d'événements à venir. Vous vous en rappelez ?

— Bien sûr.

— Poussant jusqu'aux dernières conséquences l'incessant processus des causes et des effets, le marquis de Laplace a déterminé, au XVIIIᵉ siècle, que l'actuel état de l'univers était l'effet de son état antérieur et la cause de celui qui le suivra. Si nous connaissions tout l'état présent de toute la matière, de toute l'énergie et de toutes les lois, jusqu'au plus infime détail, nous pourrions calculer tout le passé et tout le futur. Pour employer l'expression utilisée par Laplace lui-même, le futur et le passé seraient, dans ce cas, présents à nos yeux. (Il pointa Tomás du doigt.) Et maintenant répondez-moi : quelle est la conséquence de ce constat ?

L'historien soupira.

— Tout est déterminé.

— Bingo ! s'exclama Luís Rocha. Tout est déterminé. D'une certaine manière, le passé et le futur existent. Or, de la même manière que nous ne pouvons pas changer le passé, nous ne pouvons pas changer non plus le futur, puisque les deux sont la même chose en des temps différents. Cela veut dire que si le passé est déterminé, alors le futur l'est également. Vous comprenez ? Du reste, cette découverte a été confirmée par les théories de la relativité, dont les équations déterministes établissent implicitement que tout ce qui est arrivé et arrivera se trouve inscrit dans toute l'information initiale de l'univers. N'oubliez pas que l'espace et le temps sont différentes manifestations d'une même unité, un peu comme le *yin* et le *yang* ; Einstein appelait ce concept « l'espace-temps ». Ainsi, de même que Lisbonne et New York existent, mais pas dans le même espace, le passé et le futur existent, mais pas dans le même temps. Depuis Lisbonne, je ne peux pas voir New York, tout comme depuis le passé je ne peux pas voir le futur, bien que tous deux existent.

— …

— Les théories de la relativité ont montré d'autre part que le temps s'écoulait de manière différente en divers endroits de l'univers, conditionné par la vitesse de la matière et par la force de gravité. Les événements A et B se produisent simultanément en un point de l'univers et se produisent successivement en d'autres lieux, en un point d'abord A et ensuite B, tandis qu'en un troisième point se produit d'abord B et ensuite A. Cela signifie qu'en un point de l'univers, B ne s'est pas encore produit, mais est en passe de le faire. Quoi qu'il arrive, B va se produire car c'est déterminé. (Il pencha la tête, les yeux toujours fixés sur Tomás.) Et maintenant, je vous le demande, quand est-ce que tout a été déterminé ?

— Quand ?

— Oui, quand ?

— Heu… Je ne sais pas ! Au commencement, je suppose.

— Exactement ! s'exclama Luís Rocha. Tout a été déterminé au commencement, à l'instant où l'univers s'est formé. L'énergie et la matière ont été distribuées d'une manière déterminée et les lois et les valeurs des constantes ont été conçues de manière déterminée, et cela a aussitôt déterminé l'évolution future de toute cette matière et de toute cette énergie. Vous saisissez ?

— Oui…

— Et ne voyez-vous pas la relation qui existe entre tout cela et le principe anthropique ?

Tomás hésita, cherchant le lien entre les deux choses. Mais son hésitation ne dura qu'un bref instant, le temps d'une inspiration et d'une expiration, car aussitôt après il écarquilla les yeux et, suffoquant, il entrevit enfin la preuve dans sa totalité.

— Bon… sang… balbutia-t-il, dans l'affolement de celui qui voit la vérité surgir comme une lumière qui brille. C'est… incroyable !

— Autrement dit le fait que tout soit déterminé signifie que tout ce qui est arrivé, arrive et arrivera est prévu depuis l'aube des temps. Même notre conversation présente était déjà prévue. C'est comme si nous étions des acteurs sur un immense plateau de tournage, chacun interprétant son rôle, en obéissant à un monumental scénario écrit par un scénariste invisible au commencement de l'univers. (Il laissa l'idée flotter dans l'air.) Tout est déterminé.

— Mon Dieu…

— Voilà l'argument qui manquait et qui aux yeux du professeur Siza permet de transformer le principe anthropique en preuve de l'existence de Dieu. L'univers a été conçu avec une telle ingéniosité, qu'elle dénonce une intelligence et avec une précision telle, qu'elle dénonce une intention. Notre existence n'a pas la moindre chance d'être accidentelle par le simple fait que tout est déterminé depuis le commencement.

XL

Ils quittèrent la bibliothèque Joanina côte à côte. La nuit était tombée sur Coimbra et une brise fraîche soufflait doucement sur le Pátio das Escolas. Tomás s'arrêta sur une marche et regarda vers l'horloge de la tour ; il était déjà 21 heures. Cela faisait longtemps qu'il n'avait pas mangé, mais l'angoisse de savoir qu'il ne lui restait plus que onze heures pour résoudre l'énigme lui coupait l'appétit. Il est certain que Luís Rocha venait de lui dévoiler une partie significative du mystère, mais il lui manquait le dernier détail. Le code qui contenait la formule de Dieu.

— Dites-moi une chose, murmura Tomás. Ne sauriez-vous pas en quoi consiste le dernier message chiffré par Einstein ?

Le physicien lui jeta un étrange regard.

— Venez avec moi, dit-il en l'invitant à le suivre d'un geste de la main.

Luís Rocha descendit les marches et tourna à gauche, suivi de Tomás. Ils marchèrent jusqu'à la porte suivante, dans le bâtiment situé à côté de la bibliothèque. L'historien arriva devant le portail magnifiquement décoré et presque malgré lui, sans doute par déformation professionnelle, il reconnut aussitôt le style manuélin.

— C'est une église ?

— C'est la chapelle de São Miguel, l'informa Luís en l'entraînant vers l'intérieur. Elle a été érigée au XVIᵉ siècle.

Les murs étaient recouverts d'*azulejos* bleus et le plafond était richement orné, mais ce qui dominait dans la chapelle était le superbe et imposant orgue baroque incrusté dans le mur, sur la droite ; il s'agissait d'un très bel instrument, finement ouvragé, au sommet duquel étaient assis des anges qui soufflaient dans une trompette.

— Pourquoi m'avez-vous amené ici ? s'enquit Tomás.

Le physicien s'assit au bout d'un banc recouvert de cuir et sourit.

— Ne trouvez-vous pas qu'il est logique d'être dans la maison de Dieu pour évoquer l'existence de Dieu ?

— Mais le Dieu que vous m'avez présenté n'est pas celui de la Bible, observa l'historien en indiquant d'un mouvement de la tête l'image du Christ crucifié sur l'autel.

— Je vous ai présenté Dieu, mon cher. Le reste n'est que détails, vous ne croyez pas ?

— Si vous le dites…

— Certains l'appellent Dieu, d'autres l'appellent *Yeovah*, d'autres *Allah*, d'autres *Brahman*, d'autres *Dharmakâya*, d'autres *Tao*. (Il plaqua sa main sur la poitrine.) Nous, les scientifiques, nous l'appelons univers. Différents noms, différents attributs : la même essence.

— Je vois, commenta l'historien. Mais ceci ne résout pas mon problème.

— C'est quoi votre problème ?

— En quoi consiste le dernier message chiffré par Einstein ?

Luís Rocha glissa sur le banc et fit signe à Tomás, qui se tenait debout, de s'asseoir près de lui. L'historien s'exécuta, malgré l'angoisse qui le rongeait.

— Connaissez-vous les matriochkas ? demanda le physicien.

— Qui ?

— Les matriochkas.

— Ce sont ces poupées russes, non ?

— Oui. Quand on en ouvre une, il y en a toujours une autre à l'intérieur. (Il sourit.) Tout comme une matriochka, la découverte de la seconde voie a résolu une énigme, mais en a révélé une autre. Si Dieu existe et qu'il a conçu l'univers avec une précision telle qu'elle a déterminé notre création, cela indique que notre existence est le but de l'univers, vous ne pensez pas ?

— C'est logique.

— Et pourtant cela n'a aucun sens.

— Non ? s'étonna Tomás. Pour moi, cela en a un.

— Cela n'a du sens que dans la mesure où c'est un constat réconfortant, argumenta Luís Rocha. Après tout, la science nous a toujours dit que notre existence était insignifiante à l'échelle de l'univers. Il y a même eu des physiciens qui ont prétendu que la vie n'était guère plus qu'une plaisanterie et que notre présence n'offrait aucune utilité.

— Apparemment, ils se trompaient.

— En effet, acquiesça Luís Rocha. Si on considère

que l'univers a été conçu pour créer la vie et que cela ne relève d'aucun accident parce que tout est déterminé depuis le commencement, oui, je dois admettre que mes collègues se sont trompés. Et pourtant, la question demeure : cela n'a aucun sens de dire que notre existence est le but de l'univers.

— Mais pourquoi ça ?

— Pour la simple raison que nous sommes apparus à une époque relativement récente de la vie de l'univers. Si nous étions le but, nous serions apparus à la fin, non ? Mais cela n'a pas été le cas. Nous sommes apparus peu après le commencement. Pourquoi ?

— Dieu était peut-être pressé de nous créer ?

— Mais pourquoi ? Pour que nous nous amusions ? Pour que nous puissions passer notre temps à regarder la télévision ? Pour que nous prenions un verre sur une terrasse ? Pour que nous parlions sans cesse de football et de femmes ? Pour que celles-ci lisent des magazines à l'eau de rose et regardent des séries télé ? Pourquoi ?

Tomás haussa les épaules.

— Je ne sais pas ! s'exclama-t-il. Mais pourquoi posez-vous cette question ?

Luís Rocha fixa Tomás.

— Parce que c'est à cette question que répond le dernier message d'Einstein.

— C'est-à-dire ?

— Le code inséré par Einstein dans *La Formule de Dieu* résout le problème du but de notre existence.

Tomás plongea la main dans sa poche et en sortit la petite feuille pliée qui l'accompagnait toujours. Il la déplia et relut le message chiffré.

— Ça ?

— Oui.

— Vous êtes en train de me dire que cette formule résout l'énigme de notre existence ?

— Oui. Elle révèle le but de l'existence de la vie.

L'historien examina à nouveau le message.

— Mais comment le savez-vous ?

— C'est le professeur Siza qui me l'a dit.

— Le professeur Siza connaissait le secret ?

— Le professeur Siza connaissait la piste conduisant au secret. Il m'a dit qu'Einstein lui avait confié que ce message crypté contenait l'*endgame* de l'univers.

— L'*endgame* ?

— C'est une expression très courante en Amérique. Elle signifie l'objectif final d'un jeu.

Tomás secoua la tête, s'efforçant de comprendre ce que Luís lui révélait.

— Excusez-moi, je ne comprends pas ! s'exclamat-il. Où voulez-vous en venir ?

Le physicien fit un large geste.

— Regardez tout ce qui nous entoure, dit-il. Ici, sur cette planète, il y a partout de la vie. Dans les plaines et sur les montagnes, dans les océans et dans les fleuves, et même sous la terre. Où que nous nous tournions, nous trouvons de la vie. Et pourtant, nous savons que tout cela est éphémère, n'est-ce pas ?

— Bien sûr, nous mourrons tous.

— Ce n'est pas ça, corrigea Luís Rocha. Lorsque je dis que tout est éphémère, je veux dire que tout est condamné à disparaître. La période où la vie est possible dans l'univers est très limitée.

— Que voulez-vous dire ?

— Je veux dire que rien n'est éternel. Je veux dire que cette période fertile en vie n'est qu'un court épisode dans l'histoire de l'univers.

— Un court épisode ? Je ne comprends pas…

— Eh bien, la vie sur la terre dépend de l'activité du soleil. Or, le soleil ne va pas exister éternellement. S'il était un homme, il aurait déjà plus de quarante ans, ce qui signifie qu'il a probablement déjà dépassé la moitié de son existence. Chaque jour, notre étoile devient plus brillante, réchauffant graduellement notre planète jusqu'au moment où elle détruira toute la biosphère, ce qui devrait se produire dans un milliard d'années. Comme si cela ne suffisait pas, d'ici quatre ou cinq milliards d'années, tout le combustible qui alimente l'activité solaire sera épuisé. Le noyau, dans un effort désespéré pour maintenir sa production d'énergie, devra se rétracter jusqu'à ce que les effets quantiques finissent par le déstabiliser. À ce moment-là, le soleil gonflera tant qu'il se transformera en une étoile géante rouge, dont la surface croissante engloutira les planètes avoisinantes.

— Quelle horreur !

— En effet, dit le physicien. Mais mieux vaut se faire à l'idée. Tout va plutôt mal se terminer. La terre elle-même finira par être engloutie par le soleil, noyée dans cette fournaise infernale. Et, quand tout le combustible solaire sera consumé, la pression interne chutera et le soleil se rétrécira jusqu'à atteindre la taille actuelle de la terre, en se refroidissant comme une naine noire. Le même processus s'opérera dans les étoiles qui se trouvent dans le ciel. Une à une, elles gonfleront et s'éteindront, certaines en se rétractant jusqu'à devenir des naines, d'autres en explosant en supernovas.

— Mais d'autres étoiles peuvent aussi naître, non ?

— Certes, de nouvelles étoiles vont naître. Le problème, c'est qu'il en naîtra de moins en moins, car les éléments qui les composent sont en voie de disparition, l'hydrogène primordial s'épuise et des gaz commencent à se dissiper. Le pire, c'est que dans quelques milliers de millions d'années, les étoiles cesseront de naître. Il n'y aura plus que des funérailles galactiques. Avec la mort graduelle des étoiles, les galaxies deviendront toujours plus sombres, jusqu'au jour où toutes s'éteindront et où l'univers se transformera en un immense cimetière, plein de trous noirs. Mais même les trous noirs finiront par disparaître, avec le retour complet de la matière à l'état d'énergie. À un stade très avancé, seules subsisteront quelques radiations.

— Diable ! s'exclama Tomás, l'air accablé. L'avenir s'annonce sombre.

— Très sombre, concéda Luís Rocha. Ce qui remet fortement en cause le principe anthropique, vous ne pensez pas ?

— Évidemment. Si l'univers est voué à mourir de cette façon, quel est le but de la vie ? Pour quelle raison Dieu a-t-il réglé la Création de l'univers pour permettre la naissance de la vie s'il projetait de la détruire aussitôt après ? Quel est l'objectif final ?

— C'est précisément ce qu'a pensé le professeur Siza. Pourquoi créer la vie si l'idée est de l'anéantir juste après ? Pourquoi tant de travail pour un produit si éphémère ? Quel est, en fin de compte, l'*endgame* ?

— Effectivement, voilà un problème sans solution.

— Non, dit le physicien. Au contraire, il a une solution.

Tomás ouvrit grand les yeux.

— Quoi ? s'étonna-t-il. Il a une solution ?

— Oui, le professeur Siza a découvert la solution.

— Eh bien, racontez-moi ça ! s'exclama l'historien, impatient. Ne me faites pas languir !

— La solution s'appelle le principe anthropique final et repose sur l'idée qu'il serait absurde que l'univers soit organisé de façon à permettre l'apparition de la vie pour ensuite s'éteindre de cette manière. Le principe anthropique final postule que l'univers est réglé pour provoquer la naissance de la vie. Mais pas de n'importe quelle vie. Il s'agit de la vie intelligente. Et, une fois apparue, la vie intelligente ne disparaîtra jamais plus.

— La vie intelligente ne disparaîtra jamais plus ?

— Oui.

— Mais... Comment est-ce possible ? Ne venez-vous pas de dire que la terre sera détruite ?

— Oui, bien entendu. C'est inévitable.

— Alors comment pourrait-elle ne jamais disparaître ?

— Il nous faudra quitter la terre, c'est évident.

— Quitter la terre ? (Tomás éclata de rire.) Excusez-moi, mais là, vous versez dans la mauvaise science-fiction.

— Vous croyez ? Pourtant, certains physiciens commencent à envisager sérieusement ce scénario...

Le sourire de l'historien s'évanouit.

— Sérieusement ?

— Bien sûr. La terre n'a pas d'avenir, elle est condamnée à périr.

— Et où irons-nous ?

— Vers d'autres étoiles, naturellement.

Tomás secoua la tête, interloqué.

— Excusez-moi, mais, même si c'est le cas, qu'est-ce que ça résout ?

— Ça me paraît évident. Si nous partons vers d'autres étoiles, nous échapperons à l'inévitable destruction de la terre.

— Mais à quoi cela nous avancerait-il ? Toutes les étoiles ne vont-elles pas disparaître ? Toutes les galaxies ne vont-elles pas s'éteindre ? Tout l'univers ne va-t-il pas mourir ? Même si nous parvenions à quitter la terre, nous ne ferions que reculer l'échéance ? Dans ces conditions, comment peut-on postuler que la vie intelligente ne disparaîtra jamais ?

Luís Rocha promena le regard sur l'autel maniériste de la chapelle, mais son esprit se trouvait loin de là, plongé dans le labyrinthe de ses pensées.

— L'étude de la survie et du comportement de la vie dans un futur lointain est récemment devenue une nouvelle branche de la physique, dit-il sur le ton neutre propre aux exposés académiques. Les recherches autour de cette question ont commencé avec la publication en 1979 d'un article signé par Freeman Dyson, intitulé *Time without end : Physics and Biology in an Open Universe*. Dyson esquissa là un premier système, très incomplet, qui allait être reformulé par d'autres scientifiques s'intéressant à la même question, notamment Steven Frautschi, lequel publia un autre texte scientifique sur le même sujet dans la revue *Science* en 1982. Suivirent d'autres nouvelles études autour du problème, toutes reposant sur les lois de la physique et sur la théorie des ordinateurs.

Tomás garda un air perplexe.

— Je trouve tout cela extraordinaire, commenta-t-il. J'ignorais qu'une nouvelle branche de la physique se consacrait à la subsistance de la vie dans un futur lointain. Je ne vois même pas comment c'est possible, étant donné l'effroyable scénario que vous m'avez tracé sur l'inévitable mort des étoiles et des galaxies. Comment la vie pourrait-elle subsister dans ces circonstances ?

— Voulez-vous que je vous l'explique ?

— S'il vous plaît. Je vous écoute.

— Je m'en tiendrai aux grandes lignes, d'accord ? Les détails sont trop techniques et me semblent inutiles à notre conversation.

— Très bien.

— La première phase est déjà amorcée. Il s'agit du développement de l'intelligence artificielle. Il est vrai que notre civilisation n'en est qu'à ses premiers pas dans le domaine de l'informatique, mais l'évolution est très rapide et il est possible qu'un jour nous soyons capables de développer une technologie aussi intelligente que nous, voire plus. D'ailleurs, au rythme actuel de l'évolution, les calculs montrent que les ordinateurs atteindront le niveau humain de gestion et d'intégration des données dans un siècle tout au plus. Le jour où ils atteindront notre niveau, les ordinateurs acquerront une conscience, comme du reste le suggère le test de Turing, dont vous avez peut-être entendu déjà parler.

— Par mon père, oui.

— Donc, les ingénieurs prévoient que non seulement nous développerons des ordinateurs aussi intelligents que nous, mais aussi des robots qui seront des constructeurs universaux. Savez-vous ce que sont des constructeurs universaux ?

— Non...

— Les constructeurs universaux sont des engins capables de construire tout ce qui peut l'être. Par exemple, les machines qui fabriquent les voitures à la chaîne dans les usines ne sont pas des constructeurs universaux, car elles ne peuvent fabriquer que des voitures. Mais les êtres humains, eux, sont des constructeurs universaux, puisqu'ils sont capables de tout construire. Or, les scientifiques tiennent pour acquise la possibilité de concevoir une machine qui soit un constructeur universel. Le mathématicien von Neumann a déjà montré comment ces constructeurs pouvaient être créés et la NASA affirme qu'il suffirait de quelques dizaines d'années pour les fabriquer, dès lors que les financements seraient assurés, bien entendu.

— Mais à quoi serviraient ces... constructeurs universaux ? À économiser de la main-d'œuvre ?

Luís Rocha fit une courte pause.

— Ils serviraient à garantir la survie de la civilisation.

Son interlocuteur fronça les sourcils, surpris.

— Ah oui ?

— N'oubliez pas que la terre est condamnée à mourir. Dans un milliard d'années, l'augmentation de l'activité solaire détruira toute la biosphère. Mais le principe anthropique final établit que l'intelligence, étant une fois apparue, ne pourra jamais disparaître de l'univers. Par conséquent, l'intelligence sur terre n'aura pas d'autre choix : il lui faudra quitter son berceau et partir à la conquête des étoiles. Les instruments de cette conquête seront les ordinateurs et les constructeurs universaux. Il semble inévitable que, dans un lointain avenir, les êtres humains devront envoyer des constructeurs universaux informatisés vers les étoiles les plus proches. Ces constructeurs universaux auront des instructions spécifiques pour coloniser de nouveaux systèmes solaires et pour y fabriquer de nouveaux constructeurs universaux, lesquels, à leur tour, iront explorer les étoiles suivantes, dans un processus en croissance exponentielle. Cela commencera bien sûr par l'exploration des étoiles les plus proches, comme Alpha du Centaure, puis graduellement vers les étoiles suivantes, respectivement Tau Cetiu, Epsilon Eridani, Procyon et Sirius dans une seconde étape.

— C'est possible ?

— Quelques scientifiques disent que oui. Le processus sera très long évidemment. Quelques milliers d'années. Mais, si c'est très long à échelle humaine, cela ne l'est pas à l'échelle universelle.

— Et combien peuvent coûter toutes ces choses ? J'imagine que ce doit être une fortune...

— Oh, même pas ! s'exclama le physicien. Les coûts seraient relativement bas. Car il suffirait de fabriquer quatre ou cinq de ces constructeurs universaux, guère plus. Car une fois parvenu dans un système solaire, le constructeur universel chercherait des planètes ou des astéroïdes où il pourrait extraire les métaux et toute la matière première dont il aurait besoin. Le robot se mettra à coloniser ce système et à le peupler de vies artificielles préprogrammées par nous ou même de vies humaines puisqu'il sera possible de leur transmettre notre code génétique pour se reproduire dans des conditions bien déterminées. En outre, le robot aura également pour mission de fabriquer de nouveaux constructeurs universaux, qu'ils enverront vers les étoiles suivantes. Peu à peu, le processus de colonisation des étoiles s'accélérera car il y aura toujours plus de constructeurs universaux. Même si la civilisation originelle disparaît, suite à un quelconque cataclysme, cette civilisation continuera à se répandre d'une manière autonome dans la galaxie, grâce aux constructeurs universaux et à leur programme automatique de colonisation.

— Mais quel sera le but de tout cela ?

— Eh bien, le premier objectif sera d'explorer. Nous voulons apprendre des choses sur l'univers, un peu comme les explorations que nous faisons sur la lune et sur les planètes du système solaire. Ensuite, à mesure que la terre deviendra toujours plus inhabitable, la priorité sera de trouver des planètes vers lesquelles on pourra transférer la vie.

— Transférer la vie ? Un peu comme s'il s'agissait d'une arche de Noé galactique ?

— C'est cela.

Tomás remua sur le banc de la chapelle.

— Mais ne pensez-vous pas que tout cela a des airs de science-fiction plutôt fantaisiste ?

— Oui, j'admets que oui. Il est normal que tout ça paraisse fantaisiste. Mais, quand les choses s'aggraveront sur terre, avec l'augmentation de l'activité solaire et la dégradation de la biosphère, je vous assure qu'à ce moment-là le problème se posera très sérieusement, vous entendez ? Ce qui nous paraît aujourd'hui de la science-fiction deviendra demain la réalité.

L'historien considéra l'idée.

— Oui, vous avez peut-être raison.

— Avec la prolifération exponentielle des constructeurs universaux, toute notre galaxie finira par être colonisée. Depuis une petite planète périphérique, l'intelligence se répandra dans toute la Voix lactée.

— Et ainsi la vie échappera donc à l'inévitable destruction de la terre.

— Je n'ai pas dit ça. J'ai dit que l'intelligence se répandrait dans la galaxie.

— N'est-ce pas la même chose ?

— Pas nécessairement. La nature ne parvient à créer l'intelligence que lors de circonstances exceptionnelles impliquant les atomes de carbone, dont la complexe organisation permet la vie. Mais le carbone ne prédomine qu'à l'état solide dans une étrange marge thermique. Nous, êtres humains, commençons à développer une autre forme de vie à travers d'autres atomes, comme le silicium, par exemple. Ce que les constructeurs universaux vont répandre dans la galaxie, ce sera l'intelligence artificielle contenue dans les *chips* de leurs ordinateurs. Il n'est pas sûr que la vie, basée sur les atomes de carbone, soit capable de survivre à des voyages de milliers d'années parmi les étoiles. Ce n'est peut-être pas impossible, mais c'est loin d'être certain, vous comprenez ? Notre seule certitude c'est que l'intelligence artificielle sera capable de le faire.

— Mais vous êtes en train de me dire que la vie est condamnée à s'éteindre…

— Tout dépend de ce que vous entendez par la vie, bien sûr. La vie basée sur l'atome de carbone est condamnée à s'éteindre, cela ne fait aucun doute. Même si l'on arrivait à bâtir cette arche de Noé galactique et à transporter la vie telle que nous la connaissons vers une planète de la constellation du centaure, par exemple, le fait est qu'un jour toutes les étoiles disparaîtront. Or, sans les étoiles, la vie basée sur l'atome de carbone est impossible.

— Mais cela n'est-il pas également vrai pour l'intelligence artificielle ?

— Pas nécessairement. L'intelligence artificielle n'a pas besoin d'étoiles pour fonctionner. Il lui faut des sources d'énergie, c'est évident, mais ces sources ne sont pas nécessairement les étoiles. Ce peut être la force forte contenue dans le noyau d'un atome, par exemple. Cette intelligence peut se loger dans des espaces infimes, en recourant à la nanotechnologie, si bien qu'il lui faut beaucoup moins d'énergie pour maintenir son fonctionnement. Dans ce sens, et si on définit la vie comme un processus complexe d'agencement de l'information, la vie perdurera. La différence est que le hardware cesse d'être le corps biologique pour devenir les *chips*. Mais, à bien y regarder, ce qui fait la vie n'est pas le hardware, n'est-ce pas ? C'est le software. Je peux continuer à exister non pas dans un corps organique fait de carbone, mais dans un corps métallique, par exemple. Puisqu'il existe déjà des gens qui vivent avec une jambe ou un cœur artificiel, pourquoi ne pourrait-on pas vivre avec un corps entièrement artificiel ? Si on transférait toute ma mémoire et tous mes processus cognitifs dans un ordinateur et qu'on me donnait des caméras pour voir ce qui se passe autour de moi et un micro pour parler, je continuerais à me sentir moi. Dans un corps différent, certes, mais je serais tout de même moi. À bien y regarder, ma conscience est une sorte de programme d'ordinateur et rien n'empêcherait ce programme de continuer à exister si je pouvais créer un hardware adapté où l'insérer.

L'historien prit un air incrédule.

— Mais vous croyez que c'est vraiment possible ?

— Bien sûr que oui. Cette question est du reste étudiée par des physiciens, des mathématiciens et des ingénieurs, que croyez-vous ? Et ils ont déjà conclu, aussi extraordinaire que cela puisse paraître, qu'il est tout à fait possible de la mettre en pratique. Or, si c'est possible, il n'est pas difficile d'imaginer qu'on y viendra. (Il appuya sur le mot « viendra ».) Ainsi l'exige le postulat du principe anthropique final pour assurer la survie de l'intelligence dans l'univers.

— C'est incroyable ! s'exclama Tomás. Mais qu'arrivera-t-il quand, tout à la fin, la matière disparaîtra pour se convertir en énergie ?

Le physicien regarda son interlocuteur.

— Eh bien, il y a deux options. Ou bien l'univers se termine en Big Freeze ou bien il finit en Big Crunch. Pour le moment, l'expansion de l'univers semble approcher de son point critique, ce qui nous empêche de déterminer avec certitude quelle sera son évolution. Mais, bien qu'on ait constaté que cette expansion allait en s'accélérant, le professeur Siza pensait que les principes régissant la nature indiquaient le scénario du Big Crunch.

— Ah, oui ? Pourquoi ?

— Pour deux raisons. D'abord, parce que l'accélération de l'expansion de l'univers devra obligatoirement s'arrêter.

— Comment le savez-vous ?

— Pour une raison très simple. Il y a des galaxies qui s'éloignent de nous à une vitesse proche de quatre-vingt-quinze pour cent de celle de la lumière. Si l'accélération continuait ainsi, il arriverait un moment où la vitesse de l'expansion serait supérieure à la vitesse de la lumière. Or, c'est impossible. Donc, l'expansion de l'univers devra ralentir, il n'y a pas d'alternative.

— Hum, murmura Tomás. Mais ceci n'implique pas forcément l'inversion de l'expansion vers une rétraction.

— En effet, reconnut le physicien. Mais cela signifie que l'accélération est une étape qui prendra fin. De là à la rétraction, il n'y a qu'un pas, dont la probabilité découle d'un constat simple. (Il s'éclaircit la voix.) S'il y a une chose que nous ne cessons de vérifier à chaque fois que nous examinons un système, c'est que tout a un commencement et une fin. Plus important encore, tout ce qui naît finit par mourir. Les plantes naissent et meurent, les animaux naissent et meurent, les écosystèmes naissent et meurent, les planètes naissent et meurent, les étoiles naissent et meurent, les galaxies naissent et meurent. Or, nous savons que l'espace et le temps sont nés. Ils sont nés du Big Bang. Donc, conformément au principe que tout ce qui naît doit mourir, l'espace et le temps finiront également par mourir. Mais le Big Freeze, au contraire, établit que le temps et l'espace, bien qu'ils soient nés, ne mourront pas, ce qui contredit ce principe universel. En conséquence, le Big Crunch est la destinée la plus probable de l'univers, puisqu'il respecte le principe que tout ce qui naît doit mourir.

— Je comprends, dit Tomás. Ceci veut donc dire qu'il arrivera un moment où la matière commencera à reculer.

— Non, non. Le professeur Siza pensait qu'elle ne reculerait pas.

— Alors, que se passera-t-il ?

— Comme je vous l'ai déjà expliqué, les scientifiques croient que l'univers est sphérique, fini mais sans limites. Si nous pouvions voyager dans l'espace toujours dans la même direction, nous finirions probablement par revenir à notre point de départ.

— Nous serions comme un Magellan cosmique.

— Exactement. Donc, comme les théories de la relativité montrent que l'espace et le temps sont différentes manifestations d'une même chose, le professeur Siza pensait que le temps, d'une certaine façon, était également sphérique.

— Le temps est sphérique ? Je ne saisis pas…

— Imaginez la chose suivante, dit Luís Rocha en simulant une sphère avec ses mains. Imaginez que le temps soit la planète terre et que le Big Bang se situe au pôle Nord. Vous voyez ?

— Oui.

— Imaginez qu'il y ait divers navires qui se trouvent tous réunis au pôle Nord, le point du Big Bang. L'un s'appelle Voie lactée, l'autre s'appelle Andromède, un autre encore s'appelle galaxie M87. Tout à coup, les navires se mettent à voguer vers le sud, selon différentes directions. Que se passe-t-il ?

— Eh bien… Ils s'éloignent les uns des autres.

— Exact. Comme la terre est sphérique et que les navires s'éloignent du pôle Nord, cela signifie qu'ils s'écartent les uns des autres. Et, à force de s'éloigner, les navires finiront par ne plus se voir les uns les autres, vous me suivez ?

— Oui.

— L'écart continuera de grandir jusqu'à ce qu'ils atteignent l'équateur, le point culminant. Mais, passé l'équateur, la terre étant sphérique, l'espace commencera à se réduire et les navires se mettront à se rapprocher les uns des autres. Et, en approchant du pôle Sud, ils se reverront à nouveau.

— Effectivement.

— Et là ils entreront en collision.

Tomás rit.

— S'ils ne font pas attention.

— Le professeur Siza pensait que l'univers était ainsi fait. L'espace-temps est sphérique. En ce moment, en raison du Big Bang et de l'expansion probablement sphérique de l'espace et du temps, la matière s'éloigne. Les galaxies vont s'écarter toujours plus les unes des autres, jusqu'au moment où elles cesseront de se voir. En même temps, elles périssent peu à peu, se transformant en matière inerte. Et le froid se généralisera. Mais viendra un moment où, après l'apogée de l'expansion, le temps et l'espace commenceront à se réduire. Cela fera augmenter la température de la même manière qu'un gaz en rétraction se réchauffe. Le rétrécissement de l'espace-temps s'achèvera en une brutale collision finale au pôle Sud de l'univers, une sorte de Big Bang à l'envers. Le Big Crunch.

— Et la vie pourra-t-elle y survivre ?

— La vie biologique, reposant sur l'atome de carbone ? (Il secoua la tête.) Non. Cette vie-là disparaîtra bien avant, je vous l'ai déjà dit. Mais le postulat du principe anthropique final établit que l'intelligence survivra au long de l'histoire de l'univers.

— Mais comment ?

— En se répandant dans tout l'univers, de sorte qu'elle prendra le contrôle de tout le processus.

Tomás rit à nouveau.

— Vous plaisantez, j'imagine.

— Je parle sérieusement. Beaucoup de physiciens croient cela possible et certains ont même déjà démontré comment.

— Écoutez, vous pensez vraiment que l'intelligence venue d'une chose aussi minuscule que la terre pourrait prendre le contrôle d'une chose aussi immense que l'univers ?

— Ce n'est pas aussi incroyable que cela peut le sembler à première vue, argumenta Luís Rocha. N'oubliez pas ce que dit la théorie du chaos. Si un papillon peut influer sur le climat de la planète, pourquoi l'intelligence ne pourrait pas influer sur l'univers ?

— Ce sont deux choses différentes...

— Vous en êtes sûr ?

— Eh bien... Je crois, oui. Après tout, l'univers est bien plus grand que la terre, non ?

— Mais le principe est le même. Lorsque la vie est apparue sur terre, voilà plus de quatre milliards d'années, qui aurait dit que ces molécules minuscules et insignifiantes allaient évoluer au point de finir par prendre un jour le contrôle de toute la planète ? Personne évidemment. Cela aurait paru aussi absurde que ridicule. Et pourtant, nous voilà ici aujourd'hui en train de discuter des effets de l'activité humaine sur la terre. Dire que la vie a pris le contrôle de notre planète serait, de nos jours, une parfaite banalité. Or si la vie, à partir de quelques chétives molécules, est parvenue, au bout de quatre milliards d'années, à dominer la terre au point d'influencer son évolution, qu'est-ce qui empêcherait l'intelligence, dans quarante milliards d'années de dominer toute la galaxie au point d'influer également sur son évolution ?

— Hum... Je comprends...

— Les mécanismes par lesquels ce contrôle s'exercerait sont expliqués par diverses études scientifiques, notamment celles menées par Tipler et Barrow, mais je vous épargne les détails concernant l'approche physique et mathématique de cette question. L'essentiel, c'est que le professeur Siza était convaincu que le postulat de principe anthropique final est vrai. À savoir que l'intelligence, étant apparue dans l'univers, n'en disparaîtra jamais. Si, pour survivre, l'intelligence doit contrôler la matière et les forces de l'univers, elle le fera.

— C'est là le but de l'univers ? Permettre à l'intelligence d'apparaître ?

— J'ignore si c'est le but de l'univers. Je sais seulement que la vie n'est pas l'objectif, mais une étape nécessaire pour permettre l'apparition de l'intelligence.

— Je vois, soupira Tomás, absorbé par les implications de cette idée. C'est vraiment... incroyable.

— En effet.

L'historien se cala sur sa chaise, contemplatif, plongé dans une réflexion étourdissante. Mais ce tourbillon de pensées fut aussitôt arrêté par un doute et Tomás, cessant de raisonner, se tourna vers son interlocuteur.

— Vous dites que l'intelligence, étant apparue, ne disparaîtra jamais, c'est ça ?

— Oui, c'est ce que prévoit le principe anthropique final.

— Mais comment l'intelligence pourra-t-elle survivre au Big Crunch ? Comment pourra-t-elle survivre à la fin de l'univers ?

Luís Rocha sourit.

— La réponse à cette question, mon cher, est cachée dans le dernier message codé par Einstein.

La formule qui est insérée dans le manuscrit ?

— Oui. C'est elle qui révèle l'*endgame* de l'univers.

XLI

La feuille griffonnée à Téhéran était en piteux état, totalement froissée et cornée à force d'avoir traîné dans les poches de Tomás. Mais peu importait son aspect, ce qui avait du prix, ce n'était pas la feuille tirée d'une quelconque ramette de papier au ministère de la Science, mais son contenu. Après tout, il s'agissait de la seule copie du message chiffré rédigé par Einstein avant sa mort.

Assis dans un bureau du département de physique de l'université de Coimbra. Tomás se pencha sur le bureau, la tête dans ses mains, les yeux rivés sur la formule, cherchant une stratégie pour décrypter ce code. La porte de la pièce s'ouvrit.

— Le dîner est prêt, annonça Luís Rocha en montrant des sandwichs et des jus de fruits. On ne travaille pas le ventre vide.

Le physicien s'assit près du bureau et tendit son repas à son invité.

— Qu'est-ce que c'est ? demanda Tomás en examinant le sandwich dans son enveloppe de papier.

— Un sandwich au thon. Je l'ai pris, là-bas, au distributeur automatique.

L'historien croqua un morceau et prit un air approbateur.

— Hum, fit-il en roulant les yeux et en finissant sa bouchée. J'avais faim.

— Évidemment ! dit en riant Luís Rocha, tandis qu'il déballait son sandwich. Il est 23 heures, quand même. Je commençais à avoir l'estomac dans les talons…

— Déjà 23 heures ?

— Oui, qu'est-ce que vous croyez ? Il est tard.

Sentant l'angoisse le prendre au ventre, Tomás consulta sa montre et vérifia l'heure.

— Bon sang ! Il ne me reste plus que… neuf heures.

— Neuf heures ? Pour quoi faire ?

— Pour déchiffrer la formule. (Il posa son sandwich sur le bureau et porta à nouveau son attention sur la feuille froissée.) Il faut que je travaille.

— Du calme ! Mangez d'abord.

— Je ne peux pas. J'ai déjà perdu trop de temps.

L'historien se pencha à nouveau sur son problème de code, la bouche pleine. Son collègue se mit aussi à manger et tira sa chaise vers le bureau, de manière à pouvoir également regarder la page chiffonnée.

— C'est le message chiffré ?

— Oui.

— Comment peut-on le décrypter ?

— Je ne sais pas, il faudrait que je lise le document en entier. Vous l'avez lu, vous ?

— Oui, le professeur Siza me l'a montré.

— Et vous a-t-il donné une piste concernant le moyen de le déchiffrer ?

— Non. Il m'a seulement dit qu'il y avait une relation entre la formule codée et le nom d'Einstein.

Tomás soupira.

— En effet, c'est également ce que m'a dit Tenzing. (Il se gratta la tête.) Cela veut dire que le nom d'Einstein peut être... Peut être le mot clé de l'alphabet chiffré. Il a peut-être utilisé l'alphabet de César avec son propre nom. (Il prit un stylo et une feuille blanche.) Voyons voir.

Il nota l'alphabet chiffré avec le nom d'Einstein.

E i n s t a b c d f g h j k l m o p q r u v w x y z

— Je ne comprends pas, dit Luís Rocha, sans quitter des yeux cette ligne.

— C'est l'alphabet de César avec le nom d'Einstein en tête, expliqua Tomás. L'idée est d'écrire le mot clé au début, dans ce cas le nom d'Einstein, mais en lui ôtant les lettres répétées, c'est-à-dire le « *ein* » final. Ensuite, il faut mettre le reste de l'alphabet selon son ordre normal, mais en évitant les lettres déjà utilisées dans le mot clé « *Einst* ». Vous comprenez ?

— Oui. Mais que fait-on avec ça maintenant ?

— Maintenant ? Nous alignons l'alphabet normal sous l'alphabet chiffré et nous verrons si les lettres correspondent à un message.

Il nota l'alphabet normal sous l'alphabet chiffré.

E i n s t a b c d f g h j k l m o p q r u v
w x y z
A b c d e f g h i j k l m n o p q r s t u
v w x y z

— Nous allons voir maintenant à quoi correspond
ce « *ya ovqo* » qui forme la deuxième ligne du message. (Ses yeux se mirent à parcourir les deux lignes.)
Le *y* reste *y*, le *a* devient *e*, le *o* devient *l*, le *v* reste
v, le *q* devient *o*.
Il rédigea la solution.

Ye lvol

Ils se mirent tous deux à examiner le résultat.
— *Ye lvol*, murmura Luís Rocha. Qu'est-ce que ça
signifie ?
— Cela signifie que ce n'est pas la solution, soupira Tomás.
— Cela signifie que nous devons chercher une autre
piste. (Il se frotta le menton, songeur.) Quel autre code
pourrait donc contenir le nom d'Einstein ?
L'historien testa différentes possibilités, des variantes
autour du nom d'Einstein, mais, vers minuit, il se
sentit dans l'impasse. Il ne parvenait pas à trouver
un alphabet chiffré fonctionnant avec ce nom ; fatigué,
désespéré, il s'adossa à sa chaise et ferma les yeux.
— Je n'y arrive pas, murmura-t-il, découragé. J'ai
beau tout essayer, ça ne marche pas.
— Vous allez renoncer ?
Tomás regarda le physicien un long moment et,

comme un automate aux batteries soudain rechargées d'énergie, se redressa et se concentra à nouveau sur la page.

— Je ne peux pas ! s'exclama-t-il. Il faut que je continue à chercher.

— Que comptez-vous faire alors ?

C'était une bonne question. Puisque les variations autour du nom d'Einstein ne fonctionnaient pas, que faire ?

— Eh bien, pour le moment, mieux vaut peut-être oublier cette seconde ligne. (Tomás fit une moue.) Voyons plutôt la précédente. (Il pointa la première ligne.) Elle dit « *See sign* », c'est-à-dire « regarde le signe ». (Il leva les yeux de la feuille et fixa attentivement son interlocuteur.) Lorsque vous avez lu le manuscrit, avez-vous remarqué la présence d'un signe particulier ?

Le physicien se pinça les lèvres.

— Pas que je sache, non. Je n'ai rien remarqué.

— Mais alors, quel est ce signe auquel se réfère le cryptogramme ?

Ils restèrent là, à contempler ce « *See sign* ».

— Cette phrase elle-même ne pourrait-elle pas être un signe ? demanda Luís Rocha.

Tomás leva un sourcil.

— La phrase elle-même serait un signe ?

— Laissez tomber, c'est une idée idiote.

— Non, pas forcément. (Il respira profondément.) Comment cette phrase pourrait être elle-même un signe ? À moins que ce soit une anagramme.

— Une anagramme ?

— Oui, pourquoi pas ? Voyons voir ce qui se passe si je change l'ordre des lettres. (Il reprit sa feuille et testa diverses combinaisons.) Relions à présent les consonnes aux voyelles. Les consonnes sont *s*, *g* et *n*, et les voyelles sont *e* et *i*. Commençons par le *n*.

Il nota différentes combinaisons en utilisant les lettres incluses dans les mots *See sign*.

N e g i s e s

N i g e s e s

N e g e s i s

N e s i g e s

— Non, ça n'a pas de sens, constata le cryptologue. Mieux vaut peut-être commencer par le *g*.

G i s e n e s

G e s i n e s

G e n i s e s

G e n e s i s

Il s'arrêta, regarda le résultat, stupéfait, la bouche ouverte comme un poisson, subjugué par le dernier mot. Il resta un long moment sans pouvoir prononcer une parole ni quitter des yeux ce mot inattendu ; puis, comme un somnambule, il parvint à articuler le message caché dans cette anagramme.

— *Genesis*, c'est-à-dire Genèse.

Ils passèrent l'heure suivante dans un état d'excitation intense, penchés sur une Bible qu'ils étaient allés arracher aux mains tremblantes du curé de la chapelle de São Miguel. Tomás lut et relut tout le début du

Pentateuque, cherchant un signe présent dans le texte comme un sésame rédempteur.

— « Au commencement, Dieu créa les cieux et la terre », relut-il à voix haute pour la troisième fois. « La terre était informe et vide : il y avait des ténèbres à la surface de l'abîme et l'esprit de Dieu se mouvait au-dessus des eaux. Dieu dit : Que la lumière soit ! Et la lumière fut. Dieu vit que la lumière était bonne ; et Dieu sépara la lumière d'avec les ténèbres. Dieu appela la lumière jour et il appela les ténèbres nuit. Ainsi il y eut un soir, et il y eut un matin : ce fut le premier jour. Dieu dit : Qu'il y ait une étendue entre les eaux… »

— Tomás, protesta Luís Rocha, dont l'excitation commençait à laisser place à la fatigue. Vous n'allez pas tout relire encore une fois ?

Le cryptologue hésita.

— Il faut que je relise. Sinon, comment trouverons-nous le signe ?

— Mais êtes-vous sûr que le signe se trouve là ?

L'historien agita la feuille froissée couverte de notes.

— Vous avez vu le message chiffré par Einstein ? *See sign* donne *Genesis*, autrement dit « Genèse ». Il ne peut y avoir qu'une interprétation. Il s'agit d'un message holographique, dans lequel le code et le message chiffré se complètent. Vous voyez ? *See sign* donne *Genesis*. Au fond, Einstein veut nous dire : *See the sign in Genesis*. « Regardez le signe dans la Genèse. »

— Mais quel signe ?

Tomás regarda le gros volume de la Bible ouvert sur le bureau.

— Je ne sais pas. C'est ce que je dois découvrir.

— Et vous pensez le découvrir en relisant la Genèse trois cents fois ?

— S'il le faut. Je vais la relire autant de fois qu'il sera nécessaire pour comprendre à quel signe Einstein fait allusion. Vous avez une autre solution ?

Luís Rocha indiqua la seconde ligne du message crypté.

— L'autre solution, c'est d'essayer de déchiffrer la deuxième partie du message. Ce...! *ya ovqo.*

— Mais je n'arrive pas à le décoder...

— Excusez-moi, mais je viens de vous voir décoder la première ligne.

— C'était une anagramme, quelque chose de bien plus facile.

— Peu importe. Si vous avez pu déchiffrer la première ligne, vous pouvez en faire autant avec la seconde.

— Écoutez, vous ne comprenez pas. La seconde ligne présente un degré de difficulté bien plus élevé que...

Son téléphone portable sonna.

Tomás hésita à le débrancher. Il lui fallait absolument se concentrer et déchiffrer le code complet, de manière à découvrir le secret avant 8 heures du matin. Dans le cas contraire, Ariana serait reconduite en Iran et il ne pouvait l'accepter. Il lui fallait décrypter le dernier message et il avait besoin de toute sa concentration. Mieux valait sans doute débrancher son portable.

Le téléphone continua de sonner.

— Allo ?

Il s'était finalement décidé à répondre, cela ne nuirait guère à sa concentration et c'était peut-être Greg qui l'appelait pour lui donner des nouvelles d'Ariana.

— Professeur Noronha ?

Ce n'était pas Greg.

— Oui, c'est moi. Qui est-ce ?

— Docteur Gouveia, des hôpitaux de l'université.

C'était le médecin de son père.

— Ah, docteur, comment allez-vous depuis cet après-midi ?

— Professeur Noronha, pourriez-vous passer ici de toute urgence.

— À l'hôpital ?

— Oui.

— Que se passe-t-il ? Mon père a un problème ?

— Oui, professeur Noronha. Votre père va mal.

— Que se passe-t-il ?

— Venez vite, s'il vous plaît.

— Mais que se passe-t-il ?

Il y eut un court silence sur la ligne.

— Votre père ne passera pas la nuit.

XLII

Aussitôt arrivé à l'hôpital, Tomás fut conduit par l'infirmière de service dans la chambre où se trouvait son père. Il était plus d'une heure du matin et les couloirs de l'hôpital étaient plongés dans l'obscurité, éclairés seulement par les lumières jaunâtres de quelques lampes éparses projetant des ombres fantomatiques sur les murs. On entendait des toux grasses ou sèches ponctuer le sommeil agité des patients hospitalisés.

Le docteur Gouveia vint accueillir Tomás dans le couloir et le salua d'un air circonspect.

— Il a eu une crise très grave, dit le médecin en lui faisant signe d'entrer dans la chambre. Il est à présent conscient, mais je ne sais pas pour combien de temps.

— Où est ma mère ?

— Nous l'avons prévenue, elle ne va pas tarder à arriver.

Tomás pénétra dans la chambre, la lumière était tamisée et il aperçut la silhouette de son père sous les draps blancs. Le vieux professeur avait la tête posée sur un énorme oreiller et respirait avec difficulté. Son œil était vitreux, éteint même, mais brilla légèrement en reconnaissant son fils.

Celui-ci l'embrassa sur le front et, ne sachant que dire, avança une chaise pour s'asseoir à côté du lit, près de la table de chevet, incapable de prononcer une parole. Tomás prit la main frêle de son père qui était froide ; il la serra avec tendresse, comme pour lui donner de l'énergie et le revigorer. Manuel Noronha lui adressa un faible sourire, mais suffisant pour encourager son fils à lui parler.

— Alors papa ? Comment vas-tu ?

Le vieux mathématicien inspira deux fois avant de rassembler ses forces pour répondre.

— Je ne m'en sors pas, murmura-t-il. Je ne m'en sors pas.

Tomás se pencha au-dessus du lit et, s'efforçant de réprimer ses larmes, embrassa son père. Il sentit combien il était faible, fatigué, comme une feuille sèche prête à se détacher de l'arbre au moindre souffle de vent.

— Papa…

Le vieillard caressa gentiment le dos de son fils.

— Ne t'en fais pas, Tomás. La vie est ainsi faite…

Tomás leva la tête et regarda son père.

— Mais tu n'as pas l'air si mal…

— Ne te fais pas d'illusions, mon garçon. J'en suis à la dernière station avant le voyage final.

— Tu… tu as peur ?

Manuel secoua doucement la tête.

— Non. Je n'ai pas peur. (Il haleta.) C'est étrange, car j'avais très peur avant. J'avais peur de ne pas pouvoir respirer, j'avais peur d'avoir mal. J'avais aussi peur de l'inconnu, d'affronter la non-existence, d'avancer seul sur cette route obscure. (Il fit une nouvelle pause pour respirer profondément.) Maintenant, je n'ai plus peur. J'accepte d'être arrivé à la fin. J'accepte.

Son fils lui serra la main plus fort encore.

— Tu vas t'en sortir. Tu verras.

Le vieux professeur sourit faiblement.

— Je ne m'en sortirai pas, Tomás. (Il parlait comme s'il venait de finir un marathon, comme s'il n'avait plus la force de parler, mais, en même temps, comme s'il ne pouvait s'empêcher de le faire, comme s'il voulait profiter de cette dernière occasion pour s'épancher, pour débonder son cœur.) Tu sais, je me suis détaché des choses de ce monde. Les intrigues d'université, les scandales politiques, tout cela ne m'intéresse plus. (Il leva lentement la main vers la fenêtre.) Je préfère maintenant rester ici à entendre le gazouillis d'une hirondelle ou le murmure des arbres sous le vent. Ça me parle bien davantage que l'incompréhensible et futile cacophonie humaine.

— Je comprends.

Manuel caressa tendrement le bras de son fils.

— Je voudrais te demander pardon de ne pas avoir été un meilleur père.

— Oh, ne dis pas ça. Tu as été un père formidable.

— Non, et tu le sais très bien. (Il haleta.) J'ai été un père absent, je me suis peu occupé de toi, je passais mon temps plongé dans mes équations et mes théorèmes, dans mes recherches, dans mon monde.

— Ne t'en fais pas. J'ai toujours été très fier de toi, tu sais ? Il vaut mieux un père qui cherche les secrets de l'univers dans les équations qu'un père qui ne sait pas ce qu'il cherche.

Le vieux mathématicien sourit, dans un regain d'énergie dont il ne pensait plus être capable.

— Oh, oui. Beaucoup de gens ne savent pas ce qu'ils cherchent. (Il fixa les yeux au plafond.) La plupart des gens traversent la vie comme des somnambules. Ils veulent posséder, gagner de l'argent, consommer sans cesse. Les gens sont tellement grisés par l'accessoire qu'ils en oublient l'essentiel. Ils veulent une nouvelle voiture, une plus grande maison, des vêtements plus chic. Ils veulent perdre du poids, retrouver leur jeunesse, et rêvent d'impressionner les autres. (Il respira profondément, pour retrouver son souffle, et regarda son fils.) Sais-tu pourquoi ?

— Non, pourquoi ?

— Parce qu'ils ont faim d'amour. Ils ont faim d'amour et ne le trouvent pas. C'est pour cela qu'ils se tournent vers l'accessoire. Les voitures, les maisons, les vêtements, les bijoux... toutes ces choses ne sont que des dérivatifs. Ils manquent d'amour et cherchent des substituts. (Il secoua la tête.) Mais ça ne marche pas. L'argent, le pouvoir, la possession... Rien ne remplace l'amour. C'est pourquoi, lorsqu'ils achètent une voiture, une maison, un vêtement, leur satisfaction est éphémère. Et à peine les ont-ils achetés qu'ils cherchent déjà une nouvelle voiture, une nouvelle maison, un nouveau vêtement. Ils cherchent quelque chose qui ne se trouve pas là. Aucune de ces choses ne procure une satisfaction durable parce qu'aucune d'elles n'est vraiment importante. Ils se démènent tous pour s'approprier quelque chose qui se dérobe. Quand ils achètent ce qu'ils désirent, ils sentent en eux un vide. C'est parce qu'ils désiraient autre chose que ce qu'ils ont acheté. Ils veulent de l'amour, pas des objets. Ceux-ci ne sont que des ersatz, des accessoires qui masquent l'essentiel.

— Mais toi, tu n'étais pas comme ça…

— C'est-à-dire ?

— Tu achetais peu de choses et tu ne pensais pas qu'à l'argent.

— J'ai suivi un autre chemin. Je n'ai jamais voulu être riche, c'est vrai. Mais j'ai passé ma vie à la recherche de la connaissance.

— Tu vois ? C'est quand même mieux, non ?

— Bien sûr que c'est mieux. Seulement, je t'ai négligé. Et ça, ce n'est pas bien non plus. (Il haleta de nouveau.) Tu sais, j'en suis arrivé à la conclusion que le plus important, c'était de nous consacrer aux autres. De nous consacrer à la famille et à la communauté. Il n'y a que ça qui puisse nous combler. Il n'y a que ça qui ait du sens.

— Mais ton travail avait du sens ?

— Bien sûr, oui.

— Alors, ça valait la peine.

— Mais j'ai dû le payer en négligeant ma famille…

— Oh, ce n'est pas grave. Je ne me plains pas. Maman non plus. Nous allons bien et sommes fiers de toi.

Ils s'embrassèrent à nouveau et, durant un moment, le silence régna dans la chambre.

— Je n'ai jamais compris pourquoi les gens ne voient pas ce qui me paraît évident. Ils se fâchent, s'affligent, s'inquiètent pour des bagatelles, poursuivent le superflu. C'est un peu pour ça que je me suis réfugié dans les mathématiques. Je pensais que rien n'était plus important que de comprendre l'essence du monde qui nous entoure.

— C'est ce que tu as recherché dans les mathématiques ?

— Oui. J'ai recherché l'essence des choses. Je découvre à présent, non sans un certain embarras, que j'ai finalement passé tout ce temps à chercher Dieu. (Il sourit.) À travers les mathématiques, j'ai cherché Dieu.

— Et L'as-tu trouvé ?

Le vieillard sembla détourner les yeux.

— Je ne sais pas, finit-il par dire. Je ne sais pas. (Il soupira.) J'ai trouvé quelque chose de très étrange. Je ne sais pas si c'est Dieu, mais c'est quelque chose… d'extraordinaire.

— Quoi donc ? Ce que tu as trouvé ?

— J'ai trouvé une intelligence dans la conception de l'univers. C'est inappréciable. L'univers est conçu avec intelligence. Parfois, nous découvrons un détail curieux dans les mathématiques, une broutille qui, à première vue, semble parfaitement insignifiante. Mais plus tard, nous finissons par constater que cette curiosité numérique joue en fait un rôle fondamental dans la structuration d'un mécanisme de la nature.

— Je vois.

— Le plus étrange dans la nature, c'est que tout est lié. Tu comprends ? Même des choses qui paraissent absolument étrangères… même ces choses sont liées. Quand nous réfléchissons, quelques électrons se déplacent dans notre cerveau. Et ces infimes mouvements finissent par influencer l'histoire de tout l'univers. (Il prit un air songeur.) Je me demande si nous ne sommes pas Dieu.

— Comment ça ? Je ne comprends pas…

— Écoute, Tomás. Dieu est tout. Lorsque tu regardes tel aspect de la nature, tu vois une facette de Dieu.

— Je vois.

— C'est comme si Dieu était notre corps et que nous étions les neurones de ce corps. (Il parlait lentement, comme si chaque parole allait être la dernière, mais chacune était suivie d'une autre, puis d'une autre encore, le vieux mathématicien semblait trouver en lui une réserve d'énergie insoupçonnée.) Imagine mes neurones. Il est certain que chacun d'eux ignore qu'il fait partie d'une tranche pensante et consciente de mon corps. Chacun d'eux croit être séparé de moi, ne pas faire partie de moi, avoir sa propre individualité. Et pourtant, ma conscience est la somme de toutes ces individualités, lesquelles, du reste, ne sont nullement des individualités, mais les parties d'un tout. Une cellule de mon bras ne pense pas, elle est comme une pierre dans la nature, elle n'a pas de conscience. Mais les neurones dans le cerveau, eux, pensent. Ils me voient peut-être comme si j'étais Dieu et ne s'aperçoivent pas que je suis la somme d'eux tous réunis. De la même façon, nous, les humains, sommes peut-être les neurones de Dieu et l'ignorons. Nous croyons être individuels, séparés du reste, alors que nous faisons partie du tout. (Il sourit.) Einstein pensait que Dieu est tout ce que nous voyons mais aussi tout ce que nous ne voyons pas.

— Comment le sais-tu ?

— Quoi ? Que Dieu est tout ?

— Non. Comment sais-tu ce qu'Einstein pensait ?

— C'est Augusto qui me l'a raconté.

— Le professeur Siza ?

— Oui, Augusto. (Il eut un air navré.) Le pauvre, qu'est-ce qui a bien pu lui arriver ?

Tomás faillit lui révéler la mort de son ami, mais il se retint à temps ; ce n'était ni le lieu ni le moment

pour lui annoncer une aussi désolante nouvelle. Il préféra laisser son père s'épancher librement.

— Vous vous entendiez bien, n'est-ce pas ?

— Qui ? Augusto et moi ?

— Oui.

— Bien sûr. Nous parlions beaucoup. Augusto croyait en l'existence de Dieu. Moi je jouais le rôle du sceptique, ce qui m'amusait toujours.

— Que te racontait-il ?

— Il citait beaucoup son maître. Einstein disait ceci, Einstein disait cela. Cet homme était un héros à ses yeux. (Il sourit à nouveau.) Il a même conservé tout ce qu'Einstein lui a donné...

— Ah, oui ?

— Tout. (Sa voix prit un accent nostalgique.) Quand Augusto a disparu, son collaborateur est venu me voir à la maison, très anxieux, et m'a remis une enveloppe cachetée qui appartenait à Augusto. Je crois te l'avoir déjà raconté.

— Oui.

— Le jeune homme était très nerveux. Il disait que ceux qui avaient enlevé Augusto pouvaient revenir et que lui-même n'était pas en sécurité. Bref, on voyait qu'il paniquait.

— J'imagine.

— Il distribuait à différents professeurs les affaires d'Augusto, pour compliquer la tâche des ravisseurs présumés. C'était bien sûr une folie, il ne pouvait rien lui arriver de mal, mais il était impossible de convaincre le jeune assistant. Il était complètement affolé. Si bien que j'ai gardé l'enveloppe.

— Tu as bien fait.

— À présent, tu vas rire. Curieux comme je suis,

j'ai décacheté l'enveloppe et j'ai regardé ce qu'il y avait dedans. Sais-tu ce que c'était ?

— Non.

— Une relique, conservée par Augusto, du temps de Princeton.

— Ah, oui ?

— C'était un bout de papier griffonné par Einstein.

— Vraiment ?

— Je t'assure. Quelques notes insignifiantes. Trois alphabets placés les uns au-dessus des autres et, en haut de la feuille, le nom d'Einstein en italien. Même ça, Augusto l'avait gardé.

— Le nom d'Einstein en italien ? Einsteinini ?

Son père rit faiblement.

— Mais non, idiot, dit-il. Alberti.

— Comment ça ?

— Le prénom d'Einstein était Albert. Il a donc écrit Alberti.

Tomás s'agita, soudain suffoqué, le cœur cognant dans sa poitrine.

— Alberti ? Tu es sûr que c'est bien ça ?

— Oui. Pourquoi ?

— Dis-moi, papa, dit-il en se penchant vers le patient. Où as-tu rangé cette enveloppe ?

— Dans le premier tiroir de mon bureau, à la maison. Pourquoi ?

Son fils s'efforça de contenir son excitation. Il respira profondément, maîtrisa son désir de se précipiter chez ses parents et se recala sur sa chaise.

— Pour rien, papa. Pour rien.

Manuel le regarda d'un air soupçonneux, sentant le changement de son état d'esprit.

— Qu'y a-t-il ? J'ai dit quelque chose d'extraordinaire ?

— Non, non. Tout va bien.

Son père était trop fatigué pour insister. Il respira profondément et jeta un regard vers la porte.

— Où est ta mère ?

— Elle est en route. Elle ne devrait plus tarder.

— Occupe-toi bien d'elle, tu entends ?

— Bien sûr. Ne t'en fais pas.

— Si un jour tu dois la mettre dans une maison de retraite, choisis la meilleure.

— Je t'en prie, papa, ne parlons pas de ça…

— Laisse-moi parler.

— D'accord.

— Prends bien soin de ta mère. (Il toussa.) Aide-la à vivre dignement jusqu'à la fin de ses jours.

— Ne t'inquiète pas.

Manuel s'arrêta pour retrouver son souffle. On entendait sa respiration haletante.

— Il y a une certaine paix dans l'idée de la mort, chuchota-t-il. Mais, pour y arriver, nous devons faire la paix avec la vie. Tu comprends ? Il nous faut pardonner aux autres. Et pour y parvenir, il nous faut d'abord nous pardonner à nous-mêmes. Pardonne à toi-même et tu pardonneras aux autres. Nous avons peur de la mort parce que nous pensons ne pas faire partie de la nature, nous croyons que nous sommes une chose et que l'univers en est une autre. Mais tout meurt dans la nature. D'une certaine façon, nous sommes un univers, et c'est pourquoi nous mourons également. (Sa main chercha celle de son fils et leurs doigts s'entrecroisèrent.) Je voudrais te révéler un secret. Tu veux l'entendre ?

— Oui.

— L'univers est cyclique.

— C'est-à-dire ?

— Augusto m'a dit que les hindous croyaient que tout dans l'univers était cyclique, jusqu'à l'univers lui-même. L'univers naît, vit, meurt, entre dans la non-existence puis renaît, dans un cycle infini, dans un éternel retour. Tout est cyclique. Ils l'appellent le jour et la nuit de *Brahman*. (Il écarquilla les yeux.) Tu sais quoi ?

— Dis-moi.

Son père sourit.

— Les hindous ont raison.

Ils entendirent la porte s'ouvrir et Tomás vit sa mère entrer. Madame Noronha avait un sourire confiant, comme s'il ne s'agissait que d'une visite de plus, une nouvelle rencontre avec son mari convalescent ; mais le fils savait que ce n'était qu'une façade, que ce sourire cachait les larmes, que cette confiance masquait un profond désespoir.

Tomás réalisa alors que c'était là la dernière rencontre entre ses parents, le moment où ils allaient s'aimer pour la dernière fois, il leur restait peu de temps pour se dire adieu avant de suivre des chemins différents. Il n'y a pas de séparation plus douloureuse que celle qui l'est pour toujours. Sans plus pouvoir retenir l'émotion qui lui nouait la gorge, il se jeta sur son père et l'embrassa fort, en laissant enfin jaillir ses larmes. Il ne le reverrait plus.

Avant l'éternité.

XLIII

Le grondement lointain de l'orage annonçait la lente approche de la pluie. Tomás regarda vers le ciel et contempla les épais stratus qui s'amoncelaient, si vastes qu'ils semblaient former une chape, un immense plafond opaque qui glissait au ras du sol et jetait sur toute la région une triste pénombre.

Le ciel était au bord des larmes.

> « Pater noster, qui es in caelis,
> Sanctificetur nomen tuum,
> Adveniat regnum tuun,
> Fiat voluntas tua
> Sicut in caelo et in terra. »

Les cyprès, minces et élancés, se balançaient au vent. Tomás pressa sa mère contre lui en entendant le prêtre achever son homélie et entonner le Notre Père en latin, d'une voix grave et profonde. Madame Noronha pleurait doucement, un mouchoir en dentelle sous le nez, tandis que son fils la serrait contre son corps, comme pour lui dire de ne pas s'inquiéter, qu'elle n'avait rien à craindre, qu'il la protègerait.

Le cercueil de son père, dont le bois en noyer verni brillait à la lumière diffuse du matin, était posé sur la terre humide, près de la fosse creusée dans le sol, et une petite foule de parents, d'amis, de connaissances et d'anciens étudiants était réunie en une formation compacte, écoutant en silence les paroles solennelles dans le cimetière de la Conchada.

« Panem nostrum supersubstantialem da nobis
[hodie ;
Et dimitte nobis debita nostra,
Sicut et nos dimittimus debitoribus nostris ;
Et ne inducas nos in tentationem,
Sed libera nos a malo.
Amen. »

Un murmure s'éleva de la foule, confirmant cet amen final, et le curé bénit le cercueil. Les fossoyeurs se mirent en position, soulevèrent celui-ci et le descendirent lentement dans la fosse. Les pleurs de la mère devinrent convulsifs et Tomás lui-même eut du mal à maîtriser ses émotions. Il vit son père englouti par ce terrible trou sombre et fut alors assailli par l'image de l'homme savant, réservé, enfermé dans son bureau, penché sur les énigmes de l'univers, un grand homme réduit à présent au néant.

Au néant.

On lui avait toujours dit qu'un homme ne devenait un homme qu'à la mort de son père ; mais Tomás ne se sentait pas davantage homme, bien au contraire. En voyant les premières pelletées de terre tomber sur le couvercle, il se sentit petit, un enfant perdu dans le monde hostile, abandonné par son protecteur, privé

de l'appui de celui qu'il avait toujours regardé comme on regarde une montagne.

Un cortège de gens vint lui serrer la main. Ils étaient vêtus de noir, le regard lourd, décoiffés par le vent, prononçant des paroles de circonstance, des formules pondérées, des mots d'encouragement. Il connaissait quelques visages, des cousins, des oncles venus de loin, ou des collègues de son père ; mais pour la plupart, il s'agissait d'inconnus venus simplement pour faire leurs adieux au vieux professeur de mathématiques.

À la sortie du cimetière, garée le long du trottoir, il vit une longue limousine noire avec sa plaque d'immatriculation diplomatique. Il jeta un regard circulaire et aperçut des hommes en noir, avec de ridicules lunettes de soleil par ce temps sombre, réunis autour d'un banc de jardin, dans une posture décontractée. Les hommes l'aperçurent et se redressèrent, soit par respect, soit car ils se préparaient à quelque chose. Une mince silhouette bleue se détacha du groupe et attira l'attention de Tomás, comme un aimant. Ariana.

Ils se rapprochèrent lentement et s'embrassèrent. Tomás caressa ses cheveux noirs, sa peau délicate, embrassa sa douce joue et ses lèvres humides, sentant les larmes chaudes couler sur son visage.

— Tu m'as manqué, murmura-t-il.

— Toi aussi, rétorqua-t-elle dans un souffle. Beaucoup.

— Tu vas bien ?

— Oui, ça va, ça va.

— Ils t'ont bien traitée ?

— Oui.

Elle éloigna son visage et le regarda, inquiète.

— Et toi ? Comment te sens-tu ?

691

— Je vais bien, ne t'inquiète pas.

Tomás sentit du mouvement autour de lui, mais il n'y fit pas attention. À ce moment-là, seule Ariana l'intéressait, Ariana qu'il serrait enfin dans ses bras, et avec qui il partageait ses larmes.

— Bonjour, Tomás, dit une voix familière. Excusez-moi d'interrompre vos retrouvailles.

C'était Greg.

— Bonjour.

— Je suis désolé pour la mort de votre père… Enfin, les circonstances ne sont pas faciles, mais nous avons un travail à terminer.

Tomás s'écarta d'Ariana, mais ne tendit pas la main à l'Américain ; il considérait ne rien lui devoir et rien ne l'obligeait à être poli après tout ce qui s'était passé.

— Oui.

— Comme vous pouvez l'imaginer, j'ai pris un gros risque en annulant le vol de la CIA vers Islamabad. Quand vous m'avez téléphoné, nous étions déjà en route vers l'aéroport et j'ai eu beaucoup de mal à convaincre Langley que vous aviez vraiment rempli votre part du contrat, et qu'il nous fallait donc remplir la nôtre.

— Qu'attendez-vous, Greg ? demande Tomás sur un ton agacé. Que je vous remercie ?

— Non, je n'attends rien de tel, dit Greg, en gardant un ton professionnel. J'attends seulement que vous me montriez le message qu'Einstein a caché dans son manuscrit. Monsieur Bellamy lui-même m'a déjà appelé deux fois pour connaître la réponse.

Les premières gouttes commencèrent à tomber, d'abord timides, puis insistantes. Tomás jeta un regard

circulaire, comme s'il cherchait quelque chose. Ils se trouvaient près du portail du cimetière et il restait encore beaucoup de gens venus à l'enterrement, la plupart ouvrant des parapluies noirs et se dispersant à la hâte sur le trottoir.

— Il faudrait aller dans un endroit discret où nous puissions nous asseoir.

L'Américain pointa son doigt vers l'énorme limousine de l'ambassade, garée quelques mètres plus loin.

— Allons là-bas.

La limousine était spacieuse, les banquettes sur toute la largeur de l'habitacle étaient disposées autour d'une petite table. Tomás et Ariana s'assirent côte à côte. Greg s'installa à son tour et referma la portière. Les autres Américains, sans doute des agents de sécurité, restèrent dehors, sous l'averse.

— Whisky ? proposa l'attaché de l'ambassade en levant une tablette découvrant un minibar.

— Non, merci.

La pluie frappait le toit de la voiture en un crépitement continu.

Greg se servit un whisky *on the rocks* et se tourna vers l'historien.

— Alors, où est le message ?

Tomás plongea la main dans la poche de sa veste et en sortit la feuille froissée, qu'il montra à l'attaché.

Greg jeta un œil et vit le message.

See sign
ばa ovqo

693

— Excusez-moi, mais qu'est-ce que c'est ?

— C'est la formule codée.

— J'avais compris. Mais où est le message déchiffré ?

Tomás indiqua la première ligne.

— Vous voyez ce *See sign* ?

— Oui.

— C'est une anagramme. En changeant l'ordre des lettres, on découvre que *See sign* se transforme en *Genesis*. Autrement dit, Einstein a voulu dire : *See the sign in Genesis*. C'est-à-dire : « Regardez le signe dans la Genèse. »

— Le signe dans la Genèse ? Quel signe ?

Le cryptologue serra les lèvres.

— En effet, c'est le problème. Quel signe ?

Il désigna du doigt le *!ya ovqo* de la seconde ligne.

— Cette formule finale devrait répondre à cette question. Il ne s'agit pas d'une anagramme, mais d'un code par substitution, ce qui complique beaucoup les choses car il faut une clé pour le déchiffrer. On m'a dit que la clé était le nom d'Einstein, ce qui supposait un code de type César. Mais toutes mes tentatives avec le code de César et le nom d'Einstein se sont révélées infructueuses.

— Et quelle est la tentative qui a réussi ?

Tomás prit un air embarrassé.

— Eh bien… aucune n'a réussi.

— Pardon ?

— Aucune n'a réussi.

Greg afficha une mine perplexe.

— Excusez-moi, mais vous vous moquez de moi ? Vous n'avez toujours pas décodé le message ?

— Non.

Une rougeur d'irritation monta au visage de l'Américain.

— Bon Dieu, Tomás ! Que m'avez-vous raconté au téléphone ? Ne m'avez-vous pas dit que vous aviez réussi ? Hein ? Que vous aviez trouvé la clé ?

— En effet.

— Et alors ? Qu'est-ce que je fais ici ?

Tomás sourit pour la première fois ce jour-là, particulièrement satisfait d'avoir irrité son interlocuteur.

— Vous êtes ici pour assister au déchiffrage du code.

Greg cligna des yeux, interloqué.

— Excusez-moi, je ne comprends pas.

— Écoutez, j'ai trouvé la clé, soyez tranquille. Le problème, c'est qu'avec la mort de mon père, je n'ai pas encore eu le temps, ni l'humeur pour déchiffrer le code, vous comprenez ?

— Ah… OK.

— Nous allons le déchiffrer maintenant, d'accord ?

— Très bien.

Tomás tira une enveloppe de sa poche, son papier était jauni par le temps, et son cachet déchiré. Il glissa ses doigts à l'intérieur et en sortit une petite feuille également jaunie. Au recto de la feuille figurait la référence *Die Gottesformel* avec la signature d'Einstein dessous, et au verso apparaissait une suite de lettres griffonnées à l'encre.

Alberti

A B C D E F G H I J K L M N O P Q
R S T U V W X Y Z

F E B V K J X A Y M E P L S D H G
O R G N Q C U J W
G O X B F W J H Q J L A P Z G D E
S V Y C R K U H N

Atbash

— Qu'est-ce que c'est ? demanda Greg avec une grimace.

— C'est la clé.

— La clé du code ?

— Oui. (Il se redressa.) Il semblerait qu'Einstein ait remis au professeur Siza le manuscrit intitulé *Die Gottesformel*, à la condition que son disciple ne le rende public que s'il parvenait à découvrir une seconde voie scientifique pour prouver l'existence de Dieu. Il va de soi que l'auteur des théories de la relativité ne voulait pas se couvrir de ridicule. Il lui fallait une preuve qui confirme ce qu'il avait découvert par son analyse relativiste des six jours de la Création. (Il désigna la feuille froissée avec les deux lignes codées.) Il prit la précaution supplémentaire de coder la formule de Dieu. Le problème, c'est que le code était complexe et qu'il craignait qu'on ne puisse le déchiffrer. Il glissa alors la clé dans une enveloppe et la cacheta, avant de la remettre au professeur Siza à la condition qu'il ne l'ouvre qu'après avoir découvert la seconde voie. (Il agita la note qu'il avait sortie de l'enveloppe cachetée.) Or, les hommes du Hezbollah qui ont enlevé le professeur et emporté le manuscrit à Téhéran ne connaissaient pas l'existence de cette enveloppe. Le collaborateur du professeur Siza, le professeur Luís

Rocha, ne connaissait pas non plus l'histoire de cette enveloppe, mais il savait que son tuteur lui attachait beaucoup d'importance, aussi, craignant que les voleurs reviennent pour la chercher, il l'a remise à mon père.

— C'est votre père qui l'avait ?

— Oui, je ne l'ai appris qu'au cours de notre dernière conversation ; mon père était très ami avec le professeur Siza, dont il était le collègue à l'université de Coimbra, c'est pourquoi le professeur Luís Rocha avait pensé que l'enveloppe serait en sécurité entre les mains de mon père.

— Et votre père savait de quoi il s'agissait ?

— Non, il n'en avait pas la moindre idée. Comme c'était un homme très curieux, il avait décacheté l'enveloppe et regardé à l'intérieur. (Il montra le côté de la feuille où se trouvait la signature d'Einstein.) Il avait compris qu'il s'agissait d'une note écrite de la main d'Einstein, ainsi que le prouve cette signature, mais il avait pensé qu'il ne s'agissait que d'une simple relique, rien d'important.

— Je vois.

— C'est par hasard qu'il m'en a parlé, élucidant ainsi le mystère.

— Par hasard ? demanda Greg. Cela existe ?

Tomás sourit.

— Vous avez raison, il n'y a pas de hasard. C'était prédestiné.

L'Américain avala une gorgée de whisky.

— OK, c'est une jolie histoire ! s'exclama-t-il. Et maintenant ?

— Et maintenant nous allons déchiffrer le message.

— Parfait !

697

Tomás indiqua le mot en haut de la feuille avec la clé.

— Vous voyez ce nom ?

— Alberti ?

— Oui.

— Qu'est-ce qu'il a ?

— C'est une idée intelligente, vous savez ? Einstein joue ici avec son propre prénom, Albert. Un profane penserait qu'il s'agit là d'une simple référence italianisée à son prénom, mais un cryptologue remarque aussitôt qu'il s'agit de bien autre chose.

— Ha, oui ? Quoi ?

— Léon Battista Alberti était un artiste florentin du XVᵉ siècle. Ce fut un imminent personnage de la Renaissance italienne, une sorte de petit Léonard de Vinci. Il était philosophe, compositeur, poète, architecte et peintre, auteur de la première analyse scientifique de la perspective, mais aussi d'un traité sur la mouche domestique. (Il sourit.) C'est lui qui a conçu la première fontaine de Trévise de Rome.

Greg secoua la tête et incurva ses lèvres.

— Je n'en ai jamais entendu parler.

— Peu importe, dit le cryptologue avec un geste vague. Un jour, Alberti se promenait dans les jardins du Vatican, lorsqu'il rencontra l'un de ses amis qui travaillait pour le pape. Leur conversation se porta sur quelques points intéressants de cryptographie et incita Alberti à préparer un essai sur la question. Enthousiasmé, Alberti proposa un nouveau type de code. Son idée était d'utiliser deux alphabets codés, où chaque lettre alterne entre l'un et l'autre alphabet, de manière à confondre les cryptologues. C'était une idée géniale, dans la mesure où cela impliquait que la même lettre

du texte original n'apparaissait pas nécessairement avec la même lettre de l'alphabet codé, ce qui compliquait le déchiffrage.

— Je ne comprends pas.

Tomás redressa la feuille avec la clé et indiqua les lignes avec les alphabets.

Alberti

A B C D E F G H I J K L M N O P Q
R S T U V W X Y Z
F E B V K J X A Y M E P L S D H G
O R G N Q C U J W
G O X B F W J H Q J L A P Z G D E
S V Y C R K U H N

Atbash

— C'est simple, dit-il. La première ligne correspond à l'alphabet normal. Les deux lignes en dessous représentent les alphabets codés. Imaginez que je veuille écrire *aacc*. La lettre du premier alphabet codé correspondant au *a* est *f* et celle correspondant au *c* est *b*. Et dans le second alphabet codé il s'agit respectivement des lettres *g* et *x*. Si bien que le message *aacc*, déchiffré à travers ce système, devient *fgbx*, vous me suivez ? En faisant alterner le message original entre les deux alphabets, il n'y a pas de répétitions de lettre, ce qui complique le décodage.

— Ah, j'ai compris.

— Ce qu'Einstein nous dit, c'est qu'il a utilisé un

code d'Alberti et il nous indique quelles sont les suites correctes des alphabets codés.

Greg pointa la seconde ligne du message chiffré.

— Donc si nous utilisons cette méthode, nous trouverons le message caché dans *!ya ovqo* ?

— Oui, en principe oui.

— Alors, qu'attendons-nous ? Allons-y !

Tomás prit son stylo et compara chaque lettre des alphabets codés.

— Voyons donc voir ce que signifie *!ya ovqo*. Il soupira. Le *y* du premier alphabet codé correspond à un *i* et le *a* du second alphabet codé correspond à un *l*. (Il nota les lettres.) Hum… Le *o* donne *r* et le *v* donne *s*. Le *q* est un *v* et le *o* est un *b*.

La phrase apparut sur le papier.

JL rsvb

— Je ne comprends pas, dit Greg en fronçant le sourcil. *Il rsvb* ? Qu'est-ce que c'est ?

— C'est le message original codé par Einstein, expliqua Tomás.

L'Américain leva les yeux et le regarda avec une expression interrogative.

— Mais cela ne signifie rien…

— Effectivement.

— Et alors ?

— Et alors, il nous faut poursuivre le déchiffrage.

— Poursuivre le déchiffrage ? Comment ça ? Ce n'est pas encore déchiffré ?

— Bien sûr que non ! s'exclama Tomás. Comme vous l'avez constaté, *il rsvb* ne signifie rien. Cela veut

700

donc dire que nous avons seulement franchi la première étape du déchiffrage.

— Il y en a donc d'autres ?

— Bien entendu. (Il désigna le dernier mot noté sous les alphabets.) Vous voyez ce nom ici ?

— Oui, eh bien ?

— Pouvez-vous le lire ?

Greg se pencha sur le papier.

— At... uh... atbart ?

— *Atbash*.

— *Atbash*, répéta l'Américain. Qu'est-ce que c'est ?

— L'*Atbash* est une forme traditionnelle hébraïque de code par substitution, utilisée pour cacher des messages dans l'Ancien Testament. L'idée consiste à prendre une lettre qui se trouve, par exemple, en troisième position en partant du début de l'alphabet et à la remplacer par une lettre correspondant à la troisième position en partant de la fin de l'alphabet. Ainsi le *c* devient *x*, vous me suivez ? La troisième lettre en partant du début est remplacée par la troisième lettre de la fin et ainsi de suite.

— Je vois.

— Il existe plusieurs exemples d'*Atbash* dans l'Ancien Testament. Dans « Jérémie » apparaît parfois le mot *chechac*, qui commence par les deux lettres hébraïques *shin* et *kaph*. Donc, *shin* est l'avant-dernière lettre de l'alphabet hébraïque. Si on la remplace par la deuxième lettre de l'alphabet, on se retrouve avec *beth*. *Kaph* est la douzième lettre en partant du début, si bien qu'il nous faut la remplacer par la douzième lettre en partant de la fin, *lamed*. Donc, *shin-kaph*, qui donne *chechac* devient *beth-beth-lamed*. *Babel*. *Chechac* veut donc dire *Babel*. Vous avez compris ?

701

— Oui, c'est ingénieux.

— Ingénieux et simple.

— Einstein a donc utilisé *Atbash* pour ce code ?

— C'est ce que dit la note, non ? Regardez. Alberti signifie, sans le moindre doute possible, le code d'Alberti, avec ses correspondances entre alphabets chiffrés. *Atbash* signifie que nous devons maintenant chercher les lettres symétriques correspondantes à *!il rsvb*, vous me suivez ?

— Cela semble logique, concéda Greg. On y va ?

Tomás fixa des yeux la note où figurait *!il rsvb* et repéra la position de chaque lettre dans l'alphabet.

— Donc, le *i* est la neuvième lettre en commençant par le début. La neuvième en commençant par la fin est... *r*. Le *l* est la douzième lettre en partant du début ce qui correspond à... *o*. Le *r* donne... *i*, le *s*... donne... *h*, le *v* donne... e et le *b* renvoie à... *y*.

Il montra le résultat.

!ro ihey

— Qu'est-ce que c'est ? demanda Greg *!ro ihey* ? Qu'est ce que ça signifie ?

Le cryptologue plissa les yeux et examina le message, intrigué.

— Eh bien... balbutia-t-il en se mordant la lèvre inférieure. Je ne sais pas... Je ne vois pas ce que ça peut être.

— Serait-ce une langue étrangère ?

La suggestion fit bondir Tomás.

— Évidemment que c'est ça ! s'exclama-t-il. Si c'est un signe dans la Genèse, il faut qu'il soit en hébreu.

— Et vous connaissez l'hébreu ?

— J'ai commencé à l'apprendre, dit-il. Mais je le connais suffisamment pour savoir que l'hébreu se lit de droite à gauche et non de gauche à droite. (Il prit son stylo.) Attendez, je vais inverser l'ordre des lettres.

Il inversa la suite des lettres.

Yehi or !

— *Yehi or !* lut Greg. Qu'est-ce que ça veux dire ?

Tomás blêmit.

— Mon Dieu ! Mon Dieu !

— Que se passe-t-il ?

— *Yehi or !* Vous ne comprenez pas ? *Yehi or !*

— Mais qu'est-ce que c'est ?

— *See sign Genesis. Yehi or !* (Il frappa de son index la phrase notée sur le papier.) C'est le signe dans la Genèse. *Yehi or !*

— Oui, mais que signifie *Yehi or* ?

Tomás regarda Greg et Ariana, stupéfait, éberlué, digérant l'énormité de ce qu'il venait de découvrir, envahi par une foule d'images, de sons, de mots et de pensées qui, à ce moment-là, chorégraphiés en une soudaine synchronie, comme une sublime mélodie jaillissant de l'orchestre le plus chaotique, s'emboîtaient les uns dans les autres pour extraire des ténèbres la vérité la plus profonde.

Om.

L'*Om* primordial ayant créé l'univers résonna dans sa mémoire, psalmodié en chœur par les moines tibétains. Et c'est au son pénétrant du mantra fondateur qu'il se souvint de l'éternelle danse de naissance et de

mort, de création et de destruction, la divine danse de Shiva. C'est encore avec cette syllabe sacrée qu'il comprit le secret de la Création, l'énigme derrière l'Alpha et au-delà de l'Oméga, l'équation qui fait de l'univers l'univers, le mystérieux dessein de Dieu, le surprenant objectif de la vie, le software inscrit dans le hardware du cosmos. L'*endgame* de l'existence.

Devant lui, notée au stylo, se détachait la formule qui annihilait la non-existence et qui créait tout.

Tout, y compris le Créateur.

— Tomás, insista l'Américain, impatient, en secouant presque son interlocuteur. Que diable signifie *yehi or* ?

Le cryptologue les regarda lui et Ariana, il les regarda avec stupeur et émerveillement, il les regarda comme s'il s'était réveillé d'une longue transe. Dans un souffle ténu, presque craintif, il articula enfin l'équation magique, l'énoncé que l'intelligence qui se répandra dans l'univers devra un jour appliquer pour échapper au cataclysme de la fin des temps et pour tout recommencer à nouveau.

La formule de Dieu.

— Que la lumière soit !

Le visage de Greg resta impassible, comme une fenêtre fermée qui masque l'éclat du jour derrière elle.

— Que la lumière soit ? murmura-t-il enfin. Je ne comprends pas...

Tomás se pencha en avant, approchant son visage excité de la face opaque de l'Américain.

— C'est la preuve biblique de l'existence de Dieu. « Que la lumière soit ! »

Son interlocuteur secoua la tête, toujours sans comprendre.

— Excusez-moi, mais ça n'a pas de sens. Comment cette expression peut-elle prouver l'existence de Dieu ?

Le cryptologue soupira, agacé.

— Écoutez, Greg. L'expression en elle-même ne prouve pas l'existence de Dieu. Elle doit être interprétée dans le contexte des découvertes faites dans le domaine de la science. C'est la véritable raison pour laquelle Einstein n'a pas voulu divulguer son manuscrit. Il savait que cet énoncé biblique ne suffisait pas, il fallait une confirmation scientifique. (Il se cala dans son siège et écarquilla les yeux, dans une excitation croissante.) Cette confirmation existe à présent. Cette confirmation montre que la Bible, aussi incroyable que cela puisse paraître, renferme des vérités scientifiques profondes. C'est dans ce sens que l'expression « Que la lumière soit ! » prouve l'existence de Dieu.

— Excusez-moi, mais je ne vois toujours pas de preuve. Expliquez-moi ça plus clairement.

— Très bien ! s'exclama Tomás en se massant le visage du bout des doigts tandis qu'il remettait de l'ordre dans ses pensées. (Il inspira profondément et fixa son interlocuteur.) La Bible dit que l'univers a commencé par une explosion de lumière, vous êtes d'accord ? « Dieu dit : que la lumière soit ! Et la lumière fut. »

— Oui.

— Einstein pensait que cet énoncé biblique était vrai. Quelques années après sa mort, la découverte de la radiation cosmique de fond a apporté la preuve que l'hypothèse du Big Bang était correcte. L'univers est bien né d'une sorte d'explosion initiale, ce qui signifie que la Bible avait raison : tout a commencé quand la lumière se fit.

— Oui.

— La question est alors de savoir quelle entité a obligé la lumière à se faire.

— Vous voulez parler de Dieu…

— Appelez-la Dieu si vous voulez, peu importe le nom. Ce qui compte, c'est la chose suivante : l'univers a commencé avec le Big Bang et va se terminer avec le Big Freeze ou avec le Big Crunch. Einstein soupçonnait que ce serait le Big Crunch.

— Ce qui est le Big Bang à l'envers.

— Exact, confirma Tomás. (Il se pencha à nouveau en avant, très excité.) À présent, écoutez bien. La révélation du principe anthropique, associée à la découverte que tout est déterminé depuis le commencement des temps démontre qu'il y a eu une intention de créer l'humanité. Le mystère est de savoir pourquoi. Pour quelle raison avoir créé l'humanité ? Quel est le but ? Pourquoi diable sommes-nous ici ? Pour quelle raison avons-nous été créés ?

— Ce sont là des mystères insondables…

— Peut-être qu'ils ne sont pas aussi insondables que cela.

— Que voulez-vous dire ? Y aurait-il des réponses à ces questions ?

— Bien sûr que oui. (Il agita la feuille griffonnée, avec la ligne « *Yehi or !* » clairement visible sur le papier.) La réponse est inscrite ici dans la formule de Dieu. « Que la lumière soit ! » Einstein a conclu que l'humanité n'était pas l'*endgame* de l'univers mais un instrument pour atteindre cet *endgame*.

— Un instrument ? Je ne saisis pas.

— Regardez l'histoire de l'univers. L'énergie génère la matière, la matière génère la vie, la vie

génère l'intelligence. (Il fit une pause.) Et l'intelligence, que va-t-elle générer ?

— Je n'en ai aucune idée.

— En identifiant le « Que la lumière soit ! » avec la formule divine, Einstein a été le premier à répondre à cette question.

— Ha, oui ? Et qu'en a-t-il conclu ?

— Dieu.

— Quoi ?

— L'intelligence génère Dieu.

Greg fronça les sourcils et secoua la tête.

— Je ne suis pas sûr de vous suivre…

— C'est très simple, murmura Tomás. L'humanité a été créée pour développer une intelligence encore plus sophistiquée qu'une intelligence biologique. L'intelligence artificielle. Les ordinateurs. Dans plusieurs centaines d'années, les ordinateurs seront plus intelligents que l'homme et dans quelques millions d'années, ils seront en mesure d'échapper aux changements cosmiques qui provoqueront la fin de la vie biologique. Les êtres vivants basés sur l'atome de carbone ne seront pas viables dans plusieurs millions d'années, lorsque les conditions cosmiques se modifieront, mais les êtres vivants basés sur d'autres atomes pourront l'être. Ce sont les ordinateurs. Ils vont se répandre aux quatre coins de l'univers et, établis en réseaux dans quelques milliards d'années, ils deviendront une seule identité, omnisciente et omniprésente. Le grand ordinateur universel sera né. Le problème, c'est que sa survie sera menacée par le Big Crunch. Le grand ordinateur universel sera alors placé face à ce problème : comment échapper à la fin de l'univers ? La réponse

apparaîtra d'une manière terrible. (Il fit une pause.) Il n'y a pas d'échappatoire, la fin est inexorable.

— Alors tout sera fini.

Tomás sourit, malicieux.

— Pas exactement. Il existe un moyen pour que le grand ordinateur universel puisse survivre.

Le cryptologue s'arrêta, comme s'il voulait créer un suspens.

— Lequel ? s'enquit l'Américain.

— Le grand ordinateur universel devra contrôler en détail la manière dont le Big Crunch se produira. Il devra tout contrôler selon une formule qui lui permettra de recréer le même univers après le Big Crunch, de sorte que tout puisse à nouveau exister. Tout, y compris lui-même.

— Tout recréer ?

— Oui, le grand ordinateur universel va disparaître avec le Big Crunch, mais, entre-temps, il concevra une formule qui lui permettra de réapparaître dans le nouvel univers. Cette formule impliquera une distribution de l'énergie d'une telle précision qu'elle permettra que réapparaissent dans le nouvel univers la matière, puis la vie et finalement l'intelligence, pour appliquer à nouveau le principe anthropique.

— Et quelle sera cette formule ?

Tomás haussa les épaules.

— Nous l'ignorons, c'est quelque chose de si complexe que seule une superintelligence pourrait la concevoir. Mais la formule existera un jour et sa conception est métaphoriquement inscrite dans la Bible.

— « Que la lumière soit ! » chuchota Greg, les yeux brillants.

— Tout à fait. (Tomás sourit.) « Que la lumière soit ! » (Il inclina la tête.) La formule de Dieu.

— Attendez un moment, coupa l'Américain en levant les mains comme quelqu'un demande une pause. Vous insinuez que Dieu est un ordinateur ?

— Toute intelligence est informatique, répliqua le cryptologue sur un ton condescendant. C'est une chose que m'ont apprise les physiciens et les mathématiciens. (Il tapota son doigt sur son front.) L'intelligence est informatique. Les êtres humains, par exemple, sont des sortes d'ordinateurs biologiques. Une fourmi est un ordinateur biologique simple, nous sommes plus complexes. C'est la seule différence.

— Cette définition me semble un peu tirée par les cheveux….

Tomás haussa les épaules.

— Si cela vous gêne qu'on l'appelle grand ordinateur universel, nous pouvons aussi l'appeler… Je ne sais pas… intelligence créatrice, grand architecte, entité supérieure, ce que vous voudrez. Peu importe le nom. Ce qui importe, c'est que cette intelligence est le noyau de tout.

— Je vois.

— Einstein a conclu que l'univers existe pour créer l'intelligence qui générera le prochain univers. Tel est le software de l'univers, tel est l'*endgame* de l'existence. « Que la lumière soit ! » est une métaphore biblique pour la formule de la Création de l'univers, la formule que le grand ordinateur universel devra appliquer quand se produira le Big Crunch, la formule qui provoquera un nouveau Big Bang et qui recréera tout. Tout, y compris Dieu. Le but ultime de l'univers

est de recréer Dieu et nous ne sommes que l'instrument de cet acte.

Les yeux de l'Américain se posèrent sur Tomás et Ariana. Il regarda le bout de papier que le cryptologue serrait entre ses doigts et comprit enfin le dernier secret d'Einstein : la révélation de l'existence de Dieu, le but de l'univers, le dessein de l'humanité.

— C'est… incroyable.

Tomás ne répondit pas, il ouvrit la porte de la voiture et regarda dehors. Il ne pleuvait plus ; un vent frais lui caressa le visage, léger et pur. De petites flaques parsemaient le trottoir et la route, transparentes, réfléchissant comme des miroirs le ciel bas, comme si la pluie avait tout lavé. La matinée devenait bleue, sereine et mélancolique. La lumière du soleil se répandait doucement, filtrée par les nuages qui s'éloignaient.

L'historien sortit, donna la main à Ariana pour l'aider à descendre. Les agents de sécurité américains, qui s'étaient réfugiés sous un chêne feuillu, s'approchèrent, encore ruisselants, en interrogeant Greg du regard, comme s'ils attendaient des instructions. L'attaché leur fit un signe silencieux avec la tête, tout allait bien, et les hommes se détendirent.

Avant de s'éloigner, Tomás se retourna vers la portière de la limousine et regarda Greg une dernière fois.

— C'est étrange que depuis si longtemps l'humanité en général ait eu l'intuition de la vérité intrinsèque cachée derrière l'univers, commenta-t-il.

— Que voulez-vous dire ?

— Avant de mourir, mon père m'a raconté que les hindous considèrent que tout est cyclique. L'univers naît, vit, meurt, entre dans la non-existence et renaît à nouveau, dans un cycle infini, dans un éternel

710

retour qu'ils appellent la nuit et le jour de *Brahman*. L'histoire hindoue de la création du monde est celle de l'acte par lequel Dieu devient le monde, lequel devient Dieu.

— Prodigieux.

Tomás sourit.

— En effet. (Il respira profondément.) Il m'a également cité un intéressant aphorisme de Lao Tseu, un poème taoïste qui renferme le secret de l'univers. Voulez-vous l'entendre ?

— Oui.

Un brusque souffle de vent agita les chênes, doux et violent arrachant des feuilles et ployant les silhouettes sombres qui entouraient la limousine mouillée. À présent, le ciel semblait hurler, d'une manière presque sinistre, comme s'il cherchait à rompre la douceur qui s'était installée après la pluie, comme s'il menaçait de déclencher un nouveau déluge punitif, comme s'il voulait se venger du profond mystère qu'on venait de lui arracher.

Mais Tomás ne se laissa pas intimider et récita le poème comme s'il l'entendait encore de la bouche tremblante de son père ; il récita avec ferveur, avec passion, avec l'intensité de celui qui sait qu'il a trouvé son chemin et que son destin est de le parcourir.

« *À la fin du silence se trouve la réponse.*
À la fin de nos jours se trouve la mort.
À la fin de notre vie, un nouveau commencement. »

Un nouveau commencement.

Note finale

Lorsque l'astrophysicien Brandon Carter proposa, en 1973, le principe anthropique, une partie de la communauté scientifique entra dans un vif débat concernant la position de l'humanité dans l'univers et le sens ultime de son existence. Puisque l'univers est réglé pour nous créer, avons-nous un rôle à jouer dans cet univers ? Qui a conçu ce rôle ? Et, surtout, quel est ce rôle ?

C'est à partir de Copernic que les scientifiques ont commencé à croire que l'existence des êtres humains était insignifiante au sein du cosmos, une idée qui par la suite domina la pensée scientifique. Mais, dans les années trente, Arthur Eddington et Paul Dirac ont relevé de surprenantes coïncidences concernant un nombre incommensurable qui apparaissait dans les contextes les plus divers de la cosmologie et de la physique quantique, l'étrange 10^{40}.

Les observations de nouvelles coïncidences s'accumulèrent au fil du temps. On découvrit que les constantes de la nature dépendaient de valeurs extrêmement précises pour que l'univers soit ce qu'il est et l'on s'aperçut que l'expansion de l'univers, jusque dans ses mécanismes les plus infimes, ne pouvait être

que rigoureusement contrôlée pour produire le mystérieux équilibre qui permet notre existence. Les découvertes se multiplièrent. On comprit que les structures essentielles à la vie, comme l'apparition d'étoiles ressemblant au soleil ou le processus de production du carbone, dépendaient d'un prodigieux et improbable concours de hasards successifs.

Quelles sont les significations de ces découvertes ? La première constatation est que l'univers a été conçu avec une précision propre à générer la vie. Mais cette conclusion pose inévitablement un problème philosophique majeur – la question de l'*intentionnalité* de la création de l'univers.

Pour contrer l'évidente conclusion découlant de ces découvertes, beaucoup de scientifiques défendent l'idée que notre univers n'en est qu'un parmi des milliers de millions d'autres univers, chacun avec des constantes de valeurs différentes, ce qui signifie qu'ils sont presque tous dépourvus de vie. Dans ces conditions, le fait que notre univers soit programmé pour produire la vie n'est qu'une coïncidence, d'autant que la vie est absente de la plupart des autres univers. Le problème de cet argument, c'est qu'il n'est fondé sur aucune observation ni découverte. Personne n'a jamais détecté les moindres traces de l'existence d'autres univers, ni observé différentes valeurs des constantes de la nature. Autrement dit, l'hypothèse des multi-univers repose précisément sur ce que la science critique le plus dans la pensée non scientifique – la foi.

Peut-on dire la même chose de la thèse qui sous-tend ce roman ? L'idée d'un univers cyclique, pulsant au rythme de Big Bang et de Big Crunch successifs, se trouve inscrite dans diverses cosmogonies mystiques,

y compris dans l'hindouisme. Dans le domaine scientifique, elle a été avancée pour la première fois par Alexander Friedmann, puis développée séparément par Thomas Gold et John Wheeler. Cette théorie dépend, bien sûr, d'une prémisse essentielle – selon laquelle l'univers ne finira pas dans un Big Freeze, mais dans un Big Crunch. L'observation de l'accélération de l'expansion de l'univers indiquerait plutôt un Big Freeze, mais il y a de bonnes raisons de croire que cette accélération est temporaire et que le Big Crunch demeure possible.

Ce roman envisage une hypothèse encore plus délicate, qui repose sur la prémisse de l'univers cyclique, mais qui va bien au-delà. Il s'agit de la possibilité que le cosmos soit organisé pour créer la vie, sans que celle-ci soit une fin en elle-même, mais seulement un moyen pour permettre le développement de l'intelligence et de la conscience, lesquelles, à leur tour, deviendraient des instruments pour atteindre l'ultime *endgame* de l'univers : la Création de Dieu. L'univers serait alors un immense programme cyclique élaboré par l'intelligence d'un univers antérieur afin d'assurer son retour dans l'univers suivant.

Bien que théorique, cette possibilité d'un univers en pulsations cadre avec certaines découvertes scientifiques faites par l'homme. Certes, il n'existe aucune preuve qu'avant notre univers il y a eu un autre univers qui a fini dans un Big Crunch. Il est tout à fait possible que d'autres univers aient existé avant le nôtre, mais le Big Bang en a effacé toutes les preuves. Les traces du dernier Oméga ont été balayées par notre Alpha. Mais c'est un fait que le Big Bang a été provoqué par quelque chose. Quelque chose que nous ignorons.

Il s'agit donc d'une simple possibilité – mais d'une possibilité qui, bien que métaphysique, repose sur une hypothèse admise par la physique.

À ceux qui douteraient du fondement scientifique de cette hypothèse, je suggère de consulter la bibliographie dont je me suis servi pour étayer la thèse qui sous-tend ce roman. Concernant les questions liées au principe anthropique et à l'expansion de l'intelligence dans le cosmos, j'ai inlassablement puisé dans *The Anthropic Cosmological Principle*, de John Barrow et Franck Tipler ; *The Physics Of Immortality*, de Franck Tipler ; *The Constants of Nature*, de John Barrow ; et *The Accidental Universe*, de Paul Davies. Pour les conclusions soutenant l'imaginaire de *Die Gottesformel*, je me suis appuyé sur *The Science of God*, de Gerald Schroeder. Pour l'information scientifique générale, j'ai recouru à *Theories of the Universe*, de Gary Moring ; *Universe*, de Martin Rees ; *The Meaning of Relativity*, d'Albert Einstein ; *The Evolution of Physics*, d'Albert Einstein et Leopold Infeld ; *The Physical Principles of the Quantum Theory* ; *La Nature dans la physique contemporaine*, de Werner Heisenberg ; *Chaos*, de James Gleick ; *The Essence of Chaos*, de Edward Lorenz ; *Introducing Chaos*, de Ziauddin Sardar et Iwona Abrams ; *Le Chaos et l'Harmonie*, de Trinh Xuan Thuan ; *Chaos and Nonlinear Dynamics*, de Robert Hilborn ; *Sync*, de Paul Davies ; *The Tao of Physics*, de Fritjof Capra ; *Introducing Time*, de Craig Callender et Ralph Edney ; *A Short History of Nearly Everything*, de Bill Bryson ; *Cinq équations qui ont changé le monde*, de Michael Guillen ; *How We Believe*, de Michael Shermer.

Mes remerciements à Carlos Fiolhais et João Queiró,

professeurs de physique et de mathématiques à l'université de Coimbra, pour la révision scientifique de ce roman – si quelques erreurs subsistaient, elles ne seraient dues qu'à ma négligence. À Santen, mon guide au Tibet ; à mon éditeur, Guilherme Valente, à toute l'équipe de Gradiva au Portugal et à celle de HC Éditions en France, pour leur implication et leur dévouement ; et, bien sûr, à Florbela, comme toujours ma première lectrice et ma première critique.

'to know Jesse and Lizzie Clancey for a good many years . . .' There was a cheer as they all acknowledged Lizzie's new surname. 'Both families, the Bishops and the Clanceys, have been good to me in the past, and I shall always be grateful for it. I hold them all dear to my heart. Yet there's been a sort of reciprocal arrangement too, for while Jesse's been delivering milk to me over the years, I've delivered of Lizzie a family. A family for him, as it now turns out, ready made, in the form of three beautiful daughters and a handsome son.' Another cheer went up, and the Kite girls and Herbert looked at each other and giggled. 'And who's to say that I shan't deliver Lizzie of more children now that she's tied the knot with this handsome fellow, who was always Kates Hill's most eligible bachelor?'

A roar of approval and laughter went up at the suggestion, and Lizzie blushed – the first time for a long time.

'And here I should add, that Jesse must be complimented on his choice of wife, for Lizzie always used to be the prettiest girl on the Hill, with absolutely hordes of admirers.'

Lizzie glanced at Sylvia. This was not the most tactful thing Donald could have said, but Sylvia caught Lizzie's apprehensive glance, and smiled forgivingly, raising an amused eyebrow.

Donald continued, oblivious to his gaffe. 'I recall how I used to visit the Bishops' home with Ted, my old pal there, before he married Ada from Gornal. Lizzie, in her Sunday best was always a sight to behold. So it's not surprising that when her first husband, Ben, whom we all respected and admired, sadly passed away, she should become a very alluring young widow.'

There were murmurs of approval that Ben had not been forgotten, and Lizzie cast her eyes down so as not to meet anyone's glance. She was not certain it was the appropriate moment for Donald to mention her late husband either, but Jesse took her hand and gave it a reassuring squeeze.

'And I'm sure you'll all agree, that Jesse's just the man to make Lizzie a deservedly very happy woman. Jesse and I have been friends for years, and I know of no one more down to earth and more honest. Moreover, I know of nobody else who's totally unflappable. Never have I known him get flustered. But I do know that his steadying influence, his considered advice, his always having time for people, has helped many a poor soul over difficult times. I believe that these two fine people deserve each other.

'So I propose a toast . . . I give you the health, the future happiness and prosperity of Lizzie and Jesse.'

'*Lizzie and Jesse*,' came the reply, and everybody drank.

Jesse replied, thanking Donald for his kind words, and the rest of them for attending and witnessing the happiest occasion of his life. He said how much he was looking forward to married life, and settling down with his ready made family. 'I love 'em all as if they were my own.'

Everybody cheered and, after another toast, they all fell into general conversation. One or two guests drifted back to the sitting room and Joe started playing